金庸武俠史記〈倚天編〉

三版變遷全紀錄

全紀錄

書名：金庸武俠史記〈倚天編〉三版變遷全紀錄

系列：心一堂 金庸學研究叢書 金庸版本的奇妙世界

作者：潘國森 陳劍聰

執行編輯：王怡仁

封面設計：陳劍聰

出版：心一堂有限公司

通訊地址：香港九龍旺角彌敦道610號荷李活商業中心十八樓05-06室

深港讀者服務中心：中國深圳市羅湖區立新路六號羅湖商業大廈
負一層008室

電話號碼：(852) 67150840

網址：publish.sunyata.cc

電郵：sunyatabook@gmail.com

網店：http://book.sunyata.cc

淘寶店地址：https://shop210782774.taobao.com

微店地址：https://weidian.com/s/1212826297

臉書：https://www.facebook.com/sunyatabook

讀者論壇：http://bbs.sunyata.cc

平裝

版次：二零一九年三月初版

國際書號 978-988-8582-23-5

定價：港幣　　一百九十八元正
　　　新台幣　七百九十八元正

版權所有　翻印必究

香港發行：香港聯合書刊物流有限公司

香港新界大埔汀麗路36號中華商務印刷大廈3樓

電話號碼：(852)2150-2100　傳真號碼：(852)2407-3062

電郵：info@suplogistics.com.hk

台灣發行：秀威資訊科技股份有限公司

地址：台灣台北市內湖區瑞光路七十六巷六十五號一樓

電話號碼：+886-2-2796-3638　傳真號碼：+886-2-2796-1377

網絡書店：www.bodbooks.com.tw

台灣秀威書店讀者服務中心：

地址：台灣台北市中山區松江路二0九號1樓

電話號碼：+886-2-2518-0207

傳真號碼：+886-2-2518-0778

網址：www.govbooks.com.tw

中國大陸發行 零售：深圳心一堂文化傳播有限公司

地址：深圳市羅湖區立新路六號羅湖商業大廈負一層008室

電話號碼：(86)0755-82224934

心一堂微店二維碼

心一堂淘寶店二維碼

鄘拾記舊版（一版）《倚天屠龍記》合訂本第二集封面，為金庸早年於小說在報上連載時唯一授權的正版結集，封面記字下面紅色印章為租書店所蓋。

鄺拾記舊版（一版）《倚天屠龍記》普及本第廿二集封面，為與盜印「爬頭本」搶快，每七天結集出版一薄冊之正版《倚天屠龍記》，封面彩圖為金毛獅王謝遜送義弟張翠山一家回歸中土，背向者為謝遜，遠處為張翠山、殷素素夫婦，在空中的小孩為張無忌。

鄺拾記舊版（一版）《倚天屠龍記》普及本第廿六集封面，封面插圖為張翠山（手持判官筆、銀鉤跳高背向者）與高麗好手泉建男（持雙判官筆者）交手。

心一堂金庸學研究叢書　金庸版本的奇妙全界

台灣吉明版《天劍龍刀》第五集，據鄺拾記舊版（一版）《倚天屠龍記》影印而成，內容完全一樣。封面為《射鵰英雄傳》桃花島血案場面，伏地者為南山樵子南希仁，其後為郭靖，後立者為黃蓉。

台灣四維版《至尊刀》第二十八集，據鄺拾記舊版（一版）《倚天屠龍記》改寫，書中人物均更名，比如張無忌改名葛百陽，趙明改名朱仙，周芷若改名吳若蘭。雖是盜版，亦投入相當人力！

那玉面火猴靈異之極，雖然不懂她的說話，但見了她說話時所比的手勢，已然領悟，一聲清嘯，輕飄飄的縱下樹去，雙手抓住一頭白熊的頭頂一分，抓出了熊腦，又躍上樹來，捧到殷素素面前，顯是以異味饗客的神態。

張殷二人見牠一舉手便生裂熊頭，膂力之強，手爪之利，任何猛獸均無如此厲害，實是天地間罕見罕聞的神獸，心中大是駭異。殷素素實在不敢吃這熱氣騰騰的熊腦，但這時不敢得罪火猴，生怕惹惱了牠，只得接了過來，勉強吃了一口，將其餘的轉遞了給張翠山。那知這生熊腦入口，竟是鮮美軟滑，遠勝羊腦魚腦，又從張翠山手裏拿回一些來再吃，笑對火猴道：「多謝，多謝！」

那火猴縱身下樹，頃刻間又生裂二熊，取出兩副熊腦，自己吃得津津有味。說也奇怪，羣熊既不抗拒，亦不逃走，只是伏在地下發抖，聽任宰割。殷素素笑道：「把這些惡熊都弄死了吧，若不是你來相救，這會兒咱二人都已成了熊腹中之物。」那火猴應聲而前，將餘下的十頭巨熊一一撕斃。張翠山和殷素素躍下樹來，這片刻間生死之隔只差一綫，倘若來的不是這頭神猴，便是猛虎雄獅，見了這許多白熊也要遠遠走避，焉敢攖其兇燄？張翠山見十三頭巨熊屍橫就地，心中惻然生憫，說道：「其實殺一儆百，將之驅走，也就是了，不必盡數置之死地。」殷素素正拉着火猴的手，和牠十分親熱。

— 304 —

鄺拾記舊版《倚天屠龍記》玉面火猴故事的原文

4

十八　重返中土

謝遜淒然道：「我自己的親生孩兒給人一把摔死了，你們沒有瞧見吧？」張翠山和殷素素對望一眼，覺得他言語之中又有瘋意，但想起他的慘酷遭際，不由得甚是惻然。謝遜又道：「我這孩子如果不死，今年有十八歲了。我謝遜將一身的文才武功傳授於他，嘿嘿，他未必便及不上你們什麼武當七俠，少林三義。」這幾句內淒涼之中帶着狂傲，但自負之中又包含着無限寂寞傷心。張翠山和殷素素不覺都是油然而起悔心：「倘若當日在冰山上不毀了他的雙目，咱們四個人在此荒島隱居，融融洩洩，豈不是好？」

三個人默然半晌，張翠山道：「謝前輩，你收這孩作為義子，咱們叫他改宗姓謝。」謝遜臉上閃過一絲喜悅之色，說道：「你肯讓他姓謝？謝念慈，謝念慈，這名字很好啊，不過我那個死去的孩兒，名叫謝無忌。」張翠山道：「假如你喜歡，那麼，咱們這孩兒便叫作謝無忌。」謝遜喜出望外，唯恐張翠山是騙他的，道：「你們把親生孩兒給了我，那麼你們自己呢？」張翠山道：「孩兒不論姓謝姓張，咱們是一般的愛他。日後他孝順雙親，敬愛義父，不分親疏厚薄，豈非美事？素素，你說可好？」殷素素微一遲

— 323 —

鄺拾記舊版《倚天屠龍記》張無忌原名張念慈，後改謝無忌的原文。

活他之後，將來等他再來害你麼？」張翠山夫婦知道這正是義兄的口氣，照他脾氣，確是下手狠辣，斬草除根。

賀老三倒是一條硬漢，說道：「前二俠、張五俠，我存心不良，前來撥劫公子，今日遭他毒手，那是罪有應得。你快快將我一掌打死，免我多受零碎苦楚。」俞蓮舟眉頭一皺，道：「你罪不至死，我這侄兒小孩子不知輕重，在下甚是抱歉，咱們當盡力救你。」抱起他身子，放入船艙。

俞蓮舟回到岸上，問無忌道：「你打他的一掌，叫作什麼掌法？」無忌見他神色嚴峻，心中害怕，哭了起來說道：「我不是故意打他的，他……他要放蛇咬我，我怕得很？我……我出手的。」俞蓮舟嘆了口氣，抱起他來，伸袖給他拭了拭眼淚，道：「二伯沒怪責你。那人若是放毒蛇來咬我，我出手也不能容情啊。」

俞蓮舟安慰了一陣，無忌才止了啼哭，說道：「義父說，這是武林中久已失傳的掌法，叫做『降龍十八掌』！」這「降龍十八掌」五字一出口，俞蓮舟和張翠山夫婦盡皆失色，俞蓮舟手一鬆，將無忌放下地來。

原來這「降龍十八掌」，乃是南宋末年丐幫幫主洪七公的成名絕技，洪七公以此一套掌法和「打狗棒法」威震天下，江湖宵小聞名喪膽，成為武林五奇之一。那「打狗

— 397 —

鄺拾記舊版《倚天屠龍記》張無忌使「降龍十八掌」殺敵的原文。

周芷若緩緩站起身來，說道：「這是命該如此，你慢慢的、將我忘記了吧。」無忌兀自怔怔的呆著，不相信她所說的話竟是真的。周芷若輕嘆一聲，轉身便走。無忌一躍而起，拉住她手，顫聲道：「是……是宋青書這賊子麼？」周芷若點了點頭，流淚道：「在丐幫之中，我被點中穴道，無力抗拒……」無忌緊緊抱住了她，說道：「這又非你的過失。事已如此，煩惱也是枉然。芷若，這是你遭難，我只有更加愛你憐你。你肚中……肚中孩兒，便算是我的，於你清白，絕無半點損害。」周芷若低聲道：「你何必好言慰我？我已非黃花閨花，怎能再做教主夫人？」

張無忌道：「你……你也是把我瞧得小了。張無忌是豪傑男兒，豈如俗人之見？縱是你一時胡塗，自行失足，我也能不答已往，何況這是意外之災？」周芷若心中感激，道：「無忌哥哥，你當真待我這麼好嗎？我……我只怕你是騙我的。」無忌道：「我待你的好處，以後你才知道，現下我還沒起始待你好呢。」周芷若撲在他的懷裏，感極而泣，過了一會，說道：「你用些藥物，先替我將這孽種打了下來。」無忌道：「不可。」心下暗想：「她失陷丐幫，前後不過一月，怎地已知懷孕？說不定是她胡思亂想。」一搭她的脈搏，亦無胎象，但想這種事情打胎之事既傷天和，於你身子又是大大有損。」

—1699—

廊拾記舊版《倚天屠龍記》周芷若訛稱懷有宋青書骨肉的原文。

三丰一怔之下，突然哈哈大笑，聲震屋瓦，說道：「周姑娘，虧有你的。單憑你這一手，便不枉了滅絕師太的託付之重。」周芷若從懷中取出一本黃紙薄本，連着兩截倚天劍的斷劍，交給無忌，說道：「這是郭女俠手書的本門武學，劍掌精義，盡在其中。」

此事雖是大出意料之外，但無忌並不屬於任何門派，接掌峨嵋，並非違了江湖規矩，而此事確與光復大業有利，也不損明教聲威，祇聽張三丰又道：「無忌孩兒，你不答應過周姑娘，說過的話可不能不算數」。無忌無奈，祇得將峨嵋派武學秘本和兩截斷劍接了過來，戴上鐵指環，重新向兩座靈位跪倒。周芷若率同衆門人，一一參見第五代掌門人。張三丰、宋遠橋等依次道賀。峨嵋羣弟子均知張無忌武功卓絕，威望極隆，於本門將有莫大好處，雖有數人心懷不服，卻也不敢公然反對。

張三丰瞧着郭襄的遺書，眼前似乎又看到了那個明慧瀟灑的少女，可是，那是一百年前的事了。

周芷若削髮爲尼，不問世事，自此一盞青燈，長伴古佛。

張無忌率領峨嵋弟子偕同趙明，拜別張三豐，宋遠橋，等，同歸峨嵋山，他到得山上，寫了一封長信，將明教教主之位讓與楊逍。

鄺拾記舊版《倚天屠龍記》張無忌接任峨嵋派第五代掌門的原文。

心一堂金庸學研究叢書　金庸版本的奇妙全界

8

目錄

金庸武俠史記∧倚天編∨三版變遷全紀錄

張無忌與小昭在六大門派前大玩「乾哥乾妹」親密遊戲

金庸武俠史記〈倚天編〉三版變遷全紀錄

迷人又好玩的金庸版本學（總序一）

打從中學時開始閱讀金庸小說，我就聽聞金庸小說還有修訂前的「舊版」，也非常渴望親睹「舊版」的廬山真面目，卻始終無緣得見。

就在二〇〇一年時，有位武俠小說藏書名家慨讓給我《射鵰》、《神鵰》、《倚天》與《天龍》等幾部一版金庸小說，從此激發出我蒐羅一版金庸小說的決心。在那一年中，只要有時間，我就走訪台灣的舊書肆與租書店，或是逛網路拍賣，慢慢地收集了近乎一整套的一版金庸小說。

二〇〇二年間，我在台灣金庸茶館發表了「台灣金庸小說版本考」一文，完整呈現台灣各式各樣一版金庸小說的版式與封面圖案，這也是我的第一篇金庸版本研究文章。

不過，比起版式與封面圖案，我更希望與金庸讀者們分享的，是不同版本的金庸小說，究竟有哪些差異，於是，在二〇〇六年遠流出版社出齊新三版金庸小說後，我一口氣將三種版本的金庸小說讀完，並於二〇〇七年發表了「大俠的新袍舊衫──試論金庸小說的改版技巧」一文，粗略討論金庸小說三種版本的差異，此文獲得了金迷們的廣大迴響。

發表「大俠的新袍舊衫」一文後，我仍感覺意猶未盡，因為金庸改版的精彩之處實在太多，

這篇文章實在無法包羅所有改版的妙趣，於是，從二〇〇七年八月起，我在遠流出版社官網「遠流博識網」架設了「金庸版本的奇妙世界」部落格。在這個部落格中，我以逐回逐字比對的方式，與金迷朋友們分享金庸小說的版本差異，並分析金庸的改版技巧。

這個部落格從二〇〇七年八月開張，直到二〇一〇年八月，我陸續完成了《射鵰》、《神鵰》、《倚天》、《天龍》、《笑傲》與《鹿鼎》六部金庸長篇小說的版本回較，部落格格友們始終熱情支持。二〇一〇年八月完成《鹿鼎》版本比較後，我就鮮少貼文，但一直到多年後的今天，這個部落格每天仍都有數百點閱率，可知喜好金庸版本學的同好著實不少。

二〇一三年在潘國森老師鼓勵下，我將「金庸版本的奇妙世界」的《射鵰》、《神鵰》版本回較文章整理後付梓，出版了《彩筆金庸改射鵰》、《金庸妙手改神鵰》兩書。出版後讀者的反應極好，但而後因瑣事繁忙，另幾部金庸小說的版本回較並未出版。

一眨眼過了四年，在二〇一七年時，潘老師向我提起出齊六部小說版本回較的計劃。幾經思慮後，我決定將部落格文章再一次細心整理修改，成為好看的金庸版本專著，於是，經過一段時日的重新整編、校定、改寫之後，《射鵰》、《神鵰》、《倚天》、《天龍》、《笑傲》與《鹿鼎》六部金庸長篇小說版本回較的「書本版」陸續完成，並將逐部出版。

我相信這套書一定會是好看又好讀的「金庸版本學」著作，也相信經過我的穿針引線，讀者們都將全面認識不同版本的金庸小說，也能品味金庸改版時所用的技巧，並體會金庸修訂著作時的用心。

於我而言，閱讀金庸小說真的是很快樂的事，然而，比之閱讀金庸小說，更深的快樂是投入金庸版本的比較，因此，即使這些版本回較文章已經完成，我依然喜歡一再品味同一段故事，不同版本的不同說法。倘徉在版本變革的妙趣中，常常讓我對金庸的巧思會心一笑。

經由改版修改作品的作家很多，但像金庸這樣，大刀闊斧修訂自己成名數十年經典名著的作家則是絕無僅有。我相信「金庸版本學」一定會成為金庸研究中的一門有趣學問，這門學問不只不枯燥，還迷人又好玩。

經由這套書《金庸武俠史記──三版變遷全紀錄》的出版，希望吸引更多朋友們都來閱讀不同版本的金庸小說，大家一起來「玩」金庸版本學，發現更多金庸改版時的巧思！

王怡仁

二零一八年五月

金庸武俠史記∧倚天編∨三版變遷全紀錄

喜見金庸學考證派發揚光大（總序二）

金庸小說毫無疑問是二十世紀最偉大的中文小說，金庸也毫無疑問是二十世紀最偉大的中國文學作家，這裡沒有所謂「之一」而是「唯一」、「獨一」。而且二十世紀已經完滿落幕近二十年，這兩個「最偉大」可以作為定論。

金庸武俠小說自上世紀五十年代在香港面世不久已經甚受讀者重視，最早較具規模的論述始自八十年代初的「金學研究」。在此之前，倒不是未出現過有份量的評論文字，但是以數萬字長文刊行的單行本，則始由曾為金庸代筆的作家倪匡開先河。

後來因為金庸本人謙光，認為「金學研究」的提法不好，於是大家就改稱為「金庸小說研究」。這個叫法還是不夠全面，此所以我們決定用涵蓋面更廣的「金庸學研究」，為在二十一世紀重新推廣研究金庸其人及其小說這樣的學術活動給一個新的定義。

文學研究可以分為內部研究和外部研究。

內部研究以作品本身為主，作者本人為輕。在於金庸學當然以武俠小說為主，至於研究金庸寫武俠小說時的同期作品，如政論、劇本、雜文等都可以作為點綴。

心一堂金庸學研究叢書　金庸版本的奇妙全界

外部研究則可以旁及作者的生平，他所處時空的歷史背景和社會面貌，以及他交遊的人物等等。

雖然與作品本身未必有實質的因果關係，但是也不失為全面了解金庸武俠小說的助談資料。

金庸兩番增刪潤飾全套武俠小說作品的原意，其實可以概括為貪新厭舊四字。早在七十年代重刊修訂二版之前，金庸就靜悄悄地在香港市面上搜購所有流通在外的初版單行本，然後拿去銷毀。可是事與願違，金庸無法回收香港所有舊版，而海外讀者見到二版的改動之後，更把手上的舊版視如珍寶。

到了二十一世紀新三版面世時，金庸曾經公開聲稱原來風行多時的二版全面作廢！但是許多老讀者對新三版頗有微詞，後來金庸見群情洶湧，便改口說讓二版、三版並行，隨讀者喜好自便。不過，可以預期三版出而後二版不重印，在金庸的心目中，還是以三版為優。按照現時的情況，我們可以肯定不會再有第四版的金庸小說問世了。

著名學者、教育家吳宏一教授總結過去數十年讀者對金庸小說的討論，將眾多研究者粗略分為「點評派」、「詳析派」和「考證派」三大流派。① 並分別以倪匡、陳墨和潘國森等人，作為三

① 「隨着金庸小說研討會在港台、美國以及中國南北各地的陸續召開，讀者的熱情仍然不減，討論的風氣似乎更盛。從早期倪匡的點評，中期陳墨的詳析，到最近潘國森等人的考證，在在顯示出金庸小說的魅力。金庸的武俠小說，真的如世所稱，已成一種中國文化的特殊現象。」見吳宏一，〈金庸印象記〉，《明月》（《明報月刊》附刊），二零一五年一月號，頁42-47。

金庸武俠史記∧倚天編∨三版變遷全紀錄

派的代表人物。

從字面理解，點評派的特色是見點而隨緣說法。代表人物倪匡打從金庸小說初刊就亦步亦趨，據說他是金庸四大好友之一，並且曾經代筆《天龍八部》連載數萬字。因為倪匡非常接近金庸本人，所以同時是金庸學外部研究的一部活字典。

詳析派則是將一部小說從頭到尾細加分析討論，代表人物陳墨也是截止今天，刊行金庸小說評論專注最多的論者。

至於考證派，可以說是比較貼近傳統中國文哲研究的舊規矩、老辦法。研究《紅樓夢》的紅學，當中亦有考證一派。因為金庸不願意與紅學爭勝，所以我們今天也沒有金庸學而只有金庸學。

我們金庸學考證派，較多用上中國文史哲研究的利器——「普查法」。潘國森在上世紀八十年代就是先從查找《金庸作品集》（二版）所有個人能夠看得見的錯誤入手，不過那是一個小讀者希望心愛的小說免除所有可以避免的小瑕疵，而不是打算要拿小說的疏漏去江湖上四處炫耀。

吳教授說「潘國森等人的考證」，這「等人」二字落得真是精確。我們或可以說倪匡的點評派和陳墨的詳析派都要後繼無人。

金庸學考證派，至少還有專注金庸版本學研究的王怡仁大夫和開展金庸商管學（Jinyong

Business Administration, JBA）的歐懷琳等人在二十一世紀之後加入研究的行列。

王大夫既屬考證派，亦帶有詳析派的研究心法。他既用普查法同時地氈式的搜索遍了三版小說；也有跨部排比，即是將不止一部小說串連在一起評論。現在王大夫只願意整理修訂金庸武俠六大部超過百萬字的回較，即《射鵰英雄傳》（約九萬字）、《神鵰俠侶》（約十七萬字）、《倚天屠龍記》（約二十萬字）、《天龍八部》（約三十三萬字）、《笑傲江湖》（約二十二萬字）和《鹿鼎記》（約四萬餘字）。餘下八部中短篇（《書劍恩仇錄》、《碧血劍》、《雪山飛狐》、《飛狐外傳》、《鴛鴦刀》、《白馬嘯西風》和《俠客行》）和不重要的《越女劍》的回較就不打算再最後定稿和發表了。這樣就為考證派的後來者，留下了可持續發展的空間。其實金庸小說其他領域需要好好考證的地方還多著呢！

這鉅細無遺的六大部三版回較——《金庸武俠史記──三版變遷全紀錄》，等同於其他學術領域入面最扎實的基礎研究，為金庸學更細緻的進階考證準備好最詳盡的三版演變紀錄。筆者認為是今後所有立志於金庸學研究的後來者必備的參考工具書，那怕是學院入面嚴肅的博士論文、碩士論文，還是一般讀者輕輕鬆鬆的看書消閒，都宜以小說原著與王怡仁回較並讀。

金庸武俠史記∧倚天編∨三版變遷全紀錄

願金庸學考證派從此發揚光大！

是為序。

潘國森

序於香港心一堂

二零一八年戊戌歲仲夏

歡迎來到《倚天屠龍記》版本的奇妙世界

因為鍾情於金庸小說，我曾多次以「金庸研究者」的身份，接受報紙與電視訪問。每當有記者問我最喜歡哪一部金庸小說時，我都毫不遲疑地說，是《倚天屠龍記》。

我也喜歡《神鵰俠侶》，在我的閱讀記憶中，《神鵰俠侶》是一部情感較為濃烈的小說，《神鵰》的許多情節都讓我熱血沸騰、心情激盪，相較之下，《倚天屠龍記》的調性就顯得溫和喜樂許多，整部小說讀來輕鬆愉快。比起《神鵰俠侶》，我更喜歡《倚天屠龍記》的閱讀感覺，一直到現在，若要選擇一部金庸小說在休閒時閱讀，我還是會挑選《倚天屠龍記》，讓張無忌、趙敏、周芷若……等俠士俠女陪我度過休閒時光。

可想而知，我非常希望向讀者們介紹《倚天屠龍記》的版本比較，因此，我投入了數個月的時間，整理與分析《倚天》三個版本的差異。

若與《射鵰》及《神鵰》相較，《倚天》的三種版本差異非常大，也就是說，雖然同是一部《倚天屠龍記》，但從許多情節看來，一版、二版與新三版根本是三部小說，版本比較因此非常過癮，閱讀經驗也非常快樂。

金庸武俠史記〈倚天編〉三版變遷全紀錄

21

經由比較與思考《倚天》三種版本的變革，我對金庸改版的思維脈絡，有種茅塞全開的感覺，這樣的快樂是超越純粹閱讀小說的另一層快樂。

以版本研究而言，《倚天》是非常富含金庸改版技巧的作品，因為《倚天》有數個主題，都在改版中做出了大修訂。

所謂主題的修訂，就是金庸針對某個書中的主題，將全書相關的情節都予以修訂，然而，牽一髮則動全身，每個主題都牽涉很多細節，每個細節也都必須隨之修訂。品味這些修訂的大枝小節，就可以見到作者的文學功力。這就好比金庸修訂二版《射鵰》時，決定修改「陳玄風胸前刺《九陰真經》」這一主題，而《九陰真經》是貫穿整部《射鵰》的重要情節，於是得連動改寫桃花島黃藥師與諸弟子的關係，想不到靈感一來，金庸竟天外飛來一筆，加入了「黃藥師暗戀梅超風」的故事。為了修改一個主題，使得細節連鎖更動，這就是品味金庸改版，讓人大呼過癮的原因之一。

《倚天》在新三版有三大主題的改寫，一是倚天劍與屠龍刀中所藏秘笈兵書由紙本改為鑄有藏寶地圖的「玄鐵片」；二是荒島殷離血案由目盲的謝遜詳知其來龍去脈，改為由趙敏及周芷若的事證與回憶拼湊出血案真相；三是朱元璋逼迫張無忌放棄帝位的方法，由佈局欺詐改為帶兵逼

宮。這三個主題的更動都導致大篇幅的刪改與增補，使得我看完一部《倚天》，得以欣賞兩種到三種創作技巧，也能領悟出改版變革的妙趣。

除了主題的更動外，金庸所有的改版技巧在《倚天》改版時幾乎全使用了。一版改寫為二版時，刪掉了篇幅頗多的玉面火猴、統一了張無忌混亂的童年性格、又將原創意中理當不是紫衫龍王的金花婆婆修改成一登場就暗伏為明教的紫衫龍王。二版修訂為新三版時，金庸還將張無忌、周芷若與小昭都做了性格的調整。相信閱讀過三種版本的《倚天》，必能明白金庸修改作品的筆路、技巧、原則與方向。

因為《倚天》的版本變革非常大，我在這部書投入的心血，遠勝於《彩筆金庸改射鵰》與《金庸妙筆改神鵰》，但相對的，讀者們在閱讀《倚天》的版本評較時，應該也會發現處處有寶藏，時時有驚喜。

版本研究可以是學術，也可以是輕鬆的閱讀，我希望讀者們在閱讀此書時，都可以輕輕鬆鬆地品味《倚天》改版的妙趣，更期盼閱讀過這本書，讀者們都能看見一版、二版、新三版《倚天》各自不同的美好！

那麼，就讓我們一起來打開這本書，進入《倚天》版本的奇妙世界！

凡例

一、關於金庸小說的版本定義

一版：最初的報紙連載及結集的版本。

香港：三育版及鄺拾記版等授權版本，以及光榮版、宇光版等多種未授權版本。

台灣：時時版、吉明版、南琪版等多種版本，均為未授權版本。

二版：一九八〇年代十年修訂成書的版本。

中國：三聯版

香港：明河版

臺灣：遠景白皮版，遠流黃皮版、遠流花皮版

新三版：即一九九九至二〇〇六年的七年跨世紀新修版本。

中國：廣州花城版

香港：明河版

臺灣：遠流新修金皮版

心一堂金庸學研究叢書　金庸版本的奇妙全界

二、一版，讀者通稱「舊版」。二版，讀者通稱「新版」。新三版，讀者通稱「新修版」。

三、本系列的回目，是以二版的劃分法為準，一版內容以對應二版分回作比較，一版回目則從略。

楊過家的古墓別墅只有侍女看家
——第一回〈天涯思君不可忘〉版本回較

《倚天》的故事起於郭襄尋找楊過，《神鵰》完結後，楊過領了金庸的退休金，已然自在逍遙去。新的小說《倚天》要換上完全不同於《神鵰》的卡斯，但新的卡斯中並沒有《神鵰》的男主角楊過。

隨著讀者闔上《神鵰》一書，楊過也完全失去了影蹤。楊過人間蒸發後，郭襄走南闖北，四處尋訪楊過，二版說郭襄也不一定要和楊過、小龍女夫婦會面，只要聽到一些楊過如何在江湖上行俠的訊息，也就心滿意足了。

郭襄似乎是頗懷念「風陵夜話」那晚聆聽神鵰大俠俠跡的心靈悸動，然而，曾經擊劍任俠，濟人疾苦的神鵰大俠楊過，在與小龍女重逢之後，天下人的苦難彷彿都與他無關了，他的俠行義舉在襄陽之戰後畫下了句點，郭襄因此無從聽聞任何楊過的俠蹤。

新三版刪去了郭襄只要聽到楊過的訊息，便心滿意足之說，此外，較之二版，新三版郭襄尋覓楊過更積極，也更有計劃。新三版增說郭襄料想楊過夫婦於古墓隱居，便逕往古墓求見。然

而，因未事先聯絡，古墓中只出來兩名侍女，說楊過夫婦出外未歸，並招待郭襄在古墓中住了三天。但楊過夫婦並未說明歸期，郭襄亦不想徒然遙遙等待，因此隨後即離開古墓，恣意行走。

而後，新三版透過郭襄在少林寺的言行，將郭襄的性格刻劃得更加入微。

懷抱著失望的心情，郭襄騎著青驢，來到了少林寺。

郭襄上少林寺後，與少林僧眾武鬥，更有僧人因此濺血，無色禪師因身為羅漢堂首座，出面了解實情。見到無色禪師後，郭襄當下嚴詞質問無色，說少林寺比皇宮內院還要厲害，動不動就扣人兵刃，二版郭襄質問無色：「請問大師，我進了貴寺的山門沒有？」新三版郭襄再加上一句「這少室山是少林寺全山買下來的不是？」

接著，二版郭襄又說達摩祖師傳下武藝，只是要眾僧強身健體，便於精進修為，少林寺卻自恃武功而逞強。新三版將二版的「精進修為」四字改為更譏刺對方的「參禪成佛」。最後，郭襄還出言威脅。二版郭襄說：「好，你們要扣我兵刃，這便留下，除非將我殺了，否則今日之事江湖上不會無人知曉。」新三版改為郭襄說：「就算將我殺了，也滅不了口，今日之事，江湖上不會沒人知曉。」

新三版郭襄較二版更得理不饒人，言辭更加咄咄逼人，也更像是「小黃蓉」。

經過無色的好言解釋，郭襄的誤會就此冰釋，而後，郭襄發現無色禪師就是送她鐵羅漢的楊過知交。二版郭襄輕描淡寫地說：「啊！你就是無色得罪，請大師原諒。」此外，故事述及無色禪師送給郭襄鐵羅漢時，二版郭襄說：「我還沒謝謝你送給我的生日禮物，今日得謝謝你啦。」新三版改為郭襄更有禮貌地說：「大師父，我把你給我的生日禮物帶在身邊，我對你好生感激，也十分敬重，今日能見到你，正好當面謝謝你。」謝過無色禪師後，準備下山時，二版郭襄對無色施禮，並說：「小女子出手不知輕重，得罪了幾位大和尚，還請代致歉意。」新三版改為郭襄不是請無色代致歉意，而是自己向那幾位交過手的僧人行禮致歉。

新三版將郭襄改得更為謙和有禮，「小東邪」因此更像「小北俠」，自然地流露出對長輩的禮敬。

在這回的故事裡，金庸還為郭襄安排了一位文武雙全的愛慕者，那就是崑崙三聖何足道。何足道此人只在「倚天前記」中曇花一現，並無後續發展，因此一版與何足道相關的部分描述，二版都當成冗情節刪去了。且來看看一版與二版的差異。

郭襄初見何足道時，為何足道琴聲所吸引，此刻的何足道，在一曲「空山鳥語」後，又彈奏

了一曲「百鳥朝鳳」，琴聲居然能引集山中群鳥，蔚為奇觀。

一版大幅解釋何足道的絕技，說及以音樂感應鳥獸，原非奇事。古人只道對牛彈琴，牛不入耳，其實今人已知音樂可使母牛增產牛乳，可用音波誘使魚入網，甚至能以音樂促使植物生長加速。須知昆蟲求偶，鳥獸呼侶，皆出之以音，宇宙之間，天籟無窮。師曠琴聲能使風雲變色，自是神乎其說，不足為信，但呼鳥馴獸，驅蛇起舞，卻是歷代均有。此是閒話，表過不提。

這一大段精彩解說，二版盡刪。

一版何足道文采也勝於二版，一版何足道撫完琴後，先吟唱的一首詩是：

白日何短短，百年苦易滿。

蒼穹浩茫茫，萬劫太極長。

麻姑垂兩鬢，一半已成霜。

天公見玉女，大笑億千場。

吾欲攬六龍，迴車往扶桑。

北斗酌美酒，勸龍各一觴。

富貴非所願，為人駐顏光。

二版刪去了這首李白的〈短歌行〉。

而後，郭襄與來自西域少林的潘天耕、方天勞、衛天望三人武鬥，何足道由石亭屋頂破頂而降，一版何足道閉著眼睛幽幽而吟：「老冉冉將其至矣，恐修名之不立！」這兩句屈原的《離騷》之詞，二版亦刪除，這些刪改應是何足道無關全書弘旨，不須把注太多文采在他身上。

何足道心慕郭襄，是書中確有明言的，在這一回的故事裡，何足道將《考槃》與《蒹葭》二詩混和成一首新曲，獻給郭襄，郭襄聽到其中奏有「所謂伊人，在天一方」詩句，想到琴音中充滿了纏綿與思慕之情，不由得微微臉上一紅。

然而，郭襄與何足道的緣份就只有這麼短短的一回，兩人後來並沒有發展出情人的愛戀關係。不過，郭襄終身不能再涉足情場，根本原因還是為了符合作者與讀者的共同期望。想來在作者與讀者心中，郭襄愛戀楊過，也算是「楊過的女人」之一，不管郭襄願不願意，她都得為楊過點上「守宮砂」，縛上「貞操帶」，專心當她情比金堅、此情不渝，暗戀大哥哥的小妹妹。郭襄若想背叛對楊過的愛情，鐵定不只讀者十目所視，作者也將十手所指。這樣的郭襄即使未曾嫁作楊家婦，仍得終生為楊過苦守「貞節牌坊」。

而與郭襄有緣無份的何足道，就只能請他領著「好人卡」，回他的崑崙山，虔心修為去了！

心一堂金庸學研究叢書　金庸版本的奇妙全界

正式進入《倚天屠龍記》之前，先有兩回「倚天屠龍前記」，那就是本書的第一回與第二回，這兩回是《神鵰》與《倚天》兩間大房中間的「隔間門」。這扇「隔間門」存在的目的無他，就是要以《神鵰》的人物當嚮導，將《神鵰》的讀者帶領成《倚天》的「買報戶」。金庸的策略是先由郭襄開場，再藉郭襄引導出《神鵰》末回露過相的覺遠與張君寶，而後使用文學手法，讓郭襄顏色漸淡，張君寶顏色漸濃，也讓讀者關注的焦點從郭襄轉移到張君寶身上，接著張君寶開創武當派，即能開展《倚天屠龍記》的故事。

為了維持《神鵰》的讀者群，金庸所用的策略還不只「郭襄開場」這一招，另一招是在《倚天》的報紙連載日期上動腦筋，據陳鎮輝《金庸小說版本追昔》一書整理一九六一年七月份《明報》後的說法，《神鵰俠侶》的報紙連載至一九六一年七月八日結束，但在七月二日連載的《神鵰》文末，就已聲明：「金庸先生新作『倚天屠龍記』，定七月四日開始在本報刊登，頭一段精彩熱鬧節目為：『小東邪大鬧少林寺』。」

隔日的《明報》又再聲明一次：「金庸先生新作『倚天屠龍記』明日起在本報刊登，與『神

鵰俠侶』未完部份同時刊載，俾讀者諸君先睹為快。」雖然因故延宕，《倚天》並未在七月四日

按時登場，但在七月六日，《倚天》確實與《神鵰》同時出現在《明報》上，《神鵰》的版面是

上下窄、左右寬，《倚天》的版面則是上下闊、左右窄，由七月六日到七月八日，都是《倚天》

與《神鵰》於報上併刊的狀態，如此排版的目的，當然就是要行銷《倚天》，讓《神鵰》的舊讀

者，直接被新小說《倚天》接收。

話題再說回郭襄，既然郭襄在「倚天前記」中出現，主要的任務即是要抓住讀者，我們因此

會在這回的故事中發現，郭襄似乎在引導讀者們進行《神鵰》的「前情回顧」，在無色禪師考較

郭襄武藝時，郭襄以一人之身，展演了《神鵰》故事中，黃藥師、全真教、黃蓉、小龍女、楊

過、瑛姑、一燈大師、周伯通、裘千仞等諸大高手的武藝，並以此牽動《神鵰》讀者的舊情，

而後，小說再藉何足道與西域少林潘天耕三人問郭襄父母師承的機會，將郭靖黃蓉的舊事反覆提

起，讓老讀者對新書產生認同感。

身為《神鵰》一書小女兒的郭襄，責無旁貸地擔任起《倚天》「引言人」的角色。看來《倚

天》能夾雷霆之勢，一上報連載就吸引眾多讀者與買報人，郭襄還真有其不可沒之大功。

第一回還有一些修改：

一‧少林寺僧要郭襄放下兵刃，聽由法喻，二版郭襄問：「少林寺的大和尚官派十足，官腔打得倒好聽。請問大和尚做的是大宋皇帝的官兒，還是做蒙古皇帝的官？」新三版郭襄再加問一句：「又還是仍做大金皇帝的官兒？」二版的解釋是少林寺所在之地早歸蒙古該管，新三版則更詳細的說，淮水以北，本是金國該管，現下金國亡於蒙古，少林寺所在之地亦歸蒙古所管。

二‧郭襄能使瑛姑的「泥鰍功」，二版說是她當年在黑龍潭看瑛姑與楊過相鬥，此時依樣畫葫蘆。新三版改為郭襄當年聽聞瑛姑有門「泥鰍功」，身形滑溜，弱不敵強時便可施展，曾請瑛姑稍加指點，這時便依樣畫葫蘆。

三‧郭襄使出「一陽指」，無色急忙縮手變招，二版說無色豈肯以一世英名冒險相試這「一陽指」。新三版再增說：何況對方既使到「一陽指」，自當大有來歷，須以善罷為宜。

四‧無色一招「挾山超海」，將郭襄離地提起，郭襄叫道：「放開我！」二版無色說：「老衲這一把年紀，做你祖父也做得，你怕甚麼？」新三版改為無色說：「你別怕，老和尚自然放你！」。

五・郭襄被衛天望折斷的短劍，二版說本不過二尺來長，但既是「短劍」，新三版改為一尺來長。

六・監看覺遠的一高一矮兩個少林寺僧，一版身著黃衣，身裁瘦長的法名弘明，較矮的法名弘緣，二版將兩名僧人的僧衣由黃衣改成灰衣，並刪去他倆的法名。

七・一版少林寺僧要郭襄放下兵刃，到山下「立雪亭」說明詳情，二版將「立雪亭」改為「一葦亭」。「立雪」一詞出自禪宗二祖慧可立雪，向達摩求道的典故，但慧可其人並無涉《倚天》故事，因此將「立雪亭」改成取自達摩「一葦渡江」典故的「一葦亭」，是更為妥當的。

八・一版少林寺僧人欲奪郭襄短劍，抓住郭襄劍鞘，郭襄拔出短劍，那僧人左手五根手指一齊割斷，而後又舉劍鞘來戰郭襄，郭襄再將劍鞘斬斷為兩截，僧人方才知難退開；二版降低了血腥味，改為郭襄拔劍後，那僧人只被割斷左手二指，便即吃痛退開。

九・郭襄使出「落英劍法」，少林寺僧又有人受傷，一版說僧人一個又一個的湧出，越戰越多，二版刪掉少林寺僧湧出之說。

十・郭襄自稱「小東邪」，一版說無色聽了，心想黃藥師定然和她並無淵源，否則她豈敢如此無禮亂說？這麼一來，倒是少了一層顧忌。二版刪去了無色的想法。

十一·郭襄對無色使出的「玉女劍法」劍招，一版是「凌波微步」，但「凌波微步」一詞後來成為《天龍八部》的逍遙派武功，二版因此改為「小園藝菊」。

十二·因郭襄的父母師友盡是當代第一流高手，展演的武功東拉西扯一番雜拌，瞧得無色眼花撩亂，那裡說得出甚麼名目，一版還說無色出盡全力，方便堪招架得住。但如此說法未免太過蔑視少林武功，二版因此刪去此說。

十三·一版無色並未參與襄陽之役，郭襄提起楊過，無色說：「聽說他在襄陽城外擊斃蒙古皇帝，名揚天下，敝寺僧眾接到這個訊息，無不歡抃。不知他刻下是在何處？原來他已成婚，他那位夫人，看來也必是一位文武雙全的女俠了？」二版因無色亦參與襄陽大捷，問話亦改作：「後來他在襄陽抗敵，老衲奉他之召，也曾去稍效微勞。不知他刻下是在何處？」而後，郭襄要下山，無色告訴郭襄：「那年姑娘生日，老和尚奉楊大俠之命燒了南陽蒙古大軍的草料、火藥之後，便即回寺，沒來襄陽道賀，心中已自不安。」二版改為無色說：「那年姑娘生日，老和尚正當坐關之期，沒能親來道賀，心中已自不安。」

十四·郭襄聽何足道琴音，心中好奇，一版說郭襄偶然和黃藥師論琴，跟朱子柳學書，往往有獨到之見，二版改為郭襄和母親論琴、學書，往往有獨到之見。

十五‧一版說西域少林的衛天望等三人騎的馬，毛色是一青一黃一白，二版刪去馬的毛色描述。

十六‧衛天望與何足道交手而不敵，一版說潘天耕與方天勞兩人相對各推一掌，兩股掌力形成一道軟牆，衛天望跌出來時背心在那掌力的氣流上一靠，這才不致受傷。但如此說法將西域少林三人的武功描述得境界太高，二版改為潘天耕與方天勞同時抓住衛天望的手臂向上急提，這才消去了何足道剛猛的掌力。

張三丰是拜機器人公仔為師的科學人

——第二回〈武當山頂松柏長〉版本回較

《倚天》是一部武俠小說，但在這一回的故事裡，金庸卻幽了讀者一默，忽然「科幻」了起來。想來中國武術講究的是肢體靈活柔軟，臨敵隨機出招，因此高明武學往往必須經由名師調教。然而，身為武當派開山祖師的張君寶，初學少林拳時，竟是拜師於無色禪師送給郭襄的一對鐵羅漢公仔。天資聰穎的他，單是學習機械公仔的出招打拳，就足能與「崑崙三聖」何足道平分秋色。

難道無色禪師的這對公仔是超越時代的科技產品嗎？機器人怎可能以機括展現與人體相彷的柔軟肌肉與靈活關節呢？且來細品這段張君寶授業於機械人的科幻故事。

張君寶會卯上何足道，是因何足道上少林寺叫陣，並與張君寶的師父覺遠有過一番較勁。覺遠危難之時，張君寶護師心切，一掌打在何足道肩頭。何足道不堪受此後輩少年之辱，因此向張君寶下戰帖：「你只須能接我十招，何足道終身不履中土。」

而後，張君寶以少林拳迎戰何足道，第一招使的是「右穿花手」，一版說張君寶接著使出

「拗步拉弓」、「單鳳朝陽」、「袖底切掌」、「二郎擔衫」四招，還大讚張君寶的武功「尺度之嚴，勁力之強，合寺僧人無出其右」。若照一版的描述，張君寶即成了少林寺第一高手。這樣的說法顯然有貶低少林高僧武功之嫌，二版因此將一版大讚張君寶的「合寺僧人無出其右」一句，改成「實不下於少林寺的一流高手」。

新三版再較二版大幅增寫解說張君寶的武功源流，述及張君寶的少林拳學自郭襄送他的一對鐵羅漢時，新三版增說「少林派中人傳授拳法，師父拳技再精，第一招教招之後，二次三次再教，出拳時上下左右，不可能絕無偏差，弟子照式學招，也不免略有岐異，師父再加糾正，弟子往往無所適從。但這對鐵羅漢製作時法度謹嚴，以機括運轉，每一手拳腳，擊出時上下左右，每次無分毫之差。張君寶十天中照式學招，因招數有限，每一招都練得板眼精準，猶似製模而成，雖少了靈動活潑之氣，但法度確實，實非人力之所能。」又因張君寶習練過《九陽真經》，因而拳出勁深，且準確無比。

張君寶以初生之犢力戰何足道，一版與二版的結果大為不同。一版說何足道出拳後，張君寶以一招少林拳「偏花七星」來迎，何足道「嘿」的一聲，噴了一口熱血出來，而後何足道交代了以一招少林拳「偏花七星」來迎，何足道「嘿」的一聲，噴了一口熱血出來，而後何足道交代了「經書是在油中」一句話，便在身負重傷之下，以上乘輕功離去。二版減低了張君寶拳術的威

力，改成兩人比拼內力後，何足道知無勝他把握，於是縱身躍起，讓張君寶的拳力盡皆落空，再反掌於他背上輕輕一推，致使張君寶仆跌在地，一時站不起來，而後，何足道交代了「經書是在油中」一句話後，即遠離而去。

力戰何足道之後，張君寶並沒有因為奮力救寺而獲得少林僧眾嘉勉，緊接著，少林寺開起了「清算大會」，老一輩僧人們你一言我一語，批鬥無師自通的張君寶。而老僧們之所以批鬥張君寶，乃是因為數十年前，有一火工頭陀在寺中被香積廚僧人虐待，受欺又無處伸冤，因而自學武功，成為一代高手，而後在積恨之下，打死了少林高手苦智禪師及香積廚等一千仇人，再逃離少林寺。此案發生數十年後，老一輩僧人仍餘悸猶存，更將恐懼感投射到自學少林拳的張君寶身上。

面對群僧的批鬥，二版張君寶無言，新三版則增寫張君寶自辯：「這羅漢拳是弟子跟著這對鐵羅漢學的。鐵羅漢使的是本門功夫，弟子學了，想來也沒犯門規。」但眾老僧聞言後，仍然惹怒難當。面對眾僧的憤怒，新三版增寫無色禪師為張君寶開說：「張君寶從鐵羅漢學得了十來招羅漢拳，事先確然不得教導，不知此項規矩。一切罪愆皆由弟子而生，弟子甘願領受重責，請方丈大師降罰。張君寶這小子，請方丈恕了他不知之罪。」但天鳴方丈等一干老頑固仍然堅持「不

教而殺」，決定嚴懲張君寶。

見到張君寶拼命救寺，少林群僧們卻磨刀霍霍，準備入他於罪，覺遠當下護著張君寶逃出少林寺，一版覺遠將張君寶與郭襄兜進肩上兩個裝滿水的大鐵桶中，背著鐵桶逃出少林。下山後，兩人自鐵桶躍出，全身皆已濕透，張君寶而後撿拾枯柴生火，烤乾自己和郭襄的衣裳。二版覺遠可沒這般顢頇了，他先把鐵桶的水潑出來，再兜進張君寶與郭襄，逃下山去。

下山後，覺遠圓寂前，口中不停唸誦《九陽真經》，較之二版，新三版覺遠還多唸了一段：

「陰到極盛，便漸轉衰，少陽暗生，陰漸衰而陽漸盛，陰陽互補，互生互濟，少陽生於老陰，少陰生於老陽。凡事不可極，極則變易，由重轉輕，由輕轉重……」郭襄聽聞此段經文，所做的解讀是「拳力已盡之後，忽然又能生了出來，而且越生越強。」此外，覺遠曾誦讀「由已則滯，從人則活」兩句話，郭襄聞言大惑不解，心想「那不是聽由挨打嗎？」一版解釋說，「『後發制人』的拳理，要直到明季之後，武當派昌盛於世，才為武學之士所重視。其時方當宋末，郭襄乍然聽來，自覺怪誕不經。」這段解釋二版刪去了。

故事進行到此處時，新三版又將《神鵰俠侶》第四十回所述《九陽真經》的來源，重覆說了一次，但《倚天》更清楚地說，寫下這部《九陽真經》的高僧，在皈依佛法前乃是道士，精通道

藏，所撰武經剛柔並重，陰陽互濟，隨機而施，先發制人，與少林傳統武學的著重陽剛頗不相同，與純粹道家的《九陰真經》之著重陰柔亦復有異。這位高僧當年悟到此武學深理，不敢在少林寺中與人研討參悟，只隨手寫入《楞伽經》梵文鈔本之中。

這一回是「倚天前記」的終回，故事的最後以張君寶創武當派做結。關於張君寶成為一代宗師的因緣，三種版本的描述各有不同。且說覺遠圓寂後，張君寶惜別郭襄，自上武當山修習精進，十餘年之間內力大盡。一版說張君寶一日在山中閒遊，見一蛇一鵲相互搏擊，那鵲兒多方進逼，卻終輸青蛇一籌，負創而去。張君寶心中若有所悟，苦思七天七夜，終於領會了以柔克剛之道。二版改為張君寶多讀道藏，於道家練氣之術更深有心得，一日在山中閒遊，仰望浮雲、俯視流水，苦思七日七夜，終於領悟了以柔克剛的至理。新三版再以二版為基礎，大幅增寫張君寶體悟到老子說的「柔弱勝剛強」、「以天下之至柔，馳騁天下之至堅」等等話語。

總而言之，張君寶終於成為武當派開山祖師張三丰了。但對照起清新的武當派，陳腐的少林派還真讓人搖頭歎息，看火工頭陀與張君寶之受責，就知道少林派官僚風氣積習之深，上級凌虐下級不見得有過，下級反抗上級則罪可致死。看來要在少林寺出頭天，得從「僧奴」熬起，慢慢經過年資與武功的增長，熬成「僧官」，最好還能成為「僧帝」方丈。真不知這座打著佛教招

金庸武俠史記∧倚天編∨三版變遷全紀錄

牌，卻大行官僚惡風的百年古剎，究竟是渡人到智慧彼岸的佛門聖地，亦或只是五濁惡世的濁污縮影？

【王二指間話】

小學生測量身高時，醫院或學校常會在牆上貼著「動物量尺」，量尺上除了畫有公尺公分等刻度外，還會彩印各種代表不同高度的動物，從高到矮，通常有長頸鹿、斑馬、老虎、猴子等等。小朋友跟畫上的動物比高，就知道今年的自己有沒有比去年長高。

「身體的高度」可以用量尺來量，「武功的高度」卻無法定出刻度。然而，武俠小說中的江湖人物仍須有境界上的高低上下之別，但作者形容俠士們「武功的高度」時，倘使一概使用「強、神、厲害」等等狀態詞，不只讀者們無法明確地知道高手們「武功的高度」，還會讓情節流於單調乏味。

金庸描述江湖人物「武功的高度」時，擅用的文學技巧，是以「對比」的方式闡明俠士們的武功高度，那就好像小朋友以「動物量尺」對比出自己的身高一樣。

「對比」這一招還能分成兩式，即「直接對比」與「間接對比」兩式。

所謂的「直接對比」，是金庸先畫出「武功高度量尺」，量尺上有高低分明的不同層次，如在《射鵰》與《神鵰》中，量尺的最高點就是號稱「天下五絕」的黃藥師、洪七公等幾大高手。

而若要定位郭靖的武功高度，金庸只要編派郭靖與另一位江湖人物打成平手，讀者們就可推知郭靖的武功層次。譬如郭靖方由蒙古南回時，武藝可與楊康一戰，可知那時的郭靖武功高度等同楊康。而後，郭靖學過「降龍十八掌」，武功足可制服梁子翁，可見此時郭靖的武功高度約與梁子翁齊觀。再之後郭靖苦習《九陰真經》，並能與黃藥師對拆三百招，可知其高度已與黃藥師齊頭。透過對手做「對比」，郭靖的武功層次就不言自明了。

「直接對比」簡單易懂，但以寫作技巧而言，「間接對比」更勝一籌。「間接對比」的實例之一，就是《倚天》對張君寶武功層次的定位。在《倚天》的故事裡，金庸想要說明張君寶的武功高度，但《倚天》的年代並沒有可當「高度量尺」的天下五絕，因此，金庸換個方式，以百年武功聖地少林寺來當對比張君寶的參考高度。

然而，張君寶系出少林，總不能讓他叛師悖祖，直接就與少林寺僧火拼起來。於是，金庸使用「間接對比」的手法，說明張君寶的武功高度。所謂的「間接對比」，即是以西域少林的衛天

望等三老來代表少林寺的武功層次，而後，情節安排何足道力挫西域少林三老。這麼一來，何足道的武功層次就等同於少林寺，接著，張君寶出手與何足道比拼內力，一較之下，旗鼓相當。如此一來，讀者們一經換算，就能完全明白，張君寶的武功高度與何足道在「直接對比」下等高，再經「間接對比」，張君寶的功力就勝過少林寺群僧了。

武當派始祖張君寶的武功高度就此得到定位，原來他天縱英才，少年時期的武功高度已能與少林高僧們等量齊觀，難怪可以自立門戶，開派武當。

第二回還有一些修改：

一‧郭襄與何足道上少林寺，少林寺請出心禪堂七老壓陣，方丈天鳴禪師一見何足道就知道他是下戰帖的「崑崙三聖」，二版未寫明原因，新三版則增寫解釋說，潘天耕三老戰何足道後，猜到與自己相鬥的年輕人就是「崑崙三聖」，而後即預先告知少林寺，是以少林寺僧知曉何足道外貌，並擺出大陣仗防備何足道。

二‧為何少林寺方丈天鳴禪師要請出心禪堂七老對付何足道呢？新三版增寫原因是「心禪堂

七老的輩份高於天鳴」。

三・何足道在少林寺的青石上，以尖角石子畫出一張大棋盤，覺遠知道何足道是為揚威而來，因此將何足道所畫棋盤界線抹去，二版覺遠是將畢生所練功力下沉雙腿，在棋局界線上一步步走過去。新三版稍為減低了覺遠的功力，改為覺遠將畢生所練內力下沉雙腿，踏住鐵鍊，在棋局的界線上一步步的拖了過去。

四・二版無色禪師追上逃走的覺遠一行，並告訴他三人快往西逃，新三版無色還加說了句「我還要去達摩堂領責呢！」無色所領應是私放逃徒之責。

五・何足道上少林時，方丈天鳴禪師請出心禪堂七老相迎，一版介紹說：心禪堂七老輩份甚高，有的身懷絕技，有的卻是全然不會武功，只是佛學精湛，少林寺中連方丈也對他們十分尊敬。這些描述二版刪改為「心禪堂七老的武功到底深到了何等地步，誰也不知。」此外，一版說少林寺這等隆重接客，可說是極為罕有，過去縱然是官府大員或是名重武林的豪俠來到，也不過是方丈和無色、無相親自出迎而已，心禪堂七老是決計不見外客的，這段大為彰顯何足道重要性的敘述，二版悉數刪除。

六・火工頭陀自學少林功夫，練出上乘武功，一版說練了十餘年，二版改為二十餘年。

七‧苦智禪師出手與火工頭陀相鬥，一版說苦智當年在少林寺中武功可算第一，二版改去這讚詞，只說苦智是少林寺高手。

八‧一版此回結束前，有一大段清楚交代張三丰、郭襄與何足道未來發展的敘述，二版全數刪除了，這段內容是：

張君寶上武當山，自號三丰，成為武林不世出的奇人。

此後數十年間，郭襄足跡遍於天下，到處尋訪楊過夫婦，當真是情之所鍾，至老不悔。

郭襄在四十歲那年，突然大徹大悟，在峨嵋山絕頂剃度出家，成為武學中的峨嵋一派。

何足道回西域後，履行誓言，不再涉足中原，直到年老之時，才收了一個弟子，傳以琴棋劍三項絕學。因此崑崙一派的門人，雖然遠在異域，卻大多是風度翩翩，文武兼資。

其後武林之中，以少林、武當、峨嵋、崑崙四派最為興旺，人才輩出。那日覺遠大師在荒山臨終之時，背誦《九陽真經》，郭襄、張君寶、無色禪師三人雖均同聽聞，但因三人天資和根底不同，記憶和領會頗有差別，是以三人傳下來的峨嵋、武當、少林三派武功，也是相異之處多而相同之處少。

郭襄家學淵源，所習最多，因此峨嵋一派弟子武功甚雜，往往只精一項，便足以成名。無色禪師聽聞《九陽真經》時本身已是武學大師，這經文於他只是稍加啟迪，令他於武學修為上進入更高的一層境界，但基本行功，卻絲毫無變。只有張君寶除了楊過所授四招及羅漢拳外，從未學過武功，於《九陽真經》領悟最純，但也因他缺了武功的根基，當時於經中精義，許多處所無法了解，到後來見蛇鵲相鬥，自悟武功，卻已在三十餘年之後，少年時所聽聞的經文，已不免記憶模糊。

二版刪去此段，直到第九回，才經俞蓮舟之口說起，郭襄在四十歲那年，忽然大徹大悟，出家為尼，開創了峨嵋派。俞蓮舟還說，當年經覺遠傳授《九陽真經》的三人，悟性各有不同，少林派得其高、峨嵋派得其博、武當派得其純，是以少林、峨嵋、武當三派武功各有所長，也各有所短。

至於何足道的事蹟，則是在第十四回談到，崑崙派自「崑崙三聖」何足道以來，歷代掌門人於七八十年間，花了極大力氣整頓「崑崙三聖坳」，因而崑崙三聖坳遍地綠草如錦，到處果樹花香。「崑崙三聖坳」中有「崑崙三聖堂」。「崑崙三聖坳」與「崑崙三聖堂」自是皆因何足道而起名。

「白眉教」搞正名運動，改版易名「天鷹教」
——第三回〈寶刀百鍊生玄光〉版本回較

《倚天屠龍記》從第三回起進入正文。金庸的創作模式向來都由二線人物開場，再由二線人物引出一線人物，並慢慢推向高潮。如《射鵰》以郭嘯天與楊鐵心開場，《神鵰》由李莫愁打頭陣，《倚天》亦是從二線俠士俞岱巖的故事說起，再將讀者導引進元朝末年波瀾壯闊的江湖中。

這一回說的是搶奪屠龍刀的大混戰故事，為了獨佔屠龍刀，一千人等全都因「貪」而傷亡。

長白三禽、海沙派鹽梟想拿屠龍刀揚威武林，固然是貪，俞岱巖想奪刀進獻給張三丰發落，博得武當一派主持正義的俠名，亦跳不出一個「貪」字。你貪利我貪名，鬥得非傷即亡，最後屠龍刀落入貪得最有計謀的「天鷹教」手中。

「天鷹教」是白眉鷹王殷天正創立的宗教。在原始的一版裡，「天鷹教」本來叫作「白眉教」，一版改寫為二版後，「白眉教」才易名為「天鷹教」。

且來看看三種版本各異其趣的恐怖教團「天鷹教」故事。

話說一版海沙派與德成在海神廟爭奪屠龍刀時，一旁的俞岱巖聽得廟外遠處一聲呼嘯。這嘯

聲細若游絲，但尖銳刺耳，震人心魄，倏忽之間，那嘯聲已經到了廟外的岩石之下，天下除非是最快的飛鳥，方能片刻間飛行這麼長的一段路程，然而這嘯聲明明是人聲，而非鳥聲。

那嘯聲一止，德成怪叫，當場驚恐而死，海沙派鹽梟也突然人人僵化成石頭，似乎是因為猛地見到可怕異常的事物，致使眾人全都嚇呆了。

原來震攝德成與鹽梟心魄的，正是「白眉教」教主殷天正一行。殷天正抵達海神廟後，問一干鹽梟屠龍刀在何處？鹽梟無人能答。而後，除了一名鹽梟說出某三十歲漢子救過德成，屠龍刀可能在他手上，給了白眉教主一絲線索，白眉教主因此大發慈悲，只將他震斷筋脈成白痴外，其餘鹽梟均瞬間被白眉教主殺死。殘殺眾鹽梟後，白眉教一行即呼嘯而去。

見到白眉教的殘忍，俞岱巖心想，日後武當七俠當連袂東下，和那白眉教鬥上一鬥。

而後，一版俞岱巖身陷白眉教帆船上，見到的白眉教圖騰是「血色大手，張開五指，似乎要迎面抓來」，這條帆船也就是錢塘江梢公聞之色變的白眉教「血手帆」。

一版修訂為二版後，「天鷹教」更改了教名，新的教名是「天鷹教」。

「天鷹教」在海神廟出場時，沒了「白眉教」的鬼魅氣息，教眾們不再長嘯，而是高聲齊呼……「日月光照，鷹王展翅。」又因呼聲不像長嘯那般懾人心魄，德成也沒被嚇死。

「天鷹教」帶隊奪刀的，不是教主殷天正，而是天市堂李堂主。

「白眉教」改名「天鷹教」後，惡行仍然不變，「天鷹教」在審問屠龍刀的下落後，還是殺得鹽梟們只存留一個白癡。

二版俞岱巖從沒聽過「天鷹教」，「天鷹教」一行離去之後，俞岱巖本想找個鹽梟盤問：「天鷹教是什麼教派？他們教主是誰？」但倖存的鹽梟已成白痴，也問不出個所以然來。

而後俞岱巖在錢塘江見到天鷹教帆船，船上畫的是「一隻黑色的大鷹，展開雙翅，似乎要迎面撲來」，這也就是天鷹教的圖騰。

一版「白眉教」與二版「天鷹教」，雖說教名不同，但都奉教主「白眉鷹王殷天正」一人為尊，「白眉」是以殷天正的眉毛為名，「天鷹」則是取自殷天正的外號。

二版改寫為新三版後，「天鷹教」雖仍維持二版的教名沒變，但為了不讓「天鷹教」的「個人崇拜」形象那麼鮮明，新三版將「天鷹教」的「教呼」改為：「日月光照，騰飛天鷹」，如此一來，即能減低殷天正「自我造神」，將自己神格化的邪教色彩。

新三版天鷹教較二版更為殘忍，在審問屠龍刀的下落後，天鷹教離去，俞岱巖隨後見到的是，鹽梟們全都呆站在地，有些手中尚拿著木杓，毒鹽來不及灑放，已悉數死亡，連一名白痴都

沒留下。

與二版不同的是，新三版俞岱巖對「天鷹教」早有耳聞，他曾聽說「天鷹教是江南一帶的新興與教派」。

說來殷天正創立的宗教，不管是「白眉教」，或是「天鷹教」，都非常滑稽。「白眉」是以教主的身體特徵為教名，而若「白眉教」也能算一教之名，那麼，倘使虛竹創教，可取名為「朝天鼻教」，桃谷六仙創教，也可取名為「黃板牙教」，如此一來，只怕教徒還沒入教，就已經被教名笑痛了肚子。而若名為「天鷹教」，就是以教主的外號「白眉鷹王」為教名，但若照這樣的取名邏輯，謝遜也可開「草原獅教」，韋一笑能創「吸血蝙蝠教」，黛綺絲該立「飛龍教」，如此一來，教徒們即須以動物為圖騰，奉禽獸為尊了。

後來天鷹教從俞岱巖手上成功搶得屠龍刀，殷素素旋即將俞岱巖託予都大錦，命都大錦將俞岱巖送上武當山，交給張三丰真人，但都大錦卻在武當山下，錯將俞岱巖交給假冒武當六俠的六個人。都大錦的邏輯是，只要在武當山看到一行六人，必是武當六俠。然而，行走江湖已有數十年的都大錦，豈能如此顢頇？新三版因此將這段故事大為修正。

二版都大錦一行在武當山下遇上攔路六人，裝扮或道或俗，都大錦直覺他們就是武當六俠，

於是問哪一位是宋大俠，其中有名臉生黑痣的人說：「區區虛名，何足掛齒？」都大錦因此確定他們是武當六俠，又因為巴不得早點與俞岱巖脫卻干係，都大錦當下就將俞岱巖交給他六人。

然而，龍門鏢局既是老字號鏢局，都大錦又是久歷江湖的總鏢頭，他有可能如此輕忽鏢師的職責嗎？新三版因此將這段情節改成都大錦問過六人是否為武當六俠，臉生黑痣那人應承後，都大錦要他們留下憑證，以向託貨客官交代。黑痣人於是解下背負長劍，交給都大錦，都大錦也就確信他們是武當六俠了。雖說都大錦也曾懷疑武當大俠怎會配一把尋常鋼劍，卻又心想只要將燙手山芋俞岱巖交出手，就算交差了事。而後都大錦遇到張翠山，張翠山言及武當七俠配劍都刻有姓名，都大錦才知闖了大禍。

然而，不管是二版還是新三版，都大錦都極為顢頇膿包，別說當總鏢頭，若身處今日，都大錦只怕連當「郵差」或「快捷人員」都不配。殷素素寄貨時，明明就已經清清楚楚地說收件人是「張三丰」，都大錦卻認為將貨交給「張三丰的徒弟」，也一樣算交差。以都大錦而言，有沒有那把佩劍當憑証根本不是重點，他的瀆職是在身為鏢師，貨品沒有交給收件人，卻另找他人簽收代收，還自以為這樣也算完成任務。

心一堂金庸學研究叢書　金庸版本的奇妙全界

金庸的江湖囊括各種幫會門派，其中也包含史料中聲名昭昭的宗教團體。宗教團體被金庸網羅後，隨即改造為江湖組織。

宗教團體變身為江湖組織，其間的差異是，原本應該精進於修佛求道，往更高精神境界邁進的宗教修行人，經過改造後，修佛學道淪為業餘娛樂，學武習藝才是生活重心，雄霸江湖更是僧道們的共同渴望。

然而，宗教團體豎起的仍是「慈悲」的旗號，即使改寫為江湖組織，這些「宗教武林人」依然高喊「慈悲」，但這樣的「慈悲」卻流於畸形。所謂的「畸形慈悲」是，「宗教武林人」幾乎咸認為，殺一惡人，以保全千百有可能受害的好人，即是宗教人的「必要之惡」，而唯有執行這「必要之惡」，才能實現真正的慈悲。如此一來，原本「殺戒」是宗教的首戒，但在「宗教武林人」的眼裡，「殺人」卻是理所當然的。這般以宗教彩衣掩飾嗜殺本質的「畸形慈悲者」，幾乎遍及金庸的每一部小說，犖犖大者包括《射鵰》與《神鵰》的全真教，《天龍》的佛教、以及《倚天》的明教。

擅長創作的金庸，除了將傳統宗教改造成「畸形慈悲」的江湖組織外，還別出心裁「發明」了一些教派，如《倚天》天鷹教、《笑傲》日月神教、及《鹿鼎》神龍教。但這幾種「自創品牌」的宗教，單看教名就知道與傳統宗教大異其趣。

試以教名來分析，大體而言，宗教的教名大多以修為的至高境界為名，如佛教、基督教，不然就是以真理為教名，如道教、全真教、明教。相對於正信的宗教，金庸自創的宗教，都是望名生義，一看教名就知道是「異教」或「邪教」的宗教，如崇拜太陽月亮的「日月神教」，或崇拜蛇類的「神龍教」。

在這些「異教」裡，最有討論空間的是「天鷹教」。說來在《倚天》的故事裡，天鷹教主殷天正並非邪教狂徒，他系出明教之門，且位居護教法王高位，對明教的信仰深篤而明確。既然殷天正心中對「明尊」有著堅定的信仰，倘使他又像一版這般自創「白眉教」，自己信仰起自己這「白眉鷹王」，把自己當做神崇拜，豈不是陷入了矛盾與錯亂？而若殷天正如二版這般將自創的宗教取名「天鷹教」，信奉的真神竟是天上的飛禽老鷹，那麼，他又置明尊於何處？

若照宗教流派的命名法則，殷天正可以比照禪宗。禪宗一花開五葉，分出五種宗派，其中有雲門宗，以雲門文偃為宗祖，又有臨濟宗，以臨濟義玄為宗祖。殷天正可以把自己的宗教命名為

心一堂金庸學研究叢書　金庸版本的奇妙全界

「明教白眉宗」或「明教天鷹宗」，如此既尊明教，又明白表示「此宗自我『白眉鷹王』開」，就可以明正言順，開宗納徒了。

第三回還有一些修改：

一・新三版俞岱巖出場時，較二版多描述了俞岱巖的外貌：「雙眉斜飛，兩眼炯炯有神，鼻樑高聳，顯得十分精幹英挺」，這段補寫是要讓張翠山在隨後的情節裡，一聽聞都大錦所說的俞岱巖外貌，馬上確知那就是俞岱巖。

二・二版說屠龍刀是一把「四尺來長的單刀」，新三版改為「三尺來長的大刀」。

三・天鷹教至海沙派與長白三禽爭刀的神廟時，新三版較二版增寫天鷹教先叫海沙派「快把廟裡的毒鹽全掃去了」，又警告海沙派：「哪一個撒毒鹽，先吃我一箭。」增寫後顯得天鷹教更為謹慎。

四・俞岱巖誤上天鷹教帆船後，一腳踢往殷野王所在的帆船艙門，二版說鐵門搖晃了幾下，但這般描述顯得武當功夫太不濟，新三版改為俞岱巖一腳撐出，鐵門給他撐得半開半閉。

五‧俞岱巖身陷天鷹教帆船的時節，二版說是「春初」，新三版改為「暮春」。

六‧俞岱巖將殷野王打下江，殷素素再將殷野王拉上船，一版說此時殷素素的服色身形是「白衫瘦子」，二版改為「青衫瘦子」，新三版再改為「黑衣漢子」。

七‧殷素素將俞岱巖帶到龍門鏢局，二版都大錦見過殷素素，說殷素素「俊秀文雅」，新三版都大錦再加說殷素素「顯然是個妙齡女子，不知何以要喬裝改扮」。金庸改寫二版為新三版的原則之一，就是女扮男妝者，若非情節確實需要（如黃蓉裝成小乞兒，郭靖誤以為是「黃賢弟」），均增說江湖老手一眼即可識破。

八‧龍門鏢局的口呼，二版是「龍門鯉三躍，魚兒化為龍」，新三版改作「龍門鯉魚躍，魚兒化為龍」。

九‧張翠山追索擄走俞岱巖的一行惡人，二版說張翠山往武當山東北的鄖陽追去，新三版更正為鄖陽在武當山西北方。

十‧俞岱巖欲趕回武當山為張三丰祝壽，一版說祝壽之處在「玉虛宮」，二版刪去了「玉虛宮」之名。

十一‧一版有一大段介紹張三丰收弟子的情節，說「張三丰直至七十歲，武功大成，方收弟

子，因之他雖已九十高齡，但七個弟子中年紀最大的宋遠橋，也是四十歲未滿，最小的莫聲谷更只十餘歲。七個弟子年紀雖輕，在江湖上卻已闖出極大的萬兒，武林人士提起那七弟子來，都是大姆指一翹，說道：『武當七俠，名門正派，那有什麼說的。』」二版將這一大段全數刪除，隨後的段落又提到「張三丰傳藝之初，即向每個弟子諄諄告誡，學會武藝之後，務須行俠仗義，拯難濟世」，這一段二版也刪去了。

十二・一版寫及海沙派，書中大讚曰：「本來做私梟的大都生性豪邁，一投店便是大碗價喝酒，大塊價吃肉」，二版將這段讚詞刪去了。

十三・來自西域的少林高手出場搶屠龍刀時，一版說他是二十餘歲的少年，身著「錦袍」，還說其錦袍用金絲繡滿了獅虎花草，華美輝煌之極，二版將此高手改為四十歲左右年紀，身著「白袍」。一版還說此人的笑聲「聽在耳中，令人心煩意亂，無法形容的不舒服，似乎十幾條巨蟲突然在背上搔爬，又似乎吞下了什麼吐不掉，嘔不出的異物」，二版將這些描述全數刪去，改為其笑聲僅是「嘿嘿嘿」三字。此外，一版說此高手不知施放什麼暗器，手不抬，身不動，對方便已斃命。二版改為俞岱巖瞧出此白袍客使的是少林派的「大力金剛抓」，且聽他的口音腔調，顯然是來自西北塞外。而後，在俞岱巖與白袍客對談時，二版還增寫俞岱巖說白袍客的武功「似

少林而非少林」，使得白袍客臉色大變。總而言之，一版的「錦袍客」似乎是天鷹教的殷野王之類人物，二版將「錦袍客」改為「白袍客」，此人也變成是西域火工頭陀的門人。

十四・俞岱巖見海殺派灑毒鹽，俠義心起，要通知屋內人，一版俞岱巖使武當派的「千山縮地功」繞到屋後，二版將此功刪去了。

十五・俞岱巖進長白三禽所在之屋後，一版有一大段描述屋內慘景的情節，原來為了爭奪屠龍刀，已經死了道士、鄉農等二十餘人，眾人兵刃互加，死狀甚慘，俞岱巖最後才見到持刀的長白三禽，這一整大段二版全刪了。

十六・長白三禽火鍊屠龍刀，想得知其中所藏秘密，一版長白三禽鼓起顋幫，緩緩吹氣，將氣流吹入爐中，因他三人功力深厚，合力吹出的氣息之強，為任何風箱所不及，二版改為三人分拉三隻大風箱，向爐中煽火。

十七・一版德成火鎔屠龍刀，是因為德成本來就知道屠龍刀的秘密，德成曾告訴俞岱巖：「俞老弟，這屠龍寶刀之中，藏著一部武學秘笈，有人說是九陽真經，有人說是九陰真經。只須取出來照著經書一練，那時候武功蓋世，他說出來的話，有誰能違抗得？」因此長白三禽「盜得寶刀，要用爐火鎔開它來，取出刀中藏經」。這一大段二版都刪去了。修訂為二版後，金庸要賣

關子，直到第二十七回，才由滅絕師太揭曉倚天劍與屠龍刀藏經的秘密。

十八‧一版介紹海沙派毒鹽，說「一般金針、鐵沙之類細小的餵毒暗器，均是打傷人體，毒性由血液流遍全身，厲害的見血封喉，立時斃命，這毒鹽卻是由皮膚傳入，雖不能傷人見血，但毒性慢慢發作，終究也能致人死命」，二版這整段悉數刪去。

十九‧天鷹教盤問海沙派眾人，有一人招說某個漢子救了德成，而後天鷹教即大開殺戒，二版改為版俞岱巖見狀，急道：「我在這裡，不須多傷無辜性命。」但白眉教眾殺人後已遠去，二版改為俞岱巖不願捲入江湖是非，心想待海沙派眾人離開後才出來。

二十‧一版俞岱巖見海沙派眾人慘死後，在廟後挖一個大坑，下葬海沙派眾，他搬動屍首時小心翼翼，唯恐沾上毒鹽，但如此描述顯得俞岱巖過於顢頇，二版改為俞岱巖一把火燒了海神廟，免得百姓誤闖而沾毒鹽。

二一‧一版俞岱巖見海沙派鹽梟身體中，一版是因德成被白眉教主嚇死，刀掉下來，恰巧砍入鹽梟後心，二版改為德成傷重，臨死前連人帶刀撲將下來，砍入鹽梟後心。

二二‧俞岱巖搭船渡江，梢公中途跳水，一版說是因梢公見白眉教「血手帆」，嚇得跳江保命，二版改為梢公是天鷹教的人，圖謀計陷俞岱巖。此外，一版殷野王還告訴俞岱巖，那梢公外

號叫討債水鬼，在這錢塘江上已不知害了多少人命，其實他早瞧中了俞岱巖包袱中的銀兩，二版將這整段刪去了。

二三・一版殷野王恐嚇俞岱巖，說：「七星釘中的毒性當真有點兒厲害。十二個時辰之內，你全身肌肉要片片跌落，耳鼻手足，無一得全。」二版刪去了這段。

二四・一版殷素素將俞岱巖託付龍門鏢局，還說龍門鏢局如負所託，要叫他龍門鏢局大小七十一口，滿門雞犬不留。都大錦與祝鏢頭、史鏢頭算一算，家人合起來剛好共七十一口。三人原要派人將家人送回鄉下，但路上就被人割了耳朵送回龍門鏢局。這一段似乎跟李莫愁殺陸立鼎一家，以及余滄海殺林平之滿門太過雷同，二版因此全數刪除了。

二五・見到前來迎接俞岱巖的高手，以指力在金元寶上捏出指印，一版都大錦，少林寺只有圓音、圓心各位精研金剛指力的師叔，方有如此功力，二版刪去圓音、圓心之名。

二六・一版張翠山見到都大錦一行，極為有禮地說：「家師常說，我武當派的武功源出少林，囑咐咱們見到少林派的前輩時，須得加倍恭敬。」又細數都大錦等人事功，說都大錦二十四手降魔掌，四十九枚連珠鋼鏢，非同小可，又讚祝鏢頭一柄金刀，當年在信安道上獨敗弋陽五雄，還說史鏢頭以十八路三義棍馳名武林。這一大段二版盡刪。

二七‧一版的「殷利亨」，二版改名「殷梨亭」，二版解釋說，殷利亨之名取意於易經「元亨利貞」，但與其他人不類，因而就其形似改名「梨亭」。

二八‧張翠山將都大錦誤事，致使俞岱巖為歹人所截之事告知武當群俠後，一版說殷利亨在七俠中性子最急，伸腳往都大錦身上踢去，二版將踢都大錦之人改為莫聲谷。

二九‧一版少林寺方丈是「宏法禪師」，二版更正為「空」字輩的「空聞禪師」。

殷素素吟詩獻唱，計誘張翠山踏入「追男迷陣」
——第四回〈字作喪亂意徬徨〉版本回較

喜歡分析思索俠士俠女們人格發展的讀者，幾乎都能從金庸小說得到追尋探索的樂趣，因為金庸總是將俠士俠女們的父母鋪陳詳述的一清二楚。在這一回的故事裡，金庸要說的就是張無忌的爹娘那傳奇的邂逅。且看天鷹教玉女殷素素，如何將自命俠義的武當金童張翠山，一步步引進她精心佈局的「追男迷陣」中。

話說張翠山學得「倚天屠龍功」後，下得武當山，自恃武功高強，先打得都大錦一行或吐血或身傷，再命令他們取出二千兩黃金賑濟災民，而後即前往龍門鏢局而來。

來到龍門鏢局後，張翠山見到都大錦家中一名女子，此女已死亡，但一版說此女「臉露嬉笑之色」，又說她「臉上竟是一副笑容」，而後，張翠山又見到一僕役老者，也是臉露傻笑，死在當地，緊接著，張翠山再發現兩個黃衣僧人，背靠牆壁，露齒而笑，但亦早已死去。

二版刪為只說此女「臉上竟是一副極滑稽的笑容」，顯然詭異之極。

何以龍門鏢局一門老小及來援少林寺僧皆含笑而死呢？一版接著說，張翠山見兩僧身嵌牆壁

之中，陷入數寸，顯是被人用重手法一震擊向牆壁，因而陷入。張翠山細看兩人身上並無傷痕，只是腰間「笑腰穴」上有一點紅痕，他點了點頭，心道「這些人死時都露笑容，原來均是笑腰穴上中了敵人的重手」。

可知在一版故事裡，龍門鏢局滿門及來援少林寺僧均遭殷素素下重手擊中「笑腰穴」，因此才會含笑而亡，但若能下這般重手，莫非殷素素是身裁宛如喬峰的「神力女超人」嗎？倘使殷素素全身肌肉當真這般發達，只怕與讀者們想像中的美女大大異其趣，二版因此將眾人「均是笑腰穴上中了敵人重手」的一段解釋刪去，詭異的是，如此一來，卻留下了金庸書中少見的未解之謎。

而後，張翠山還文二金剛摸不著頭，卻竟剎時間成了十手所指的龍門鏢局血案兇手，來援的少林武僧紛紛起而圍攻他，一版張翠山先是見到兩名身著「大紅金線袈裟」的僧人，此二僧即是「少林十八羅漢」中的圓音、圓業兩位高手。但因「少林十八羅漢」並無後續故事，二版因此刪去了「少林十八羅漢」一詞，改為張翠山見到的，是身著黃袍的圓音與圓業兩位「圓」字派大師。

而後，少林僧慧風指證張翠山就是龍門鏢局血案兇手，張翠山遂與圓音、圓業纏鬥了一陣，緊接著，少林僧圓心又出現。一版圓心亦是「少林十八羅漢」之一，出場時縱聲吼叫，聲若霹

靂，還以巨力將張翠山立腳的那道牆推倒。二版削弱了圓心的氣勢，刪去神力推牆之事，改為圓心翻牆而過。

張翠山鬥三僧，又不願鬧出人命，於是施展輕功逃離，但三僧仍緊追其後，豈料突然之間，三僧右眼全被暗中相助的高人打瞎了，一版還說圓音三人眼中麻癢難當，似乎暗器上還餵得有毒，二版刪去了暗器有毒之說。

而後，他信步走到龍門鏢局門外，卻見到門外湖中有位少年文士。

一版說此文士在舟中撫琴，曼聲作歌：「興酣落筆搖五岳，詩成嘯傲凌滄州。功名富貴若長在，漢水亦應西北流。」歌聲清脆嬌嫩，似是女子之聲，張翠山微微一驚：「此人歌中之意，正好說中了我的心事，倒是巧合。」這是一版殷素素對張翠山的初次獻歌，但張翠山若此時已知舟上文士是位女子，隨後怎可能還冒昧上舟呢？二版因此將整段刪除。

甩掉少林三僧後，張翠山隨後又見到都大錦與祝史二鏢頭重傷而死，心頭因此越來越困惑。

而後，文士邀張翠山上舟，張翠山上舟後，見那文士是個女扮男妝的絕色麗人，登時滿連通紅，立時倒躍回岸，並拱手致歉，一版的美書生再撫琴而歌：「多慮令志散，寂寞使心憂，翱翔觀彼澤，撫劍登輕舟。」張翠山聽她歌中之意，的確是邀己上舟。

這是一版殷素素的第二度獻歌，但或許金庸不願毫無含蓄地道出殷素素是在「倒追」張翠山，因此改寫為二版後，刪除了這段，改為張翠山主動上舟，見舟中是女子，又倒躍回岸。而後，二版殷素素才首度為張翠山獻歌，唱的是一版殷素素的第三首歌：「今夕興盡，來宵悠悠，六和塔下，垂柳扁舟。彼君子兮，寧當來遊。」歌中之意即在邀約張翠山。

一版殷素素再三吟詩獻歌，確實是投張翠山之所好。張翠山此人極重俠義虛名，亦標榜自己「不近女色」，殷素素若想與他牽起緣份之線，絕不能只依恃出眾的美貌。因此，慧黠的殷素素一見張翠山即撫琴作歌，如此一來，張翠山就能有冠冕堂皇的理由可以「以文會友」，也就能與她明正言順地展開美麗的邂逅。殷素素幫自己創造的是「看似被動，實則主動」的機會，亦當真引得張翠山一步步踩進她的「追男迷陣」中，一代美人就此將張翠山操控於股掌之間，確實堪稱「倒追高手」。

張翠山與殷素素這對情人，既是「神魔配」，也是「黑白配」，兩人的出身是正邪對立的兩

種世界。

表面上，白道之神張翠山，白出閃光，黑道之魔殷素素，黑到發亮。但往內心去看，張殷二人就像太極，白的還帶一點黑，黑的也帶一點白，黑白兩極，首尾相扣，緊密吻合。

張翠山出身武當派，以「正義俠士」自居的他，頗以師門為傲，更認為武當派的天職即是為江湖鏟奸鋤惡。他高舉正義的旗號，將黑白界定得涇渭分明，還認為所有的「黑」，都是他該殲滅的對象。

然而，外表高潔光亮，彷彿是「正義之神」的張翠山，內在卻也有他的魔性。在潔白的俠衣下，黑暗之心仍蠢蠢欲動。譬如俞岱巖受傷後，張翠山就曾殘忍地想將都大錦一行的手骨腳骨折得寸寸斷絕，此外，他還威脅都大錦，若不將護送俞岱巖所得的二千兩黃金拿出來賑災濟民，就要將他龍門鏢局滿門殺得雞犬不留。

雖說「殺人洩憤」的想法只在張翠山的起心動念裡，從未付諸行動，但「魔心」一起，「俠情」就退位了。可知張翠山的心裡也住著李莫愁或余滄海，只是為了保全令譽，維護自己光鮮亮麗的「白道」形象，張翠山努力地在壓制內心的「魔性」。

殷素素剛好跟張翠山相反，她身在黑道，為所欲為，只要她想做的，什麼都敢做，不管是搶

奪屠龍刀、計陷俞岱巖、或殺害龍門鏢局滿門，但凡看不順眼，管他好人壞人，她一概都殺。

殷素素知道自己身處黯黑世界，明白自己有著亂舞的「魔性」，但她渴望聖潔的白光來引領她離開魔界，將自己由不能見天日的黑道拉出生天，然而，真要「漂白」，化魔為神，她又覺得滿手血腥的自己「不配」。

張翠山與殷素素堪稱一雙壁人，他們互相欣賞，就是因為殷素素做出張翠山內心想做，卻又不敢做的事，張翠山擁有殷素素想要，卻又覺得自己不配擁有的光環。

冰火島是個磨合期，如果在冰火島，張翠山跟殷素素能以對方為鏡，從彼此的身上認識自己，張翠山能看出殷素素展現的是他內心壓抑的嗔怒，殷素素也能明瞭張翠山是她救贖渴望的投射，他倆即可同理對方。也能深刻明白，世上沒有絕對的「魔」，也沒有絕對的「神」，沒有純粹的「黑道」，也沒有純然的「白道」，大家都是「人」，而只要是「人」，就是「神魔交融」、「黑白一體」的，善念一生即為「神」，惡念一起即是「魔」，真能如此覺知，他倆就跳出了「武當派」與「天鷹教」的表相，昇華為一對悠遊江湖的武林智者。

然而，張殷二人並未從愛情裡綻放智慧，經過冰火島數年的繾綣纏綿，回到中土後，兩人又回到各自神魔鮮明的本性。張翠山知曉殷素素是傷害俞岱巖的幫兇後，為了捍衛自己那「潔白如

神」的形象，不惜自我了斷。殷素素則認為自己「黑暗似魔」，不想脫累張翠山的死後令譽，乾脆也一死了之。

這就是張無忌的父母，他們始終局限在自己是「神」，或是「魔」的框架裡。奇妙的是，他倆掙扎一生，始終未完成的功課，居然在他們的獨子張無忌身上開花結果。從小受神光魔水滋養的張無忌，完全沒有「武當派」是白，或「天鷹教」是黑的內在標籤，他在白父黑母的疼愛下，跳脫了神魔與黑白的二元對立。

在往後的成長過程裡，張無忌見到武當派的光明，也同時見到明教的光明，他看出趙敏的良善，也同樣看出周芷若、殷離與小昭的良善。張無忌不壓抑欲念，卻活得適情適性，不標榜俠名，卻能真正昇華為與眾生合一的同體大悲。

第四回還有一些修改：

一·張翠山趕路欲往龍門鏢局，二版說張翠山的青驄馬在江西口吐白沫，新三版將「江西」改為「安徽」。

二‧張翠山買的摺扇，二版說是杭州城馳名天下的摺扇，新三版將「杭州城」更正為「臨安府」。

三‧張翠山下山尋都大錦報仇，一版說在諸同門中，張翠山與俞岱巖及殷利亨最是交厚，二版刪了此說。

四‧一版提到張翠山性格，說他外表謙和，但在武當七俠中性子最冷傲，二版刪去此說。

五‧談到武當七俠中以莫聲谷發射暗器的技藝最精，一版還詳說莫聲谷鋼鏢、袖箭、飛梭、鐵釘、金錢鏢、飛蝗石，無一不擅，二版將這段刪除了。

殷素素巧扮男妝，竟像隱形人般混到張三丰面前

——第五回〈皓臂似玉梅花妝〉版本回較

金庸小說常用的愛情公式之一，就是女主角偷搶拐騙，壞事做絕，看似已經無可救藥，因此被江湖人士視為「妖女」，然而，這樣的「妖女」，卻在遇上男主角時，彷彿見到了救贖與靈光，頓時重獲生命的希望跟力量。男主角們人格光風霽月，武藝卓然出眾，只要「妖女」接受男主角的洗禮，就能重獲新生，因此她們渴望男主角的救贖。這個公式從《射鵰》黃蓉、《倚天》殷素素、趙敏、到《笑傲》任盈盈，均一體適用。

這一回說的是「妖女」殷素素的故事，隨著一版修訂為二版，殷素素的形象也略有差異，一版殷素素武功較強，邪氣也較重。

話說殷素素與張翠山初相識時，殷素素從舟上向岸邊的張翠山說話，即使當時正撒著細雨，一版殷素素說話聲音不響，卻也一字一句，清清楚楚的送入張翠山耳中，足見她中氣充沛，武功底子大是不淺，二版則將殷素素的功力削弱，改說她內力不及張翠山，但一字一句，卻也聽得明白。

而後張翠山上舟，見殷素素身上中了梅花鏢，殷素素說她已中鏢二十餘日，毒性暫時用藥逼住，一版張翠山心想，逼住毒性，除了靈丹妙藥，尚須極精湛的內力，殷素素不過十八九歲，居然有此本事，心下暗自欽佩，二版刪去了這段高抬殷素素武功層次的描述。

接著，張翠山著手為殷素素取鏢治毒。看著這毒鏢，張翠山頗為疑惑，因梅花鏢除少林子弟外，理當無人會使，一版殷素素告訴張翠山：「這事我也好生奇怪，正如尊師所云，因梅花鏢除少林子弟四肢筋骨的，便是少林寺的絕技『金剛指』法。」張翠山大吃一驚，因為師父說話時，只有武當自家兄弟在場，殷素素怎能得知？張翠山遂問殷素素是否遇到先下山的俞蓮舟或莫聲谷，殷素素則說：「除了在武當山見過一面，此後沒再見到。」

何以殷素素能知曉張三丰師徒私下對談的話語呢？原來殷素素當日與從都大錦手上騙走俞岱巖的少林派六惡徒對招而中梅花鏢後，遇上都大錦，遂混在鏢隊中，隨隊上武當山。當時眾人均驚駭於俞岱巖的重傷，無人再分心去細究她是何人，因此都大錦當她是武當山的人，武當山人又當她是鏢局之人。

聞聽殷素素之言，張翠山這才想起：「那日你扮作一個車夫，帽簷兒壓得低低的，是不是？」殷素素即微笑稱是。

接著，殷素素又說起她隨都大錦鏢隊下山，遇到張翠山逼迫都大錦吐出兩千兩黃金賑濟災民，殷素素還笑說：「張五俠，你倒很會慷他人之慨，這二千兩黃金是我的啊！」

這一大段二版全數刪除了，想來是因這整段故事極不合理。若照這段故事的描述，殷素素喬裝打扮成車夫後，竟能神不知鬼不覺地混跡張三丰身畔，那麼，殷素素豈不成了與張三丰比肩的絕世高人？而若殷素素隨後又假冒車夫同都大錦一行下山，都大錦還竟連鏢局車夫偷天換日都渾然不知，這麼說來，殷素素豈非深沉凝練，遠邁師出少林的都大錦？

然而，二版刪掉了這段，卻顯得故事不夠周延。雖說殷素素愛上張翠山是不變的結局，但一版殷素素仰慕張翠山，是因她曾親上武當山，品鑑過張翠山那「英姿颯爽」的人品，又見識到張翠山命都大錦取鏢金賑濟災民的仁風義行，因此才芳心可可。二版刪去這一大段後，殷素素狂戀張翠山，就只是思春少女渴慕帥哥，因此才不可救藥地愛上外貌玉樹臨風的張翠山！

這一回的下半卷是金毛獅王「猛獅出柙之卷」，且看看三種版本各有不同的金毛獅王出場風光。

話說白龜壽在王盤山島上揚刀立威之際，忽聞海上各幫派座船桅桿倒落，白龜壽令一名香主（一版原作「舵主」）前往探究。香主回來時，頂門去了頭皮，胸口至小腹，一條極長的傷口不知多深，便似被什麼窮兇極惡的猛獸抓了一把的模樣。那香主慘叫：「金毛獅王，金毛獅王！」

白龜壽問：「是隻獅子？」那香主道：「不、不、不，是個人，人都抓死了，船都打沉了。」

白龜壽與常金鵬正要前往看個究竟，只聽一聲咳嗽，說道：「金毛獅王早在這裡。」一版的

故事接著說，此時忽然一塊巨石飛起，原來金毛獅王早已隱身大樹之後，並掘地鑽到巨石之下，

此刻方從石下躍出。

一版金毛獅王身材比常人足足高出一尺，肩膀也要闊出一尺，滿頭黃髮，眼睛綠油油的發

光，手中拿著一丈七八尺長的兩頭狼牙棒。身穿一件百獸獸皮縫製的長袍，長袍上有虎皮、豹

皮、野牛皮、鹿皮、熊皮、狼皮、狐皮，雖然東一塊、西一塊，但手工精細，乃是高手匠人所

為。諸般獸皮之中，就是沒有獅皮，想是他自稱「金毛獅王」，對獅子極為尊重了。

二版刪去了金毛獅王身高肩闊的具體尺寸描寫，亦未述及其著身的那件皮草長袍，只說金毛

獅王「身材魁梧異常」，此外，二版還將狼牙棒縮短為一丈六七尺。這枝狼牙棒隨著版本更新，

長度變得越來越短，到了新三版只剩一丈三四尺。

修訂為新三版後，金毛獅王不再如一、二版般沒沒無聞了，新三版白龜壽一行本知「金毛獅

王」來歷，是以舵主慘叫「金毛獅王，金毛獅王！」時，無人再誤以為是一頭獅子。

一、二版的金毛獅王，沒人知道他是何方神聖，因此白龜壽問他：「請問尊駕高姓大名」，

金毛獅王自道叫謝遜，表字退思，白龜壽回他的是：「尊駕與我們素不相識」。新三版則修改為，白龜壽本就知曉金毛獅王是明教法王，因此他問謝遜的是：「請問尊駕是謝法王罷？」，金毛獅王自道姓名後，新三版白龜壽的回應也改為：「久仰謝法王大名，如雷貫耳。謝法王乃明教護教法王，跟敝教殷教主素有淵源。」

謝遜對江湖上大小事如數家珍，尤以一版為最，說起屠龍刀來歷，一版謝遜還對海沙派元廣波說：「這把刀本來是你海沙派得到，後來給長白三禽奪了去，又落入了武當派俞岱巖手中。」原來一版謝遜早就暗中緊密盯視著屠龍刀的去向。可怪的是，若是謝遜早就掌握屠龍刀的動向，怎可能會隱忍到天鷹教揚刀立威才出手奪刀呢？因為故事不盡合理，二版將這段情節全刪了。

又說：「白眉派暗下毒手，從俞岱巖手裡奪來。」

謝遜在王盤山奪屠龍刀時，一、二版說他是直接從炙熱的鐵鼎中取刀，而後踢飛鐵鼎。若照此說，莫非謝遜的雙手能耐百度以上高溫？為求符合人體的生理限制，新三版改為謝遜將鐵鼎連裡頭的屠龍刀踢飛，待屠龍刀掉在地上，熱氣盡消後才拾起來。

王盤山白龜壽苦心策劃的「揚刀立威」大會，原來也不過是為人作嫁，幫謝遜佈置一條星光大道罷了。在謝遜閃耀的星光下，白龜壽、常金鵬等人全都成了星光大道上鋪紅地毯的小弟。然

而，謝遜瞬間竄起，也剎那消失，星光一閃後，他將啟程前去冰火島，並成為一頭真正威懾冰火島群獸的兇猛「獅子王」！

【王二指閒話】

金庸修訂一版為二版時，有幾位角色吃重的女俠，明顯在武功上受到削弱，其中包含《神鵰》陸無雙、《天龍》木婉清、以及《倚天》殷素素。

一版陸無雙出場時，武功足能對戰威震秦晉韓寨主、河朔三雄之首陳老拳師、及龍吟劍趙不凡趙道長，二版將陸無雙的武功削弱，交戰的對手也改成武功較不濟的丐幫韓、陳雙丐、以及全真教的申志凡道長。

一版木婉清外號「香藥叉」，以武功而言也算雲南一霸，雲南高手如「三掌絕命」秦元尊、青松道人、金大鵬等人都是追殺她的仇家，二版將木婉清的武功層次貶低，追殺她的仇家則改成平婆婆、瑞婆婆等武功不入流的小角色。

至於殷素素，在一版的故事裡，殷素素既能以神力將少林二僧打得身嵌牆壁之中，還能混跡

張三丰身畔而能不被張三丰察覺。二版刪去了這些神力與詭術的描寫，使得殷素素的武功層次大為降低，。

《水滸傳》有一丈青扈三娘下嫁矮腳虎王英的故事，同屬地煞星的夫妻二人，武功平分秋色，若因故勃谿，只怕夫妻床頭揮刀，床尾運劍，戰得不可開交。類似王英與扈三娘這樣的「武功高手夫妻」，金庸筆下有《神鵰》公孫止夫妻、《倚天》何太沖夫婦、及《天龍》譚公譚婆等等。然而，在金庸的故事裡，這幾對夫妻因為武功不相上下，吵起架來誰也不讓誰，最後幾乎都落得感情不睦，家庭失和。

金庸比較喜歡的是「強肌男」與「超腦女」的完美配對，「強肌男」即武功高強的俠士，他們好似堅實的高山，「超腦女」則是頭腦靈活的俠女，她們頗像靈動的流水。在這樣的配對下，「強肌男」主掌武功與生活的大方向，「超腦女」則主司智力與行動的細節。

在《射鵰》故事裡，「強肌男」郭靖決定跟隨成吉思汗征討花剌子模，並以高明武功掠陣殺敵，「超腦女」黃蓉則獻出以革傘空降撒麻爾罕的良策，郭靖與黃蓉就是金庸筆下「強肌男」與「超腦女」的完美組合。

既然金庸心中已有「猛男慧女」的標準情人範型，因此，在改版的過程裡，金庸也想將舊版本的「猛女」盡量改寫成新版本的「慧女」，或至少不能讓「猛女」的武功與「猛男」比肩，這就是陸無雙、木婉清、殷素素等女俠隨著改版而貶抑武功層次的原因。降低武功層次之後，眾妹的溫柔與聰明將更鮮明，也更能對照出楊過、段譽與張翠山的陽剛英偉。

在二〇〇五年的「金庸家族同樂會」中，曾有讀者就金庸小說中俠士武功總是高於俠女，詢問金庸是否歧視女性，金庸的答覆是「其實這些表面上看起來受眾多女子歡喜的男主角，最後還不是被女人玩弄操控於股掌之間？不是武功厲害就厲害，武功再強，卻得乖乖聽女人的話，究竟是誰才比較厲害呢？」金庸的回答是針對情人間的「掌控戲」來說的，也就是說，金庸認為他筆下的情人，總是俠士更聽俠女的話一些。然而，撇開「掌控戲」不談，純就情人間的兩心相契，以及讓讀者賞心悅目而言，「強肌男」與「超腦女」或許就是江湖世界最完美的情人組合，也能得到讀者最多的認同與祝福。

第五回還有一些修改：

一‧二版形容殷素素的玉手是「雪白的宣紙」，新三版改為「洒了粉紅小班的雪白宣紙」。

二‧二版殷素素從未在常金鵬面前讚過張翠山，新三版增寫殷素素先對常金鵬說：「我手臂上的傷本來很厲害，多虧張五俠給我治好了。」再對張翠山說：「張五俠，真正多謝了。」這一增寫即能讓天鷹教眾明白張翠山在殷素素心中的份量。

三‧二版常金鵬的武器叫「鐵西瓜」，新三版改為「鋼西瓜」，二版的「鐵西瓜」漆成綠黑間條之色，新三版的「鋼西瓜」則是綠沉沉的。

四‧白龜壽原本對出身武當的張翠山心懷敵意，二版說後來白龜壽見殷素素對張翠山神情不同，又聽張翠山稱讚自己內功，因而敵意盡消，新三版再增寫最關鍵的一句話，那就是張翠山自稱「無意於寶刀」。

五‧崑崙派劍客，二版的蔣濤，新三版改名蔣立濤。

六‧張翠山在王盤山信步遊走，二版說他見到港灣停著巨鯨幫、海沙派座船，此處明顯是誤寫，因為巨鯨幫的船隻早為常金鵬打沉，新三版改為張翠山見到的是天鷹教、海沙派座船。

七‧二版張翠山認為武當七俠日後將與天鷹教勢不兩立，但這樣的想法暗示張翠山準備主動攻擊天鷹教，新三版改為張翠山認為日後武當派便想跟天鷹教井水不犯河水，只怕也不可得，這麼一改，就變成張翠山揣想天鷹教可能會侵犯武當派。

八‧兩名舵主向張翠山拋巨石，二版張翠山縱身而起，坐在較高的石上，新三版增寫此功叫「梯雲縱」。

九‧二版謝遜清算海沙派用毒鹽害人的事蹟，說他們去年害死餘姚張登雲全家，本月初又在海門害死歐陽清，新三版改為海沙派去年在海門害死張登雲全家，最近又在餘姚害死長白三禽，這處改寫是為了與第三回的情節相扣合。

十‧麥鯨邀謝遜較量水底功夫，二版謝遜答應海上比試後，走了幾步，忽道：「且慢，我一走開，只怕這些人都要逃走。」如此描述顯得謝遜反應遲鈍。為符合謝遜一貫聰明睿智的性格，新三版改為謝遜一開始就說：「比水上功夫，須得到海裡去比試，一來太也費事，二來我一走開，只怕這裡的人都要逃走！」

十一‧謝遜問張翠山武林中當真有「善有善報、惡有惡報」嗎？二版張翠山未答，新三版改為張翠山稱海沙派、巨鯨幫惡事多為，謝遜秉公處理，這幾人所遭，便是惡有惡報了。

十二‧張翠山問殷素素為何傷少林僧性命，一版殷素素說是因少林僧言語無禮，二版改為殷素素說是因少林僧用歹毒暗器傷她在先。

十三‧殷素素打張翠山耳光，一版說殷素素出掌奇快，手法又極為怪異，這一下令張翠山閃避不及，二版將殷素素的功力降低，改說是張翠山事先毫無防備，才會被打中一耳光。

十四‧張翠山給殷素素服用的藥丹，一版是「百草護心丹」，二版改為「天王解毒丹」。

十五‧一版提到常金鵬的外貌是「一張馬臉，嘴巴和額角相距極遠，兩隻手掌伸開來便似兩把蒲扇」，但因常金鵬並非重要人物，二版將這些描述全數刪去了。

十六‧「神拳門」在一版本叫「福建神拳門」，二版刪除了「福建」二字。

十七‧一版曾詳細介紹巨鯨幫，說巨鯨幫是蘇浙閩三省沿海的一個海盜幫會，殺人越貨，無惡不作，所乘船隻構造特殊，行駛極快，官軍的海船無法追上，而搶劫商船時又極為便利，橫行東海已歷數十年，這一大段二版全刪了。此外，一版還讚巨鯨幫麥少幫主，說麥少幫主殊非庸手，平素慣使分水蛾眉刺，那是一種尺許來長的兵器，於水底交鋒之際，轉折迴旋極為便利，這段讚詞二版亦刪除了。

十八‧一版白龜壽在王盤山揚刀立威，所展旗幟是黑旗鑲以白邊，張翠山見到此旗，心道⋯

「黑旗白邊，乃是金生水之意。常壇主說玄武壇壇主在島上主持揚刀立威，北方玄武，壬癸亥子水，主黑。看來這白眉教中的人物精通五行變化之術，並非尋常愚民的邪教。」黑旗上還繡著一隻飛龜之形。二版將這面旗幟改為上面繡的是代表天鷹教的老鷹，這麼一來，也就沒有天鷹教精通五行之術的說法了。

十九‧一版說高則成、蔣濤兩個崑崙派劍客身材修長，一色的杏黃長袍，二版改作青色長袍，不述身材；此外，高蔣二人對殷素素垂涎，一版張翠山心道崑崙派弟子竟是「這般下流」，書中接著解釋，高蔣二人生性傲慢，卻非下流好色之徒，只是殷素素實在容貌太美，教人的眼光一和她的面容相接觸，猶如磁石吸鐵一般，竟然再也難以分開。二版將這些說詞全刪，改為張翠山覺得高蔣二人「這般無聊」，但「無聊」二字不知與看見殷素素而魂不守舍何干？

二十‧一版白眉教的「香主」，二版改為天鷹教的「舵主」。

二一‧一版白眉教香主擲向張翠山的大石是七百來斤，二版減為四百來斤。而關於張翠山四兩撥千斤的功夫，金庸在一版大掉書袋，引用王宗岳著《太極拳經》，論一般拳術曰：「斯技旁門甚多，雖勢有區別，概不外乎壯欺弱、慢讓快耳。有力打無力，手慢讓手快，是皆先天自然之能，非關學力而有也。」接著再引一段《太極拳經》，說：「察四兩能撥千斤，類非力勝！觀耄

耋能禁眾人，快何能為？」金庸改版原則之一，就是為求小說順暢好讀，一版若有引述他書之處，除非必要，二版幾乎悉數刪除，這些王宗岳《太極拳經》的內文，二版全刪。

二二・張翠山以高明武功坐到巨石之上，除了白龜壽舉酒致意外，一版巨鯨幫麥少幫主亦舉杯說：「張五俠武功神妙，當在其次，最令人敬佩的卻是仁心俠骨，可不同那些奸詐險險、鬼計多端的小人。在下也敬張五俠一杯。」他一來是謝張翠山救命之恩，二來斥罵常金鵬暗使奸計，張翠山亦舉杯回敬。這一段二版刪去了，原因一來可能是金庸要將巨鯨幫塑造成黑道幫派，不願麥少幫主又發正面之詞，二來可能原本麥少幫主後續尚有情節，但麥少幫主旋即死亡，既然地位不重要，也不須多存留冗情節。

二三・一版白龜壽說揚刀立威本要在「恆山」舉辦，二版改為「天鷹山」。

二四・常金鵬以屠龍刀砍到十八棵松樹，一版是用「獨劈華山」一招，但這招二版已專為《笑傲江湖》所用，因此二版改為「上步劈山」。

二五・謝遜打死常金鵬，一版說常金鵬擲出大西瓜，謝遜用狼牙棒將大西瓜打得碎成十七八片，內力仍由流星鏈傳到常金鵬身上，常金鵬因而吐血斃命；二版改為大西瓜被狼牙棒一撞飛回，撞上另一瓜，雙瓜又撞在常金鵬胸口，導致常金鵬一命嗚呼。

二六‧謝遜殺神拳門掌門過三拳，一版與二版大異其趣。殺過三拳之前，謝遜在過三拳的桌上寫下「崔飛烟」三字，一版「崔飛烟」是過三拳啟蒙學武的業師之女，過三拳在師父死後，對崔飛烟始亂終棄。崔飛烟有了身孕，他另投神拳門門下，不再理她。崔飛烟羞憤之下，自縊而死。

一版謝遜「以其人之道，還治其人之身」，過三拳的第三拳打在謝遜腹上，被謝遜吸住，謝遜解下過三拳腰帶，套住過三拳頸子，吊在大樹上。過三拳被謝遜吊死，臨死時眼前盡是崔飛烟的影子。

或因過三拳只是書中沒有份量的小人物，不須多所著墨，二版改得較簡單，只輕描淡寫說崔飛烟是過三拳嫡親嫂子，過三拳逼姦不成，將她害死，如此一來，過三拳的始亂終棄更加可惡。而過三拳之死，是因第三拳打在謝遜腹上，如打鐵石，他當場狂噴鮮血而死，這麼一改，更能突顯謝遜武功的神妙了。

謝遜竟要在張翠山面前強暴殷素素

——第六回〈浮槎北溟海茫茫〉版本回較

這一回是「謝遜大顯神威」之卷，在三種版本中，一版謝遜是文比陳家洛，武能敵郭靖，樂勝任盈盈的文武全能高手，但在二版與新三版中卻顯然大為失色。且來品味這個讀書打架樣樣都行，還能開個人演唱會的一版謝遜，並與二、三版的他做個比較。

話說謝遜在王盤山島上對張翠山叫陣，要跟張翠山較量，還自負的要張翠山自己挑決鬥項目，無論兵刃、拳腳、內功、暗器、輕功、水功，他相信自己都能勝張翠山。一版謝遜看到張翠山拿著一柄摺扇，還說：「要比文的也行，書畫琴棋、詩詞歌賦、猜謎對對，一切都可以比試一下。」二版則將謝遜改為不是允文允武，而是純粹的武術高手，因此二版將「比文的也行」那段叫陣刪了。

一版謝遜還曾大顯琴藝，在王盤山事畢之後，謝遜請張翠山、殷素素一同上船當他佳賓。而後，謝遜取下瑤琴，一調絃音，便彈了起來，張翠山覺得琴音悲切，充滿蒼涼鬱抑之情，越聽越是入神，忍不住悽然落淚。謝遜錚的一聲，琴聲斷絕，強笑道：「本欲以圖歡娛，豈知反惹起張

相公的愁思，罰我一杯。」

而後張翠山問謝遜此曲之名，謝遜望向殷素素，她也不知，謝遜道：「晉朝嵇康臨殺頭之時，所彈的便是這一曲。」張翠山驚道：「這是『廣陵散』麼？」謝遜稱是，張翠山疑而問之，廣陵散不是自嵇康之後已絕嗎？

謝遜開始聊起嵇康典故，談到史書說嵇康「文辭壯麗，好言老莊而尚奇任俠」，說這很對張翠山脾胃，又說鍾會當大官時，慕名拜訪嵇康，嵇康自顧自打鐵，不想理會。鍾會離去前，嵇康問他：「何所聞而來，何所見而去？」鍾會說：「聞所聞而來，見所見而去」。而後鍾會向司馬昭說嵇康壞話，司馬昭便將嵇康殺了，嵇康臨刑撫琴，彈的就是一曲「廣陵散」。

不過，謝遜對嵇康臨刑前說的「廣陵散從此絕矣」一句話深為不滿，謝遜說：「他是三國的人，此曲就算在三國之後失傳，難道在三國之前也沒有了嗎？」，張翠山不解，謝遜接著說：「我對他這句話不服氣，便去發掘西漢、東漢兩朝皇帝和大臣的墳墓，一連掘了二十九個古墓，終於在蔡邕的墓中，覓到了『廣陵散』的曲譜」。

謝遜說得甚是得意，張翠山卻心下駭然：「此人當真無法無天，為了千餘年前古人的一句話，竟會負氣不服，甘心去做盜墓賊。若是當世有人得罪了他，更不知他要如何處心積慮的報復了」。

而後，張翠山見傳艙壁上掛著一幅山水，絹色甚古，畫中峰巒筆立，氣勢壯偉，卻沒署名，

謝遜說：「這是梁朝張僧繇之作，是我到皇宮中取來的，據說張僧繇畫龍不點睛，一點睛，墨龍便破壁飛去。此說自是故神其事，決不可信。但你瞧他筆畫流動，不亞於你在石壁上所書的二十四字呢。」張翠山道：「晚輩亂抹亂塗，焉敢和前賢相比？」。

三人在傳艙中，謝遜說古論今，宛似宿學大儒，張翠山雖然折服，但每一念及他行事之殘酷，憎恨之情又油然而生。謝遜又跟殷素素談論五胡亂華石勒、石虎一怒之下便殺數萬人的「盛事」。而後又捧出二十年以上的紹興女貞陳酒，要與張殷二人共品。

上述這一大段二版刪得一字不留，二版謝遜唯有武藝，不存文采，什麼彈琴、品畫、論酒、說史，都被刪得一乾二淨，這頭「金毛獅王」純粹是一頭霸道的獅子。而最有趣的是，謝遜不寫《盜慕筆記》後，盜墓以得〈廣陵散〉的情節，竟被「乾坤大挪移」，原封不動變成《笑傲江湖》曲洋的事蹟。

而後張翠山告訴謝遜，他想離船而去，且立誓絕不說出謝遜之事，此時謝遜說出他的慘痛經歷，一版謝遜說他在二十五歲時，斬斷左手小指和無名指，只為立誓不再相信任何人，又說他今年四十五歲，二十年來，只和禽獸為伍，相信禽獸，不相信人，二十年來不殺禽獸只殺人，他如

素食齋，不食禽獸之肉，但人肉卻吃得津津有味。

二版則將這段改為謝遜是在二十八歲被師父滅門，那年他斬斷左手小指立誓，事件已過十三年，今年的他四十一歲。二版還刪去了謝遜吃人肉之說，因此他就不是「吃人魔」了。

為了逃出謝遜的「賊船」，張翠山首度與謝遜對掌，一版說兩人比拼掌力，張翠山腳底下的船板格格而響，兩人再運力一推，船艙非破裂不可。張翠山感受到謝遜的兩掌掌力，前胸襲來的是陰柔之力綿綿不絕，頭頂壓下的卻是陽剛之勁雷霆萬鈞，一個人雙掌之中竟能同時發出兩種截然相反的勁力，同樣的威猛無儔，這等功夫，確是他生平從未所聞。

二版謝遜不只文采沒了，武功也被大大削弱，二版改掉了謝遜雙掌各出陰陽掌力的描寫，只說謝遜的掌力越催越猛，張翠山始終堅擋住。

這波張翠山發難，雙方僵持不下，最後殷素素代張翠山立誓，願與謝遜共往荒島，雙方兩相罷手，這才了結。

過了幾天，船近北極，謝遜竟然狂性大發。

一版的故事是這樣的，一天晚上，張翠山睡夢中聽到殷素素大叫：「放開我！放開我！」張翠山一躍而起，見謝遜雙臂抱住了殷素素，發出野獸的聲音。張翠山喝道：「快放手！」

謝遜問張翠山：「她是你什麼人，要你多管閒事？」，張翠山道：「她是我妻子，我是她丈夫。謝前輩，大丈夫生時光明磊落，死時慷慨自如，雖在這冰山之上，並無第四人知曉，可也別做出卑污之事，自愧於心。」謝遜哈哈大笑，說道：「我姓謝的從來不知甚麼是善，甚麼是惡。我見這姑娘生得美貌，今日便要佔了她身子，就算你是她丈夫，也給我站在一旁，乖乖的瞧著。你再多說一句話，我一掌先擊你下冰去。」

張翠山急得發掌要與謝遜同歸而盡，一版殷素素則趁機出指點在謝遜的「水突穴」，豈知手指碰到他的喉頭，又韌又硬，一彈便彈了出來，同時手指反而隱隱生疼。殷素素大吃一驚，心想便是練有最上乘「金鐘罩」「鐵布衫」功夫之人，也抵不住穴道上這兩指之戳，此人居然能以潛力將自己手指反彈，武功之奇，當真是罕見罕聞。再看到謝遜雙目，殷素素想起小時候與父親到山中打獵，一隻老虎受傷後負嵎而鬥，目光中也是這般豁出了一切的瘋狂神色。

還好此時三人見到了北極光的炫麗，謝遜神情瞬間恢復正常。次晨，一版謝遜對昨晚之事心中羞慚，不再提起，眼光連殷素素的臉一瞧也不瞧。

二版將這段徹底改寫，二版謝遜狂性大發，抱住殷素素的肩頭，問張翠山的是：「這女人是誰？是不是你的老婆？」張翠山大急，說：「她是殷姑娘，謝前輩，她不是你仇人的妻子？」謝

遜狂叫：「管她是誰。我妻子給人害死了，我母親給人害死了，我要殺死天下的女人。」

張翠山一掌拍向謝遜背心，殷素素則一掌斬在謝遜後頸，只感又韌又硬，登時彈將出來。

最後，北極光救了張殷二人。次晨，謝遜清醒了，不知是否忘了昨晚自己曾經發狂，言語舉止，甚為溫文。

二版改寫之後，謝遜就不再是強暴未遂犯了，而幸好一版謝遜沒有對殷素素強暴得逞，否則在那個沒有DNA親子鑑定的元朝，只怕張無忌會搞不清楚自己究竟是「張無忌」，還是「謝無忌」。

【王二指閒話】

金庸改版的浩大工程始於何時呢？若從創作的脈絡看來，理當是在報紙連載時期，就已經在進行改版計畫了。

二○○七年金庸在政治大學演講時，自訴他的創作原則是「不重複自己，寫過的就不再寫」，人物性格也因為絕不重複，才會個個性格強烈鮮明。

「絕不重複」的堅持，是金庸小說成功的重要因素之一。

但在一版小說中，金庸有時會故意「技術犯規」，也就是說，明知情節會重複，但在後期創作的作品中，若發現前期作品有更適合後期人物的情節，金庸馬上從前期作品中褫錄過來，根本不避諱重複不重複的問題。

謝遜是金庸小說的有趣人物，他跟《射鵰》的丘處機一樣，都是「大雷聲」人物，丘處機剛出場時，書中說他是「當今第一位大俠」，結果，故事一路寫下來，五絕如五日並舉，丘處機淪為二流角色；謝遜也是這樣，金庸在一版書中，將甫出場的謝遜寫得文武全能，且琴棋書畫，無一不通，但隨著故事往前推展，緊接著，謝遜流落冰火島，雙眼全瞎，距離一開始「天神臨世」的形象越來越遙遠。因為「雷聲很大，雨點卻很小」，因此修訂為二版時，金庸將謝遜跟丘處機做了同樣的處理，把甫出場的雷霆萬鈞之勢，大幅度削弱。

然而，一版謝文可琴書，武能刀拳的創意，可是精采萬分、棄之可惜的。金庸因此在尚未改版前，就已經像「器官移植小組」，將謝遜身上的精采元素挪用到後期小說人物中了。

謝遜連盜二十九座古墓，最後在蔡邕墓中覓到〈廣陵散〉一事，在一版《笑傲江湖》中，幾乎一字不易，挪用到曲洋身上，變成曲洋盜蔡邕墓，得到〈廣陵散〉，並由〈廣陵散〉改編成一

曲〈笑傲江湖〉；而謝遜吃人肉之事，也被挪移至《笑傲》中的「漠北雙熊」，愛吃人肉的人變成了《笑傲》中的「漠北雙熊」；至於謝遜可以一掌使陰柔之力，一掌出陽剛之勁，這「分心合擊」之術可是從《射鵰》周伯通、郭靖到小龍女一脈相傳的絕招，為了突顯謝遜的功夫，一版暫由謝遜借用，卻也不能長年借荊州，二版還給周伯通，此外，皇宮盜寶之事想來也是仿自《射鵰》曲靈風的行為，二版還是由曲靈風專享。

一版改為二版時，謝遜的許多文采武功，都從謝遜身上離散，分別歸給不同的江湖人物，成為曲洋、漠北雙熊、周伯通、曲靈風等人的情節。

一版謝遜盜墓的情節，完全複製到曲洋身上，可知金庸在創作曲洋故事時，就已經打算回頭修改謝遜的相關情節了，由此也可以推測，金庸應該是在報紙連載原創小說的時期，即已有了改版的起心動念。

第六回還有一些修改：

一・謝遜說王盤山奪刀一事結束，要攜張翠山、殷素素二人離開王盤山，二版張殷二人說還

金庸武俠史記∧倚天編∨三版變遷全紀錄

得陪這魔頭一日一夜，十二時辰中，不知還會有什麼變故，新三版將一日一夜改為一晚。

二·謝遜一行乘船北上途中，新三版饒富巧思增寫了一段，說張翠山向船艙外望去，只見海面上白影晃動，卻是海中一條條大魚、中魚，不住躍出水面，一眼望去，不知有幾千幾萬條，蔚為奇觀。張翠山少歷海上生涯，渾不知萬魚齊躍是什麼意思。這段增寫的目的是要扣合後面船行遇上地震所引起的海嘯。

三·船行向北，二版張翠山只說希望船折而向西，新三版將張翠山改得較積極，增說張翠山用力將舵轉向西首，只盼船身能轉而向西，但船上片帆也無，不受控馭，只得順風順流的不住往北。

四·殷素素唱了一曲〈山坡羊〉後，謝遜大讚，說殷素素比「假仁假義」的張翠山合他心意多了，但張翠山又不是岳不群，怎說他「假仁假義」？新三版將「假仁假義」四字，改為「婆婆媽媽」。

五·殷素素說她死後會下地獄，二版張翠山說：「倘若你沒好下場，我也跟你一起下場。」新三版增長張翠山的情話，加說：「你真要下地獄，我陪你一起下，由得他放在油鍋裡去炸。」

六‧謝遜說他無意間當了張殷二人的「冰人」，新三版較二版增說：「三人這些日子來同舟共濟，生死與共，相互間情誼自生，已不像初時那樣的生死敵對。」

七‧張翠山圖謀與謝遜比武，以求一線生機，一版張翠山請殷素素乘機發射「金針」，二版改為「銀針」。

八‧謝遜二度發狂，張翠山使出綿掌的「自在飛花」一招與他對掌，二版說張翠山與謝遜手掌一沾，感到一股極大的黏力，這段情節一版說得較二版細緻，一版說謝遜的手掌之中，傳來一股灸熱異常的氣流，只烤得他心煩意亂，頭昏腦脹，張翠山和他比拼掌力，這已是第三回，前兩回均無這般情形，若不是前兩次中他並未使出這等古怪武功，那麼這幾日他心神有異，武功竟自起了變化。

玉面火猴是導致北極熊絕種的天敵
——第七回〈誰送冰舸來仙鄉〉版本回較

《射鵰》有位秦南琴，《倚天》有頭玉面火猴，這一人一猴在改版中遭遇了同樣的命運。他倆在一版的角色份量都不輕，但在改寫成二版時，卻被天衣無縫地刪去。經過文學手法改造後，這一人一猴連影子都不殘留。

冰火島上的生活，在一版《倚天》，本來是三大人一小孩加一隻玉面火猴。身為冰火島「地主」的玉面火猴，在張殷二人進入陌生的北極之地時，擔任他倆的導遊及守護者。一版玉面火猴佔的篇幅極多，二版則全數刪去了。

且來看看這頭僅存於一版《倚天》的神猴。

話說張翠山與殷素素上了冰火島，張翠山宰了一頭白熊，殷素素後方隨即又站著七頭一列的大白熊。張翠山知道自己不可能以一人之力殺七熊，遂拉著殷素素往海邊跑。張翠山原本盤算，若躲不過大白熊，就往海中跳，但殷素素瞬時想起曾聽老梢公說，白熊最愛吃蜜糖，也愛吃魚。

得知白熊愛吃魚，張翠山心想：「要是白熊真的吃魚，那麼逃到海中也不濟事。」

還未想出脫身之計時，迎面又來了六頭白熊，在十三頭白熊圍攻下，張殷兩人爬上大松樹。

而後，十三頭白熊圍到松樹下，吼聲震耳欲聾。張翠山拿一枝樹枝往一頭白熊的右眼甩，甩入熊眼。見到同伴被攻擊而受傷，十三頭白熊不再抬頭，只往松樹幹上或咬或搔。過不多時，松樹已被白熊咬了一兩寸深，眼看群熊就要撞斷百年巨樹。

張翠山感慨，他夫妻不死於大海，卻要葬身熊腹。殷素素要張翠山自行躍樹逃生，但張翠山決意與殷素素同生共死。

就在此時，遠處傳來一陣尖銳的叫聲，聲音並不甚響，可是極為古怪，似梟鳴，似彈箏，似風過竹葉，似金鐵交鳴。白熊群聞聲，立時籔籔發斗，一頭頭龐然大物瞬間萎頓在地。殷素素大叫：「救命，救命！惡熊要害人哪！」那叫聲由遠處相應，霎時即來到眼前，就算最快的飛鳥也未必有此迅捷。只見眼前紅影一閃，一團火球從對面的大樹躍到張殷二人停身的樹幹上，原來是一隻通身火紅的猿猴。火猴約莫三尺來高，遍身長滿殷紅如血的長毛，一張臉卻是雪白如玉，金光閃閃的眼珠骨碌碌的轉動，神情極是可愛。

殷素素見靈猴美麗，臉露笑容，伸出手去。玉面火猴從未見過人類，只當是同類到了，也伸手撫摸殷素素的手，殷素素指了指樹下的白熊，說：「這些惡熊要咬我們，你能給咱們趕走

嗎?」

玉面火猴雖不懂殷素素的話，但見了她的手勢，已然領悟，清嘯一聲，抓住一頭白熊頭頂一分，抓出熊腦，捧到殷素素面前，以為饗客之用。

張殷二人見火猴能生裂熊頭，膂力之強，手腳之利，任何猛獸均無如此厲害，實是天地間罕見罕聞的神獸，心下大駭。殷素素不敢生吃熊腦，勉強吃了一口，遞給張翠山。但吃一口後，竟覺滋味鮮美軟滑，遠勝羊腦魚腦。

火猴又下樹生裂二熊，取兩副熊腦，自己吃得津津有味。群熊不抗拒也不逃走，只是伏在樹下發抖，而後，在殷素素戲言下，火猴將剩餘十頭熊一一撕斃。

殺死群熊後，張殷二人整理熊洞，以為日後居所，玉面火猴幫忙收拾，但東拉西抓，似是幫忙，卻是搗蛋。次日，殷素素醒來時，聞到一股花香，原來是火猴在洞中堆滿了嫣紅姹紫，大大小小的許多花朵，火猴還在花朵中竄高縱低。

有了固定的家後，張殷二人思考如何自火山引火，以為日後三餐熟食之用。張翠山準備以長繩丟向火山引火，但火山口實在太熱，張殷二人走不近火山口，長繩也無法點燃。

玉面火猴卻不怕熱，殷素素對牠撮唇一嘯，說道：「猴兒兄弟，你能不能將繩子拿上去，點

心一堂金庸學研究叢書　金庸版本的奇妙全界

燃了拿下來。」火猴弓身一躍，竄出百餘丈外，拾起繩子，往火山口疾奔，遠遠望去便似一個火球向上滾動，實是迅捷無倫。不到一盞茶時間，長繩點著，火猴再拉著長繩回轉。

張殷二人到熊洞中生火，張翠山忽然想起師父曾提到一種「火鼠」，入火不焚，將其毛皮織為布，稱為「火浣布」，此布若洗不乾淨，丟進火中即潔白如新，殷素素笑說，火猴若掉毛，也可幫張翠山織一件衣服，但要等兩三百年，掉的毛才夠。

後來，謝遜也到了冰火島上，兩人防備謝遜發狂，殷素素還很自信的認為，他們現在有「猴兒兄弟」做幫手，跟在冰山上大不相同。

張殷二人而後生起火來，烤熊掌為食，火猴則除熊腦外，不吃肉食，自行採野果吃。

張無忌出生後，謝遜負責捕獸打獵，有時玉面火猴也陪他出獵，但那火猴殺熊太過輕易，不費吹灰之力，謝遜反覺沒趣。起先謝遜尚須火猴引路，日子久了，他處處路徑都已記熟，便要火猴陪孩子玩耍，不許牠同去打獵。

第七回玉面火猴的故事就到這裡，這些情節二版全都刪除了。

二版將攻擊殷素素的熊從十三頭減為一頭，情節則大幅簡化為，張翠山從樹上以樹枝甩入熊眼，再拿殷素素的長劍刺熊頭，一劍了帳，熊便死於樹下。

熊洞的花香也不再是一版火猴對美女獻花，二版是洞前本就生長許多香花。

至於二版的張翠山取火種，在沒有一版火猴的幫忙下，雖然長繩丟不進火山口，但張翠山在火山附近撿得燧石，平劍擊打，幾星火花飛上長石，也就點著了火。

這麼一改，這隻有趣的玉面火猴，就跟《射鵰》秦南琴一樣，偷天換日，完全蒸發了。但這隻玉面火猴倒讓人想起生態界的有趣話題，原來因溫室效應嚴重，北極的冰山逐日熔解，北極熊既無食物，也無棲身之地，飢餓到竟有北極熊吃掉同類的情況。號稱沒有天敵的北極熊，盡管生物學家極力搶救，但亡族滅種之禍，已經迫在眉睫。

除了冰山溶解，無冰可棲外，北極熊絕種之因，莫非還當真有不可思議的天敵「玉面火猴」？這可值得動物頻道大灑資金，深入極地，一探究竟了。

【王二指閒話】

金庸在小說創作上，一直在樹立與眾不同的「金庸風格」，玉面火猴的徹底刪除，也是因為金庸在塑造其獨特的創作風格。

於報紙連載小說，也就是所謂的「原始創意」時期，金庸對自己的路線還沒有確定地非常清楚，那時的他曾跟梁羽生一樣，透過小說人物陳家洛，大秀作者的詩詞功力，此外，深愛還珠樓主作品的金庸，也在作品中屢次出現還珠樓主型「奇幻仙俠」的創作元素。

金庸的個人風格大約在連載《笑傲江湖》時，就已經確立了。金庸擅長的是深入描述人性的多元與情節的詭變，以及經由情節推行，細寫人物的心理成長與轉折，這即是最典型的「金庸風格」。而當金庸在報紙連載結束，回頭修改作品時，「金庸風格」即貫穿了所有作品，於是，他筆下的主角被修得盡量不再舞文弄墨，只專情於學武，以跟梁羽生等人的「大俠亦是才子」做風格上的區隔；此外，為與還珠樓主等人的「奇幻仙俠」有風格上的不同，金庸力求自己的作品符合科學邏輯，因此刪改了一版許多奇幻的情節。

一版中的許多「異獸」故事都屬於奇幻情節，因此，在一版修訂為二版時，金庸對這些奇禽異獸，大多有所刪修，刪修的方式有如下三種：

一、維持原作：異獸若只是特殊物種，無太誇大的神異之處，二版即可保留原貌，比如《射鵰》九尾靈狐，《倚天》金銀血蛇。

二、降低神異：異獸過度神奇，二版保留情節，但大減其神異，比如《天龍》莽牯朱蛤，一

版服食此朱蛤後，可擁有吸人內力的「朱蛤功」，二版則改為服用朱蛤只有防毒之用。

三、完全刪除：太過神異而匪夷所思的異獸，即完全刪改，比如一版《天龍》鍾靈的寵物金靈子、青靈子，二版被改為閃電貂；一版《射雕》血鳥及一版《倚天》血蛙則皆被刪除。

縱觀金庸全系列小說，篇幅最多的異獸莫過於《神鵰》的神鵰與《倚天》玉面火猴。這一鵰一猴可不像金靈子等小動物，牠們可與人做言語的溝通，而且還身懷神力或武功，可與主角併肩抗敵，《神鵰》與《倚天》中有偌長的情節描述其神異事蹟。

從神鵰與玉面火猴的修訂，就可看出金庸的改版原則。

神鵰因有「神鵰俠侶」的書名護持，金庸就算改版，也沒法大筆一揮，將神鵰刪除。倘使將神鵰刪除，《神鵰俠侶》就只能變更書名為《楊氏俠侶》了。而既然神鵰刪除不掉，金庸即以「降低神異」的原則來改寫神鵰，他將一版神鵰生有牙齒，能咀嚼蛇肉，也能吸入毒蛇所噴毒霧等等情節全都刪去，二版神鵰只是學過武功的醜鵰。

玉面火猴在改版中，無法像神鵰那般，在書中留下一席之地，原因之一是此書名為《倚天屠龍記》，而非《火猴俠侶》，火猴並不像神鵰那般，與男主角緊密連結；此外，神鵰是引導楊過去發現獨孤遺劍的中介者，火猴則不曾啟發張無忌任何武功；再者，楊過曾與神鵰併肩抗敵，屬

於「盟友」，火猴則只是陪張無忌遊樂，屬於「玩伴」。因為角色重要性不像神鵰，金庸在一版修訂為二版時，索性大筆一揮，將火猴完全刪除了。

神鵰與火猴這兩大神獸的修訂方式，正是金庸改寫異獸的兩種重要手法。由此也可以看出金庸在塑造「金庸風格」時所使用的文學技巧。

第七回還有一些修改：

一．殷素素對張翠山說，她想與張翠山隨謝遜到荒島，如此兩人的情事，才不會被雙方家人阻擾，二版殷素素說，就因如此，張翠山第一次與謝遜比拼掌力，她沒發銀針，新三版殷素素又加說：「我身上帶著佩劍，也決不想在他背上刺上一劍。」這句話加得有點蛇足，以當時狀況，殷素素應該盰橫過，若她冒然出劍，恐怕必死。

二．殷素素與張翠山結為夫妻，立誓隨張翠山行善，二版殷素素的誓詞是「若違此誓，天人共棄。」新三版改為「若違此誓，我夫君就不要我了。」新三版殷素素更加討好張翠山。

三．張殷二人在海上漂流時，接近冒黑煙之島，殷素素以為那是「地獄門」，張翠山說若老天

金庸武俠史記∧倚天編∨三版變遷全紀錄

101

爺要他們被燒死，也只能由著他，新三版張翠山又加說：「如你要下地獄，我也陪你入地獄，任他在鐵鑊中炒，油鍋裡煎。」這句話顯示張翠山打從內心認為殷素素是做惡多端，該下地獄之人。

四‧二版謝遜在冰火島上發狂，罵張翠山不是東西，讓我捏死他的老婆再說，新三版再加上一句「他老婆傷了我眼睛」。

五‧謝遜的親生兒子謝無忌被成崑害死時，二版說是剛出生不久，新三版改為剛滿三足歲。

六‧謝遜告訴張無忌，世上除了父母之外，誰都會存著害你的心思，新三版張無忌較二版增說：「義父也決不會害我」。

七‧謝遜說當年若遇張翠山，也會殺了張翠山，張無忌問謝遜為什麼要殺爹爹，二版謝遜說他只是打個比方，新三版謝遜增說：「你爹爹是我結義兄弟，是我在世上最好的朋友。倘若有人要殺了你爹爹，我便不要性命也會幫你爹爹。」

八‧一版張翠山的銀鉤鐵畫都落入海中，與殷素素在海上捕魚，張翠山以海豹皮裹住殷素素長劍的劍刃，將劍尖拗成一鉤，用以捕魚，二版張翠山的銀鉤並未失落，乃以之捕魚。

九‧張殷二人腳下冰塊往有火山的冰火島前流，一版解釋說「須知大海洋中所以發生颶風、海嘯，大都是因氣流水流冷熱不同，以致劇烈流動所致，這道理說穿了其實毫不稀奇。」二版將

這段解釋刪了。

十．一版張翠山殺白熊，是左手持殷素素的鉤劍，右手握短棒，使「鋒」字訣的一直，從半空中直刺熊的腦門，樹枝直插入七八寸。二版張翠山用他自己的銀鉤，使一招「爭」字訣的直鉤，刺中白熊的太陽穴，鉤入數寸，白熊仰天而斃。

十一．一版張翠山知道殷素素懷孕，將孩子取名為「念慈」，要他長大之後，記得媽媽懷孕時仁善慈悲的心腸，不管男孩女孩都叫這名字，殷素素回張翠山說：「從前，我每殺了一個人，總是覺得很高興，但這時想來，心頭起了個仁慈的念頭，卻比殺人更加歡喜些。只是我從前不會慈悲，那也無從比較起。」這段連同「張念慈」之名，二版全數刪除，或有可能是「張念慈」與《射鵰》「穆念慈」撞名了。

十二．一版謝遜說，他兒子謝無己若還在世上，經他傳授，武功未必及不上武當七俠、少林三義。但因「少林三義」並無相關情節，二版將之刪了。

十三．謝遜說空見大師武功精湛，張翠山問謝遜，空見武功難道比他高深，一版謝遜說：「我怎能跟他想比？他弟子的武功也比我高得多。」說時臉上的神情充滿了無比的怨毒。一版謝遜顯然是對成崑的仇恨念茲在茲。二版則改成謝遜說：「我怎能跟他相比？差得遠了，差得遠

金庸武俠史記∧倚天編∨三版變遷全紀錄

了！簡直是天差地遠。」說時對空見大師充滿了不勝敬仰欽佩之情。

十四・一版謝遜說他家慘遭滅門，五年後找師父報仇未果，而後十年內，他得到三位高人傳授，但第二次報仇仍是重傷而歸。因為「三位高人」之說沒有下文，二版改為謝遜滅門的三年後找師父報仇，報仇不成，遍訪名師，用功學武，五年後再度報仇，仍鎩羽而歸。

張無忌是個工於心計的孩子

——第八回〈窮髮十載泛歸航〉版本回較

張無忌從小就受到兩種截然不同的「家教」，出身名門武當的爸爸張翠山，教他的是仁義慈悲之心，系出邪派明教的義父謝遜與天鷹教的媽媽殷素素，潛移默化給他的則是智詐奸巧的處世之術。那麼，童年張無忌究竟寬厚仁德多些，還是機謀智巧多些？二版以後的讀者，理當都會認為張無忌自小宅心仁厚，然而，在一版的原始創意中，張無忌可是與二版大相逕庭的。且來看看一版工於心計的張無忌。

話說謝遜對張翠山一家談起親歷往事，說到遭成崑滅門，言及他曾想殺武當派宋遠橋以逼出成崑，但又怕一擊不成，被天下豪傑圍攻，這場血海深仇可能就無由得報了。

一版張無忌聞言，說：「義父，你眼睛看不見，等我大了，練好了武功，去替你報仇。」此言一出，謝遜與張翠山不約而同站起，謝遜低沉著聲音問：「無忌，你可是真有此心？」張翠山與殷素素則均感焦急，因武林人素重信義，言出必行，但以謝遜之能尚且不能報成崑之仇，張無忌若是信口答應，豈非自陷絕境？

張無忌雖小，此事仍須由其自決。張殷二人隱隱覺得，此事說不定關涉到張無忌一生禍福。

只聽張無忌昂然道：「義父，害你全家之人叫混元霹靂手成崑，無忌記在心中，將來一定代你報仇，也將他全家殺死，殺得一個不留。」

張翠山聞言，怒喝：「無忌你說什麼？」一人做事一人當，他罪孽再大，也只一人之事，豈可累及無辜？」，張無忌應道：「是，爹爹！」嚇得不敢再說。

這一大段張無忌要為義父殲凶復仇的童言童語，二版刪得一字不留。

而後，謝遜談起他誤殺空見大師之事，說到他掌擊自己的天靈蓋時，一版張無忌叫道：「妙計！妙計！可是義父，這一下不是太狠毒了嗎？」張翠山問：「為什麼？」張無忌道：「義父拍擊自己的天靈蓋，那位老和尚自然出聲喝止，過來救你。義父乘他不防，便可下手了。不過老和尚對你這麼好，你決不能傷他，是不是？」張翠山與殷素素聞言，大為駭異，他們雖知自己的兒子聰明伶俐之極，那料到他在這傾刻之間，便能識破謝遜的奸計。

這段情節二版改寫了，改為殷素素大喊「妙計！妙計！」並道破謝遜計謀，二版張翠山接著說：「噢，可是如此對付這位有道高僧，未免太狠了。」張無忌則坐在一旁，渾然是不知人間險惡的小天使。

謝遜而後說，他殺了空見大師後，記著空見大師叮囑他，殺人之際，須想起他空見，因此謝遜與張翠山對掌時，並未出殺手。

一版張無忌忽然問謝遜為何與爹爹比拼掌力，並問謝遜：「義父，那時你眼睛已瞎了沒有？」謝遜說沒瞎，張無忌道：「一定是爹爹打你不過，媽媽幫著爹爹，把你眼睛射瞎……」。張翠山夫妻大喝：「無忌！」嚇得他不敢再說。謝遜問他如何得知，張無忌道：「前幾天媽說要教我打金針，但第二天卻又說不教了。我想一定是爹爹叫媽別教我，怕你知道後心裡不高興。」謝遜哈哈大笑，說：「五弟、素妹，這孩子比我聰明五倍，比你們聰明十倍，你們說將來如何得了？」

張殷二人聞言，不約而同各握住張無忌一隻手，二人雖自得意，卻又隱隱的感到一層憂慮。

張翠山是生怕孩子聰明有餘，將來卻不學好，殷素素則是怕他不壽。

這段張無忌扮演「柯南」，推理出謝遜被殷素素射瞎的情節，二版也刪得一字不剩。

謝遜再說及空見大師臨終時，要他找到屠龍刀中秘密，但十年來他殫智竭慮，猜想不透，一版謝遜說：「無忌，你比我聰明，將來說不定你想得出來。」一版張無忌問謝遜：「義父，那成崑今年幾歲啦？」謝遜臉色一變，說：「孩子，你說的不錯，他今年六十五歲啦，冤沉海底，再無報仇之日，賊老天，賊老天，你真會害人。」眾人明白，就算張無忌發現刀中秘密，又能回歸

中土，找到成崑，那也是二三十年後的事，那時成崑十之八九早已不在人世了。

二版改為張無忌從即小慈悲模拙，沒有一版的機謀智巧，因此一版這段二版也全刪了。

張翠山父子三人將回中土時，謝遜決意獨留冰火島，臨別之際，謝遜對張翠山說起張無忌，一版謝遜說：「無忌已學得我一身武功，人又聰明，他日成就，當在你我之上。」這段話即是對一版童年張無忌最恰當的考語，二版則改成謝遜說：「無忌胸襟寬廣，看來日後行事處世，比你圓通隨和得多。」二版張無忌的性格就如謝遜所言，非常圓通隨和。

三人回歸中土後，適逢天鷹教與武當等門派在海上爭鬥，隨後有崑崙派門人逼問張翠山夫妻謝遜的下落，殷素素告訴張無忌：「這些都是惡人壞人，他們都想去害你義父。」一版張無忌恍然大悟，而後自俞蓮舟起，他向每個人都狠狠的瞪了一眼，心道：「原來你們都是惡人壞人，你們想害我義父。」這段情節二版也刪了。

一版的童年張無忌跟楊過頗為相像，恩怨分明，且工於心計，若有人開罪於他，即意欲讓對方血濺五步，但隨著張無忌逐漸長大，性格也越來越慈愛寬和。金庸在修訂《倚天》時，為求人物性格前後一致，將一版機謀智巧的童年張無忌加以改造。改版修訂之後，童年的張無忌成了天真可愛的小綿羊，一版的狼心狐性全被刪除了。

心一堂金庸學研究叢書 金庸版本的奇妙全界

看過金庸二版或新三版小說的讀者，往往會歎服於金庸武俠的大開大闔，首尾相扣，然而，若是回溯一版金庸作品，就會發現二版之後的小部份大開大闔，在一版原創意中卻是只開不闔，或是開後重開，經過二版修訂才臻於圓滿的。

一版中有幾位男主角的性格，都是「開後重開」，也就是說，明明一開始說主角是某種性格，但隨著情節推演，話鋒一轉，又變成另一種性格，比如一版《射鵰》郭靖方登場時，金庸給的考語是「聰明伶俐」，但故事再往前推演，金庸為郭靖的性格設計，又轉成心直口拙，於是在修訂為二版時，金庸就將郭靖出場的考語改為「獃頭獃腦」；這樣的情況也在《鹿鼎》韋小寶身上發生，一版韋小寶初入皇宮時，致力於學武，融合海大富與陳近南的武功於一身，成為「武學中從所未有之奇」，但金庸後來又決定將韋小寶塑造成不會武功的嬉皮，於是二版將韋小寶改寫成初入皇宮就是疏於學武的無賴少年，這麼一來，韋小寶的性格才能前後一致，情節也才能首尾相扣。

而縱觀金庸所有武俠小說，主角性格在改版中修訂幅度最大的，當推《倚天》張無忌，一版張

無忌受謝遜與殷素素薰陶，自幼城府深沉，恩仇必報，但少年之後的張無忌卻變得仁和寬厚，因此，金庸在改版時，將一版童年張無忌富於心機，言語狠戾的描寫，刪改得一絲不存。

金庸在起初構思時，將郭靖與張無忌都設想成聰明機智的俠士，那麼，這兩人為什麼會從「智俠」轉變成不須用機謀的「仁俠」呢？這得從小說設定的時代背景說起，在金庸的武俠世界中，《天龍》、《射鵰》、《神鵰》、與《倚天》四書可以合稱「漢胡爭霸四部曲」，這四部小說的時代背景都是漢族跟北方游牧民族王朝的對立，然而，雖然同樣是漢胡爭霸，漢族在四部小說強弱各有不同，《天龍》時的北宋已開始積弱，軍力也比不上大遼，《射鵰》時的南宋對立的是即將傾覆的大金，《神鵰》時的南宋面臨的是大軍壓境的蒙古，《倚天》的時代則是元朝已然衰敗，漢族義軍四處起義。總而言之，《天龍》與《神鵰》時代的漢族是偏弱的，《射鵰》與《倚天》時代的漢族則是稍強，或至少不至於傾覆的。

《射鵰》、《神鵰》、《倚天》與《天龍》的男主角都被捲進民族爭戰中，喬峰夾在宋人與遼人之間，郭靖曾對抗大金，郭靖、楊過、及張無忌三人都對抗過蒙古。然而，不論金庸怎麼塑造他筆下俠士的英勇機智，歷史都是無法改變的，也就是說，喬峰與楊過不管多麼努力，漢族依然是弱勢的，因此，喬峰與楊過註定要悲壯。而若要創造悲壯形象，「大牛型」的憨直角色當然

心一堂金庸學研究叢書　金庸版本的奇妙全界

110

比不上「諸葛亮型」殫精竭慮而終於回天乏術的人物，「諸葛亮型」的人物更能激發讀者的悲切之情，因此，喬峰與楊過的性格以聰明為佳，以小說的角度而言，費盡心力卻仍無法力挽狂瀾，最能顯出悲壯。

郭靖與張無忌則與喬峰、楊過不同，他們面對的是必敗的大金與必亡的蒙古。這兩俠身處的時代潮流恰如順水推舟，不管他們耗不耗腦力抗擊敵國，敵國都必須符合歷史現實，非滅亡不可。而既然敵國的傾覆勢所難免，那就無須再將主角塑造成如臥龍鳳雛般機謀智巧。於郭靖與張無忌而言，性格憨厚，並完成「吉人天相」的事功，最能滿足讀者的期待。這或許就是郭靖與張無忌從一版初登場的聰明智巧，越寫越寬和樸拙，二版則須回頭重塑其性格的原因。

不聰明的郭靖，與不智巧的張無忌在武俠世界中，偶爾仍須使用心計，當他們須要使用智謀時，金庸即安排他們的親密愛人黃蓉與趙敏來為他們獻智，這麼一來，郭靖與張無忌的就可維持樸拙憨厚的一貫形象。他倆天授福祿，終成一代大俠。

第八回還有一些修改：

一・二版空見大師著白衣，新三版改著灰衣。

二・空見大師說謝遜三度遭難，都是成崑暗中解救，二版謝遜回想，除崆峒門五老，果然另有三件蹊蹺之事。但二版的寫法豈不是變成四度遭難？新三版改為謝遜想起另有兩件蹊蹺之事。

三・空見大師被謝遜打成重傷，問謝遜成崑還沒來嗎？謝遜說「沒來」，二版空見大師說：「那是不會來的了。」新三版空見加說：「他……他連我也騙了。」

四・二版謝遜說他窮極心智，始終猜想不透屠龍刀的秘密，新三版謝遜加說：「我細撫此刀，只發覺刀刃近柄處有個缺口，與一般單刀不同，但這缺口也無他異，於刀法也沒特別用處啊！」倚天劍與屠龍刀由近刀柄處缺口互砍，才能取中刀劍中秘笈，這是新三版《倚天》改版的一大重點，這裡先預埋伏筆了。

五・天鷹教的切口，二版是「日月光照，天鷹展翅，聖燄熊熊，普惠世人。」新三版改為「聖火熊熊，普照世人。日月光照，騰飛天鷹。」新三版的切口較為合理，二版的天鷹壓在聖火之上，顯出殷天正對明尊並不恭敬。

心一堂金庸學研究叢書 金庸版本的奇妙全界

六‧二版提到崑崙派靈寶道長是西華子的師祖，新三版增說靈寶道長是崑崙三聖何足道的師兄，武功不及何足道。這段增寫是要讓何足道出現於崑崙派系譜中，免得何足道於前兩回出場後就再無下文。

七‧謝遜以「七傷拳」打樹，一版說三天後樹葉萎黃跌落，七天後，大樹全身枯槁，二版將七天改為半月。

八‧一版謝遜稱呼殷素素為「素妹」，二版改稱呼殷素素為「五妹」，這是以三人結義，兄對妹的身份叫的，二版改稱呼殷素素為「五妹」，這是以殷素素為「張翠山夫人」的角度而稱呼的。

九‧謝遜等人紮結木排，準備回中土。一版玉面火猴也毛手毛腳的在一旁幫忙，二版將玉面火猴刪了。而後，北風起，一行人要南歸中土，張無忌抱了玉面火猴，第一個跳上排去，二版也沒了玉面火猴。

十‧一版西華子的「三陰絕戶手」，二版改為「絕戶手」。

十一‧一版程壇主譏諷西華子，說他崑崙派「自從玉虛道長逝世之後，都是一代不如一代了。」玉虛道長是西華子的師伯，二版改為程壇主提到的是西華子的師祖靈寶道長。

張無忌猛擊「降龍十八掌」，重傷綁匪
——第九回〈七俠聚會樂未央〉版本回較

謝遜與張翠山一家三口在冰火島上，一眨眼過了十年，在這十年之中，謝遜、張翠山與殷素素都曾對張無忌傳授獨門武功。回到中土之後，張無忌將展現十年之所學。究竟張無忌曾在冰火島學過什麼功夫呢？且來看一版與二版迴異的內容。

且說張無忌一行船泊銅冠山腳下小鎮，岸上一名老丐戲蛇吸引張無忌上岸，童稚的張無忌果然為其所騙上岸去，而後老丐以布袋套住張無忌腦袋，並以毒蛇對準張無忌背心，要脅殷素素說出謝遜下落。此老丐原來是巫山幫賀老三。

一版張無忌在賀老三出言威脅殷素素時，一掌打在賀老三背心「靈台穴」上，並趁勢脫逃。

被張無忌打了這一掌之後，賀老三躺在地上，一動也不動。

張翠山、殷素素與俞蓮舟三人見狀，馬上躍上岸來。張翠山看賀老三口吐鮮血，神情痛苦，卻不能動彈，知道是張無忌一掌擊中了賀老三的穴道。他想為賀老三解穴，卻又無從得解，於是要張無忌為賀老三解穴。殷素素對張無忌說：「孩子，爹爹叫你解穴，你便給他解了吧，教他知

道小英雄謝無忌的手段。」

孩子過繼給了義兄，跟他的姓。」俞蓮舟感到奇怪，問：「謝無忌？」張翠山道：「嗯！小弟的第一個

張無忌說他不會解穴，因為謝遜只教他出掌，卻沒教他解穴，還說：「當時義父跟我說，這

麼一掌若是打中了敵人的太陽、膻中、大椎、露台四處大穴，一個對時便即斃命。我便問他如何

解救醫治，他沉著臉道：『這種打穴的手法，天下只有你會我會，何必學救治之法？是你敵人才

打，既是敵人，何必打了再救？難道救活他之後，將來等他再來害你麼？』」

俞蓮舟再問張無忌使的究竟是什麼掌法，張無忌說那是武林中久已失傳的掌法，叫做「降龍

十八掌」。「降龍十八掌」五字一出口，俞蓮舟與張翠山夫婦盡皆失色。

原來「降龍十八掌」自洪七公傳給郭靖，郭靖弟子中沒人學到這路神功，而楊過又因斷臂，

不能學這套雙手齊使的掌法。近百年來，武林中只聞「降龍十八掌」之名，誰也沒有見過。

俞蓮舟不信張無忌真的學到了失傳已久的「降龍十八掌」，張無忌又說，他打賀老三的一招

就叫「神龍擺尾」。俞張二人的確曾聽師父說過「降龍十八掌」有「神龍擺尾」一招。張翠山告

訴俞蓮舟，張無忌跟謝遜學藝時，他夫妻都遠遠避開，是以不知謝遜竟教了此功，張無忌則說：

「義父跟我說，他只會得十八掌中的三掌，是跟一位江湖隱士學的，但他總覺得其中的變化有點

不大對頭，想是其中真正奧秘之處，那位隱士也是沒有體會到。」俞張二人遙想當年洪七公與郭靖的神威，不禁心嚮往之。

殷素素見愛子初試身手，便是一鳴驚人，可知將來必是一位震驚武林的高手，心中因此喜悅不盡。張翠山則擔心巫山幫另有接應，要早些開船離開。

俞蓮舟將賀老三抱到船上救治，賀老三呼吸危弱，不停嘔血。張翠山厲聲對張無忌說：「無忌，這一次對方使詐行奸，情勢緊迫，原有不是。但以後你若非萬不得已，輕易不可和人動手過招，更加不可任意使用你義父所傳的這三招。」張無忌見父親臉色難看，「哇」的一聲哭了出來。

開船後，俞蓮舟伸手在賀老三「大椎穴」上運功，一個多時辰後，張翠山接手，直到天明，賀老三終於不再吐血，俞蓮舟喜道：「這條命算是保住了，不過武功只怕難復。」賀老三千恩萬謝，並決定此後自耕自食，不再厮混江湖。上岸後，即拜別俞張三人而去。

後來張翠山一行殺入元兵群中，張無忌為一元兵擄走，張無忌也是反手一招「神龍擺尾」，打在那元兵胸口。這一掌雖使了十成力，那元兵卻只輕輕哼了一聲，身子晃也沒有晃，翻身上馬，即綁架張無忌，縱馬而去。

這一大段內容跟一版《射鵰》秦南琴故事及一版《天龍》波羅星盜經情節，都是一版中有數頁情節，修訂成二版時，卻像數頁書被撕掉一樣，刪得寸草不留。二版將張無忌以「降龍十八掌」大展神威之事，刪改成張無忌被賀老三綁走後，殷素素將水手推入水中，引開賀老三注意力，俞蓮舟再趁機斬斷賀老三手中毒蛇蛇頭，張翠山隨後一掌打得賀老三萎頓在地，並抱回張無忌。

修訂成二版後，張無忌不再當喬峰、洪七公與郭靖的「降龍十八掌」傳人了，被賀老三及假冒的元兵綁架時，他都只能像絨毛娃娃般任人擺弄。

一版從第九回之後，張無忌一路大展「降龍十八掌」，直至第十六回，這些情節二版全都刪除了。

從金庸的創作原則來看，武功須與性格相符，剛猛的「降龍十八掌」與張無忌婆婆媽媽的性格確實不配，於張無忌而言，他比較趁手的理當不是「降龍十八掌」，而是「降鳳十八柔掌」，因為「降鳳」功夫他確實是一把罩，從中國、蒙古到波斯的名媛佳麗全都為他傾倒，可知「降鳳」才是張無忌真正所向披靡的神功。

【王二指閒話】

金庸作品中有多位絕頂高手，他們身懷絕世武功，或家藏曠世秘笈，但自己並不見得有令人稱頌的俠行偉業。這類高手在書中最主要的角色意義，就是創造秘笈，或保管秘笈，以讓主角獲得秘笈，學會武功，並成就震世俠名。

這樣的角色就比如《射鵰》與《神鵰》的王重陽，王重陽曾參與華山論劍，技壓群雄，但取得《九陰真經》後，自己沒練過，卻造就了郭靖與楊過；《神鵰》林朝英也是如此，林朝英殫精竭慮創造《玉女心經》，自己沒沒無聞，徒孫小龍女、楊過則以《玉女心經》成名於武林；《倚天》謝遜也是這樣，謝遜登場時，書中將他寫的威風凜凜，宛若天神，但謝遜隨後即流落荒島，也不再有特別精彩的故事。或許謝遜在《倚天》一書中最大的存在意義，就只是將絕世武功傳承給張無忌。

童年的張無忌確實從謝遜身上學過降龍十八掌及七傷拳等武功，然而，隨著《倚天》的情節推展，謝遜傳授給張無忌的功夫，似乎越來越不重要，在張無忌成長之後，他又學會了《九陽真經》與「乾坤大挪移」兩套武功，他也以這兩套武功威震江湖。若從故事情節來看，謝遜教給張

無忌的武功，幾乎都是白教了。

謝遜的武功會被成長後的張無忌捨棄，並不是因為謝遜的武功不足以震懾江湖，而是因為從金庸的創作原則來說，武功都必須與人物的性格相搭配，比如樸實的郭靖配的是「降龍十八掌」，多愁的楊過配的是「黯然銷魂掌」，不擅長兵器的段譽配的則是「六脈神劍」，武功與人物的性格都是互相吻合的。

金庸在為張無忌量身訂製武功時，顯然經歷了心理轉折，因為武功必須搭配性格，張無忌的性格卻在創作過程中一變再變，在一版故事中，第八回把張無忌塑造成工於心計的楊過型人物，從第九回以後，張無忌又搖身一變，變成練就「降龍十八掌」，彷彿是喬峰、洪七公或郭靖這般人格厚實，正義感又強烈而俠士，直到張無忌青年時期，金庸才終於將張無忌定型為「人人求和好」的「濫好人」。對於「濫好人」張無忌來說，功法高明卻又不見得會重傷他人的「乾坤大挪移」及「太極拳」，顯然就是最適合他的武功。

謝遜的武功走的是剛猛路線，他傳授給張無忌的武功，不論是「七傷拳」、「霹靂拳」或是「降龍十八掌」，都是威猛無儔的功夫，這些武功並不適合不想傷害任何人的張無忌，因此，即使小時候的張無忌真如一版故事般學過降龍十八掌，長大後的他仍將捨棄這套武功。

「降龍十八掌」是金庸精心設計的獨創功夫，他可不會讓這套功夫在與「乾坤大挪移」及「太極拳」相比時相形之色，而既然「降龍十八掌」對張無忌的重要性等而下之，那就乾脆經由修訂，刪去所有一版《倚天》中「降龍十八掌」的相關情節，這麼一來，也可以維持讀者心中「降龍十八掌」至高無上的形象。

第九回還有一些修改：

一·殷素素推落兩名水手下水，以引開賀老三注意力，事後，二版殷素素給兩名手水各一兩銀子，新三版改為二兩銀子。

二·賀老三綁架事件後，張翠山一行泊船過夜之處，二版說是富池口，新三版改為灌子灘；後來因見歹人覷覦，俞蓮舟又繼續發船趕路，一版俞蓮舟給船家五兩銀子，二版改為三兩，新三版再改為四兩。

三·俞蓮舟說張三丰最喜歡張翠山，欲以衣缽相傳，二版說張翠山聽得眼角微微濕潤，新三版改為張翠山不禁流下淚來。新三版的俠士俠女整體來說感情都較二版豐沛。

心一堂金庸學研究叢書 金庸版本的奇妙全界

四‧峨嵋派攔截張翠山一行，派的是武功並不高明的年輕弟子，二版說是因為事急之際，不及調動人手，新三版增說年輕弟子，大家不識，輸了也不打緊。

五‧張無忌求俞蓮舟，要他讓大家找到謝遜時不殺謝遜，二版俞蓮舟說「我自己決計不殺他就是。」新三版俞蓮舟再加說「我能勸得了的便勸。」

六‧張松溪要找太原知府晦氣，二版說張松溪當時在太原，新三版改說在冀寧路。

七‧崆峒派唐文亮說謝遜殺了他的親姪兒，質問張翠山謝遜人在哪裡？一版殷素素反問：「他拳傷崆峒五老，盜去《七傷拳經》，此事你怎麼不說了？」一版接下來說，謝遜擊傷崆峒五老，盜走《七傷拳經》，乃是冒了成崑之名，此事直到四五年前，崆峒派才知是謝遜所為，並引為崆峒派秘而不宣的奇恥大辱，唐文亮聞言大怒，急攻殷素素。一版的描寫顯得殷素素深知謝遜所行之事，似乎兩人關係頗深，但以當時的狀況，這樣的言詞將使自己更陷入險境，二版改為殷素素反問唐文亮：「閣下似乎也不過是崆峒派中年紀大得幾歲的人物，憑著甚麼，如此這般逼問張五爺？你是武林至尊嗎？是武當派的掌門真人嗎？」

八‧賀老三的毒蛇「漆裡星」，一版說這種黑蛇在天下十八種劇毒的毒蛇之中，位居第十一，二版刪去此說。

九・丐幫幫主一版原叫耶律淵如，此名字暗示此任幫主應該是耶律齊的子嗣，二版則將幫主改為史火龍。

十・殷素素說殷天正欽佩的人物，一版說是張三丰跟少林派「見聞智性」四大高僧，一版《倚天》寫到此回，完全沒有提到「明教」，二版改為殷天正欽佩的只有明教教主陽頂天與張三丰二人，連少林派「見聞智性」四大高僧，殷天正也不怎麼佩服。

十一・俞蓮舟說張三丰自九十五歲開始，每年都要閉關九個月苦參武功，一版說是因為張三丰學功時年紀太小，從覺遠處學《九陽真經》記憶不全，因之本門武功終是尚有缺陷，而且《九陽真經》傳自達摩老祖，但張三丰越深思，越覺漏洞甚多，似乎這只是半部，該當另有一部《九陰真經》，才能相輔相成，但世上是否有《九陰真經》誰也不知。達摩祖師是天竺國不世出的奇人，張三丰的聰明才智，未必在達摩祖師之下，而真經既不可得，難道自己便創制不出？張三丰每年閉關苦修，便是意欲光前裕後，與達摩老祖東西輝映，集天下武學之大成。照一版的寫法，張三丰在《倚天》書中應能創作出一部與《九陰真經》齊觀的武學奇著，但二版《九陰真經》因金庸考慮陰陽之說屬於道家，已將作者改為黃裳，連《九陽真經》也須一併改正，因此二版俞蓮舟說張三丰閉關是因為一來張三丰覺得《九陽真經》近於中土道家武學，二來《九陽真經》是以

中土文字寫就，因此未必是達摩祖師親作，張三丰猜想《九陽真經》是少林寺一位高僧所作，卻假托達摩祖師之名，張三丰進而心想，於《九陽真經》既所知不全，難道自己便創制不出？因此他每年閉關苦修，便是想自開一派武學，與世間所傳的各門武功全然不同。後來張三丰所創顯然就是「太極功」。

十二・俞蓮舟說峨嵋派門規甚嚴，滅絕師太不許女弟子隨意行走江湖，一版又說峨嵋門下若非出家為尼，荒山靜修，便是婚後相夫教子，深藏不露。這些說法二版刪了。

十三・謝遜因殺了方評而與滅絕師太結下深仇大恨，方評何許人也？一版說方評與滅絕師太少年時是一對情侶，少年時的滅絕師太是武林中出名的美人，後來她忽然出家為尼，方評自斷一臂，終身不娶。這個故事可能與《書劍恩仇錄》無塵道長的故事雷同度太高，為免創意重複，二版改為方評是滅絕師太的親哥哥，滅絕師太俗家姓方。

十四・俞蓮舟受傷後，一版服過「太乙奪命丹」調理，二版刪除此說。

十五・高麗好手泉建男，一版身屬「神龍派」，但「神龍派」可能因與《鹿鼎記》的「神龍教」撞名，二版改為「青龍派」。

十六・殷梨亭使「神門十三劍」大敗三江幫眾，一版三江幫人大叫「風緊風緊，退走吧！」

二版改為「散水，散水！鬆人啊！」「散水」是粵語等地方方言，意思是「離開」，二版用「散水」為暗號，可以暗喻「三江幫」的地理位置。

十七.「五鳳刀」門人，一版孟正飛，二版改為孟正鴻，其兄一版孟正仁，二版改為孟正鵬，這是為了符合「五鳳刀」幫名，因而以鳥名為人名，金庸改版，真是心細無比。

十八.張翠山回武當，見到奄奄一息的俞岱巖，一版說張翠山想起初入師門之時，許多功夫都是三師哥所授，二版刪了這說法。

十九.張翠山向師兄弟們說起冰火島風光，一版說的是玉面火猴之事，還說到玉面火猴回到中土之後，天氣稍暖，他便覺得不慣，跳上浮冰，一路向北，想是又回到冰火島去了。宋遠橋道：「小小一頭猴兒，竟能生裂熊腦，實是不可思議。」張翠山說：「那火猴雖然生具猴型，實則恐怕也非猿猴之屬，想是冰火島天候奇特，稟天地靈秀之氣，因而生出這種奇獸來。」宋遠橋點頭道：「便是中土，深山大澤之間，原也有許多人不像人，獸不似獸的山魈木怪一類靈物。」二版因沒了玉面火猴，張翠山向師兄弟介紹的，改為冰火島半年白晝，半年黑夜，東西南北也分不大得出來，太陽出來之處，也不能算是東方。

心一堂金庸學研究叢書　金庸版本的奇妙全界

殷素素不陪武當六俠玩「真武七截陣」了
——第十四〈百歲壽宴摧肝腸〉版本回較〈上篇〉

《射鵰》的全真教有「天罡北斗陣」，《倚天》的武當派也有個「真武七截陣」。「北斗七星陣」須七人到齊，才能走北斗七星之位，「真武七截陣」則是從二人到七人都可組陣。在諸大門派上武當，向張翠山與師問罪時，武當六俠首次想組「真武七截陣」抗敵，結果竟意外導致張翠山夫妻殞命。且來看看從二版到新三版，這段故事的大修改。

二版的故事從少林派空聞大師責難張翠山在龍門鏢局行惡，並逼問謝遜下落何處開始。張翠山應答時，忽然聽到窗外有孩子的聲音大叫「爹爹！」張翠山大聲叫：「無忌！無忌！」此時殷素素在後堂聽到張翠山大叫「無忌」，急忙奔出，問「無忌回來了？」張翠山追出去沒看見，殷素素好生失望。

而後，少林僧與武當俠言語齟齬，決定比武一較高下，空聞對宋遠橋說：「我們少林六僧，領教武當六俠的高招，一陣定輸贏。」宋遠橋道：「不是武當六俠，是武當七俠。」空智以為張三丰也要下場，宋遠橋回說是包含俞岱巖在內的武當七俠，並說：「想我師兄弟七人自來一體，

今日是大家生死榮辱的關頭，他（俞岱巖）又如何能袖手不顧？我叫他臨時找個人來，點播幾下，算是他的替身。」

原來張三丰有套陣法叫「真武七截陣」，二人同使，威力加強，三人同使如四位高手，六人如同三十二位，七人如同六十四位，因此，所謂「俞岱巖傳人」只是徒託空名，表面上做出俞岱巖也跟大家同氣連枝而已，實質上六俠已足頂三十二位高手。

宋遠橋要大家在手心寫個名字，即心中囑意接替俞岱巖之人，宋遠橋、俞蓮舟、張松溪寫的都是「五弟妹」，張翠山寫的是「拙荊」，殷梨亭則體恤殷素素病體初癒，寫的是他的未婚妻「紀姑娘」。於是，六俠決意由殷素素向俞岱巖學招後上陣。

因為這套「真武七截陣」自師傳以來，從未用過，今日一戰而勝，挫敗少林三大神僧，俞岱巖若未得躬逢其盛，心中不免鬱鬱。宋遠橋等人要殷素素向俞岱巖學招，權充他的替身，那麼，江湖上傳揚起來，俞岱巖不出手而出手，仍是「武當七俠」之稱。

殷素素明白兄弟們的苦心，說：「好，我便向三哥求教去。只是我功夫和各位相差太遠，待會別碍手碍腳才好。」殷梨亭道：「不會的，你只須記住方位和腳步，那便成了。臨時倘若忘了，大夥兒都會提醒你。」

於是七人一起到俞岱巖臥室，俞岱巖見殷素素容顏秀麗，舉止溫雅，很為五弟喜歡，又聽說她要當自己替身，心下頗感悽涼，說：「五弟妹，三哥沒甚麼好東西送你作見面禮，此刻匆匆，只能傳授你這陣法的方位步法。待會退敵之後，我慢慢將這陣法的諸般變化和武功的練法說與你知道。」殷素素喜道：「多謝三哥。」

俞岱巖第一次聽她開口說話，聽到「多謝三哥」四字，臉上肌肉猛抽動，呆呆出神，臉上又痛苦，又怨恨，此時的殷素素，臉上也是恐懼和憂慮之色。

而後，俞岱巖要殷素素說幾句話：「第一，要請你都總鏢頭親自押送。第二，自臨安府送到湖北襄陽府，必須日夜不停趕路，十天之內送到。若有半分差池，嘿嘿，別說你都總鏢頭性命不保，你龍門鏢局滿門，沒一人能夠活命。」

俞岱巖語畢，殷素素認了，當下直承託都大錦將俞岱巖送上武當山的，就是她殷素素。俞岱巖道：「你如此待我，為了何故？」殷素素說：「三哥，事到如今，我也不能瞞你。不過我得說明在先，此事翠山一直瞞在鼓裏，我是怕……怕他知曉之後，從此……從此不再理我。」俞岱巖靜靜的道：「那你便不用說了。反正我已成廢人，往事不可追，何必有礙你夫婦之情？你們都去罷！武當六俠會鬥少林高僧，勝算在握，不必讓我徒擔虛名了。」

聽了俞岱巖這幾句話，眾師兄弟無不熱血沸騰，殷梨亭更哭出聲來。

殷素素自承是以蚊鬚針傷俞岱巖，騙得他手中屠龍刀，再命龍門鏢局送他上武當山之人。張翠山聞言，全身發抖，目光中如要噴出火來，俞岱巖則大叫一聲，身子從床板躍起，砰的一聲，摔了下來，四塊床板一齊壓斷，人卻暈了過去。

而後，張翠山與殷素素為此公案，雙雙自殺以謝俞岱巖。

新三版的這段做了徹頭徹尾大修改。

新三版張翠山聽到張無忌在窗外叫「爹爹」，張翠山出窗營救，殷素素並未知情，二版殷素素從內堂奔出的情節刪掉了。

經過武當六俠與少林諸僧的連番爭辯，空聞大師決定「我們少林六僧，領教武當六俠的高招，一陣定輸贏」，宋遠橋接受六對六的挑戰，告訴俞蓮舟：「二弟，真武七截當然最好，迫不得已，真武六截也當天下無敵。」於是武當六俠決意以「真武六截陣」對峙少林六僧。

新三版不再全「武當七俠」之義，非要俞岱巖掛名參與這「真武六截陣」第一戰，自然也就沒有殷素素加入「真武七截陣」之事。

六俠決定擺出「真武六截陣」後，俞岱巖的侍童清風、明月緊張又興奮，齊道：「我們跟五師嬸

說去，請她也來瞧瞧。」殷素素受邀後，便來到廳後，此時的她，見張翠山神色黯然，眼光愁苦。

六僧六俠之戰一觸極發，此時少林僧圓業竟又出來斥責張翠山，說他在龍門鏢局殺都大錦滿門七十一人，還說張翠山：「那晚身穿青色書生衣巾，手拿摺扇，裝作一付儒雅君子模樣，其實卻是個無恥之徒，你能對天發誓，那個人不是你嗎？」圓業罵一句，張翠山臉上便抽搐一下，圓業又接著罵：「張真人教出來的徒弟，可有這般濫殺無辜、做了惡事不認的嗎？」

宋遠橋等人知道張翠山是因妻子殺人，心中有愧，俞蓮舟則心想張翠山心情激憤，自己受傷又內息未調勻，師兄弟六人只剩四人完好，只怕「真武六截陣」補不了四面八方的破綻缺陷。

殷素素見夫婿心神不定，二伯又臉色大變，額頭出汗，顯是面對極大危機，當下出面自認是白眉鷹王殷天正的女兒，紫微堂主殷素素，並說：「你們冤枉張五俠的那番話，全是一派胡言。」殷素素說龍門鏢局七十幾條性命不是張翠山殺的，空性喝問：「那麼是誰殺的。」殷素素自承：「是我殺的！那時我還沒嫁給張五俠，跟他素不相識！明明是天鷹教幹的事，你們卻栽在武當山頭上，豈不冤枉？你們要報仇，便去找天鷹教好了。天鷹教的總舵，便在江南海鹽縣南北湖的鷹窠頂！」

眾人此行本來意在謝遜，龍門鏢局血案只是藉口，聽殷素素之言後，忽然失去藉口，人人均

感空空蕩蕩。空聞又接著問殷素素為何殺龍門鏢局滿門，殷素素說是因為龍門鏢局沒有好好護送俞三俠，接著又說她要向俞岱巖直承其事。於是，殷素素到了俞岱巖臥房，向他說：「三伯，我是五弟妹，我對你做了好大的錯事，本來沒臉來見你，但這件事不能隱瞞一輩子……我是來求你斬斷我一條臂膀的，雖不能說是贖罪，但至少能讓我今後能光明正大的叫你一聲：『三伯！』可以無驚無懼的做張翠山的妻子……」，張翠山見妻子臉上盡是愧疚與憂慮之色，俞岱巖的臉上則又痛苦又怨恨。

俞岱巖接著要殷素素說幾句話：「第一，要請你都總鏢頭親自押送。第二，自臨安府送到湖北襄陽府，必須日夜不停趕路，十天之內送到。若有半分差池，嘿嘿，別說你都總鏢頭性命不保，叫你龍門鏢局滿門雞犬不留。」

聽了俞岱巖的話，殷素素承認託龍門鏢局護送俞岱巖上山的，就是她殷素素，先前瞞著張翠山，是怕張翠山知情後不再理她。俞岱巖聞言，靜靜的道：「事已如此，往事不可追，何必有礙你夫婦之情？過了這些年，我一切早看得淡了。就算手足完好，卻又如何？今日我仍活著，五弟又曾海外歸來，便是天大的喜事。」

張翠山知道事情始末，激動得全身發抖。殷素素將佩劍遞給張翠山，說：「三伯不肯斷我手

心一堂金庸學研究叢書　金庸版本的奇妙全界

臂罰我的大錯，只盼你一劍將我殺了，以全你武當七俠之義。」而後，張翠山夫妻即雙雙自盡以謝俞岱巖。

新三版俞岱巖激動不若二版，但量小不能自省與無法寬恕他人的性格依舊，他明明是自己貪求屠龍刀，想拿回來對師父獻寶，討好師父張三丰，途中被天鷹教覬覦而奪刀，天鷹教還好心留他一命，送他回武當山，哪知中途殺出程咬金，出身少林派的阿三也想搶刀，並以少林金剛指將他打成植物人。俞岱巖枉學了數十年道家之學，完全無自省之力，心中只仇恨奪他屠龍刀之人，卻總是不明白，正是自己的一貪之念，才讓自己陷於萬劫不復。

而殷素素護持她的愛情，就像手中捧著一束美麗的花，從王盤山、冰火島到武當山，殷素素總是細心呵護著這束花，唯恐這束花受到一絲絲損傷。二版殷素素很想終生護持這束花，卻因被俞岱巖戳破往事，不得已而傷心地拋棄手中的花，新三版則將殷素素的性格做了大翻修，新三版殷素素不再委曲求全，用生命護持這束花了，隱忍心事多年之後，殷素素決定坦坦蕩蕩做自己，因此明白告訴俞岱巖「當年的事就是姑娘我做的」。雖然最後同樣都以自殺做結尾，但或許二版殷素素在離開世間時，內心充滿了懊悔與傷痛，新三版殷素素則可能因為隱藏多年的心事終於得以紓解，心頭感覺大為輕鬆。

打開金庸小說大俠的命盤，幾乎都可以看到「父母宮」中，大俠非剋父即剋母，或者是父母雙剋。

無恃怙可依的大俠，約略說來，有三種情況：

一、父母雙亡：如《神鵰》楊過、《倚天》張無忌都是自幼父母雙亡，無所依恃。

二、辭親遠遊：如《射鵰》郭靖，母親在蒙古，郭靖前往金國與大宋創造武林事功，再如《鹿鼎》韋小寶，母親在揚州，韋小寶於北京肇業建樹。

三、相見不識：如《天龍》喬峰，《天龍》虛竹、及《俠客行》石破天，都是從小就離開父母，成長之後，即便相見亦不識。

由上述的歸納可知，若要讓俠士的父母保全性命，與俠士共享天倫之樂，從創作技巧來看，金庸大多會將俠士的父母塑造成沒有武功的泛泛之輩，比如郭靖的母親李萍，或韋小寶的母親韋春芳，她們沒有武功，跟江湖也就沒有交集。

而若俠士的父母親也是武學之士，又要讓他們能活下來，就必須安排他們與俠士並不知彼此

是父母子女，這就像蕭遠山與蕭峰，以及石清夫妻與石破天。

從創作的角度來看，俠士若有父母家人，又為江湖人物知曉，難免會成為綁手綁腳的無形束縛。反派惡人只要擄獲俠士的父母，並威脅俠士，俠士只怕就無所適從了。倘使俠士為了顧全父母而受反派脅制，俠士將不再是俠士，而若是俠士為了江湖正義而犧牲父母，即會成為不孝之人。

因此，從創作的角度來看，俠士的父母必然得死，即使一開始僥倖不死，在俠士闖出名號後，俠士的父母仍必須死，比如郭靖的母親李萍，在郭靖成為一代大俠後，即在成吉思汗大帳中自盡而死。

而若是俠士與其父母原本不相識，在天緣巧合終得相認後，父母親仍不能變成俠士的累墜，因此虛竹的父母一與虛竹相認，就隨即亡故了。蕭峰的父親蕭遠山及張無忌的義父謝遜則是在與蕭峰及張無忌相認後，不久即出家為僧，並從武林淡出，也無法再影響俠士。

從《倚天》的情節來看，張翠山與殷素素並不見得非死不可，因為俞岱巖只是重傷，而不是死去，張翠山以死來贖殷素素傷俞岱巖之罪，為免太過，也不符合江湖原則。同在武當派中，宋青書殺死莫聲谷，宋遠橋也未堅持以死來報莫聲谷。可見張翠山夫妻之死，既不是因為江湖道

義，也不是因為兄弟之情，更不是因為各大門派逼問，而是因為在情節的安排上，為了成就張無忌為無父母羈絆的俠士，所以才不得不死。

第十四回還有些修改（上）：

一．二版殷無福、殷無祿上武當山叩見張翠山時，未提及殷無壽，新三版於兩人叩見時加說「還有個兄弟殷無壽，要小人等一併向姑爺請安。」加了這句話後，後面再提到殷無壽威脅譚瑞，就不會太突兀。

二．向虎踞鏢局等三家鏢局總鏢頭叫陣的，二版是殷無祿，新三版改為殷無壽。殷家三人制服三鏢頭後，二版要他們終身不踏入湖北省。此處是明顯的錯誤，因湖北是在清代才建省，元代的湖北大體以長江為界，分屬湖廣行中書省與河南江北行中書省，總而言之，元代並無「湖北省」。新三版因此改為是要三鏢頭終身不許踏近武當山一步。

三．殷無福三人的出身，二版說是橫行西南的大盜，新三版改為橫行燕趙。

四．張松溪說六俠使「虎爪絕戶手」，只找和尚、道士或七八十歲的老頭兒，新三版俞蓮舟

心 一 堂 金庸學研究叢書　金庸版本的奇妙全界

加想：「七八十歲的老頭兒恰恰正好，各門派的首腦，多半已七老八十啦！」

五・二版空聞質問張翠山擊斃少林僧六人之事，此處是誤寫，因為圓心、圓音、圓業三人傷而未死，新三版更正為擊斃少林僧三人。

六・圓業指張翠山針斃少林僧慧風，並說「倘若不是你，那麼是誰？」二版張翠山回圓業說：「貴派有人受傷遭害，便要著落武當派告知貴派傷人者是誰，天下可有這等規矩？」新三版張翠山更加得理不饒人，加說：「少林派自唐初開派，數百年來，所有受傷遭害之人，沒有一千，也有八百，難道都要算在武當派帳上？」

七・張三丰閉關參得功夫，一版叫「太極神功」，二版改為「太極功」。

八・一版殷素素談起殷無福三人的功夫，說：「我媽媽說，講到武功和從前的名望，武林中許多大名鼎鼎的人物，也未必及得上他三人。」但殷素素能品評武功的媽媽又是何人？因之後並無下文，二版改為「我爹爹說」。

九・各門派為張三丰祝壽，竟還攜兵刃上山，一版說是因為「其時武當派創派未久，武當山下尚未有『解劍巖』之設」，這句話二版刪了，想來武當創派已數十年，七俠名震武林，怎能說創派未久？

十一・一版俞蓮舟所創的「龍爪手」，又名「龍爪絕戶手」，二版改為「虎爪手」，又名「虎爪絕戶手」，則改為少林派功夫。

十一・一版空聞說少林寺練成金剛指力的，除了他師兄弟三人外，另有達摩堂五位長老，但這五位長老在書中從未出現，二版將達摩堂五位長老改為三位前輩長老，也就是書末跟張無忌對打的渡劫、渡難、渡厄三僧。接著對少林派叫陣，要以武當七俠鬥少林十二僧的，也由宋遠橋改為俞蓮舟。

十二・空智要張翠山說出謝遜下落，一版宋遠橋說：「倘若那屠龍寶刀不在謝遜手中，大師還是這般急於尋訪他的下落麼？」但這番言詞過度犀利，不像宋遠橋語氣，二版改為較陰沉的俞蓮舟所說。

十三・殷素素擔心自己無法瞬間領略「真武七截陣」，對付七個少林僧已操必勝之算。」一版宋遠橋還說：「不過聽說弟妹金針之技神妙無方，臨敵時弟妹在旁發金針相助，更能發揮『真武七截陣』的功力。」這段話二版刪除了，因為先前提過，武當是名門正派，不會使「金針」這種鬼域技倆。

成崑與陳友諒聯手玩弄張三丰與張無忌
——第十四〈百歲壽宴摧肝腸〉版本回較〈下篇〉

「少林」與「武當」是兩大武功金字招牌，這兩大門派有沒有可能進行武術大交流呢？一版《倚天》第十回有段長達三十六開舊版本二十三頁的內容，講的是武當與少林「交換武功」的故事，在二版改版時，這二十幾頁內容被刪得隻字不留。且來看看這段精彩內容。

故事從張翠山之死說起，張無忌回到武當山，見到張翠山自刎，殷素素告訴張無忌，這裡許許多多人一齊上山逼死你爹爹。殷素素說完後，張無忌一對小眼由左而右橫掃，一版說他的目光中充滿了威嚴與怨毒，每個人和他凜然生威的目光一觸，心中都忍不住一震。

二版將張無忌眼光「威嚴與怨毒」的說法刪了。

而後，殷素素冷冰冰地告訴張無忌：「你別心急報仇，要慢慢的等著，慢慢的等著，只是一個人也別放過。」一版張無忌道：「是，媽媽，我要慢慢的等著，一個人也不放過。」

一版張無忌性格剛毅，二版則將張無忌改得仁和慈善，因此二版張無忌的回答改為：「媽！我不要報仇，我要爹爹活轉來。」

而後殷素素自殺，一版張無忌從母親身上拔出血淋淋的匕首，從廳左慢慢走到廳右，將廳上三百餘人的面貌長相，一一記在心裡，腦中想著母親說的：「要慢慢的等著，只是一個人也別放過。」廳上高手被張無忌滿腔怨毒的眼神一瞪，人人不禁發毛。

二版改為張無忌撲在母親身上，大叫「媽媽，媽媽！」悲痛之下，並不哭泣，還瞪視著空閨大師，問：「你為甚麼殺死我媽媽？」

張翠山夫妻自盡後，一版殷梨亭問也在山上的紀曉芙是否也是來為難他五哥的？紀曉芙說：

「家師有命，想請張師兄示知謝遜的下落。」張無忌忽然接口道：「我媽已跟那個老和尚說了，你問他去便是。他若是不肯說，你們跟他為難吧。」他雖在悲痛之中，仍懂得母親那一招「嫁禍江東」之計的用意。

這段情節二版完全刪除了。

而後，紀曉芙等峨嵋派一行要下武當山，一版張無忌大聲道：「你們快走，我要哭了。等仇人走乾淨了，我才哭。」這句話二版刪除。等到眾門派下山後，張無忌瞬間暈厥，一版張三丰說

張無忌：「此兒剛強如斯，又是至情至性的人。」這句讚語二版刪了。

接下來，張三丰得知張無忌中了玄冥神掌，與俞蓮舟等弟子接力為張無忌驅寒毒，但三十六

日後，俞蓮舟發現不管自己如何催動內力，張無忌的寒毒一絲也吸不出來。又過了五日五夜，張無忌向張三丰說他手腳都暖了，但頭頂、心口、小腹卻越來越冷，張三丰安慰他，說他傷好了，一版張無忌說：「太師父和伯父叔叔們救了無忌的性命，還求教無忌武功，將來好替我爹爹媽媽報仇。」眾人見他小小年紀，居然這般懂事，無不心酸。張無忌的這段話語二版也刪了。

而為什麼寒毒會侵入張無忌的頂門、心口和丹田呢？一版俞蓮舟認為是張無忌運內力與之相抗，因為用得不當，陰毒和他內力糾結膠固，再也吸拔不出。張三丰本不信張無忌會有多大內力，但俞蓮舟說起張無忌曾用「神龍擺尾」將一名巫山幫弟子擊成重傷之事，張三丰一拍大腿，說：「是了。原來他是學了金毛獅王謝遜的奇門武功。倘若他內功是翠山所授，咱們的純陽無極功和他的內力水乳交融，相輔相成，自是見效更快。可是謝遜所學，卻是什麼武功呢？」於是張三丰要張無忌打他三掌，張無忌先打了「降龍十八掌」的「見龍在田」與「神龍擺尾」兩掌，張三丰大讚，後來張無忌又打了一招「亢龍有悔」，卻不若前兩掌，張三丰認為張無忌沒學會，張無忌說：「不是的，是我義父沒學會，他說降龍十八掌是天下武功最厲害的本事之一，可惜他只學會了一點兒，這招『亢龍有悔』，義父說他也不十分明白其中的精奧之處，可是要我先學著，將來慢慢的想，說不定自己會想明白。」

張無忌要張三丰傳授他「降龍十八掌」，但張三丰說：「我不會，自從郭靖郭大俠在襄陽殉國，降龍十八掌已經失傳。」張三丰又聽張無忌背誦謝遜所授不計其數的口訣拳經，張三丰越聽越奇，心想金毛獅王之學，真是淵博到了極處。

這麼一來，張三丰即確定張無忌是因內功雜而不精，才和玄冥神掌所蓄寒毒膠纏固結，以是無法吸出體外，並確信張無忌須學「九陽真經」方能救治。

這一大段一版約四頁的內容，二版悉數刪除，刪除之後，為何寒毒會侵入張無忌頂門、心口和丹田，二版並未另做解釋，也就成了未解之謎。

而後，為了讓張無忌學習少林無色禪師所傳「九陽真經」，以補張三丰所記「九陽真經」之不足，張三丰捧著自己的獨門秘訣，準備上少林交換「九陽真經」。上少林寺後，空聞起先推託，說擔不起日後江湖上說「武當派固然祖述少林，但少林卻也從張真人手上得到了好處。」因而決定不換，一版張無忌告訴張三丰：「太師祖便是說動了他們，以九陽神功教我，我也決計不學。我決不向逼死我父母的仇人求憐乞命。」

接下來，一版的故事忽然有了轉折，「失落的二十三頁內容」就從這裡開始。

張三丰與張無忌師祖徒孫二人被空聞婉拒，正準備下少林寺時，巫山幫梅石堅恰於此時上少

林，梅石堅因愛子被謝遜所殺，要來詢問空聞大師謝遜所在，空智大師告訴梅石堅，當今知道謝遜下落的，只有張翠山之子張無忌。

張無忌聽到空智說起父親的名字，當下挺身而出，說道：「梅幫主，你好不要臉。」接著說起梅石堅手下賀老三假扮丐幫幫眾，要擒他之事。

梅石堅聞言滿臉通紅，一掌往張無忌臉上打去，張無忌舉手一格，梅石堅接連退了三步。原來這是因為張三丰站在張無忌後方，以「隔體傳功」之法接了梅石堅一掌，少林三大神僧見了張三丰武功均自愧不如。

梅石堅出醜後，打算一掌斃張無忌，所出掌力大到連空聞、空智等高手，均感胸口有股閉塞鬱悶之感。張三丰又使出以柔克剛、以靜制動、以簡禦繁的「太極功」，將一股修為近百年的渾厚內力，傳進張無忌體內。

張無忌見梅石堅來招厲害，擊出一招降龍十八掌的「見龍在田」，雙掌一交，梅石堅撞塌了立雪亭一角，跌在四五丈高的大松樹頂上。張無忌隨後拾起一粒石子，向大樹彈出，松樹枝幹連著梅石堅掉了下來。眾人大出意料，想不到張無忌一粒石子，竟足以擊斷一根粗大的樹枝。

梅石堅落下時，本想使「鯉魚翻身」，以免出醜，但張無忌伸左掌在梅石堅背上一拍，梅石

堅覺得暖融融說不出的受用，可是半點力道也使不出來，只有直挺挺的摔了一交，這才爬起，而後匆匆下山而去。

張無忌使的對掌擲身、彈石斷樹、托背消力，今日一見，全是張三丰借張無忌之手而行，空聞、空智大為駭異：「武林中傳言這邋遢道人神功無敵，今日一見，他真實的本領只有更在傳聞之上。」又

想：「我便是再練五十歲，也決不能練到他這般的境地。」空聞問張三丰「隔體傳功」是否得自《九陽真經》，張三丰說這是他自創的「太極功」，還說有一套拳術叫「太極拳十三式」，若空

聞願救張無忌，他願意將「太極拳十三式」及「九陽真經」的心得與少林高僧一同探討。

空聞望向空智，空智同意將「九陽真經」的修練秘訣傳給張無忌，但要張無忌不得轉授他

人，也不得以之對付少林弟子。張無忌本還猶疑，若學九陽神功不能對付少林弟子，他要如何報

父母大仇？但張三丰告訴他，報仇何必非用少林九陽神功不可？張無忌這才起誓學習。

一版於此處解釋說，張無忌本叫謝無忌，張翠山夫妻死後，俞蓮舟要他復姓歸宗，以免張門

斷了香烟，這才改為張無忌。

張無忌立誓後，張三丰就在立雪亭寫下「太極拳十三式」及「武當九陽功」。空聞則帶張無

忌進了一間禪房，而後袍袖展動，拂了張無忌的睡穴。但張無忌因跟隨謝遜學武，身上穴位常自

移動，原本空聞要他睡四個時辰，他一刻鐘便醒了。

醒來後的張無忌聽得空聞、空智談話，空聞說張三丰寫給少林寺的武功當不會假，但他們卻擔心會碰圓真的釘子，空智要空聞以掌門方丈的身份下法旨給圓真，命他將少林九陽功傳給張無忌，空聞允可。

原來少林僧俗弟子均認覺遠是本派棄徒，不屑學他傳下來的功夫。無色當年自覺遠處學得「九陽真經」後，一線單傳於空見，再傳諸圓真。寺中只有圓真會此少林九陽功，但圓真生性極為孤僻，終年閉關不出，每年寺中考較武功之日，圓真總是生病，臥病不起，因而沒人知道他功夫到底如何。

空聞下法旨後，圓真只允隔帳傳授。於是一名小沙彌帶張無忌到一間空室之內，室中除一個蒲團之外，四壁蕭然，張無忌只聽一聲音說：「你坐下了！聽我述說少林九陽功的奧秘。我只說一遍，能記得多少，全憑你的造化。本寺方丈命我傳功，我傳便傳了，你能否領會，我可管不著。」

原來聲音是隔著一堵牆傳來，聲音卻十分清晰明白，張無忌忍不住暗自驚異：「這人果是內力驚人。」圓真由第一式「韋馱獻杵」、第二式「橫擔降魔杵」、第三式「掌托天門」、第四式

「摘星換斗」、第五式「倒曳九牛尾」、第六式「出爪亮翅」到第十二式「掉尾搖頭」一一說完。

張無忌過耳不忘，將十二招盡數記住。帶張無忌至空室的小沙彌則因在門外偷聽，被圓真以

「金剛傳唱」傷得躺在地下手足抽動。

圓真見張無忌聰明，願打通他的奇經八脈，讓張無忌練九陽神功進境快上數倍，而後，兩隻

手掌穿壁而過。張無忌聽圓真之命，與圓真雙掌相交。圓真手上有條暖烘烘的熱線游走入張無忌

的全身經脈，逢到關竅，便即破關而過，張無忌只覺周身火滾，恨不得將全身衣服全都扯去。

打通奇經八脈後，張無忌要叩謝圓真，牆壁孔又伸進一隻手掌，向自己一揮，張無忌不由自

主飄身出了室門，原來圓真竟是不受他的叩謝。

張無忌回到立雪亭，見張三丰已寫了三十多張玉版紙，他告訴張三丰，寺中禪師已將少林九

陽功十二式傳給他。而後，空聞、空智、空性三僧又來到亭中，還跟著一個二十五六歲的青年，

青年穿著一件藍布長衫，當是寺中俗家弟子。

張三丰見這人身形瘦削，顴骨高聳，臂長腿短，一對眸子晶光燦然，顯得極是精明能幹。張三

丰將「太極十三式」及「武當九陽功」的精要交給空聞，空聞則交給身後青年，待張三丰與張無忌

要下山，那青年忽然說：「師伯，張真人所寫的武學，未出少林範圍，師父都教我學過的。」

空智看過張三丰所寫武學，亦告訴空聞：「果然便是我少林派的武功。」

張三丰又驚又恐，自知其武功別出心裁，少林派如何知道？空智將玉版遞給張三丰，說：

「武當派武學源出少林，原來並沒經過什麼變化。」張三丰已知其意：「你少林派怕的是從我手

上學到武當心法，江湖上傳出去不雅，是以硬說這些武功早就知曉。」

空智隨後向那青年道：「友諒，我傳你的太極十三式，以及九陽功的訣要，你背給張真人聽

聽，且瞧有什麼不同？」那青年一路背下來，竟無一字一句錯漏。張三丰問那青年姓名，那青年

道：「晚輩姓陳，名友諒。」張三丰正色道：「陳兄弟，以你才智，他日無事不可成，但盼不可

誤入歧途才好。老道贈你八個字：『誠以待人，謙以律己』。」

陳友諒和張三丰冷電般的目光一觸，不禁機伶伶的打個冷戰，心想：「你上了我的當，便

老羞成怒了。」冷冷的道：「多謝張真人指點，但晚輩是少林弟子，自有師伯、師父和師叔教

誨。」張三丰笑道：「不錯，算是老道越俎代庖，多口的不是了。」見空智將紙箋遞來，張三丰

將內勁從紙箋上傳了過去，空智往後便倒，陳友諒伸手相扶，也摔跌在地。

張三丰微笑道：「這便是太極十三式的功夫，原來賢師徒雖然熟極而流，卻無暇修習。告辭

了！」而後運功將數十張玉版箋一齊捏成極細的碎片，滿亭中紙屑飛舞，有如大雪漫天而下。

金庸武俠史記∧倚天編∨三版變遷全紀錄

張三丰與張無忌下山後，張無忌在客店中依圓真所傳口訣修習少林九陽功。一路行來，張無忌臉色日漸紅潤，張三丰暗想張無忌已得武當和少林兩派九陽功真傳，兩派神功互相補足，威力大增，當可化解體內所中玄冥神掌的陰毒。但到了漢水船上，張無忌忽然大叫：「太師父，我，我」，只見他臉上燒得炭火般紅，炙紅之中，卻又透出隱隱青氣。張無忌又道：「我……我難過得緊……抵不住……抵不住了。」張三丰左手拉他手腕，右手抵在他背心「靈台穴」上，不料一股內力傳過去，立時走通他的奇經八脈，張無忌大叫一聲，暈死過去。張三丰方知他奇經八脈已通，心想：「他身中極厲害的寒毒，這奇經八脈如何通得？八脈一通，寒毒散入五臟六腑，那是再也不能化解了。」不禁方寸無主，心神大亂。

船到中流，張無忌暈後醒轉，告知是圓真打通了他的奇經八脈，張三丰道：「若要打通奇經八脈，難道我便不會？這圓真到底是好心還是歹意？」張無忌又說圓真不知他的門派姓名，張三丰道：「那麼他自耗數年功力，助你打通奇經八脈，倒確是一番好心了」。

張三丰又問少林九陽功的口訣，以查問傳功之人的真偽，張無忌背了一次，而後見張三丰聲音顫抖，淚光瑩瑩，知道自己已是命在旦夕，於是告訴張三丰，他想回武當山見俞三伯，因為：

「孩兒反正是活不成了。我要將這十二式神功說給俞三伯聽，盼他融會武當少林兩神功，治好手

足殘疾，孩兒應了誓言，和爹爹一般自刎身亡，也好稍贖媽媽的錯失。」

張三丰大吃一驚，萬想不到張無忌自幼在父母及義父三人薰陶下長大，殷素素和謝遜都算不得是正人君子，張翠山也是個風流倜儻的人物，在那荒島之上，也不跟兒子講論什麼仁義道德，至今武林中生死一諾的朗朗風骨，卻是近年來受張三丰的親炙，方始領會。

這「失落的二十三頁內容」二版完全消失，推測可能原因是：

一、陳友亮以過目不忘的記憶力，背下「太極十三式」及「武當九陽功」的情節，與《射鵰》黃藥師夫人阿衡背下《九陰真經》的故事，實在太過雷同，以金庸「創意不重複」的創作原則來說，確實刪之為宜。

二、一版的少林神僧們幾乎就像詐騙集團，尤其是空智大師，根本是吃人不吐骨頭的妖僧，整座少林寺仿彿就是詐騙集團總部，既有污衊少林之嫌，二版刪除此段，可免生爭議。

三、張三丰在一版書中，曾於此段故事大顯身手，但一顯身手，難免就會被讀者拿來品頭論足，並與《射鵰》天下五絕及《神鵰》獨孤求敗等等絕頂高手比較武功高下，二版刪除此段後，無法確知層次的高手，這將讓讀張三丰在全書中絕少顯露武功，便會成為「神龍見首不見尾」，

者更感覺張三丰的武功深不可測。

四、刪去此段，可以減少謝遜對張無忌的影響力，在之後的情節中，金庸決定讓張無忌當溫文的老實人，因此，張無忌傳承自謝遜剛猛武功與機詐性格的相關情節，全都得盡數刪改。

而由這段情節中亦可推知，金庸在《倚天》的初創意中，是有意把陳友諒打造成反派第一高手的，因此讓他得到張三丰真傳「太極十三式」與「武當九陽功」。

在《神鵰》故事中，金庸由史載蒙古大汗蒙哥中飛石而亡，杜撰出楊過以飛石殺死蒙哥的情節，據此推測，金庸或許在《倚天》的原始創意中，是要把陳友亮描述成與朱元璋爭天下的魔頭，而朱元璋與張無忌的關係，有可能類似呂文煥與郭靖的關係，也就是降低史實人物朱元璋的丰采，由張無忌來幫朱元璋打天下。而根據史料，陳友諒是在鄱陽湖之戰中，中流矢而亡，那麼，照楊過殺蒙哥的寫法，在金庸的原始構想中，或許最後就是要讓張無忌射出這枝流矢，助朱元璋一統南方漢人勢力。而後徐達北伐，元順帝北走，朱元璋才進而一統天下。

至於金庸的原始構想是否真的如此？隨著這「失落的二十三頁內容」在二版消失，一切的答案也就只有「天知道」，隨讀者恣意猜想了。

金庸作品中的大俠，除了《笑傲》令狐沖、《俠客行》石破天及《連城訣》狄雲，可以專心操持江湖事務外，大多數的主角都同時肩負武林重責與民族大任。

「漢胡爭霸四部曲」的男主角喬峰、郭靖、楊過與張無忌必須對抗北方民族的大遼、大金與蒙古，「滿漢系列」的袁承志、韋小寶與陳家洛則必須周旋在滿漢的民族衝突中。這些民族與江湖重任一肩挑的大俠，對手往往也是異族與反派的結合，如《射鵰》歐陽鋒投靠完顏洪烈、《神鵰》金輪國師是忽必烈帳下國師、《倚天》成崑則與汝陽王是一丘之貉。

金庸的創作原則是在述及俠士的護國事功時，一律將俠士創造成對抗異族入侵的英雄。他沒有任何一部小說是以「內戰」為時代背景的，小說中的俠士也沒有任何一個參與過內戰，更沒有在「內戰」中選邊站的問題。

中國四大小說中，《三國演義》與《水滸傳》的故事都涉及內戰，而既然是小說，就必然要有主角方與敵對方，故事性才能強烈，然而，作者設定的主角方與敵對方，不見得能得到讀者的認同。以《三國演義》為例，羅貫中在書中以「尊劉抑曹」為故事主軸，但不論羅貫中怎麼說

服讀者蜀漢嗣統大漢，得國最正，仍不斷有讀者為曹操或孫權不平，並為曹魏或孫吳平反；《水滸傳》也是如此，一百單八條好漢在梁山水泊聚義，接受招安後，旋即被宋庭指派成征方臘的大軍。

宋江打的是「內戰」，他要消滅的是據地為王的方臘，然而，對於部份讀者而言，宋江即是封建朝廷的爪牙，他以撲滅農民革命為己任，有些讀者會因此貶抑宋江，並讚揚揭竿起義的方臘。

「內戰」並不是讓大多數讀者喜歡的故事主題，金庸因此也盡可能規避「內戰」的情節。在《倚天》第十回中，空智及少林弟子陳友諒沆瀣一氣，聯手戲弄張三丰，陳友諒因此擁有張三丰真傳武功，這樣的情節安排很可能將《倚天》的故事導引向朱元璋與陳友諒的對決。從時代背景來看，元末的戰爭確實有「漢蒙」及「內戰」兩種，在蒙古王廷勢力萎靡之時，群雄逐鹿，漢人致力於驅逐韃虜，收復漢族江山，但在漢人之間，朱元璋、陳友諒、方國珍、張士誠等人亦是一片混戰的局面。金庸在創造《倚天》故事時，若是讓陳友諒的角色份量過度吃重，這部小說將朝向朱元璋與陳友諒廝殺的「內戰」發展，明教抗擊汝陽王等元朝軍隊的事蹟則會相對被削弱，這將使得《倚天》的故事結構不那麼討喜。

金庸曾經親歷過「對日抗戰」與「國共內戰」，他必然清楚讀者們較認同對抗異族的英雄，而較不能接受「中國人打中國人」的內戰高手，因此，金庸從一版此回後，即不再對陳友諒多所

著墨，二版更是大幅刪掉第十回此段陳友諒的情節，這對《倚天》的故事結構確實是有加分效果的。

第十回還有一些修改（下）：

一‧張無忌為張三丰救回後，殷素素與愛子重逢，二版殷素素問張無忌：「孩兒，你沒說你義父的下落麼？」，此話顯不出殷素素愛子之情，新三版改為殷素素問：「孩兒，他們打了你嗎？你吃了苦嗎？」

二‧張無忌問殷素素是誰逼死爹爹？二版殷素素說：「這裡許許多多人，一齊上山來逼死了你爹爹。」新三版加了句：「只因你爹爹不肯說出義父的所在。」

三‧殷素素以模糊空話騙空聞大師，夾纏不清地說明謝遜的所在後，二版殷素素說：「就是在那兒。」新三版殷素素加說：「屠龍寶刀也在那兒。」這句加得頗為有力，因為眾人真正要的是屠龍刀，而非謝遜。

四‧一版張無忌被蒙古武士點了啞穴，但因隨謝遜學過奇特武功，不到一頓飯時間，體內真氣

金庸武俠史記∧倚天編∨三版變遷全紀錄

轉動，便不知不覺衝開被點的穴道。見到張翠山自刎，張無忌大叫：「爹爹！」二版將童年張無忌的武功大幅削弱，改為張無忌被按住嘴巴，見到張翠山自刎，他掙扎而大叫出聲。

五‧一版提到張翠山夫妻自殺後，紀曉芙對張無忌說：「好孩子，殷六叔定會好好照顧你。」她話中之意，是說將來我和殷利亨定會當你親生孩兒一般，只是這句不便出口。由此可知一版情節進行至此時，金庸尚未構思出紀曉芙與楊逍的戀情，二版改為紀曉芙說：「好孩子，我們⋯⋯我們大家都會好好照顧你。」

六‧一版張三丰見到「玄冥神掌」，說：「我只道三十年前百損頭陀一死，這陰毒無比的玄冥神掌已然失傳。」二版將「百損頭陀」改為「百損道人」。此外，一版張三丰說：「這碧綠色的掌印，是玄冥神掌唯一的標記。」二版刪了此話。

七‧張無忌中玄冥神掌後，張三丰以「純陽無極功」為張無忌吸取陰寒毒氣，一版說俞蓮舟等一旁隨侍，知道這種以內功療傷的行功，極是危險，稍有運用不當，不但被治者立受大害，施功之人也將蒙走火入魔之災，俞蓮舟三人均想：「師父功力之純，當世自無其匹，但他老人家究已百歲高齡，氣血就衰，可別禍不單行，再出岔子。」二版將俞蓮舟等弟子懷疑張三丰功力的說法全刪了。

八‧武當派為張三丰賀壽之宮，一版是「玉虛宮」，二版改為「紫霄宮」。

周芷若是明教烈士周子旺的遺孤，足與張無忌匹配
——第十一回〈有女長舌利如槍〉版本回較

金庸在為筆下男主角安排情人時，為了匹配男主角蓋世無雙的武林地位，情人大多會有顯赫的家世背景。比如《射鵰》郭靖的情人，華箏是成吉思汗的女兒，黃蓉是黃藥師的掌上明珠，《神鵰》楊過的情人，小龍女是古墓派掌門，《倚天》張無忌的情人，趙敏的父親是汝陽王、小昭的母親是明教聖女黛綺絲、殷離的父親則是殷野王，個個大有來頭，唯獨周芷若是出身寒薄的船家女，沒有聲名顯赫的父親或母親。

然而，金庸當真獨薄周芷若嗎？非也非也，在金庸的原始構想中，周芷若也是系出名門的，一版周芷若是明教抗元先烈周子旺的掌上明珠。且來看看這段故事。

話說張三丰帶張無忌下少林寺後，準備回武當，船行漢水，忽見蒙古武士乘船追殺另一船上的虯髯大漢，那大漢護著一男一女兩個孩子，張三丰憤而出手，將蒙古武士震入江中。

原來這虯髯大漢就是常遇春，他是明教周子旺的部屬，男孩是周子旺的公子，已被射死。一版說女孩手臂上也中了蒙兵一箭，當時只是哭叫……「哥哥，哥哥！」原來女孩是周子旺的愛女。

張三丰先取出解毒丹藥給常遇春及那女孩，再為他倆取下毒箭。船至太平店之後，張三丰到鎮上抓藥，煮給常遇春與那女孩喝，女孩坐在哥哥屍身之旁，動也不敢動，張三丰問她名字，女孩說：「我叫周芷若。」

一版周芷若是明教革命先烈周子旺之女，二版則改為張三丰擊殺蒙古武士後，見女孩撲在船艙的一具男屍之上，哭叫：「爹爹！爹爹！」那具男屍是操舟的船夫，女孩即是周芷若，二版將周芷若出身改為「船家貧女」，為了符合身份，加寫她的外表是「衣衫敝舊，赤著雙足」。

新三版再增寫周芷若自道姓名，說：「我姓周。我爹爹說我生在湖南芷江，給我取名周芷若。」

因為二版周芷若出身與一版大不相同，為張無忌餵飯時，一版周芷若稱呼張無忌為「張大哥」，二版則改為「小相公」。

而後常遇春決定帶張無忌至蝴蝶谷，求診胡青牛，張三丰不放心，常遇春請張三丰也將周芷若帶回武當山，還明言告訴張三丰：「打開天窗說亮話，那便是將周姑娘作的抵押。」一版常遇春還說：「咱們周子旺周大哥人仁義過人，在信陽舉事失敗，滿門二十三口，皆死於韃子之手，連周大哥七十八歲的老母，也是難免一刀。小人拼著性命，搶著他一子一女出來，豈知小小公子又

中靼子的毒箭身亡。這位姑娘是周大哥在世上獨一無二的親骨肉，周大哥身在明教，仇敵遍於天下，不但靼子要追捕他女兒，他無數強仇若是知道訊息，非跟你張真人找麻煩不可。張真人武當派雖然威震天下，但你還得小心。」

二版將這段話全數刪除，改為張三丰帶周芷若回武當，常遇春則承諾帶張無忌到蝴蝶谷之後，他自己再上武當山作抵押，張無忌若有閃失，張三丰可以一掌打死他。

二版的改寫並不周延，一版張無忌與周芷若各是武當派與明教的「前賢遺孤」，價值上是「等值」的，這才能「抵押」，二版改成常遇春要做「抵押」，這如何能「等值」？難道明教任一教徒都能交換張無忌嗎？或許是因為抵押之說太過荒唐，張三丰回常遇春說：「你自己先來抵押，卻是不必了。」

一版在張常雙方「交換孩子」後，臨行道別時，周芷若拿手帕為張無忌拭淚，張三丰心中想：「這小姑娘如此美麗，他年定是個絕色佳人。無忌若得傷癒，我決不容他二人再行相見，否則不幸二人互有情意，豈不是重蹈翠山的覆轍？」二版周芷若並非明教周子旺後人，即使她真與張無忌相戀，也不是張翠山與殷素素那樣的正邪兩派結縭，因此張三丰這段心思二版刪除了。

至於周芷若的出身，為甚麼會從一版明教周子旺的掌上明珠，改成二版的船家女？推測原因

可能是：

一、明教當年是世人共惡的教派，滅絕師太尤其對明教有不共戴天之仇，倘使周芷若是明教周子旺的女兒，張三丰又怎能將周芷若送到滅絕師太門下？

二、即使滅絕師太一時大發慈悲，收周芷若入門下，她又怎可能將峨嵋派衣缽傳給明教周子旺的女兒，並指望她消滅明教？

三、金庸若引歷史上的名人為小說人物，並杜撰其子女為小說角色，大多會尊重名人的歷史地位，也會賦予其虛構子女正面形象，《碧血》袁崇煥之子袁承志就是典型。金庸若杜撰周子旺之女為周芷若，再將周芷若寫成變態女魔頭，豈不是侮辱歷史人物周子旺？

四：張無忌周旋於趙敏與周芷若二女之間，不知擇誰為侶較佳時，若周芷若是明教先烈周子旺的遺孤，張無忌卻捨棄周芷若而娶蒙古郡主趙敏，他如何能服明教教眾？

或許是因為金庸也有諸多考量，所以才會在改寫成二版時，將周芷若從周子旺的女兒改為船家女，但經過這麼一改，周芷若沒了家世背景，就只能努力往上爬，登上峨嵋掌門之位，才能匹配張大教主了。

在一版《倚天》中，直到第三十回「林中激戰」，也就是二版的第十一回，「明教」一詞才與常遇春、周子旺等明教人物同時出現，這其中富含的玄機，非常值得玩味。

金庸小說的特色之一，就是環環相扣、處處伏筆、結構緊嚴，看似各自獨立的情節，最後都能兜攏在一起。

然而，「結構謹嚴，處處伏筆」的讚詞，用在修訂之後的二版或新三版，是遠較一版合適的，因為一版的「伏筆」，並不像二版或新三版那麼細膩。

金庸修訂版小說之結構嚴密，除了文字功力深厚之外，也是拜改版之賜。金庸在改版時，對舊作大刀闊斧地修改，修改原則之一，就是增埋伏筆，打個比喻，這就好像一版的故事先寫出了花，修訂成二版時，再回頭寫種子或蓓蕾，於是二版的讀者就會感覺整個故事先有了種子與蓓蕾，順隨情節推衍，最後開出了花，整部小說因此讀來結構謹嚴，處處伏筆。

修訂改寫使得全書一氣呵成的技巧，尤其可見於《射鵰》、《倚天》、《天龍》三書。金庸在「金庸看金庸小說」問答中，曾述及其創作方式「大架構是事前就規畫好了，細節是邊寫邊

想」，但若從《射鵰》、《倚天》、《天龍》的「書名」及「一版情節」來剖析，就會發現，金庸或許連整部小說的大架構都還沒確定，並在報紙連載了。

且由《射鵰》、《天龍》兩書書名來看，這兩部書可能在大架構尚只有雛型時，就已經因連載所需而開始創作。報紙連載從第一回開始就需有書名，金庸因此從大架構的雛型為全書訂下書名，然而，這兩部書的書名似乎只與前幾回內容相契合，隨著故事演進，整部書的大架構漸漸改變，與雛形的差異也越來越大，故事跟書名因此越來越不相符，以《射鵰》為例，《射鵰英雄傳》從書名來看，理當以草原射鵰群雄為故事重心所在，然而，此書從第二冊起，郭靖南回中原，故事的重心就完全轉移到華山論劍的五絕及其弟子，因此，書名若改為《華山論劍英雄傳》，理當更符合全書旨意。或許可以據此推測，金庸在為其小說定名為《射鵰英雄傳》時，他的大架構還未有五絕，也沒有華山論劍。

《天龍八部》也是如此，在一版《天龍》的楔子中，金庸說明此書：「這部小說將包含八個故事，每個故事為一部。但八個故事互相有連繫，組成一個大故事。」然而，隨著情節發展，整個故事完全與楔子脫鈎，《天龍八部》後來創作成一個完整的故事，而不是八個故事，因此跟書名並不契合。

而除了從書名可以推知金庸在報紙連載時，尚未確定小說的大架構就開始進行創作，由一版的情節亦可見到金庸在連載時期，因大架構不斷改變，故事往往也前後不相呼應。比如綜觀《射鵰》一書，五絕是武林的經緯，江湖人士理當無人不知，無人不曉，但在一版《射鵰》中，第一回大讚丘處機是「當今第一位大俠」，彷彿世上根本不存在天下五絕，一版更是直到第二十四回「九指神丐」，才由王處一首度提及天下五絕，在第二十四回中，王處一問韓小瑩：「韓女俠，你可曾聽見過『東邪西毒、南帝北丐、中神通』這句話麼？」韓小瑩還回王處一道：「這倒好像聽過的，但不知是什麼意思？」

《倚天》也是如此，「明教」是《倚天》武林中聲勢最大的教派，江湖中人理當都知曉明教，但一版《倚天》直到第三十四回「林中激戰」，因為常遇春登場，才首度提到「明教」。此外，明教法王是武林中赫赫有名的人物，江湖人物理應聞其名，但在一版前幾回情節中，不只張翠山等名門正派對身為明教法王的金毛獅王聞所未聞，就連從明教分枝出來的白眉教，其壇主白龜壽等人也不知明教金毛獅王是何人。據此可以推測，《倚天》第三十回之前，在金庸的創作大架構中，或許仍未構思出明教。

一版小說完成後，金庸旋即進行修訂。在金庸修訂小說時，小說書名已隨著故事連載而名聞

遜邇，更動書名實屬不宜，但情節卻可以大加「開刀」，使其架構謹嚴，因此，金庸在修訂一版小說時，為求情節前後相扣，慣用的技巧就是「從一版的花，創造二版的蓓蕾」，也就是說，二版維持一版的結局，但修改或增寫故事的細節，添加伏筆，使得全書首尾相契、環環相扣，故而在修訂成二版後，全書架構非常謹嚴。以二版《射鵰》為例，從第一回起，就加入曲靈風對黃藥師的遙想，讓讀者明白五絕是天下武林的經緯；二版《倚天》則是在謝遜出場時，增寫謝遜對張翠山與殷素素說武林高手中有明教左右光明使者，又將白眉鷹王殷天正最佩服的武林高手由一版的張三丰與少林派「見聞智性」四大高僧，改為明教教主陽頂天與張三丰，新三版再增寫白龜壽知曉謝遜出身明教。經過修訂之後，二版與新三版《倚天》從前幾回就已經預告明教山雨欲來了。

在「金庸看金庸小說」中，有讀者問金庸「回頭看自己以前的創作有什麼感覺？」，金庸回答說：「剛開始寫的時候由於是連載，寫得很匆忙，所以有些地方不夠周詳，現在我希望把這些作品好好地修改一下。」所謂「不夠周詳」，自然也包括架構不完整，導致情節無法前後扣合，因此金庸在修訂舊作時，不斷藉由「增埋伏筆、補寫前情」，「回頭細述開花前的蓓蕾」，使其作品變得結構更謹嚴，前後更相契，故事也更精彩好看。

第十一回還有一些修改：

一・說起摩尼教，二版說教徒自稱「明教」，旁人卻稱之為魔教，新三版增說是因摩尼之「摩」字，旁人便訛稱之為魔教。

二・張三丰不願往見胡青牛，二版常遇春說他明白張三丰是大宗師，如何能去見邪魔外道？新三版改為常遇春稱明教為「異教外道」。

然而，常遇春自己是明教中人，怎能稱明教為「邪魔外道」？新三版改為常遇春稱明教為「異教外道」。

三・蝴蝶谷位居皖北女山湖畔，常遇春知其路徑，帶張無忌前往，新三版較二版增說是因「常遇春是淮河沿岸人氏，熟知路途」。

四・常遇春帶張無忌前往蝴蝶谷的路上，張無忌寒毒發作，痛楚難當，二版說是因為「張三丰所點的穴道已自行通解」，新三版因已無張三丰點穴之事，此話刪去。

五・二版的彭瑩玉身著「白色僧衣」，新三版改為「黑色僧衣」。

六・彭瑩玉打中五個男敵胸口，一版使的是「五行掌」，二版改作「大風雲飛掌」，新三版刪了此掌之名，想來「大風起兮雲飛揚」是漢高祖劉邦「大風詞」之句，彭瑩玉又不是朱元璋，

志不在龍廷，怎會用此招？

七・丁敏君說紀曉芙在甘州生娃娃「是三年之前呢還是四年之前，我可記不清楚了。」若真如此，楊不悔此時不就只有三四歲？此處明顯是誤寫，新三版更正為「是七年之前呢還是八年之前，我可記不清楚了。」

八・常遇春要以一命換胡青牛救張無忌一命，二版張無忌大罵：「見死不救胡青牛，當真如笨牛一樣，連畜生也不如。」這般罵法未免有傷口德，新三版改為張無忌罵：「見死不救胡青牛，胡裡胡塗的牛也是牛，青色的牛也仍是牛，你是壞牛、惡牛、笨牛、狗牛……」這般罵詞比較像小朋友天真又自作聰明的罵法。

九・常遇春留下張無忌要自覓良醫，二版胡青牛說「安徽境內沒一個真正的良醫。」此處是明顯的錯誤，因安徽是清代才有的省名，元代安徽境內皖南屬江浙行省，皖北河南江北行省，也就是說，元代並沒有安徽省，新三版因此改為胡青牛說：「蝴蝶谷周圍二百里之內沒一個真正良醫。」

十・張三丰怒擊蒙兵，一版是提起船上兩塊木板，飛擲出去，跟著身子縱起，左腳在第一塊木板上一點，右腳跨出，再在另一塊木板上一點，這兩個借勢，大袖飄飄，便如一頭大鳥般落下

船來。但奇怪的是，船上怎會無來由有兩塊木板？二版因此改成張三丰叫渡船搖近，跟著身子縱起，大袖飄飄，從空中撲向小船。但這一改又有疏漏，因為一版張三丰藉木板遠跳，是不想讓張無忌進入蒙兵弓箭射程中，二版改成張三丰將船搖近蒙兵之船，豈不是陷張無忌於險境？

十一・一版說彭瑩玉五十來歲，二版改為四十來歲。

十二・張常二人見林中械鬥，常遇春說：「八個打一個，太不要臉，不知都是些什麼人？」張無忌道：「兩個女子是峨嵋派的，嗯！兩個和尚都是少林派的。」又道：「那使劍的道人是崑崙派的，你瞧他這招『大漠飛沙』使得多狠，正是崑崙派的絕招。這使地堂刀的漢子卻不知是什麼門派？」常遇春道：「是崆峒的吧？」無忌搖頭道：「不是，崆峒派的地堂刀法，右手用刀，左手使拐，這人卻使雙刀。」常遇春心下暗自佩服：「當真名門弟子，見識畢竟不凡。」他那知無忌的武功卻主要學自謝遜，此人武學博大精深，因一心和各家各派為敵，各家各派的武功便無所不窺。無忌的武功，雖談不上精曉運用，但見識卻是不差。這一大段因二版要減少謝遜對張無忌武功的影響，故而完全刪除。

十三・見到彭瑩玉中毒，一版常遇春急道：「他…他是我周大哥（周子旺）的師父啊，怎生救他一救才好？」二版改常遇春急道為：「他是我明教中的大人物。非救他不可！」

十四‧一版說彭瑩玉掌擊男敵，卻放過紀曉芙與丁敏君，原因乃是「你二人是女流之輩，出家人使掌擊打你們胸口，涉嫌輕薄，這才手下留情。」二版刪了這說法。

十五‧一版紀曉芙見彭瑩玉中崑崙派蠍尾鉤之毒，向使毒的道人西靈子取解藥，並為彭瑩玉拔下飛刀，敷上解藥。一版紀曉芙顯然過度迴護明教，二版因此刪了紀曉芙敷藥之事。此外，崑崙派參與此役之人，一版寫明是與西華子同輩的西靈子、西捷子，因此二人無足輕重，二版將其名號刪了。

十六‧丁敏君說滅絕師太在峨嵋金頂召聚門徒要傳授「滅劍」與「絕劍」，紀曉芙未到，滅絕師太大發雷霆，一版還說滅絕師太「將長劍震斷，說從此世上沒這兩套劍法」，二版將這段情節刪了。

十七‧丁敏君刺傷紀曉芙的劍招，一版叫「笑指天南」，二版改作「月落西山」。

十八‧關於蒙古政府殺張王劉李趙五姓之事，一版說是因皇帝不許，才取消了這道殺人命令，二版改為是蒙古大臣中有人向皇帝勸告，才除去了這條屠殺令。此外，一版此回金庸大掉書袋，提到元朝虐政，說之不盡，單以元順帝至元三年這一年而言，正史上便記載有：「二月庚子，以廣東蛋戶四萬戶賜巴延」、「四月癸酉，禁漢人、南人、高麗人不得執持兵器，有馬者拘

入官」、「是月詔：禁漢人、南人不得習學蒙古、色目文字」、「五月辛丑，民間言朝廷拘刷童男童女，一時嫁娶殆盡」、「是歲，巴延奏請殺張、王、劉、李、趙五姓漢人」。一天之間，便將四萬好好的百姓派給一個大臣做奴隸，漢人只要有馬便充公，攜帶兵器便殺頭，家中有童男童女，便趕快使之完婚，方得安心，民不聊生之情，可想而知。這一大段二版全刪。金庸改版原則之一是，小說中引用他書之處，改版盡量刪除，以減少小說的嚴肅感，並增加閱讀的流暢度。

張無忌滿口髒話，宛如是韋小寶的前世
——第十二回〈鍼其膏兮藥其肓〉版本回較

「人在江湖，受傷難免」，大俠落難之日，自當有貴人相救，《射鵰》郭靖機遇殊勝，重傷後能靠《九陰真經‧療傷章》度過難關；《神鵰》楊過則是因緣巧合，斷臂後得由神鵰採蛇膽助他療傷；《倚天》的少年張無忌並非成名高手，身中玄冥神掌後，無法自己用秘笈自救，也沒有神鳥相救，金庸因此安排給他一位名醫，為其治傷，這位名醫就是蝴蝶谷醫仙胡青牛。

胡青牛治病的情節，一版的內容最豐富，因為一版張無忌除了身中玄冥神掌外，還被圓真打通了奇經八脈，寒毒因而膠纏糾結於體內，胡青牛也因此面對更大的挑戰，二版將圓真的情節刪了，胡青牛也相對省了不少力。且來看看胡青牛治病情節的版本變革。

胡青牛出場前，在一版第十一回，金庸曾解釋過胡青牛一名的由來，原來胡青牛以「青牛」為名，乃是取意於「老子騎青牛出關而化胡」，扣了「胡」字，那魔教便是由西域胡人傳入中土，另一含意是青牛吃草，兼有「食菜事魔」和「嘗百草以治病」的意思，他我行我素，不加隱瞞，江湖上多知他是魔教中頗具身份的長老。

這段解釋在二版被金庸當「冗情節」刪了，想來胡青牛若是取意於「老子騎青牛出關而化胡」，那他老妹「胡青羊」又該做何解釋？

故事接著說到常遇春帶張無忌上路尋胡青牛，途中遇明教彭瑩玉被圍攻，常遇春本要衝出去救彭瑩玉，但苦於受傷無力，張無忌說他有方法，可以讓常遇春恢復神力。常遇春大喜，張無忌要他找兩塊尖角石子，自刺腰下兩旁，雙腿之側的地方，常遇春往右腿登時酸麻，張無忌說這是提神打穴法，要他再打左腿，常遇春再往左腿，登時下半身麻痺。

常遇春下半身麻痺，即無法衝出去救彭瑩玉，張無忌心下暗笑：「我騙得你自己打了『環跳穴』，這『環跳穴』一打，自是動不得了。」卻又假作驚惶的說：「啊喲！你不會打穴，只怕力道使得不對。再等一會兒，多半便行。」常遇春知道他著了張無忌的道兒，又是好氣，又是好笑。

二版張無忌不像一版這般工於心計，性格也不刁鑽古怪，二版改為常遇春要救彭瑩玉，但一步跨出，牽動胸口內傷，痛得幾乎要昏暈過去。

而後，一版張常二人至蝴蝶谷見到胡青牛，胡青牛在常遇春週身穴道上拿捏一遍之後，對常遇春說，他雙腿『環跳穴』昨晚被人點過，用的是武當派手法。常遇春啞然失笑，道：「啊！那

是我自己點了自己的穴道。」

這段情節二版也刪了。

而後，因胡青牛拒絕醫治名門正派的張無忌，常遇春提出以他一命換胡青牛救張無忌一命，並隨即將張無忌縛在椅子上，一版張無忌當下破口大罵：「見死不救胡青牛，你還想小爺入教，真是放你娘的狗臭屁！你祖宗十八代也不知下了什麼陰功，生下你這種豬狗一般的畜生來。」

他口齒伶俐，越罵越厲害，花樣翻新，罵到後來，胡青牛和常遇春聽著，覺得實是生平聞所未聞之奇。最後，張無忌還大叫：「胡青牛，你若不將常大哥治好，終有一天，教你死在我的手裡。

我……我……」心中一急，竟自暈了過去。

一版這一回的張無忌大概是韋小寶的前世，罵人既有創意，又毫不嘴軟，二版則將這段故事改為張無忌大罵：「見死不救胡青牛，當真如笨牛一樣，連畜生也不如。」但這般罵法仍然太傷口德，新三版改為張無忌罵：「見死不救胡青牛，胡裡胡塗的牛也是牛，青色的牛也仍是牛，你是壞牛、惡牛、笨牛、狗牛……」，這般罵詞比較像「小張無忌」天真又自作聰明的罵法。

一版胡青牛本要將張無忌丟出門去，但一抓住張無忌手腕，竟發現他的奇經八脈打通了，霎時大為吃驚。

因為張無忌身中玄冥神掌，又打通奇經八脈，是千載難逢的好病例，胡青牛決定將他留下來練醫術。

而後，張無忌接受胡青牛的治療，兩人還於治療期間討論醫術，胡青牛更捧出自己的著作《帶脈論》供張無忌翻閱，一版張無忌閱讀時，忽然想起少林弟子陳友諒對付太師父的故事，於是也將全書背下，再還書給胡青牛，並說：「這部書我看過的。我太師父在三十歲時著過一部《初學帶脈入門淺說》，跟你這部書一模一樣。也不知是你抄我太師父的，還是我太師父抄你的？」

胡青牛聞言大怒，張無忌則聲稱可以背出整本《初學帶脈入門淺說》，而後真的一路背將下來，直至書末，一字不誤。胡青牛心想：「此人過目不忘，無異是天下無雙的奇才。」一版還說，胡青牛不知少林寺中還有個少年陳友諒，記誦的功夫決不在張無忌之下。

胡青牛接著說：「我另有一部《子午針灸經》，不知張三丰是否也抄襲了去？」而後從室內取出一部厚達十二卷的經書來。

張無忌見書厚，非一時三刻能記住，於是翻看「掌傷治法」，更細讀常遇春所中之「截心掌」。看完後，將經書合上，恭恭敬敬放在桌上，說：「胡先生武功不及我太師父，我太師父醫

道不及胡先生，這部《子午針灸經》博大精深，我太師父也著不出來，但說到醫治掌傷，胡先生所學，卻也未脫出我太師父的圈子。」於是將紅沙掌、鐵沙掌等等百餘種掌傷，絲毫不漏的背了一遍，最後說：「晚輩中了玄冥神掌，我太師父無法可治，原來胡先生也是束手無策。」胡青牛冷笑道：「你也不用激我，你且瞧我是否束手無策？不過我治得好你身上的掌毒，你的性命卻未必久長。」

這段二版全改了，二版張無忌不再機伶古怪，以作弄胡青牛為樂，改為張無忌讀《帶脈論》，知此書見識不凡，於是就胡青牛指謫前人錯誤之處，提出來請教胡青牛。

而後，胡青牛開始為張無忌治病，卻逼不出張無忌三焦中的陰毒，一版張無忌告訴胡青牛，他的奇經八脈是被少林僧圓真打通的，並道出他在少林寺學「少林九陽功」之事。

胡青牛聽完，告訴張無忌那少林寺僧有意害他，還說：「那少林僧圓真既是精修『少林九陽功』，又能助你打通奇經八脈，內功豈是氾氾？他雙掌跟你掌心一碰，便當知你身有陰毒，但仍助你打通經脈，那不是存心害人麼？」張無忌則為圓真辯解，說：「我想少林寺中縱然有幾個心胸偏狹之輩，但行事決不致於如此卑鄙。」

這一段因二版已無圓真教張無忌「少林九陽功」及打通奇經八脈的情節，因此刪除了。

看過此段情節，使人感覺一版張無忌彷彿是郭靖、楊過、韋小寶與黃藥師夫人阿衡的綜合體，打「降龍十八掌」時的他氣勢剛猛，宛如郭靖；調皮戲弄常遇春，又像楊過；俐齒痛罵胡青牛，活脫脫是韋小寶；讀書過目不忘，直如黃藥師夫人阿衡。二版則將張無忌與郭靖、楊過、韋小寶及黃藥師夫人阿衡雷同之處全都改寫了，改寫之後，張無忌即成了溫文有禮、優柔寡斷、婆婆媽媽，跟誰都不一樣，獨一無二的張無忌！

【王二指閒話】

江湖人物鎮日打打殺殺，過得是刀尖上舔鮮血的日子，受傷自是難免，因此，學武之人都得學一些可以自救的基礎醫術，各大門派也都有其獨門的金創藥或強化內力的藥丸，如黃藥師的「九花玉露丸」、歐陽鋒的「通犀地龍丸」、張三丰的「天王解毒丹」、恆山派的「白雲熊膽丸」等等。

除了自救之外，有部份俠士還身兼救人的醫師，因為學過醫道，加上自身武功高明，行醫濟世，特別能治人之所不能治，如《射鵰》一燈大師、《倚天》張無忌與《天龍》虛竹，都是能起

沉屙、療重疾的治病高手。

在金庸小說中，還有幾位真正的名醫，是武林中真正的「專業」醫師，如《倚天》胡青牛、《天龍》薛慕華及《笑傲》平一指。與一燈大師等「兼職醫師」不同的是，胡青牛等人是江湖「全職醫師」，他們醫術精湛，也是江湖中人人仰慕的「神醫」。

然而，講求「以武御人」的江湖，真能容許「醫仙」、「閻王敵」之類的「神醫」存在嗎？江湖人物以武藝的勝負來決定高下，較量武藝必有傷亡，然而，若是經由「神醫」之手，傷者得以恢復，亡者也可重生，比武後又再回到了比武前的原點，那麼，比武又有甚麼意義？可知神醫的存在，是會破壞江湖規則的。

也就因為神醫會破壞武林規則，因此，金庸創造神醫時，大抵遵循兩條路線：

其一：神醫在書中只醫治主角或重要人物：不論神醫出場時，被形容地多麼華陀再世、扁鵲復生，綜觀全書，每位神醫都只治療過寥寥一二人，如《倚天》胡青牛只治過張無忌與鮮于通，《天龍》薛慕華只治過阿朱，《笑傲》平一指只治過令狐沖與桃實仙。

其二：神醫多短命：為了不讓神醫過於破壞武林規則，金庸的創作技巧大多是向神醫痛下殺手，如胡青牛登場不久，即為金花婆婆所殺，平一指也在出場不久後，即因治不好令狐沖而自

殺，薛慕華則是在函谷八友相聚後，就沒有行醫的事蹟了。

神醫是江湖規則的破壞者，因此，越是神醫，越是非死不可，這就是武俠小說的定律。

第十二回還有一些修改：

一・張無忌以金針刺得常遇春「關元穴」出血，新三版較二版增寫張無忌以蜜糖為常遇春止血。

二・張無忌見紀曉芙已與他人生有一女，二版張無忌說他見到殷梨亭時，要告訴殷六叔「請他不要逼你。」新三版張無忌加說：「你愛嫁誰，便嫁誰好啦！」

三・二版說紀曉芙見同門暗號，至臨淮閣酒樓「等了一天」，這裡不合理，若紀曉芙等了一天，她與楊不悔難道不需就寢？新三版改為「等到向晚」。

四・紀曉芙見到的殷離，二版說是十二三歲，新三版減為十一二歲。

五・金花婆婆在酒樓上以金花射各派門人，二版金花是打在各人肩上，新三版改為打在背上。

六・張無忌為常遇春治病，一版說調理了六七日，二版改為十來日。一版胡青牛說張無忌用藥有誤，減了常遇春三十年壽算，原可活八十歲，減為只能活五十歲，二版改為減了四十年壽算，只能活四十歲。這是為了與史實相符，歷史上的常遇春生於一三三〇年，卒於一三六九年，卒年虛齡四十。

七・胡青牛救華山派鮮于通，一版說是鮮于通中了一十七處刀傷，非死不可，二版改為鮮于通在貴州苗疆中了金蠶蠱毒；此外，鮮于通後來害死胡青牛的親妹子，一版胡青牛未找鮮于通報仇，是因為胡青牛的妹子臨死時，要胡青牛立下重誓，決計不能找他報仇，甚且此人若是遇到危難，更要竭力救他，二版改為胡青牛三次找鮮于通報仇，都遭慘敗，還險些命喪他手。

八・華山派弟子至蝴蝶谷求診，一版張無忌在他胸口和背心六處穴道上各點了一指，那漢子胸間熱血翻湧，本欲繼續噴出，給張無忌這麼一點，穴道閉塞，胸口頓時舒暢得多。這段二版刪了。

九・崆峒派之後，又有五人至蝴蝶谷求診，一版說此五人似富商大賈，其中一胖子是蕪湖源盛金號姓梁的。二版刪了這些描述。

十・一版說楊不悔六七歲，二版改為八九歲。

十一・一版說楊不悔自幼除了母親和扶養他的保姆之外，從來不見外人。二版刪了保姆。

十二・一版紀曉芙被金花婆婆以暗號引導到酒樓，見到神拳門的、南少林的，都被約到酒樓，因《倚天》一書無涉「南少林」，二版將「南少林」改為「丐幫」。

十三・一版紀曉芙形容她眼中的殷離：「我生平遇到過的女子之中，從未見過這般標緻的姑娘，不由得向她多瞧了幾眼。」二版刪了紀曉芙這般說法。

十四・一版紀曉芙得知張三丰告訴張無忌，若能習得《九陽真經》中所載神功，當可化解體內陰毒，紀曉芙說：「我師父本來有意傳我衣鉢，到那時該會授我『峨嵋九陽功』，唉！只是我做下了這等不肖之事，那有臉面再去見師父？」張無忌還安慰她，談到胡青牛說自己只有一年之命，因此「尊師便傳了你峨嵋九陽功，那時候也已來不及救我了」，這段二版全刪。

十五・一版張無忌要帶紀曉芙母女遠逃，至茅棚中，被王難姑點中肩頭與腰間穴道，但王難姑要將藥丸塞入紀曉芙口中時，張無忌忽然重擊她一掌。原來張無忌自幼受謝遜之授，能自解穴道，而後一招「神龍擺尾」打在王難姑「筋縮穴」上，王難姑頓時萎頓在地。二版因要削減謝遜武功傳承關係，這段全刪，改成張無忌見王難姑在紀曉芙睡眠時要餵她藥丸，張無忌大叫：「胡先生，你不可害人……」而後紀曉芙醒來，一掌打中王難姑。

滅絕師太情史大公開——第十三回〈不悔仲子踰我牆〉版本回較

峨嵋派的滅絕師太是個冷酷嚴厲的女尼，但她的顏值卻頗高，書中說她外表長得甚美，只是兩條眉毛斜斜下垂，有點兒戲台上的吊死鬼味道，然而，即使是像吊死鬼的美女，一版滅絕師太對男人依然有致命的吸引力。一版《倚天》第九回說，滅絕師太少年時是武林中出名的美人，與河南蘭封金瓜錘方評是一對情侶，後來滅絕師太忽然出家為尼，方評便自斷一臂，終身不娶。二版將方評改成是滅絕師太的親哥哥，滅絕師太俗家姓方，方評與滅絕師太於是就從一版的戀人變成了二版的兄妹。

出家後的滅絕師太還有另一段戀情，《倚天》第十三回要公開滅絕老尼青年時代的情史。

話說滅絕師太下峨嵋山來，質問紀曉芙未婚生子之事，紀曉芙說出跟她珠胎暗結的人是楊逍後，滅絕師太突然跳起身來，袍袖一拂，一張板桌給她擊坍了半邊。

一版滅絕師太接著對紀曉芙說：「你大師伯孤鴻尊者，崑崙派的名宿游龍子，便是給這個大魔頭楊逍活活氣死的。」書中接著說，她們峨嵋弟子均知師父和大師伯孤鴻尊者是師祖座下的兩大弟子，卻不知這兩人情愛甚篤，原有嫁娶之約，只是孤鴻尊者中道殂逝，滅絕師太這才削髮為

尼。

二版將「孤鴻尊者」改稱「孤鴻子」，只說他是當年名揚天下的高手。滅絕與孤鴻尊者的情史三版刪掉了，孤鴻子究竟是男是女，二版也沒寫明。

實難想像變態老尼滅絕師太，少女時亦是「少男殺手」。而她為了第一任男友方評要殺謝遜，為了第二任男朋友孤鴻尊者更要殺盡明教中人，行為簡直就是李莫愁的翻版。

想像滅絕師太若是從萬安寺一躍而下，臨死前大唱：「問世間，情是何物，直教生死相許……」真要令人頭皮發麻且雞皮疙瘩掉滿地了。

【王二指聞話】

在「金庸限時批」中，有讀者問金庸「請問《倚天屠龍記》之中，為何峨嵋的滅絕師太會對明教如此深惡痛絕呢？」金庸的答覆是「因為明教楊逍害死了她的師兄（可能是她少女時暗戀的對象），又害死了她的愛徒紀曉芙（紀是她自己打死的，但她認定是明教害死），而張無忌為救銳金旗，又使她大失面子。」這段金庸在修訂版中刻意要隱藏而刪除的「滅絕師太情史」，竟無

意間自己又透露了出來。

滅絕師太的情史需要修改刪除，主要是因為《倚天》這部小說要將明教群雄塑造成性情中人，以對照名門正派的拘束、框架、虛偽與矯情，因此，若滅絕師太是因情人被楊逍氣死，才想掃蕩整個明教，她殲滅明教的動機就只是報仇，這麼一來，峨嵋派也就不是打著正義招牌，純粹想為世間鏟奸除惡的名門正派了。

在金庸早期的小說中，俠士的形象均較「正」，為人行事，一板一眼，仰不愧於天，俯不怍於人，道德規範非常強烈，個人的人生目標也一律都以古聖先賢傳承的「修身、齊家、治國、平天下」為準則，如《書劍》陳家洛、《碧血》袁承志或《射鵰》郭靖，都是這般中規中矩、終生律己、遵循父母師長教誨、以民族家國為己任、為天下可捨己身的英雄。

從《神鵰》以後，金庸筆下的大俠就不再是道德規範強烈的大俠了，金庸在塑造楊過時，突破了陳家洛、袁承志及郭靖等「正統大俠」的創作方向。楊過性格調皮、活潑、將愛情看得比國家民族還偉大、行有餘力才會為國為民，這樣的大俠更符合人性。從楊過開始，張無忌、段譽、石破天、令狐沖、韋小寶等主角都不再有像郭靖那樣的「以國家興亡為己任，置個人死生於度外」情操，於他們而言，愛情及人格、武術的修練，往往比國家興亡還重要。。

至於傳統「郭靖式」的「名門正派型」大俠，在金庸後期的書中大多是配角，金庸的創作方式約略有以下幾種：

一、悲壯型：正派人士以救亡圖存為己任，對於沉痾難起的國家，他們「知其不可而為之」，因而極其悲壯，這就像《天龍》蕭峰、《鹿鼎》陳近南。

二、潔癖型：正派人士以其道德標準自律，也將這套標準放諸四海，不符合他道德標準的都該死，他就是武林「鏟奸鋤惡」的正義魔人，這就像《倚天》滅絕師太。

三、作態型：正派人士以正派為名，但外表雖是一臉忠臣義士，說話滿口仁義道德，內心卻一肚子男盜女娼，這就像《倚天》何太沖，《笑傲》岳不群。

從《神鵰》楊過以後，金庸創作的主角俠士，都不再是傳統關公、岳飛、展昭、歐陽春等「正人君子型」的大俠，而是稍帶私心，偶會意氣用事，愛美人勝於江山，順隨心意而行的「逍遙型」俠士。至於「名門正派」，則是從《倚天》之後，成為「逍遙型大俠」的對照。《倚天》一書大大譏諷「名門正派」的矯情虛偽，正是金庸筆路轉折的開端。

第十三回還有一些修改：

一・張無忌制服王難姑後，進門要救胡青牛，二版胡青牛問張無忌：「那女子呢？」這裡當是誤寫，因為胡青牛既被綑綁，怎能知張無忌見過王難姑？新三版改為胡青牛問：「你怎麼來了？」張無忌回答：「有個陌生女子前來下毒，她已給紀姑姑制住。」胡青牛方知張無忌見過王難姑。

二・遭王難姑下毒之人，卻為胡青牛治好，二版胡青牛說自己是狼心狗肺，也不為過，新三版胡青牛更大大的罵自己，加說：「其實『狼心狗肺』，也還是有血有肉，有性有情的東西，我簡直『畜生不如』、『禽獸不若』，對我愛妻以怨報德，恩將仇報，是天下壞人之最。」還說「最該死的是，我內心之中，確實以為『醫仙』強過『毒仙』。」新三版的修改原則之一，就是俠士們說話用詞更深入，更情意纏綿。

三・二版胡青牛將王難姑下毒的病案治好，王難姑說要與胡青牛比試，胡青牛竭誠道歉，新三版加寫胡青牛說：「我自上酷刑、自打自撞，那自然沒用了。我刀割錐刺，以表懺悔，但她這三版加寫胡青牛說：「我自上酷刑、自打自撞，那自然沒用了。我刀割錐刺，以表懺悔，但她這口氣怎能下得了？」與上述說明一樣，新修版的男主角言行傳情的功力都更上一層樓。

四・王難姑以三種毒蟲、三種毒草焙乾碾末而成的毒藥，二版說其中有蝮蛇與蜘蛛之毒，新三版將蝮蛇改為蜈蚣。

五・二版滅絕師太下山清理門戶，見到紀曉芙，對紀曉芙說：「曉芙，你自己的事，自己說罷。」新三版再加了句：「你臂上的守宮砂怎地沒了？」新三版是要表示滅絕師太不是只聽丁敏君讒言，而是自己另有判斷。

六・一版王難姑綑榜胡青牛的繩子，是絲麻和著牛筋的粗索，張無忌無法解開，只能取出小刀，準備用力割斷。二版王難姑不再這般「虐夫」了，改為張無忌可以解開繩索，也未說明繩索的質材。

七・胡青牛要餵王難姑「牛黃血竭丹」，一版張無忌點了王難姑的「肩貞穴」，使她不能抗拒，再餵入藥丸，二版為盡少提起謝遜教張無忌點穴功法之事，改為紀曉芙點了王難姑穴道。

八・二版胡青牛醫治了王難姑下毒的古怪病案，從此王難姑決意與胡青牛一較高下。這個古怪病案是哪椿呢？二版未詳說，但一版本來是有的，這古怪病案就如胡青牛說的：「我妹子受了華山派鮮于通這賊子的欺辱，終於死在他的手裡。但我妹子到底還是愛他，要我一生答應照料這個賊子。我見她死不瞑目，只得答應。那知拙荊早已在鮮于通身上下了極厲害的毒藥，要他全身

肌肉慢慢腐爛，苦受三年折磨方死。這鮮于通知道我答應過妹子救他，一見情形不對，便即上門求救。這可不是令我左右為難嗎？若是救他，那是對不起拙荊，倘若不救，卻又違了我在舍妹臨終時答應他的言語。」最後，胡青牛嘆道：「我想對不起拙荊，日後尚可補過，對不起我妹子……，唉！她一生可憐，我怎能對不起她？於是我費盡心力，終於將鮮于通那賊子治好了。」

九‧一版《倚天》金花婆婆甫出場時，金庸絕對沒有設定她的真實身份是紫衫龍王黛綺絲，後來將她搖身一變為紫衫龍王後，金庸才藉由修訂，修正了一版的描述。一版胡青牛說金花婆婆銀葉先生數十年前威震天下，可見一版武林中人皆早知其人，二版改成胡青牛為二人搭脈，說「老年人而具如此壯年脈象，晚生實是生平第一次遇到。」意即金花婆婆是中年人。此外，一版說金銀兩人身中劇毒，是西域白駝派一位極厲害的人物所為，這裡理當是埋下伏筆，要寫歐陽鋒後人，但二版捨棄了這伏筆，改說是西域啞吧頭陀所為，新三版為避免二版說的「西域啞巴頭陀」是否就是苦頭陀范遙的爭議，又改成是蒙古人手下的一個西域老番僧所為。二版還在金花婆婆離去前，加寫金花婆婆說了一句：「嘿嘿，明教，明教，原來還是為了明教！」以扣合未來金花婆婆的真實身份就是紫衫龍王。張無忌見到金花婆婆的容貌，二版除一版說的「和藹慈祥的老婆婆」外，加說金花婆婆說了是紫衫龍王，意思就是金花婆婆「臉上肌肉僵硬麻木，盡是雞皮皺紋，全無喜怒之色」，意思就是金花

婆婆是易容改妝的。

十一・一版說金花婆婆若想殺人，出手以三下為限，若躲得過三下不死，便饒了性命。二版刪了此說。

十一・一版金花婆婆咳嗽之時，殷離會為她搥背，並取出藥丸餵她服下。二版刪去，可能是因為這樣的關係與《鹿鼎》的海大富和小桂子有些雷同。

十二・一版說金花婆婆知道滅絕師太功力比自己略淺，二版改為金花婆婆知道滅絕師太功力實不在自己之下。

十三・滅絕師太以倚天劍斬斷金花婆婆珊瑚金拐杖後，一版說丁敏君與紀曉芙不知這柄武林中轟傳已久的倚天劍，竟是在師父手上，見她一擊得勝，均是大為欣喜。二版刪了此說。

十四・楊逍送紀曉芙的明教鐵牌，一版說牌上雕著「一個張牙舞爪的魔鬼」，二版改為鐵牌上「用金絲鑲嵌著一個火燄之形」。

十五・一版說張無忌想執拾金花婆婆遺下的半截「珊瑚金」拐杖當隨身利器，但遍尋不著，想是已被丁敏君順手牽羊帶走，二版刪了此說，丁敏君應不會這麼大膽，敢瞞著滅絕師太撿拾金花婆婆之物。

南僧、北俠傳人朱長齡與張無忌的大PK

——第十四回〈當道時見中山狼〉、第十五回〈奇謀秘計夢一場〉版本回較

《宋明話本》中有「趙太祖千里送京娘」的故事，《倚天屠龍記》中則有「張無忌萬里送楊不悔」的情節，小俠張無忌仁義為懷，不負紀曉芙所託，要將楊不悔送至萬里之外的楊逍手上。

這段故事是全書重要的「橋樑情節」，張無忌必須經過這趟「西遊記」，才能從中原的「武當徒孫」轉變成光明頂的「明教教主」。咱們且來看這兩回的張無忌萬里護花之行。

在西行的旅程中，張楊兩人遇過簡捷、薛公遠等人幾乎將之烹食的大難，而後在崑崙派詹春的帶領下，如願到達崑崙山。張無忌在崑崙派治好何太沖夫人五姑之毒，豈料何太沖忘恩負義，逼張無忌喝毒酒。張無忌而後騙何太沖說已對五姑下毒，又隨即告知實情，何太沖因而大怒，並賞他耳光。一版張無忌使一招「亢龍有悔」迎擊，但「亢龍有悔」雖是「降龍十八掌」的一招，張無忌卻只學到皮毛，因此不敵何太沖，而被打中右眼，幸好楊逍適時出現，救了他一命。

二版刪去了張無忌學會「降龍十八掌」之事，並將張無忌使的「亢龍有悔」一招改為武當長

心一堂金庸學研究叢書　金庸版本的奇妙全界

拳的「倒騎龍」。

將楊不悔交給楊逍後，張無忌獨自離開，而後來到朱家莊，遇到他的初戀朱九真。

一版有約五頁的內容，細述朱九真的武功，二版刪除了，這段刪除的內容是說：大年初一衛璧與武青嬰師兄妹前來拜年，與朱九真同遊，張無忌亦尾隨三人，衛璧問朱九真她的爸媽，也就是朱長齡夫妻，有沒有教她什麼新功夫，朱九真於是拿了判官筆施展了一套筆法。張無忌原本對朱九真就已十分傾心，見到她所用兵刃和自己父親一樣，更是大為愛慕。

朱九真原要武青嬰餵招，武青嬰不肯，而後由衛璧出手餵招。朱九真雙筆勢出如風，衛璧舉長劍架開判官筆。張無忌看朱九真的筆路確實已得判官筆三昧，衛璧的劍術也是精妙入神，忍不住喝彩叫好。

朱九真要衛璧猜她這路筆法的名字，衛璧說不上來，張無忌見朱九真跟衛璧說話時滿臉春風，心下早就說不出的難過，更想壓倒這個英俊美貌的青年，於是衝口而出：「大江東去帖。」

朱九真聞言，以為張無忌窺探本門武功，大聲問他叫什麼名字，張無忌報上姓名，朱九真這才想起他就是那個被自己的狗咬傷的孩子，而後朱九真又起疑心，懷疑張無忌是仇人的臥底。

接著，朱九真又向武青嬰叫陣，武青嬰則譏諷朱九真說，衛璧根本知道朱九真使的是蘇東坡

的「大江東去」，而且還故意讓她，所以才會在最末一句「一樽還酹江月」的「月」字訣上罷手認輸。朱九真當下惱羞成怒，並向武青嬰叫陣，看她三招內能不能打到朱家小廝張無忌。

朱九真是一燈大師弟子朱子柳的後人，一版近五頁大讚「南僧」後人不減先人武功的描述，修訂成二版後，金庸可能基於朱長齡、朱九真是反面人物，為了減低其辱及英雄先人的程度，將這些傳承自朱子柳的「融書法於武功」橋段悉數刪除了。

接著，張無忌單挑衛璧，一版張無忌使的是「降龍十八掌」的一招「亢龍有悔」，降龍十八掌雖然威力強大，但謝遜學到的只是殘破不全的掌法，張無忌再學到的，更是殘破不全掌法的一些皮毛。但即使張無忌的掌法連原來掌法的一成威力都不到，一掌擊出，仍是風聲虎虎。

書中還說，武青嬰祖上武修文拜郭靖為師，但限於資質，這路降龍十八掌並未練成，傳到武青嬰之父武烈的手上，那降龍十八掌的招式仍是全然知曉的，其中威力卻一點也發揮不出。武修文至武青嬰，一百年來已傳了五代，每一代都在潛心鑽研這套掌法的訣竅，可是百餘年來的無數心血，盡付流水。原來這套掌法的學習在於能否把握精要，和聰明智慧無關，因此郭靖練成而黃蓉始終學不會，郭靖並非秘技自珍之人，而降龍十八掌之所以失傳，原因便在於此。

嬰常見父親在密室之中，比劃招式，苦苦思索，十餘年來從不間斷，卻始終無甚收獲。從武修文

而後張無忌使出「神龍擺尾」、「潛龍勿用」兩招，迎戰衛璧的「長江三疊浪」，居然支持了下來，直至朱長齡出面制止，兩人的較量才結束。

二版張無忌不會「降龍十八掌」，迎戰衛璧「長江三疊浪」的招式，改為「武當長拳」的「七星手」、「一條鞭」與「井欄」三招。

一版朱長齡見張無忌使「降龍十八掌」，問他是不是丐幫弟子，張無忌不願吐露自己的門派，聽他當自己是丐幫弟子，便含含糊糊的答應。朱長齡於是呵責女兒：「這路掌法由丐幫幫主九指神丐洪七公傳下來，他老人家當年威震大江南北，和咱們朱武兩家都有極深的淵源。」又轉頭向武青嬰道：「郭靖郭大俠是你祖上修文公的師父，你既識得『降龍十八掌』，怎麼還可動手？」

這段情節二版也都刪改了，改成朱長齡說：「這位小兄弟拳腳不成章法，顯然從未好好的拜師學過藝，全憑一股剛勇之氣，拼死抵抗，這就更加令人相敬了。」

見到張無忌的武功，朱長齡立刻猜出張無忌的真實身份，於是將張無忌留在朱家。

一版大幅介紹朱家的生活，說朱家的規矩，上午學武，下午練字，蓋朱家家傳武學，主要係脫胎於書法，書法愈精，武功跟著愈高。朱九真的小書房窗明几淨，東壁懸著杜牧的「張好好

詩」，北壁上兩張山水條幅之間，懸著懷素和尚所書的「食魚帖」。朱九真每日練字，也給張無忌一副紙筆，兩人相對而坐，有時寫的倦了，抬起頭來相對一笑，此時之樂，實是難宣難言。

這段二版幾乎全刪了，二版只提到「朱家武功與書法有關，朱九真每日都須習字，也要張無忌伴她一起學書。」此段一刪，減少了張無忌與朱九真「近水樓台，日久生情」的描寫，顯得張無忌愛上朱九真也不過就是一時「心魔作祟」罷了。

而後朱長齡佈下妙局，要計騙張無忌說出謝遜的所在，一版張無忌還心想他一直冒充是丐幫弟子，不便說明自己身份的真相，二版刪除了「降龍十八掌」，張無忌的想法也改成「我一直不說自己身世」，也不便說明真相了。

最後，張無忌識破朱長齡陰謀，兩人雙雙掉在山中平台上，張無忌要鑽入山洞，朱長齡伸手來抓，一版張無忌反拍了一招「神龍擺尾」，二版自然是刪掉了，改成張無忌拼命鑽了入山洞中。

一版張無忌的獨門武功是「降龍十八掌」，可知他是「北丐」與「北俠」的傳人，朱長齡與朱九真會使「一陽指」與「判官筆」，亦即他倆是「南帝」（「南僧」）的傳人，一版的「南帝北丐」、「南僧北俠」傳人大戰，最後兩敗俱傷，難分高下。

若照一版的情節鋪排，張無忌日後理當可以得到「倚天劍」中所藏的「降龍十八掌」祕笈，補足所學「降龍十八掌」之數，成為威震天下的「北俠郭靖」傳人，更將繼承郭靖遺志，驅逐韃虜，恢復中華，將蒙古人趕出中原大地，還我大漢河山。

但隨著情節推衍，張無忌學會了《九陽真經》與「乾坤大挪移」，也不再是郭靖的傳人了，再經二版修訂後，一版的「南僧北俠」傳人大對決，就變成了二版「新興門派武當派」與「百年老店一燈大師傳人」的一決高下。

【王二指閒話】

《天龍》、《射鵰》、《神鵰》、《倚天》這「漢胡爭霸四部曲」，在金庸一版的構思中，確實有意要讓「華山論劍五絕」串聯這四部書。在這四部書中，《射鵰》與《神鵰》可稱「五絕正傳」，《倚天》是「五絕後傳」，《天龍》則是「五絕前傳」。如果再以「降龍十八掌」、「一陽指」兩套武功來看這四部書，《射鵰》就是「降龍十八掌」與「一陽指」的正傳、《神鵰》是「續傳」、《倚天》是後傳、《天龍》則是前傳。

這樣的創作方式對金庸連載時期的小說通行是非常有利的，因為在《射鵰》問世之後，金庸即因《射鵰》而「驚天動地」（倪匡語），如果能把《射鵰》的讀者群當作作品的閱讀「基本盤」，顯然對促銷「明報」與金庸武俠小說都是上乘的策略。

在《神鵰》書末，黃蓉定出第二次「五絕」之後，就不再有新的「五絕」出現在金庸武俠書系中，但「東邪、西毒、南帝、北丐、中神通」五絕仍串連了「漢胡爭霸四部曲」。《神鵰》以王重陽師弟周伯通取代「中神通」而為「中頑童」，洪七公弟子郭靖取代「北丐」而為「北俠」，歐陽鋒義兒楊過取代「西毒」而為「西狂」，從傳承來看，「一代五絕」與「二代五絕」的基本地域與格調是雷同的。

《天龍》將南帝、北丐的故事往更早的北宋延伸，《倚天》則是續撰《神鵰》之後的「五絕」後人故事。在《倚天》故事中，牽動全書情節的倚天劍、屠龍刀是「北俠」郭靖與「東邪」愛女黃蓉一起鑄造出來的，劍中藏著「中神通」王重陽當年技壓群雄而得的《九陰真經》。而在西域幾乎害死張無忌的朱長齡是「南帝」傳人，此外，金花婆婆受傷，一版說是傷於白駝派高手手下，也就是「西毒」還有支脈傳後，直到書末，「西狂」楊過的後人黃衫美女還在書中驚鴻一瞥地出現，制止了周芷若的暴行。

為了遷就「五絕」，金庸在創作主角張無忌時，顯然非常綁手綁腳，在一版《倚天》中，金庸讓張無忌學會「降龍十八掌」，還一再以「降龍十八掌」抗敵，可見金庸原本是要讓張無忌承襲洪七公、郭靖，成為「北俠」的「隔代傳人」。在金庸的原始構想中，倚天劍與屠龍刀中所藏的《降龍十八掌》、《九陰真經》、與《武穆遺書》，理當也都是為張無忌準備的。

然而，硬要把「降龍十八掌」加諸張無忌，卻與張無忌的人格設定有所矛盾與衝突。這是因為張無忌在冰火島長大，從小就在父母與義父的呵護之下，並不須面對生活的現實煎熬，因此性格優柔和善，這與郭靖在大漠成長，必須跟著媽媽討生活，因而養成堅強剛毅的性格完全是兩回事。張無忌從小就被父母義父捧在手掌心，個性怎可能剛強堅毅？

金庸在為俠士安排武功時，都會配合俠士的性格，創造合適的武功，然而，在一版《倚天》，為了讓張無忌成為郭靖傳人，金庸硬塞給他「降龍十八掌」。於郭靖而言，「降龍十八掌」或許是「合腳的鞋」，但對張無忌來說，「降龍十八掌」卻十足是「彆腳的鞋」，因此，金庸從一版張無忌成年之後，就不再讓他使「降龍十八掌」，二版則將張無忌童年少年時期施展過「降龍十八掌」的情節，全都刪改掉。張無忌成名江湖的武功是「乾坤大挪移」與「太極拳」，這兩套武功才契合庸和仁慈且優柔寡斷的張無忌。

第十四回還有一些修改：

一・張無忌為簡捷一行所擒，二版說他看到地上的《王難姑毒經》，書頁隨風翻動，只見寫著「毒菌」兩個大字，但心中大亂，那裡看得入腦？新三版改成張無忌瞥見書中一行字：「大凡毒菌均顏色鮮明。灰黃色者大都無毒。」新三版修改後，才能扣合張無忌隨後以毒菌毒殺簡捷諸人的情節。

二・美化「崑崙三聖坳」的崑崙派掌門人，二版說是自「崑崙三聖」何足道開始，新三版改為何足道的師兄寶靈道人開始，新三版何足道並沒擔任過崑崙派掌門人。

三・何太沖之妾五姑中毒，二版說臉腫得猶如豬八戒一般，新三版再加寫臉肌繃得緊緊的，晶光泛亮，便如隨時可裂開出血。

四・張無忌說五姑所中之毒須賴金銀血蛇解救，何太沖說「中間的原委，倒要請教。」二版說「請教」二字，自他業師逝世，今日是第一次再出於他口。新三版改成自他業師逝世，除了對他夫人班淑嫻外，從未對人說過。

五・張無忌要以雄黃等藥物焙炙雌蛇，以促雄蛇取毒來救，二版是將雄黃等藥搗爛成末，拌

以生石灰粉，灌入雌蛇竹筒中，但如此作法，雌蛇筒中即有毒，如何能解？·新三版改為張無忌將雄黃等藥材捏成手指大的藥條，塞入雌蛇竹筒中，之後再拔去藥條，毒性方不殘留。

六·二版詹春稱五姑為「五姑」，新三版改為更得體的「五師娘」。

七·二版說楊逍約莫四十來歲，新三版增為五十歲上下年紀。

八·張無忌向楊逍說紀曉芙寧死也不願下毒害楊逍，因而死在滅絕師太掌下，二版楊逍仰天長嘯，新三版加寫楊逍淚如雨下，新三版的俠士感情均較二版豐富。

九·蘇習之偷看何太沖練劍，一版是偷看「龍形一筆劍」，二版改為「崑崙兩儀劍」。

十·明教鐵牌一版叫「鐵魔令」，二版改稱「鐵燄令」。

第十五回還有一修修改：

一·朱九真的家宅，二版叫「紅梅山莊」，新三版改為「朱家莊」。

二·二版說衛璧是朱九真的表哥，新三版加寫他是武青嬰之父的弟子。

三·朱九真三人說話時，張無忌忽然笑了一聲，朱九真要武青嬰跟張無忌比武，武青嬰語帶不

屑，二版張無忌說：「武姑娘，我也是父母所生，便不是人麼？你難道又是甚麼神仙菩薩、公主娘娘了？」二版張無忌反應太也激烈，用詞太也尖酸，不似張無忌寬和個性，新三版改為張無忌說：

「武姑娘，你們說話，我不敢插嘴，也就是了。難道聽一聽、笑一笑，也須得你准許嗎？」

四‧二版姚清泉說張翠山遺孤約莫八九歲，新三版改為十歲左右。

五‧張無忌看朱長齡畫的「張公翠山恩德圖」，二版說圖中將張翠山的尖臉畫成方臉，又說張無忌知道父親是尖臉蛋，不像自己，臉作長方。若照二版的說法，那麼，張無忌遺傳不由張翠山，則當由殷素素，若殷素素臉作長方，何來美麗？新三版改為朱長齡將長方臉的張翠山畫作尖臉，而實際上張翠山是長方臉蛋，張無忌則是瓜子臉，這麼一來，張無忌就遺傳自瓜子臉美人殷素素了。

六‧朱九真養猛犬處，一版叫「犴狁居」，二版改稱「靈獒營」。

七‧張無忌初見朱九真，一版說張無忌美女子也見過不少，但生平從未像這一次般的動心，忙低下了頭不見她。而後又說朱九真站起身來，握住了他雙手，張無忌全身一顫，只覺她兩隻手掌柔嫩溫滑，不由得又窘又急，只想掙脫，卻又捨不得掙脫，這些描述二版全刪了，張無忌愛戀朱九真，本與游坦之愛戀阿紫有異曲同工之妙，一版寫得尤其神似。

八‧一版朱九真見到衛璧與武青嬰時，問衛璧：「表哥，聽說你師父又收了一個女弟子，是不是？」衛璧道：「是的。」武青嬰存心氣朱九真，道：「真姊，我那個小師妹美貌得緊呢，又會說話，又討人喜歡，整日價便是纏住了師哥，要他教這樣教那樣的。趕明兒你見到了她，一定也會打從心兒裡愛她。」朱九真冷冷的道：「是麼？難道比青妹你還美麗麼？」這段是一版沒有用到的伏筆，所謂「小師妹」，後來也無疾而終，二版將這段刪了。

九‧甫出場的朱長齡，一版穿黃袍，二版改穿藍袍。

十‧朱長齡的外號，一版叫「乾坤一筆」，二版改為「驚天一筆」。

十一‧姚清泉帶朱長齡去見假謝遜，一版說假謝遜一拳向朱夫人打去，朱夫人不會武功，眼見這一拳便要了她的性命，朱長齡和朱九真迫不得已，雙雙舉臂架開他這一拳，二版不再多提朱夫人這位「冗人物」了，改為假謝遜直擊朱長齡面門。

十二‧衛璧建議透過張無忌向謝遜下毒，朱長齡自承不懂用毒，一版衛璧說：「我爹爹多在中原行走，定然知曉。」但衛璧的爹爹在書中並無下文，二版因此將「我爹爹多」改為「姚二爺」。

張無忌吃血蛙大餐治好玄冥神掌
——第十六回〈剝極而復參九陽〉版本回較

一版金庸小說中有「血系雙寶」，第一寶是《射鵰》中的血鳥，血鳥的特色是全身火紅，比烏鴉稍大，約有半尺，喜食蛇膽，愛啄人眼睛；此外，血鳥還有「火浴」的絕活，牠可以在火焰中打滾，經火炙而更加煜煜發光，而且周身越燒越香。血鳥一出，無蛇能擋，其二是《倚天》中的血蛙，血蛙可抗寒毒，正是張無忌身中玄冥神掌後最佳的食療良藥。

且來看看二版《倚天》中消失的物種「血蛙」。

話說張無忌與朱長齡跌落平台，從山洞中鑽入翠谷，一版張無忌到瀑布下的深潭要洗滌雙腳，潭水竟奇寒難當，奇怪的是，潭水雖冷，卻不結冰。

張無忌退開兩步，忽聽得閣閣數聲，潭中跳出三隻遍體血紅的大蛙來，這蛙兒有尋常青蛙的四倍大小，一出水，身上就冒出一縷縷白氣，便如冰塊化為水氣一般。張無忌童心大起，伸手將一隻紅蛙按住，手掌剛和紅蛙接觸，即覺一股暖氣從紅蛙身上直傳到自己手臂。那紅蛙極是兇猛，用力一掙，從他掌心掙脫，一口咬住他的右臂，再也不放。

張無忌大驚，原來紅蛙生有利齒，便在此時，另外兩頭紅蛙也分別咬住張無忌的雙腳，張無忌驚恐之餘，用左手五指捏破了右臂上紅蛙的肚子，但覺手掌心熱烘烘的全是鮮血，看來這紅蛙吸血為生，是以不但遍體血紅，還能在這奇寒的潭水中生存。

張無忌又將腳上的紅蛙捏死，這才扳開死蛙的牙齒，見到自己臂上及腳上的三排齒印，猶是心有餘悸。而後張無忌生起火來，烤了三隻紅蛙吃了。過了一頓飯時間，只覺一股暖氣突然從腹中冒了上來，暖洋洋的，全身說不出的舒適受用，宛似泡在一大缸暖水之中洗澡一般。原來紅蛙是天地間的一種異物，生於奇寒之地，其性卻是至熱，否則無法在這寒潭中過活。若是常人吃了一隻，登時七孔流血而暴斃，剛巧張無忌身中玄冥神掌，體內積下無數陰毒，以至寒逢至熱，兩種毒性互相抵銷，紅蛙的熱毒盡數散去，而體內的寒毒卻也消減不少。

到了次日午間，張無忌肚餓時，又烤紅蛙來吃。如此過了數日，一天，張無忌聽到一頭猴子吱吱狂叫，循聲奔去，只見一頭小猴背心被三頭紅蛙咬住了吸血，張無忌於是打死了猴子身上的紅蛙，並將猴子的傷治癒。那猴兒也知感恩圖報，摘了鮮果送給張無忌。

如此過了一個月，張無忌每日烤食紅蛙，體內寒毒之苦，漸漸消減。後來猴兒又帶來一頭腹上有惡瘡的大白猿，張無忌為之手術，從其腹中取出《九陽真經》，並從此練起了「九陽神功」。

練到第二卷經書後，因為張無忌又常食潭水中的血蛙，以及白猿相贈的大蟠桃，體內寒毒已被驅得無影無蹤，本來此時再食血蛙，已有中毒之虞，可是一來他在不知不覺之中，九陽神功已練得小有成功，二來久食異種蟠桃，竟是百毒不侵。血蛙至陽之性，反而更加厚了他九陽神功的功力。

張無忌練到第三卷經書時，早已不畏寒暑，高興起來便跳到寒潭中去洗個澡，肌膚一逢外侵，便自然而然的生出抗禦之力，血蛙牙齒雖利，卻也咬他不到，潭水寒冷於冰，他也漫不在乎。

二版將血蛙完全刪除了，張無忌進山谷後，在深潭中捕食的，改成「大白魚」，但「大白魚」顯然違反了金庸「情節不重複」的創作原則，因為《神鵰》小龍女躍下絕情谷後，是吃「白魚」療傷，二版張無忌吃的也是「大白魚」，兩者太也雷同。

說來一版張無忌可以跟游坦之合開「冷熱食補專賣店」，夏天由游坦之特賣「冰蠶刨冰」，消暑解熱，冰涼透心，冬天則由張無忌主廚「麻辣血蛙火鍋」，去寒暖身，熱氣通體。寒冬中到張無忌的火鍋店，還可以向張老闆單點「紅燒血蛙腿」、「清燉血蛙肉」，「薑絲血蛙湯」，寒夜來上一碗，當可嚴冬送暖，寒意盡消。

【王二指閒話】

金庸的想像力宛如天馬行空，當他創造江湖世界時，有時還會天外飛來一筆，發明世間從未有過的動物，為江湖增添趣味。

金書中的珍禽異獸，往往都有特殊能力。從特性來說，這些珍禽異獸可以概分為兩型：

一：攻擊型：如一版《射鵰》血鳥、《神鵰》神鵰、彩雪蛛，一版《倚天》玉面火猴、一版《天龍》金靈子、青靈子，二版《天龍》閃電貂等等。

二：食療食補強身型：如《射鵰》梁子翁蝮蛇、《神鵰》九尾靈狐、玉蜂、一版《倚天》血蛙、《天龍》莽牯朱蛤等等。

改版修訂時，為求「科學化」與「合理化」，金庸盡可能地將珍禽異獸從書中刪除，或減少其神異之處。

以攻擊型的鳥獸而言，血鳥與玉面火猴在改版後完全刪除，金靈子與青靈子則被改為較可能存在的閃電貂，神鵰因拜《神鵰俠侶》書名之賜，無法刪除，只能降低其神性，因而可由一版經兩次改版存活到新三版。

金庸武俠史記∧倚天編∨三版變遷全紀錄

食療食補強身型的鳥獸也與攻擊型鳥獸大同小異，金庸在修訂版中，寧可相信人蔘、靈芝等傳統中藥材的療效，而不再以珍禽異獸的血肉來為俠士食補療傷、增強內力。在一版《倚天》修訂成二版時，血蛙完全刪除；《神鵰》九尾靈狐因牽涉萬獸山莊的一大段故事，因而得以保留；《天龍》莽牯朱蛤則由一版服之即可擁有「朱蛤神功」，二版改為服用後只能「百毒不侵」；梁子翁的蝮蛇在一、二版《射鵰》中，服食可增長內力，新三版則將蝮蛇改為蟒蛇，服之並無增強內力之效，唯能驅蟲辟毒而已。

在近年的影視作品與小說創作中，「奇幻」成為一股流行風，從《魔戒》、《納尼亞傳奇》到《哈利波特》，奇幻的珍禽異獸不斷推陳出新。反觀金庸在二〇〇一年到二〇〇六年做新三版修訂時，雖身處「奇幻」的流行氛圍中，金庸卻仍決定走「獸禽均合理化」的路線，比如他在新三版修訂時，就把二版可以增強內力的梁子翁蝮蛇，改成無絲毫增補內力功效的蟒蛇。

可知金庸在改版修訂時，始終堅持自己的原則，所謂「金庸的原則」，就是金庸宣稱的「情理之中，意料之外」，武功可以做無限想像，但仍須符合人體工學、力學與美學，這就是「情理之中」，至於戰鬥力超強的珍禽，或是食之即可內力大增的異獸，都可說是「情理之外」，也就是太荒誕，金庸因此決定讓這些珍禽異獸淡出江湖，這即是金庸所要塑造的小說風格。

第十六回還有一些修改：

一・二版說張無忌在山洞中每日練功，無憂無慮，朱長齡則身處平台，度日如年。新三版加寫了一小段，說朱長齡不食煙火，清靜無擾，內功也甚有進境，不過他身處懸崖，心中想的卻是如何捉到張無忌，逼他引去殺害謝遜，搶得屠龍刀，成為武林至尊，人人尊奉自己號令；處身雖靜，內心卻心猿意馬、身馳紅塵，終究練不成真正上乘的內功。

二・張無忌練《九陽真經》，新三版較二版加寫「書末雖說尚有一個大關，方始大功告成，但這大關十分難通，他無人指點，不知如何方能通過，試了幾日無功，也就置之度外。」這是因為張無忌隨後將在說不得的乾坤袋中通過修煉大關，因此改版時補埋伏筆。

三・張無忌自稱名叫「曾阿牛」，新三版較二版增說，他是因為當時想起胡青牛。

四・尹克西告訴何足道「經在猴中」，一版說何足道聽成「金在油中」，二版改為何足道聽成「經在油中」。

五・張無忌練《九陽真經》，一版說最後一卷花了兩年，二版改成三年，故而一版張無忌在翠谷住了四年有餘，二版改為五年有餘。

六‧一版說蛛兒的外貌是黃髮蓬蓬，面容黝黑，臉上肌膚浮腫，凹凹凸凸，嘴角歪斜，生得極是醜陋，二版更正為面容黝黑，臉上肌膚浮腫，凹凹凸凸，生得極是醜陋。因為練「千蛛萬毒手」雖會傷及臉部面容，但不至於造成黃髮蓬蓬與嘴角歪斜。

七‧一版蛛兒談起自己的家庭狀況，說二娘生了兩個哥哥一個姊姊，二娘的娘家又很有來頭，因而欺負蛛兒的母親。因二娘的娘家後來並無下文，二版改成二娘生了兩個哥哥，沒有姊姊，且未說及娘家。

八‧蛛兒打了武青嬰一耳光，又在她臉上畫了一道血痕，一版說是因為武青嬰一再譏笑她貌醜，二版刪去此話；此外，一版說蛛兒與衛璧長劍相交，衛璧長劍脫手飛向天空，二版降低蛛兒的武功，刪去這說法。；另外，武烈點中蛛兒的穴道，一版說是用「一陽指」，二版也刪除了。

九‧蛛兒被武烈點穴，全身暖洋洋，二版沒有解釋，一版則本有解說，說武烈雖非正人端士，但這一陽指的武學，卻是極為光明正大，被點中的人只是失卻抗拒之力，不受任何苦楚。二版刪去這解說，留待讀者自行想像。

十‧何太沖跟蛛兒比劍，蛛兒手上沒劍，一版何太沖將武青嬰之劍挑起，擲到蛛兒手裡，二版改為衛璧將劍借給蛛兒。

《九陽真經》是本名實不符的怪書
——第十六回〈剝極而復參九陽〉、
第十七回〈青翼出沒一笑颺〉版本回較

在新三版《神鵰俠侶》後記中，金庸談到他將《神鵰》的修訂稿拿給陳墨看，並說「我本來加了大段文字，敘述『九陽真經』的來歷，可說是大發奇想，陳先生認為是『蛇足』，我仔細考慮，覺得確是蛇足，便全部刪去了，覺得刪去後藝術上好些。」

新三版《倚天》在第十六回說到張無忌練《九陽真經》時，對《九陽真經》的來歷又做了一番解釋，或許這段解釋就是陳墨建議刪掉那段情節的略述。且來看看這段新三版增寫的《九陽真經》新故事。

說新三版前，先來看看一版所說《九陽真經》的由來，一版《倚天》中說，當年達摩手著《九陰真經》、《九陽真經》兩部武學奇書，一陰一陽，兩部書中的武功相輔相成，相生相剋，不分高下，只是《九陽真經》中的武功偏重養氣保命，《九陰真經》則偏致勝克敵。從內功純真

這段故事到底寫了些什麼？莫非在陳墨的建議下，真的完全消失而不露絲毫痕跡？

言，是「九陽」較勝，說到招數的奇幻變化，則是「九陰」為優。當年銅屍陳玄風、鐵屍梅超風偷得《九陰真經》下卷後，所修習的各種奇妙武功，《九陽真經》中均付缺如，但九陽神功如能練到大成之境，卻也非世間任何奇怪奇妙的武功所能傷。

這就是金庸對「九陽」、「九陰」最原始的構思，也就是說，金庸原本對《九陰真經》與《九陽真經》兩部秘笈的想法是，這兩部奇書都是達摩所著，「九陽」是內功，「九陰」是外功，兩部真經相輔相成，若能兩經俱修，將陰陽合璧，內外皆強，天下無敵。

二版《射鵰》將《九陰真經》的作者修改成黃裳，二版《倚天》則藉張三丰之口說，《九陽真經》「定是後世中土人士所作」，可知二版的《九陰》、《九陽》都不是達摩手著。而既然《九陰》、《九陽》非達摩作品，也非同一人的著作，一版《九陰》、《九陽》兩書相輔相成，相生相剋的說法就不成立，二版因此將一版的《九陽》來歷說明悉數刪除了。

金庸在修訂新三版時，對《九陽真經》又有了新的想法。新三版說張無忌練完四卷《九陽真經》後，揭開最後一頁，見到真經作者自述書寫真經的經過。他不說自己姓名出身，只說一生為儒為道為僧，無所適從，某日在嵩山鬥酒勝了全真教創派祖師王重陽，得以借觀《九陰真經》，雖深深佩真經中所載武功精微奧妙，但一味崇揚「老子之學」，只重以柔克剛、以陰勝陽，尚不

及陰陽互濟之妙，於是在四卷梵文《楞伽經》的行縫之中，以中文寫下了自己所創的「九陽真經」，自覺比之一味的「九陰真經」，更是陰陽調和、剛柔互濟的中和之道。張無忌掩卷思索，對這位高人不偏不倚的武學至理佩服得五體頭地，心想：「這應稱為《陰陽並濟經》，單稱《九陽真經》以糾其枉，還是偏了。」

新三版這段雖是饒富巧思，卻無意間貶低了王重陽的形象。從《射鵰》、《神鵰》到《倚天》，從一版、二版、到新三版，王重陽的形象是越來越不堪了。《射鵰》中的王重陽是抗金保國，威震武林的英雄，身為五絕之首的他，絕不觀閱引發江湖軒然大波的《九陽真經》；到了《神鵰》，王重陽成了非勝過女友林朝英不可的小心眼男人，還將《九陰真經》刻在古墓，刻意賣弄自己的博學；而在新三版《倚天》中，王重陽竟因鬥酒敗陣，就將《九陰真經》當賭注輸給朋友，如此行為真比他那渾人師弟周伯通還混帳，周伯通與黃藥師比賽打石彈兒，輸給黃藥師後，也不過將《九陰真經》借給不懂武功的黃藥師嬌妻觀看，王重陽則是因為鬥酒輸了，就將《九陰真經》隨手借給武學高人，《射鵰》中塑造的王重陽正義形象，到新三版《倚天》已經蕩然無存。

新三版這段增寫的情節，或許就是陳墨認為「蛇足」之處。

而從新三版增寫的《九陽真經》來歷來說，《九陽真經》還真是本名實不符的怪書。所謂

「名實不符」，打個比喻，有些書是「掛羊頭賣狗肉」，書名訂得聳動，內容卻乏善可陳，《九陽真經》則是「掛狗頭賣羊肉」，書名《九陽真經》，打開一看，竟是《陰陽並濟經》，這好像到書店買了一本《史記》，但翻開一看，不得了，內容竟然是全本「二十五史」。看來《九陽真經》的作者也愛玩「福袋」遊戲，買了《九陽真經》大福袋，即會發現意外的「大驚喜」！

【王二指閒話】

金庸筆下的俠士，武藝來源通常有兩種：

第一種：秘笈傳功。俠士若天緣巧合，獲得絕頂高手流傳的秘笈，即可練就絕世神功，比如《射鵰》與《神鵰》黃裳的《九陰真經》，《神鵰》林朝英的《玉女心經》，《倚天》達摩的《九陽真經》、《笑傲》獨孤求敗的「獨孤九劍」等等，都是成就俠士無上武功的曠世秘笈。

第二種：高人授藝。俠士若能得高手傳授武功，即可躋身高手之列，比如《射鵰》周伯通授郭靖「空明拳」、《神鵰》黃藥師教楊過「玉簫劍法」，《倚天》張翠山傳張無忌「武當長拳」等等，高手親自點撥，俠士即可盡得武功精髓。

依金庸的創作原來，大抵說來，「秘笈」所傳的工夫才是俠士武藝的「主菜」，「高人」傳授的武藝大多只是俠士功夫的「配菜」。這是因為俠士的武功若傳承自「高人」，高人們仍勝俠士一籌，俠士也就難以成為曠世無敵的大俠，而若是「秘笈傳功」，創造秘笈的前輩高人多已乘黃鶴去，也不可能跟俠士爭奪武功無敵的地位，俠士因此就能穩居天下武功第一。以郭靖為例，郭靖由洪七功親授「降龍十八掌」，但郭靖的「降龍十八掌」境界無法超越洪七公，直到郭靖學會黃裳所著《九陰真經》，武功層次才超越洪七公，成為絕頂高手。

郭靖、楊過等高手獲得的絕世秘笈都只有兩三種，張無忌則得天獨厚，在一版《倚天》中，張無忌獨得四種絕世秘笈，一是波斯武學「乾坤大挪移」，二是藏諸猿腹的達摩遺著《九陽真經》，三是謝遜所授「降龍十八掌」，四是「倚天劍」中所藏黃裳作品《九陰真經》。張無忌身擁秘笈之多，直可傲視金庸群俠。

創作《射鵰》與《神鵰》時，金庸幾乎都把書中所有的絕世武學都灌注到主角身上，主角再融一爐而冶之，練就無上神功。若按金庸的寫作邏輯，一版《倚天》理當也是要讓《九陰》、《九陽》雙經在張無忌身上花開並蒂。張無忌再揉合陰陽兩經，武功即超越郭靖、楊過，成為曠世高手。

然而，在創作《倚天》的過程中，金庸突破了《射鵰》與《神鵰》的創作邏輯，不再將書中全部的絕世武功灌注到主角身上。張無忌學得《九陽真經》與「乾坤大挪移」後，就已經威震武林，即使再從「倚天劍」中得到一本《九陰真經》，對他來說，也只不過是錦上添花，沒有太大的加分效果。

故事既已朝這樣方向發展，《倚天》卷首那雷聲隆隆的「武林至尊，寶刀屠龍，號令天下，莫敢不從，倚天不出，誰與爭鋒。」原本似乎是為張無忌而備下的《九陰真經》與《武穆遺書》，竟峰迴路轉，從倚天劍中掏出來的《九陰真經》淪為周芷若為害武林的邪派功夫，從屠龍刀取出的《武穆遺書》則被張無忌隨手送給了徐達，郭靖與黃蓉的一番苦心計畫，最後「雷聲大，雨點小。」甚至可說這兩部書對武林及明教革命大業根本沒有特別的影響。

而既然《九陰真經》不被張無忌所用，《九陰真經》與《九陽真經》也就無法在張無忌陰陽合一，金庸在新三版，索性將《九陽真經》改為《陰陽並濟經》，但這麼一來，原來互補的《九陰》與《九陽》雙真經，在《九陽真經》改為《陰陽並濟經》後，《九陰真經》就彷彿成為只著重外功，不講求內功的「半調子秘笈」了。

第十七回還有一些修改：

一、甫出場的周芷若，二版說約莫十七八歲，新三版增為十八九歲。

二、滅絕師太的外貌，新三版較二版增說「身裁高大，背脊微僂」，此外，男弟子站在滅絕師太眾弟子的最後面，二版說是因滅絕師太不喜男徒，新三版改為峨嵋派向來重女輕男。

三、滅絕師太斷蛛兒腕骨，將她摔擲出去時，二版說張無忌被滅絕師太駭人的手法鎮攝住了，失卻了行動之力，新三版增說張無忌要待救援蛛兒，不但來不及，也無措手足，失卻了行動之力。

四、滅絕師太以雪橇拉著張無忌與蛛兒隨峨嵋大隊前行，二版未解釋原因，新三版增解釋說滅絕師太從蛛兒的武功之中，料想她必是對頭一路，反正帶著他們也不礙事，可不能輕易放了。

五、峨嵋派與明教教眾混戰時，張無忌本可帶蛛兒乘亂離開，未離開的原因，二版說是因為聽到明教教眾向天鷹教告急，張無忌認為這時好戲當前，要瞧瞧熱鬧，不想走了。如此說法顯得張無忌有幸災樂禍之心，新三版改成是張無忌聽到明教教眾向天鷹教告急，因而想見外公之心甚為熱切，便不想走了。

六・韋一笑混入峨嵋派中，峨嵋弟子發現他時，二版說韋一笑躺著，呼呼大睡，這裡是誤寫，因為隨後又寫韋一笑屁股翹得老高，新三版更正為韋一笑伏地呼呼大睡。

七・張無忌聽到武當派也在為勦魔教之列，本要帶蛛兒逃走，但後來作罷，二版未解釋原因，新三版增說是因張無忌覺得此事與外公、義父有關，總不能置之不理。

八・蛛兒的武功，一版稱「千蛛絕戶手」，此名殺氣極重，而且與武當的「虎爪絕戶手」相類，二版改為「千蛛萬毒手」。

九・一版談到蛛兒的花蛛，說尋常蜘蛛都是八隻腳，這兩隻花蛛各有十二隻腳。張無忌一看之下，驀地想起王難姑所著的「毒經」來，那經中言道：「蜘蛛身有彩斑，乃劇毒之物，倘若身有十足，更是奇毒無比，螫人後無藥可救。」眼前這對蜘蛛又多了兩足，連「毒經」也未載及，想必比那十足蜘蛛更是厲害，這段描述可說異想天開到到極點，以生物學而言，非八足還能稱為蜘蛛嗎？二版更正了，不再述及花蛛十二足，「毒經」的一段則刪減為「蜘蛛身有彩斑，乃劇毒之物，螫人後極難解救。」

十一・一版張無忌對蛛兒說他今年二十歲，蛛兒說比她大兩歲，二版改成張無忌對蛛兒說他今年二十一歲，蛛兒說比她大三歲。

十一‧一版蛛兒說要練過一千隻花蛛，才算是小成，真要功夫深，五千隻一萬隻也不嫌多，但這麼多隻是要練到牛年馬月？二版減為蛛兒說要練過一百隻花蛛，才算是小成，真要功夫深，一千隻、兩千隻也不嫌多。

十二‧一版蛛兒說練到八百隻花蛛，毒性累積多了，容貌就會變形，奇醜難當，她媽媽本來練到將近五百隻，因怕變醜而為爹爹不喜，硬生生將武功散了，二版改為蛛兒說練二十隻以上就會變醜，她媽媽當年則是練到將近一百隻。

十三‧明教服飾，一版說是身著白袍，白帽上繡著一個大紅的火把，二版改為白袍上繡著一個紅色火燄。

十四‧一版靜玄、靜虛二人的故事在二版對調，一版是靜玄被韋一笑吸血而亡，二版改成靜虛。

十五‧一版滅絕師太稱明教教主為「明尊教主」，二版改為「教主」；此外，一版第三十三任教主名為「楊破天」，二版改為「陽頂天」，改名的原因應是「楊破天」與《俠客行》「石破天」同名。從「陽頂天」也可以看出金庸選用人物姓氏的細心，如果「陽頂天」不是姓「陽」，而是姓「楊」，讀者很容易將他想成與楊逍是同一家人，也很容易被聯想成楊過後人，因此姓「陽」比姓「楊」更合宜。

周芷若情竇初開，妙目流連在宋青書身上
——第十八回〈倚天長劍飛寒鋩〉版本回較

兩個女人爭奪一個男人，鬥到淑德盡失，前有《天龍》的天山童姥與李秋水，後有《倚天》的周芷若與趙敏。然而，周芷若是對張無忌一見鍾情，第一眼就愛上張無忌，非張郎不嫁嗎？二版確實是這樣，一版可就非也非也，一版周芷若的「第一眼」看上的可是武當派第三代「小開」宋青書，那時的張無忌還穿著破爛衣衫躺在雪橇上。直到張無忌對滅絕師太發出正義之聲，周芷若的眼光才被張無忌吸引過來，並開始對張無忌有傾慕之心。

且來看看一版的故事。

話說張無忌與蛛兒被峨嵋派俘虜，以雪橇拖行，途中遇到殷梨亭說張無忌早已摔入萬丈深谷，蛛兒聞言暈了過去，一版說張無忌眼見蛛兒傷心，自己卻硬起心腸置身事外，心中甚是難過。就在此時，突然有幾滴熱淚落在他手背之上，張無忌一抬頭，只見到一張俏臉，眼眶中淚水盈盈，正沿著白嫩的面頰流了下來，卻是周芷若。張無忌心中一動……

「原來咱們幼小時漢水中的一會，她也沒有忘記。」可知周芷若是個念舊情的人。

這段情節二版刪改了，改為張無忌與周芷若重逢時，就告訴她：「漢水中餵飯之德，永不敢忘。」周芷若因此知道曾阿牛就是張無忌，也就沒有因為聽聞張無忌死訊即落淚。

緊接著，峨嵋派與張無忌一行見到大門天鷹教殷氏三兄弟的宋青書。宋青書學武有成，外貌則是俊美之中帶著三分軒昂氣度。殷梨亭向峨嵋門人介紹宋青書，靜玄告訴殷梨亭，「玉面孟嘗宋青書」的名頭，在江湖上非常響亮。

一版蛛兒忽然問張無忌：「你喝不喝醋？」張無忌道：「笑話，我喝什麼醋？」蛛兒道：「你那位周姑娘這般模樣的瞧著他（宋青書），傾慕之極，你還不喝醋？」周芷若這時果然正在瞧著宋青書，蛛兒的話說得很輕，誰都沒有留意，不知怎的，周芷若卻似都聽見了，突然間回過頭，暈生雙頰，向張無忌和蛛兒望了一眼。

這段情節在二版有了一百八十度的大翻轉，二版蛛兒還是問張無忌是否喝醋，張無忌問為什麼喝醋，蛛兒說：「他在瞧你那位周姑娘，你還不喝醋？」張無忌向宋青書望去，果見他似乎在瞧周芷若。

經過二版一改，周芷若僅有的一次「眼神出軌」就沒有了，二版周芷若從漢水餵飯後，心中就只有一個張無忌。

一版宋青書是智勇雙全的武當派第三代傳人，但因宋青書後來成為反派人物，二版遂將他的俠行大幅刪減。

宋青書隨後決定與峨嵋派共同前往光明頂，一版說宋青書因家學淵源，精通奇門術數，也擅於行軍打仗的陣法，相關情節二版全刪除了。

在宋青書一行前進的路上，青翼蝠王突然由墳墓中躍出，擄走峨嵋弟子，滅絕師太、殷梨亭、宋青書、靜虛四人連忙發足追趕。追著韋一笑奔跑大半個圈子後，四人變成二前二後，滅絕師太和殷梨亭在前，宋青書和靜虛在後。一版還說，奔到第二圈時，靜虛已然落後，宋青書反而和前面的兩人距離漸漸縮短，足見他內力雄渾，年紀輕輕，修為著實深湛。因為宋青書武功頗高，一版韋一笑還讚了宋青書一句「後生可畏」。

一版大讚宋青書輕功與內力的描寫，二版都刪除了。

而後峨嵋派一行見到崆峒派遇難求援的黃燄火箭，眾人連忙向火箭處奔去。到了火箭升起處，又見到西方十餘里外，有一道黃燄火箭，靜虛於是又帶著眾人往西追趕，但到了火箭發射之處，並未見到崆峒派門人。當眾人大惑不解時，宋青書猛地醒悟，道：「不好，崆峒派真是中伏，請跟我來。」於是帶著眾人向西南偏南的方向奔去。

原來火箭是明教中人發射的，用意是要讓滅絕師太等人東奔西跑，疲於奔命，明教教徒則如宋青書所料，在西南方與各大門派廝殺。

而後，宋青書一行來到西南方，見到崆峒派、華山派、崑崙派正在跟明教銳金、洪水、烈火三旗廝殺。滅絕師太立即加入戰局，並殺了銳金旗掌旗使莊錚，再將銳金旗五十餘教眾封住穴道。

一版這一大段彰顯宋青書智謀的情節，二版全刪了。

就在此時，白眉教已漸移近，停在十餘丈外，按兵不動。一版說當峨嵋派和銳金旗激鬥之時，宋青書早在暗暗擔憂，注視著白眉教的動靜，低聲和華山派的神機子鮮于通商議抵禦之策。

這段宋青書料敵於機先的情節，二版亦刪了去。

一版宋青書大顯其智勇的描述就到此處，接下來是張無忌出場主持正義的情節。

眼見滅絕師太與靜玄斬銳金旗教眾右臂，張無忌大聲疾呼，要雙方「兩下罷鬥」，但因張無忌的身份年紀，眾人均譏笑於他。一版張無忌一回頭，看到了站在峨嵋群弟子中間的周芷若，她臉上一副仰慕傾倒的神色，眼光中意示鼓勵，更是一望而知。這段情節二版刪了。

而後，張無忌又對滅絕師太說：「每個人都有父母妻兒，你殺死了他們，他們家中孩兒便要伶仃孤苦，受人欺辱……」他想到自己的身世，出言便即真摯。一版說周芷若聽張無忌言語，胸

口一熱，眼眶登時紅了。這幾句描述二版也刪了。

一版周芷若還真是「移情別戀」得好快，幾個時辰之前，一雙妙目才流連在宋青書身上，幾個時辰之後，已變成對張無忌傾慕不已。二版則改為周芷若從漢水餵飯起，心中就只有一個張無忌。說來周芷若正值青春年華，她既愛帥哥，也愛才子，即使像一版的描述，「武當小開」宋青書與「青年才俊」張無忌，都讓她眼睛一亮，誰又能目不宜？

【王二指間話】

金庸筆下有幾位女俠，在一版創作之後，金庸覺得有修改的必要，因而在二版進行修改。

修改的原則有二，一是武功上的修改，如《神鵰》陸無雙，《倚天》殷素素、周芷若，《天龍》木婉清，武功層次都在二版被修改。這幾位女俠的共同特色，是在一版中武功足與男俠分庭抗禮，二版則被削弱成比男俠矮一截。以殷素素為例，一版《倚天》殷素素可以將「少林十八羅漢」打得身嵌牆壁之中，陷入數寸，足見殷素素掌力之渾厚，幾可匹敵喬峰、郭靖，二版則將殷素素的武功削弱，也沒有這樣的神力了。

將女俠的武功削弱，無非是要造成女俠對男俠「小鳥依人」的效果，讓女俠可以依偎在大俠懷中，受大俠保護，這應該也是讀者最喜歡的伴侶關係。

重塑女俠的原則之二是感情的修改，於金庸的創作邏輯而言，女俠必須為大俠「守貞」，不論精神或肉體，都只能屬於大俠一人，如果在一版的故事中，女俠對大俠有不貞的嫌疑，即使是在認識大俠之前，對他人有所心儀，都必須修正，而若是認識大俠之後，還有不貞的言行，那更是非改不可。比如一版《神鵰》小龍女，在與楊過的情路受阻，心情低落時，得到絕情谷主公孫止的救治呵護，因而對公孫止「微感傾心」，二版即須修正，二版改為小龍女一生心中只有楊過，對公孫止毫無感情。再比如一版《倚天》周芷若見到武當第三代當然繼承人，俊美才高的宋青書，妙目流連，久久不去，可知其仰慕之心，二版也將這樣的描述刪去了，改為周芷若只愛過張無忌一人。

一版小龍女情路受挫，在感情的投射下，移情到公孫止身上，實屬合理。一版周芷若則是年方十八，看到帥哥宋青書，心生愛慕，也很自然。改為二版後，小龍女只愛楊過、周芷若也只愛張無忌，兩人「守心如玉」、「守節如山」、「守貞如石」。二版的故事或許是更能滿足讀者的，畢竟武俠小說的讀者以男性佔多數。

一・二版蛛兒向殷梨亭說，她五年前在蝴蝶谷見過張無忌一面，新三版改為六年前。

二・蛛兒聽到殷素素死了，二版蛛兒說：「她……她死了？」新三版增寫殷梨亭接著說：「若不是她害死我五師哥，我武當派為何一聽到天鷹教姓殷的來人，便個個怒不可遏？又何況，我俞三哥也是因她搶奪屠龍刀而害得終身殘廢！」蛛兒喃喃的道：「怪不得我一到武當山去打聽，就給人惡人惡氣的轟下山來，話也不讓多說一句……」這段增寫是要解釋蛛兒為何捨近求遠，探問張無忌訊息竟然不到武當派。

三・靜玄對張無忌說：「邪魔外道，人人得而誅之，甚麼殘忍不殘忍？」二版張無忌回說：「那青翼蝠王只殺二人，你們所殺之人已多了十倍。」新三版增說：「魔教中就算有人做了壞事，難道人人都做壞事？正派之中，難道就沒人做壞事？」從一版、二版到新三版，金庸越改版越迴護明教。

四・二版說殷野王權位僅次於天鷹教教主，新三版增寫說，殷野王十餘年來，率領天鷹教高手，與少林、崑崙、峒崆諸派相抗，隱若敵國，不落下風，群豪對他心生敬畏。這段增寫是要說

明殷野王有其江湖事功，而不是「靠爸」的「武二代」。

五・一版殷利亨告訴滅絕師太：「白眉教、九毒會等魔教支派，都大舉赴援光明頂。」因「九毒會」並無下文，二版將之刪去了。

六・一版殷利亨對蛛兒說，他聽崑崙派掌門何太沖說，張無忌跌入萬丈深谷，二版改為殷梨亭是聽朱武連環莊的莊主武烈所說。

七・靜玄對蛛兒說，張翠山之妻是殷素素，一版說蛛兒臉色大變，似乎突然見到了最駭人的鬼魅一般。二版刪了此說，殷素素是蛛兒的姑姑，珠兒聞聽其名，理當不致於如此驚駭。

八・一版殷利亨與殷無祿對打時，蛛兒突施偷襲，一指戳中殷無祿後心，殷無祿一張臉變成墨一般黑，就此氣絕斃命，二版將蛛兒的武功降低了，改成蛛兒戳中殷無祿後頸，殷無祿痛得身子不住扭曲，顯是受傷極重。

九・一版殷無福三人稱蛛兒為「離小姐」，二版改為「三小姐」。

十・一版殷利亨不願滅絕師太傷害蛛兒，告訴滅絕師太：「咱們慢慢再叫她另從明師，嗯！或者我推薦她去鐵琴先生門下，也是好的。」二版改為殷梨亭說：「咱們慢慢再叫她另從明師，嗯！或者……或者……」意思是要滅絕師太收蛛兒為徒。不論一版或二版，殷梨亭都是想把蛛兒

金庸武俠史記〈倚天編〉三版變遷全紀錄

219

推給別的門派。

十一‧宋青書佈陣圍堵韋一笑，一版宋青書叫：「趙靈珠師叔、黃綺文師叔，請向離位包抄，孫良貞師叔、李明霞師叔，請向震位堵截。」二版將「黃綺文」改為「貝錦儀」，「孫良貞」改為「丁敏君」，貝錦儀跟丁敏君是讀者已知的人物，減少出場人物，可以降低讀者的閱讀壓力。

十二‧滅絕師太將宋青書長劍震飛，一版是用一招「矯若遊龍」，二版改為「黑沼靈狐」，二版還解釋說，這一招是峨嵋派祖師郭襄為紀念當年楊過和她同到黑沼捕捉靈狐而創。

十三‧一版殷利亨稱宋青書為「書兒」，二版改為「青書」。

十四‧一版說銳金旗尚有六十餘人，好手也有二十餘了，與峨嵋派十餘人相抗，以五敵一，原可穩佔上風。「以五敵一」之說，顯得明教武功與峨嵋派未免太過懸殊，二版改為峨嵋派是三十餘人，因此是以二敵一。

十五‧一版白眉教教袍是繡著一隻小小的血手，二版更名為天鷹教，教袍也改成上面繡著一隻小小黑鷹。

十六‧一版殷野王出場時，書中介紹說殷野王的父親白眉鷹王殷天正潛心鑽研武學，將白眉

教的教務都交給了兒子，殷野王名義上只是天微堂的香主，實則是代理教主。二版改為殷野王武功之高，跟他父親白眉鷹王殷天正實已差不了多少，他是天鷹教天微堂堂主，權位僅次於教主。

十七‧滅絕師太第三掌打中張無忌，卻如江河入海。這段一版介紹較多，一版說，要知武林之士，人人知道九陰真經乃武學總訣，當南宋末葉，已經失傳，但九陽真經卻無一人見過。唯一見過的覺遠大師卻又是個絲毫不會武功的人，至於一掌之交，內力便對方吸去，更是誰都沒聽見過。而滅絕師太內力雄渾，便是連擊百掌，掌力也不會耗竭，失了一掌之力，一時之間也未察覺。若依這段描述，「九陽神功」就跟「北冥神功」相似，因此二版將這段全刪了。

十八‧說不得問張無忌：「你很喜歡蛛兒麼?」一版張無忌明白的說：「我不喜歡她。」二版改為張無忌猶豫的回答：「我也不知道歡不歡喜她?」

十九‧一版說說不得將張無忌負在布袋中，張無忌身子不輕，但說不得搯了張無忌，竟和空身走路無甚分別。二版刪了這說法。

張無忌念在師徒情誼，饒了成崑一命

——第十九回〈禍起蕭牆破金湯〉版本回較

張無忌的性格不論少年時是如一版描述的工於心計，或如二版所說的寬和仁慈，在練成九陽神功後，他都變成了祥和慈悲的濫好人。但張無忌的「濫好人」究竟「濫」到什麼程度？他能「濫」到「好人壞人，冤家仇家我都救，救完後再放任他們自去橫行廝殺、為非作歹」嗎？

二版張無忌在圓真將下手殺害楊逍等人時，仍不願動手傷害圓真，看來還真是有「報恩」的隱情，可知一版的他並不是完全的「濫好人」。且來看看一版的描述。

故事就從韋一笑被周顛救上光明頂說起，韋一笑受傷的原因是寒毒發作，然而，那時的韋一笑明明擄走了蛛兒，為何沒吸她鮮血呢？一版周顛說：「我也這般問吸血蝙蝠，他說這是白眉老兒的孫女，名叫殷離，吸血蝙蝠已收她為徒，萬萬不能吸她的血。」

原來一版的韋一笑與蛛兒是師徒，師父當然不能吸徒弟的鮮血。這個說法二版改掉了，二版周顛說的是：「我也這般問吸血蝙蝠，他說這是白眉老兒的孫女。他說眼前明教有難，大夥兒需

當齊心合力，因此萬萬不能吸她的血。」二版韋一笑不是蛛兒的師父，不吸珠兒的血，乃是基於明教大義。

而後，楊逍、韋一笑與五散人齊聚光明頂，楊逍以「乾坤大挪移」與韋一笑、五散人混戰成一團。明教自家人兄弟鬩牆時，圓真忽然現身，以「一陰指」點中了楊逍、韋一笑與五散人的穴道。

一版圓真的「一陰指」，應該是與一燈大師「一陽指」互為陰陽的高明指法，恰如《九陽真經》與《九陰真經》，二版則將「一陰指」易名為「幻陰指」。

楊逍等人中毒後，一版接下來的故事是，楊不悔從內堂進來，見到楊逍受傷，又看到圓真在場，她問圓真是不是他傷了楊逍，圓真霎時以「一陰指」點向楊不悔「秉風穴」。楊逍眼見這一指若是點中，女兒非斃命當場不可，因此，雖內力尚未恢復，他仍伸出右肘撞向圓真。被楊逍這一撞，圓真的「一陰指」只點中楊不悔非致命之處，楊逍則又被圓真以左指點中肘底的「小海穴」，全身因此冰冷酸麻不已。

此時被包在布袋中的張無忌對圓真的想法是：「這人曾傳我九陽神功，明知我身中玄冥神掌的陰毒，卻又替我故意打通奇經八脈，叫我陰毒難除。看來此人武功奇高，又是陰險毒辣，實是

六大門派中的第一屬害角色。」

這一段一版近兩頁的內容，二版全刪掉了，二版的楊不悔並沒中「幻陰指」。

而後，圓真中了韋一笑的「寒冰綿掌」，八大高手齊在光明頂上受重傷。此時明教群雄均指望張無忌出手將圓真殺死，但張無忌想起圓真是少林寺空見神僧的弟子，又想到空見大師甘受謝遜一十三拳的大仁大義慈悲心懷，不忍下手。

一版張無忌還想，這位圓真和尚曾傳我九陽神功，也可說和我有幾分師徒情誼，雖然他通了我的奇經八脈，蓄意加害，可是我並沒被他害死……

一版又說，張無忌生性只是記著旁人待他的好處，別人對他的欺壓侮辱，事後他總是替那人找出理由來解釋一番，比如何太沖是為悍妻所逼，朱長齡是愛刀成狂、朱九真是對衛璧情有獨鍾等等，他心中早已一一原諒了他們。因之對圓真昔時的暗算，他也絲毫沒有記恨。

這段情節二版全數刪除了，原來一版張無忌不忍下手傷害圓真，竟是念著圓真傳他九陽神功，與他有師徒情誼，二版刪了這段，張無忌不殺圓真，就純粹是俠士的仁義之心了。

圓真隨後對垂死的明教高手們說起他的往事，一版圓真說：「各位可知道老衲是誰？楊破天是我師兄，楊夫人是我師妹，老衲出家之前的俗家姓氏，姓成名崑，外號『混

（二版的陽頂天）是我師兄，楊夫人是我師妹，老衲出家之前的俗家姓氏，姓成名崑，外號『混

心一堂金庸學研究叢書　金庸版本的奇妙全界

元霹靂手』的就是。」又說：「當年楊師兄武功高出我甚多，咱們同門學藝，誰的功夫如何，大家心中明白⋯⋯」

從圓真的話可知，一版的楊破天、成崑、楊夫人原來是師兄妹關係，這麼一來，明教教主楊破天竟就是謝遜的大師伯，楊夫人則是謝遜的師叔，關係還真是錯綜複雜，若再加上張無忌也曾得成崑傳功，謝遜因此也可算是張無忌的師兄，人物的關係還真亂如毛線。

二版成崑改說：「陽夫人是我師妹」，也就是二版陽頂天與成崑、陽夫人並沒有師兄妹關係。

成崑對眾人說了許多往事，張無忌也在此時練成「九陽神功」。成崑見大事不妙，馬上逃走，張無忌追到楊不悔閨房，並在此邂逅了小昭。

在楊不悔房裡，張無忌見有兩個少女進來，原來是楊不悔扶在小昭肩上，一版說楊不悔受傷後輕輕咳嗽，還說楊不悔約十六七歲，小昭約十四五歲。

一版楊不悔而後取出一個藥瓶，倒了兩顆藥丸吃了，張無忌心想：「原來她藏得有靈丹妙藥，是以身中一陰指後尚能移動，想來定是至陽的熱藥。」果然楊不悔服藥之後，臉上不久便現出紅暈，額頭間冒出絲絲熱氣，她緩緩站起，告訴小昭：「扶我去廳上看看。」

二版因為楊不悔沒中「幻陰指」，咳嗽服藥的情節也刪掉了。

因為認定小昭是來光明頂臥底的奸人，楊不悔一心想殺小昭，一版楊不悔告訴張無忌說，她父女中了敵人的一陰指，小昭定要乘機報復，因此她要殺小昭，但就在她出手時，因受過一陰指之傷，丹田瞬間寒冷徹骨而雙膝一軟，因而無力殺小昭。

二版也將這些情節全都刪掉了。

說來一版成崑確實怪異，一版第十回說成崑由空見一脈單傳「少林九陽功」，但在這一回他的獨門絕技又變成了「一陰指」。內功至陽，外功卻至陰，兩者真能相容嗎？倘使以「少林九陽功」的內力能使奇寒的「一陰指」，那麼，張無忌不就也可以用「九陽神功」來使「九陰白骨爪」或「寒冰綿掌」？

【王二指閒話】

金庸創作武功秘笈時，總說秘笈可以增強內力，提昇功力，彷彿人人都可習練該秘笈，然而，一部秘笈真的能適用於每一個人嗎？就好比五絕爭奪《九陰真經》，但《九陰真經》真的是

東邪、西毒、南帝、北丐、中神通都適合習練嗎？

《九陰真經》源出道教的黃裳（一版說出自達摩），從書名「九陰」可知，這套秘笈是以「陰柔」為主的。

中神通王重陽身屬道家，道家講求「以柔克剛」，因此《九陰真經》對他是適用的；黃藥師融武功於音樂，創作出「碧海潮生曲」，因此他理當也適合練本質偏陰柔的《九陰真經》。除了王重陽與黃藥師外，五絕中的其他三絕，不論是歐陽鋒的「蛤蟆功」、洪七公的「降龍十八掌」、一燈大師的「一陽指」，都是陽剛威猛的武功。那麼，《九陰真經》真能適用於這三絕嗎？倘使西毒、北丐、或南帝練成《九陽真經》，偏陰的武功與他們原本偏陽的功夫究竟能不能相容呢？

郭靖曾練過「降龍十八掌」與「九陰真經」兩套武功，他時而陽剛的擊出降龍十八掌，時而陰柔的運使九陰真經，看似陰陽並濟，然而，一個人真的能這樣時陰時陽，又能兼容並蓄嗎？

創作《倚天》時，金庸應該也發現陰陽兩種屬性的武功，不當由同一個人習練，因此，在《倚天》故事中，金庸會依據人物的性格偏陰或偏陽，配予適合的武功。比如張無忌的性格剛中帶柔，金庸為他量身打造的就是「陰陽並濟而偏陽」的「九陽神功」；行為陰狠的周芷若，金庸

金庸武俠史記∧倚天編∨三版變遷全紀錄

227

配給她的即是「九陰真經」。

在《倚天》第十回中，成崑的武功是「九陽神功」，但成崑為人陰險有餘，陽剛不足，「九陽神功」並不適用於他，反而「一陰指」更符合他的個性，因此，金庸修訂一版《倚天》時，刪去了第十回成崑練成「九陽神功」的相關情節，並於第十九回將他的絕技易名為「幻陰指」。

在《倚天》第三十九回中，金毛獅王以「七傷拳」猛擊成崑時，成崑的「九陽神功」又「還魂」回他身上，一版書中說此時成崑使將「少林九陽功」，故而謝遜每一拳打出，成崑受了他拳力的七成，以少林九陽功化解，其餘三成卻反激回去，是以能反傷謝遜。二版修訂時，金庸顯然並未想出更好的替代寫法，因此維持一版成崑的「少林九陽功」沒變。但新三版修訂時，金庸可能也覺得，成崑身上「幻陰」、「九陽」忽陰忽陽的怪象難以說服讀者，因此又增寫說：「幸而成崑後來又練幻陰指，走上了純陰道路，抵消了原學少林九陽功的不少功力。」這麼一來，純陰的「幻陰指」就真的與陰毒的成崑「人功一體」了。

第十九回還有一些修改：

一・一版說「乾坤大挪移」只不過是是武學中「借力打力」、「四兩撥千斤」的要旨，二版刪了此話，改說「乾坤大挪移」是以自身潛力牽引挪移敵勁，新三版又加回一版的描述，說「『乾坤大挪移』說起來也只『四兩撥千斤』而已。」此外，二版說楊逍使「乾坤大挪移」毫不出力，新三版改為不出多少力氣。

二・二版圓真說要滅了魔教的魔火，是要上「坐忘峰」，新三版改為「聖火峰」，此外，二版圓真說要埋幾十斤火藥，新三版改為幾百斤火藥。

三・圓真說起當年與陽夫人幽會，陽教主走火而亡的往事，二版說是二十五年前，新三版改為三十三年前。

三・一版說不得告訴張無忌：「我和周顛不大愛殺人，鐵冠道人、冷面先生、彭和尚他們，卻是素來殺人不眨眼的。」這段話與隨後周顛及冷謙的行事描述有所矛盾，二版改為說不得說：「我和冷謙不大愛殺人，鐵冠道人、周顛、彭和尚他們，卻是素來殺人不眨眼的。」

四・一版周顛打落了說不得十幾枚牙齒，因過意不去，自己也打落了十幾枚牙齒，但如此一

來，說不得與周顛豈不成了兩個無齒可憐人？二版將兩人掉落的牙齒減少為「幾枚」。

五‧楊逍以為韋一笑與五散人要來為難自己，揮掌往周顛掌上迎去，一版說韋一笑見楊逍掌心中隱隱有青氣流轉，知他已將「青竹掌」練成。二版則將「青竹掌」這武功刪了。

六‧彭和尚說到棒胡與周子旺因為沒有外援而造反失敗時，一版張無忌心道：「周子旺？那不是周芷若姑娘的父親嗎？」二版周芷若已改為船家女，自然也刪了此話。

七‧一版說不得告訴張無忌，明教源於「大食國」，二版修正為「波斯國」。

八‧張無忌在「乾坤一氣袋」中呻吟，一版說張無忌是到了「三花聚頂、五氣朝元、龍虎交會」的大關頭，二版改成是「水火求濟、龍虎交會的大關頭」。

九‧一版說明教第八代鍾教主武功最高，據說能將「乾坤大挪移」練到第六層，二版將鍾教主的武功降低為練到第五層。

十‧一版成崑對楊逍等人說：「你們中了我一陰指後，當世也只有四般人能夠解救。武當、少林、峨嵋三派的九陽神功，再加上一燈大師傳下雲南大理一系的一陽指。得有這四種神功之一相助，各位或能暫且恢復行動之力。」二版刪去了這段話。

十一‧一版楊夫人稱呼楊破天為「大師哥」，二版改為「頂天」。

心一堂金庸學研究叢書　金庸版本的奇妙全界

明教沒被六大門派圍剿而死，卻被自己的教規綁死
——第二十回〈與子共穴相扶將〉版本回較

金庸小說的定律之一是，高手們為了秘笈爭得頭破血流，卻不見得能擁有秘笈，身為男主角的俠士則是福星高照，或者是巧遇某個高人，或者是巧至某個秘境，就得到了秘笈，比如《射鵰》郭靖因周伯通用計而意外背下《九陰真經》，《神鵰》楊過到山上撿到玄鐵重劍，再經醜鵰引導，練就不世神功，《碧血》袁承志在山洞中挖到金蛇劍與金蛇秘笈，都是如此。

在《倚天》第二十回中，張無忌也於明教秘道巧獲「乾坤大挪移」秘笈。且來看看這段故事。

話說張無忌隨小昭進明教秘道追趕成崑，意外見到陽頂天夫妻的遺骨，因而獲得「乾坤大挪移」心法，並發現陽頂天留給陽夫人的書信。

這份書信中寫著明教的秘密，一版楊破天信中說「三十二代周教主遺命，令余練成乾坤大挪移神功後，前赴丐幫總舵，迎歸第三十一代石教主遺物。」又說：「周教主神勇蓋世，智謀過人，仍不幸命喪丐幫四長老之手，石教主遺物不獲歸，本教聖火令始終未得下落。」

原來一版明教與丐幫竟是世仇，二版則改為明教與丐幫並無世仇，二版陽頂天信中說的是

「三十二代衣教主遺命，令余練成乾坤大挪移神功後，率眾前赴波斯總教，設法迎回聖火令。」

新三版再將陽頂天的遺書大為加料，二版無忌見到的陽頂天遺信是一幅白綾，新三版則是

一幅白綾和兩頁黃紙。

新三版增寫的內容就在這兩頁黃紙上，黃紙上蓋了十來個「陽頂天」的朱印，寫道：「歷代

教主傳有聖火令三大令、五小令，年月既久，教眾頗有不奉行大小八令者，致教規廢弛。余以德

薄，未能正之，殊有愧於明尊暨歷代教主付託之重。日後重獲聖火令者，此三大令及五小令當頒

行全教，吾中土明教之重振，實賴於此。茲將此祖傳之大小八令申述於後，後世總領明教者，

祈念明尊愛護世人之大德，祖宗創業之艱難，並致力重獲聖火令，振作奮發，俾吾教光大於世

焉。」

至於這「明教教規」三大令、五小令，直到第四十回才揭曉，這裡先提前介紹，三大令內文

摘錄如下：

第一令、不得為官為君：吾教自教主以至初入教弟子，皆以普世救人為念，絕不圖謀私利。

是以不得投考科舉，不得應朝廷徵聘任用，不得為將帥丞相，更不得自立

為君主，據地稱帝。於反抗外族君皇之時，可暫以「王侯」、「將軍」等為名，以資號召。一旦克成大業，凡我教主以至任何教眾，均須退為平民，僻處草野。

第二令、不得虐民害民：本教以救民護民為宗旨，凡有利於平民百姓者，皆為本教應為之無上要務。

第三令、不得自相爭鬥：凡我教眾，不論身為教主、左右光明使、護教法王、旗使、門使，或初入門弟子，不得互相分派爭鬥。

配合新三版新增的教規，二版明教聖歌：「焚我殘軀，熊熊聖火，生亦何歡，死亦何苦？為善除惡，惟光明故，喜樂悲愁，皆歸塵土。憐我世人，憂患實多，憐我世人，憂患實多！」，新三版在「皆歸塵土」與「憐我世人」之間，插入了「萬事為民，不圖私我」兩句。

新三版增寫的三大令實令人大惑不解，說來明教中不乏有識之士，如果真能驅逐韃虜，推翻元朝，他們理當也希望建立理想中的新國家，但三大令的第一令就明令禁止為君為官，這麼一來，革命究竟如何進行？莫非每攻下一個城池，就立即拱手讓人？而若是推翻了元朝，就放著空虛的京城，等著他人來登基建國？這樣的明教究竟是為誰而戰？為何而戰？

金庸創作的江湖往往都架構於歷史真實之上，因此虛構人物幾乎都與史實人物有所交會。

史實人物有「馬上得天下」的帝王武將，虛構人物也有號令天下的「武林至尊」。在小說的世界中，虛構的江湖俠士常常都是史實帝王公侯的死對頭，甚至還會以對抗史實人物為職志。

志在對抗史實人物的虛構俠士可以概分兩類：

第一類：威震朝廷。如《鹿鼎》對抗康熙的天地會，或《書劍》反乾隆的紅花會。天地會與紅花會的共同特徵是，他們對朝廷造成威脅，但沒有傾覆朝廷的能力。

第二類：勢壓帝王。如《倚天》位居明太祖朱元璋之上的明教領導集團，或《碧血》足可擊殺滿清皇帝的袁承志金蛇營弟兄。這類型江湖俠士的武藝，都超越了帝王及其周邊武官，若想取帝王而代之，也只在舉手之間。

金庸創作出武功卓越的江湖俠士，卻也產生了「如何收束江湖俠士」的問題，畢竟武俠小說只是虛構故事，總不能讓江湖俠士真正威脅帝王的龍廷，或篡奪帝王的龍座，金庸因此又須為自己創造的局面解套。他常用的解套方法有二：

【王二指間話】

一：解散放逐。「威震朝廷」的江湖團體，金庸會讓他們沒落或解散，比如天地會，金庸以寫死陳近南，讓天地會群龍無首，並漸漸沒落；至於紅花會，金庸則是將他們逐到回疆，讓他們逍遙放逸，再也無法危及乾隆。

第二：綁手綁腳。對於「勢壓帝王」的江湖組織，金庸會為他們設定某些綁手綁腳的處世原則，以袁承志為例，金庸在新三版為袁承志加寫了一套行為準則，即「不降韃子，不投朝廷，不跟闖王，不害良民」四句話，這四句話就足以讓袁承志的金蛇營兄弟無法於政壇興風作浪；至於高居朱元璋之上，足可左右朱元璋生死的明教，金庸在新三版增寫了聖火令三大令、五小令，第一令就是「不得為官為君」，第二令則是「不得自相爭鬥」，這麼一來，即使明教的教主、光明左右使、四大法王或任一教徒看不慣朱元璋的作為，也不能取而代之，朱元璋因此就能穩居九五之尊了。

經過金庸的解套之後，江湖俠士再怎麼反抗朝廷，明太祖朱元璋、清朝順治、康熙、乾隆，四位帝王都能安坐龍椅之上，他們完全不需擔心會有一個虛構的楊過，突然衝殺過來彈一顆石子，就叫他們一命歸陰。

金庸武俠史記〈倚天編〉三版變遷全紀錄

第二十回還有一些修改：

一‧小昭割破左手食指，以血塗羊皮，顯出「乾坤大挪移」心法，二版張無忌問小昭：「你怎知這羊皮上的秘密？」新三版增寫張無忌的疑惑是：「不知小昭如何得知用血塗皮，可以見字。」

二‧二版說張無忌與明教歷任教主皆練乾坤大挪移，所耗時間所以短長差距甚大，乃在內力有餘與不足不同而已。新三版又增寫，這也是張無忌機緣巧合，先練成九陽神功，再練乾坤大挪移，便順理成章，倘若倒了轉來，這乾坤大挪移便第一層功夫也難練成了。

三‧關於「乾坤大挪移」，新三版較二版增說，「乾坤大挪移」神功較淺近的一二層，類似於「四兩撥千斤」之法，但到了較高層次，反過來變成了「千斤撥四兩」，以近乎千斤的浩浩內力，去撥動對手小小的勁力，似乎是「殺雞用牛刀」，但正因用的是「牛刀」，殺此雞便輕而易舉了。

四‧張無忌與小昭回到明教總壇，新三版加寫總壇外觀是幾十間大屋，外有高高圍牆。

五‧張無忌見到殷天正與宋遠橋比武，新三版較二版增寫了感性的一段，說張無忌瞧著殷天

236

正和宋遠橋，心中只覺是在冰火島上觀看爹爹和媽媽比試拳腳。他父母在島上極少練武，拆招試拳，也均是試給張無忌觀看。這時從張無忌眼中看來，外公白衣飛動，化作了母親模樣；宋大伯一身青衫，飄逸瀟洒，則如是爹爹當年。他熱淚盈眶，只想張口大呼：「爹爹、媽媽，你們好麼?」

六‧一版陽頂天練到「乾坤大挪移」第五層，二版改為第四層。

七‧一版小昭唱小曲給張無忌聽，先是唱兩首元曲，一首是：「依山洞，結把茅，清風兩袖長舒嘯。問江邊老樵，訪山中故友，伴雲外孤鶴，他得志，笑閒人；他失志，閒人笑。」另一首是：「詩情放，劍氣豪，英雄不把窮酸較。江中斬蛟，雲間射鵰，塞外揮刀。他得志，笑閒人；他失志，閒人笑!」這兩首元曲二版刪掉了，一版小昭連唱六首，似乎太冗長，二版只保留元曲之外的四首小調。

八‧張無忌練不順的「乾坤大挪移」句子，一版是十三句，二版改為十九句。

九‧張無忌答允要幫小昭解開手上鐵鍊，一版小昭說：「張公子，你答應我的，將來可不許賴。」張無忌道：「我去求不悔妹妹給你打開鐵鎖，他不會不肯。」這兩句對話二版刪了。非要張無忌兌現諾言不可，比較像是趙敏與周芷若的語調，小昭理當不會這麼說話。

十‧張無忌提到空見大師死在七傷拳之下，一版接著說這次少林派高手盡出，前來圍剿魔教，主要便是為空見大師復仇。這說法二版刪了。

十一‧張無忌使出「梯雲縱」後，一版說張無忌自幼跟著父親及太師父、諸師伯叔，雖然沒有正式按部就班的學練武當派武功，但見聞卻多，二版改為張無忌於武當派武功只學過一套入門功夫的三十二勢「武當長拳」。

張無忌與小昭在六大門派前大玩「乾哥乾妹」親密遊戲

——第二十一回〈排難解紛當六強〉版本回較

《倚天》第二十一回與第二十二回一氣呵成，這兩回是張無忌在江湖上揚名立萬的精彩情節。

故事由張無忌學得「乾坤大娜移」後，回到光明頂說起。此時殷天正以一人之力戰六大門派，已瀕臨燈枯油盡，張無忌遂接手續戰。

張無忌戰華山派掌門人鮮于通時，提起鮮于通與胡青牛兄妹的舊事，一版說鮮于通當著六大門派面前諷刺鮮于通，是因為他想起胡青牛說，他當年耗盡心血救治了一個身中十七處刀傷的少年，並與少年義結金蘭，想不到那少年後來卻害死他親妹子胡青羊，那少年即是鮮于通，二版將鮮于通當年「身中十七處刀傷」改為「在苗疆中了金蠶蠱毒」。

鮮于通使出華山派絕技「鷹蛇生死搏」來戰張無忌，一版解釋說，當年華山派大俠雲伯天，在伏牛山上見到一場蒼鷹和毒蛇的生死搏鬥，因而有悟，創設這套武功。二版刪了雲伯天這段故事。

之後鮮于通原要以「金蠶蠱毒」毒噴張無忌，反而自己吸入蠱毒，一版說鮮于通製作「金蠶蠱毒」的金蠶是偷自王難姑，二版改成是偷自苗疆女子。

戰勝鮮于通後，張無忌接著戰華山派高矮二老者與崑崙派何太沖夫妻的「反兩儀刀法」與「正兩儀劍法」，一版說張無忌在交戰中被班淑嫻一劍刺中，鮮血不斷滴下，瞧上去頗為狼狽。

二版改為班淑嫻的長劍只在張無忌的褲腳上劃破了一道口子，張無忌並未受傷。

當張無忌陷入華山與崑崙的聯合劍陣中時，周芷若故意朗聲詢問滅絕師太，提醒張無忌腳下方位，張無忌則為迴護周芷若，不敢馬上照周芷若的指點破陣。

一版周芷若迴護張無忌之心非常熱切，見到張無忌似乎難以支持，突然間鼓起勇氣，仗劍飛身而出，叫道：「崑崙、華山的四位前輩，你們既然拾奪不下這小子，讓我們峨嵋派來試試。」

何太沖聞言大怒，喝道：「別來囉嗦攪局，給我走開些。」

二版刪掉了周芷若親上火線救張無忌的描寫，畢竟滅絕師太就在身邊，這般大膽行徑，有違周芷若一貫性格。

新三版在這回神來一筆，在張無忌力戰六大門派時，增寫了張無忌與小昭大玩「乾哥乾妹」親暱遊戲的情節。

故事由張無忌被周芷若刺一劍說起，張無忌中劍後，自點穴道止血，小昭眼見他臉如白紙，竟沒半點血色，心中說不出的焦急害怕，新三版此時較二版多說，小昭一時情不自禁，伸雙臂抱

住了他的頭頸，叫道：「你不能死，你不能死！」

新三版張無忌見小昭哭得傷心，回說：「小昭別怕！我不會死。」小昭心中略寬，放開了雙臂，止淚說道：「你如要死，我跟著你死。」

而後宋青書出手要挑戰張無忌，小昭擋在張無忌身前，叫道：「那你先殺了我再說。」張無忌問小昭：「小昭，你為甚麼待我這麼好？」小昭淒然道：「因為……因為你待我好，我願意……願意為你而死！」張無忌向她凝視半晌，心想：「就算我此時死了，也有了一個真正待我極好的知己。」而後，新三版較二版增寫，張無忌柔聲對小昭道：「以後，你做我的小妹子罷。」小昭緩緩點頭，喜悅無已。

新三版張無忌果真鐵漢柔情，在生死交關的一刻，竟還有餘裕收小昭當「小妹子」。而後張無忌施展「乾坤大挪移」神功，大挫宋青書，自己也因此而噴出幾口鮮血，他按著傷口，咳嗽了起來，新三版接著較二版增寫「小昭在旁，伸手代他按住傷口，垂淚低聲安慰。」

看來這個「小妹子」，其實就是「小情人」了。

最後，張無忌逼得六大門派鎩羽而歸，也因此被明教群雄公推為教主。出任教主後，張無忌決定到冰火島迎回謝遜，臨行前，他與小昭話別：「小昭，你安心在光明頂上住著，我接了義父

回來，借他的屠龍寶刀給你斬脫鐐銬。」新三版又加了句：「小妹子乖乖的等著我回來。」最後這句話說得甚輕，只小昭一人聽見。

張無忌下山離去時，新三版增寫張無忌見小昭滿眼都是淚水，握著她手輕輕捏了捏，示意安慰。與她分別，心中也真戀戀不捨。

這可真是小情人的「小別勝新婚」了。

結果，小昭還是難忍對張無忌的依戀，下山尋情哥哥來了，那個晚上，張無忌微笑對小昭道：「小妹子，你將來長大了，一定美得不得了。」小昭笑道：「你怎知道？」，新三版的小昭又加問：「現今不美嗎？」張無忌雙臂輕輕摟住了她，在她臉頰上一吻，說道：「現今好美，將來更加美得不得了！」小昭羞紅了臉，輕聲道：「教主哥哥，我要永遠、永遠跟著你，你肯嗎？」張無忌道：「我肯極了。」小昭道：「你可不能反悔？」

從新三版的增寫可知，張無忌與小昭這對「乾哥乾妹」根本就是私訂終身，有了白頭之約。

說來張無忌在眾人面前與小昭情意繾綣，當時周芷若也在左近，奇怪的是，莫非周芷若完全沒看出蛛絲馬跡？倘然周芷若此時已知曉張無忌與小昭對彼此的情意，那麼，她想追求張無忌，頭號情敵理當是小昭，怎麼會是趙敏？

金庸筆下的主角俠士幾乎都在二十歲上下即名震江湖，為了讓主角瞬間崛起，金庸的創作技巧就是為主角安排一場「武林大衝突」，讓已經練就神功的主角躬逢盛會，並技壓群雄、威震江湖，成為聲動天下的一代高手。

這就好比《射鵰》郭靖參與第二次華山論劍，並躋身五絕之列；《神鵰》楊過小龍女巧遇金輪國師到大勝關爭奪武林盟主之位，兩人戰勝金輪國師，因而名揚天下；《倚天》張無忌力抗六大門派圍攻光明頂，而後成為「明教教主」；《天龍》喬峰勇闖聚賢莊高手大會，技驚群雄。

少年英雄經由金庸搭建的舞台名揚天下，然而，這幾座「舞台」，搭得究竟合不合理呢？

且說《射鵰》故事中，第一次華山論劍是為了爭奪《九陰真經》，但第二次華山論劍根本沒有因由，在無公證人見証下，黃藥師與洪七公兩人竟在華山爭奪「天下第一」與「天下第二」，黃洪二人難道是如此無聊之輩？《神鵰》的英雄大會則是在宋人推舉「武林盟主」，準備抗蒙保國時，身為蒙古國師的金輪國師明明沒有爭奪盟主的資格，竟也來爭盟主之位，大宋群俠則傻呼呼的接受金輪國師的挑戰，並連連慘敗；《天龍》群豪齊集聚賢莊，乃是為了商討如何對付喬

峰，因為他「可能」有契丹人血統，然而，當時喬峰並沒有做什麼顛覆國家或武林的大事，大宋

豪傑們莫非全都吃飽撐著，千里迢迢前往聚賢莊，竟只因為喬峰「有可能」是契丹人？

《倚天》中六大門派圍攻光明頂的理由也非常薄弱，峨嵋派的理由是楊逍氣死孤鴻子，武當

派的理由是殷素素害慘俞岱巖與張翠山，少林派的理由是謝遜害死空見，華山派的理由是明教

「有可能」殺害白遠（白垣）。各大門派征討明教的理由，都只是門下某弟子與明教某教徒有私

人恩怨，這樣的理由真能讓各大門派傾全派之力？

如果私人恩怨能導致各大門派傾力攻擊明教，那麼，各大門派為什麼對於更大的仇恨卻又隱

忍龜縮？比如峨嵋祖師郭襄的父母均死於蒙古攻宋，為什麼身為郭襄傳人的滅絕師太竟甘為大元

子民，而非傾全派之力抗擊大元王朝？張三丰的師父覺遠和尚死於少林寺迫害，武當派又為什

麼不上少林寺尋仇？少林派認為張翠山殺害少林僧人與龍門鏢局滿門，為什麼少林派不橫挑武

當派？與這些深仇大恨相較，各大門派單一弟子與明教單一教眾的私人恩怨根本是雞毛蒜皮的小

事，理當不構成各大門派傾全派之力，非滅明教不可的理由。

關於六大門派圍攻光明頂，從小說的創作技巧來看，就跟《射鵰》第二次華山論劍、《神鵰》大

勝關英雄大會、《天龍》聚賢莊之戰一樣，都是「理由不足，小題大作」的爭鬥。這幾場決戰的真正

理由，就只是要透過文學創作，讓郭靖、楊過、喬峰、張無忌有舞台可以露臉，並技驚群雄罷了。

第二十一回還有一些修改：

一‧空性見張無忌能使「龍爪手」，新三版較二版增說，空性想到了西域少林的苦慧禪師身上，但苦慧禪師不會龍爪手，那是寺中高僧所周知的，該當與西域少林無關。

二‧張無忌說出鮮于通始亂終棄之事，二版說至今已事隔十餘年，新三版改說事隔二十餘年。

三‧鮮于通以「金蠶蠱毒」害死的師兄，二版叫「白垣」，新三版改名為「白遠」。

四‧張無忌將鮮于通小扇一擲而透入地下，僅餘一小孔，二版說張無忌這一手神功，廣場之上再無第二人能辦得到，新三版將此處修改為廣場地土堅實，這一手九陽神功，廣場之上再無第二人能辦得到。新三版的說法更能突顯張無忌技壓群雄。

五‧二版說班淑嫻與張無忌分手不過五年，張無忌已由孩童成為少年，新三版改為分手不過六年。

六‧張無忌在西華子身畔東轉西閃，以西華子當擋劍牌，避開高矮二老及何太沖夫婦之劍，新三版較二版說多「張無忌究竟未得高手指點，拆解招式全憑見招而為，幸好乾坤大挪移功夫神妙，而以九陽神功為底，本來做不到的身法，竟忽然之間便做到了。」

七・張無忌與宗維俠對打時，常敬之偷襲張無忌，出拳打張無忌的「靈台穴」，一版解釋說，靈台穴乃是人身的死穴，別說給凌厲的七傷拳擊中，便是尋常一招，只要對準死穴，中招者非死也必重傷，二版刪了這段解釋。

八・常敬之以為張無忌學過「金剛不壞體」神功，是少林派弟子，一版張無忌回他：「在下在少林派學過一些功夫，不過不是少林派的弟子……」這段配合二版刪去圓真教張無忌九陽神功之事，改為張無忌回常敬之：「在下不是少林派的弟子……」

九・唐文亮因七傷拳而問張無忌謝遜下落，一版張無忌說：「你道貴派的七傷拳譜，是金毛獅王奪去的嗎？哈哈！錯了，錯了！奪譜之人，乃是當年的混元霹靂手成崑。」然而，七傷拳譜確實是謝遜所奪，一版張無忌這段話似乎是模仿殷素素的「嫁禍江東」之計，但張無忌理當不會如此卑鄙，二版改為張無忌說：「你道貴派失落七傷拳拳譜，罪魁禍首是金毛獅王嗎？錯了，錯了！」

十・一版西華子稱班淑嫻為「師娘」，二版改稱「師父」，可知西華子的師父一版是何太沖，二版改為班淑嫻。

十一・一版的華山派武術「長江三疊浪」，二版改作「華嶽三神峰」。

番僧率領諸門派圍攻光明頂，原來是趙敏指使

——第二十二回〈群雄歸心約三章〉版本回較

這一回延續上一回的故事，六大門派在光明頂持續發威逞兇，企圖徹底消滅明教。

若從民族的觀點來看，元末的江湖，真可說是「滅絕不知亡國恨，三丰猶唱後庭花」。當時的六大門派雖然高喊「驅逐蒙古人」，但對他們來說，江湖恩怨遠比民族興亡重要，因此，六大門派從未聯手對抗大元皇帝，卻要攜手撲滅反元的明教。

六大門派圍攻光明頂，最後張無忌技壓群雄，使得六大門派鎩羽而歸，而後，一版洪水旗掌旗副使來報，說敵人又攻上光明頂，上山來攻的是巨鯨幫、海沙派、神拳門各路人物，而且領頭的是個武功甚強的西域番僧，其中一人還持著倚天寶劍。

因明教教眾才剛被六大門派重創過，張無忌為了讓大家休養生息，決定率教眾遁入秘道，並將光明頂上明教總壇的所有屋舍付諸一炬。

丐幫、巫山幫等十餘個大小幫會乘機佔領光明頂，但因明教總壇已經燒得一乾二淨，丐幫等幫會撈不到半點好處，只好陸續下山，最後光明頂上只剩下神拳門、三江幫、巫山幫、五鳳刀等

四個幫會門派。

明教教眾休養生息七八日後，重出秘道，將四個幫會殺得死傷大半，張無忌對著巫山幫等眾人朗聲高喊：「明教高手此刻聚會光明頂。諸大幫會門派聽了，再鬥無益，一齊拋下兵刃投降，饒你們不死，好好送你們下山！」

接下來，一版有兩頁半的情節，是二版悉數刪除的。這段故事是說，張無忌喊話後，一個身材極為矮小的番僧越眾而出，手持倚天劍，刺向張無忌。張無忌側身避過，並回擊番僧。番僧知道無法勝過張無忌，遂衝下山去。

張無忌掛念周芷若，不知她手中的倚天劍何以會給那番僧奪去，決意要將番僧擒住，但在追趕番僧的途中，又遇到楊不悔與人爭鬥。救了楊不悔之後，張無忌知道已經追不上番僧，遂與楊不悔返回山頂。

此時忽聽得遠處一個陰慘慘的聲音尖厲異常的叫道：「有誰貪生怕死，下手決不容情！有誰貪生怕死，下手決不容情！」巫山幫等人眾本已一敗塗地，正自逃竄躲避，聽到這鬼哭一般的聲音一叫，突然間精神大振，轉身死鬥，頃刻之間，竟殺傷明教教眾多人。但因戰力與明教實在太過懸殊，即使拼死惡鬥，巫山幫等人眾仍然一個個的倒斃了下去。

張無忌要巫山幫等人眾罷鬥投降，諸幫眾仍不罷手，月光下瞧他們的臉色，竟個個都有恐懼之情，彷彿每個人身後跟著一個厲鬼，督促他們非戰鬥到死不可。張無忌起了不忍之心，手指連伸，將每個人都點中穴道，眾人於是都摔倒在地，而後被明教俘虜。

明教大獲全勝後，張無忌以教主之尊，與教眾約法三章，並和眾人歃血為盟。此時洪水旗掌旗使唐洋前來稟報張無忌，說巫山幫等眾俘虜搶了看管人員的刀刃，人人自殺而死。張無忌與眾人同到林中，只見巫山幫、五鳳刀俘虜人眾，一齊屍橫地上。

張無忌見俘虜屍堆中有一人手臂微微一動，尚未斷氣，當即對他送了九陽神功的真氣。那人睜開眼來，神色茫然。張無忌問他：「你為什麼要自殺？」那人斷斷續續的道：「有誰貪生怕死⋯⋯下手⋯⋯下手決不⋯⋯容情⋯⋯」張無忌問：「是誰下手決不容情？」那人道：「我一家⋯⋯一家老少⋯⋯妻子幼兒⋯⋯都在人家手中⋯⋯」張無忌道：「在誰的手中？咱們給你去救將出來。」那人搖了搖頭，唇角邊露出一絲苦笑，頭一低，就此氣絕。

明教群雄百思不解，彭瑩玉說，巫山幫等人眾就是因為家屬落入旁人手中，受人挾制，這才被逼得前來死戰。然而，群雄還是不明白，江湖上究竟誰有這等威力權勢，能驅策這許多幫會門派的豪傑？又能將他們的家小扣為人質？

一版這一大段情節二版刪得一字不剩，二版的巫山幫、五鳳刀等幫派圍攻光明頂是因為各幫派想要為難明教，而非有人從中指使。

至於一版故事中，以家屬為人質，逼迫巫山幫等幫派前來攻打明教的幕後主使究竟是誰呢？

原來就是趙敏（一版名為趙明）。

一版趙明尚未登場前，就已經先聲奪人，難怪她在張無忌四位女友中最後出現，卻可以成為第一女主角！

【王二指閒話】

武林人士爭強鬥勝，向來有「單挑」與「群毆」兩種方式。

所謂的單挑，就是一對一決勝負，比如《射鵰》華山論劍，五絕都是一對一單挑，《神鵰》大勝關推舉武林盟主，金輪國師與大宋群俠也是三對三逐個單挑，《笑傲》五嶽劍派併派，推舉掌門人時，各派亦是各推一人出來比武單挑。

所謂的群毆，即是諸俠一齊出手，如《神鵰》襄陽鏖戰，黃藥師指揮大宋俠士布陣，分五路齊

戰蒙古，就是群毆，再如《碧血》袁承志率領金蛇營程青竹等弟兄抗擊清軍，亦是群毆。

從武俠小說的創作技巧來說，「單挑」會比「群毆」更能彰顯俠士的武藝，比如襄陽鏖兵是一場「群毆」，在群毆過程中，耶律齊、郭芙、大小武等人全散入蒙軍之中，蒙軍如潮水般湧來，俠士們應接不暇，也難以細述其武功。單挑可就不一樣了，在大勝關英雄大會，霍都戰朱子柳，達爾巴挑點蒼漁隱，每一招每一式都可以仔細描述，讀者彷如親臨現場。

因此，從創作技巧來說，若要彰顯大俠的武功，就一定要讓大俠與高手「單挑」，再細述大俠如何戰勝高手。比如大勝關一戰，楊過名揚天下，金庸就是讓楊過從霍都、達爾巴一路單挑到金輪國師，大宋群俠則只是坐觀虎鬥，不得出手助楊過，這麼一來，楊過就可盡情展現其精采高明的武功。

《倚天》六大門派圍攻光明頂，是想一舉消滅明教，這場大戰理當是一場群毆之戰，然而，金庸又希望藉由六大門派圍攻光明頂一役，讓張無忌名揚天下，於是，原本與明教群毆廝殺的六大門派，在張無忌出場後，竟變成了單挑。

張無忌登場時，滅絕師太正在屠殺銳金旗教眾，張無忌提出要與滅絕師太單挑，以他一人之命營救銳金旗教眾，滅絕師太竟也同意，張無忌因而得以其九陽神功大勝滅絕師太。而後，六大門派齊聚光明頂，如果六大門派於此時繼續群毆，合力攻擊明教，必可一舉殲滅明教。但奇怪的是，就在這一

瞬間，六大門派數百人的腦筋全都糊塗了，竟答應由殷天正與各派高手單挑決勝，而後又同意由張無忌接替殷天正與六大門派高手過招，張無忌因此得以一人之力戰勝六大門派高手，威名震天下。

六大門派圍攻光明頂，最後成就了張無忌的天下第一，但令人不解的是，六大門派浩浩蕩蕩的上山，本意究竟是要「群毆」消滅明教，亦或是要藉由「單挑」，展現自家門派的武藝？如果是後者，那可真是天佑張無忌，原來他恰好生在六大門派都是腦筋如漿糊的美好年代！

第二十二回還有一些修改：

一·周顛要借寶刀予張無忌以對付滅絕師太，張無忌不敢受，二版周顛說：「你打她不過，我們各各送命歸天，還保得了寶刀麼？」新三版強化周顛的幽默感，將最後一句：「還保得了寶刀麼？」改為「一個死屍拿了寶刀來幹麼？」

二·一版說周芷若到峨嵋派八年，二版改為七年多，新三版再改為八年多。

三·二版說殷梨亭與張無忌分離九年，新三版改為八年多。

四·光明頂上諸明教教眾奉張無忌諭令退進秘道後，新三版較二版增寫洪水旗人眾噴射毒

水，著體腐爛，稍阻敵人攻勢。

五・楊逍向張無忌說起楊不悔來歷時，說到楊不悔無意中映出小昭未裝醜的容貌，新三版楊逍較二版加說「她的面貌和一人十分相似，這個人和本教卻有大大的干係」，這是要為小昭是黛綺絲女兒再添一處伏筆。

六・張無忌出秘道後，訓示諸教眾，明教教眾整齊列隊，說到天鷹教時，新三版較二版多說「原來壇主白龜壽等已去世，早另行立了新壇主。」而說到天地風雷四門，其中風字門是釋道等教出家人，新三版又較二版加說「明教雖為拜火之獨特教派，但門戶寬大，釋、道、景、回各教徒眾均可入教，不必捨棄原來教門。」這是為了呼應新三版第十九回加寫的注中，金庸提到有批評家認為明教中有彭和尚是十分滑稽可笑之事，金庸在「注」中已駁之曰：「彭瑩玉和尚、布袋和尚均為明教中人，史有明文。」

七・張無忌分派諸大高手下山辦事，二版是派韋蝠王至六大門派止戰修好，張無忌自己則與五散人同赴海外迎接謝遜，新三版改為張無忌派彭瑩玉與說不得至六大門派止戰修好，張無忌自己則與韋蝠王及其餘三位散人，以及識水的洪水旗同去迎回謝遜。推測修改的原因可能是韋蝠王曾開罪滅絕師太，彭瑩玉與說不得口才又較便給，才做此更動。

八・二版楊不悔稱張無忌為「教主」，新三版改為更親暱的「教主哥哥」。

九・張無忌受周芷若指點後，凝神看了何太沖四人的招數，一版接著說：「這一番察看，有

分教：張無忌更領略到中土武功的秘奧，雖非登堂入室，卻已懂了個大略。」一版中如「有分

教」這類舊小說用語，二版悉數刪除。

十・張無忌引得高老者濃痰吐在班淑嫻臉上，一版說班淑嫻怒極，決意與之同歸於盡，十指疾

往張無忌抓去，二版刪去「決意與之同歸於盡」一句，一口濃痰就要同歸於盡，未免太小題大作。

十一・峨嵋派眾弟子見滅絕師太與張無忌纏鬥，轉眼將敗，一版丁敏君叫大夥兒齊上，攔住

張無忌。然而，丁敏君在峨嵋派的份量豈能發號施令？二版改為靜玄叫大夥兒齊上。

十二・一版說張無忌的乾坤大挪移練到第七層，別說綿掌雖輕，終究是有形之物，便是傷人

於無形的毒氣怪聲，他也能隨意化解，二版刪去了「便是傷人於無形的毒氣怪聲，他也能隨意化

解」這兩句過度誇大「乾坤大挪移」的描述。

十三・張無忌率群豪出秘道反攻，一版的命令「楊左使率領天、地、風、雷四門，自北攻

擊。五散人自南攻擊。」二版改為「楊左使率領天字門、地字門，自北攻擊。五散人率領風字

門、雷字門，自南攻擊。」以平衡南北兩路人馬之數。

妖女趙敏削了達摩石雕像的臉面，還在上頭刻字

——第二十三回〈靈芙醉客綠柳莊〉版本回較

在金庸的改版過程中，趙敏與王語嫣是「唯二」被改名的女主角，趙敏在一版《倚天》原名「趙明」，王語嫣在一版《天龍》原名王玉燕。推測趙明被改名的原因，或許是金庸考慮在大元政府致力於撲滅「明」教時，郡主竟將自己取了個漢名「趙明」，似乎犯了皇家大忌。但不論是否這個原因，一版「趙明」在二版就是改名「趙敏」了。

且來看看一版趙明搞怪的故事。

故事要從殷梨亭受少林派「大力金剛指」所傷，張無忌帶領明教群豪向少林寺興師問罪說起。

一版張無忌帶領明教群豪進少林寺後，張無忌以內力大聲說要來拜山，寺中竟無一人出來，群豪於是直接進入寺內。寺內也不見任何人影，群豪到羅漢堂中，此處是少林派高手弟子精研武功的所在，這時卻只見壁上留著刀槍劍戟等兵刃長年懸掛過的痕跡，兵刃則已盡數被取走。

而後，群豪走入達摩堂，見到地上整整齊齊的放著九個蒲團，都已坐得半爛。張無忌想起昔

日跟圓真學「少林九陽功」的情景，又領著群豪，逕到圓真當年靜修之處，但見牆壁上宛然留著圓真用手掌壓破的掌印，只是人亡室空，四壁蕭然。

而後楊逍提議到藏經閣，群豪遂齊至後山藏經閣，但見一排排的都是空木架，數千萬卷佛經已不知去向。眾人於是回到大雄寶殿，楊逍召厚土旗旗使顏垣，四下搜查少林寺有無地窖、秘道之類秘密藏身之地。經過顏垣徹查之後，確定少林寺真的已是一座毫無人煙的空寺。

在眾人群疑滿腹之際，西邊喇喇一聲響，數十丈外一顆松樹倒了下來。群豪奔到斷樹之處，只見脈絡交錯斷裂，顯是被人以重手法震斷。群豪仔細觀察四周，這才發現大院之中，到處都有激烈戰鬥過的痕跡，旁邊的樹枝樹幹上、圍牆石壁上，留下了不少兵刃砍斬、擊掌劈擊的印記。這些印記甚是新鮮，只不過是兩三日內之事。韋一笑再伏地聞嗅氣息，更發現了許多所在有血腥之氣，只是昨日剛下過一場大雨，因之洗得乾乾淨淨。

群豪想不透少林派究竟發生了什麼事，楊逍提議回達摩院瞧一下，群豪遂快步來到達摩院，只見地上仍是那九個破爛蒲團，一尊達摩祖師的石像，則高高供在神桌之上，背脊向外，臉面朝壁。那石像是紀念達摩祖師當年面壁九年，因而豁然貫通，參悟武學精要。

楊逍要殷天正幫忙他將達摩石像扳轉身來，殷天正囑殷野王助楊逍，楊逍遂與殷野王兩人一齊

使力，將那具兩千餘斤重的達摩石像扳了過來。只見那具達摩石像的顏面已被削成一塊平板，五官全然不見，上面卻刻著四行大字：「先誅少林，再滅武當，唯我明教，武林稱王！」

這自是一版趙明的傑作，二版則將這段故事做了部分修改。

二版張無忌率明教群雄上少林寺後，無人出來接待，群豪於是直接進入寺內。入寺之後，鐵冠道人先見到一柄斷頭禪丈，說不得則看到一大灘血漬。

而後，明教群豪聞西邊大樹倒下之聲，奔到斷樹之處，發現濺滿了打鬥留下的血漬，以及比武留下的印記。

群豪議論紛紛之時，厚土旗掌旗使顏垣來報，說羅漢堂中的十八尊羅漢曾經被人移動過，群豪於是齊至羅漢堂。周顛問顏垣十八羅漢有甚麼古怪，顏垣道：「每一尊羅漢都給人推動過，本來兄弟疑心後面另有門戶道路，但查察牆壁，卻無密門秘道。」楊逍提議把羅漢像轉過來瞧瞧，群豪於是將十八尊羅漢都扳轉身來，這才發現除了極右首的降龍羅漢，極左首的伏虎羅漢之外，餘下十六尊羅漢背後各劃了一字，自右至左排去，十六個大字赫然是：「先誅少林，再滅武當，唯我明教，武林稱王！」筆劃刻痕尚新，顯是方刻不久。

二版的趙敏只在十八羅漢像背後刻字，並擄走少林寺僧人，但未劫走少林寺的兵器與經書。

經過二版這一改，讓人大惑不解的是，趙敏不是希望學得六大門派的絕學嗎？為何二版將她改成「只擄僧人，不奪經典」呢？難道二版的趙敏不知道少林寺許多絕學都藏在藏經閣嗎？

【王二指閒話】

金庸的改版原則之一，就是一版的俠士俠女若曾做過過於邪惡，或讓人感覺不舒服的言行，金庸大多會經由改版，改去他們的邪行。比如一版《射鵰》黃蓉只要身上沒有現銀，就會到當鋪偷盜銀子，欺負沒有武功的小商家；又如一版《神鵰》楊過在桃花島，見到丐幫幫眾偷渡到島上，即無來由地拍出蛤蟆功，將其擊斃；再如一版《倚天》張無忌在紀曉芙問他謝遜下落時，竟工於心計地學其母親殷素素「嫁禍江東」，告訴紀曉芙謝遜的所在已秘告空聞大師。這幾段情節二版均已刪除或美化了。

一版《倚天》趙敏將達摩雕像削去臉面，並刻字嫁禍之事，顯然也會讓讀者，尤其是佛教徒感覺不舒服，因此金庸在改版時，將其邪行削減，改為嫁禍之字是刻在十八羅漢塑像背後。

或許是為求情節活潑，金庸才會讓一版少年時的俠士俠女做一些邪行惡事，但這樣的情節卻

使得少年時期的黃蓉、楊過、張無忌與趙敏好似「黃小怪」、「楊小邪」、「張小狠」與「趙小壞」。對於許多讀者來說，俠士俠女的邪行惡事情並不見得是討喜的情節，因此，金庸藉由改版，改寫俠士俠女的過去，於是，二版《射鵰》的黃蓉不當強盜或小偷了，她沒現銀時，就去典當首飾；二版《神鵰》的楊過也不無端殺人了，他是受盡大小武欺負，才在一時激憤之下，打傷了武修文；二版《倚天》的張無忌也不騙人了，他是高喊「我不要報仇」的善良小孩，二版《倚天》的趙敏也不褻瀆達摩祖師的雕像了，她嫁禍明教的留言是刻在十八羅漢像背面。

經過二版修改之後，俠士少年時都是純真善良的「小俠」，成長後則是護民保國的「大俠」。然而，一版的寫法也不見得不好，倘使「大俠」在少年時也曾邪心使壞，卻能因為學武習藝而變成性格慈悲和善的大俠，那不正可以說明練功學武可以陶冶性格及淨化心靈嗎？

第二十三回還有一些修改：

一‧二版張無忌稱呼小昭為「好孩子」，新三版改為「小妹子」。

二‧吳勁草抱住受傷的殷梨亭往上走，二版張無忌伸手抓住吳勁草右臂。此處是明顯的錯

誤，因吳勁草的右臂已被滅絕師太斬斷。新三版因此改為張無忌抓住的是吳勁草的右臂空袖。

三・張無忌要離開綠柳山莊前，新三版較二版增說「那柄木製倚天劍卻兀自橫放在桌，張無忌將木劍插入腰帶。」這才越牆離開。這是要與第二十四回張無忌以這柄木劍與方東白鬥劍的情節相扣合。

四・二版小昭稱張無忌為「公子」，新三版改稱「教主哥哥」。

五・一版明教群豪下光明頂後，先是發現崆峒派「馮人豪」的半截單刀，但「人豪」一名後來為《笑傲》的「青城四秀」于人豪所用，二版因此將「馮人豪」改為「馮遠聲」。

六・楊逍反運「彈指神通」「擲石點穴」，為兩名被韋一笑點穴的峨嵋門人解穴，二版說楊逍是彈出兩粒「黃沙」，然而，若真能以「黃沙」彈人，楊逍的武功也太不可思議，新三版因此改為楊逍彈出兩顆「小石子」。

七・峨嵋派滅絕師太憑空消失，一版說明教群豪都覺峨嵋派這許多人突然在大漠中消失，其理難明，何況那倚天寶劍落入了那番僧之手，更是兆頭不好，二版刪掉了番僧之事。

八・趙敏求張無忌賜法書一幅，張無忌登時臉紅，一版說張無忌十歲喪父，並未好好跟父親習練書法，此後學醫學武，於文字一道，實是淺薄之極。二版改說張無忌書法是不行的，但隨朱

九真練過字，別人書法的好壞到也識得一些。

九．明教教規本是「食菜事魔」，但遷入崑崙山中之後，革除了飲食上的禁忌，一版說這道教規是在石教主手上改的，二版刪了此說。

十．趙敏困住張無忌的鋼牢，一版說是十餘丈深，二版改為四五丈深

十一．張無忌一行到少林寺，一版是由吳勁草持張無忌等人的名帖上少林，二版修訂時，金庸或許考慮吳勁草已失一臂，改為由巨木旗掌旗使聞蒼松持名帖上少林。

十二．拒絕明教群豪上少林的知客僧，一版自稱「小僧法名慧賢。」群豪聞言即知是少林第三代「慧」字輩弟子，二版改為知客僧說：「小僧法名，不說也罷。」

張無忌竟然是武當山上的「掃葉」僮子

——第二十四回〈太極初傳柔克剛〉版本回較

得知武當派即將有難，張無忌擔憂張三丰安危，立馬上武當山報訊。且來看看這段「張無忌救張三丰」故事的版本差異。

話說張無忌與韋一笑準備上武當山報訊，一版張韋二人縱馬上武當，忽有兩個乞丐攔住兩人，此二乞丐手中均執一杖，背負布袋，正是丐幫中人。二丐出手之後，樹叢中又竄出四名乞丐，其中有兩個乞丐被張無忌打斷了大腿骨，張無忌再幫韋一笑料理了另兩個乞丐，才先趕赴武當山。

二版將乞丐改成是「黑衣漢子」，「黑衣漢子」乃是趙敏手下。

而後張無忌馳馬過了內鄉，在一處市集上買麵餅充饑，忽聞背後牽著的座騎一聲悲鳴，張無忌回過頭來，只見那馬肚腹上已插著一把明晃晃的尖刀，張無忌抓住刺馬之人，又是丐幫子弟。

二版將刺張無忌之馬的歹徒，亦改成是「黑衣漢子」。

一版張無忌點了丐幫乞丐大椎穴，要他挨苦三日三夜。而後，張無忌因坐騎已死，身邊又無

銀兩，於是從那乞丐身上搜出銀兩，並在市集中買了馬，縱馬便行。

二版沒有張無忌買馬的情節，但仍說他「縱馬便行」，不知是否騎著傷馬？

接著，一版張無忌上了漢水上的大渡船，船自中流時，突覺船身搖晃，船艙中泊泊的湧進水來。只見船尾那梢公滿臉獰笑，湧身正要躍入江中。張無忌連忙抓住梢公，命他使勁搖櫓。船勉強行至南岸後，張無忌抓住梢公胸口，問道：「是誰命你行此毒計，快快說來」，那梢公道：

「小人是丐幫……」

這一段二版整段刪掉了，二版張無忌安然渡過漢水。

一版張無忌而後上了武當山，到了半山之處，突然見到有三個白衣人在追一名僧人。原來那白衣人向少林寺僥倖逃出，正前往武當派報訊的少林僧，白衣人則是假冒明教教徒的正幫幫眾。僧人是從少林寺僥倖逃出，正前往武當派報訊的少林僧，少林僧因此受傷跛足。看到丐幫人物假冒明教教徒對少林僧行兇，張無忌心下暗暗惱怒……「爹爹曾說，丐幫當年行俠仗義，在老幫主九指神丐洪七公率領之下，威震江湖，乃是中原第一個大幫會，豈知傳到今日，幫中弟子幹的盡是不肖之事。」

少林僧因腳受傷，步伐漸慢，一名丐幫子弟喝道：「你少林派已然全軍覆沒，諒你這漏網之魚、斧底游魂又成得了什麼氣候，快快束手投降，我明教尚可留一條生路給你。」張無忌聽他冒

認明教之名，心下更怒。

而後，少林僧轉身鬥那三位丐幫幫眾，三人不敵，少林僧繼續往武當山上奔去。張無忌見狀，心道：「明教和少林、武當嫌隙未解，何況又有人從中冒名為惡，自己倘若貿然出面，只怕更增糾紛。」

一版這一大段內容二版全刪除了。

從一版這段故事可以推測，在金庸原本的構想中，可能是要把「丐幫」設定成明教的首要對頭，而趙明的真實身份，直到此時都還妾身未明，因此，我們可以大膽揣測，金庸寫到此處，都還沒將趙明設定成「紹明郡主」，而是將她設定成丐幫幫主，又因為丐幫與明教有宿世仇恨，趙幫主才會用計陷害明教。

一版「趙明」的名字也藏有玄機，「趙明」拆字可得為「趙家日月」，意即「大宋天下」（宋朝由趙匡胤開國，國姓為趙），這就像唐代黃巢之亂時，黃巢將其年號名為「廣明」，廣字下為黃，「廣明」二字即意指「黃家日月」。

如果再進一步推測，「趙敏」姓趙，有可能意指她是大宋趙家遺族，也就是說，丐幫擁立大宋遺族趙敏為幫主，與明教爭奪天下。

但在下一回，趙明就確定是大元的「紹明郡主」了，因此金庸是否原本要將趙明定為丐幫幫主及皇室遺族已不可考。不過，就像「空相」原本設定為少林寺僧，在同一回故事中，又改變為原名「剛相」的「金剛門」高手。金庸在連載時期對人物的設定，有時會到最後一刻才確定，而即使確定了，也可能再更動。

接下來的故事是，張無忌為了隱藏身份，準備喬裝成武當山上的道僮，於是往尋童年舊友，即道僮清風與明月。

一版明月間張無忌，他假扮道僮，要叫什麼名字？張無忌說：「清風一吹，樹葉便落，我叫『掃葉』。」

二版改為只說張無忌假扮道僮，沒有「掃葉」這道號。

而後張無忌隨張三丰、俞岱嚴上三清殿，趙敏隨即大張旗鼓進殿來了。

趙敏身後有四位高手，團團將張三丰圍住，一版說其中一位穿著乞兒的鶉衣，當是丐幫中的高手，二版改說此人鶉衣百結，沒說他是丐幫人物；一版還說四人中有一人是中年女子，二版改成是虯髯碧眼的西域胡人。總而言之，一版趙明是丐幫中人，二版趙敏則是蒙古郡主，因此她手下的高手出身也不同。

接著，韋一笑為保護張三丰，出手鬥趙敏手下四位高手，與其中一大漢對掌時，說不得丟進來一個布袋，大漢一掌拍出，竟打死了布袋中的人，布袋中人也是丐幫子弟。二版則將布袋中人改成是與丐幫無關的黑衣人。

而後，趙敏手下的阿三、阿二、阿大逐個出場。一版與二版的這三位高手，故事略有不同。率先出場的是阿三，一版阿三本名宇文策，外號「八臂神魔」，二十年前曾於長安殺過薛氏五雄。群雄聞「宇文策」之名，均為之色變。

二版阿三沒有「八臂神魔宇文策」這名號，他的事蹟是曾與少林派空性和尚過招，破了空性的龍爪手，並割下他的首級。

阿三敗陣斷臂後，阿二上場，亦被張無忌打出牆外，最後由阿大迎戰張無忌。

阿大的真實身份是曾為丐幫四大長老之首的方東白，一版外號叫「玉面神劍」，二版改稱「八臂神劍」。一版解釋說，方東白外號稱「玉面神劍」，乃因他英俊瀟灑，是武林中出名的美男子，二版改稱「八臂神劍」，是因他出劍奇快，有如生了七八條手臂一般。

結果方東白雖持倚天劍，仍不敵張無忌以「太極劍法」所使的木劍，方東白最後為保倚天劍而為張無忌斬斷右臂。東方白敗陣後，一版趙明竟要他再自斷左臂，以為懲罰。二版則為減少趙

敏的邪行惡事，刪去這段情節。

從這一回的故事可知，一版趙明原本很可能是丐幫幫主，因此她身旁的高手，都是方東白之類丐幫人物，至於金剛門的宇文策與阿二，則是她邀請來的傭兵高手，二版趙敏則是蒙古郡主。因為身份不同，行事作風也有差異。

一版明教教主楊破天的遺言中說「三十二代周教王遺命，令余練成乾坤大挪移神功後，前赴丐幫總舵，迎歸第三十一代石教主遺物。」又說：「周教主神勇蓋世，智謀過人，仍不幸命喪丐幫四長老之手，石教主遺物不獲歸，本教聖火令始終未得下落。」可知一版《倚天》原本很可能是要寫「史實的朱元璋搭配虛構的張無忌組成的明教」與「史實的陳友諒搭配虛構的趙明組成的丐幫」爭天下的故事，因而趙明才會用盡心機，企圖抹黑明教、顛覆明教。

【王二指閒話】

金庸小說中的江湖常常都建構在真實的歷史之上，江湖人物因此會與歷史人物共同創造某些歷史事件。然而，在武俠小說中，江湖人物往往比歷史人物更有勇有謀，於是，在金庸的小說

金庸武俠史記〈倚天編〉三版變遷全紀錄

裡，就可能發生：「江湖人物建功，歷史人物領功」的狀況。這樣的狀況概分兩種：

一、江湖人物將歷史功績奉送給歷史人物：比如《射鵰》中，金庸將歷史上死守襄陽的呂文煥（呂文德）改寫成懦弱畏戰的庸將，並由江湖人物郭靖鎮守襄陽，郭靖再將「死守襄陽」的功績奉送呂文煥；再比如《天龍》楚王竊奪大遼皇帝之位，江湖人物蕭峰平叛殺楚王，再將大遼皇位奉還耶律洪基。

二、歷史人物掠奪江湖人物的歷史功績：比如《倚天》中，領導明教、驅逐蒙古的是教主張無忌，該成為明朝開國皇帝也是張無忌，但歷史人物朱元璋卻巧為用計（新三版改為逼宮），將張無忌逼出明教，並奪取天子之位，；再比如《射鵰》中，江湖人物郭靖西征花剌子模，但史書上卻不見郭靖之大名，而是將滅亡花剌子模的事功歸給成吉思汗。

然而，從這些史事來看，守襄陽的不論是郭靖或呂文煥，平楚王之亂的不論蕭峰或耶律洪基；征花剌子模的不論是郭靖或成吉思汗，江湖人物與歷史人物的方向都是一致的，但關於明教的抗元路線，張無忌跟朱元璋可就完全不一樣。

明教的抗元革命行之有年，打從張無忌童年在漢水上巧遇周芷若時，就聽聞周子旺、常遇春等人正如火如荼的在革命，但那時的明教沒有教主，整個組織彷如一盤散沙。經過八九年後，張

無忌出任教主，明教終於有了總領導人。有了總領導人後，明教的革命行動理當更有規劃，然而，身為教主的張無忌並不重視基層革命，自己也沒投入革命大業，明教的領導階層與基層教眾因此幾乎完全脫節。

張無忌出任教主後，他認為最重要的大事，是到冰火島迎回謝遜，以及與各大門派修好，也就是說，對張無忌來說，明教也不過就是武林中的一個教派，因此，即使教眾已經在各地點燃革命的烽火，張無忌依然只求「將明教做小」，他很努力地要以三大令五小令將教眾侷限在江湖幫派的格局中；朱元璋則與張無忌不同，他致力於「將明教做大」，也就是把明教從江湖幫派擴展成拯救黎民的革命團體，他希望漢人擺脫蒙古的高壓統治，重建自己的國家。

張無忌的思考邏輯，打個比喻，就好比清末志士高舉革命大旗，卻從不對抗清朝政府，而是常常關心武當山上的道觀、少室山上的佛寺、峨嵋山上的尼姑庵、崑崙山的武術學校有沒有發生衝突？或需不需要提供槍炮彈藥助其解決衝突？還美其名曰：「這就是在連絡江湖幫派，以為將來革命的基礎。」但這對革命究竟有何助益？

因為張無忌的目光太短淺，視野太狹隘，使得明教的反元革命上下脫節。身為教主的張無忌更拖垮了明教領導階層，光明左右使、四法王、五散人、及五行旗全都在他帶領下，只在江湖幫

會門派的問題上團團轉，從未進入革命事業的核心。而被高層漠視的朱元璋等基層教眾，既得不到高層的奧援，若真的革命成功，依照教中倫理，還須將革命的果實奉送給張無忌，讓張無忌登基為帝。

試問，這樣的領導階層誰人能服？倘使革命真的成功，即使朱元璋願將帝位奉送給張無忌，與他一起流血流汗的革命戰友，難道也真能服張無忌嗎？

第二十四回還有一些修改：

一‧空相上武當山要尋張三丰，二版武當道人說張三丰自去歲坐觀至今，新三版改為自前年坐關至今。

二‧一版說武當派事務由「洞玄子」主持，二版將「洞玄子」改為「谷虛子」，新三版再將「谷虛子」改為「靈虛子」。

三‧二版趙敏勸張三丰投效大元朝廷，說：「我蒙古皇帝威加四海，張真人若能效順，皇上立頒殊封，武當派自當大蒙榮寵。」新三版趙敏再加說：「就如當年我太祖皇帝榮封全真教長春

真人一般，敕管天下道教。」這是要強化《倚天》與《射鵰》的連結。

四・二版剛相的武功是「般若金剛掌」，新三版改為「金剛般若掌」。

五・趙敏見到張無忌在三清殿假扮道僮，二版趙敏說：「張教主，怎地如此沒出息。」新三版將趙敏的說法改為更調皮的：「張無忌你這小鬼頭，怎地如此沒出息。」

六・張三丰要傳太極劍於張無忌，二版張三丰是「左手持劍，右手捏個劍訣」，可見二版的張三丰是左撇子，新三版改為張三丰是「右手持劍，左手捏個劍訣」，可知新三版的張三丰是右撇子。

七・方東白比劍斷了右臂，二版說趙敏對他全不理睬，新三版改為趙敏說：「快裹臂傷」，這是要扭轉趙敏御下無情的形象。

八・張三丰聞空相腳步聲，問：「少林派那一位神僧光臨寒居。」一版說張三丰從空相的腳步聲，即可測知他的武學門派、修為深淺，但猜他是空聞、空智、空性三大神僧的一位，卻是猜錯了，因為空相少出寺門，外界均不知少林派中有這樣一位武學高手。從一版此處可知，寫到此處時，如果金庸不是故弄玄虛，就是將空相設定成少林派高手，這與隨後說空相即是金剛門剛相是相扞格的，二版因此刪掉了「但猜他是空聞、空智、空性三大神僧的一位，卻是猜錯了，因為

空相少出寺門，外界均不知少林派中有這樣一位武學高手。」幾句話，以求前後情節相扣合。

九・稟告俞岱巖魔教已到武當道觀外的道人，一版叫「藏玄」，二版改為「靈虛」。

十・張三丰在俞岱巖與張無忌面前演練過一次「太極拳」後，問俞岱巖懂得幾成，一版張三丰感慨：「倘若遠橋在此，當能懂得五成。」二版將「遠橋」改為最經研武功的「蓮舟」。

十一・一版說阿大方東白的身裁「又矮又小」，但又矮又小的東方白怎會有「玉面神劍」的外號？二版因此將「又矮又小」更正為「身材瘦長」。

十二・周顛掰阿大、阿二、阿三的外號，一版周顛說他們分別是「一劍震天下」矮神君、「丹氣霸八方」禿頭天王、「神拳無敵」猛尊者，二版周顛改說他們分別是「一劍震天下」皺眉神君、「丹氣霸八方」禿頭天王、「神拳蓋世」大力尊者。其中「神拳無敵」是《碧血劍》歸辛樹的外號，不宜重複。

十三・張無忌以太極拳與阿三對打，使出「攬雀尾」時，一版是用「棚」字訣黏住阿三左腕，二版改成是「擠」字訣。

張無忌撲滅明教起義之火，力保大元王朝

——第二十五回〈舉火燎天何煌煌〉版本回較

明教是元末反抗政府的一股重要力量，出任教主的張無忌必須主導明教的抗元大業，這一回的情節說的即是明教第三十四任教主張無忌第一次召開明教幹部大會的故事。

且由殷天正父子回武當向張無忌稟告起義情勢說起，二版殷天正父子向張無忌報告，提到東南群雄並起，反元義師此起彼伏，天下已然大亂。新三版將「天下已然大亂」，改為「以韓山童、張士誠、方國珍三路最盛」。

較之二版，新三版更詳實的敘述元末的明教起義歷史。

而後，張無忌於八月十五在蝴蝶谷召開明教首領大會，會中定下起義方策，並分撥各路起義人馬，二版說布袋和尚說不得率領劉福通、杜遵道、羅文素、盛文郁、王顯忠、韓皎兒等人，在河南潁州一帶起事。彭瑩玉和尚率領徐壽輝、鄒普旺、明五等，在江西贛、饒、袁、信諸州起事。

新三版再增寫，說不得以前曾在汝寧、信陽州扶助棒胡，以明教為號召起義反元，彭瑩玉曾在袁州扶助周子旺起義抗元，均遭撲滅，兩人奉命聯絡棒胡及周子旺所屬舊人，再次起事。

分撥完畢後，二版張無忌指示要營救各大門派的首腦人物，新三版增寫有對起義大軍又做了一番告戒，這段增寫有一頁多的內容，提到張無忌取出前陽教主手書「聖火令三大令、五小令」，將「聖火令第一大令」朗聲宣讀了一次，要求起義教徒絕不可為官為君，還說教徒將來如果稱皇稱帝，就是跟老百姓做對，也就是跟他張無忌做對。

眾人聽了教主聖諭，都慷慨宣誓，決意為民，決不圖謀權利。

新三版還說，明教教眾果然在各地攻城掠地，創下大好基業。朱元璋、徐達、常遇春等一千人攻下應天府，建為都城，朱元璋才稱「吳王」，不敢稱帝。歷史明文記載，有書生向朱元璋建議：「高建牆、廣積糧、緩稱王。」其實是因明教有聖火令第一大令之約束。朱元璋後來要脫離明教、不受聖火令規範，這才開國稱帝，封官贈爵。

新三版增寫的內容，顯得張無忌根本是在撲滅抗元的革命之火，倘使沒有為官為君，成為帝王將相的誘因，相信許多明教徒會失去革命的熱情，而若是攻下城池後，不得為官為將，根本無法守城，那又何必流血流汗攻城呢？

可見張無忌表面上打著革命的旗幟，實質上卻是在撲滅革命之火，並力保大元王朝，還好朱元璋後來脫離了明教，才能驅逐蒙元，為漢人開創新的帝國！

金庸的江湖中有林林總總的武林門派，宗教團體也是其中一種，比如《射鵰》全真教、《天龍》佛教、以及《倚天》明教等等，都是武林門派。

將宗教團體寫成武林門派，有時會產生扞格，因為宗教團體的成員都是修行者，佛教徒信佛，道教徒崇道，明教徒信仰明尊，對於宗教徒來說，心靈的皈依理當比在武林中爭勝稱雄還重要。

《射鵰》全真教的掌教王重陽、《天龍》少林寺的方丈玄慈、大理天龍寺的枯榮大師等人，都是「宗教武林人」，他們武藝超絕，但他仍是長年在重陽宮學道的道士，因此還是有一定程度的涵養。

《倚天》明教則與少林寺、全真教都不同，從小說中來看，明教徒根本不須有任何修為，也不須要知道明教是什麼，就可以高居明教領導階層，甚至成為教主。比如張無忌出任教主時，就渾不知明教為何物。只是因為武功卓絕，張無忌就被推上了教主大位。

以「武功」而論，張無忌的確可以開宗立派，但從「宗教」來說，張無忌仍是門外漢。張無忌出掌明教時，只怕連明尊是何方神聖都不知道，更遑論明教教義。

《倚天》明教的丘處機，個性暴躁易怒，但並沒忘記修道學佛的本心。即使像《射鵰》與《神鵰》

金庸的創作技巧之一，就是融歷史於小說，明教是歷史上真存實在的宗教團體，也確實參與了抗元大業。金庸在《倚天》中，決定讓小說人物參與明教，但他又希望自己創作的人物不只是明教中的二三流角色，於是筆隨心走，張無忌就成為明教教主了。

如果張無忌出掌的不是「明教」，而是「明幫」、「明門」、「明團」、「明黨」，就不會有宗教團體的相關問題，然而，「明教」畢竟是宗教，每一種宗教都有其獨特的教義，如果不懂教義，如何能成一教之主？但張無忌在小說中，就是不知教義的明教教主，也就是因為不知明教教義是什麼，出任教主後，他將明教導引成專為各大門派排憂解難的「明教志工團」，或「明教行善團」，但行善不等於修為，明教因此就淪為教義不明的宗教了。

在張無忌領導下，明教失落了宗教的本質，而在許多基層明教徒投入抗元革命時，張無忌又端出明教教條，要求他們不得為官為君，使得他們綁手綁腳，這麼一來，明教徒往內既無法成為修心養性的修行人，往外也不得實現救國拯民的夢想。經過張無忌的領導，明教要不沒落，只怕很難！

第二十五回還有一些修改：

一‧張無忌向張三丰與俞岱巖說起別來情由，新三版較二版增說張無忌說到修習《九陽真經》的經過時，張三丰回憶起覺遠大師和郭襄的往事，不勝唏噓，而聽到張無忌在光明頂上一戰揚名，欣慰之餘，又想到張翠山早死，見不到愛子成名立業，不禁老淚涔涔而下。

二‧二版張無忌令五行旗分赴峨嵋、華山、崑崙、崆峒及福建南少林五處，和各派聯絡，打探消息。因為「福建南少林」並未在書中其他情節出現，新三版將之改為「少林」。

三‧楊不悔對張無忌盡吐她與殷梨亭的白頭之約，新三版較二版增寫張無忌突然之間，腦海中浮現出小昭嬌媚可愛的模樣，跟著是周芷若清麗靈秀的容顏，蛛兒腰身纖細的背影，甚至趙敏那薄怒淺笑的神情也出現了。新三版在此回，張無忌感情「劈腿」之勢，已隱隱成形。

四‧楊不悔跟張無忌談到小昭，說她原本對小昭很兇、很殘忍，又說：「後來見小昭待你挺好，我便不恨她了。」新三版楊不悔又較二版增說：「無忌哥哥，你也挺喜歡她吧？」

五‧二版楊不悔說她快十七歲了，新三版改為快十八歲了。

六‧二版楊不悔說殷梨亭「身受重傷，日夜昏迷，時時拉著我的手，不斷的叫我：『曉芙！

金庸武俠史記∧倚天編∨三版變遷全紀錄

曉芙！』」但殷梨亭的四肢關節不是都被阿二等人用「大力金剛指」折斷了嗎？・怎能拉楊不悔的手呢？・新三版刪掉了「時時拉著我的手」一句。此外，殷梨亭叫紀曉芙，二版叫「曉芙」，新三版改為「曉芙妹子」。

七・群豪說尋不著趙敏，周顛則說張無忌教主還欠趙敏三件事，張無忌自會見著趙敏，新三版還增寫了一段周顛的玩笑話：「最好她說要嫁咱們教主，教主就允了，此後閨房之中，她要教主幹甚麼，教主就幹甚麼，別說三件事，三百件也不怕！」眾人聞言都哈哈大笑。

八・二版朱元璋說宋遠橋是「瘦長身材」，新三版改為「微胖身裁」。

九・趙敏囚禁各大門派的寺廟，一版叫「萬法寺」，二版改名「萬安寺」。

范遙費盡心機搞臥底，卻被派到海外找謝遜

——第二十六回〈俊貌玉面甘毀傷〉版本回較

《倚天》有男女兩位間諜，女間諜是小昭，男間諜是范遙，小昭藏身明教光明頂，只為竊取

「乾坤大挪移」心法；范遙潛伏汝陽王府，則是為了探聽軍情。

且來看看明教頭號○○七密探范遙，處心積慮搞臥底，究竟做了些什麼？

一版張無忌在萬安寺初見到的苦頭陀范遙，外貌是白髮披肩的頭陀，駝背跛足，滿面橫七豎

八的都是刀疤，原來相貌已是全然不可辨認。他身材魁偉，雖然駝背，仍和鹿杖客差不多高矮。

二版將「白髮披肩」改為「長髮披肩」，並說苦頭陀「頭髮作紅棕之色，自非中土人氏」，

新三版再將苦頭陀的頭髮由「紅棕」之色改為「黃棕」之色。此外，范遙是以武功見長，才能得

到趙敏器重，二版因此將一版說的「駝背跛足」刪除了，「駝背跛足」應很難施展高明武功。

在萬安寺中，范遙以劍招打落黑林缽夫的鐵杖，趙敏問他使的是不是崑崙劍法。一版苦頭陀

點了點頭，趙敏再問他：「那何太沖不會嗎？」苦頭陀又點了點頭，可知一版苦頭陀的崑崙劍法

猶在何太沖之上。二版則改為趙敏問苦頭陀使得是不是崑崙劍法，苦頭陀搖了搖頭。

而後，張無忌一行由萬安寺回到客店，苦頭陀將張無忌等人引到亂石岡，一版說苦頭陀「一足雖跛，但邁開大步，行走甚是迅速。」二版自無此說。

經過與張無忌比拳、比劍、比內力後，苦頭陀終於對張無忌心悅誠服，自承他就是光明右使范遙，於是開始說起他到汝陽王府臥底的往事。

一版范遙說他因明教鬧紛爭，心灰意懶之下，出家做了個帶髮頭陀。一日，他經過太行山腳，在一座破廟中躲雨，無意中聽到成崑與空見大師的對話。成崑跪在地下，向空見神僧深自懺悔，說他如何酒醉之下，逼姦弟子謝遜的妻子，又殺了他全家老少，以致謝遜到處找他尋仇。成崑痛哭流淚，苦求空見大師收他為弟子，化解他的冤孽。空見大師於是為他剃度，收他為弟子，並答應助他了結與謝遜的冤孽。

范遙又說，此事過了一年之後，他聽聞了空見神僧的死訊，料想必與成崑有關，於是到少林寺附近訪查相關訊息，結果意外聽到成崑和鹿杖客的對話，隱隱聽到「須當毀了光明頂」七字。後來得知鹿杖客是汝陽王察罕特穆爾手下，他於是決意到汝陽王府臥底，探聽機密。

這段故事二版做了大幅刪修。二版范遙離開明教後，是裝上長鬚，扮作老年書生。一版於破廟中見到成崑、空見等相關情節，二版悉數刪除。二版范遙在大都鬧市上見到成崑，而後隨成崑

上酒樓，聽聞成崑與玄冥二老對話，話中隱隱約約有「須當毀了光明頂」七個字。離開酒樓後，范遙繼續跟蹤玄冥二老，這才發現他倆是汝陽王手下。

范遙想混入汝陽王府，查知汝陽王陰謀，卻又考慮成崑識得他的相貌，於是三次暗算成崑，卻都沒成功。一版范遙便「毀了自己容貌，打折了腿，假裝駝背啞巴，投到西域花剌子模國去」，二版改為范遙「毀了自己容貌，扮作個帶髮頭陀，更用藥物染了頭髮，投到了西域花剌子模國去」。

范遙說他成功進入汝陽王府後，為堅汝陽王之信，殺了明教三名香主，說到此事時，張無忌臉露不豫。一版性烈的范遙拔出楊逍長劍，左手一揮，割下右手三根手指，告訴張無忌：「范遙大事未了，不能自盡。先斷三指，日後再斷項上這顆人頭。」二版改為范遙割下右手兩根手指，新三版再改為范遙右手揮出長劍，在自己左臂上重重剌了一劍。從一版、二版到新三版，范遙自殘的殘忍度越來越輕。

故事接著說到趙敏在成崑策劃相助下，率領手下武士番僧，乘六大派圍攻光明頂之際，企圖坐收漁利，將明教和六大派一舉勦滅。一版說因近年來范遙奉命在海外搜尋謝遜的下落，西域之行沒能參與，直到後來方始得知。二版此處做了修改，改成范遙當時是奉命保護汝陽王，西域之

行因而沒能參與。二版范遙還說，他雖在汝陽王府中不露形跡，但他來自西域，趙敏便不讓他參與西域之役，說不定這也是成崑出的主意。

談起少林寺僧被趙敏擒獲之事，一版范遙說：「我剛從海外歸來，正好趕上了圍擒少林群僧之役……」二版改為范遙說：「郡主要對少林寺下手，生怕人手不足，又從大都調了一批人去相助，那便由我率領，正好趕上了圍擒少林群僧之役。」

一版楊逍問起達摩像之事，范遙說達摩像是他推轉的，二版因達摩像改為十八羅漢像，楊逍問的也改成是十八羅漢像之事。

范遙隨後與張無忌、楊逍及韋一笑訂下偷「十香軟筋散」解藥，以救萬安寺諸門派的計畫。

韋一笑抱了韓姬到鹿杖客房中，范遙以此要脅鹿杖客取出「十香軟筋散」解藥，鹿杖客問范遙，將韓姬劫到他房內，是否出自苦大師之手筆？一版范遙開始吟詩：「投我以解藥，報之以韓姬，匪報也，永以為好也。」二版范遙不再這般詩與大發了，改為范遙的回答是：「這等大事，豈能空手相求？自當有所報答。」

范遙自殘當間諜，最不可思議之處是，他混進汝陽王府十多年，明教竟無一人知道他在汝陽王府當間諜，換句話說，他根本沒有傳過任何一道情報給明教。

報，真堪稱是間諜界的奇葩！

范遙將自己從潘安變成醜八怪，臥底十多年，殺了三名自家香主，卻從未竊取任何機密情

【王二指間話】

金庸的一版小說是在報紙連載，二版與新三版則是書，報紙連載與書是兩種不同方式的創作，報紙連載必須在每天數百到數千文字中，盡量以最熱辣詭奇的情節吸引讀者，因此每天的情節最好都有「梗」，也最好都精彩，書本講究的則是全書一氣呵成，環環相扣，前段故事或許沒那麼精采，卻是後段故事的伏筆，整本書即是結構緊密的好看故事。

故事從報紙連載集結並修訂成書，勢必得大加伏筆來使前後段故事更密合，因此，金庸改版的原則之一，就是「補埋伏筆」。

《倚天》金花婆婆的故事就曾經過改版的「補埋伏筆」，一版《倚天》在金花婆婆甫出場時，說「金花婆婆銀葉先生數十年前威震天下」，可知金花婆婆是武林中早已成名的「老英雌」，絕不可能是中年的黛綺絲易容改妝。而當《倚天》進入下半段故事時，金庸又把金花婆婆

寫成了黛綺絲。

在報紙連載時期，應該絕少讀者會去翻閱年前的報紙相印證，因此，即使前後說法不一，也不至於引起太多爭議。然而，當連載要集結成書時，可就不能前後相矛盾了，因此金庸在修訂時，就增寫了胡青牛為金花婆婆搭脈，說「老年人而具如此壯年脈象，晚生實是生平第一次遇到。」這麼一來，就有了金花婆婆即是黛綺絲的伏筆。

然而，並不是每個角色都能像金花婆婆這樣，經由改版，順利地「補埋伏筆」，比如范遙到汝陽王府臥底的故事，就很難增埋伏筆。

在《倚天》故事中，金庸以張無忌出任教主為明教的分水嶺，在張無忌當教主前，明教是頹的、敗的、散的、魔的；張無忌出掌明教後，明教則是勝的、成的、聚的、神的。張無忌任教主之前與之後，明教是完全相反的兩種狀態。因此，在張無忌出任教主的前十多年間，范遙根本不可能將軍情機密傳回明教，倘使范遙順利竊取蒙古軍機，明教理當就能掌握機先，克敵致勝，這當然是萬萬不可的，故而在張無忌當教主之前，根本無處可補埋范遙臥底的伏筆。

范遙若要建功立業，一定要在張無忌出掌明教之後，然而，張無忌上任不久，范遙馬上回歸明教，這麼一來，范遙的多年臥底，對於明教的貢獻，竟然就只是在幾個月的時間中，做過將

十八羅漢像轉過身來，以及竊取「十香軟筋散」兩樁小事，這兩樁小事還完全無關明教或漢族的興復大業，看來范遙「俊貌玉面甘毀傷」，費盡心機的臥底，根本就是徒勞無功。

第二十六回還有一些修改：

一・張無忌三人在萬安寺側面，二版是楊逍揮了揮手，三人從側面欺進。新三版改為張無忌揮了揮手，三人從側面欺進。但楊逍怎能指揮教主的行動呢？新三版改為張無忌揮了揮手，三人從側面欺進。

二・趙敏令下屬將周芷若帶到殿上，二版張無忌見周芷若，心想周芷若刺他一劍，那是奉了師父的嚴令，他也不存芥蒂。新三版改為張無忌心想周芷若刺他一劍，那是奉了師父的嚴令，不得不遵，而她劍勢偏了，顯是有意容情。新三版更顯張無忌的多情。

三・對於曾經殺害明教三名香主，范遙以自殘表達罪愆，二版張無忌說：「你再殘害自身，那便是說我無德無能，不配當此教主大任。你再自刺一劍，我便自刺兩劍。」二版張無忌的說法未免太也霸道無賴，新三版將「你再自刺一劍，我便自刺兩劍。」改為「我自當立即辭去教主之位。」

四・范遙向鹿杖客求「十香軟筋散」解藥，立誓若牽連鹿杖客，他與滅絕師太一家男盜女娼，

新三版較二版增寫范遙心想「自己是『盜』，有甚干係？說滅絕師太是『娼』，更加人心大快。」

五．張無忌為救周芷若，破窗而入，與鹿杖客對了一掌，鹿杖客剎時全身燥熱，宛似跌入熔爐之中。一版此處說，原來雙掌相交，張無忌的九陽真氣逼進了鹿杖客的體內，鹿杖客練的是至陰至寒的內功，一遇純陽之氣侵襲，體內陰陽激蕩，難以寧靜。玄冥二老的另一個鶴筆翁在旁瞧見，一怔之下，急忙搶到他的身後，握住了他的左手，合兩人之力，這才將九陽真氣消淨。這段關於九陽真氣的描述，二版全刪了。

六．趙敏威脅周芷若，說要將她毀容，一版韋一笑反威脅趙敏：「趙姑娘，你要毀了周姑娘的容貌，那也由得你。我張教主名揚四海，英俊瀟灑，要娶幾個美貌女子為室，便是三妻四妾，又有何難？他壓根了就沒將這位周姑娘放在心上。只是你心狠手辣，我姓韋的卻放不過你。」二版刪掉了韋一笑話中的「我張教主名揚四海，英俊瀟灑，要娶幾個美貌女子為室，便是三妻四妾，又有何難？他壓根兒就沒將這位周姑娘放在心上。」這幾句話顯得韋一笑根本不懂教主心思。

七．張無忌在睡夢中，范遙從窗外向他凝望，一版說張無忌心中一涼：「怎地睡得如此大意？敵人早就到了窗外，居然並不驚覺。」這段描述大增范遙氣勢，大削張無忌功力，二版因此刪除了。

八·一版「趙明」的蒙古原名是「明明特穆爾」，封號是「紹明郡主」，二版改名「趙敏」，蒙古原名改為「敏敏特穆爾」，封號改為「紹敏郡主」。

九·鹿杖客的大弟子，一版名叫游龍子，二版改名為烏旺阿普，但在一版第十三回滅絕師太曾對紀曉芙說：「你大師伯孤鴻尊者，崑崙派的名宿游龍子，便是給這個大魔頭楊逍活活氣死的。」

一版的游龍子究竟是崑崙名宿改投鹿杖客門下，或是兩人恰巧都名為「游龍子」，已不得而知。

倚天劍、屠龍刀中藏刻有兵法秘笈所在地圖的玄鐵片
——第二十七回〈百尺高塔任回翔〉版本回較

《倚天屠龍記》由書名望文生義，可知「倚天劍」與「屠龍刀」是貫穿全書的兩柄重要兵器，然而，「倚天劍」與「屠龍刀」雖是兩把削鐵如泥的神器，但比起這一刀一劍，更重要的是藏在刀劍中的秘笈與兵法。

一版與二版藏在倚天劍與屠龍刀中的秘笈是寫在紙上，然而，令人質疑的是，屠龍刀曾被長白三禽高溫煉過，藏在刀中的紙片，為何沒化為灰燼？針對這個「BUG」，金庸在新三版做出了修正。且來看看新三版倚天劍與屠龍刀中的秘密。

倚天劍與屠龍刀的典故是滅絕師太說給周芷若聽的，二版這段故事是在第二十七回，新三版整大段移到第三十八回。

關於倚天劍與屠龍刀的由來，二版滅絕師太的說法是，黃蓉將楊過的玄鐵重劍鎔了，再加以西方精金，鑄成了一柄屠龍刀與一柄倚天劍。

新三版改為黃蓉將楊過的玄鐵重劍鎔了，再加以西方精金，鑄成了一柄屠龍刀；又以當時最

鋒利的兩柄寶劍，楊過的君子劍與小龍女的淑女劍，鎔合而鑄成一柄倚天劍。

至於刀劍中所藏寶物，二版說郭靖與黃蓉窮一月之力，繕寫了兵法和武功精要，分別藏在刀劍之中，屠龍刀中所藏的乃是兵法，此刀名為「屠龍」，意為日後有人得到書中兵法，當可驅除韃子，殺了韃子皇帝；倚天劍中藏的則是武學秘笈，其中最寶貴的，乃是一部「九陰真經」，一部「降龍十八掌掌法精義」，盼望後人習得劍中武功，替天行道，為民除害。

新三版改為郭靖與黃蓉窮數月心力，繕寫了兵法和武功的精要。那兵法是依據一部《武穆遺書》撮寫而成，郭大俠當年曾隨元太祖成吉思汗西征，深知蒙古人的用兵野戰之道，他把這些要點也寫入兵法之中。至於那部武學秘笈，則主要是一部《九陰真經》，再加上黃藥師的某些絕學、郭靖夫婦的師父九指神丐的精妙武功。

新三版還說，郭靖夫婦將這兵法秘笈藏在一個絕頂機密的所在，並在兩塊玄鐵鐵片之上，刻上了這所在的地圖，及進路的方法，再將鐵片藏入倚天劍與屠龍刀之中。若要得這兵法秘笈，必須得先尋得鐵片，而要剖刀劍取得鐵片，就須以刀劍互砍。

滅絕師太接著說，在屠龍刀離刀柄七寸之處，可用倚天劍離劍柄七寸處的鋒刃慢慢切入，刀劍互磨，屠龍刀刀背與倚天劍劍身都會現出缺口，而後，就能取得刀劍片中所藏鐵片。

滅絕師太接著談起峨嵋派傳下倚天劍的沿革，一版滅絕師太說郭靖夫妻將倚天劍傳給郭襄，屠龍刀傳給郭破虜，襄陽城破後，郭破虜殉國，屠龍刀從此不知所蹤。郭襄生前竭盡心力尋訪屠龍刀而未果，逝世前將刀劍的秘密告訴滅絕師太的師父一清師太。一清師太的徒兒，也就是滅絕師太的師姊，竟將倚天劍盜出，獻給了朝廷。

滅絕師太師姊獻給朝廷的倚天劍，皇帝又轉賜給汝陽王，滅絕師太而後再從汝陽王府劫了回來。

二版將這段故事徹底修改，滅絕師太的師父由一版的「一清師太」改為「風陵師太」。至於倚天劍落入汝陽王府之事，改為孤鴻子當年與楊逍約定單打獨鬥，向滅絕師太借了倚天劍。在那場比試中，孤鴻子武功雖不輸於楊逍，卻被楊逍連施詭計，終於胸口中了一掌，倚天劍還未出鞘，便給楊逍奪了去。

楊逍視倚天劍如廢銅廢鐵，將倚天劍隨手拋在地下，揚長而去。孤鴻子拾起劍要還給滅絕師太，那知他心高氣傲，越想越是難過，只行得三天，便在途中染病，就此不起。倚天劍而後被當地官府取了去，獻給朝廷。後來皇帝又賜給了汝陽王，滅絕師太再從汝陽王府奪了回來。

經過新三版的改寫，倚天劍與屠龍刀中沒有了一、二版的紙本秘笈，也就沒有紙張在高溫下為什麼不會化成灰燼的爭議，然而，新三版的改寫又衍生出新的問題，那就是郭靖黃蓉如果在刀

劍中放入玄鐵片，玄鐵片真能與刀劍完全密合，也就是卡死嗎？若是完全密合，即使刀劍俱折，玄鐵片仍卡死在內，怎能取得出來？而若非完全密合，必將發出聲響。謝遜在參屠龍刀秘密時，已是目盲之人，聽覺必然非常靈敏，倘若屠龍刀中有金屬碰撞之聲，即使聲音極細微，謝遜又焉能不察？況且謝遜已知屠龍刀背近刀柄七寸處有缺口，以謝遜言行之大膽，他若聽到金屬聲響，怎能不將屠龍刀鋸開，一探究竟？

【王二指閒話】

《倚天》一書的主旋律，即是明教群豪的抗元革命，而既然說到「抗元」，在南宋亡國之前，堅守襄陽數十年的抗元老字號郭靖當然得被抬出來當精神號召。

郭靖在襄陽鞠躬盡瘁，死而後已，他留給後代的抗元資產是什麼呢？從《倚天》來看，郭靖留給後人的抗元資產，就是倚天劍、屠龍刀、「武穆遺書」，以及《九陰真經》秘笈。然而，這些刀劍、兵法、秘笈對於抗元大業究竟有沒有關鍵性的影響呢？

倚天劍、屠龍刀只不過是兩把鋒利的兵器，充其量也就只有能兩個人能使用，即使這兩把劍

削鐵如泥，砍人如剁西瓜，以之用於戰陣，仍不可能消滅任何一支蒙古軍隊。蒙古人只需派出一整隊的「神箭八雄」射箭高手，亂箭之下，一定以可射死持倚天劍或屠龍刀的人。至於「九陰真經」、「降龍十八掌」等絕世武功，除非抗元團體可以廣授博學，否則，若只有一個人學會，這個人頂多只能效法歸辛樹搞暗殺，最後落得死路一條，也推翻不了元朝。再說到「武穆遺書」，古傳兵法勝於他岳武穆的，書攤隨手就能買到，什麼孫子兵法、吳子兵法、鬼谷子兵法、黃石公兵法、李靖兵法，愛買幾本有幾本，誰說非要你岳武穆的兵法不可？

再說得現實點，這些刀劍兵法武術若真能起到「驅逐韃虜」的神效，郭靖當年熟讀「武穆遺書」，也熟練《九陰真經》與「降龍十八掌」，倚天劍與屠龍刀更是黃蓉與他鑄造出來的，郭靖本人理當使用過。倘使這些刀劍兵法武術當真可以用來替天行道（倚天）或殺韃子皇帝（屠龍），郭靖不是早該驅逐韃虜，踏平大漠，甚至開創比成吉思汗更大的帝國了嗎？郭靖自己憑藉這些刀劍兵法武術都完成不了抗元大業，他又怎能期待百年之後的後繼者持同樣的刀劍兵法武術，完成他未曾的事功呢？

郭靖與黃蓉是「射鵰三部曲」的兩張抗元神主牌，在元末的抗元洪流中，金庸希望他倆仍有關鍵性的影響，甚至能達成「死郭靖能走生元帝」的效果，然而，若說一柄刀、一把劍、一部兵

法及一本秘笈就能扭轉抗元局勢，未免太過荒誕。

那麼，郭靖黃蓉最能助燃革命之火的抗元遺產又是什麼呢？說來比起刀劍武術，更可貴的是兩人那執著一生，為了守護大宋百姓，艱苦卓絕的「抗元精神」，如果郭黃二人可以合力寫一部《困守襄陽五十年記》、《襄陽抗蒙親歷記》、《蒙古侵宋記》或《襄陽圍城日記》之類，富含抗元精神的作品，以他二人超過半世紀在第一線抗蒙的實戰經驗，細述蒙古人如何侵我漢人城池、辱我漢人婦女、侮我漢人祖宗、滅我漢人血脈，再以悲憤之心，說他夫妻如何堅守襄陽，守護大宋百姓，終於彈盡援絕，直至最後一兵一足，仍力戰不屈，全書血淚般般，讀者必將為之熱血沸騰。此書定將被大元朝廷視為禁書，藏者讀者都可能被捕，因此必須先封入倚天劍與屠龍刀之中，而當此書面世時，必將引燃革命的熊熊火燄，對於反元志士來說，此書即是最好的勵志讀物。

如此一來，郭靖黃蓉就可穩坐「抗元神主牌」地位。他倆堅守襄陽的精神，將激勵反元志士的鬥志，也更堅定志士們驅逐韃虜，還我河山的決心！

第二十七回還有一些修改：

一・趙敏問張無忌是她美還是周芷若美，張無忌說：「自然是你美。」新三版較二版增寫趙敏大喜，問道：「你沒騙我嗎？」張無忌道：「我心中這樣想，便衝口說出來，要說謊也來不及了。」

二・趙敏要張無忌向謝遜借屠龍刀一觀，張無忌想著要到冰火島借刀，再送回冰火島，二版說要來來去去的走上三次不出岔子，那可半點把握也沒有，這裡應是誤寫，新三版將三次不出岔子更正為四次不出岔子。

三・趙敏希望與張無忌同赴冰火島尋謝遜，新三版較二版增寫張無忌內心深處隱隱覺得，若能與她風濤萬里，在茫茫大海中同行，真乃無窮樂事。雖顧慮仍多，但心中怦然而動。

四・鹿杖客將韓姬藏在烏旺阿普室中，新三版較二版增說鹿杖客心癢難搔，先在她嘴唇上輕輕一吻，佔些便宜再說，將來縱然落空，總也已吻過了美人。

五・張無忌對趙敏說他不想報仇殺人的心事，一版張無忌說：「爹爹媽媽是給人逼死的。那日我在武當山上，我向著爹爹媽媽的屍體立誓，日後我長大成人，定要替他們復仇。我把少林派、峨嵋派、崆峒派這些人的面貌，牢牢記在心中。當時我年紀小，心裡充滿了仇恨，可是後來

年紀大了，事情懂得多了，我仇恨之心一點點的淡了下來。」這段話配合二版張無忌的性格改為寬和，已經大幅刪除，二版張無忌只說：「我爹爹媽媽是給人逼死的。逼死我父母的，是少林派、華山派、崆峒派那些人。」

六・一版萬法寺高七層，二版改為萬安寺共十三層，高十三丈，烏旺阿普居於第十層。萬安寺改得越高，越能彰顯張無忌「乾坤大挪移」的神威。而為配合樓層更動，一版峨嵋派被囚於第四層，二版改為第七層。

七・范遙伏在烏旺阿普房中偷襲鹿杖客，點了鹿杖客十九處大穴後，一版范遙又抓著鹿杖客的四肢，喀喇喀喇數聲，將他手足的骨骼都折斷了，二版刪去了范遙折斷鹿杖客手足的描述。

八・一版蒙古武士的總管叫「哈禮赤花」，二版刪去名字，只說叫「哈總管」。

九・王保保的十八個隨扈，一版叫「天龍十八部」，二版改稱「十八金剛」，天龍十八部共分五刀五劍、四杖四鈸。使刀的五位，一版叫「五刀神」，二版改稱「五刀金剛」。「天龍十八部」可以結成「天龍陣」陣法，「十八金剛」的陣法則叫「金剛陣」。或因「天龍十八部」與《天龍八部》書名太雷同，故而二版更改了。

十・鶴筆翁說滅絕師太是范遙老情人，滅絕師太聞之大怒，一版解釋說「滅絕師太自幼嚴守清

規，少年之時，連男子的面也不見。」奇怪的是，一版滅絕師太不是有兩段情史嗎？一段是跟河南蘭封金瓜錘方評，另一段是跟峨嵋派孤鴻尊者，怎麼在這回又變成滅絕師太連男子的面也不見？真是前後矛盾。二版將「滅絕師太自幼嚴守清規，少年之時，連男子的面也不見。」幾句話刪了。

十一・張無忌施展「乾坤大挪移」幫助諸俠成功躍樓，一版武當派率先跳下的是莫聲谷，二版改為俞蓮舟，一版張無忌是在莫聲谷離地四尺時，將之拍掌撥開，二版改為張無忌在俞蓮舟離地五尺時，即施展乾坤大挪移。

十二・張無忌自萬安寺搶救諸大門派高手後，一版各大門派隨即共同推舉張無忌為「武林盟主」，這段故事有近兩頁的內容，二版全數刪去。

金花婆婆宰殺了奇獸玉面火猴

──第二十八回〈恩斷義絕紫衫王〉版本回較

在新三版《倚天》中，金庸很認真的在幫張無忌與小昭牽紅線，且來看看新三版張無忌與小昭比二版更親密的對話。

話說張無忌準備送小昭至汝陽王府，自己出海尋謝遜時，二版小昭問張無忌：「公子，你在想甚麼？」新三版改為小昭問：「教主哥哥，你在想甚麼？」新三版還說，張無忌雖已認定她為小妹子，但在旁人之前，小昭仍自居小婢，只有在無人處，才偶爾叫他一聲「教主哥哥」。

後來張無忌還是帶小昭一起出海，聽聞張無忌要帶她同行，小昭大喜，說道：「我要是惹得你不高興，你把我拋下海去餵魚罷！」二版張無忌笑道：「我怎捨得？」新三版張無忌則說：「親親小妹子，我怎捨得？」

新三版張無忌與小昭郎有情、妹有意，根本是一對情意纏捲的小情侶。

在這一回的一版故事中，世界上最後一頭玉面火猴即將慘遭滅絕，且來看看神獸玉面火猴的結局。

故事由金花婆婆強押周芷若回靈蛇島說起，金花婆婆回靈蛇島時，張無忌、趙敏、小昭也混在水手之中，隨金花婆婆前往。

眾人甫回靈蛇島，即見到丐幫諸人攻擊謝遜。圍攻謝遜的，除鄭季二長老外，還有一位三十歲上下的青年，這個青年就是陳友諒。

一版陳友諒默背過張三丰親撰「太極十九式」與「武當九陽功」，可是大有來頭的高手。金花婆婆見到陳友諒時，冷冷的問：「閣下也是丐幫中的長老麼？恕老婆子眼拙，倒沒會過。」陳友諒笑道：「在下新任長老不久，婆婆自當不識。在下姓陳，草字友諒。」

一版故事中，張無忌聽陳友諒自報姓名，頓時想起，他就是有過目不忘之長，背下「武當九陽功」的陳友諒。陳友諒身兼少林武當兩派絕學，難怪一進丐幫，就能高居長老之位。

金花婆婆從陳友諒的呼吸聲，聽出陳友諒學過武當派內功心法，因而問他是否武當弟子。聽金花婆婆這麼一問，張無忌更確定陳友諒偷學了當時背下來的張三丰親撰「武當九陽功」。

一版這段陳友諒偷學「武當九陽功」的情節，二版配合第十回的修訂，已悉數刪除。

而後謝遜以「屠龍刀」戰丐幫諸人，饒了陳友諒一命時，一版謝遜說的是：「老夫若再活得十年，自當領教閣下少林、武當兩派兼修的神功。」二版則改為：「老夫若再活得十年，自當領

教。」

故事再說回金花婆婆，一版金花婆婆稱呼謝遜「謝賢弟」，並自稱「紫衫老姊」，可知明教

「紫白金青」四法王在一版是按年齡排序的，紫衫龍王年齡最長，二版則為將金花婆婆，也就是黛綺絲「減齡」，金花婆婆對謝遜的稱呼改為「謝三哥」，自稱則改為「紫衫妹子」。

至於金花婆婆為何叛出明教呢？一版謝遜說，當年紫衫龍王「因爭教主之位，和眾兄弟不合。」後來才離開明教，可見一版的紫衫龍王跟楊逍等人一樣，都在爭奪教主大位，二版謝遜的說法則改為紫衫龍王當年是「因婚姻之事和眾兄弟不合」，這才離開明教。

金花婆婆說起往事，一版說的是「當年光明頂上，左右光明使夾擊老婆子。」，二版改為「當年光明頂上，大夥兒一齊跟我為難。」

而後金花婆婆立意向謝遜奪屠龍刀，謝遜極為憤怒，一版說謝遜仰天一聲長嘯，怒聲喝道：「那玉面火猴跟我相依為命，在冰火島上伴我二十年，你為何毒死了牠？我一直隱忍不言，豈難道當我不知麼？」

張無忌聞言，心頭一震，想起自己童年玩伴玉面火猴命喪金花婆婆手下，心中說不出的傷心難過。只聽金花婆婆冷冷的笑了一聲，說道：「這頭小猴兒每次見到了老婆子總是雙目炯炯，不

懷好意，牠身法如電，不下於一位武林高手，老婆子若是一個不防，說不定還要喪生在牠爪底。

我想這玉面火猴既然如此靈異，那麼我給牠吃的那幾枚水蜜桃，是否曾在毒藥水中浸過，牠也該當分辨出來。不料猴兒總是畜牲，徒負靈名，將這些水蜜桃吃得乾乾淨淨，還向老婆子拱手作揖，連連道謝呢！」

原來世界上最後一頭玉面火猴，竟是中毒而死。這一大段「玉面火猴」的相關情節，二版全數刪除了。

至於金花婆婆為什麼整天咳個不停呢？一版謝遜曾問金花婆婆：「那年你和丐幫激鬥，肺上中了一劍，纏綿至今，總是不能痊癒嗎？」可知一版金花婆婆的長年咳嗽是與丐幫戰鬥留下的舊疾。二版謝遜的問話則改為：「那年你在碧水寒潭中凍傷了肺，纏綿至今，總是不能痊癒嗎？」

原來二版金花婆婆的咳嗽是與銀葉先生在碧水寒潭中武鬥，留下的後遺症。

經由改版修訂，紫衫龍王即從一版身裁佝僂的老龍，變成了二版的波斯聖女黛綺絲，也就是美艷的紫龍！

金庸筆下的江湖往往建構於歷史之上，虛構人物因此常常會與歷史人物共同創造歷史事功，

然而，虛構人物並不存在於真實歷史中，小說也不能篡改重要史實。在文學創作中，小細節可以由虛構人物完成，大關節仍需由歷史人物來成就，因此，金庸未將郭靖寫成鎮守襄陽的大將軍，也沒讓張無忌成為明朝的開國皇帝。

金庸在早期作品中，連「官銜」都不讓虛構人物輕易碰觸，以免招致捏造歷史的譏評，比如《射鵰》郭靖終其一生都只是守襄陽城的志工，從未支領一錢半兩的官俸，但在後期小說中，金庸就漸漸讓他虛構的人物也擁有真實的歷史官銜了，比如《天龍》喬峰是大遼國的「南院大王」，《鹿鼎》韋小寶則是大清國「鹿鼎公」。金庸確實是捏造歷史，但從文學及娛樂的觀點來看，並無傷大雅。

不過，金庸畢竟還是有分寸的，對於載諸史冊且深植人心的重要史蹟史事，他絕對會尊重歷史，不可能讓虛構人物篡奪歷史人物的事功，比如施琅平台，金庸絕不會將施琅從小說中逕行刪除，改由韋小寶來完成平台事功。

江湖俠士是虛構的，不論在小說創作中，江湖俠士多麼有謀有勇，都不能取代歷史人物，建立重大歷史事功。因此，江湖俠士若與歷史人物共創歷史事功，江湖俠士只能是兩種角色：

一、為人作嫁：如《射鵰》郭靖死守襄陽數十年，始終只是守將呂文煥（呂文德）帳下的義士，死守襄陽的大功還是呂文煥的；再如《鹿鼎》韋小寶與俄國簽訂「尼布楚條約」，贏得外交上的大勝利，但簽約揚威的功績還是屬於索額圖等人的。

二、冒名頂替：江湖人物若非為人作嫁，而是真正成就了史實事功，那就必須「冒名頂替」，成為歷史人物的替身，比如《鹿鼎》假太后毛東珠拘禁真太后，當起了順治遺孀，康熙朝的太后，但毛東珠仍不能載入清朝史冊，真正為歷史所載的仍是真太后。

《倚天》之所以在創作張無忌與朱元璋故事時面臨收尾的難題，即是因為金庸在角色設定上，張無忌與朱元璋的位置打從一開始就顛倒了。從小說原則來說，江湖俠士本當將歷史事功奉送給歷史人物，當為人作嫁的無名英雄。如果在《倚天》中，朱元璋是明教教主，張無忌是明教俠士，張無忌就可以在擊敗群雄後，將開國皇帝之位奉送給朱元璋，這樣就符合了歷史真實，然而，在這部小說中，張無忌是明教教主，朱元璋則只是明教的中級幹部，故事的結尾又必須是教主張無忌將大明開國皇帝之位奉送給中級幹部朱元璋，於是造成了小說收尾的困難。

因為張無忌與朱元璋的角色設定顛倒，因此，不論書末是編造朱元璋用計或逼宮趕走張無忌，亦或新三版加三大令五小令綑綁張無忌，故事的邏輯顯然都有瑕疵。

如果《倚天》的故事順利發展，張無忌勢必要登上龍廷，但這麼一來，金庸只能像在解釋《鹿鼎》建寧公主之事一樣，對讀者道：「大明開國皇帝據史書明載是朱元璋，小說為求趣味，將明太祖改為張無忌，稗官小說不求實事與正史相合，學者通人不必深究。」而若真把創意玩到這麼大，小說的創意與娛樂性也就太過火了！

第二十八回還有一些修改：

一・丁敏君說周芷若到大都是要尋小淫賊張無忌，趙敏聞言伸手到張無忌臉上刮羞，新三版較二版增說「趙敏覺到他臉上發燒，暗暗好笑，強自忍住，才沒『嘻嘻』的笑了出來。」

二・金花婆婆出掌制住周芷若大穴，二版說此時的周芷若雖然學武為時無多，就已得了滅絕師太三分真傳。但周芷若不是已經學武多年了嗎？怎能說「為時無多」？新三版因此將二版「周芷若雖然學武為時無多」一句改為「周芷若雖然功力尚淺」。

三‧峨嵋掌門信物鐵指環，二版周芷若是套在右手，新三版改為左手。

四‧趙敏備大船準備出海，二版是到海邊的縣城，新三版直寫是海津鎮，金庸還括弧說明「屬今日的天津市」。

五‧張無忌一行出海，後來至靈蛇島，二版是第三日午後，新三版改為第六日午後。

六‧張無忌與謝遜重逢，二版說謝遜此時頭髮「白多黑少」，此處當是誤寫，新三版已更正為「白多黃少」。

七‧二版金花婆婆說「我只是要去找害死我丈夫的頭陀算帳。」新三版將「頭陀」改為「番僧」。

八‧陳友諒再次想偷襲謝遜，二版謝遜將他手中彎刀奪過，連打他三個耳光。但謝遜彎刀在手，如何打人？新三版改說謝遜將他手中彎刀奪過，順手擲地，再連打陳友諒三個耳光。

九‧金花婆婆說謝遜「二十年來武功大進」，但算來兩人參商不相見，應超過二十年，新三版更正為「三十年來武功大進」。

十‧一版周芷若對峨嵋門人自道身世，說：「先父姓周，名諱上子下旺。」二版改為「先父姓周，乃是漢水中一個操舟的漁夫，不會絲毫武功。」一版周芷若又說：「先母薛氏。」二版加

說為：「先母薛氏，祖上卻是世家，本是襄陽人氏，襄陽城破之後逃難南下，淪落無依，嫁了先父。」

十一・一版迴護周芷若的峨嵋門人「靜住」，二版改為已數次出現的「靜玄」。

十二・趙敏持倚天劍鬥金花婆婆，一版說金花婆婆無法逼近她身子的六尺之內，二版將趙敏的武功稍微降低，改說金花婆婆無法逼近。

聖火令是聲音美妙的樂器
——第二十九回〈似女同舟何所望〉版本回較

元末中土最有名的武器，就是倚天劍與屠龍刀，而唯一能匹敵倚天劍與屠龍刀的，就只有波斯的聖火令。且來看看一版與二版對聖火令殊異的描寫。

一版的聖火令是在謝遜感激張無忌假冒巨鯨幫眾救其性命時出現，一版說：便在此時，忽聽得遠處傳來叮的一聲響，這聲音似乎極輕，又似極響，聽在耳中似乎極是舒服受用，卻又似乎是煩燥難當。謝遜、張無忌、金花婆婆聽到這聲音，心頭都是一震，竟比驀地裡聽到個晴天霹靂更是吃驚。他三人都是內力高強之人，張無忌九陽神功已成，更是諸邪不侵，但這異音之來，竟是震得他心旌搖動，一剎那間，身子猶如飄浮半空，六神無主，生平從未遭遇過如此經歷。他急忙收攝心神，只聽得那聲音又是一響，這一次卻又已近了數十丈，在這頃刻之間，這聲音移動得竟是如此迅速。

可是這一下異聲，和第一聲卻是截然不同，聲音柔媚宛轉，如靜夜私語，如和風拂柳，但聽在耳裡，同樣的奪魄驚心。張無忌知道來了異人，絲毫不敢怠慢。突然間噹的一聲巨響，山谷間

心一堂金庸學研究叢書　金庸版本的奇妙全界

嗡嗡作聲，如土崩地裂，如百鐘齊鳴。在這巨響聲中，三個人現身眼前。

這就是一版對聖火令的描寫，可知一版的聖火令可說是音域極廣的樂器。二版則將這段大幅

刪修，只說張無忌等人「忽聽得身後傳來兩下玎玎異音，三個人疾奔而至。」可知二版的聖火令

已不是樂音動人的神器，而是只能用來對抗倚天劍與屠龍刀的金屬板。

見到聖火令後，一版張無忌心中想的是：「楊教主遺言中說道，本教聖火令自第三十一代石

教主之時，便失落於丐幫之手，迄今無法取回。」二版因刪掉明教與丐幫世仇之說，「便失落於

丐幫之手，迄今無法取回。」也改作「便已失落。」

而後，在流雲使與謝遜對談時，流雲使又拿出聖火令，一版說流雲使伸手入懷，取出兩塊二

尺多長，非金非玉的牌來，相互一擊，錚的一聲響，正是張無忌第一次聽到的那古怪聲音。這時

相距既近，更是震得人不能自恃。這段聖火令發出玄妙聲音的描述，二版亦進行了修改，改說那

流雲使將兩塊黑牌相互一擊，錚的一聲響，聲音非金非玉，十分古怪。

波斯明教三使而後生擒金花婆婆，一版說金花婆婆後心要穴為流雲使與妙風使所制時，輝月

使搶上三步，左手食指連動，點中了她胸腹的七處穴道。可見一版波斯三使也會點穴的功夫。二

版此處做了修改，改說輝月使搶上三步，在金花婆婆胸腹間連拍三掌，這三掌出手不重，但金花

金庸武俠史記 ∧倚天編∨ 三版變遷全紀錄

婆婆就此不能動彈。二版還增寫張無忌心道：「那人拍這三掌，並非打穴，但與我中土點穴功夫似有異曲同工之妙。」可知二版的波斯三使並不會中土的點穴功夫。

至於明教的聖火令一共有幾枚呢？第三十回中說及聖火令總枚數之事，一版與二版說聖火令共是六枚，此六枚聖火令乃「山中老人」霍山所鑄，刻著他畢生武功的精要。六枚聖火令與明教同時傳入中土，向為中土明教教主的令符。新三版則改說聖火令共十二枚，六枚刻的是武功，另外六枚刻的是明教教規三大令、五小令。這十二枚聖火令乃「山中老人」霍山所鑄，他在其中六枚刻了他畢生武功的精要。十二枚聖火令與明教同時傳入中土，向為中土明教教主的令符，中土明教在空白無字的另六枚聖火令上刻了三大令、五小令的中土教規。

說來聖火令還真是可惜了，聖火令是能發出美妙聲音的樂器，如果黃藥師、曲洋或劉正風擁有聖火令，能以之彈奏美妙的音樂，但聖火令淪落在波斯三使手裡，就只能當殺人傷人的武器了。

【王二指閒話】

金庸的江湖中有林林總總的幫會教派，幫派教會各有其凝聚幫眾教眾的方法。

許多門派的凝聚力都來自師父，比如《射鵰》桃花島、《倚天》武當派、峨嵋派、崑崙派、《天龍》星宿派、及《笑傲》華山派、嵩山派等等，這些幫派的特色是弟子們都是同一個師父教出來的。一日為師，終身為父，幫派就好像一個大家庭，弟子們共同敬奉師父，凝聚力因此極為濃厚。

另有些幫派是由高手群組成的，幫主則是幫眾公推出來，或比試出來的，這些幫會教派凝聚幫眾門徒的方法各有不同，試舉幾例：

一、《鹿鼎》天地會、《書劍》紅花會。天地會與紅花會皆以「反清復明」為目標，幫眾們有共同的理想，因而可以凝聚成反清團體，並奉武功最強的陳近南及陳家洛為反清領袖。

二、《天龍》、《射鵰》與《神鵰》的丐幫。丐幫幫眾遍天下，所有的幫眾都是乞丐，以現代術語來說，丐幫即是「乞丐公會」，加入公會才有保障，丐幫幫眾因此即可凝聚起來。

三、《射鵰》、《神鵰》全真教。全真七子在王重陽過世後，凝聚的力量來自七子對武功共同的興趣，他們共同開發新武功，研發新陣法，凝聚力就在學武之樂中。

四、《笑傲》日月神教、《鹿鼎》神龍教。這兩個邪教都以毒品逼迫教眾，日月神教使的是「三尸腦神丹」，神龍教使的則是「豹胎易筋丸」，教徒服用後，即須終身接受教主指使，故而

只能消極的凝聚在教主手下。

《倚天》明教與上述幫會門派有著本質上的歧異，因此無法以諸幫會門派凝聚門徒的方法凝聚教中群雄。楊逍、謝遜等人在入教之前，都已經身懷絕藝，而且武功家數各自不同，難以共同組陣學功，因此學武並非他們留在明教的原因；此外，明教雖有為國為民的理想，但在元末之時，反元已是時代潮流，「起義抗元」可不是明教的獨門招牌，因此，單是打出「為國為民」的旗幟，並不能凝聚明教群雄；至於以毒品控制下屬，明教以光明正大的教派自居，當然不可能用這麼下三濫的手段凝聚教眾。

對於明教群雄而言，將其凝聚在教中最大的吸引力，無非就是「天下第一大教教主」的寶座。

光明左右使、紫白金青四法王、五散人、五行旗等高手留在教中，也就是為了爭奪教主之位。因為群雄垂涎的是教主之位，因此，在陽頂天失蹤後，無法指定誰來接班，導致誰來接教主之位都會被其他人鳴鼓而攻，故而無人能以教主自居，整個教團因此四分五裂，無法凝聚。而即使陽頂天仍活著，只要他先決定接班人選，其他人必將認為教主之位無望，於是只能脫教出走，這麼一來，明教的難題，就在於高手太多，而且個個心高氣傲，難以服人，人人都想當領導人，卻沒有人願意被領導，這也是明教真正的危機所在。

第二十九回還有一些修改：

一・聽聞波斯三使手持聖火令，二版張無忌心道：「陽教主遺言中說道，本教聖火令自第三十一代教主之時，便已失落。」新三版將「陽教主遺言中說道」改為「楊左使曾說過」。

二・波斯三使持聖火令來戰張無忌，二版說聖火令「白光急閃」，這裡是誤寫，因為聖火令是「黑牌」，新三版已更正為「黑氣急閃」。

三・張無忌與波斯三使罷鬥言和，流雲使竟又突施偷襲，二版說流雲使使的是「陰風刀」，新三版刪去「陰風刀」這頗具中土味的功夫名稱，只說流雲使偷襲。

四・謝遜與張無忌、小昭、趙敏、周芷若、殷離同在小船上，謝遜心情暢快，大雨中高聲談笑，二版又說「小昭天真爛漫，也是言笑晏晏。」新三版則增寫為「小昭雖天真爛漫，言笑晏晏，趙敏卻察覺她眉目之間深有憂色，料想她是為了忽然出現個秀麗逾恆的周芷若而不喜。」這是要為下回波斯三使識破黛綺絲真實身份增埋伏筆。

五・一版謝遜對波斯三使說中土明教「千餘年來獨立成派，自來不受波斯總教管束。」新三版將「千餘年」改為「數百年」。

六・波斯三使將金花婆婆一招將擲了出去，一版謝遜認為自己功夫和金花婆婆乃在伯仲之間，縱要抗拒，也是無能為力，二版增強了謝遜的功力，改為波斯三使將擲了金花婆婆出去，謝遜認為「決不是常人所能」。

七・張無忌一手抱殷離，一手抱趙敏，與謝遜一同下山，一版謝遜心想：「這少年恁地了得，手中抱著二人，竟比我奔得還快。」二版將「竟比我奔得還快」改為「仍然奔行如此迅速」。

八・波斯三使擊炮轟張無忌之船，一版張無忌和周芷若正走在甲板之上，只覺一股熾烈無比的熱氣衝來，將兩人拋出甲板。張無忌想也不想，右手伸出，抓住一根帆索，左手剛好抓住周芷若的小腿，兩人才算沒有落海。這段二版全數刪除。

九・殷離在夢中提到化名曾阿牛的張無忌說過娶他為妻，一版張無忌滿臉通紅，狼狽之極，此時殷離神智昏迷，反不能阻止她不說，倘若出手點她啞穴，她重傷之際，於她身子有損。但張無忌真會興起點殷離啞穴，以全自己聲名之想嗎？二版刪了這段描述。

張無忌與小昭相約跳海殉情

——第三十四回〈東西永隔如參商〉版本回較

二版《倚天》的讀者理當都知曉，張無忌的最愛是趙敏，但在新三版中，金庸要顛覆讀者們的想法，原來張無忌的最愛竟是小昭。且來看看新三版的改寫。

話說張無忌一行因波斯明教總教追捕聖女黛綺絲，因而置身波斯大船重炮威脅之下。黛綺絲為了不拖累他人，力勸小昭出任波斯明教教主。小昭瞧了張無忌一眼，雙頰暈紅，甚是靦腆。

新三版增說，張無忌心中隱隱感到，小昭對自己情深意重，射來的眼光中顯得既無奈，又不捨。

後來黛綺絲真的說動了小昭，小昭的眼光向張無忌望了過來，二版張無忌見她眼色中柔情無限、實非作偽，新三版改為小昭的眼神柔情無限、實蘊深情。

而後小昭與黛綺絲進小船，再回到波斯大船，謝遜見狀感慨的告訴張無忌：「我識錯了韓夫人，你識錯了小昭。」二版周芷若忽道：「小昭對張公子情深意重，決不致背叛他。」新三版則將周芷若的話增寫為：「小昭對張公子情深意重，寧可自己性命不要，也決不會背叛他。」

過了一會，小昭乘小船來請張無忌等人同上波斯大艦，謝遜問：「小昭，你做了波斯明教的

教主麼?」二版說小昭大大的眼中忽然掛下兩顆晶瑩的淚水，新三版再加寫，淚水從小昭白玉一

般的臉頰上流了下來，跟著淚水不斷，成串流下。

總之，從二版到新三版，張無忌與小昭，越來越見情根深種，不只兩人心意相通，連周芷若

等人也更明白兩人的情意匪淺。

小昭當上教主，被迫須得前往波斯，張無忌與小昭這對小情人的離情依依，新三版更是較二

版大為加料。

且說小昭離去前，決意以婢女的身份，於房艙中最後一次貼心地服侍張無忌更衣，張無忌心

中激動，將小昭抱在懷裡，兩人開始激情擁吻，新三版較二版增寫，小昭雙臂摟著張無忌頭頸，

柔聲說道：「教主哥哥，本來，將來不論你娶誰做夫人，我都決不離開你，終生要做你的小丫

頭，只要你肯讓我在你身邊服侍，你娶幾個夫人都好，我都永遠永遠愛你。我媽寧可嫁我爹爹，

卻不肯做教主，也不怕給火燒死，我⋯⋯我對你也一模一樣⋯⋯」

對於小昭的深情，新三版增寫張無忌對小昭低聲道：「我會永永遠遠記得你。我前晚作夢，

娶了我可愛的小妹子做妻子，以後這個夢還會不斷做下去。」小昭柔聲道：「教主哥哥，我真想

你此刻抱住我，咱二人一起跳下海去，沉在海底永遠不起來。」

張無忌心痛如絞，覺得如此一了百了，乃是最好的解脫，緊緊抱住了小昭，說道：「好，小妹子！咱二人就一起跳下海去，永遠不起來！」小昭道：「你捨得你義父，捨得周姑娘、趙姑娘她們嗎？」張無忌道：「我這時候想通了，在這世界上，我只捨不得義父和小妹子兩個。」小昭眼中射出喜悅的光芒，隨即又決然的搖搖頭，說道：「現今我可不能害死我媽媽，你也不能害死你義父。」

新三版將張無忌與小昭的戀情寫得遠較二版濃烈，若依新三版的情節來看，趙敏與周芷若漢蒙雙美爭奪張無忌，兩人為情郎搏性命，原來張無忌早就心有所屬，他真正愛的是波斯美女小昭，看來不論最後是趙敏還是周芷若嫁給張無忌，張無忌心中想的都是「前女友」小昭，說不定還會常常派人到波斯，follow前女友的訊息。

【王二指閒話】

金庸曾經針對自己筆下的女子，自道他最愛的三種女人。他的說法如下：

「最喜歡最欣賞的女人——黃蓉、小龍女、程靈素、駱冰、阿九、何鐵手、藍鳳凰。

理想的妻子對象——任盈盈、趙敏、阿朱、曾柔、周芷若。

我心中對之有柔情、有愛意、願意終生愛護她的女子（和妻子不同）——郭襄、小昭、儀琳、雙兒、阿碧、阿九、程英、公孫綠萼、甘寶寶。

我以上所說的三種女子，一種是最欣賞的，例如黃蓉、程靈素、小龍女，當她們是朋友、老師，那很好，如作為妻子，自己會有壓迫感，覺得尊敬有餘、親暱不足。最想作為妻子的，如任盈盈，她大方體諒而寬容，丈夫做錯了什麼事，她一笑置之，不會窮追苦查，遇上大事，她比丈夫更聰明，更能解決問題，不但是賢內助，且是賢外助。

第三種女子，例如郭襄、儀琳這一類小姑娘，我願意愛護她、憐惜她，認她做義妹，收她為徒弟，心裡偷偷愛她，但不敢發展愛情，那是一種『已婚男子』的祕密感情。」

新三版的修訂特色之一，就是金庸為了表達對他「最愛」的幾位女子的疼愛憐惜，往往會將男俠改得更溫柔體貼，以照顧他最愛的女人，尤其是「心中對之有柔情、有愛意、願意終生愛護她的女子（和妻子不同）」的那幾位女子。

比如新三版《神鵰》增寫了楊過對郭襄，既有「情不自禁抱起了她身子，就學周伯通那樣，

輕輕轉三個圈子，將她向上拋起，接住放落」的親暱動作，也有「見她對己真誠依戀，自此對她全是一片柔情美意。若有人家加害，他便捨了性命，也要維護她周全」的親密情感。此外，二版《碧血》袁承志與阿九同臥一床時，兩人謹守禮法，以禮相待，新三版則改為「袁承志湊過臉去，吻她（阿九）嘴唇。阿九湊嘴還吻，身子發熱，雙手抱得他更緊了。」郭襄與阿九兩人即都是金庸「對之有柔情、有愛意、願意終生愛護她的女子。」

二版《倚天》張無忌的最愛，即使不是趙敏，也當是周芷若，新三版則改成張無忌的最愛是小昭，因為小昭去了波斯，張無忌才只能退而求其次選擇趙敏。改寫的原因也是因為小昭是金庸「心裡偷偷愛的女人」之一，而且在金庸的「偷偷愛排行榜」上，小昭排名第二，僅次於郭襄。

金庸將情感投注與自己創作的人物，原也無可厚，然而，將張無忌的最愛改成小昭，卻不盡合理，因為張無忌在感情上是「偏靜」的，在追求愛情上比較被動，這樣的男性通常比較喜歡個性活潑，會創造生活新鮮感的女性，而在張無忌的四位女友之中，趙敏是最活潑，也最能想出生活創意新點子的，因此趙敏對張無忌的吸引力，理當勝於小昭。

小昭的個性跟張無忌類似，都較偏靜，因此，張無忌與小昭獨處時，兩人都矜持守禮，不僅難以擦出激情的火花，更稍嫌索然無味。當然，愛情是沒有道理的，誰愛上誰都有可能，但新三

版增寫張無忌自陳他的最愛是小昭，推想原因，一來也許是張無忌即將失去小昭，得不到的最美，二來也可能只是好人心態作祟，想討小昭的歡心。

第三十回還有一些修改：

一・二版謝遜說二十餘年前她聽過韓夫人唱波斯小曲，新三版改為三十多年前。

二・張無忌等人回想起金花婆婆的外貌，二版說是四方臉蛋，新三版改為臉蛋上窄下闊。

三・韓千葉受傷後，二版說陽頂天命神醫胡青牛替他療傷，這裡是誤寫，當年就是胡青牛拒醫韓千葉，金花婆婆才與胡青牛結怨，胡青牛怎可能幫韓千葉療過傷？新三版因此改為陽頂天命人為他（韓千葉）療傷。

四・趙敏問起小昭師承，小昭答：「難道你要削我幾根指頭，逼問我武功麼？」新三版較二版增說小昭「心中顯也（對趙敏）頗著敵意。」

五・波斯人派人要鑿沉張無忌座船，黛綺絲下水殺敵，二版黛綺絲殺了六人後，右手抓住一個波斯人的頭髮，踏水而來。後來黛綺絲用波斯話向被擒的波斯人問了幾句，手一起掌，將他天

心一堂金庸學研究叢書　金庸版本的奇妙全界

靈蓋擊得粉碎，踢入海中。新三版將這些描述全數刪除，新三版黛綺絲下水殺了六人，未擒得活口。這點符合新三版盡少殺人的「祥和原則」。

六‧謝遜說及霍山殺英格蘭國王愛德華，一版金庸加註「金庸按：此事見新英國正史」，二版刪了此註。

七‧一版謝遜憶起往事，說到：「楊夫人是教主的師妹，也就是我的師叔。楊教主、成崑、楊夫人三人是同門師兄妹，楊教主是我大師伯，當年指點過我不少武功，他老人家待我是極好的。」二版改為謝遜說：「陽教主夫人是我師父成崑的師妹，是我師姑。陽教主對夫人是十分愛重的。」二版陽頂天不再與成崑有師兄弟關係了。

八‧一版明教光明頂的「議事廳」，二版改名「聖火廳」。

九‧黛綺絲代陽頂天來戰韓千葉，一版是以匕首插在韓千葉左胸。然而，若當真如此，匕首即有可能插進韓千葉心臟，韓千葉也就嗚呼哀哉了，二版改為匕首插在韓千葉右胸。

十‧一版謝遜說起黛綺絲，談到「她畢生在逃避波斯總教來人的追尋，那知到頭來還是無法逃避。」這段話二版改作「她畢生在逃避波斯總教來人的追尋，那知臨到暮年，還是無法逃避。」二版黛綺絲只在中壯年，當無「暮年」之說。

十一‧一版要由謝遜手裡搶回平等王的是勤修王、忍辱王、功德王，二版將忍辱王改為鎮惡王。

十二‧一版介紹波斯武功時，提到波斯總教的首腦情知倘使乾坤大挪移心法能物歸故主，和聖火令上神功相輔相成，那麼明教便能威震天下，他們派遣聖女黛綺絲混入光明頂，其意便在於此。不料這份心願，卻是在中土明教教主張無忌的身上完成。其實波斯明教便是得到了乾坤大挪移心法，若無九陽神功作為根基，也未必能參透其中奧妙，可知世事往往講究機緣，未必強求便得。這一大段二版全刪。

十三‧被張無忌所擕的另二位波斯寶樹王，一版是功德王與歡喜王，二版將歡喜王改為掌火王。

十四‧一版波斯明教聖處女的信物是「鐵指環」，但「鐵指環」豈不是與峨嵋派的信物一樣？二版改為「七彩寶石戒指」。

周芷若是說肉麻情話的談情高手

——第三十一回〈刀劍齊失人云亡〉版本回較（上）

金庸武俠小說中也有推理橋段，倘使推理的鋪陳有所瑕疵，金庸會經由改版修訂，將推理邏輯改寫得更周延。這一回是《倚天》中的「荒島命案」推理故事，且來看看《倚天》荒島命案二版到新三版的大翻修。

故事就從張無忌一行人上了荒島，餵過受金花婆婆所傷的殷離服下草藥開始。

新三版此處加寫了一長段，說此時的趙敏昏睡不醒，過了好一會，才終於醒來，她告訴張無忌，她的身體沒有不舒服，只是頭有點兒沉。

因為趙敏身體不適，當天的晚餐就由周芷若下廚。

這一段增寫是要補埋服筆，讓讀者知道周芷若為什麼可以神不知鬼不覺地在飲食中下「十香軟筋散」。

但這段增寫也使得趙敏殺害殷離的嫌疑大減，因為趙敏體虛如斯，如何能殺殷離，又傷周芷若呢？

次日清晨，張無忌一早醒來，見到海灘上的波斯船不見了，二版張無忌隨即大叫：「義父，你安好麼？」

新三版張無忌先至海灘尋覓波斯船，隨後即看到殷離俯臥在海灘旁的沙中，氣息微弱，臉頰上還被利刃畫出了十來條細細的傷痕，滿臉是血，於是立即將她救起。

他記掛義父與周趙二女，橫抱殷離，往來路奔回。

張無忌隨後探看周芷若，周芷若秀髮給削去了一大塊，左耳也被削去一片，新三版又較二版增寫，周芷若沉睡不醒，張無忌探她鼻息，幸好呼吸沒變。

看過周芷若後，新三版增寫說，此時張無忌心中只掛念趙敏，四下奔跑尋找，全無蹤影，再沿海灘奔跑一周，時時刻刻只怕突然見到她的屍體給海水沖上沙灘，又或是在海中載浮載沉，幸好這可怕的情景並未出現，而後，張無忌開始懷疑是趙敏對眾人下毒，並取走了屠龍刀和倚天劍。

接著，張無忌告訴謝遜說，他們都中了「十香軟筋散」，謝遜問起屠龍刀和倚天劍，張無忌黯然道：「都不見了。」心中氣惱無比。二版說張無忌又是心痛，又是惱怒，切齒道：「趙敏啊趙敏，但教你撞在我手裡，張無忌若再饒你，當真枉自為人了。」新三版則改為張無忌尋思，趙

敏該當不致於這般無情無義。

而後，殷離停止了呼吸，張無忌遂親手為其下葬立碑。

接下來的故事是，謝遜要張無忌娶周芷若，方能肌膚相親，為周芷若驅毒，周芷若說張無忌心中喜歡的是趙敏，因此，他要張無忌先立誓殺趙敏，才願意與張無忌成親。在周芷若逼迫下，張無忌立誓殺趙敏為殷離報仇。而後謝遜說起張周兩人的婚事，張無忌決定先與周芷若定婚約，以為周芷若驅毒，待回中土殺了趙敏，再與周芷若完婚，若不能回中土，則三年後定與周芷若完婚。

跟周芷若訂下婚約後，新三版增寫了兩頁半，內容全是張周二人的綿綿情話，增寫的部份約略是：周芷若對張無忌說：「將來你如發覺我做了甚麼事對你不住，那也是因為愛你的緣故。」

張無忌道：「你為了愛我，不論做甚麼事，我決不會怪你。」

而後，周芷若說起滅絕師太跳樓前，逼她立誓不能嫁張無忌之事，並說自己內心很不安，張無忌則說，那個誓是被師父逼的，不算數，張無忌又說，趙敏在萬安寺威脅要將周芷若毀容時，他心裡說：「此刻我如救這姑娘不得，她容貌給人毀了，就算變得醜八怪那樣，老天爺在上，我張無忌無論如何要娶這姑娘為妻，愛她惜她，護她周全。那一位姑娘真正對我好，我也真正對她

好，美麗醜陋，全不相干……」

想不到張無忌話剛說完，山石之後突然飄來一個女子聲音：「咦！阿牛哥，真的嗎？」張無忌一驚，聽聲音似是殷離，不禁跳起身來，叫道：「阿離表妹，是你嗎？」周芷若叫道：「鬼，鬼！」撲在張無忌懷裡，全身發抖。張無忌摟住了她，安慰她：「別怕，別怕，不是阿離！」

月光下只見周芷若臉色慘白，全身簌簌顫抖，張無忌則握住她手臂，安慰她。

新三版這段是要提前預埋殷離下葬後未死的伏筆。這段內容將張無忌與周芷若都寫成了談情高手，花前月下，綿綿情話，春意旖旎。

新三版增寫了張周的一大篇情話，同時也刪除了二版近兩頁的內容，這兩頁的內容主要是周芷若練過倚天劍中所藏「九陰真經」，造成張無忌驅毒上的滯礙。新三版因將倚天劍與屠龍刀中所藏改為地圖，因此周芷若在荒島上並未練「九陰真經」，並牽動情節推骨牌效應的接續改變，刪除的內容簡述是：

張無忌運九陽神功助周芷若驅毒，驅到第七日上，忽覺她體內有一股陰寒的阻力，跟他送過去的九陽真氣相激相抗，周芷若雖盡力克制，仍不易引導九陽真氣入體。

張無忌隱隱覺得周芷若體內陰勁此時雖然尚弱，但日後成就，委實是非同小可，讚道：「芷

若，尊師滅絕師太真是一代人傑。她傳給你的內功，法門高深之至，此刻我已覺得出來。你依此用功，日後或可和我的九陽神功並駕齊驅，各擅勝場。」

新三版因周芷若此時尚未練「九陰真經」，故而將這兩頁刪得只剩「張無忌運九陽神功助周芷若驅毒，竟出於意料之外的順利，想是她飲食不多，中毒不如他與謝遜之深。」

這一回「荒島命案」的情節翻修至此，在新三版第三十八回中，又增寫了一段周芷若「往事如煙」的回憶，並藉由周芷若的回憶，還原整齣命案的來龍去脈。

周芷若回憶說，那日到了荒島，她摸走了趙敏的「十香軟筋散」，並將「十香軟筋散」下在飯菜中，眾人飯菜下肚，即昏迷不醒。

而後，周芷若在殷離臉上劃上十幾道血痕，再將殷離與趙敏二人拋下大海，並將屠龍刀和倚天劍搬到遠處的山洞之中，再用劍削去自己半邊頭髮，又忍痛削了隻耳朵，而後吃下一點十香軟筋散，回到原處睡倒。這麼一來，就天衣無縫的嫁禍給趙敏了。

經過新三版的改寫，周芷若的性格還真是脫胎換骨了。《倚天》中說趙敏是番邦女子，有話就說，不像中原女子那般受禮教約束，但新三版周芷若竟也會對張無忌說：「將來你如發覺我做了甚麼事對你不住，那也是因為愛你的緣故。」及「無忌哥哥，我是一心一意想嫁給你的，我一

「心一意親你愛你。」這種大膽示愛的話語，只怕連「番邦女子」趙敏聽了都會臉紅。可見新三版周芷若熱情奔放，勇於示愛，完全不同於二版周芷若！

【王二 指間話】

金庸創作的邏輯之一，就是出身他國外族或邪教異派的女子，大多較出身中土漢族或名門正派女子，更能自然的表達感覺。對於愛情，她們愛就說愛，不會在心儀一個人時，扭扭捏捏，故作矜持。

在這個創作邏輯之下，血統是異國的女子，如《書劍》回族的香香公主、《倚天》蒙古的趙敏，或出身異教邪派的女子，如《碧血》棋仙派的青青、《射鵰》桃花島的黃蓉、《笑傲》日月神教的任盈盈，談起愛情來，都能自然的表達愛意，讓對方明白自己的情意。

系出名門正派的中原小姐可就不一樣了，她們受過禮教的洗禮。喜歡一個人時，她們大多會認為表露愛意是不明禮教、不知羞恥的行為，因此，即使心中愛慕某個翩翩君子，她們也得營造「主動的被動」，亦即設出局面，誘導對方來追求自己，以維持女性的覷腆、嬌羞與尊嚴。

這般受過禮教薰陶的女子，金庸書中也屢見不鮮，但金庸在新三版改寫時，為了讓男女主角都能輕易傳情，幾乎把所有的女子，不論出身邪教異派、他國外族、名門正派或中土漢族，全都改為可以將「情」與「愛」自然的掛在嘴上。

因此，新三版中幾乎沒有一、二版那般含蓄守禮，輕易不將情愛說出口的女主角。新三版女俠大多能以言語對男性俠士示愛，差別只在示愛到幾分而已。

然而，新三版的改寫，卻使得諸多女俠產生了人格上的矛盾，比如《神鵰》小龍女以古墓派的「養生十二少」為修行宗旨，「養生十二少」中有「少語」一條，因此，二版小龍女即使喜歡楊過，也不可能輕易說出「我愛你」，而若是對楊過有所誤會，她也無法對楊過說出心中的不安，只能以「逃避」來解決問題。但在新三版中，金庸也將小龍女改為可以自然的表達愛意，比如在大勝關英雄大會時，新三版小龍女就對楊過說：「我只愛你瞧我，你不在我身邊瞧我，我就不開心。我找你不到，我就哭，哭得好傷心，你不好，也不來勸，不來安慰我。」此外，新三版還說，小龍女說她很喜歡楊過叫她「媳婦兒」，她要楊過沒人的時候，就叫她「媳婦兒」，還要楊過永遠當她老公，不准變心。

然而，新三版小龍女性格的改寫又無法兼及所有情節，因而產生了矛盾，比如新三版小龍女

明明在大勝關時是善於言語傳情之人，但為了維持《神鵰》故事的完整性，到了英雄大會之後，黃蓉力勸小龍女勿與楊過師生戀，新三版仍跟二版一樣，小龍女又一聲不響，留書一封給楊過，就黯然逃避去了，彼時的新三版小龍女仍跟二版一樣，惜語如金。

新三版的讀者可能會有所疑惑，小龍女究竟是會以言語示愛還是不會？

周芷若也有同樣的問題，以二版來說，周芷若在荒島上，之所以會陷害殷離、趙敏，是因為她愛張無忌，卻又不敢對張無忌示愛，因此才會用計害死張無忌身邊的趙敏、殷離等情敵，使得張無忌非自己即無人可娶。

然而，新三版改寫時，金庸又將周芷若改成也會說「無忌哥哥，我是一心一意想嫁給你的，我一心一意親你愛你」之類的情話，如此一來，周芷若顯然也會以言語示愛了。既然如此，她何不早向張無忌告白呢？以張無忌的性格，不管殷離、小昭或趙敏，只要有女子向他告白，他絕不拒絕，不是以白頭之約相許，就是以跳海殉情相約。對於新三版周芷若來說，向張無忌說告白，說「我愛你」，不是比殺人傷人害人更簡單嗎？她為何捨易就難呢？

第三十一回還有一些修改：

一・張無忌一行上蒙古船時，二版提到周芷若在島上日長無聊，曾雕刻了不少小木馬、小木人兒，這時包了一個大包，負在背上。二版刪了周芷若刻小馬小人之說。

二・張無忌一行途經長白山，路遇採參客，周芷若問要不要殺了採參客，但需依教主之命毋多傷人命，此處新三版謝遜較二版加說：「聽說當年成吉思汗行軍襲擊，路上遇到行人牧民，一概殺了滅口，就此不會洩露行縱，蒙古人之所以能得天下，自有他們的道理。」

張無忌斥責，謝遜則說，他也本要殺了採參客，但需依教主之命毋多傷人命，此處新三版謝遜較二版加說：「聽說當年成吉思汗行軍襲擊，路上遇到行人牧民，一概殺了滅口，就此不會洩露行縱，蒙古人之所以能得天下，自有他們的道理。」

三・張無忌以為是趙敏傷害了殷離，一版張無忌切齒道：「趙明啊趙明，但教你撞在我手裡，我不在你臉上也這麼劃上十七八道傷痕，我張無忌枉自為人了。」二版將「我不在你臉上也這麼劃上十七八道傷痕，我張無忌枉自為人了。」改為「張無忌若再饒你，當真枉自為人了。」

四・周芷若頭皮受傷，一版張無忌說：「頂心皮上少了一片頭皮，兩旁的頭髮可以攏過來掩住。要不然，戴一些假髮……」周芷若嗔道：「我為什麼要戴假髮？」二版改為張無忌只說……

金庸武俠史記 ∧倚天編∨ 三版變遷全紀錄

「頂心皮上少了一片頭皮，兩旁的頭髮可以攏過來掩住……」周芷若的回答則改為：「我為甚麼要把兩旁頭髮攏過來掩住?」

五・張無忌為殷離下葬立碑，一版周芷若對張無忌說：「古人言道：兩情若是久長時，又豈在朝朝暮暮」，二版刪了周芷若這幾句話。

六・一版說荒島上樹木稀疏，絕無野獸，三人（謝遜、張無忌、周芷若）的日子過得萬分艱難，二版改得完全顛倒，二版說小島地氣炎熱，諸般野果甚多，隨手採摘，即可充饑，日子倒也過得並不艱難。

七・謝遜要促成張無忌與周芷若的婚事，一版謝遜說：「周姑娘的父母是本教中人，她本人又是峨嵋派一派的掌門，這等溫柔有德的淑女，到那裡求去?」二版因周芷若已非周子旺之女，謝遜的說詞也改為：「你說周姑娘和你從小認識，當年你身中玄冥寒毒之時，她曾有惠於你。這等溫柔有德的淑女，到那裡求去?」

丐幫傳功長老施展「降龍十八掌」，大戰鶴筆翁的「玄冥神掌」

——第三十一回〈刀劍齊失人云亡〉版本回較（下）

自北宋的喬峰，歷南宋的洪七公、黃蓉、耶律齊，到元末的史火龍，丐幫是金庸小說中傳承最久，聲勢也始終不墜的幫派，直到明代與清初，解風與吳六奇仍展現了丐幫的威風。

綜觀所有金庸小說，元末時代是丐幫最衰敗的時期，在明教與六大門派都興盛的元末，丐幫竟只有假史火龍之類冒牌牌吹牛之輩，及陳友諒之流蛇偷鼠竊之徒。

然而，元末的丐幫當真如此不濟？一版《倚天》可不是如此的，一版《倚天》丐幫傳功長老還得到「降龍十八掌」真傳，但在修訂成二版之後，丐幫的整體武功素質較一版低落，與明教相比，也較一版失色。

《倚天》的丐幫與明教有宿世仇怨。關於兩派仇恨，一版說得最清楚，一版二十回曾提到陽頂天的遺言中有言「三十二代周教主遺命，令余練成乾坤大挪移神功後，前赴丐幫總舵，迎歸第三十一代石教主遺物。」以及「周教主神勇蓋世，智謀過人，仍不幸命喪丐幫四長老之手，石教主遺物不獲歸，本教聖火令始終未得下落。」這就是兩派的衝突所在。

第三十一回的故事要從張無忌一行由荒島回到中土，裝扮成遼東一丐，於酒樓中飽餐一頓，巧遇群丐說起。

話說張無忌一行在酒樓吃酒時，有兩位丐幫高手上樓，聽聞腳步聲即知兩人武功奇特。雙丐上樓之後，一版又重述了一次丐幫與明教的恩怨，一版說自從明教的聖火令數十年前為丐幫中人奪去之後，明教和丐幫即是勢同水火。明教曾一再企圖奪回聖火令，雙方仇殺數次，明教每一回均告失敗。二版因已無丐幫搶奪明教聖火令之事，這段全數刪去。

上樓的兩位九袋長老，秀才模樣者是掌缽龍頭，周倉外貌者則是掌棒龍頭。

掌棒龍頭與掌缽龍頭進了酒樓後，一版說他兩人到中間一張大桌旁坐下，掌棒龍頭將一根長約四尺的竹棒放在桌上，一群衣衫邋遢的乞丐們隨即拜伏在地，原來這掌棒龍頭是丐幫污衣派首領。而後，掌缽龍頭將一隻缺口破缽放在桌上，另一群衣衫乾淨的群丐立即拜倒，原來掌缽龍頭是丐幫淨衣派首領。張無忌此時心想，要他們三人跪拜丐幫長老，那是萬萬不可。幸而他三人坐在僻處，兩名龍頭沒見到他三人並未拜伏。

這段故事在二版大幅刪除，二版只說「兩名九袋長老走到中間一張大桌旁坐下。群丐紛紛歸坐。」

群丐離開酒樓後，張無忌為探聽丐幫大會機密，隨即隻身前往丐幫聚會所在的「彌勒佛廟」。

說到丐幫在「彌勒佛廟」聚議時，新三版較二版加說，明教在各地起義，多以「彌勒佛出世」作為號召，有時也稱彌勒佛為「明王」，因此張無忌見到彌勒佛廟，便心有親近之感。

丐幫幫主史火龍在彌勒佛廟首度登場，關於「金銀掌」史火龍的形象，一版與二版有所不同，一版說史火龍身高七尺，二版減為六尺有餘。一版還說史火龍右手中嗆嘡嘡的不住響動，搓弄著兩枚大鐵膽。他身上衣衫雖非富麗，卻也絕不是乞兒模樣。二版將這些描述盡皆刪去。

史火龍出場，群丐參見之後，史火龍要掌缽龍頭說金毛獅王與屠龍刀之事，掌缽龍頭先簡述丐幫與明教的恩怨，一版掌缽龍頭說的是：「魔教和本幫爭鬥了六十年，代代成仇。自從魔教教主的令符聖火令落入本幫手中之後，魔教始終處於下風。」二版刪為掌缽龍頭只說：「魔教和本幫爭鬥了六十年，積怨極深。」

掌缽龍頭接著略述張無忌執掌明教後，明教自相殘殺之景象已不復存在，明教在各地的起事更是頗成氣候，還說假若真給明教成了大事，逐出韃子，得了天下，那時候丐幫十數萬兄弟，可都要死無葬身之地了。

一版掌缽龍頭還說：「史幫主向來在吹簫山莊靜養，長久不涉足江湖，但遇上了這等大事，非得親自主持不可。」二版將「吹簫山莊」改為「蓮花山莊」，以符合乞丐唱「蓮花落」之習俗。

而後掌缽龍頭引介陳友諒及宋青書出場，陳友諒出場時，大為吹噓他在靈蛇島向謝遜奪屠龍刀未果，卻仗義救鄭長老之事，當下又強迫宋青書加入丐幫，而後在明教韓林兒面前，大加詛咒明教教主張無忌短命早死。

潛伏在廟外古柏之上的趙敏，聽聞陳友諒辱及張無忌，憤恨難當，與玄冥二老拼殺而出。

趙敏假冒張無忌，殺向丐幫時，一版說陳友諒當張無忌幼時，曾在少林寺外見過一面，然相隔已久，無法猜想他長大後相貌如何，後來在靈蛇島見到張無忌和趙敏，那時他二人黏了鬍子，裝作是巨鯨幫中的人物，因此陳友諒並不知道張無忌的真正相貌，至於史火龍等人，更是沒見過張無忌了。這段二版全刪，二版丐幫眾均以為確是明教教主到了，無不凜然。

而後丐幫諸高手與玄冥二老纏鬥廝殺開來，一版的這段最見精彩，尤其是傳功長老迎戰鶴筆翁的一段，一版跟二版完全不同，一版的故事是：傳功長老一掌向鶴筆翁擊去，這一掌風生虎虎，威猛無儔，正是「降龍十八掌」中的一招「見龍在田」，原來傳功長老確實學到九指神丐洪

七公的這招絕技。鶴筆翁一招「玄冥神掌」還擊過去，砰的一聲巨響，雙掌相對，那降龍十八掌是純剛之學，玄冥掌卻是至陰至柔，兩人在自己的看家本領上浸潤數十年，均已練到了九成的功力，以至剛擊至柔，這一對掌，竟是不分高下。傳功長老只覺一股冰冷徹骨的寒氣，自掌心沿著手臂迅速上行，鶴筆翁也覺胸口氣血翻湧。

兩人掌力雖有剛柔之分，功力卻是難分軒輊。只是傳功長老的掌法承洪七公一脈相傳，純是光明正大的武學，那玄冥神掌之中卻另含一股陰毒寒氣。傳功長老和鶴筆翁對掌時並不吃虧，但每對一掌，便須運功驅除寒毒，不但心有二用，而且耗損功力甚巨，對到三掌之後，已是相形見絀。那邊廂鹿杖客使動鹿角杖，雙戰執法長老與掌缽龍頭二人，一時難分高下。掌棒龍頭見傳功長老臉紅如血，一步步的退後，不禁暗自駭異，心想傳功長老學到了降龍十八掌中的十二掌，功力蓋世，乃是本幫的第一高手，怎地反為不敵這個老兒？眼見他對到第七掌時，喘息聲響，白鬚飄動，已微現狼狽之態，雖知傳功長老對敵時決計不喜旁人相助，但到此地步，與其任由他喪生敵手，折了一世英名，還不如落個以二敵一的不美之名，當下舉起竹棒，一棒向鶴筆翁腳下橫掃過去。他這棒法雖不及「打狗棒法」的神妙，但丐幫弟子能學到棒法者，均已是極強的高手，掌棒龍頭更是其中頂兒尖兒的人物。他一加入戰團，傳功長老便有喘息餘裕，勉強將鶴筆翁敵住。

二版將一版丐幫四大高手戰玄冥二老的精彩情節大刪，刪得只剩：那白鬚白髮的傳功長老站起身來，呼的一掌直向鶴筆翁擊去，風生虎虎，威猛已極。鶴筆翁一招「玄冥神掌」還擊了過去。砰的一聲巨響，雙掌相對，對到三掌之後，傳功長老已是相形見絀。那邊廂鹿杖客使動鹿角杖，雙戰執法長老和掌缽龍頭二人，一時難分高下，掌棒龍頭見傳功長老臉紅如血，一步步後退，不禁暗自駭異，心想傳功長老功力深厚，乃本幫第一高手，怎地不敵這個老兒？眼見他對到第五掌時，喘息聲響，白鬚飄動，已現狼狽之態，雖知他對敵之時向來不喜歡相助，但到此地步，終不能任由他喪生敵手，當下舉起鐵棒，向鶴筆翁腳下橫掃過去。

新三版再將傳功長老與鶴筆翁之戰再改為：那白鬚白髮的傳功長老站起身來，呼的一刀直向鶴嘴筆砍擊去，風生虎虎，威猛已極。鶴筆翁揮鶴筆嘴還擊過去。噹的一聲巨響，兵刃相交，硬碰硬的拆到三招之後，傳功長老已是相形見絀。

由一版傳功長老以「降龍十八掌」力抗鶴筆翁，可以遙想丐幫當年豪奪明教聖火令的雄姿，二版刪去了傳功長老使「降龍十八掌」的說法，新三版再刪去傳功長老以掌對掌，迎戰鶴筆翁的描述，改為以刀對鶴嘴筆，越是改版，傳功長老的武功越失去丐幫的色彩。

《倚天》故事的主旋律就是明教「驅逐蒙元，還我河山」的抗元起義。然而，說起抗元，早在《射鵰》與《神鵰》的南宋時代，丐幫就已經樹立了「抗元第一家」的金字招牌，在郭靖、黃蓉與耶律齊的領導下，丐幫可說是抗元革命的領頭羊。

明教是元末才崛起的抗元後起之秀，但聲勢卻勝過丐幫。不過，明教與丐幫的抗元路線是不同的，明教的抗元主要是經由暴動與陣地戰，攻佔各地城鄉，丐幫的專長則是軍情機密刺探，以及在蒙古領地中串連，消極地不合作，並伺機偷襲破壞。如果明教能與丐幫聯手，抗元起義將如虎添翼，然而，小說的創作原則是「衝突是情節之母」，在抗元行動中本當合作的明教與丐幫，卻被設定成爭鬥不休的世仇幫派。

不過，丐幫真的能抗衡明教嗎？且從丐幫與明教的特性來分析：

一、人員素質：丐幫幫眾是社會最底層的乞丐，除高階幹部偶會出現黃蓉之類的高手，較有文化素養外，其餘幫眾多為文盲乞丐，也沒有特別的理想。明教教徒則人人皆熟讀教規，熟背教歌，以「憐我世人，憂患實多」為共同理念，因此理想性較強。

二、團體屬性：丐幫類似現代的「公會」，「乞丐公會」將所有的乞丐收納入幫會之中，幫眾須聽從幫中長老等領導幹部的命令，領導幹部說什麼，幫眾就做什麼，自發性不強。明教則類似現代的「民間社團」，教眾各有其謀生本職，加入明教即是為了反元，因為目標明確，自發性較強，戰鬥力也較強。

三、動員能力：丐幫幫眾都是以行乞維生的乞丐，若要將之組織起來抗元，必須給予其溫飽之用的報償，否則無從凝聚。明教教眾則多的是身負絕藝，或家有恆產之人，他們加入明教即是為了理想，因此凝聚力較強。

丐幫與明教有著本質上的不同，丐幫若想求生存與發展，只能「內和他幫，外抗敵國」，因為丐幫弟子文化水平既低，所在之處又遍及每個角落，幫中幹部根本無從保護為數龐大且良莠不齊的幫眾，因此「內和他幫」可避免幫眾遊走及行乞時遭其他幫派欺負；至於「外抗敵國」，則是因為打出「抗敵」的旗號，義務襄助朝廷抗敵，丐幫的生存就能得到政府的默許。

從洪七公、黃蓉到耶律齊，丐幫都謹守「內和他幫，外抗敵國」的發展路線，但在蒙古統治中國之後，丐幫的方向似乎亂套了，因為在大元國境內，蒙古並不是敵國，丐幫若還堅持「抗元」，就是與朝廷為敵，如此一來，朝廷豈能不下令迫害、逮捕、殺害這些顛覆國家的乞丐？

而若是丐幫真的橫挑明教，那也就是不再「內和他幫」，以和為貴了。在《倚天》故事中，丐幫與明教結仇六十餘年，可知丐幫不只不再「內和他幫」，還主動向明教宣戰，然而，丐幫以一乞丐團體而挑戰兵力、武器、及組織規模都儼然是軍隊的明教，或許丐幫幫主或長老偶爾勝得了明教高手，但他們手下那些手無寸鐵的叫化子幫眾們，又真能防衛明教戰士的報復嗎？

第三十一回還有一些修改：

一・二版張無忌聽聞丐幫幫王史火龍，心道：「聽說丐幫幫王名叫『金銀掌』史火龍，武林中極少有人見過他的真面目。」新三版刪去了「武林中極少有人見過他的真面目」這句。

二・掌缽龍頭向史火龍說起明教眾魔頭起事之事，新三版掌缽龍頭較二版多說：「尤其朱元璋一路，兵力強盛，很得民心，聲勢著實不小。」

三・二版陳友諒說他會同季鄭二位八袋長老，率同「五名」七袋弟子前赴靈蛇島，此處是誤寫，新三版已更正為「四名」七袋弟子。

四・張無忌在樹上聽陳友諒賣友求榮卻顛倒是非，越聽越氣，此處新三版較二版多了一大段

張無忌的心思，新三版增說張無忌心想：「我教在各地起事，大獲勝利，最後如能驅走韃子，照丐幫這些人說來，須由明教管治天下。義父說建立大功業之人必須心狠手辣，必要時連父母子女也當殺了，這種事我萬萬幹不了，終究該當辭去教主之位不做。講到謀幹大事的本領，我連陳友諒這人也及不上。」

五・二版陳友諒說及聽說明教「有什麼朱元璋、彭瑩玉和尚，卻不聽得有一個張無忌。」新三版為求強化歷史的真實感，在朱元璋之上加上一個「郭子興」，因據史料，當時朱元璋尚在郭子興麾下。

六・陳友諒準備要請宋青書至武當下毒的機密時，二版說陳友諒和宋青書在殿前殿後仔細搜查，連各座神像之後、帷幕之旁、匾額之內，到處都察看過了。新三版又加說「只漏過了鐘鼓不查。張無忌暗服趙敏心思機敏，大殿中除這座鐘鼓之外，確無其他更好的藏身處所。」此處增寫是要突顯趙敏的機智。

七・一版掌棒龍頭的兵器是爛竹棒，二版改為鐵棒。

八・一版說執法長老是萎靡不振，身形瘦小的老丐，二版刪了「萎靡不振」四字。

九・一版掌缽龍頭姓「林」，二版改為姓「翁」。

心一堂金庸學研究叢書　金庸版本的奇妙全界

十·一版陳友諒說，宋青書是由衛璧、武青嬰夫婦口中得知金花婆婆接謝遜至靈蛇島訊息，二版改為是由武烈、武青嬰父女口中得知。

十一·彌勒佛廟中，趙敏挺劍來戰陳友諒，一版趙敏的第四招使的是峨嵋派的「降魔大九式」，二版改為峨嵋派的「金頂九式」。「金頂九式」暗喻「峨嵋金頂」，較符合峨嵋派的劍招之名。

十二·趙敏與宋青書鬥劍之時，一版張無忌心想：「張無忌啊張無忌，這小妖女是害死你表妹的兇手，若是被宋青書殺了，正好替表妹報了大仇，何以你反而為她擔憂？」二版刪掉張無忌所想「若是被宋青書殺了，正好替表妹報了大仇。」這冷血無情的兩句。

十三·宋青書與掌棒龍頭因張無忌使「乾坤大挪移」引二人棒劍互撩而產生誤會，掌棒龍頭棒擊宋青書，宋青書舉劍來擋，一版說掌棒龍頭「那竹棒之中不知藏有什麼古怪堅硬物事，長劍這一擋竟然削它不斷。」二版刪了此說。

謝遜失蹤那一夜的「暗夜人影」謎團

——第三十二回〈冤蒙不白愁欲狂〉、第三十三回〈簫長琴短衣流黃〉版本回較

《倚天》中的丐幫，從一版改到新三版，形象皆有不同，且來看看三個版本各有千秋的丐幫。

就從張無忌追查謝遜下落時，造成謝遜失蹤的「暗夜人影」說起。且說張無忌來到丐幫聚會的巨宅，遙遙似乎望見人影一閃，有人從樓窗中躍了出來。而後張無忌進入囚禁謝遜的房中，即發現謝遜失蹤了。

這個人影究竟是誰？一版張無忌初見此人影時，心道：「這人身法好快，直是第一流的高手。」而後，張無忌進了謝遜房內，發現謝遜已擊斃丐幫看守幫眾而去。張無忌回想起方才所見的黑影，身裁矮短瘦小，絕不是謝遜。接著，一版張無忌追查黑影究竟是誰，見牆頭轉角處有個纖細的足印，顯是女子所留。

那麼，一版的黑影女子究竟是誰呢？直到黃衫美女出現時，張無忌才想及，可能就是黃衫女子。

這段故事在二版大刪修，二版張無忌仍是遙遙望見人影一閃，似乎有人從樓窗中躍了出來。

二版張無忌直覺的認定黑影就是謝遜。

發現謝遜離去後，張無忌順著明教火餤記號追查謝遜下落，卻被引到賭場、妓院等地方團團轉，轉了一大圈才重回盧龍。而為什麼會有這些明教火餤記號呢？丐幫的傳功長老認為是陳友諒做的，張無忌則認為出自成崑。新三版再改為張無忌認同傳功長老所說，明教的火餤記號，乃出自陳友諒的惡作劇。

再說到丐幫在修訂中的改變，先說假幫主史火龍。

一版史火龍的文化程度顯然是較高的，二版則改為史火龍的話語中，老是夾帶著「他媽的」。

張無忌來到丐幫，丐幫圍捕張無忌的陣法，二版叫「殺狗陣」，新三版更名為「打狗陣」。

丐幫佈下「殺狗陣」後，二版有段故事是：傳功長老叫道：「張教主，我們以眾欺寡原本不該，但丐幫中任何一人均非閣下對手。除奸殺賊，可顧不得俠義道中單打獨鬥的規矩了。」又說：「我們人人均有兵刃，張教主卻是空手，丐幫所佔便宜未免太多。張教主要使甚麼兵刃，儘管吩咐，自當遵命奉上。」

這段頗顯傳功長老重視江湖規矩的描述，新三版全段刪除。

丐幫的武功水平在改版過程中也有所修改。

且從掌棒龍頭接黃衫美女女手下黑衣少女的信，來看一版與二版掌棒龍頭武功的改變。

故事從黑衣少女（一版名為小翠，二版刪了名字）將從掌棒龍頭身上盜取之書信還於掌棒龍頭說起。一版說他二人相隔三丈有餘，一封信飄揚揚的絕無重量，那黑衣少女居然以內力穩穩送至，內功造詣，實是不弱。掌棒龍頭伸手去抓，但說也奇怪，那信距他尚有三尺，突然間一拐彎，轉向左首，噗的一聲，掉在地下，掌棒龍頭這一抓竟是抓了個空。他一愕之下，正要俯身去拾。張無忌衣袖一捲，送出一股勁風，將那信捲了起來，左手乾坤大挪移神功運出，撥動風勢，已將那信取在手中。旁人不明其理，還道他竟有空中取物得法術，盡皆駭然失色。

而後，張無忌又將信遞給掌棒龍頭，張無忌右手一揚，將那信向掌棒龍頭擲去，這一揚之後，手上跟著也是一股暗勁送出，這暗勁後發先至，反而搶在那信之前兩尺，但旁人不明乾坤大挪移法的神妙，誰都看不出來。

掌棒龍頭正欲伸手去接那信，突然間被一股無影無蹤的暗勁一撞，騰騰騰連退三步，一個跟蹌，險些兒跌倒。那信無人來接，便即掉在地上。掌棒龍頭又驚又怒，俯身而起，罵道：「是那一

個賤婢暗箭傷人，不算好漢。」他還道是那些黑衣白衣少女之中，有人向他施放了一件奇形暗器。

黃衫女子搖頭道：「膲你也是丐幫的一流高手，不識得張教主這『隔山打牛』的神功。」群丐聽此一言，都是一驚，武林中雖然故老相傳，有這麼一路神妙的武功，能運掌力擊傷人，但一向都以為那是說說吧了，豈知今日親眼目覩，掌棒龍頭為暗勁擊得連退三步，那決不是故意假裝，自己硬要出醜。

一版這一整大段故事，二版刪改得只剩黑衣少女「纖手一揚，那封信平平穩穩的向掌棒龍頭飛來。掌棒龍頭當即一把抓住。」幾句話。掌棒龍頭的武功層次在二版即稍被提昇了。

故事提到丐幫，也就順道說起丐幫絕技「降龍十八掌」，二版說的是：上代丐幫幫所傳的那降龍十八掌，在耶律齊手中便已沒能學全，此後丐幫歷任幫主，最多也只學到十四掌為止。史火龍所學到的共有十二掌。

新三版則改寫為：丐幫神功「降龍十八掌」，在北宋年間本為廿八掌，當時幫主蕭峰武功蓋世，卻因契丹人身分遭驅逐出幫，他去繁就簡，將廿八掌減了十掌，成為降龍十八掌，由義弟靈鷲宮虛竹子代傳，由此世代傳承。到南宋末年，雖繼位幫主耶律齊得岳父郭靖傳授而學全，但此後丐幫歷任幫主，因根柢欠佳，最多也只學到十四掌為止。史火龍所學到的共十二掌。

耶律齊的「降龍十八掌」從二版的學不全在新三版被改成學全了。

最後，張無忌在黃衫美女襄助下，破解了成崑與陳友諒以假幫主宰制丐幫的陰謀，成功化敵為友，懷柔丐幫。一切塵埃落定後，新三版在第三十三回的最後，增寫了約兩頁內容，增寫的情節是張無忌是參透了成崑雄霸天下的大拼圖，內容為：

張無忌睡不著覺，獨自走到郊外一座小山岡上，靜下心來，思量義父到底到了何處，要如何救他脫險，這是目前第一急務。他想及武林中人要找謝遜，都是為了屠龍刀，謝遜奪屠龍刀，則是為報成崑之仇，因此俞岱巖殘廢、張翠山夫妻自盡、他自己受玄冥神掌之苦，張三丰及武當五俠為了救他而受盡辛苦、全都是成崑造的孽。

張無忌接著想，後來成崑投效汝陽王府，並跟趙敏聯手做惡，六大派高手被擒、綠柳山莊下毒之事，都是他倆的傑作，現今他又和陳友諒合謀，想必更加厲害，想來自己雖有楊逍、范遙、外公、韋蝠王等好手相助，仍不是他們的對手。

他又想：「義父和芷若跟我分手只半天，便讓丐幫用迷藥擒了去。丐幫那些看守的弟子，只怕不是我義父殺的……啊喲，莫非是成崑下的手？那晚從窗中跳出來的，恐怕是成崑不是義父。

一路上我見的明教聯絡記號，筆劃蒼勁有力，顯是有極深厚的功力。趙敏手下的好手中，玄冥二

老不知我教聯絡方式，成崑那廝卻可能知道。他引我到冀北各地，多半是約好了玄冥二老，要圍攻於我，不知如何，他三人竟沒能聯手，難道是趙姑娘不許他們殺我？義父倘若落入了成崑手裡，那可糟糕之極了！

「成崑和陳友諒擒去義父，該當不是出於少林派之意。他們所以殺史火龍、命人假扮幫王，是為了控制丐幫，繼而挾制武當派和明教，若不是汝陽王下的命令，便是出於成崑的私心，那麼義父極有可能是給囚禁在大都。我須得趕赴大都，設法聯繫楊左使等人，共同商議營救義父⋯⋯」

新三版張無忌顯然比二版張無忌智商成長許多，他竟然拼湊出成崑雄霸天下的大陰謀。而從一版到新三版，「暗夜黑影」究竟是誰，似乎也越來越明朗了。

【王二指閒話】

「抗元革命」是《倚天》的主旋律，在邁向「抗元」的目標時，歷史人物與江湖人物走的是不同的道路，歷史人物的抗元是「直接革命」，江湖人物的抗元則是「間接革命」，兩種革命方式概說如下：

一、直接革命。所謂「直接革命」，即是「軍事革命」，也就是組成軍隊，直接對抗元朝部隊，進而推翻大元王朝。「直接革命」的歷史人物以朱元璋為代表，明教教徒徐壽輝、郭子興、周子旺等人進行的都是「直接革命」。

二、間接革命。所謂「間接革命」，就是「幫派革命」。「江湖幫派」在「間接革命」者眼中，就是天下，必先取江湖；欲取江湖，必先取幫派。」「幫派革命」的理論基礎是「欲取天下的基石。這樣的思想邏輯，幾乎貫穿金庸所有的小說，比如《射鵰》楊康想要奪取大金帝位，做法是先收服靈智上人等江湖人物，並設法拜歐陽鋒為師，又如《天龍》慕容博圖謀與復大燕國，做法是挑撥中原武林與大遼武人爭鬥，企圖造成天下大亂，並藉機復國。楊康與慕容博的認知，都是「江湖即天下的基礎，欲取天下，必先取江湖。」

《倚天》的成崑與張無忌也都視江湖幫派為天下的基石，因此，成崑為取得天下，幾十年來所做的努力，就是用計製造明教與六大門派的衝突，以及明教與丐幫的紛爭，他認為幫派間的衝突就是他取天下的上台階。

明教教主張無忌的認知也與成崑雷同，他認為保住幫派教會，就是保住興漢抗元的力量，因此，他的革命路線，就是在中國境內，不斷地當救難隊，保住武當、保住少林、保住六大門派、

保住丐幫。

「直接革命」是以軍隊直接向元朝政府開戰，「間接革命」則是先保全幫派教會，並希冀各幫會教派合力抗元，這是兩條完全不同的路線。明教的領導階層走的是「間接革命」道路，基層幹部則致力於「直接革命」，因為路線不同，導致明教領導階層與基層幹部完全脫節。然而，在抗元革命的道路上，究竟軍隊與幫派，哪個更有戰鬥力，是不問可知的。縱觀數千年歷史，只有軍隊才能作戰，豈有幫派能推翻政府？因此，張無忌殫精竭慮，力求收納少林、武當、峨嵋等諸門派為抗元力量，結果卻只是白忙一場，對於明教的抗元革命根本沒有任何助益。

陳友諒原本跟隨成崑，走的也是「間接革命」路線，他企圖顛覆江湖，希望藉此謀取龍廷寶座。若陳友諒即時醒悟，轉而投入明教徐壽輝麾下，改走「直接革命」路線，才有機會逐鹿中原。若陳友亮跟張無忌一樣，老在江湖幫派中打轉，只怕終其一生，都不可能有機會跟朱元璋爭天下了。

第三十二回還有一些修改：

一．張無忌刻意在趙敏面前說起自己與殷離的關係，二版張無忌說：「她死也好，活也好，

我都當她是我妻子。」新三版張無忌又加說：「你殺了她，便是殺了我的愛妻。」

二．張無忌不肯吃趙敏叫的菜，離開她自去坐炕上，二版說趙敏伏在桌上抽抽噎噎的哭泣。新三版增說趙敏漸哭漸響，張無忌也不去理她。

三．趙敏對張無忌大吐女兒情事，二版趙敏說：「無忌哥哥，我心中想的，可就只一個你。」新三版再加一句「一生一世，我總是跟定了你。」新三版從小昭、周芷若到趙敏，眾美女的談情功夫都越來越高招了。

四．張無忌在客房等了一夜，不見謝遜與周芷若回房，二版說張無忌更加擔心起來，新三版改說張無忌戕心時刻加重，整夜無法入睡。金庸在新三版改變了某些用字習慣，比如二版的「擔心」，新三版一律改為「戕心」；二版的「身材」，新三版改為「身裁」；二版的「答應」，新三版改為「答允」。

五．張無忌與趙敏同在山洞中，火光一明一暗，映得趙敏俏臉倍增明艷，此處新三版較二版加說「前天重擊她臉，此刻紅腫未曾全消，張無忌瞧了不禁心疼，欲待道歉，又不知如何說出口。」

六．張無忌錯以為殺了張松溪，走過去探他鼻息，被張松溪拉下蒙臉衣襟，因而暴露真實身份。二版說原來張松溪自知不敵，但想至死不見敵人面目，不知武當四俠喪在何人手中，當真死

不瞑目，是以先裝假死，拉下了他蒙在臉上的皮裝。二版這段未免太不合邏輯，兩敵相鬥，誰會這般關心對手呢？新三版做了更正，改說原來張松溪在光明頂上，曾見到張無忌以九陽神功加乾坤大挪移手法對抗六大門派英豪，聖火令武功源自乾坤大挪移，多少有點蹤跡可尋。張松溪機智過人，便裝假死，引得張無忌關心查究，拉下了他蒙在臉上的皮裝。新三版的邏輯周延多了，原來張松溪本已揣測此對手即張無忌，才以裝死揭破其真實身份。

七・宋青書疾馳而來，張無忌將他點穴落馬後，二版是趙敏點了武當四俠的啞穴。然而，以趙敏的功力，兼之當時身受重傷，怎能點武當四俠穴六道？新三版因此改為張無忌點了武當四俠的啞穴。

八・武當四俠到張無忌所在山洞前，一版殷利亨說：「七弟的標記指向此處，說不定曾到過這個山洞。」但當時莫聲谷正在追鬥宋青書，真能有餘裕刻畫標記嗎？二版改為殷梨亭說：「馬蹄印和腳印正是到這山洞來的。」

九・趙敏受了俞蓮舟一記飛掌，一版說趙敏伏在馬鞍之上，神智已然迷糊，須知俞蓮舟功力何等深厚，這一掌須未打實，卻已令她身受重傷。這段二版刪去了，趙敏若神智迷糊，墜崖前又怎能馭馬控馬？

十・張無忌以聖火令功夫鬥武當四俠，一版說張無忌的功夫叫「飛沙捲商隊」，二版刪去功

法之名。

十一．趙敏要張無忌一起聽聽宋青書三人的談話。一版趙敏手指指自己的耳朵，再指指宋青書，意思說且聽他們說些甚麼。二版改為趙敏張開左掌，放在自己耳邊，再指指宋青書，意思說且聽他們說些甚麼。二版的動作較傳神。

十二．張無忌擲冰點宋青書穴道，宋青書誤以為是自己誤碰冰塊間角。一版此處解釋說：須知此種事亦非出奇，有時無意中左臂在桌子角一撞，竟致片刻酸麻，那便是剛巧碰中穴道了。二版將這段刪去。金庸在一版改為二版時，凡有這類有如傳統說書般的解釋，都盡量刪掉了。

第三十三回還有一些修改：

一．張無忌留下趙敏，獨奔盧龍救謝遜與周芷若，新三版較二版加說，張無忌「在她（趙敏）面前，又不敢顯得太過關懷周芷若。」

二．二版張無忌竊聽丐幫中事，聽得一人說「明明言定正月初八大伙在老河口聚集。」新三版將「正月初八」改為「正月十六」。

三・二版史火龍說起明教之事，說「這半年來韓山童等一夥鬧得好生興旺。聽說他手下他媽的甚麼朱元璋、徐達、常遇春，打起仗來都很有點兒臭本事。」新三版在朱元璋之上，又加了個「郭子興」。二版改寫為新三版時，金庸為求小說更符合史實，一再將非小說角色的「郭子興」寫進小說中。

四・張無忌到妓院尋找謝遜，此處新三版刪掉了二版的一大段情節，刪掉的情節是張無忌到妓院，小鬟引他到內室，張無忌問：「謝老爺呢？周姑娘在哪裡？」小鬟竟帶了妓女出來見他。新三版改為張無忌並未見到妓女本人，而是在小鬟跟他說「這兒是梨香院啊，你要找周纖纖，該上碧桃居去。」而後，張無忌就離開了妓院。

五・二版傳功長老是使長劍，新三版改為長刀。因為兵器不同，二版說傳功長老刷刷刷三劍，吐勢如虹，新三版改為呼呼二刀，勁道剛猛。

六・二版黃衫美女身披「淡黃輕衫」，新三版改為「淡黃輕紗」。二版說黃衫美女約莫二十七八歲年紀，新三版改為二十六七歲年紀。

七・二版史火龍夫人受傷，是因挨了成崑一掌，新三版改為中了成崑一指「幻陰指」。

八・假冒史火龍的劉敖說起撞見陳友諒及其師父，新三版較二版增寫張無忌插口問道：「陳

金庸武俠史記∧倚天編∨三版變遷全紀錄

長老的師父是誰？」那禿子劉敖道：「他師父是個老和尚，身子很瘦，武功可高得很了，教甚麼

法名，小人卻不知道。」

九・張無忌說起圓真偷襲光明頂，終為殷野王擊斃等舊事，二版掌缽龍頭和執法長老齊聲

道：「此事已無可疑。在光明頂上，成崑乃是假死，混亂之中悄悄溜走了。」二版兩位長老的話

太過武斷，新三版改為掌缽龍頭道：「多半成崑在光明頂上並沒死，他裝了假死，混亂中悄悄溜

走了。」這說法就只是「推測」的語氣了。

十・丐幫將謝遜「請」回幫內，二版傳功長老說謝遜當時「身染疾病，昏迷在床。我們沒經

動手過招，就請他大駕到了此間。」二版所謂謝遜「身染疾病，昏迷在床」乃是中了周芷若的偷

襲。新三版刪去了周芷若的偷襲，改為傳功長老說：「我們在茶水裡放入了敝幫獨門迷藥，迷倒

了謝大俠和周姑娘，就請他兩位大駕到了此間。」新三版傳功長老又較二版加說：「陳友諒說，

要著落在謝大俠身上追尋屠龍刀，而周姑娘呢，則是收伏武當派和明教的香餌。」至於謝遜脫身離

去，一版傳功長老說的是「八日之前」，二版改為「五日之前」，新三版又訂正為「六日之前」。

十一・張無忌心急之下，留下趙敏，獨奔盧龍，一版說張無忌晚間以輕功疾追，日間則購買

騾馬代步，不數日間已到了盧龍。但張教主整夜輕功奔行，當真體力如此旺盛？二版改說張無忌

次晨購買馬匹，一路不住換馬，連日連夜的趕路，不數日間已到了盧龍。一版還說張無忌雖然連日未得安睡，但他內力悠長，竟是並不如何疲累。二版刪了此說。

十二．張無忌進了囚禁謝遜的房內，見滿地是丐幫弟子的屍體，一版張無忌回頭，只見門板上噴著一灘鮮血，門板外側卻淺淺的留著一個掌印。無忌微一沉吟，已知其中之理：「義父留著一人不殺，自己出房之後，教那人門上房門，隨即以七傷拳的勁力用在掌上，隔著門板將那人震死。只因隔了一塊門板，掌力猛而不純，以致那人口吐鮮血。」這段二版全刪了。

十三．張無忌追查謝遜下落所到的賭場，一版叫「魏氏宗祠」，二版改為一所破祠堂。

十四．張無忌解不開周芷若被點的穴道，一版說是因周芷若被點中穴道的手法，似是丐幫特有的功夫，二版改說周芷若被點中穴道的手法甚是怪異。

十五．一版抱了史紅石往尋黃衫美女的，是史火龍大弟子王嘯天，二版改為史夫人。若照二版之說，史夫人應也身懷絕藝，方能挨成崑一掌。

周芷若有喜了，爸爸不是張無忌

——第三十四回〈新婦素手裂紅裳〉版本回較（上）

《倚天》第三十四回是三個版本各有千秋的一回，因此，我們將這一回的評較拆成一版到二版修訂的上篇，以及二版到新三版更動的下篇，以包含大異其趣的三種版本內容。

《倚天》周芷若是事業心極重的女強人，但一版與二版、新三版又有不同，二版與新三版的周芷若，想要的是繼承滅絕師太遺志，光大峨嵋派，一版周芷若則是目光直射皇城，她要的是皇后的大位，她希望扶助張無忌登基為帝，自己即可成為皇后娘娘。

一版首度提到周芷若眷顧皇后大位，是在張無忌一行觀賞「遊皇城」慶典之時，張無忌等人見到皇帝皇后坐在綵樓之上。一版說周芷若瞧著兩位皇后，呆呆出神，不禁走得太近。突然之間，一名御林軍揚起藤鞭，劈頭向她擊了下來。無忌右手輕帶，已抓住鞭梢，只須一揮，便將他摔得鼻青目腫，但隨即放手，轉身退入人叢。

二版將這段周芷若垂涎后位的描述刪了。

回客店後，韓林兒說起反蒙大業若能成功，將來張無忌是皇帝，周芷若就是皇后，張無忌卻

（右側豎排）心一堂金庸學研究叢書　金庸版本的奇妙全界

堅說他會功成身退。一版周芷若聽張無忌說得決絕，臉色微變，眼望窗外，說道：「明教教徒做皇帝，那也不稀奇。當年我爹爹自立為王，倘若成事，他老人家不就是皇上嗎？」彭瑩玉黯然歎道：「不錯，只可惜當年周子旺周師兄造反不成，否則周姑娘好端端的便是一位公主娘娘。」周芷若冷笑道：「哼！汝陽王的郡主，那有甚麼希罕了？偏偏有人當她了不起，目不轉睛的瞧著出神。我若是個男子漢，想娶韃子的皇親國戚，那也得娶皇帝的公主，做個駙馬爺才算體面。」彭瑩玉和韓林兒只當她是隨口說笑，都哈哈大笑起來。張無忌卻神色頗為尷尬，尋思：「芷若素來溫文靦腆，如何今日說起這些話來？想是今日我瞧趙姑娘時，被她冷眼旁觀，心中不快，是以這時乘機發作。唉，那也是她一番愛我的深情厚意。」

這一段二版全刪了，若照這段內容的說法，周芷若之所以愛張無忌，是因為嫁給張無忌，將來即可能是母儀天下的皇后。

一版周芷若覬覦皇后之位的故事還在繼續，且說張無忌出客店打聽謝遜的消息，途遇趙敏，倆人又開始情意繾綣，一發不可收拾，周芷若跟蹤張無忌，見到張無忌跟趙敏接吻，氣得回客店上吊自殺，幸為韓林兒所救。張無忌得知周芷若為他自殺之事，開始大展柔情撫慰。

此時，一版周芷若先是提到：「我是不配做你夫人的了。」張無忌問：「為什麼？」周芷若

金庸武俠史記∧倚天編∨三版變遷全紀錄

將臉伏在他胸前，哭道：「我……我受了人家欺負，已經……已經不是清白之身了。我肚中已有了孽種，怎能…怎能再跟你結為夫婦？」這幾句話聽在張無忌耳中，委實猶似晴天霹靂一般，半晌說不出話來。

周芷若緩緩站起身來，說道：「這是命該如此，你慢慢的，將我忘了吧。」張無忌一躍而起，拉住她手，顫聲道：「是……是宋青書這賊子嗎？」周芷若點了點頭，流淚道：「在丐幫之中，我被點中穴道，無力抗拒……」張無忌緊緊抱住了她，說道：「這又非你的過失。事已如此，煩惱也是枉然。芷若，這是你遭難，我只有更加愛你憐你。咱們明日立時動身，回到淮泗，告知本教兄弟，我便跟你成親。你肚中……肚中孩兒，便算是我的，於你清白，絕無半點虧損。」周芷若低聲道：「你何必好言慰我？我已非黃花閨女，怎能再做教主夫人？」

張無忌道：「你……你也是把我瞧得小了。張無忌是豪傑男兒，豈如俗人之見？縱是你一時糊塗，自行失足，我也能不咎以往，何況這是意外之災？」周芷若心中感激，道：「無忌哥哥，你當真待我這麼好嗎？我……我只怕你是騙我的。」張無忌道：「我待你的好處，以後你才知道，現下我還沒起始待你好呢。」周芷若撲在他懷裡，感極而泣，說道：「你用些藥物，先替我將這孽種打了下來。」張無忌道：「不可。打胎之事既傷天和，於你身子又是大大有損。」心細

心一堂金庸學研究叢書　金庸版本的奇妙全界

暗想：「她失陷丐幫，前後不過一月，怎能已知懷孕？說不定是她胡思亂想，」一搭她的脈搏，亦無胎象，但想這種事情不便多問，自己醫術雖精，所專卻是治傷療毒，於婦科一道，原是所知不多。只聽周芷若又道：「這孽種是個女的，那也罷了，倘若是個男兒。日後天如人願，你登極做了皇帝，難道要這孽障來做太子？乘早還是打了，免貽無窮之患。」張無忌歎道：「這『皇帝』兩字，再也休提。我這種村野匹夫，決無覬覦大寶之意，若教眾師兄弟們聽見，只道我一己貪圖富貴，反而冷了心腸。」周芷若道：「我也不是強要你做皇帝，但若天命所歸，你推也推不掉的。你待我這麼好，我自當設法圖報。周芷若雖是個弱女子，可是機緣巧起來，說不定我便能助你做了天子。我爹爹事敗人亡，我命中無公主之份，卻又有誰知道我不能當皇后娘娘？」張無忌聽她說得熱切，笑道：「皇后娘娘未必及得上峨嵋掌門之尊。好了，明兒一早咱們還要趕路。我的皇后娘娘，請駕回宮，早些安歇吧。」滿天愁雲慘霧，便在兩人一笑之間，化作飛煙而散。

一版周芷若滿腦子做的都是「皇后夢」，她這「以孕逼婚」的「以退為進」高招也竟奏效，張無忌決定幫宋青書買單，娶周芷若進門，周芷若因此又往皇后之位靠近了一步。

二版將這段周芷若詐孕的情節全刪了，改為周芷若上吊後，張無忌安撫她，說到要娶她為妻，二版兩人的對話是：張無忌道：「義父自然要加緊找尋。咱們會齊眾兄弟後，尋訪起來容易得多。

到底幾時能趕走韃子，誰也無法逆料。難道等咱們成了老公公、老婆婆了，再來顫巍巍的拜堂成親麼？老公公、老婆婆拜天地不打緊，可是咱倆生不了孩兒，我張家可就斷子絕孫了。」周芷若紅著臉噗哧一笑，說道：「好好一個老實人，卻不知跟誰去學得這般貧嘴貧舌？」兩人於是訂下婚約。

而後張無忌一行來到濠州，群豪勸進張無忌早日成親，一版說張無忌想起周芷若已懷有身孕，此事原也延擱不得，當即允可。殷天正擇定三月十五日為黃道吉日。二版改為張無忌對周芷若原已有言在先，當即允可。楊逍擇定三月十五日為黃道吉日

不料婚禮進行到中途，竟峰迴路轉，因為趙敏刻意阻攔，張無忌竟在婚禮中棄周芷若而去。

惱羞成怒的周芷若隨後在趙敏右肩抓了一招「九陰白骨爪」。

張無忌為趙敏祛毒療傷，一版也是波折橫生，此處一版約有七頁內容，二版全刪了。

這段刪除的內容是說，張無忌要取小瀑布旁的紅色小花為趙敏療傷，忽聽得一聲：「住手！」張無忌轉頭一看，原來是峨嵋派靜慧等三名弟子。張無忌問靜慧有沒有帶去毒聖藥「佛光去毒丹」，靜慧拒給，並責怪張無忌受妖女趙敏蠱惑而逃婚，這要置峨嵋派掌門人於何地？張無忌向靜慧道歉，並說：「我愛芷若之心，至死不變，皇天后土，實所共鑒。」

因靜慧仍不願給「佛光去毒丹」張無忌只好點了靜慧的「湧泉穴」，自去她懷中取丹，卻無

意中碰到靜慧右肩琵琶骨處的肌膚，而後，張無忌將三枚丹藥嚼爛，一半餵入趙敏口中，一半敷在趙敏肩頭。

卻在此時，靜慧右手持劍，將自己右肩琵琶骨處卸了下來，滿地是血。原來她是出家清修的女尼，身子被男人碰到，引為奇恥大辱。

而後，峨嵋後援到來，張無忌不想多生事端，遂抱起趙敏，飛奔而去。

這段一版約七頁的內容，二版當作「冗情節」刪掉了，二版張無忌未使用「佛光去毒丹」為趙敏去毒，改為使用小瀑布旁的小紅花「佛座小紅蓮」。

之後張無忌與趙敏同鞍騎馬，要前往謝遜所在之處，途中遇到王保保與玄冥二老，張無忌揮掌迎戰玄冥二老，一版張無忌用的是「降龍十八掌」的「神龍擺尾」，這也是一版張無忌成年後唯一一次使用「降龍十八掌」，二版改為張無忌反手拍出數掌，但沒有提到招式名稱。

離開王保保與玄冥二老後，接著，張無忌與趙敏遇上了番僧，一版的番僧有三人，分別是摩罕法、摩罕聖與鳩摩者，摩罕法是師兄弟，摩罕聖與摩罕法是師兄弟，鳩摩者則是師伯。摩罕法道：「我三人從天竺來，投入汝陽王爺府中，適逢郡主外出，是以今日方得拜見。」

張無忌大鬥起三番僧，三名番僧各有玄妙武功，但仍不敵張無忌，張無忌又抱著趙明，向前

急奔。而後三名番僧追擊張無忌，鳩尊者使出「排山掌」，摩罕聖、摩罕法二僧四手再抵在鳩尊

者背心，張無忌則以九陽神功力挫三番僧。

二版將鳩尊者、摩罕聖、摩罕法三僧都刪除了，改為二十餘名紅袍番僧圍攻張無忌。二版張

無忌與番僧之戰，最後是兩名番僧使出「排山掌」，後面二十二名番僧排成兩列，各出右掌，抵

住前人後心，二十四名番僧排成兩排，但張無忌仍以九陽神功力挫之。

張無忌大敗番僧之際，玄冥二老、汝陽王與王保保先後到來。鹿杖客並以玄冥神掌偷襲張無

忌得逞。

趙敏為從汝陽王手中救下張無忌性命，一版趙明對汝陽王說：「爹爹，女兒不孝，已私下和

張公子結成夫婦，腹中有了他的骨肉。你要殺他，不如先殺了女兒。」

她此言一出，不但汝陽王和王保保大吃一驚，張無忌也是大出意料之外，雖知她是全力相

護，卻也萬料不到她竟會捏造這種謊言。汝陽王連連跺腳，道：「此話可真？此話可真？」趙明

道：「這等可恥之事，女兒若非迫不得已，豈肯當眾輕賤自身，羞辱父兄？爹爹你就算少生了女

兒這個人，放女兒去吧！」

二版將趙敏詐孕之事刪了，趙敏威脅汝陽王的話，改為：「爹爹，女兒不孝，已私下和張公

子結成夫婦。你就算少生了女兒這個人。放女兒去罷。否則我立時便死在你面前。」

一版趙明跟周芷若一樣，都使用了「詐孕」這一招，然而，周芷若詐孕是讓張無忌戴綠帽，並以退為進，想藉此嫁給張無忌，以取得皇后之位，趙敏的詐孕則是要從汝陽王刀下救得張無忌一命，單從詐孕這一計就可看出周趙二女對張無忌用情的深淺。想來張無忌寧可當流落民間的郡馬，也不願成為被皇后控制的猥瑣皇帝，或許在周趙二女先後詐孕之後，他的內心就已經決定此生與誰共度了！

【王二指間話】

男女之間成為愛侶，除了因真愛之外，也可能是因為「同情」對方，進而生起照顧對方的念頭，最後結為夫妻，比如殷梨亭身受重傷之際，楊不悔於病塌之側照顧他，竟茲生出終生侍候殷梨亭的想望，他倆也因此成為一對佳偶。

女人同情一個男人時，可能會生出「母性」，並願意終生照顧對方，男人也是如此，當一個男人面對弱勢或傷病的女人時，可能會激發出內在的「俠情」，願意一生保護對方，於是就可能牽起

兩人間的姻緣。比如《神鵰》楊過本就深愛小龍女，當他知道小龍女受辱於甄志丙之事後，即對小龍女說：「甚麼名節清白，咱們通通當是放屁！……，你不是我師父，不是我姑姑，是我媳婦！是我妻子！是我老婆！」看到小龍女的心靈與身體雙雙受創，更堅定楊過娶小龍女為妻的決心。

張無忌是有情有義的大俠，當他見到身畔的女人受到心靈或身體之苦時，也會滋生俠情，興起照顧她的念頭，比如趙敏在萬安寺威脅要毀周芷若容貌，張無忌挺身救周芷若之後，就曾對周芷若自承：「當時我心裡說：『此刻我如救這姑娘不得，她容貌給人毀了，就算變得醜八怪那樣，老天爺在上，我張無忌無論如何要娶這姑娘為妻，愛她惜她，護她周全。那一位姑娘真正對我好，我也真正對她好，美麗醜陋，全不相干……』」

周芷若也深知張無忌是充滿俠情的大俠，只要身邊的女子可憐，張無忌就會更用心的照顧她、維護她，因此，周芷若常會把自己塑造成「受害者」，再楚楚可憐的激發張無忌的俠情，所以她才在荒島上布局，營造受趙敏傷害的可憐景象。

此外，周芷若也常以言語激發張無忌的同情心，她總是說：「我是個孤苦伶仃的女孩兒家」、「我這個醜樣的」、「我是個最不中用的女子，懦弱無能，人又生得蠢」、「我從小沒爹娘教導」、「趙敏定然放不過我，不論智謀武功，我都跟她差得太遠」……。

心一堂金庸學研究叢書　金庸版本的奇妙全界

不過，張無忌的俠情究竟有沒有底線呢？難道只要周芷若裝可憐，張無忌就一定得買單，非得同情她，對她好不可？

說來張無忌的俠情還是有底線的，他的「俠情」必須以「愛情」為基礎，不論是同情殷離、小昭或周芷若，張無忌心中都還有愛情的想望，而非只是單純的同情。然而，張無忌對趙敏的愛情顯然是多於周芷若的，因此，周芷若想以「裝可憐」來博取張無忌的同情，並贏得他的愛情，最好的方法就是表現出「我的痛苦與傷害都來自趙敏」，這麼一來，就能打擊趙敏在張無忌心中的地位，同時博得張無忌的同情。

那麼，周芷若究竟能不能藉由捏造被宋青書逼姦成孕來贏得張無忌的同情呢？說來周芷若得據據自己的份量，她應該知道張無忌愛她不像愛趙敏那麼深，因此不可能愛憐她所有的傷害。逼姦並不是趙敏造成的，周芷若貿然使出這一招，萬一張無忌順水推舟，乾脆玉成她跟宋青書，也讓自己順理成章與趙敏成為一對佳偶，那豈不是弄巧成拙？

可見這段周芷若「詐孕求婚」的故事，實在太傷周芷若的深算機心，非刪不可！

第三十四回還有一些修改（上）：

一．張無忌說起懷疑謝遜失心瘋，誤殺殷離之事，一版張無忌說：「當年他瘋疾大發，竟圖向我媽媽非禮，他一對眼睛，便是因此給我媽媽射瞎的。」二版謝遜未非禮殷素素，一版「竟圖向我媽媽非禮」一句，二版改為「竟要扼死我媽媽」。

二．張無忌一行見到大元皇帝與皇太子，一版韓林兒在張無忌耳邊低聲道：「教主，你何不撲向前去，一掌劈死了這韃子皇帝，也好為天下百姓除一大害？」張無忌嗯了一聲，沉吟未答。韓林兒又道：「韃子皇帝身旁護衛高手雖多，未必能擋住教主的一擊。」好大膽的一版韓林兒，竟要張教主當街弒君，不管皇帝死不死，這一暗殺，張無忌豈不血濺五步，命喪當場？二版將這段改為韓林兒在張無忌耳邊低聲道：「教主，讓屬下撲上前去，一刀刺死這韃子皇帝，也好為天下百姓除一大害。」張無忌道：「不成，你去不得，韃子皇帝身旁護衛中必多高手，除非是我去。」

三．一版蒙古公主身著「蟒袍」，二版改為「錦袍」。

四．張無忌一行在山東境內見到大隊敗兵，一版說張無忌因此得知韓山童在淮北連打幾個大勝仗，殺得元兵連失數處要地。二版將韓山童改為朱元璋。

五・張無忌與周芷若的婚禮，一版是殷利亨與韓林兒陪張無忌出來與周芷若拜天地，然而，以明教教主之尊，殷利亨及韓林兒份量未免太輕，二版改為宋遠橋與殷野王陪張無忌出來。

六・張無忌與趙敏遇上王保保，王保保命玄冥二老拿下張無忌。一版說玄冥二老功力深厚，較之殷天正、謝遜等人猶有過之，二老聯手夾攻，那幾乎是從所未有之事，無忌也是絲毫不敢怠慢，凝神應敵。這段說法二版刪了。

周芷若不再為張無忌上吊自殺了
——第三十四回〈新婦素手裂紅裳〉版本回較（下）

金庸修訂新三版時，不只做了情節的調整，也將某些人物的性格做了修改。比如周芷若在三種版本中的性格即都不太一樣，且來看看周芷若順隨版本修訂而產生的性格演變。

且說張無忌與周芷若月下談情，二版張無忌低下頭去，在她臉頰上一吻，新三版改成張無忌低下頭去，在周芷若嘴唇上一吻。而後，張無忌解開衣襟，露出胸口劍疤，對周芷若笑道：「這一劍是你刺的！你越刺得我深，我越是愛你。」新三版較二版增寫，周芷若伸嘴吻他胸口傷痕。

可知新三版周芷若談起情來，不只情話百無禁忌，親暱動作更是自然流露，與二版長年受滅絕師太禮教拘束，不敢說也不敢做的周芷若，簡直判若兩人。

與周芷若卿卿我我之後，張無忌旋即來到大都，在小酒店與趙敏幽會，卻被周芷若窺見。周芷若發現張無忌與趙敏幽會後，二版有長達四頁的內容，新三版悉數刪去，這一大段是說周芷若回客店後，韓林兒見她雙目紅腫，卻摸不著頭腦。而後，韓林兒上炕去睡。朦朧間，忽聽得砰彭一聲，東邊房中似乎有張椅子倒在地下，那房正是周芷若所居。韓林兒急躍出房，竟見到周芷若

懸樑上吊，韓林兒連忙扯斷繩子，將周芷若放在床上，探她鼻息，幸好尚未氣絕。

此時恰好張無忌回到客店，張無忌以九陽真氣救醒了周芷若。周芷若睜開眼來，見到張無忌，哭道：「你幹甚麼理我？讓我死了乾淨。」張無忌霎時又是慚愧，又是愛惜。於是決定與周芷若成親。

新三版將周芷若為張無忌與趙敏偷情而上吊的情節刪去，改說周芷若回到客店，拿了些東西，板著臉對韓林兒道：「不回來啦，我再也不回啦！」說著流下來眼淚。而後牽了坐騎，疾馳而去。

張無忌知道後，既著急，又自責，與韓林兒分頭追尋，卻遍尋不著。彭瑩玉對張無忌說，周芷若是峨嵋派掌門，理當回峨嵋派去了，只須派遣教中兄弟前去打聽，必能尋訪得。

張無忌想想也是，又認為當下第一要務是尋回謝遜，他心想：「義父必是陷身於中原某地，且必與成崑有關。倘若去找趙姑娘，求她相助，她足智多謀、神通廣大，或能得到些線索，比之我這般盲眼蒼蠅似地瞎闖亂撞好得多了。唉！張無忌，你心中想見趙敏，便胡亂找個理由出來。」

新三版一再強調張無忌已在無形中對趙敏產生了依賴感。

二版張無忌隨後與周芷若等人齊至濠州，韓山童率領朱元璋等眾將迎出三十里外，二版還說周芷若騎在馬上，跟隨在張無忌之後，左顧右盼，覺得這番風光雖不及大都皇帝皇后「遊皇城」的華麗輝煌，卻也頗足快慰平生。

新三版周芷若已經離去，也無周芷若以「皇后」自況之事，不過，新三版周芷若跟一、二版周芷若渴望成為大明皇后，新三版周芷若則是期望光大峨嵋派。

接下來，新三版加了一頁半的內容，說周芷若離去後，張周二人重逢之事。

這段故事是：這一日說不得前來稟報，說發現峨嵋派的總山頭目前暫安於江浙行省慶元路的定海，掌門人周芷若與數名大弟子在一所名叫「白衣庵」的觀音廟中暫居。

張無忌得報後，帶同楊逍等人，前去定海拜訪。

不一日來到白衣庵，周芷若出來迎接。寒暄之後，周芷若得知仍查無謝遜蹤跡，問張無忌要不要去問問趙敏，張無忌說已請韋一笑去問過，趙敏說未見到謝遜。

而後，楊逍等人料知張無忌和周芷若必有些私己話要說，於是先藉故離開。

眾人離去後，周芷若向張無忌望了一眼，說道：「張教主，我獨個兒修習內功，有些地方不

甚明白，想請你指教。你肯教我麼，我便教甚麼。」

周芷若帶他到一間靜室之中，請問了一些修練內功的深奧訣竅，張無忌毫不藏私，詳盡告知，喜道：「芷若，你能問到這些關竅，足見內功修為頗有長進。以後我天天教你，過得兩三年，你的內功就可和我並駕齊驅啦！」。

接下來的情節扣回二版周芷若上吊後的故事，張無忌對當日與趙敏幽會之事大加賠罪，最後與周芷若定下婚事。

因新三版將峨嵋派總山頭遷至定海，楊逍擇出張無忌與周芷若成婚的吉期後，新三版增說楊逍與韋一笑二人作為送禮使，奉了張無忌所備的聘禮，前往定海白衣庵，將吉期徵得周芷若允可。

婚期決定後，新三版又加說，峨嵋諸女俠來到濠州，周芷若自在濠州東南鍾離城的一座大宅中等候迎親隊伍。

新三版周芷若不再像二版那樣一哭二鬧三上吊了，她的性格變得剛強，對於光大峨嵋派念茲在茲，看來滅絕師太將峨嵋派交在周芷若手上，真的沒有看走眼。

金庸小說寫盡了各種各樣的愛情，以張無忌而言，他的四位情人，即殷離、周芷若、小昭、及趙敏，與他的愛情都不盡相同，解析如下：

殷離——張無忌只能是她想像中的張無忌：殷離心中有幻想情人張無忌，張無忌若想跟殷離在一起，就必須成為她幻想中的張無忌，但想像永遠比真實更美，張無忌絕不可能符合殷離的幻想。

周芷若——張無忌必須完成她的理想：周芷若是事業女強人，張無忌如果成為她的情人或丈夫，就必須以她的理想為理想，接受他的安排，並為她拼出一番事業與成就。

小昭——無條件挺張無忌完成夢想：對於張無忌的任何決定或作為，小昭完全支持，並全力配合，她總是以張無忌的成就為自己的成就，以張無忌的快樂為自己的快樂。

趙敏——想方設法為張無忌圓夢：只要張無忌有夢想，趙敏就會為他動腦筋，出點子，讓張無忌的夢想更快完成。

因為四位情人對於愛情的認知與期待都不同，張無忌在四段愛情中的感覺也都不一樣。殷離

心一堂金庸學研究叢書　金庸版本的奇妙全界

若真與張無忌談起戀愛，將會是互相折磨，因為張無忌永遠不可能成為他幻想中的張無忌。周芷若則會讓張無忌感覺壓迫，因為周芷若希望張無忌完成她的夢想，但她的夢想卻不見得是張無忌的夢想，不過，只要周芷若一哭二鬧三上吊，張無忌一定勉強自己妥協，最後他將在愛情中感覺疲累不堪。小昭會讓張無忌感覺有個貼心的伴陪在身邊，不論張無忌做甚麼決定，小昭都會跟他一起完成，張無忌因此可以率性地做自己。然而，張無忌若想擁有最多的滿足與快樂，就必須跟趙敏在一起，因為趙敏機智聰敏，恰能補張無忌之不足，因此，不論張無忌想出海尋謝遜、在靈蛇島上保護謝遜、到丐幫竊聽情報、或洗刷被宋遠橋等武當四俠誤會弑叔的冤屈，趙敏都能臨機應變，為張無忌出既周全又有創意的點子，或者讓張無忌化險為夷，或者讓張無忌完成夢想。

跟趙敏在一起，張無忌總有意想不到的新鮮、快樂與滿足，這是跟小昭在一起無法擁有的感覺。

張無忌周旋於殷離、小昭、周芷若、趙敏四女之間，難以決定誰是終生良伴，這是因為張無忌沒有仔細傾聽內在的聲音，他總在「同情」、「道德」、「溫馨」與「真愛」之間掙扎。關於愛情，張無忌的往往不是「我跟誰在一起最快樂？我最愛誰？」而是「我應該娶誰？誰最須要我的照顧？」就因為張無忌總將「愛情」與「友情」、「兄妹之情」、「同情」相混淆，他才會猶豫不決，不知道自己應該跟誰在一起。倘使張無忌純粹以「兩情相悅」來詮釋「愛情」，他唯

一的選項，就是趙敏了。

最美滿的婚姻對象是誰？張無忌本該問問自己的內心，看跟誰在一起最快樂，但他卻老在問頭腦，因此陷入了思維的糾結，更導致了自己與趙敏、周芷若、小昭的痛苦。

第三十四回還有一些修改（下）：

一．離開丐幫後，二版說張無忌一行沿官道南下，新三版改為沿官道西行。

二．周芷若說起遭丐幫所擒之事，二版周芷若對張無忌說：那日他出了客店不久，謝遜突然渾身顫抖，胡言亂語起來。她心中害怕，竭力勸慰，但謝遜似乎不認得她了，在店房中亂跳亂竄，過了一會，便即癱瘓在地，人事不知，而後即為丐幫所擒。新三版刪除謝遜精神病徵發作的情節，周芷若改對張無忌說：那日他出了客店不久，店小二送了茶水進來，她和義父喝了幾口，突然覺得頭暈，義父說道：「小心，中了迷藥！」她想出去找兩碗清水來喝了解毒，而後即為丐幫所擒。此外，二版說周芷若與謝遜為丐幫所擒，是同時被送到盧龍。新三版則再加說送到盧龍後是「分別囚禁」。而張無忌聞周芷若之言，二版說張無忌幼時便知義父因練七傷拳傷了心脈，

心一堂金庸學研究叢書　金庸版本的奇妙全界

兼之全家為成崑所害，偶爾會心智錯亂，只沒料到他竟會在這當口發作，以致無法抵擋丐幫的侵襲，不勝歎息。兩人琢磨謝遜不知此刻到了何處，均感茫無頭緒。新三版因已無謝遜於客店發作瘋病之事，故也將此段全刪。而後，張無忌提議要上大都，新三版較二版張無忌加說：「我昨夜想了一會，倘若義父當真為成崑所擒，不妨上大都打探一下消息。」

三・張無忌為周芷若解穴，二版張無忌暗想：「丐幫諸長老武功雖非極強，點穴手法卻大是神妙。芷若心性高傲，不肯在席間求他們解穴，那出手點穴之人居然也假裝忘記了。嘿嘿，這些化子死要面子，一敗塗地之餘，勉強在點穴法上佔些上風也是好的。」新三版則改為張無忌暗想：「這點穴手法甚是奇妙，只怕不是丐幫諸長老下的手，否則昨日席間早該有人出來解穴。難道竟又是成崑？」便問：「你的穴道是給誰點中的？」周芷若道：「是個高高瘦瘦的老和尚，我本來不知他是誰，昨天聽你們席上所談，應該就是成崑了。」張無忌恨恨的道：「果然又是這惡賊！」新三版一改，就不再出現丐幫奉張無忌為上賓，卻又怠慢周芷若的矛盾情節了。

四・張無忌與周芷若聊起明教逐走胡虜之事，二版張無忌說：「我才幹不足以勝任教主，更不想當教主。」新三版張無忌再加說：「何況我教上代教主留有遺訓大戒，我教教眾不得作官作府、為帝為皇，縱然驅除胡虜，明教也只能處身草野，護國保民，決不能自掌天下權柄。」聽聞

張無忌之言，新三版周芷若較二版增說：「明教上代當真有這樣的規矩？如若將來的皇帝官府不好，難道明教又來殺官造反，重新幹過？我瞧這條規矩是要改一改的。」由新三版看來，周芷若的政治彈性的確比張無忌大多了。

五・趙敏諷刺周芷若的綵車，二版是分成三輛，分別演出周芷若獻茶、周芷若暗算謝遜與丐幫擒人三齣，新三版則只有一輛綵車，一連貫演出整齣戲。而周芷若看到綵車上少女旦角暗算淨角謝遜的一幕，二版周芷若頓了一頓，忽道：「啊，我想起來了。那日，義父本是好端端地，突然間身子一顫，摔倒在地，跟著便胡言亂語的發起瘋來，莫非……莫非當時這妖女真是伏在客店中的暗處，向義父後心施發暗器？」張無忌沉吟道：「她若是做了手腳，再趕來彌勒廟，時刻也來得及，不過以她武功，只怕算計不了義父，也說不定是玄冥二老施的暗算。」新三版因已無謝遜瘋病發作之情節，這段也隨之刪去。

六・二版遊街的神像是土地、城隍、靈官、韋陀、財神、東嶽等，共是三百六十尊神像。新三版為了突顯元代民間信仰之多彩多姿，加寫遊街的神像還有諸般番神梵神：帝釋、大黑天、毗舍奴、四面佛等等。

七・彭瑩玉對張無忌說起明教戰事，二版彭瑩玉說朱元璋、徐達、常遇春等年來攻城掠地，

甚立戰功，明教聲威大振。新三版彭瑩玉再加說朱元璋等人反將首領韓山童的聲威壓下去了。他見韓林兒在側，一言帶過，於此不再多說。另有一支兄弟起義軍徐壽輝在湖廣一帶好生興旺，此外有劉福通、芝麻李、彭君用、毛貴等人，此起彼伏，朝廷應付為難。只台州一帶的方國珍，平江府的張士誠與明教敵對。新三版金庸在《倚天》中大添史料，以強化故事的真實感。

八．張無忌一行前往濠州，見大隊蒙古敗兵，二版說張無忌等人遇見一兵落單，抓住了逼問，得知朱元璋在淮北連打了幾個大勝仗。新三版刪了此事，改說張無忌與韓林兒直接馳馬至朱元璋軍中。

九．張無忌與楊逍等人說起謝遜失蹤之事，二版范遙道：「那個黃衫女子不知是何來歷，說不定謝兄的行蹤，要著落在她身上尋訪出來。」群豪都從未聽到過武林中有這麼一位黃衫女子，只得勸張無忌且自寬心，都道：「這黃衫女子的言語行事，對教主顯無惡意。金毛獅王若是落在她的手中，定然無恙。瞧此女之意，最多不過探詢屠龍寶刀的下落而已。」此因二版仍維持一版的說法，將張無忌當日於丐幫聚會巨宅所見黑影臆測為黃衫女子。新三版則做了修改，新三版改說眾人均認為，謝遜既為成崑所擒，為今之計，只有即刻查訪謝法王、成崑和陳友諒的下落。

十．張無忌與周芷若的婚期，二版楊逍擇定三月十五為黃道吉日。新三版改為六月十五。這

是為了配合「屠獅大會」由二版的端陽節改為重陽節而做的連鎖修訂。

十一・張三丰親書「佳兒佳婦」祝賀張無忌婚禮，張無忌遣韋一笑為謝禮使前往武當山，韋一笑說若見到宋青書與陳友諒，非將他二人吸個血乾皮枯不可。二版張無忌道：「那陳友諒嘛，韋兄不妨順手除去。」新三版改為張無忌道：「謝法王落在何處，或可從陳友諒身上追查出來，咱們只可生擒，不能隨便殺了他。」新三版算是還歷史一個公道，陳友諒是史實人物，張無忌一口就下追殺令，莫非是要改寫歷史？

十二・峨嵋眾女俠來到濠州，二版是三月初十，新三版改為六月初十。

十三・趙敏阻撓婚禮，周芷若使「九陰白骨爪」往趙敏頭頂插落，二版范遙眼見危急，救主情殷，伸掌向周芷若肩頭推去。但此說法有紕漏，范遙如何能再認趙敏為「主」呢？新三版改為范遙眼見危急，心念舊主，不忍她頭破腦裂，伸掌向周芷若肩頭推去。

十四・趙敏受周芷若一抓，二版說趙敏一言不發的向外便走，肩頭鮮血，流得滿地都是。可見二版趙敏是傷到「靜脈」，新三版則改為三版加說為趙敏肩頭鮮血，點滴濺開，滿地都是。新三版加說為趙敏肩頭鮮血，點滴濺開，滿地都是。可見二版趙敏是傷到「靜脈」，新三版則改為傷及「動脈」。

十五・張無忌於婚禮中，隨趙敏離去後，二版殷天正連聲致歉，說務當率領張無忌前來峨嵋

金頂鄭重賠罪。新三版將「峨嵋金頂」改為「定海白衣庵」。

十六‧說起謝遜的黃髮，二版說謝遜所練內功與眾不同，兼之生具異稟，中年以後，一頭長髮轉為淡黃，但這顏色和西域色目人的金髮卻截然有異。新三版改為謝遜上代有色目血統，面貌形相與中土人士無異，一頭長髮卻是淡黃色。新三版謝遜由二版的純種漢人變成了混血兒。

十七‧趙敏中周芷若一抓，五個指孔深及肩骨，傷口旁肌肉盡呈紫黑，二版說顯然中了劇毒，新三版則說顯是中了一門極惡毒的外門功夫。

十八‧二版王保保知張無忌是明教教主後，對張無忌說：「張教主，閣下是一教之主，武林中成名的豪傑，欺侮舍妹一個弱女子，豈不教人恥笑？快快將她放下，今日饒你不死。」趙敏道：「哥哥，你何出此言？張公子確是有恩於我，怎說得上『欺侮』二字？」新三版將這段全刪了。

十九‧二版汝陽王打量張無忌，二見他不過二十一二歲年紀，新三版張無忌增了一歲，改成是二十二三歲年紀。

小昭將張無忌的終身交給了趙敏

——第三十五回〈屠獅有會孰為殃〉版本回較

在金庸「心中對之有柔情、有愛意、願意終生愛護她的女子」名單上，小昭排名僅次於郭襄，名列第二，或許因為如此，金庸在修訂新三版時，對小昭的故事頗為加料。二版《倚天》在小昭遠赴波斯當明教總教教主之後，小昭的故事就已經全部結束了，新三版則在小昭遠赴波斯之後，仍不時有小昭的相關情節出現。且來看看新三版的改寫。

新三版這一回增寫了一大段小昭的相關故事，且說張無忌問趙敏在荒島上是否劍傷殷離，趙敏堅決否認後，張無忌大膽推測，多半是波斯明教船上的高手所下毒手，於是，張無忌告訴趙敏：「救出義父之後，可須得到波斯走一遭，去向小昭問個明白。」

新三版趙敏抿嘴一笑，說道：「你巴不得想見小昭，便杜撰此緣由出來。我勸你也別胡思亂想了，早些養好了傷，咱們快去少林寺是正經。」。

二版趙敏抿嘴一笑，說道：「你巴不得想見小昭，便杜撰此緣由出來。小昭是大好人，我也想見她，當面好好謝謝她。」張無忌奇道：「謝甚麼？」

新三版於此處大為加料，改為趙敏道：「你巴不得想見小昭，便杜撰此緣由出來。小昭是大

趙敏道：「謝她對我說了真話。那天小昭跟我們分別時，悄悄把我拉在一旁，對我說：『趙姑娘，我就要去波斯了，今後再也不能照顧教主。他武功雖高，但心地太好，容易上人家的當，請你以後好好照顧他。我知你是教主的心上人，他寧可性命不要，也要迴護你平安周全。』聽她這麼說，我自然開心得很。從來沒人跟我這樣說過，我盼望是這樣，但不知能不能真。小昭是第一個這樣說的，我心裡當然感激她。我問她：『你怎知道？』，她說：『我自然知道。我冷眼旁觀，早看了出來。我一心一意想做教主的小丫頭，永遠在他身邊服侍他，就算他娶了你做夫人，我也是這般待他。』」

「不知她在波斯是否一切平安？」

張無忌聽到這裡，不禁心中酸楚，眼前出現了小昭那嬌小玲瓏、甜美可愛的倩影，心想……

這一段就是新三版增寫的小昭故事，然而，弔詭的是，從一版、二版到新三版，小昭離去前，對張無忌說的都是：「殷姑娘隨我母親多年，對你一往情深，是你良配，她決不會騙你。」

怪哉！新三版小昭怎麼「見人說人話，見鬼說鬼話」，在張無忌面前勸他娶殷離，在趙敏面前，又說趙敏才是張無忌的心上人，如此小昭也太八面玲瓏了，如果她日後跟她娘黛綺絲一樣，決定叛教嫁張無忌為妾，不論張無忌的正宮是殷離或趙敏，小昭都穩贏，殷離或趙敏理當都會視

她為好姊妹。

新三版此回還說了荒島血案的後續發展，新三版張無忌仍認為趙敏是殺害殷離的兇手，新三版趙敏則與二版不同，她不再依靠謝遜來戳破真相，而是自己道出那一夜在荒島的親歷。新三版增寫說，趙敏告訴張無忌，那晚她中了十香軟筋散之毒，張無忌問她怎會中毒？

趙敏道：「我若不中毒，怎會給人拿去了倚天劍，還被拋入大海？」張無忌問她：「你也給人拋入海裡？」趙敏點了點頭，說：「那晚我給海水一激，又喝了幾口水，嘔了好多毒水出來，頭腦才清醒了些，幸好我水性不壞，沒給淹死，但心裡卻也一片混亂。也不知漂流了多久，幸好遇上一艘漁船打魚經過，把我救了起來。我迷迷糊糊中也沒法要他們送我回荒島，待得漁船泊岸，才知已回到了大陸，我問船上漁人是否知道那荒島的所在，他們也回答不出。後來我大病一場，等到勉強起得了身，便立即回到王府，派出水師，到沿海各個小島去找尋你們。」

張無忌聽了，又憐惜，又感激，一時說不出話來。

修訂為新三版時，因為金庸要改掉目盲的謝遜竟能知曉荒島血案來龍去脈的情節「BUG」，因此改由趙敏來還原真相，證明自己的清白。經過這麼一改寫，也顯出了趙敏的自信。

心一堂金庸學研究叢書　金庸版本的奇妙全界

在傳統武俠世界中，向來執武林牛耳的少林寺，到了金庸筆下，卻有另一番面貌。在《倚天》故事中，少林僧人殺掠詐騙，根本就是邪教異端。

《倚天》與《天龍》的故事都有少林寺，但少林寺的整體形象在兩部小說中是截然不同的。

《倚天》的少林僧可稱為「僧人武士團」，這些僧人與其他幫派的武人本質上完全相同，差別只在少林僧以佛教僧人服飾為幫派服飾，「阿彌陀佛」則是幫派中人共同的語尾詞。少林僧並不是以慈悲喜捨為念的佛教僧侶，而是一批以少林寺為山頭，幹盡燒殺搶騙惡事的江湖惡棍。

《天龍》的少林寺則截然相反，《天龍》少林寺方丈玄慈懂得自省，掃地僧則能以慈悲之心度化慕容博與蕭遠山，可知《天龍》的少林僧確實是一群學佛的僧人。《天龍》的少林僧也會主動領隊動武，然而，但他們掄刀弄槍的目的，是「為正義而武」，不像《倚天》的少林僧是「為名利而武」。

創作《天龍》之後，金庸接著創作《笑傲》與《鹿鼎》，這兩部小說中也都有少林寺，但與《天龍》不一樣的是，這兩部小說中的少林僧人均受佛法薰陶，以和為貴，若非被動接受邀請，絕不會主動干預江湖恩仇。

《倚天》的少林寺可說是金庸書系中最晦暗不堪的少林寺，在《倚天》的年代，少林僧個個都像《神鵰》的金輪國師，金輪國師渴求的是「蒙古第一勇士」名號，少林群僧追求的則是可以「號令天下」的「天下第一大幫」虛名。

為了取得「號令天下」的至尊地位，《倚天》少林僧可說是「佛號唸盡，壞事做絕」，其中尤以一版為甚，一版的空智等僧人，以「少林九陽功」交換張三丰的「太極十三式」及「武當九陽功」，從張三丰手中取得手稿後，馬上讓陳友諒背下，再戲弄張三丰，說「太極十三式」是少林寺本有的武術。詐騙張三丰的情節雖然二版刪除了，但二版《倚天》仍有少林寺磬竹難書的惡事，比如為得到屠龍刀，上武當山逼死張翠山，有他少林寺的份；上光明頂圍攻明教，濫殺無辜，視人命若草芥，也有他少林寺的份；而將少林寺當修羅場，辦「屠獅英雄會」，準備讓江湖群雄在少林寺廝殺，少林寺再坐收漁翁之利，成為「號令天下」的大門派，更可說是少林寺惡棍妖僧們所行惡事之大疵。。

如果《笑傲》日月神教與《鹿鼎》神龍教都算邪教的話，《倚天》少林寺邪惡的程度，完全不下於日月神教與神龍教，而少林派因打著「佛教」的名號，邊殺人邊唸佛，更顯得肉麻兮兮。

金庸在《倚天》後段故事中，力圖挽救前段故事極盡崩壞的少林派形象，新三版更大加解釋

說，少林派圍攻明教是來自成崑的挑撥；少林寺主辦「屠獅大會」，也是出自成崑的陰謀。然而，若非少林僧人有著嗜血好殺的本質，成崑焉能激發其殺慾？可知不論新三版怎麼醜化成崑，都很難挽救《倚天》少林寺盡是妖僧的本質。

第三十五回還有一些修改：

一・張趙二人遇到八惡僧之廟，二版為「中嶽神廟」，新三版改為「護國寺」。

二・二版由八惡僧之事說起圓真陰謀，說及「近年來圓真圖謀方丈一席之心甚急，四處收羅人才。」新三版增說為「圓真先前挑動六大派圍攻光明頂，未竟其功，其後與趙敏設計擒拿空聞、空智等人，又為張無忌壞了事，他便想在少林寺中生事，自己圖謀出任方丈，近年來四處收羅人才。」新三版將《倚天》中所有惡事，全都推到圓真頭上，其他人物頂多只是被圓真慫恿或協辦罷了。

三・「屠獅英雄會」二版是訂在端午節，新三版改為重陽節。

四・二版「青海三劍」，新三版改稱「西涼三劍」，三劍中，二版「邵燕」，因「燕」字氣勢太弱，新三版改名「邵雁」。此外，二版易三娘曾對青海三劍道：「我夫婦從川西遠避到此，

心一堂金庸學研究叢書　金庸版本的奇妙全界

算是怕了你玉真觀了。」新三版將「川西」改為「川北」。

五．張無忌混入香積廚後，二版的時節為「已是四月中旬，天氣漸熱，離端陽節一天近似一天。」新三版改為「已是八月中旬，離重陽節一天近一天。」

六．少林寺想從謝遜手上取得屠龍刀，二版空聞道：「咱們須得在會中揚刀立威，說道這武林至尊的屠龍寶刀已歸本派掌管，那時本派號令天下，那就莫敢不從了。」新三版為降低少林寺的邪氣，改為空聞道：「咱們須得在會中揚刀立威，說道這武林至尊的屠龍寶刀已歸本派掌管，本派執於正道，號令天下，為國為民造福。」

七．一版成崑黨人的暗號，口稱「我佛如來，渡厄大千」，須答以「花開見佛，心即蓬萊」，二版改為成崑黨人的暗號是口稱「我佛如來，普渡眾生」，須答以「花開見佛，心即靈山」。

八．一版對於八惡僧中的一名老僧頗加描述，說那老僧見多識廣，自恃雙手鐵砂掌無堅不摧。又說這老僧的鐵砂掌功夫，在綠林中赫赫有名，有個外號叫作「神砂破天手」。但這老僧鬥張無忌，實不見其高明之處，二版將描述老僧的這些說詞都刪了。

九．趙敏以聖火令擋住惡僧的單刀，一版說趙明的左手小指卻也被刀鋒切去了半寸長的一節。但美女趙敏若成了「斷指美女」，豈非大殺風景，二版改為趙敏的左手小指卻也被刀鋒切去

了一片。如此一來，趙敏就無斷指之憾了。

十・除盡惡僧後，張趙二人才能安心吃飯，一版趙敏對張無忌笑道：「今日情景，比之大都小酒店中，卻是如何？」無忌笑道：「此間樂，不思蜀！」二版刪了這掉書袋的對話。在改版過程中，金庸盡量將無意義的掉書袋刪除。

十一・一版壽南山吹噓謝遜之事，說謝遜關在少林寺中山後的石洞之內。但這說法還真的是誤打誤中，二版改為壽南山說的是金毛獅王關在少林寺大雄寶殿的一隻大鐵籠中。這才像胡亂吹噓。

十二・戲弄壽南山，要他急速南行，住的地方越熱越好，一版是張無忌說的，但張無忌怎會隨意拿他人的生命開玩笑，二版改成是趙敏說的。此外，一版說壽南山活到明朝建文年間方死，二版再延長至明朝永樂年間方死。

十三・青海三劍中，一版「雲鶴」，因與《天龍》雲中鶴「撞名」，二版更名為「邵鶴」，一版「雲燕」也隨之更名為「邵燕」。此外，一版說青海三劍的馬法通，雖然身材臃腫，生相蠢笨，其實為人甚多智計，二版刪了此說。

十四・一版說那管香積廚的僧人法名叫作慧止。因此人無甚重要性，二版將其法名刪除了。

十五・張無忌擬查謝遜在少林寺中所在，一版說羅漢堂、達摩堂、藏經閣、方丈精舍四處，

最是少林寺的根本要地，二版將「藏經閣」改為「般若院」。

十六・一版張無忌在少林寺中信步而行，來到一道長廊，突覺這條長廊依稀相識，記起幼時隨太師父來少林寺求「少林九陽功」，曾到過這條廊上，由此而左，通向成崑所居的小室。這一大段二版全數刪除。

十七・一版張無忌竊聽少林首腦密議，聽到圓真和空智力圖挑動各派互鬥。二版不再將空智寫成邪僧了，二版之後，武林的壞事全栽到圓真身上，張無忌聽聞的也改成是圓真力圖挑動各派互鬥。

朱元璋大軍壓境，逼張無忌讓出教主之位

——第三十六回〈天矯三松鬱青蒼〉版本回較

新三版《倚天》的修訂涉及三大主題的更動，這三大主題都牽涉到全書的結構，主題之一是倚天劍與屠龍刀中所藏秘笈兵書若如二版所述是紙本，為何能經長白三禽及謝遜火煉而不化成灰燼？新三版因此將倚天劍與屠龍刀中所藏的兵法武功改為是鑄有地圖的「玄鐵片」；主題之二是荒島殷離血案，為什麼二版目盲的謝遜能詳知來龍去脈？新三版因此改由趙敏抽絲剝繭，再經周芷若往事回憶，還原「荒島血案」的完整過程；主題之三是明教是起義的大團體，為何洪水旗下小將領朱元璋能獨坐龍廷，而不是張無忌、楊逍、范遙等明教高階領導登基為帝？新三版因此增創了明教聖火令三大令五小令，第一大令是「不得為官作君」，這一令束縛住所有明教領導階層，讓他們無法問鼎龍廷，此外，新三版還增寫了朱元璋逼宮，脅迫張無忌辭去明教教主的情節，使得朱元璋順理成章成為大明開國皇帝。

這三大主題幾乎牽連了《倚天》的所有章節，《倚天》的版本研究因此大見精彩。

新三版這一回增寫了朱元璋逼宮之事，增寫內容達八頁之多。

這段故事接在殷天正力戰少林三僧，油盡燈枯，仙逝之後。話說：這日，朱元璋率領明教濠泗的一支龍鳳兵馬，趕來登封，要聽奉張教主指揮，進攻少林寺相救謝法王。前來的兵馬共有二萬餘人，張無忌於一家酒樓中設宴，為朱元璋等人接風洗塵。

隨同朱元璋前來參謁教主的有大將湯和、鄧愈、馮勝等人。張無忌問起軍情，得知滁州明教義軍近年來節節勝利，韓山童不幸戰死，劉福通統帥大軍，擁韓林兒稱帝，以亳州為國都，國號「宋」，稱為「龍鳳皇帝」。

韓林兒手下另一支兵馬，大將是郭子興，自稱滁陽王，朱元璋、徐達等都歸於他的麾下，朱元璋的妻子便是郭子興的養女。郭子興去世後，他的部眾歸其長子郭天敍統領。郭天敍是都元帥，朱元璋任左副元帥。而後郭天敍手下將領叛變，殺了郭天敍，朱元璋率領徐達等人平定叛亂，自任都元帥，攻陷了集慶路，改名應天。宋國遷都應天府。朱元璋功大，官居平章政事，封吳國公，掌握宋國政權。這次他來參見張無忌，便是以韓林兒為名，向總壇稟告。這時劉福通見朱元璋勢大，自己在宋國受到排擠，已自率部隊西進，陳友諒投到了他部下，稱為西路紅巾軍，擴展也甚成功。

席間朱元璋祝張無忌殺盡韃子，還我河山。而後話鋒一轉，針對趙敏之事，朱元璋對張無忌

說，趙敏是蒙古人，他爹爹是汝陽王，殺了無數漢人義軍，義軍兄弟都要殺他爹爹報仇。他要請張無忌當眾表白，究竟是蒙古的郡主娘娘要緊？還是明教十數萬兄弟的性命要緊？

楊逍等人知道，朱元璋是挾著反元大勝之威，要逼張無忌辭去明教教主之位。他如出言逼宮，明教眾首領未必會支持張無忌這年輕教主。

朱元璋又說，張無忌在趙敏與明教兄弟之間，只能擇一為友，要他做出選擇。

張無忌回說，明教中人均立誓將蒙元趕回漠北，還我大漢河山，如違此誓，明尊決不寬恕！

朱元璋道：「如此說來，教主決意與郡主一刀兩斷，終身不再相見了？」張無忌搖頭道：

「不是！驅趕蒙元，我志不變。以趙敏為妻，我志亦不變。趙姑娘雖是蒙古女子，但早已脫離父兄，她對我說得清清楚楚，她嫁雞隨雞，嫁狗隨狗，我幹甚麼，她也幹什麼。」朱元璋搖頭道：

「難道郡主娘娘事到臨頭，也肯大義滅親，手刃父兄嗎？」

張無忌心下好生難決，心想如果殺了朱元璋等人，濠泗義軍不免元氣大傷，只怕元軍乘勢反撲。

張無忌接著告訴大家，明教起義是要將蒙古人趕回大漠去，這是「趕韃子」，不是「殺韃子」，蒙古人不侵犯漢人，漢人也決不佔他們的國土。

金庸武俠史記∧倚天編∨三版變遷全紀錄

391

看到張無忌左右為難，趙敏站起身來，昂然道：「朱大哥，你不用尷尬！我是蒙古人，那是改不來的。不用你們來趕，我自己退出中土，返回蒙古，這一生一世永不再踏入中土一步！」張無忌心下感激，情知趙敏立下此誓，全是為了不讓自己為難。

周顛當下大聲說：「朱兄，趙姑娘既已這麼說了，眾兄弟可再沒異議了吧？」朱元璋只得道：「多謝教主顧全兄弟之義。」

爭辯過後，張無忌帶同楊逍等人至義軍駐紮之處，購買了酒肉犒勞軍士，在軍帳中會見眾軍官，並重申「趕韃子」，而非「殺韃子」之意。

朱元璋手下大將李文忠對張無忌說，明教兄弟拼命死戰，雖說是為了天下百姓，但老實說，還是為了教主。如果張無忌想退隱林下，請他指定一位眾望所歸、為明教立下大功之人出任教主。

張無忌問李文忠，誰是他口中那位眾望所歸，立下大功的人？李文忠請張無忌去問問軍帳中的明教兄弟。張無忌於是到帳外廣場上，朗聲問：「適才李文忠將軍言道，本教有一位眾望所歸，已為本教立下大功的人物，請問說的是那一位？」眾兵齊聲高叫：「是吳國公朱元璋，吳國公朱元璋！」

張無忌要朱元璋前來相見，一名將軍說，應天府軍情緊急，朱元璋已經回應天去了。而後，湯和、鄧愈、李文忠等人也都說奉吳國公朱元璋之召，要回應天作戰，紛紛向張無忌請罪告辭。

朱元璋等人離去後，周顛、范遙說要殺了朱元璋，楊逍則說，殺朱元璋簡單，但大漢的半壁河山確實都是朱元璋等人明教兄弟收復的，功勞不容抹煞，因此朱元璋、李文忠等人是殺不得的。

明教本來就立誓抗元，只要朱元璋等人能光復大漢江山，將蒙古韃子趕回去，就算他們背叛明教，明教高手還是不能動他們一分一毫。

張無忌也說，與大漢江山相比，明教為輕，與大漢千萬百姓相比，明教的教眾為輕。

彭瑩玉接著說，不論是誰，只要他能率領天下豪傑，驅趕胡虜，他要做明教教主、要做皇帝，彭瑩玉都擁護他！

張無忌又說，朱元璋如想做教主，只要他能趕走蒙元，還我大漢江山，就讓他做！

經過新三版這段改寫，朱元璋就得以順利接掌明教教主之位，日後也可名正言順登上大寶，成為大明開國太祖了！

金庸在《鹿鼎》後記中說「《鹿鼎記》已經不太像武俠小說，毋寧說是歷史小說。」金庸小說中，除了《鹿鼎》外，《書劍》、《碧血》、《射鵰》、《神鵰》、《倚天》及《天龍》，也都是程度不同的「歷史小說」。在修訂改版的過程中，金庸一再於書中增添史料史識，使得這幾部「歷史小說」有更強的歷史真實感。

歷史小說的創作技巧是在盡量不改變歷史真實之下，馳騁想像力，創作出虛構的故事。為了不改變歷史真實，歷史小說慣用的技巧是，「降低史實人物的能力，強化虛構人物的能力，再將功勳歸還史實人物。」比如《西遊記》是由唐三藏取經的歷史事實衍生出來的小說，小說改變了歷史上唐三藏艱苦著絕的苦行僧形象，將唐三藏塑造成耳根子軟，不辨黑白的庸師，再由孫悟空來輔助其到西天取經。以小說而言，西行取經之所以順利成功，自然得歸功於孫悟空，然而，小說並不能改變歷史真實，取經的歷史功業還是得歸還唐三藏，不能改成是孫悟空的勳績。

這就是歷史小說常用的創作技巧，也就是將歷史人物能力變弱，再創造虛構人物來輔助歷史人物，成就其歷史功業。因此，在歷史小說中，虛構人物必須僅守分寸，不能逾越自己的本份，若是

心一堂金庸學研究叢書　金庸版本的奇妙全界

作者未妥善駕馭虛構人物，讓虛構人物肇建事功，歷史人物反而無足輕重，那就本末倒置了。

《倚天》以所以在修訂時頗為棘手，就是因為金庸在創作這個故事時，違逆了歷史小說的法則，過度誇大虛構人物的事功，將張無忌寫成了抗元起義的領袖，奪取了朱元璋的抗元功業，並形成了張無忌將成為明太祖的態勢。

《倚天》的故事主軸是明教，在金庸筆下，所謂的「明教」，並不是一種宗教，「明教」是革命團體的假託組織，因此，楊逍等人推舉張無忌為教主，但張無忌並不須是明教教徒，也不須知道明教教規，更不須知道明教崇拜的「明尊」是何方神聖。張無忌只是楊逍等人推舉出來，整合山頭派系的「第三勢力」，他的任務就是壓住各山頭派系，使得各山頭派系不再內鬥，抗元起義就可以更順利的完成。

故事而後發展成明教是奉張無忌一人為尊的教派，雖然張無忌不知道明教的教義為何，但只要張無忌一出口，就可以更改明教數百年的教規，比如「吃菜」與「不進祕道」這兩道教規，都是張無忌甫上任就廢除了，這麼一來，「明教」幾乎成了張無忌個人的「無忌教」，而在小說中，朱元璋只不過是「無忌教」裡，洪水旗下的一位小將領。張無忌與朱元璋兩人的地位宛如天與地，若照小說的情節鋪排，即使朱元璋抗元起義成功了，仍得將革命的果實奉送給教主張無

忌，張無忌因此必然會成為明太祖，登基為皇帝。

這就像在《碧血》中，若是由袁承志率金蛇營挺進北京，李自成則只是袁承志這「反明總領袖」手下的軍官，讀者當然會認為袁承志才是亡明真正的英雄，也該由袁承志來當皇帝，李自成只能靠邊站。

同是起義革命的故事，金庸在創造《碧血》時，僅守虛構人物的界線，將袁承志塑造成輔助李自成的孫悟空，但在創造《倚天》時，金庸卻讓虛構人物撈過界，張無忌不只不是孫悟空，還成了唐三藏，歷史人物朱元璋則從唐三藏變成了孫悟空，照故事情節推展，朱元璋打下天下後，需奉張無忌為皇帝，這麼一來，張無忌就成了歷史上的朱元璋，朱元璋反成了歷史上的徐達、常遇春，虛構人物與歷史人物因此大亂套！

金庸在改版時努力補救朱元璋與張無忌的錯亂關係，或許他原本還可以讓張無忌在朱元璋建立明朝後，倡行政教分離，奉明教教主為比皇帝地位還高「大明國師」，然而，明教已經被小說塑造成假宗教之名的「抗元組織」，而非「宗教團體」，張無忌對明教教義也只是一知半解，從故事情節來看，他也從未想深入了解明教，因此這個解套方法也不可行。

歷史上的朱元璋確實曾經加入明教，但在小說中卻被塑造成「明教」的小嘍囉，並因此得將

大明龍廷雙手奉上給教主張無忌，《倚天》從歷史縫隙大吹氣球，氣球卻差點縮不回歷史真實，使得金庸在修訂改版時大傷腦筋。

第三十六回還有一些修改：

一‧何太沖夫婦力戰少林三僧，二版的結果是何太沖背脊中索，從圈子中直摔出來，眼見得是不活了。班淑嫻又驚又悲，一個疏神，三索齊下，只打得她腦漿迸裂，四肢齊折，不成人形。跟著一根黑索一抖，將班淑嫻的屍身從圈子中拋出。此處新三版做了大修訂，新三版改說何太沖背脊中索，從圈子中直摔出來。班淑嫻又驚又恐，一個疏神，三索齊下，已將班淑嫻身子捲住，也摔出了圈子。圓真見何太沖夫婦受傷倒地，均站不起身來，當下一劍一個，在何太沖夫婦身上各刺一劍，送了二人性命。這段改寫符合新三版「扭轉少林妖僧形象，將惡事全由圓真承擔」的原則。

二‧明教群豪齊上少林，張無忌勒束教眾，道：「咱們第一是救謝法王，第二是捉拿成崑，此外不可濫傷無辜。」新三版增寫周顛道：「咱們明教聲勢這等厲害，每人放一個屁，臭也臭死了他們。尤其我老周的臭屁，更加非同小可！」《倚天》周顛與《射鵰》周伯通兩位甘草人物，

新三版將他們的語言都頗為加料，增加他們言詞的詼諧性。

三・鐵冠道人對空智道：「你辱我教主，便是辱我明教百萬之眾。」書中接著解釋：明教教眾在淮泗、豫鄂一帶攻城掠地，招兵買馬，說是「百萬之眾」，確非浮誇之言。新三版又較二版加說「何況其中『十數萬之眾』，此時便駐紮在少林寺山門之外。」

四・二版張無忌與渡劫、渡厄比拼內力，書中說內勁若被對方一逼上岔路，縱非立時氣絕死亡，也當走火入魔，發瘋癱瘓，均屬尋常。新三版將「發瘋癱瘓，均屬尋常」改為「脫力癱瘓」。

五・圓真問謝遜屠龍刀的下落，謝遜堅不告知，一版圓真喝道：「我念著昔日的恩義，對你始終沒下毒手，哼，你還記得我的『萬蟻攢心指』麼？」一版接著說，「萬蟻攢心指」是一種最為陰狠毒辣的武功，中此指者，有如千千萬萬隻螞蟻在五臟六腑一齊咬嚙，搔不著摸不到，卻是痛癢難當，直至自己將全身肌肉一塊塊撕爛，仍是不得氣絕。一版圓真離去前，再對謝遜撂下狠話：「我且容你再想三天，三天之後，若再不說出屠龍刀的所在，你仔細捉摸萬蟻攢心的滋味吧。」一版「萬蟻攢心指」的相關情節，二版全刪了，圓真對謝遜所說之話，二版改成：「我且容你多想三天。三天之後，若再不說出屠龍刀的所在，你也料想得到我會用甚麼手段對付你。」

六・渡劫聽張無忌自道是明教教主，激起心中對魔教的恨意，一版渡劫說因魔教之害，而使

「老衲師兄弟三人坐關數十年，遠離少林寺數百里之遙，不但不理俗務，連本寺大事，也是素來不加聞問。」二版刪了「遠離少林寺數百里之遙」這句，這話太怪異，莫非渡厄三僧跟江南七怪一樣，跑到大漠坐關了？

七・張無忌進入渡厄三僧的黑索圈，一版說張無忌被渡難的黑索在腰間掃了一下，拉去了一大片皮肉。這黑索不知是用何種物事製成，柔若游絲卻又堅逾鋼鐵。二版刪了這段張無忌傷在黑索之下，大讚三僧功力，卻大減張無忌威風的描述。

八・張無忌向三僧說起圓真舊事，一版張無忌說：「這成崑的師妹，乃是明教教主陽頂天的夫人。」二版改為：「這成崑和明教教主楊破天，乃是同門師兄弟，他二人同戀師妹，那位師妹卻終於成了楊教主的夫人。」二版改去陽頂天與成崑是師兄弟之說，張無忌的說法也改為：「這成崑的師妹，乃是明教教主楊頂天的夫人。」

九・周芷若埋伏在杜百當家中，偷襲張無忌與趙敏，張周交手，一版說無忌一掌陽剛之勁，全為對方陰柔的內力化去。二版降低了周芷若的功力，改為張周二人雙掌相交，周芷若身子一晃，腳下踉蹌。

十・空智提起「先誅少林，再滅武當，唯我明教，武林稱王！」這段舊事，一版十六字是以金剛大力指手法寫在達摩石像臉上，二版改為以利刃刻在十六尊羅漢的背上。因此，一版楊逍辯

解所道：「在石上刻字的金剛大力指手法，乃是少林派的不傳神技，敝教教下兄弟身手平庸，無人能會此等高深功夫。」二版整段刪去。

十一．張無忌、空智等人，見達摩像毫無破損，一版說眾人以前明明見到，這達摩石像的整張臉孔被人削平，何以此時卻已變得完好無缺？空智上前伸手一摸，見那石像的面目乃是從整塊巨石雕成，絕非另行雕刻一張臉孔鑲嵌而上。這個二千餘斤的巨大石像在外面雕好之後，悄悄運進寺來，將原來的大石像換將出去，這一進一出，那是多大的工程？少林寺近數月來守衛何等嚴密，別說這等兩件龐然大物，便是一盆一缽之微，也是不能隨便攜進攜出。一版達摩像的偷天換日當然是顏垣的傑作，二版改說羅漢像背上金漆甚新，顯是剛塗上去的。然而，少林寺近數月來守衛何等嚴密，要剷去這十六尊羅漢像背上所刻字跡，再塗上金漆，著實不是易事，寺中僧眾怎能全無知覺？

十二．張無忌、楊逍、殷天正三人以聖火令力戰少林三僧的黑索，一版說張無忌體內九陽神功愈運愈強，綿綿不絕，永無止歇。旁觀眾人但覺六人的兵刃上捲起層層旋風，寒氣逼人而來，不由得一步步的退開。二版刪了此說。

十三．一版渡難的絕技「小須彌掌」，二版改為更見氣勢的「須彌山掌」。

在「金庸一百問」中，有讀者問金庸，是不是認為時空背景為現代的武俠小說沒有存在的空間？金庸的回答是：「還是有存在的空間。武講的是器械，俠是一種個性，是一種氣節，大陸文革時，那些寧死堅持不出賣朋友的人就被視為一種俠氣，它的背景就是現代，只是『器械』改變而已。」而在更早的「金庸給後進兩點提醒」中，金庸也曾說過，武俠小說若說是「俠義小說」可能更貼切，「重點是俠，不是武。」從這點來看，人世永有俠義精神，因此，武俠小說不會斷絕，只是「刀劍可能換成手槍」罷了！

從金庸的說法來看，所謂「古代的」與「現代的」武俠小說，就只是「器械」上「刀劍」與「手槍」的不同，然而，時代背景設定在古代的武俠小說，難道就沒有「手槍」嗎？答案是非也非也，在金庸筆下元末的《倚天》江湖中，已經出現了雛型手槍與手榴彈。且來看看這段故事。

就從張無忌率明教群豪參與「屠獅英雄會」說起。在周芷若帶領下，峨嵋派也來到少林寺，張無忌為逃婚之事，趨前向周芷若請罪。周芷若藉宋青書之口告訴張無忌，她已與宋青書成婚，張無

己妻時五雷轟頂，此時只覺有人挽住他的臂膀，說道：「教主，請回去罷！」二版挽住張無忌手臂

的是韓林兒，新三版則因韓林兒已在滁州當宋國的龍鳳皇帝，因此挽住張無忌手臂的，改為范遙。

說也奇怪，朱元璋為了當皇帝，必須冒著生命危險向張無忌逼宮，韓林兒卻能登基為「龍

鳳皇帝」，張無忌等人也毫不干預？難道張無忌、楊逍等人，對於韓林兒無視「聖火令第一大

令」，竟會坐視不管？

二版接著提到張無忌的心情，說張無忌對趙敏雖情根深種，但總想自己與周芷若已有婚姻之

約，當日為了營救義父，迫不得已才隨趙敏而去，料想周芷若溫柔和順，只須向她坦誠說明其中

情由，再大大的陪個不是，定能得她原恕，豈知她一怒之下，竟然嫁了宋青書，這時心中的痛

楚，可遠甚於昔時在光明頂上被她刺了一劍。新三版將此處增寫成，「周芷若溫柔和順，只須向

她坦誠說明其中情由，再大大的陪個不是，定能得她原恕，或能再締良緣。」及「眼前這女子明

明是自己的未婚妻子，豈知一怒之下，竟然嫁了宋青書。」

回想起新三版第三十六回，張無忌對朱元璋說：「以趙敏為妻，我志不變。」言猶在耳，這

一回張無忌竟又想方設法要與周芷若「再締良緣」，看來新三版張無忌此時人生最大的渴望應該

是「趙周二女共侍一夫」。

新三版還很刻意地要減低趙敏的「妖女」邪氣。趙敏道破「屠獅英雄會」是圓真要引得明教與天下英雄大會自相殘殺後。新三版增寫張無忌心想：「當年敏妹尚在汝陽王府之時，圓真若不直屬她手下，便當是汝陽王或王保保的重要左右手，必與她互有連繫，但范右使卻不須知。所有對付明教及武林群雄的計謀，敏妹與圓真必定共同計議，此刻敏妹識穿圓真的奸謀，點破他挑撥群雄自相殘殺之計，倒也並不希奇。」

新三版將萬安寺囚禁六大派之事，解釋為趙敏與圓真的共謀，意欲扭轉二版趙敏為此事首惡的形象，並將臭水儘量往圓真頭上倒。

故事再說到群雄大會戰還沒開始，峨嵋女尼靜迦先發雌威，竟拿出科技武器「霹靂雷火彈」，炸死司徒千鍾。司徒千鍾的死狀是「胸口炸了個大洞。他身子被炸力一撞，向後摔出數丈，全身衣服立時著火。」周顛大叫：「這是甚麼暗器？」楊逍低聲道：「聽說西域大食國有人從中國學得造火藥之法，製出一種暗器，叫作『霹靂雷火彈』，中藏烈性火藥，以強力彈簧機括發射。」靜迦接著又以「霹靂雷火彈」炸死夏冑。俞蓮舟與殷梨亭若非應接得法，也差點死在「霹靂雷火彈」之下。

見到「霹靂雷火彈」的厲害，新三版較二版增寫周顛提高聲音叫道：「看來峨嵋派今後得改

個名兒，不如叫做『爆仗派』，霹靂啪啦，或是叫作『老天爺放大屁派』！」群雄哈哈大笑。峨嵋群弟子甚為惱怒，但他站得遠了，卻奈何他不得。

原來雛型的「手榴彈」，在元朝末年，已經堂而皇之地在武林中發威，更震懾了江湖上只知道刀槍劍戟的老俠客。

除了「手榴彈」之外，《倚天》中也出現了早期的手槍。

話說丐幫傳功長老叫陣，要圓真與陳友諒出來為史火龍之死對質時，忽然脈息停止而猝亡，掌鉢龍頭以吸鐵石在傳功長老眉心吸出一枚細如牛毛、長才寸許的鋼針來。

丐幫幫眾群起要共鬥少林寺僧，空智則擺出一副要與丐幫群雄死戰的雄姿。

一版此處說，空智一反手，從一名少林僧手中搶過一條鑌鐵禪杖，伸手一擲，一條長達丈許的鐵禪杖沒入地下泥中，霎時間無影無蹤。熟悉武林掌故的英豪均知，少林僧以禪杖插地，那是示意眼前之事須得以死相拚，決心大開殺戒，只是像他這般隨手一揮，便將一條長大禪杖沒入泥中，如此功力卻是世所罕見。其時丐幫和少林僧雙方劍拔弩張，大戰一觸即發，廣場上群雄人人提心在手，對空智這手功夫，竟是誰都忘了喝采。二版將少林寺的這項規矩刪去了。

空智馬上揪出兇手，原來發射暗器的是達摩堂九老僧之一的空如，書中還介紹空如這項暗器

是「腰間一個小小鋼筒，筒頭有一細孔。」「鋼筒中自必裝有強力彈簧，只須伸手在懷中一按筒上機括，孔中便射出餵毒鋼針，發射這暗器不須抬臂揮手，即使二人相對而立，只隔數尺，也看不出對方發射暗器。」看來這不只是「手槍」的雛型，還比手槍好用，「輕便靈巧，不須以眼睛瞄準」，即是這款雛型手槍的特色。

比起《碧血》以短槍打中鐵羅漢屁股的西洋軍官雷蒙，及《鹿鼎》以俄羅斯手槍射死風際中的雙兒，元末的少林寺僧空如，手持這款雛型「手槍」，完全不須以眼睛瞄準，也不須抬臂動手，就能從袖袍中精算方位，一槍命中紅心，直射傳功長老眉心，這般射擊神技，真可尊稱空如為「槍神」！

而由《倚天》對於「手榴彈」與「手槍」的描述來看，可知在「冷兵器」當道的元末，使用刀劍才是「明」，而所謂的槍炮彈藥等「熱兵器」，在當年就只能算是「暗器」了。

【 王二指間話 】

「藏寶」與「尋寶」的故事，幾乎在金庸的每部小說中都會出現，這些寶藏概分為幾類：

一、金銀財寶類：如《碧血》袁承志發現建文帝所藏的瑪瑙翡翠、《連城》戚長發等人尋覓的梁元帝珍寶等。

二、武功秘笈類：如《神鵰》王重陽刻在古墓石室的《九陰真經》、《倚天》尹克西、瀟湘子縫在猿腹中的《九陽真經》等。

三、兵刃武器類：如《碧血》金蛇郎君所使的金蛇劍、《神鵰》獨孤求敗遺留的玄鐵重劍等。

四、軍陣兵法類：如《射鵰》藏在鐵掌山的岳飛《破金要訣》等。

《倚天》一書也有著濃厚的「藏寶」與「尋寶」味道，《倚天》的寶藏是倚天劍與屠龍刀兩柄利器，刀劍中還藏有〈降龍十八掌〉與《武穆遺書》等武功秘笈及軍陣兵法，而若能善使此刀劍、秘笈及兵法，即能取得天下，穩坐龍廷，天下珍寶，盡收囊中。

倚天劍與屠龍刀是郭靖黃蓉夫妻鑄造的，兩人將秘笈兵書等寶藏藏在刀劍中後，唯恐天下不知，還編造了「武林至尊，寶刀屠龍，號令天下，莫敢不從，倚天不出，誰與爭鋒」的歌訣。黃蓉與金蛇郎君、獨孤求敗、尹克西等人最大的差別，就是黃蓉藏寶後，大肆宣揚刀劍中有寶，但又講得含糊不清，導致漢族武人為了奪寶而長年內鬥，民間的抗元力量因此削弱，郭靖黃蓉竟在

無意中穩定了大元朝廷，這大概是他倆始料未及的。

寶藏確實人人愛，但前人的寶藏傳諸後世，卻未必實用，這是因為藏寶者在藏寶時，考慮的是寶藏的「實用性」，卻難以考慮寶藏的「時效性」，因此，當下的寶藏，經過數十或百年的歲月流轉後，可能會淪落成過時的古物。倚天劍與屠龍刀中的寶藏，就面臨了這樣的窘境。

即使智如黃蓉，也料想不到世界的變遷竟如此迅速。《九陰真經》是南宋末年的武學至寶，但到了元末，世上已有陰陽交融而並濟的《九陽真經》，較之《九陰真經》，《九陽真經》是等而下之的；元末的天下局勢也不同於宋末，宋末時蒙古人剛崛起，兵強馬壯，元末時蒙古人已衰敗，漢人的起義則如烽火燎原，朱元璋、徐達等人久歷戰陣，胸藏千萬甲兵，對於朱元璋、徐達等人來說，《武穆遺書》根本可有可無；再說到號稱擁有者即可成為「武林至尊」的倚天劍與屠龍刀，郭靖黃蓉只怕想破腦袋，都無從預知，在元末之時，峨嵋派已經自國外引進頗具雛型的手榴彈，任你寶刀利劍再鋒利，都能炸得你屍骨無存。

郭靖黃蓉於南宋末年死守襄陽，在兵敗城危之際，他倆人仍未將《武穆遺書》版刻刊行，廣泛教導軍中幹部，而是堅持《武穆遺書》只能是他二人手上的「孤本」；郭靖的絕技「降龍十八掌」也只傳他女婿耶律齊，從未挑選江湖或軍隊中資質良好的俠士戰士，加以傳授，他堅持不讓

武功外流出郭家大門。襄陽面臨城破人亡之際，郭靖黃蓉捨不得他們獨有的兵法與武功，寧可把兵法秘笈封入刀劍中，以待來者，而不願廣為傳習，以救襄陽。說穿了，襄陽城破，亡的是大宋全國，但兵法秘笈傳之後世，得享大名的卻是郭黃二人，即使南宋面臨兵敗國亡，郭黃二人想的還是如何讓自己在未來的抗元戰爭中享有一席之地。兩相權衡之下，捨大宋百姓而成就郭黃二人的虛名，就是郭黃二人的抉擇。連南宋第一大俠都把自己的虛名置於國家存亡之上，南宋之亡，也就想當然耳了。

第三十七回還有一些修改：

一‧張無忌於「屠獅英雄會」遇見俞蓮舟，俞蓮舟問：「你可曾聽到青書與陳友諒的訊息？」二版說張無忌得知陳宋二人並未上武當滋擾，新三版改為張無忌告知俞蓮舟，陳友諒已去漢陽，投了西路紅巾軍的首領徐壽輝，宋青書則不知去向。

二‧少林寺眾僧出來與群雄見禮，二版是按著圓、慧、法、相、莊各字輩。新三版在「圓」字輩上，再加一「空」字，輩份才完整。

三‧張無忌在少林寺與周芷若重逢，二版張無忌對周芷若說：「周姊姊，張無忌請罪來了。」新三版將「周姊姊」改為「周掌門」。

四‧關於司徒千鍾，新三版較二版增寫其外貌為：矮矮胖胖、滿臉紅光、長著個酒糟大鼻的五十餘歲老者。

六‧空智身後的老僧搶在空智前頭發話，張無忌問彭瑩玉這僧人是誰，彭瑩玉搖頭道：「屬下不知。這僧人並未參與圍攻光明頂之役，也沒曾被郡主娘娘擒入萬安寺中，可是他一再搶在空智大師的前頭說話，似乎在寺中位份不低。」新三版刪去「也沒曾被郡主娘娘擒入萬安寺中」一句，此因彭瑩玉未必詳知趙敏當時囚禁了哪些少林僧人。

七‧二版周顛對趙敏說：「圓真這廝詭計百出，郡主娘娘，你也是詭計百出。」新三版周顛對趙敏增說：「不過有兩樣你不及他，有一樣他不及你。」楊逍問道：「郡主甚麼事及不上圓真？」周顛道：「武功不及、手段毒辣不及。」楊逍又問：「甚麼事勝過了他？」周顛微笑道：「花容月貌，遠遠勝過！」趙敏微微一笑，道：「多謝周先生稱讚。」新三版為周顛的言語加了不少料，以突顯他「甘草人物」的角色形象。

八‧二版夏冑為霹靂雷火彈炸死時，手中仍抱著司徒千鍾的屍體。但死時猶抱屍體，這難度

也太高了，新三版改為夏冑死時，肩頭仍扛著司徒千鍾的屍體。

九・明教五行旗下場演其戰術時，二版說五行旗已成為一支可上戰陣、可作單鬥的勁旅。新三版又較二版加寫：五行旗隸屬於明教總壇，不歸朱元璋、徐壽輝等指揮。

十・二版說巨木旗的巨木上有「鐵鉤」，新三版改為「鐵環」。此因「鐵環」比「鐵鉤」更易掌握。

十一・范遙約空智於萬安寺比武，二版范遙說：「要是大師不怕觸景生情，今年八月中秋月明之夕，在下便在萬安寺中討教大師幾手絕藝。」新三版改為范遙說：「先前大師在萬安寺遭困，那是中了藥石之毒，與武功強弱無關，絲毫不損大師威名。明年元宵佳節月明之夕，在下再在萬安寺中討教大師幾手絕藝。」范遙的口氣由二版的「傲慢」改為新三版的「謙恭」，符合新三版的「禮貌原則」。

十二・武當派參與「屠獅英雄會」的，一版說只到了俞蓮舟一人，又說這次宋遠橋、張松溪、殷利亨三人所以不至，便是為了在山上護師保觀，以防奸謀。這是明顯的誤寫，因為在一版隨後的情節中，與周芷若交戰的，也與二版一樣，是俞蓮舟與殷梨亭，因此，二版已修正為武當派只到了俞蓮舟和殷梨亭二人，宋遠橋、張松溪二人所以不至，便是為了在山上護師保觀，以防奸謀。此

外，張無忌說：「但盼宋師哥迷途不遠，即速悔悟，和宋大師伯父子團圓。」一版俞蓮舟回道：「咱們都盼望得能如此，實是本門之幸。」一版俞蓮舟改說：「話雖如此，但這逆賊害死莫七弟，可決計饒他不得。」二版更突顯俞蓮舟嫉惡如仇的性格。

十三・峨嵋派至少林寺後，張無忌上前向周芷若長揖請罪，一版說峨嵋派站著的女弟子之中，有當日斷臂的靜慧在內，張無忌上前也是一揖，說道：「張無忌多多得罪，甘心領責。」靜慧身子一側，不受他這禮，卻是一言不發。二版已無靜慧因張無忌而斷臂之事，此段自然刪去。

十四・宋青書向張無忌說已與周芷若成婚之事，張無忌如五雷轟頂，一版說張無忌想起周芷若自殺那晚所說的話來，她自稱陷身丐幫之時，為宋青書所污，腹中留下了他的孽種。二版因周芷若未詐孕，將一版此段刪去了。

十五・靜迦以火藥暗器炸死司徒千鍾後，一版楊逍低聲道：「聽說西域阿拉伯國，有一種叫做『霹靂雷火彈』的暗器，中藏烈性炸藥，用強力彈簧機括發射。」二版將楊逍的話修改為：「聽說西域大食國有人從中國學得造火藥之法，製出一種暗器，叫作『霹靂雷火彈』，中藏烈性火藥，以強力彈簧機括發射。」這處改寫是要說明火藥是中國人發明的。

十六・俞蓮舟出面揭破偽裝的宋青書，周芷若出言挑戰俞蓮舟與殷梨亭，與會群雄竊竊私

議，一版說群雄咸認為，今日會中，只怕以俞蓮舟武功最強，有望奪得屠龍寶刀。但一版的說法，豈不把張無忌也比了下去？二版改為群雄認為俞二俠內功外功俱已登峰造極，當今之世，極少有人是他敵手。

十七．峨嵋派以「霹靂雷火彈」逼下俞蓮舟與殷梨亭後，張無忌心想周芷若嫁於宋青書，實非本心所願，這都是肇因於他張無忌在拜堂成親的大喜之日，當著滿堂賓客之前，和趙敏雙雙出走。今日峨嵋派許多倒行逆施，實則都是種因於他。一版張無忌走到峨嵋派之前，向周芷若道：「芷若，種種都是我對你不起，你也不必自暴自棄。」二版刪了「你也不必自暴自棄」一句。一版張無忌也太自我陶醉了，怎能說周芷若另嫁他人就是「自暴自棄」呢？

十八．楊逍以小黃旗指揮厚土旗進場，一版說厚土旗眾各人背上負著一隻布囊，二版改為厚土旗眾各人手持鐵鏟，推著一車車泥沙石灰。

張無忌幻想接收宋青書的遺孀周芷若

——第三十八回〈君子可欺之以方〉版本回較

二版張無忌的真愛只有趙敏一人，新三版張無忌則是想將趙敏、周芷若、殷離與小昭都娶回家。

在金庸自稱「理想的妻子對象——任盈盈、趙敏、阿朱、曾柔、周芷若」中，名列第五的「理想妻子」周芷若，新三版張無忌尤其不能錯過，雖然他曾對周芷若毀過一次婚，但內心仍期盼與她締結良緣。且來看看這回周芷若自稱已嫁宋青書，但張無忌仍對「宋夫人」垂涎三尺，還坐等良機，想將周芷若納入張家的故事。

話說在「屠獅大會」中，宋青書為俞蓮舟所傷，性命垂危，張無忌遂到峨嵋派休憩的小屋，準備大展神技，妙手回春。

張無忌向周芷若表明要醫治宋青書的來意後，二版周芷若問道：「你若能救活宋大哥，要我如何報答？」張無忌道：「一命換一命，請你對我義父手下留情。」

張無忌又道：「就這樣，沒別的了？」張無忌囁嚅道：「別的我不敢說⋯⋯」

新三版增寫，周芷若道：

張無忌不敢說的「別的」，就是玄機所在。

而後，張無忌開始檢視宋青書的傷勢，發現他頭骨前額與後腦骨共有四塊碎裂，二版張無忌見宋青書的病況，自覺最多只有三成把握。新三版改為張無忌實無把握，而且心想：「我如救他不得，任由他死了，誰也不能怪我。芷若成了寡婦，能不能再跟我重續前緣？」想到此處，不由得砰然心動。

新三版張無忌根本就是個風流又好色的大夫，病人奄奄一息，他卻色瞇瞇地想著病人之妻將來若成為嬌俏小寡婦，他大可來接收。

評估過宋青書傷勢後，張無忌對周芷若表明要救宋青書有所困難，周芷若道：「你究竟不是神仙。我知你必會盡心竭力，救活了他，以便自己問心無愧的去做朝廷郡馬。」聽聞周芷若之言，二版說張無忌心頭一震，此事也不便置辯，可見周芷若確實說中了張無忌的心思。新三版則改為張無忌心道：「其實我並不想救活他。」但醫者父母心，救人活命，於他已是根深蒂固的念頭，他雖仍對周芷若戀戀不捨，但要他故意不治宋青書，究竟大大違反了他從小生來的仁俠心腸。

接著，張無忌進房開始為宋青書治療，將他碎骨扶正，並塗上「黑玉斷續膏」，一柱香時間後，見宋青書臉上無甚變化，遂心喜而回到外房。二版張無忌對周芷若說：「宋師哥的性命或能

救轉，你可放心。」」，新三版改為張無忌說：「宋師哥的性命或能救轉，不過……不過……」玄機還是在「不過」兩字中。

那天夜裡，張無忌獨坐石上，對著一彎冷月，呆呆出神，回思自與周芷若相識以來的諸般情景，尤其適才相見時她的言語神態，低徊惆悵，實難自已。新三版將「回思自與周芷若相識以來的諸般情景」這句，增寫成「回思自與周芷若相識以來的諸般情景、她對自己的柔情密意，不禁無限低迴。」

次日，張無忌見周芷若衣飾一如昨日，並未服喪，知宋青書未死，心想：「他既挨得過昨晚，或能保得住性命。」新三版再增寫說張無忌「自己真正內心，實不知盼望宋青書是死是活。」

二版周芷若在婚禮中遭受張無忌逃婚之辱，原本以為謊稱嫁給宋青書，證明「我也不是沒人要」，可以刺激張無忌對她的佔有慾，想不到張無忌竟然順水推舟，要救治宋青書，期盼宋青書與宋夫人百年好合，如此一來，周芷若豈不是變成「豬八戒照鏡子」，裡外不是人？新三版則讓周芷若心計得逞，改為張無忌聽聞周芷若嫁給宋青書，竟醋意大生，心裡想的盡是「周芷若本該是我的未婚妻」。看來新三版張無忌除了愛妻趙敏外，既得照顧金庸願意終生愛護的小昭，還得眷戀金庸心中的理想妻子周芷若，真是好不忙碌！

二〇〇五年金庸來台灣，接受TVBS電視台記者詹慶齡小姐專訪時，曾經說過：「天下的男人都是不專情的，信不信由妳了。」這個想法就是金庸修訂新三版時，修改筆下男俠愛情觀的總則。

金庸在修訂新三版時，幾乎把男俠都由專情改為多情，然而，文筆絢麗的金庸，「多情」的方式也多彩多姿，茲就新三版男俠的「多情」模式分析如下：

一、一段情改為多段情：《射鵰》黃藥師在二版只專情於妻子馮衡，並在妻歿多年後仍決意以身相殉。新三版則改為黃藥師在娶回馮衡之前，常於紙箋上寫「恁時相見早留心，何況到如今」之歐陽修舊詞，似有愛慕女弟子梅超風之意。不過，嚴格說來，不論黃藥師有沒有喜歡過梅超風，都無損他「專情」的形象。即使他曾愛慕過梅超風，那也是在認識馮衡之前。與馮衡相戀後，黃藥師的心中就只有一個馮衡。新三版黃藥師雖曾有兩段情，但並不是「不專情」。

二、專情改為偷情：二版《神鵰》楊過與小龍女在古墓中原是「嚴師」與「頑童」的關係，後來楊過出了古墓，與陸無雙、程英、公孫綠萼諸女相處，才發覺自己對小龍女早已情根深種，

從此對小龍女一意專情。新三版改為楊過與小龍女在古墓中就是一對情侶，兩人已然論及婚嫁，

然而，楊過雖有未婚妻，出了古墓之後，與陸無雙、程英、公孫綠萼諸女調情，因而顯得楊過偷情成習。除了楊過之外，《碧血》袁承志與夏青青早有了終身之約，新三版又增寫袁承志到皇宮中與阿九熱吻偷情。

三、專情改多情：二版《倚天》張無忌周旋於趙敏、周芷若、小昭及殷離四女之間，時日漸久，才發現趙敏最適合自己，與趙敏在一起最快樂，因而決意與趙敏終身廝守。新三版則改為張無忌兼愛四女，他先與殷離有婚約，再與小昭相約跳海殉情，又決定與趙敏婚後同居蒙古，還期望宋青書死後，能與寡婦周芷若完成婚禮。新三版張無忌渴望「四女併娶」，極為多情。

二版《天龍》段譽死皮賴臉，非要追得王語嫣，贏得美人歸不可，最後王語嫣離開慕容復，段譽得遂所願，一生與王語嫣深情相伴。新三版改為段譽追求得王語嫣後，即開始翻舊帳，計較追求過程中，王語嫣對不起他之處，並在決定拋棄王語嫣時，自認愛上王語嫣全是心魔作祟。最後，段愈娶了鍾靈、木婉清、曉蕾諸女。於新三版的憲宗宣仁帝段譽而言，愛情與婚姻似乎就只是充填後宮，延續大理皇嗣的皇族禮俗而已。

四、專情改為無情。二版《倚天》張無忌，若說新三版張無忌多情，他充其量也只是「有韋小寶之心，

再說回新三版《倚天》

無韋小寶之膽」的「無膽版韋小寶」而已，不論是順女雙兒、悍女阿珂或人妻蘇荃，韋小寶都敢於大唱「十八摸」，張無忌卻只敢心想口說，渴望「四女併娶」，又畏首畏尾，真是窩囊極了。

第三十八回還有一些修改：

一・張無忌教范遙「亂環訣」以反制宋青書的「九陰白骨爪」，二版趙敏道：「你傳授范右使這幾招武功，只讓他震斷宋青書的手臂，何以不教他取了那姓宋的性命？」新三版改為趙敏道：「你傳授范右使這幾招武功，只讓他震斷宋青書的手臂，卻不教他取了那姓宋的性命，我好開心啊！」只要宋青書還活著，周芷若就不能再跟張無忌續前緣，因此趙敏希望宋青書不會死。

二・宋青書以「九陰白骨爪」抓向俞蓮舟，二版說宋青書抓斃丐幫二老，出手的情景俞蓮舟瞧得明明白白，倘若事先並無二老遭殃，突然間首次遇到這般陰狠之極的殺手，就算不死，也得重傷，既是見識在先，心中早已算好應付之方。如此說法，未免把張三丰的武當派貶得連黃藥師弟子梅超風都不如。新三版刪改為宋青書抓斃丐幫二老，出手的情景俞蓮舟瞧得明明白白，心中早已算好應付之方。

三・俞蓮舟對宋青書使出「雙風貫耳」，此招綿勁中蓄，宋青書立時頭骨碎裂。二版說宋青書身子尚未跌倒，俞蓮舟還待補上一腳，當場送了他的性命。新三版增說：俞蓮舟雙拳齊出之時，想到莫聲谷慘死，心中憤慨已極，但隨即想到了大師哥宋遠橋，此事當由大師哥自行處理，雙拳揮出時暗嘆一口氣，留了五分力。至於二版所說「俞蓮舟還待補上一腳，當場送了他的性命。」新三版改為「俞蓮舟還待補上一腳，踢斷他的腿骨。」總之，新三版的改版總則之一，就是盡量減少傷人殺人，以降低全書的暴戾之氣。

四・周芷若以長鞭對付俞蓮舟，新三版增寫此長鞭為：那軟鞭長近五丈，世上兵刃之中，決無如此勢若龍蛇的奇長之物，而鞭尾更布滿尖利倒鈎，施展開來，再加縱躍之勢，可遠及七八丈。

五・周芷若前往渡厄三僧處較武之日，二版說是五月初六清晨，新三版改為九月初十清晨。

六・史紅石告訴黃衫女子丐幫的長老與龍頭為峨嵋派所害，二版黃衫女子道：「哼！『九陰白骨爪』未必便是天下最強的武功。」新三版改為黃衫女子道：「哼！『九陰白骨爪』和『白蟒鞭』，未必便是天下最強的武功。」此處增寫是要與新三版《射鵰》相扣合。

七・渡厄三僧的兵器，二版說是「長鞭」，新三版一律改為「黑索」，以免與第三十六回相

扞格。

八・二版楊逍稱周顛為「顛兄」，新三版改為「周兄」。

九・周顛為擾亂渡厄三僧心神，舉刀自戕，二版黃衫女子夾手奪去他的短刀。新三版增寫為黃衫女子夾手奪去他的短刀，順手擲在地下，飛足踢中了他的穴道，令他動彈不得。

十・范遙以手指試演破「九陰白骨爪」之法，一版是用「小指」，二版改為「食指」。

十一・俞蓮舟思考自己或殷梨亭誰要先死戰周芷若，一版俞蓮舟心想：六弟武功雖強，感情極是軟弱，倘若自己先死，他心神大亂，保不定要在群俠之前出醜，損了本派的顏面。二版將末幾句改為：倘若自己先死，他心神大亂，未必能再拼鬥。這段修改是要避免予讀者俞蓮舟只顧「面子」之想。

十二・周芷若鬥殷梨亭，殷梨亭只求自保，卻也是絕無破綻。一版說，只不過人人都已看了出來，殷利亨已然輸定，所差者只是他活著敗陣，還是死著敗陣。二版刪了這大減武當派威風的幾句話。

十三・俞蓮舟摸不清周芷若鞭法精義，又見殷梨亭劍法中吞吐開合、陰陽動靜，實已到了恩師張三丰平時所指點的絕詣。一版說俞蓮舟臉上忽憂忽喜的神情，都給周芷若看在眼裏，她朗聲

叱道：「俞二叔，你喜歡什麼？殷六叔為人好，我才容他鬥到二百招後才取他性命，以免他一世英名，付於流水。待會你上來啊，三十招內我便叫你血濺黃沙。瞧仔細了！」二版為減低周芷若的邪惡之感，將她這段話悉數刪除。

十四‧周芷若使「九陰白骨爪」要抓破張無忌胸膛時，見到張無忌胸前劍傷之疤，一版周芷若心想：「那時我奉師命刺他，他毫不避讓。今日他也是為了不肯傷我，這才容我得手，難道我竟下手殺了他麼？」二版刪了周芷若這段心思。

十五‧張無忌受傷後，聽少林老僧說要把謝遜交給周芷若，情急而幾乎吐血，一版趙敏安撫張無忌，說：「她適才不忍心下手害你，可見對你仍是情意深重。她既盼你重捨舊好，決不能害了義父，你儘管放心療傷便是。」二版刪了「她盼你重捨舊好」這不可能出自趙敏口中，撩撥張無忌的一句話。

十六‧周芷若聽史紅石叫黃衫女子「楊姊姊」，又聽黃衫女子道破她的武功是「九陰白骨爪」。一版周芷若對張無忌道：「她不是姓楊麼？」張無忌回道：「我也是此刻首次聽見。」二版刪了此對話。

十七‧謝遜誦《金剛經》：「爾時須菩提⋯⋯」，一版金庸在須菩提之下加了括目⋯

「按：須菩提是在舍衛國聽佛說金剛經的長老。」二版刪了此註解。

十八．一版群雄說張無忌與周芷若是「故刀情深」，還私議說：「呸！只有故劍情深，那裏有故刀情深？」「刀跟劍都是兵器，有什麼分別？」二版改說兩人是「故尺情深」，私議也改為：「呸！只有故劍情深，那有甚麼故尺情深？」「你不見張教主手中使的是兩根鐵尺？」「後來宋夫人也不下毒手殺張教主，那豈不是故手情深？」」

峨嵋派的總部從峨嵋山搬到了定海

——第三十九回〈秘笈兵書此中藏〉版本回較（上）

新三版修訂到此回，改寫內容簡直如山洪爆發，處處都有天崩地裂的大更動，最重要之處是：一、「失落的倚天劍與屠龍刀」下落大解秘，二、荒島殷離血案大揭曉，三、玄冥二老下場大翻修，四、朱元璋稱帝後殺功臣大預告。改寫內容，精彩絕倫，且來一一品味。

倚天劍，屠龍刀失蹤的秘密，與殷離荒島血案，兩事是二而為一的，先來看看二版的說法：二版謝遜在與成崑一場激戰後，告訴張無忌：「我死之後，你到地牢中細細察看，便知一切。」

後來元兵攻打少林寺，峨嵋派身陷軍陣，張無忌進入包圍圈中，救出躺在擔架中的宋青書。二版說張無忌將宋青書橫抱在手，只覺他身子沉重異常，白布中硬繃繃的似乎尚有別物，解開白布一看，竟發現已斷成兩截的屠龍刀和倚天劍，刀劍斷截之處中空，可藏物事，但所藏之物都已被取走。

張無忌這才了悟，當時在小島上刀劍齊失，就是被周芷若取了去。周芷若放逐趙敏、害死殷

離，再以刀劍互斫，取出藏在刀劍中的武功秘笈，暗中修練。這也就是為什麼張無忌在荒島以九陽神功為周芷若驅毒時，周芷若體內有股怪異內力的原因。

後來，張無忌再至地牢，看到謝遜畫的圖，荒島血案的前因後果，才終於真相大白。

地牢中所見是四面石壁上各刻著一幅圖畫，均是謝遜以尖石劃成。四幅畫畫的是周芷若從趙敏身上取得「十香軟筋散」，對眾人下藥後，將趙敏擲上波斯人的海船，逼著他們遠駛，這一切都被當時裝睡的謝遜聽在耳裡。回到中土後，周芷若偷襲謝遜，丐幫幫眾而後擄走謝遜，趙敏則在暗中看到了這一切。

二版的荒島血案至此真相大白。

然而，荒謬的是，謝遜早在冰火島就失明，為何荒島血案，他細細畫來，直如親見？再說，倚天劍與屠龍刀如此沉重，楊過當年即曾以其前身「玄鐵重劍」壓住金輪國師師徒，周芷若如何能背負如此沉重之刀劍離開荒島，而不為張無忌所知？新三版針對這「BUG」，大加修改。

新三版是在黃衫女子以「九陰白骨爪」制住周芷若之時，伸手到周芷若懷裡一抓，掏出一個小小包裹，隨手揣入自己懷裡。黃衫女子而後告訴張無忌，屠龍刀和倚天劍就在那個荒島上，請他派人去找一找，找到後再請張無忌保管刀劍，並以之號令天下，驅除胡虜！

424

而在受黃衫女子箝制時，周芷若腦子裡忽然閃過了所有的如煙往事，她想起在荒島上以「十香軟筋散」迷倒張無忌、謝遜、趙敏等人，而後偷了倚天劍與屠龍刀。她本來要殺了張無忌，卻又捨不得。後來在蛛兒臉上劃下十幾道血痕，再將蛛兒與趙敏拋入大海，又忍痛削了自己的耳朵，故佈疑陣。

周芷若又想起，她照著師父所說的方法，將刀劍互斫，以刀劍上的鋸齒鋸出缺口，果然跌出了兩塊鐵片，一塊刻著「普渡山東桃花島」，另一塊則是一幅繁複曲折的地圖，地圖上有箭頭指示秘笈所在。

回到中土後，周芷若將峨嵋派的總門暫時遷到定海，自行催船到桃花島，按圖索驥，終於在一個山洞的地下掘出了兩本鈔本。她拿回定海總門，靜靜披閱，依照師父的遺命，學練《九陰真經》中可以速成致用的功夫。「九陰白骨爪」和「白蟒鞭」兩項武功，果然輕捷易練，只幾個月功夫，這兩套武功便打得丐幫與武當派聞風披靡。

新三版周芷若的回憶至此，然而，新的情節又產生了新的疑點，那就是為何在襄陽軍情緊急之時，郭靖黃蓉並未專心致志於襄陽城防，反而投入鑄刀與寫經，又拋下襄陽，千里迢迢跑到桃花島埋寶，曠日費時，只為玩一場「藏寶遊戲」？亦或是郭靖黃蓉早就不看好襄陽，也不想將心

力花在將破之城上，寧可準備讓自己千古留名？

新三版黃衫女子離去時，將從周芷若懷中摸出來的小包交給張無忌，並告訴張無忌：「種種疑竇，由此索解。」張無忌接在手裡，茫然不解。

而後，明教協助少林寺救出空聞方丈，破了圓真的陰謀，謝遜也出家為僧。了卻諸般大事之後，張無忌想起黃衫女子之言，便請李天垣領天鷹旗下教眾，由彭瑩玉策應相助，去那無名小島迎回屠龍刀和倚天劍。李天垣與彭瑩玉下山時，遭遇蒙古大軍，但終於突圍而去。

驅退元兵後，張無忌與趙敏回到少林寺中，趙敏將一束紙張放在張無忌手裡，張無忌見這些紙張乃是兩本色已轉黃的書卷，第一束是「武穆遺書」，第二束則是「九陰真經」。

而後，新三版增寫了兩頁內容。增寫的內容是：張無忌解開黃衫女子交給他的小包，其中有裝著「十香軟筋散」的小瓷瓶，以及兩塊黑色鐵片，一塊鐵片上刻蝕有「普渡山東桃花島」七個小字，另一塊則刻著藏秘笈之處的地圖。鐵片背後又刻著「武穆遺書，九陰真經，驅胡保民，是為號令」十六個字。

於是張無忌完全明白了，那日在荒島上殺害殷離的真凶就是周芷若，周芷若從屠龍刀與倚天劍中取得鐵片地圖後，再到桃花島尋得《武穆遺書》與《九陰真經》。

新三版的增寫至此，但新三版周芷若也是莫名其妙，二版周芷若私藏倚天劍與屠龍刀，是因為那兩柄刀劍是絕世無倫的利刃，新三版周芷若卻沒來由地藏著那兩片毫無用處的玄鐵片，難道是預備日後被「人贓俱獲」嗎？

元兵敗退後，新三版張無忌留待少林寺中，等待李天垣迎回倚天劍和屠龍刀。過了十餘日，李天垣與彭瑩玉自海外小島歸返，並帶回屠龍刀和倚天劍，只見刀劍均已在齊柄處斷為兩截，斷口處中空正可放入鐵片，且牢牢嵌住，舞動寶刀時不會發出聲響。

新三版倚天劍與屠龍刀的情節改寫至此，倚天劍與屠龍刀中所藏兵書秘笈，由紙本成功偷天換日成玄鐵片，殷離血案也一併大改寫，絲絲如扣，雖仍有破綻，但已是大醇小疵。

新三版也增寫了玄冥二老的結局。

玄冥二老的結局故事，起自玄冥二老纏鬥周芷若。

此情景，自要出手相救周芷若。

二版張無忌與玄冥二老纏鬥，以屠龍刀砍斷了鹿杖客的鹿杖及鶴筆翁的鶴嘴筆。而後，張無忌以「乾坤大挪移」引得鹿鶴兩人互鬥。二版說，他二人藝出同門，武功半斤八兩，這一場惡戰，也不知鬥到何時方休。

這個結局，說來是「結而未結」、「了而未了」。玄冥二老的故事，二版並未做出完整的交代。

新三版則改為彼時李天垣尚未迎回屠龍刀，張無忌先使用聖火令上的古波斯武功對付玄冥二老，而後，張無忌以「乾坤大挪移」引得鶴筆翁掌拍鹿杖客肩頭，趙敏又以離間之計騙鹿杖客說汝陽王已封鶴筆翁為「大元護國揚威大將軍」。兩相挑撥，終於導致鹿鶴大戰。兩人惡鬥之後，數十年的玄冥陰氣均去了十之七八，此後也不能再練。他二人從此退而為武林中的三流庸手，再也不復是一流腳色了。

交代過周芷若與玄冥二老的故事，新三版此回也對明太祖朱元璋多了一段著墨。

這段增寫是接在二版「朱元璋迭施奸謀而登帝位」之後。明朝自洪武元年戊申至崇禎十七年甲申，二百七十七年的天下，均從明教而來。」之後。

新三版在「朱元璋迭施奸謀而登帝位」之下，加了「但他圖謀明教教主之位，終不得逞」兩句。

新三版接著增寫：朱元璋登基後，不願讓自己大業已成，明教佔了太多功績，又不願朝廷政務受到明教教主的牽絆干預，因此盡力泯滅與明教有關的痕跡瓜葛，不少出身於明教的功臣大將，只因不擁他為明教教主，便莫名其妙、不明不白的慘遭殺害。馮勝、傅友德、藍玉等大將全

家受戮，株連甚廣，史有明文。而據野史傳聞，常遇春因病早亡，徐達卻遭朱元璋下毒暗害而死。明朝開國諸大將中，能得保天年而獲善終者，只湯和一人而已。此人庸庸碌碌，向來惟朱元璋之命是從，是以不為朱元璋所忌。

《倚天》的故事即將邁入尾聲，金庸也準備把中原大地的主權從「武林俠士」張無忌的手上交接給「歷史人物」朱元璋，但將朱元璋大殺功臣解釋成是因眾將不擁他當明教教主，這與《鹿鼎》中說康熙六次南巡是為尋覓小寶一樣，算是金庸將「歷史」從小說人物交還給歷史人物時，依依不捨的臨去秋波了。

【王二指閒話】

「武林盟主」或「武林至尊」是武俠小說中的浪漫想像，其地位猶如文學界的「文壇祭酒」，但「武林盟主」跟「文壇祭酒」既是異曲，也不同工，因為「文壇祭酒」並不能統馭天下文人，「武林盟主」卻享有號令天下，一呼百諾的權利。

金庸對「武林盟主」的創作，概分四個時期：

第一時期：武林盟主：所謂「武林盟主」，是指武功上足能技壓群雄，操守上亦能以德服人，術德兼備的絕頂高手。從《碧血》被推舉為「七省盟主」的袁承志、《神鵰》原本要出任「抗宋保國盟」盟主的郭靖，到一版《倚天》營救六大門派高手而被公推為「武林盟主」的張無忌，都屬金庸最早期創意的「武林盟主」。這一型「武林盟主」的典型，即是雖無「武林盟主」之名，卻有「武林盟主」之實的楊過，楊過率領聖因師太、韓無垢等七百餘俠士，殲滅蒙古兩支先鋒部隊，充分發揮「武林盟主」整編與號令江湖俠士的領導力。

第二時期：武林至尊。《倚天》之後，江湖高手們競逐的，從「武林盟主」轉為「武林至尊」。《倚天》的武林中流傳，誰能擁有屠龍刀，誰就能坐享「號令天下，莫敢不從」的「武林至尊」地位，因此各幫各派及獨立武人，你爭我奪，都想擁有這柄寶刀。

第三時期：武林教父。對於波譎雲詭的武林來說，「以德服人」或「以刀馭人」都是不切實際的幻想。從《天龍》之後，金庸不再這般浪漫了，《天龍》中統率武林的，可稱「武林教父」，他們以霸道暴力或強效毒品掌控江湖人物，比如慕容世家是以「以彼之道，還施彼身」的武功，威逼江湖人物納入他慕容家黑色燕字旗麾下，再比如靈鷲山天山童姥以「生死符」掌控及號令武林人物。

心一堂金庸學研究叢書 金庸版本的奇妙全界

430

第四時期：武林皇帝。金庸寫到《笑傲》時，又將江湖人物追求的，改為「武林皇帝」，比如嵩山派的左冷禪，力主五嶽派併派，併派之後，各派的資源由五嶽派掌門人統籌分配，各派的人事也由五嶽派掌門人統一任命。若能當上「武林皇帝」，就能坐享乾綱獨斷的至高權利。

在《倚天》江湖中，只要能奪得屠龍刀，就可以成為「武林至尊」，但弔詭的是，這不就像只要搶得龍袍、國璽，就可以稱皇為帝？且不說搶得屠龍刀或其中的《武穆遺書》者想要「號令天下」有所困難，就連寶刀兵書的一手擁有者楊過與郭靖，也不是因為擁有寶刀兵書就能號令天下，郭楊兩人是因仁義過人，江湖俠士們領受其恩德，才會奉他們為盟主或領袖，支持其抗蒙，這可跟他們手中有沒有那柄刀或那本書沒有關係。

「武林至尊」只是小說中的浪漫幻想，但俠客們為了空虛之極的幻想，竟廝殺得屍橫遍野，血流成河！

第三十九回還有一些修改：

一·謝遜認出成崑前，新三版較二版增寫：謝遜唸經的聲音響了起來：「一切有為法，如夢

幻泡影，如露亦如電，應作如是觀。」躬身向著三僧禮拜。三僧合什為禮，齊聲唸道：「善哉，善哉！一切世間天、人、阿修羅，聞佛所說，皆大歡喜，信受奉行。」這是要為謝遜與成崑決鬥之後出家預留伏筆。

二‧二版成崑叫謝遜為「謝遜」，新三版改為更親暱的「阿遜」。

三‧黃衫女子離開後，新三版較二版增寫，張無忌呆了呆，轉身拉過周顛，多謝他適才捨命相助，刀劃已臉。見他受傷不輕，忙命人取藥為他敷治。周顛道：「老周本來醜陋，心中好生佩服范右使為教傷身，這次不過是學他一學。」這又是要增加周顛的甘草味道。

四‧新三版在二版「眾僧侶做起法事，替會中不幸喪命的英雄超度。群雄逐一祭弔致哀。」之後，增寫：此後少林寺清理圓真等一夥教眾，由空聞、空智主持。張無忌等以此事與外人無關，不便參與。新三版對圓真的結局自此有了完全的交代。

五‧二版說到明教韓山童、徐壽輝、朱元璋等各路人馬，在淮泗、豫鄂等地起事，攻城略地，聲勢大振。新三版刪了「韓山童」，因韓山童此時已逝。

六‧二版彭瑩玉令烈火旗火燒元兵，元兵萬夫長下令鳴金收兵，眾兵將前隊變後隊，強弓射住陣腳，緩緩退下。彭瑩玉歎道：「韃子兵雖敗不亂，確是天下精兵。」新三版因彭瑩玉已隨李

天垣下山尋倚天劍、屠龍刀，向烈火旗下令的，改為楊逍，彭瑩玉之歎也改為楊逍之歎。

七‧周芷若鬥玄冥二老，二版鹿杖客以玄冥神掌拍中周芷若小腹，新三版改為拍中胸腹之間。而後周芷若閉氣暈倒，新三版還較二版增寫：鹿杖客一直垂涎周芷若的美色，見她暈倒，立即搶上抱住。新三版鹿杖客更像《天龍》雲中鶴。

八‧關於張無忌對玄冥二老的舊恨新仇，二版說張無忌想起幼時中了他二人的「玄冥神掌」。新三版更正為幼時中了鶴筆翁的「玄冥神掌」。

九‧張無忌拍向鶴筆翁的一招，二版是「白蛇吐信」，新三版改為「玉女穿梭」。

十‧少林寺群雄反擊來犯元兵，二版說《武穆遺書》上所傳戰法雖佳，但張無忌即學即用，終究難以盡會。新三版再增說：元軍遠較當年金兵健銳。新三版是要解釋張無忌持《武穆遺書》而不能盡敗元兵，並非《武穆遺書》沒用。

十一‧徐達、常遇春來援，新三版較二版增說：朱元璋因知徐達、常遇春二人與張無忌交好，因此半個月前來登封逼宮時，刻意支開了二人的兵馬。新三版增寫朱元璋逼宮，但也解釋了徐達、常遇春與朱元璋並非一丘之貉。

張無忌是明教內奸，私放公敵王保保

——第三十九回〈秘笈兵書此中藏〉版本回較（下）

金庸為了把筆下俠士的格局拉大，在俠士的江湖任務告一段落後，往往會將全書最後的高潮，寫成俠士領導保國衛民的民族戰爭，如此就能把俠士的格局由「武林」拉抬為「國家」。比如《射鵰》郭靖最後參與了李全、楊妙真的青州之戰（或二版的呂文德守襄陽之戰），《神鵰》楊過在書末石擊御駕親征的蒙古大汗蒙哥，《倚天》張無忌則是領導了江湖群雄對抗圍攻少室山的元軍。

談張無忌的抗元大業前，先說《倚天》書末高潮之一，即成崑與謝遜的師徒大對決。

話說端午節「屠獅大會」後，謝遜從少林寺群雄中將成崑喝了出來，兩人展開生死對決，成崑使出「少林九陽功」，謝遜略處下風，群雄中許多人紛紛叫嚷，大罵成崑：「亮眼人打瞎子！」

而後，一版的故事是：此時忽然間日色漸暗，似乎烏雲蔽天，有人叫了起來：「天狗吃太陽，天狗吃太陽！」原來此時發生了日蝕，這一次的日蝕甚是奇怪，日光竟被遮得半點不露，人人眼前黑漆一團，伸手不見五指。

因為天地無光，成崑瞬間也彷彿成了瞎子，他看不到謝遜，謝遜也看不到他，兩人均使「小

擒拿手」來戰對方。最後，成崑與謝遜師徒各使出「雙龍搶珠」，食中二指互插對方雙目。當月影輕移，太陽周圍露出一圈日暈之時。群雄只見成崑也與謝遜一般，變成了盲人。

這段故事在一版面世時，就經學者指出，日蝕必在初一，「端午節」是在五月五日，絕不可能發生日蝕。修訂成二版時，金庸改掉了這個「BUG」，但二版並不是把「屠獅大會」移到某月初一，而是將謝遜與成崑在日蝕時對決，改為兩人掉到暗無天日的地牢中對決。

二版的故事是：謝遜不敵成崑，兩人對戰中，謝遜滾倒在地，立即抱住成崑雙腿，而後雙雙摔入地牢。地牢中一團漆黑，成崑頓時也成了瞎子。最後謝遜與成崑互以「雙龍搶珠」插中對方雙目。

新三版這段還有些微增寫，增寫之處是謝遜與成崑都落入地牢後，成崑臉上遭謝遜鮮血噴射，瞬了雙眼，登時也與瞎子相差無幾。

新三版還為了抹去一版「端午日蝕」在小說中留下的陰影，將「屠獅大會」從「端午節」改為「重陽節」，如此一來，謝遜與成崑互鬥的故事就完全無關節氣了。

故事再說到張無忌於少林寺領導群雄對抗元兵之事，在一版的故事中，明教居然活抓了王保保。

一版的這段故事是：張無忌在少室山上，遙望敵軍中軍，只見一桿大纛高高舉起，旗下一位將軍跨了一匹青驄馬，手持長槍，鐵甲上金光閃閃，飾以黃金，形相甚是威武，只是頭盔戴得甚

低，瞧不見他的容貌。

張無忌於是約同楊逍、范遙、韋一笑三人，衝入軍陣中，活捉此將軍。四人武功高強，轉瞬間即將此將軍捉回，楊逍扯開他的頭盔一看，只見這將軍面目英俊，只是雙眉豎起，顯是心中憤怒無比。趙明叫道：「哥哥！」原來這少年將軍正是趙明的兄長王保保。

這一下大出張無忌意料之外，他於是將王保保交給少林寺空聞與空智大師為人質，並請少林寺勿傷他性命。楊逍則向蒙古官兵朗聲說，王保保已遭擄獲，元兵若不退兵，只怕王保保性命不保，元兵因此只能乖乖退兵。

明教活捉了元兵大將王保保，究竟該如何處置呢？一版的結局是：張無忌應趙明之請，放了王保保，派吳勁草率領本旗兄弟，送出五十里外，由其自去。趙明親自送了十里，連聲致歉，王保保一眼也沒瞧她，自始至終，不發一言。趙明只得快快而回。

「虛構大俠」張無忌殺不了「歷史名將」王保保，這段一版約三頁的故事，二版刪得一字不留。想當年關雲長「義釋華容道」，是要報曹操知遇之恩，他張無忌「義釋少室山」，則只是為搏情人趙敏一粲。

幸而這段故事二版刪除了，否則，若依張無忌這種私放敵將的做法，新三版朱元璋帶兵逼

宮，要張無忌在明教兄弟與蒙古郡主間擇一，還真是誇誇之言。當明教弟兄努力殺韃子之時，身為教主的張無忌卻是努力地在保護韃子大將軍。明教出了這個天字第一號的「韃子內奸」、「韃子臥底」，不把這個「內奸」逼宮掉，究竟要怎麼驅逐韃虜，創建大明王朝？

【王二指閒話】

明教的高階領導之所以會與基層教眾脫節，張無忌過早成立「小朝廷」也是因素之一。

即使張無忌一再保證自己對龍廷沒興趣，新三版增寫的明教聖火令「三大令五小令」，第一大令就是「不得為官作君」，更是把教主張無忌阻絕在皇宮之外，永遠無法登基為帝。然而，縱使沒有「皇帝」之名，張無忌也早就是「有實無名」的皇帝了，他甚至還有自己的小朝廷。

身居抗元團體最高領袖「明教教主」的張無忌，在明教中是貨真價實的「皇帝」，他的座下有「左右丞相」，即明教的「光明左右使」楊逍、范遙，也有「四大護衛」，即明教紫白金青四大法王，更有一支鋼鐵勁旅「羽林軍」，就是五行旗。穩坐明教帝王之位的張無忌，除了精神支持外，渾不關心明教基層教眾的革命戰績，也不在乎他們的糧秣餉銀足不足夠，只把他們當作他

「張皇帝」座下的大將小兵來命令。皇上須要「精神訓話」時，才把他們找來聽訓，否則，他們的存亡勝敗，並不比他張皇帝手下的左右丞相、四大護衛的生死值得關心。

張無忌這只關心將相與美女，和基層民意完全隔絕的皇帝，之所以還能壓制朱元璋等實戰將領，逼得他們敢怒而不敢言，更不敢倒戈篡位，最主要的原因是，張無忌是武林人物。在武俠小說中，像張無忌這樣的武林人物根本是「人神合體」、「半神半人」的神人。

若以傳統章回小說來比擬，《倚天》比較類似《西遊記》或《封神榜》，《西遊記》中有如來佛這樣的神，也有唐三藏之類的人，人跟神的地位是不對等的，人不可能對抗神，只能聽從神的命令與安排。在《倚天》這齣抗元故事中，既有「半神半人」的張無忌，也有「人」朱元璋，「人」必須唯「半神半人」之命是從，因此，「半神半人」的張無忌成為教主，身為「人」的朱元璋只好憋著悶氣乖乖當教眾。

「半神半人」的張無忌也有他必須對付的敵人，那就是「半魔半人」的成崑、玄冥二老等武林惡人，這些「半魔半人」只要動動小指頭，就能把朱元璋之類的「人」殺死，因此，「人」必須靠「半神半人」來庇護，張無忌在書中存在的目的，並不是抗元，而是要對付這些危害人間的「半魔半人」。

心一堂金庸學研究叢書　金庸版本的奇妙全界

然而，《倚天》進行到第三十九回時，成崑已遭謝遜廢去武功，玄冥二老也因互相攻擊而喪失功力，也就是說，「半魔半人」全都淪為「人」，「半神半人」張無忌也就沒了用武之地。此時還能維持張無忌繼續當「張皇帝」的理由，就是大元王朝仍有高官猛將，「人」還需要他保護，因此，不管張無忌知不知道「養寇自重」的政治邏輯，他對王保保抓而復放，的確是非常正確的一個決定。唯有強大的敵人繼續存在，他「半神半人」張皇帝才能繼續為「人」所信奉，因為「人」仍會期待他來保護大眾。

張無忌領導明教，但他並不懂政治，因此他雖是好人，卻是個昏君！等到江湖上「半魔半人」的妖怪終於盡去，抗元革命的大勢也已抵定，人們期待的就是明主，而不是「半神半人」，也不是昏君，因為只有明主才能為大家帶來好日子。較之張無忌，朱元璋深知民瘼，且明智果斷，符合人們對明主的期待，故而被明教戰士們送進紫禁城，成為大明開國皇帝。

第三十九回還有一些修改（下）：

一·謝遜與成崑拆到二百餘招，大喝一聲，呼的一拳擊出。一版崆峒派常敬之叫道：「七傷

拳！」二版將「常敬之」改為「關能」。此外，一版說這七傷拳乃是謝遜從崆峒派盜得拳譜而學成，但拳上威力之強，遠過於崆峒嫡派的唐文亮、常敬之諸老。二版刪了此話。

二．一版死在謝遜手下的邱老英雄外號稱「一指鎮晉南」，二版改為「雁翎飛刀」。

三．一版為謝遜所害的陰陽判官「秦鵬飛」，二版改名為「秦大鵬」。

四．靜照謀殺謝遜未果，被黃衫女子踢倒在地。而後周芷若率峨嵋派離去，一版說峨嵋派有些人望著躺在地下的靜照，不知掌門人是否發令相救，還是置之不理？二版身為掌門的周芷若，對本門中人不再如此無情了，改為兩名女弟子去扶過靜照，那黃衫女子卻也不加阻攔。

五．成崑黨羽下山後，一版說張無忌回首看周芷若時，只見峨嵋派人眾早已乘亂走了，只靜照仍是躺在地下。但如此不顧門人生死，周芷若還能受門人信服，堪配領導峨嵋派嗎？二版將這描述刪了。

六．元兵上山，張無忌說要請空聞方丈發號施令，一版空聞方丈道：「咱們公推張教主為武林盟主，相率天下豪傑，與韃子周旋。」這是一版自萬安寺營救六大門派後，張無忌二度出任「武林盟主」。二版刪了「武林盟主」之說，改為空聞道：「咱們公推張教主發令，相率天下豪傑，與韃子周旋。」

七·張無忌進入蒙古包圍圈中相救擔架中的宋青書，一版說張松溪和殷利亨雙雙攻到，手持長劍，護在他身子兩側。但張松溪和殷利亨已視宋青書為叛門孽徒，怎能再掩護張無忌救宋青書？二版改為崆峒派的唐文亮、宗維俠護在張無忌兩側。

八·一版烈火旗掌旗使名為「夏炎」，二版改為「辛然」。金庸應是覺得「辛然」為「薪燃」諧音，較之「炎炎夏日」的「夏炎」，更適合烈火旗。

九·吳勁草要將屠龍斷刀併在一起，一版說爐火自青變白時，吳勁草雙手各執鋼鉗，鉗起兩截屠龍刀，拚在一起，拿到火燄中鎔燒。這裡明顯是誤寫，因為吳勁草在六大門派圍攻光明頂一役中，右臂早為滅絕師太所斷，二版改為吳勁草右臂已斷，只剩下一條左臂，他左手提起鋼鉗，鉗起半截屠龍刀，和刀頭的半截並在一起，在火焰中熔燒。而後，趙敏建議以聖火令為併刀之鉗，一版又說吳勁草以兩把新鋼鉗，分別夾住四枚聖火令，將寶刀放到爐火上再度燒了起來。二版也更正為吳勁草取過一把新鋼鉗，挾住兩枚聖火令，將寶刀放入爐火再燒。

十·一版銳金旗掌旗副使名為「顧孟魯」，二版刪了他名字，吳勁草稱他為「顧兄弟」。

十一·一版張無忌將兩截倚天斷劍，交給峨嵋派的靜慧，說道：「此劍原是貴派之物，仍請大師收管，日後交給周……交給宋夫人。」靜慧一言不發，將兩截斷劍接了過去。二版將「靜

慧」改為峨嵋派地位較高的「靜玄」，以與張無忌的教主身份相對應。

十二・倚天劍屠龍刀之事告一段落後，群雄開始計劃抗禦元兵，一版說洪水旗人眾從廟內抬了一口大鐵鍋出來，架在爐火之上，煮起一大鍋油滾油，只待蒙古兵衝上山來，便將滾油噴出傷人。少林寺是千年古剎，廟中所藏的香油堆滿數屋，可說用之不盡。二版將這段全刪了。

十三・周芷若傷於鹿杖客「玄冥神掌」之下後，張無忌現身來鬥玄冥二老，以九陽神功運太極拳，鬥得玄冥二老漸感陽氣熾烈。一版說，張無忌越鬥越是順手，心想這兩個老兒原是天下少有的高手，今日將二人傷了以後，日後只怕不易再逢到這般功夫的餵招對手，是以一拳一腳之中，只是將近日來所悟到的武學精義緩緩施展，倒不急於立時將二人擊倒。但如此玩弄敵人，大違張無忌覺和性格，二版將此段刪了。

十四・張無忌使出「龍爪擒拿手」三十六式來戰玄冥二老，一版用的是「撫琴式」、「鼓瑟式」、「抱殘式」、「守缺式」。二版將「守缺式」改為「捕風式」。

十五・一版周芷若的九陰真氣為張無忌的九陽真氣消融後，再使「九陰白骨爪」來抓趙敏頂門，結果「喀喇一聲響，周芷若五根手指齊斷」，二版不再讓周芷若如此悽慘，改為周芷若只是震痛自己手指。

十六・張無忌號令群雄共抗元兵，一版張無忌道：「在下不才，蒙眾位英雄推舉，暫當盟主之位。今日同仇敵愾，請各位暫聽在下號令。」二版因張無忌不當「武林盟主」了，「暫當盟主之位」也改為「暫充主帥」。

十七・張無忌對群俠分派任務以抗來襲元軍後，一版空聞說道：「非是老僧不遵盟主號令，只是向盟主討令，由老僧師兄弟二人（空聞與空智），留守本寺。」張無忌一聽，明白空聞二僧決心與寺院共存共亡，當下允可。二版將這一大段全刪了。

周芷若要求張無忌只能與趙敏同居生子，不能結婚

——第四十回〈不識張郎是張郎〉版本回較

《倚天》的故事終於來到最終回，這一回最重要的情節，就是「上帝的歸上帝，凱撒的歸凱撒」，也就是「張無忌的歸張無忌，朱元璋的歸朱元璋」、「江湖的歸江湖，歷史的歸歷史」，張無忌必須把創建大明王朝的勳業，歸還給歷史上真正開國的朱元璋。

金庸在此面臨了創作上的難題，因為《倚天》已把朱元璋塑造成奸謀機巧之輩，而如何說服讀者，朱元璋竟然「邪能勝正」，從大好人張無忌手上奪取抗元之功，更因此入主大明龍廷，就全憑金庸的文學技巧了。

二版的明教結局故事分成兩段，第一段是：張無忌至明教教眾宿營之所商議軍情，殷野王向張無忌報告，說陳友諒投入明教徐壽輝麾下，徐壽輝對陳友諒很是寵信。張無忌請彭瑩玉提醒徐壽輝，陳友諒極為陰險，兵馬大權切不可落入陳友諒手中。

不料徐壽輝並未受勸，對陳友諒極是信任，終於命喪其手。後來陳友諒統率明教西路義軍，自稱漢王，與明教東路軍爭奪天下，直至鄱陽湖大戰，方始兵敗身死，數十年之間兵連禍結，令

明教英雄豪傑遭受重大傷亡。

陳友諒的事至此已完整交代。

第二段則是朱元璋的相關情節，這段是說張無忌帶趙敏來到濠州城，與朱元璋飲酒，竟被下藥迷昏，手腳還被綁上繩索。

一個多時辰後，張無忌聽得朱元璋、徐達、常遇春三人在隔壁房中說話，只聽得朱元璋道：「此人背叛我教，投降元朝，證據確鑿，更無可疑，令人痛心之至。兩位兄弟，你們看怎麼辦？」又道：「這人耳目眾多，軍中到處是他的心腹，咱們別提他名字。」常遇春道：「但這小賊總是咱們首領，咱們可不能忘恩負義，這是基業，終究可說是他的。」朱元璋道：「大哥若是怕殺了他軍中有變，咱們不妨悄悄下手，免得於大哥名聲有累。」

張無忌聞言，以為三人說的是自己，因此對明教心灰意冷，於是崩開身上綁縛的繩索，抱著趙敏悄悄越牆而出。到得城外，寫了一封信，將明教教王之位讓與楊逍，就此離開了明教。

張無忌並不知道，徐達與常遇春所說的「小賊」是指韓林兒，他聽到的一切對話都是出自朱元璋的詭計安排，用意就是要他離開明教。

後來楊逍雖繼任明教教主，但朱元璋羽翼已成，統兵百萬之眾，楊逍又年老德薄，萬萬不能與他爭帝皇之位。朱元璋登基之後，反下令嚴禁明教，將教中曾立大功的兄弟盡加殺戮。常遇春因病早死，徐達終於不免於難。

二版這段故事當是參考《三國演義》中周瑜裝醉，智賺蔣幹盜書，而使曹操誤殺蔡瑁、張允之事。但如此仿用，實有不妥，因蔣幹是庸人，才會中計，張無忌武功天下第一，身邊又有無比慧黠的趙敏，怎能不究真相，即為朱元璋所騙而退位？更何況朱元璋又不是神，怎能算準張無忌昏迷後清醒的時間，在鄰室適時演出？

新三版將二版陳友諒與朱元璋之事全數刪去。為求故事邏輯的周延與好看，在明教高層權力變格上，新三版增寫了近十三頁的內容。

故事從張無忌攜趙敏、周芷若至明教教眾宿營之所說起。

彭瑩玉向張無忌報告說，龍鳳皇帝韓林兒應吳國公朱元璋之請，自滁州遷往應天，結果坐船在長江傾覆，韓林兒崩駕。彭瑩玉還說，韓林兒之死，其實是朱元璋設計陷害。

張無忌聞言，十分煩惱，深覺此事難以兩全，既不能讓這件大冤案在明教之中發生，但如公然指責朱元璋，他手握重兵，勢力盛大，若徹查到底，明教不免因此分裂，於抗元大業非常不

利，於是召集楊逍、范遙等人共同計議。

楊逍認為，應天府朱元璋這支紅巾軍，素來自行其是，聲勢壯盛，總壇不能殺了他們的將領，也不能以明教教規予以羈縻約束，只能任其自然。但決不能任由他們來爭教主之位，由他們來指揮明教。

范遙也附和楊逍，說只要朱元璋善待百姓，一切就隨他去。此事就此定奪。

新三版的增寫透露出明教高層已被朱元璋架空的事實，身為明教教主的張無忌，已經管不了朱元璋，至於明教「永保黎民百姓」云云，也就只是張無忌等人自欺欺人之詞罷了。

而後，張無忌與趙敏前往應天，當晚朱元璋大張筵席，並向張無忌稟告攻城略地的戰績。明教眾首腦亦紛紛到應天府相聚。這次明教首腦大會應天，便是意圖奉教主張無忌為義軍的正式首領，就此稱為「明王」，打天下後登基為帝，建立大明王朝。楊逍、范遙等一致贊同，只朱元璋、李文忠、胡廷瑞等不願將大好基業奉之於張無忌，然見大勢所趨，也不敢示意反對，因當時局面之下，一表反對，就是「作反」，立時有殺身之禍。

張無忌堅不允肯，說出任教主已大違本意，要任義軍首領稱王，更加萬萬不可，各人若逼得急了，連教主也不肯當了。眾人議論不決，無可奈何之時，忽然門外教眾來報，說波斯總教派

了一個使節團，前來參見中土明教教主張無忌，使節團還代波斯總教教主小昭送禮給張無忌。

小昭送來的禮，是明教除張無忌身上六根聖火令之外的另外六根聖火令。如此一來，十二枚聖火令即盡歸原主，張無忌這教主因此當得名正言順。

小昭另有書信一封，說：「張公子尊鑒：自分別以來，沒一個時辰不想念你。你身子安好嗎？反蒙的大業順利嗎？奉上聖火令六枚，這本來是中華聖教的東西。你見到聖火令時，請記得萬里之外的小丫頭小昭。她的命運連這聖火令也不如，因為她不能見到你，不能天天伴在你身邊。願明尊佑護你！我盼望終有一天能回到你身邊，再做你的小丫頭，那時我總教的教主也不做了。」

信箋下角畫了一朵小小的紅色火燄，另畫了一雙纖手，雙手之間繫有一根細細的鐵鍊，但鐵鍊中間已割斷。

張無忌於是領著群豪向十二根聖火令跪拜，行禮之後，張無忌捧出「乾坤大挪移心法」羊皮，請總教使節帶回波斯，回贈總教聖教主。

而後，波斯使節智慧王又拿出一個小包，悄悄遞給張無忌，輕聲道：「這是我們教主私人送給張教主的。」張無忌接了，回到後堂打開一看，裡面是兩套內衣、一雙鞋子，看針線是小昭親手所做，穿上鞋子，大小恰好合式，不禁淚水潸潸而下。相隔雖久，她仍記得自己的腳樣尺寸，

平日相思之深，可想而知。

波斯使節離開後，張無忌對著教眾，又宣讀了一次「聖火令三大令、五小令」，並堅稱自己絕不稱帝稱王，眾人見他心意堅決，便不再苦勸他自立為王。

此後朱元璋改稱「吳王」，在鄱陽湖與陳友諒會戰，周顛、五行旗等人相助朱元璋，將陳友諒殺得大敗，斃於湖中。後來更滅了張士誠、方國珍等敵對勢力。朱元璋派徐達帶兵北伐，將元順帝趕入塞外沙漠，蒙古人在中國所建的元朝就此滅亡。朱元璋倒還記得明教，將他所建的朝代稱為「明朝」。但因明教維護百姓，朝廷官府便對其殘殺鎮壓，時日既久，後世首領無能，明教也就漸漸式微了。

較之二版，新三版《倚天》對朱元璋奪權的描述，邏輯上顯然周延多了。

除了朱元璋稱帝之事外，新三版對宋青書的結局也有了新說。

話說張無忌、趙敏、宋青書與俞蓮舟等齊上武當山，二版張三丰見宋青書，歎道：「我武當門下出此不肖子弟，遠橋，那也不是你一人的不幸，這等逆子，有不如無！」右手揮出，啪的一聲響，擊在宋青書胸口。宋青書臟腑震裂，立時氣絕。

如此祖師爺殺徒孫的結局，太也傷張三丰長年修為的寬和形象。

新三版改為一行人上武當山後，宋青書突然大叫：「爹爹，爹爹！」想跳出軟床，向太師父及父親拜倒，一用力間，創傷併裂，頭骨破碎，一口氣接不上來，就此氣絕。

如此一改，武當派就沒有「祖滅孫」的蕭殺氣息了。

最後要談的是周芷若的結局，這段故事也是三個版本各見精彩。

一版的故事是，在武當山上，周芷若自覺罪孽深重，決意落髮出家，她問張無忌：「你曾答應過我，我有一事求你，你務須做到，是也不是？」張無忌點頭稱是。周芷若於是取出兩塊靈牌來，一塊寫著「峨嵋派創派祖師郭女俠襄之靈位」，另一塊寫著「峨嵋派第三代掌門恩師滅絕師太之靈位」，恭恭敬敬的供在殿中方桌之上。周芷若與本門弟子拜過靈牌後，除下手上的鐵指環，交給張無忌，亦即傳張無忌為峨嵋派第五代掌門人。周芷若則削髮為尼，不問世事，自此一盞青燈，長伴古佛。

一版的故事似乎與《笑傲》令狐冲接掌恆山派頗為類似，二版因此做了修改。

二版改為張無忌答應天天幫趙敏畫眉後，忽聽得窗外有人格格輕笑，說道：「無忌哥哥，你可也曾答允了我做一件事啊。」

正是周芷若的聲音。張無忌問周芷若要他做什麼了？周芷若微笑

道：「這時候我還想想不到。哪一日你要和趙家妹子拜堂成親，只怕我便想到了。」張無忌霎時之間百感交集，也不知是喜是憂，手一顫，一枝筆掉在桌上。

新三版對周芷若的結局大為加料，先說到張無忌即日要履行諾言，送趙敏前往蒙古，自己也寄跡蒙古，從此不回中土。就在此時，趙敏要張無忌完成答允為她做的第三件事，送趙敏前往蒙古，就是為她畫眉。

而後，周芷若也出現了，要張無忌完成答允她做的一件事。張無忌遂出窗與周芷若並肩而行，周芷若問道：「你明天送趙姑娘去蒙古，她從此不來中土，你呢？」張無忌道：「我多半也從此不回來了。你要我做一件事，是甚麼？」周芷若道：「一報還一報！那日在濠州，趙敏不讓你跟我成親。此後你到蒙古，儘管日日夜夜都和趙敏在一起，卻不能拜堂成親。」張無忌答允了周芷若，說：「到了蒙古之後，我不和趙敏拜堂成親，但我們卻要一樣做夫妻、一樣生娃娃！」

他好奇的問周芷若有什麼用意？周芷若嫣然一笑，說道：「你們儘管做夫妻、生娃娃，過得十年八年，你心裡就只會想著我，就只捨不得我，這就夠了。」而後飄然而去。

張無忌心中一陣惘然，心想：「為甚麼過得十年八年，我心裡就只想著芷若，就不捨得芷若？」又想起「愛我極深的、很想嫁我的，除了芷若，自然還有敏妹，還有蛛兒，還有小昭……」他又想：「誰沒過錯呢？我自己還不是曾經對不起人家？小昭待我真好，她已得回了乾

金庸武俠史記〈倚天編〉三版變遷全紀錄

451

坤大挪移心法，這個聖處女不做也不打緊。蛛兒不練千蛛萬毒手了，說不定有一天又來找我這個大張無忌，我答允過娶她為妻的……」在他心裡，四個情人對他都曾銘心刻骨的相愛，她們個個都是很好很好的……

新三版周芷若說張無忌過得十年八年就會只想著她，所料或許真將成為事實，想來張無忌與趙敏隱居蒙古，趙敏在大漠受風吹日烤，生完小孩後，可能身裁走樣，每日追打頑童，也可能氣質全失，未婚的周芷若則仍保養得宜，談吐芬芳，張無忌若只想著她還好，就怕周芷若沒事來蒙古觀光旅遊，見到張無忌時，與他敘舊，再加點挑逗勾魂，只怕以張無忌的個性，不再度愛上周芷若才是怪事！

【王二指閒話】

新三版修訂的特色之一，就是金庸試圖將他七十多歲圓融成熟的思想，「灌頂」給他三十多歲時創作的人物。「灌頂」的內容還分男女，俠士接受「灌頂」，是要擴展他們的民族觀與國際觀，女俠接受「灌頂」，則是要讓她們以更成熟的愛情觀與婚姻觀來看感情。

金庸三十三歲起，於《香港商報》連載《射鵰》，四十六歲開始修訂一版小說，而後發行二版，七十九歲那年開始出版新三版小說。

在新三版《射鵰》中，金庸擴展了郭靖的國際觀，增寫郭靖頓悟了「中國人，外國人也是人，也應當救。」郭靖似乎從此就不再執著於「大宋本位主義」了。

然而，雖然郭靖在《射鵰》中的智慧已能兼容宋蒙，甚至相信四海一家，但到了《神鵰》中，金庸卻還是維持郭靖死守襄陽的故事，也就是郭靖還是決定「殺蒙古人來保中國人」，至於傷在他手下的蒙古人該不該救？《神鵰》郭靖似乎完全忘了他在《射鵰》中了悟過「外國人也是人，也應當救」這檔事了。

《倚天》張無忌也在新三版被金庸「灌頂」。金庸從三十七歲開始，於《明報》連載《倚天》，四十六歲後將《倚天》修訂為二版，八十一歲時出版了新三版《倚天》。

在新三版《倚天》中，金庸回頭對張無忌「灌頂」，增展張無忌的民族觀。在元朝末年，人民不堪政府貪腐苛政，群起抗元之時，新三版張無忌竟能充滿智慧，獨排眾議，要大家「趕韃子」，而非「殺韃子」，宛然已是起義成功後的國際和平專家。然而，高居明教教主之位，沒吃過蒙古暴政之苦的張無忌，真能用「保護韃子，只能趕不能殺」的大愛，來爭取起義民眾的支持嗎？

金庸武俠史記〈倚天編〉三版變遷全紀錄

新三版不只俠士張無忌的民族觀被灌頂，女俠周芷若也在金庸加持下，有了更成熟的愛情觀。

周芷若的愛情觀三個版本各有不同，恰好代表金庸三段年紀對女人「失戀」的不同想法，一版周芷若在失戀後出家，長伴青燈古佛。可知青中年的金庸認為周芷若失戀後，表現的應該是因灰心喪志而遁世；二版改成周芷若威脅張無忌，說哪天張無忌和趙敏拜堂成親，她只怕就會想出要張無忌答應她做的事。可知中壯年的金庸認為周芷若失戀後，理當酸言酸語，更可能伺機報復前男友；新三版再改為周芷若失戀後，要求張無忌答應她不能與趙敏拜堂成親，那麼，過個十年八年，張無忌就只會想著她、捨不得她。老年金庸筆下十八九歲的周芷若，在感情上似乎已經千帆過盡，既不傷心避世，也不狠心報復，而是深知人性，推想到十年八年後張無忌就會忘了她的壞，想著她的好。

二〇〇六年金庸在香港明河社接受記者專訪，報導中提到「周芷若要求張無忌與趙敏『可生娃兒，但不得成婚』這一段，金庸自認掌握女性微妙心態，頻問記者：『女生會這麼想，對不對？』」在新三版《倚天》〈後記〉中，金庸也說過「周芷若對張無忌說：『你只管和她做夫妻、生娃娃，過得十年八年，你心裡就只會想著我，不捨得我了。』這種感情，小弟弟、小妹妹們是不懂的。所以我不主張十三四歲的小妹妹們寫小說。」

吊詭的是，「相見不如懷念」，並不是每個年齡層的女性都會這麼想，或都能看得這麼透徹。《倚天》周芷若才十八九歲，張無忌是她的初戀，她的佔有慾很強，甚至曾為獨佔情郎而對情敵痛下殺手。對於愛情的想法，周芷若說不定跟金庸所說不懂感情的小妹妹還比較相近。至於周芷若是否能在失戀的當下，瞬間懂得「相見不如懷念」，恐怕還有待商榷。

第四十回還有一修改：

一・群雄下少室山時，二版說張無忌見宋青書躺在擔架之上，不知生死如何。然而，宋青書若已過世，還會放在擔架上嗎？新三版改為張無忌見宋青書躺在擔架之上，經過數十日的治療，仍未見起色。

二・周芷若以為殷離死後變成厲鬼纏住她，見到張無忌後，撲到他懷中，瑟瑟發抖，二版說張無忌見周芷若實在怕得厲害，不忍便推開她。新三版張無忌更「積極」，增寫他「伸左臂摟住她身子」。

三・周芷若依偎在張無忌懷裡，楊逍等見之，都退了回去。書中說明教、武當派、峨嵋群俠

金庸武俠史記∧倚天編∨三版變遷全紀錄

455

心中，均盼周芷若與張無忌言歸於好，結為夫婦。二版說：各人於趙敏的昔日怨仇固難釋然，又總覺趙敏是蒙古貴女，張無忌若娶她為妻，只怕有礙興復大業。新三版改為：各人於趙敏的昔日怨仇固難釋然，況且趙敏已立誓前往蒙古，倘若張無忌跟了她去，於明教必有重大影響。

四・離開周芷若後，張無忌遍尋不著趙敏，心急如焚，二版張無忌心想：「不論如何，我對你此心不渝，縱然是天涯海角，終究也要找到你。」新三版再增寫張無忌的心思：「就算找不到你，我一生非你不娶，決不渝盟。」

五・周芷若請少林高僧為殷離超渡，二版張無忌心想：「表妹命喪於她劍底，固然命苦，但芷若內心深受折磨，所受痛苦，未必比表妹更少。」新三版將「表妹命喪於她劍底」改為「表妹命喪於她劍底」。

六・離開少林寺後，周芷若對張無忌說起昔時舊事，二版周芷若說：「恩師逼我罰那些毒誓，要我痛恨明教，要我恨你害你，可是我心中……實在……」新三版周芷若不再含蓄了，想講就講，大膽示愛，最後一句「我心中……實在……」改為「我心中……實在……實在愛你……」

七・張無忌與周芷若良夜談舊情，二版說此時正當初夏，新三版因將「屠獅大會」由端午改為重陽，故而改說此時正當秋末。

八·張無忌向周芷若說起婚禮時隨趙敏出走之事，並問周芷若「芷若，你怪我麼？」二版周芷若哽咽道：「我做了這許多錯事，只怪我自己，還能怪你麼？」新三版周芷若則是逮住機會，又開始示愛，她較二版增說：「不過，無忌哥哥，我心裡的的確確一直是真心真情的對你！」

九·張無忌對周芷若說他尋不著趙敏，恨不得自己死了才好，二版張無忌又對周芷若說：「你……你後來這樣，我既痛心，又深感惋惜。」新三版張無忌再增說兩句話撩撥周芷若：「如果不能再見你，我是萬分的捨不得。」

十·周芷若說她無法拉得張無忌回心轉意，二版張無忌對周芷若歉然道：「芷若，我對你一向敬重。」新三版改為張無忌道：「芷若，我對你一向敬重愛慕、心存感激。」可知新三版張無忌隨時不忘撩撥一下周芷若。接著說到殷離，二版張無忌說他「對殷家表妹心生感激。」新三版改為他「為殷家表妹是可憐他的遭遇、同情她的痴情。」再說到小昭，二版張無忌說他「對小昭是意存憐惜」新三版改為他「對小昭是意存憐惜、情不自禁的愛護。」

十一·二版張無忌對周芷若說起趙敏，說：「總而言之，上天下地，我也非尋著她不可。」新三版張無忌對周芷若說起趙敏，說：「尋他不著，我就去死！」

十二·殷離說起荒島舊事，二版殷離對張無忌說：「你連人家是死是活也不知道。我才不信

呢。」新三版殷離增說為：「你深通醫道，連人家是死是活也不知道。我才不信呢！」二版張無

忌回道：「當時我真糊塗，見到你滿臉鮮血，沒了呼吸，心又不跳了，只道已是無救……」新三

版張無忌再加說：「心裡悲痛，就沒細查……」

十三·殷離對張無忌道：「你既要活埋我，幹麼又在我身上堆了些樹枝石頭？為甚麼不在我

身上堆滿泥土，我透不過氣來，不就真的死了？」二版張無忌道：「謝天謝地，幸好我在你身

上先堆了些樹枝石頭。」新三版張無忌增說為：「我怕泥塊刮損了你臉，心裡捨不得……謝天謝

地，幸好我在你身上先堆了些樹枝石頭。」

十四·二版殷離對張無忌說：「阿牛哥哥……，在那海外小島之上，你對我仁至義

盡。你是個好人。」新三版殷離再加說：「你待我這麼好，我該好好愛你的。」新三版諸女示

愛，完全口無遮欄。

十五·殷梨亭問周芷若與宋青書之事，一版是問李明霞，一版還說「李明霞是個中年女子」。

二版改為問貝錦儀。一版李明霞說到紀曉芙與楊逍舊事，就不再說了。書中解釋說：要知李明霞雖

已兩鬢蕭蕭，嫁了丈夫，生兒育女，但說到男女間的風化之事，總是不便出口。二版自無此段。

十六·見到周芷若左臂上的守宮砂，一版張無忌心想……「她前先跟我說，被囚於丐幫之時，

曾失身於宋青書，腹中懷了孩子。當時我搭她脈搏，絕無懷孕之象，其時還道診斷有誤，如此說來，她是有意騙我的了。至於嫁宋青書為室云云，更是全無其事。

宋青書為室云云，果然全無其事。她為甚麼要騙我？為甚麼存心氣我？難道當真是為了那『當世武功第一』的名號？還是想試試我心中對她是否尚有情意？」

十七．張無忌問空聞方丈：「人死之後，是否真有鬼魂？」一版空聞回道：「幽冥之事，實所難言。佛說無我相，無人相，無眾生相，無壽者相。萬物皆空，何況鬼魂？」二版空聞不再這般武斷又無神論了，改為空聞只說：「幽冥之事，實所難言。」

十八．張無忌被周芷若點了五處大穴，一版說張無忌內功深厚，雖被點中要穴，卻不摔倒，忙運氣衝穴。二版刪了此說。說來周芷若點張無忌穴道，只是為引殷離現身而做的假動作，張無忌也只是配合演出，理當不須「衝穴」。此外，一版又說張無忌武功再強，接連受了這六下襲擊，那也是抵受不住，仰天便倒。二版刪成「張無忌仰天便倒」幾字。

十九．二版殷離談起荒島未死被葬之事，對張無忌說：「你既要活埋我，幹麼又替我作個石坑？」但張無忌並未做出「石坑」，二版改為殷離對張無忌說：「你既要活埋我，幹麼又在我身上堆了些樹枝石頭？」

金庸武俠史記∧倚天編∨三版變遷全紀錄

三種版本的《倚天屠龍記》我都愛

曾經在網路上閱讀過「金庸版本的奇妙世界」部落格的朋友，若再細讀這本書，一定會發現，這是兩種非常不同的呈現。

我在網路上評較金庸版本時，希望大家看到的是不同版本的情節全貌，但整理成書時，我期待這是一本流暢好讀的書，因此許多版本差異極大，篇幅又長的情節，我一律都採「述其大意，不錄原文」的原則。相信讀者們會發現，書本版比網路版篇幅大為減短，閱讀起來也更輕鬆，不過，改版的重點並不會因為只述大意而遺漏，讀者們還是可以在輕鬆中明白金庸改版的來龍去脈。

至於每回小說的許多細部修改，在書本版中，我精選出最有版本研究價值之處，尤其是情節明顯更動，或人名、武功名、招式名、幫會名有改變之處，至於人物的言語或細部描述有微調之處，就留待大家在閱讀時發現其中妙趣。當然，這樣的原則也是為了讓大家更輕鬆的閱讀。

此外，因為網路版是多年前的作品，經過這幾年的著書寫作，我的文筆也有了進步，因此每一篇文章我都逐字逐句修改了。我相信比起網路上的舊作，讀者們應該都能感覺到書本版的文字

更流暢、更好讀、邏輯也更周延。

在分析整理《倚天》三種版本的差異時，屢有朋友問起，我最喜歡哪一種版本的《倚天》？

說真的，三種版本我都愛，我喜歡有玉面火猴，張無忌會打「降龍十八掌」的一版《倚天》，也喜歡朱元璋以其鬼域技倆，逼使張無忌離開明教的二版《倚天》，還喜歡周芷若要張無忌可以與趙敏做夫妻、生娃娃，就是不能拜堂成親的新三版《倚天》。

每一種版本的《倚天》，都有其獨特的創意與獨特的美好，相信讀者們若能品味《倚天》的版本差異，一定會同意我所言不虛。

在此書出版之際，我要特別感謝潘國森老師，從二〇一三年出版《金庸妙手改神鵰》後，潘老師就不斷鼓勵我繼續將《倚天》、《天龍》、《笑傲》與《鹿鼎》四部書的版本評較整理出版。因為潘老師的鼓勵，我才有動力完成這本書，大家也才有機會看到這本書出版面世。

當然，我也非常感謝金庸版本評較的同好，謝謝你們在「金庸版本的奇妙世界」成立多年後，即使許久未發新文，每天仍持續有高點閱率，更希望大家都來支持及推廣金庸版本評較系列書，讓更多朋友一起來品味金庸版本變革的妙趣！

金庸武俠史記∧倚天編∨三版變遷全紀錄

青梅竹馬絕對不會輸的戀愛喜劇

11

VOLUME:ELEVEN

〔作者〕二丸修一

〔插畫〕しぐれうい

OSANANAJIMI GA ZETTAI NI
MAKENAI
LOVE COMEDY

SHUICHI NIMARU

Kadokawa Fantastic Novels

CONTENTS

青梅竹馬絕對
不會輸的戀愛喜劇

OSANANAJIMI GA ZETTAI NI

MAKENAI

LOVE COMEDY

〔作者〕

二丸修一
SHUICHI NIMARU

〔插畫〕

しぐれうい

Kadokawa Fantastic Novels

序章

*

電車已經停駛，車聲也變得稀少的深夜。

月光幽幽地照亮熄燈的房間。

我躺在位於房間一隅的床鋪上，仰望著全白的天花板。

『當然了，演藝界未必跟末晴哥哥的幸福有直接的連結。不過人家身為一名演員，會惋惜那樣的天分，更希望那能開花結果。當末晴哥哥的天分真正開花結果時，人家的夢想自然就是站在那旁邊。所以末晴哥哥從高中畢業後，假如要以演員為目標，人家就會跟著休學。』

『小桃……!』

『不然人家八成會被末晴哥哥拋下……請放心，人家敢保證會跟著末晴哥哥到任何地方。』

我感覺到自己踏上了無法回頭的路。

時間本來就不能回溯。因此人生原本便是一條無法回頭的路吧。

不過在最糟的情況下，以往我對末晴哥哥做出的言行──

然而，局面已經來到不容我走回頭路的地步了。

還是可以用這麼一句話敷衍過去。

『人家開玩笑的，耶嘿☆』

『──小晴，我喜歡你──────！』

聖誕節。

黑羽學姊在體育館的台上告白了。

那誓不言退的勇氣足以讓我為之戰慄。

黑羽學姊可怕的地方就在這裡。

當命運──末晴哥哥打算轉向旁邊時，黑羽學姊有力量可以揪住他的頸子強行扳到自己的方向。

為此她甚至不惜受傷。

實際上，讓全校的人知道自己根本是鋌而走險，她反倒在事成以後得到了眾人支持。

說來說去，行事取巧避險才是我的作風。對於這樣的我而言，不得不承認黑羽學姊已經構成了威脅。

『小末，這部小說是我將自己愛上你的心情書寫成冊的故事。』

即使白草學姊沒有像黑羽學姊那樣驚人的行動力，也絕不能小看。

畢竟末晴哥哥的初戀情人正是白草學姊。

光憑這一點，就是天大的優勢。

另外，當末晴哥哥蹺家時，她能比我先打電話給末晴哥哥的「運氣」也不能小看。

由於白草學姊有她窩囊的地方，在我看來會覺得她有許多舉動實在不算妥當。可是她也有不少藉此博取好感或者改善情況的前例，所以才可怕。

面對力量過人的黑羽學姊，白草學姊大概就是靠這種堪稱「命運力」的底氣與之對抗吧。

那部分無從估計，因此提防的程度必須比照黑羽學姊。一想到白草學姊要是擁有像黑羽學姊那樣的行動力……便令人不敢想像。那樣的話，末晴哥哥現在肯定早已落入白草學姊手中了吧。

至於我——

我不像黑羽學姊那樣總是待在末晴哥哥身邊，又沒有狡猾而驚人的行動力——

也不像白草學姊那樣是末晴哥哥的初戀情人，更沒有笨拙的堅忍性情——

總是用觀望當理由而落於人後。

好比沒有人是完美的，她們倆並非無懈可擊。

黑羽學姊跟末晴哥哥的距離原本就太過接近，她為了打破這一點往往會做得太過火。還有恐

怕是與生俱來的特質吧，黑羽學姊偶爾會擺特大號烏龍。

白草學姊的弱點則是膽小與窩囊。

她們倆有這樣的弱點，而且還相互牽制保持拮抗，我就此爭取到觀察的時間。

不過，我也有弱點。

我慣於靜觀其變。因為我靈巧又愛耍小聰明，都想伺機等她們自曝其短，行動就遲了一步。

儘管黑羽學姊和白草學姊都告白了，我就是因為有這種靜觀的習慣才會落後。

不過我認為這種毛病既是短處，同時也是長處。

——準備齊全了。

黑羽學姊的大膽，還有白草學姊的縝密。

正是因為落於人後，我才成功準備了兼具這兩者的舞台。

將我與末晴哥哥串聯起來的，終究還是演員與演藝界。

這才是我所獨具，而且黑羽學姊與白草學姊都沒有的。

唯一能夠找出勝算，有如細絲般的關聯性。

我要盡可能運用。

末晴哥哥在集宿時輸給雛菊小姐了。因此他才會強烈意識到演員這條路。

換句話說，他現在等於自己撲進我的懷裡。

「我想要贏……因為我喜歡你……」

末晴哥哥……

我是愛著你的。

哪怕得不到回報——

「但是，即使如此……」

期盼得到回報，難道是不被允許的嗎……？

難以成眠的我悄悄從床舖起身。

然後我來到了陽台，仰望月光皎潔的春季夜空。

第一章　大家一起去觀摩拍戲 ✖ ♥ ♣

＊

清風吹過了大廈之間。

這裡是商業區的一角。時髦高樓採中央挑空設計，而我們群青同盟的成員都來到一樓。

時下蔚為話題的連續劇《永遠的季節》。

由於我跟真理愛受邀在劇中客串，於是今天群青同盟的成員就一塊前來觀摩。

「哦～這就是連續劇的拍攝現場啊～！」

陸發出帶著熱情的聲音。

明明他在群青同盟成員中長得最凶又最有塊頭，卻有滿孩子氣的地方。

不只是演員，陸對攝影機與反光板似乎也很感興趣。

哲彥出聲斥責：

「阿陸，吵死啦。」

「抱歉！阿哲學長！」

陸的言行都屬於體育社團作風，以學弟來說很容易相處。多虧如此，他才加入沒幾天，就已經與大家打成一片了。

「我會跟玲菜一起去找製作人打招呼，你們幾個要安分一點喔。」

哲彥如此交代後，就跟玲菜一塊離開我們這群人。

「跟玲菜……？而且那傢伙剛才還說要找製作人，而不是去向導演問候，到底在想什麼啊……？」

「這陣子，哲彥同學越來越明目張膽了，應該說他搞小動作都不在意被我們發現，感覺亂恐怖的耶。」

在我旁邊的黑羽一邊撥弄麻花辮，一邊開口附和。

四月就要結束，路上行人的服裝也慢慢變得單薄。

適逢今天來觀摩拍戲現場，黑羽難得穿了迷你裙到場。

黑羽明顯比別人嬌小，與可愛及身高不協調的胸圍尺寸往往會勾人目光。

其實她有一雙纖瘦的美腿，連大腿都暴露在外，有股讓人忍不住偷瞄的魅力。身上穿了蓬鬆的毛衣，成熟裝扮甚至讓她的存在感凌駕於拍戲現場的年輕演員。

「唔哇，傑納斯的伊吹先生在現場耶！」

碧從旁邊拽了我的袖子。

說來跟陸滿像的，她在女性成員當中個頭最高，舉止卻鬼鬼祟祟。

「欸，妳不是從我敲定要參演之前就在追這齣戲了嗎？怎麼現在看到伊吹先生還會訝異。」

「不是啦，末晴！電視裡跟現實又不一樣！」

「就算妳那麼說，連續劇又不是動畫，電視裡的都是現實中的人啊？」

「拜託～那種事我曉得啦！才不是你想的那樣！啊～糟糕！有夠緊張的！末晴，我問你

喔，我穿這套衣服會不會怪怪的？」

碧的服裝是過膝襪配熱褲與輕薄針織衫，打扮果然比平時還要用心。不過偏好方便活動的衣

著這一點依舊沒改，她毫不在意自己奔放的肉體，胸型以及臀部曲線藉由服裝烘托，呈現出肉感

的體態。

我不小心用目光追逐那些帶有女人特徵的部位，似乎被她發現了。

碧露出不會輸給姊姊的賊笑。

「怎麼樣，末晴？你該不會是看我看得入迷了？」

「啥？妳說什麼？不可能有那種事吧？」

我立刻正色予以反駁。

我確實也是健全的男高中生。或許視線會違背理性亂飄。

可是總不能被碧看扁。

哪怕我只承認一次，就會持續遭到消遣。長年的往來讓我明白這一點。

到時候恐怕──

『末晴～你又在看我的胸部了吧？你真的很色耶？假如我說只要你肯跪下來求我，也許就可以讓你摸一下的話，你要怎麼辦？來啊來啊，試著跪下來嘛～？』

從小跟碧拌嘴還被她騎到頭上實在令人受不了，再說她要是跟姊妹們告狀就完了。

難保碧不會若無其事地做出這種看扁人的發言。

我肯定會猶豫……不過無法忍受的部分在於對方是「碧」。

『呼嗯～小晴。結果你只要胸部大就好啊～原來是這樣～』

『末……末晴哥，雖然我早就知道你很好色……但是我看錯你了。真是令人難過。我要生氣了喔？』

『晴哥，我的胸部並不大，所以跟碧姊一比，你會討厭我嘍？假如我去做隆乳手術變得比碧姊還大，你會不會跪下來求我讓你摸？』

……簡直是人間地獄。

正因為如此，面對這種場面必然要用毅然態度加以應對。

「我也已經讀高中了嘛。再說我的發育原本就比黑羽姊好。」

碧用手勢強調發育的部分是身高及胸部。

當然了，黑羽不會看漏碧的動作。

「碧？之後我要跟妳談一談，先做好心理準備喔？」

碧若無其事地裝成沒聽見黑羽嚇人的說話聲，繼續說道：

「哎，簡單說就是末晴拜倒在我的魅力之下了。」

碧輕拍我的肩膀。

面對態度得意的她，我反而感到安心。

碧果然不懂男人的心理。這種言行會讓她的魅力大打折扣。

我在深深嘆息之後回嘴。

「你說什麼～？」

「啥？妳哪來的自信說這種話？或許妳確實多少有點發育，不過問題是女人味。」

「來，妳看。那裡的是ＮＯＤＯＫＡ小姐。那才是真正有女人味的女性。」

老實說，碧是變得有魅力了。胸脯與臀部都比半年前豐滿，臉龐的女性風韻也開始勝過男人

婆的氛圍。

不過我十年來都把她當弟弟看待……旁邊又有群青同盟的成員，總不能輕易誇獎她。

「搬出NODOKA小姐未免太卑鄙了……」

碧說不出話來。

很好很好，她安分下來了。

我一面感到鬆了口氣，一面把視線轉向NODOKA小姐。接著我邊回想查到的經歷，邊凝視她的演技。

NODOKA小姐目前二十七歲，是名人氣急遽上升的女星。就讀慶旺大學時曾在話劇社團「茶船」擔任總幹事與當家演員，演技力之高是獲得公認的。

能考進慶旺大學本來就已經很有頭腦，但她應該稱得上適得其所的奇才。況且還有近一百七十公分的高個子與出色身材。雖然人氣暴增是最近這陣子的事，

反過來說，從中也能感受到演藝界的嚴酷。

儘管容貌、身材比例、演技力皆備，她卻在去年左右演到叫座的角色才開始走紅。

能夠像這樣掌握運氣，說不定還算早的。畢竟長得漂亮卻無法發跡的大有人在。即使有演技仍演了一輩子配角，在這個業界也是見怪不怪。

（原來小時候的我算是走運的……）

順利拿到叫座的角色，身為小孩又備受呵護。

但是退隱之後，難得的幸運就被我糟蹋掉了。目前我的知名度靠著群青頻道多少有所回升，

但應該還稱不上人氣火紅。

『從人家的立場，會覺得末晴哥哥應該走進演藝界，而不是上大學。還要在業界最前線進一步成長，成為代表日本的大明星。』

雖然真理愛是這麼說，但我非得冷靜正視自己現在的實力，再慎重抉擇出路才行。

畢竟這個業界絕不好待。

「專業人士果然厲害……」

如此嘀咕的是黑羽。

小動物般的圓溜溜眼睛正因為吃驚而睜大。

「小晴，我頂多只有在廣告比賽時讓專業的攝影師拍過，你卻從以前就一直都在這樣的工作環境打拚呢……」

「也是啦。」

廣告比賽時那種規模，與當下的拍攝現場大不相同。

參演人數不同，器材數量也就不同。進一步來說，投注的經費等級並不相同，工作團隊的水準自然也不會相同。

廣告比賽時是由群青同盟的成員主演。攝影師等工作團隊則是總一郎先生幫忙安排的專業人員，但他們都屬於外包人員。

然而這裡是電視劇的最前線。理所當然會有知名影星及偶像。登場角色及工作團隊都很眾多。

高收視率更是讓工作團隊卯足了拚勁。

要從在群青同盟參與過的攝影裡，舉一個與這裡最相近的環境，大概就是跟迷幻蛇合作的新曲MV吧。

不過，拍攝連續劇與MV的氣氛截然不同。

黑羽會吃驚也不奇怪。

「不要緊喔，黑羽學姊。要拍戲的並不是妳。」

真理愛爽快地加入對話。

一身少女服飾的真理愛不愧有演藝圈經歷，即使跟待命中的女星相比，可愛度仍高出一截。

大概是因為她知道今天要到拍戲現場吧。輕柔秀髮光是搖曳就散發甜美香氣，就連手指甲都經過修剪。

那樣的真理愛得意洋洋地豎起食指。

「這裡是只有專業人士才能踏進的領域……沒有錯，換句話說，只有人家與末晴哥哥可以涉足，換言之就是**聖域**！黑羽學姊，這次要請妳靜靜旁觀。能在一旁閒著真好呢～」

黑羽聞言板起臉孔。話聽到一半還好，然而末尾那句「能在一旁閒著真好呢～」的挑釁意味強烈，她似乎無法維持笑容了。

「是啊是啊，妳說得對，小桃學妹。參演的確實只有小晴跟妳，應該也很辛苦吧，所以要加油喔。萬一只有妳拿出三腳貓的演技，**到時候聖域或許就會變得遍地淤泥了呢～**」

「哎呀呀～怎麼可能會有那種事嘛，黑羽學姊～我明白妳對人家與末晴哥哥獨享的聖域感到不甘心，然而用字遣詞還是要慎選比較好喔～品行會遭到懷疑的～」

「感謝妳的忠告，小桃學妹～不過我跟小晴是鄰居，**所以處處都有留下深刻回憶的聖域呢～**想到這一點，妳的言行聽了就令人有點不忍心，感覺像是**垂死掙扎耶～**」

首先，我要先說的是黑羽相當可愛。跟在電視上活躍的真理愛比較也毫不遜色。

不過她在跟人針鋒相對時真的好恐怖，對不起。

「是喔～耶～哦～好大的口氣呢，黑羽學姊……」

「彼此彼此，小桃學妹⋯⋯」

氣氛緊繃。在她們倆背後能看見龍與虎⋯⋯不對，貓與狸相互威嚇的幻影。

好，趁現在逃離現場吧！

在我用一秒鐘拿定主意的瞬間，有道冷冷的聲音從旁打岔。

「——我說，能不能請妳們兩位多顧慮周圍一點？」

有如絹絲的黑長直髮飄逸動人。

是白草。

襯托成熟氣質與長腿的褲裝打扮非常適合她。

那種美讓我不禁看得著迷。

「要是讓拍戲現場的人留下負面印象，妳們打算怎麼辦？」

黑羽和真理愛的氣氛惡化，使得一部分工作人員開始感到擔心。

白草針對這一點發言也是有理有據。

黑羽和真理愛就此噤聲。

「⋯⋯唔⋯⋯」

「人家確實也會顧慮⋯⋯」

白草撥了撥垂肩的黑髮。

「咦，桃坂學妹怎樣都無所謂，我的小末風光復出拍戲，希望妳們別添麻煩。」

「人家怎樣都無所謂，這樣啊……」

「我比較介意的是『我的小末』……」

黑羽和真理愛背後燃起火焰。憤怒之火。

哲彥和玲菜打完招呼回來了。

時機正好。

我找了哲彥講悄悄話。

「喂，哲彥。你好歹是帶隊的吧。幫忙想想辦法。」

哲彥好像稍微看過現場就搞懂狀況了。

「好，趁現在測試新人的實力吧。」

哲彥勾了勾手指，把盯著攝影機的陸叫來。

「什麼事？」

「學長有令。阿陸，制止她們三個。」

「我明白了！」

該說是聽話還是莽撞呢……陸朝我們敬禮以後，就這麼闖進三個人之間。

「三位學姊，請妳們鎮定一點！這裡是──」

三個女生的凶悍目光射向陸。

光是這樣就讓陸全身僵硬。

順帶一提，三個女生當中最高的是白草，一百六十八公分。

陸則是一百八十五公分。比白草高一個頭。

儘管如此，白草只靠眼神就讓陸嚇傻了。

「間島學弟，聽好嘍？對我跟小晴的未來來說，這是很重要的問題喔？懂嗎？」

「那、那個……」

「志田同學？小末要跟我共度將來喔？能不能請妳說話實際一點？」

「或、或許是那樣沒錯……」

不行，雙方不在同一個境界上。

咳——真理愛刻意清了一下嗓子，面露微笑。

「兩位請冷靜。像這樣來到拍戲現場，妳們倆都懂了吧？人家跟妳們的地位不同。現在人家還可以把那些話當成過去的女人在胡言亂語，麻煩妳們安分點。」

「誰是**過去的女人**啊！」

陸像是剛出生的小鹿一樣抖動雙腿回來了。

「……對、對不起……我辦不到……！」

029

「好吧，你努力過了。」

我拍了陸的肩膀加以慰勞。

坦白講，我本來就覺得應該行不通。光是找個臉長得凶悍的男人過去打岔，根本制止不了那三個女生。

哲彥聳了聳肩，然後側眼看向碧。

「小碧，妳可以嗎？」

「甲斐學長，我也是待過運動社團的人，所以知道學長姊的命令絕對要服從。不過那是沒辦法制止的。在家裡即使有妹妹幫忙，要攔住姊姊一個人還是很吃力喔？先不談白草學姊，連那隻愛耍詐的母狸貓都參與其中。我一個人攔不住的。」

「哎，只好把末晴丟到中間，然後隨她們高興嚕。」

「哲彥！你還是只會出餿主意耶！」

那樣根本無視我的人權吧！

陸伸手揪住眉心。

「呃～丸學長。我看這算是萬人迷的義務，只能當成考驗加以承受了。」

「你錯了，陸。這才不是考驗。現在闖進她們之間等於自尋死路。」

碧深深地嘆了口氣。

「黑羽姊姑且不論，能被白草學姊那麼了不起的人告白，你未免太榮幸了吧？拜託你爭氣一點……」

「碧，妳是在勸我跟小白交往嗎？」

碧大概是對這個問題感到意外吧，聞言整張臉瞬間變得通紅。

她把身體轉向旁邊，還在胸前撥弄手指。

「我覺得白草學姊配你很可惜……黑羽姊的心情固然可以理解，但是長年認識的你交到女朋友，總覺得有點不對勁……怪噁心的……哎，反正我不擅長談感情這回事，那種男女關係的問題，應該可以晚一點再說吧……」

臉紅又支支吾吾的模樣，相當惹人憐愛。

不過——

「妳擺出那種反應，還滿讓人為難的耶……」

「就是啊。大家期待的志田才不是這種角色啦。」

「陸，你果然內行。」

「謝謝學長！」

當我跟陸意氣相投時，被人從背後搭了肩膀。

出現在身後的碧握緊拳頭。

031

「去死啦！」

即使升上高中，碧的粗魯性子似乎依舊沒變。

我們被敲了後腦杓，不禁痛得死去活來。

「──有你們在真是熱鬧，不錯呢。」

我摀著後腦杓抬起頭，只見NODOKA小姐近在眼前。

啊，拍攝停下了。工作人員正忙著拿道具到處跑，看來是要換場景。

近距離見到NODOKA小姐，感覺比隔著電視看見的還酷，是個帶有成熟魅力的人。

我連忙端正姿勢，低頭行禮。

「啊，妳好，初次見面。我是丸末晴。感謝妳這次推薦我參演連續劇。」

「別在意。我呢，說到底只要能促成一齣好戲，什麼都可以。」

「好戲是嗎？」

「所謂的好戲，並非單純指故事有趣，或者演技及演出效果精彩，還包括了有眾多觀眾收看，進而帶來許多獲益。」

「原來如此。」

或許是擔任過劇團總幹事的關係吧，我現在才曉得這個人屬於具備藝術家風骨，同時又有頭腦顧及管理的類型。

NODOKA小姐談到的獲益方面，應該是把「群青同盟對於年輕族群的號召力」還有「我首度復出拍戲的話題性」都算進去了吧。

無論是話中內容或者淡然口吻，都讓我覺得像是在跟精明的製作人對話⋯⋯

「你在童星時期的表現值得肯定，但是校慶那次表演也很不錯。」

「謝謝。」

「不過那樣還不夠。」

NODOKA小姐飾演的角色是職場女強人，身穿商務套裝。搭配她兼具嫵媚的單眼皮，字字銳利地刺進我的心。

「⋯⋯這樣啊。」

「不用沮喪。你展現出十足的潛力。只要與我共演，肯定很快就可以更上層樓。我有這種感覺才把你找來的。」

「⋯⋯我會努力回應妳的期待。」

「好的。期待你的表現。」

NODOKA小姐接著走向真理愛。

「真理愛，校慶時謝謝妳嘍。」

「我聽過好幾次謝詞了，請別介意。」

「後來我去了一趟『茶船』，並且重新管教那些學弟妹。能讓他們見識妳和丸小弟，還有虹內小妹的專業意識，實在太好了。你們去過以後，劇團裡的氣氛大有轉變。」

「能夠幫上忙就是萬幸。」

「啊，您辛苦了。」

ＮＯＤＯＫＡ小姐用爽快的語氣毫不留情地指出重點。

雖然有股壓迫感，但是不會讓人覺得有惡意，因此氣氛並不壞。

嚴厲評語也是專業意識之高，還有全力以赴的心態所致。那使我開始期待與這個人共演了。

「噓～」

從背後聽見的互動。

如果只是工作人員單純的問候我不會放在心上，但是之後的「噓～」就讓我感到好奇了。

正當我心想是什麼情形而回頭的瞬間——兩邊肩膀就被人從背後使勁抓住。

「哇！」

「——唔！」

我一面嚇得瞪目，一面仍設法忍住沒叫出聲音。

瞥向身旁，群青同盟的成員也都吃了一驚。只有一臉傻眼的哲彥與NODOKA小姐例外。

「請不要做這種孩子氣的事情。」

「什麼嘛～原本還以為能看到有趣點的反應呢～」

NODOKA小姐開口吐槽，很有男子氣概的蓄鬍中年男子就摸摸下巴笑了出來。

「唉，誰教我跟小丸好久沒見到面。總覺得心情都振奮起來了，才會鬧他一下。」

「所以你就嚇唬人？腦子裡是不是停留在中學時期啊？」

「好凶～！呃，不過小NODO就是這樣才可愛～」

「性騷擾嗎？我跟令郎要取得聯絡是很方便的，剛才那句話可以讓我轉達給他嗎？」

「等一下等一下，別那樣啦～！充那孩子最近可囂張了～開不起玩笑耶～」

「那就麻煩你別說玩笑話，肇先生。」

是的，這個孩子氣又充滿男人味的耍痞男演員——名叫阿部肇。

他是阿部學長的父親……而且曾經跟童星時期的我共演，是一名大牌演員。

即使他與瞬老闆同樣屬於痞子大叔，風格仍截然不同。

瞬老闆光看就曉得是在業界打轉的冷酷生意人，肇先生則是兼具豪邁以及孩子氣又愛開玩笑的大叔。就算一樣痞，還是有陰陽兩極的差異。

「不過真的好久不見耶～小丸，你長大嘍～」

肇先生伸手摸我的頭。

該怎麼說呢……我有體驗過耶……

我、我想到了……好久沒見面還裝熟的親戚大叔就是這樣

「那個，肇先生，我已經讀高中三年級了，讓人摸頭實在……」

「欸，你可是小丸耶！演大河劇時說過『肇先生，我會努力贏過你的！應該說，我會把你的

人氣搶過來，請做好心理準備！』這種囂張的話，還帶著閃亮眼神的那個小男生啊！」

「啊啊啊──……」

我用雙手捂著臉，縮成了一團。

搞什麼嘛，這種感覺就像被人說「我以前幫你換過尿布耶？」一樣羞恥！

話說以前的我會不會太囂張了啊？即使換算成當年的資歷，肇先生也是主演過上百部連續劇

及電影的大人物耶！放話要贏他是怎樣？怎麼贏啊？

「呵呵，囂張的小末，不錯耶……」

白草輕捏下巴放鬆表情。

真理愛則是露出遙望的眼神。

「真令人懷念呢。畢竟當時的末晴哥哥有天不怕地不怕的部分……」

「你怎麼了，小晴～忍不住害羞的模樣好可愛～要不要大姊姊安慰你呢？」

黑羽湊過來在我耳邊細語。還順便戳我的臉頰。

下個瞬間，白草與真理愛迅速從左右把黑羽包夾。

「志田同學，妳居然若無其事地試圖跟小末做肉體接觸，很色耶……」

「趁末晴哥哥消沉時，這就是黑羽學姊惡質的地方呢……」

「欸，妳們兩個怎麼說話的！還有，放～開～我～啦～！」

黑羽被她們從左右架住，然後帶走。

我與陸以及碧都冷眼目送。

「群青頻道播過的爭執，原來在現實裡也會發生呢……有意思。」

NODOKA小姐感慨地唸唸有詞。

我只能露出苦笑。

「最近常常聽人這麼說。」

「誰教她們吵得那麼火花四濺。看起來就像是搞笑短劇，還以為是事先安排的劇本呢。」

「啊哈哈……妳覺得像搞笑短劇嗎……」

被夾在她們中間的我倒是滿常覺得胃痛，還會因為壓力而鬧肚子。

唉，感覺這是我奢侈的煩惱，不過那應該是兩回事！看黑羽她們起衝突是真的很可怕！

肇先生伸手勾住我的肩膀。

「所以說，小丸，誰是你的真命天女啊？我個人覺得跟黑羽結婚，找白草當情婦，再跟真理愛搞外遇比較好耶？」

「我只看得見宛如地獄的未來喔！」

哈哈哈──肇先生豪邁地笑了。

他就是這樣。

肇先生為人好歸好，卻也是個愛開玩笑而讓我傷腦筋的人。

＊

連續劇《永遠的季節》是從帥哥雲集的知名經紀公司「傑納斯」請來男星伊吹先生，與ＮＯＤＯＫＡ小姐合演以辦公室戀情為主軸的戀愛劇。

目前，拍戲地點從大樓的一樓換到位於二十樓的辦公室。時間已過晚上七點，從窗戶看得見夜景。

目前的場景是設定成公司的人下班回家。因此辦公室的照明有一半已經熄滅。

有別於日常生活的景象讓人心跳加速，我們群青同盟的成員則是待在遠處圍觀劇組準備重啟攝影。

「我跟夢想，妳選哪一邊！」

解開領帶的伊吹先生朝NODOKA小姐逼問。他們倆瞞著大家交往，但是公司都沒有其他

人，不由得放下戒心，甚至演變成口角。

視野邊緣可以看見導演用來檢視畫面的螢幕。

不愧是傑納斯藝人。就算特寫鏡頭也帥氣不減。有別於帥氣度令人存疑的哲彥，伊吹先生展

現了正牌偶像才有的架勢。

「只能選一邊，不是很奇怪嗎？無論是感情或夢想，我都不打算放棄。」

真是好表情，NODOKA小姐。切實地表現內心為感情所動，卻又不願放棄夢想的堅強女

性。

「怎麼啦怎麼啦～還以為都下班回家了，你們這對小情侶在吵架啊～？」

肇先生登場。

肇先生飾演他們倆的上司，在戲裡屬於會戲弄人也會談心的主要配角。對於為夢想與感情煩

惱的兩人來說，他具有添增喜感的重要定位。

剛才也只用了一句話就舒緩現場的緊張。足以轉換氣氛的存在感與個性──這就是肇先生被

稱作頂尖演員的部分吧。

目前拍的是第十集。離最終回還有兩集。

我們預定會出現在倒數第二集的結尾，還有最後一集。

今天沒有我的戲分。久違復出拍戲，應該有必要把感覺找回來，於是製作人出於體貼邀請群青同盟到現場觀摩。

「戀愛是一時的感情，夢想則是永遠的。年輕時的我也有這種體悟。不過呢，等到你們像我這樣上了年紀就會曉得。追逐夢想也不是永遠的。無論體力或氣力……還有熱情都不會永遠維持下去。」

肇先生的台詞打動了我。

沒錯，沒有東西是永恆的。

戀愛和夢想都一樣。

令人感激的是，我被黑羽和白草……兩個簡直讓我配不上的迷人女生告白了。而且她們都無比吸引我，還在等待我的答覆。

但是這種方便的時間不可能長久。

現在的我應該毫無誠意可言吧。假如我希望保有誠意，就必須立刻決定要跟誰交往，並且向另一方斷然表示自己不會跟她交往。我沒那麼做卻還能勉強被接受，這全拜黑羽跟白草容許現狀所賜。

「小晴，怎麼樣？看過現場以後，你有沒有什麼感受？」

夢想也是一樣。

我希望回來當演員？

或許我只是忘不掉過去的榮耀，還想寄託在上面而已。

那樣的話，等於我只是想被人追捧。如果我懷著那種半吊子的心態，或許會沒辦法承受復出

演戲後面臨的種種苦難。

於是認真念書上大學就好多了。畢竟當演員闖不出名堂，應該不利於求職。

「小末，當時的你緊張嗎？我光是用看的就覺得緊張了……」

既然讀大學是為了利於求職，難道我只求輕鬆混口飯吃嗎？

唔嗯～感覺不太對。錢與輕鬆固然要緊，但是我別從逃避的角度思考應該比較好。

演員有演員的苦，上班族也有上班族的累才對。

不然我該選擇喜悅比較大的那一邊嗎？

即使那樣，演員與上班族還是難分優劣。當演員固然有獨特的喜悅，但是各行各業都有自己

特有的喜悅吧。

「呃，小晴……？」

跟旁人一樣讀大學，跟旁人一樣體驗青春，跟旁人一樣工作。實際上，連那些感覺理所當然

的事要實現都不容易。

跟大多數人追求類似的喜悅，對抗類似的苦，這樣絕對是不錯的。何止不錯，甚至感覺十分幸福。

只是即使說跟別人「一樣」，仍然有地方要留意。那就是個性。

好比人各有所好，擅長的事物也會跟著不同。抉擇出路要是無視那一點，就會讓自己吃苦頭吧。

我似乎擅長當演員，但稱得上真材實料嗎？有沒有可能是我自以為是？值得我拚上人生嗎？

我不明白。

儘管不明白……我卻知道，自己目前正站在分歧處。

「小末……？」

令人感激的是，我得到判斷立足點的機會。

我已經高中三年級了。有許多同學早就見過世面，想成為體育選手或廚師之類的人都決定好人生方向了。

高中三年級的春天。決定出路的好時期。

透過真理愛獲得演連續劇的機會，希望能藉這個經驗決定出路，免得浪費。

「末晴哥哥，剛才……你有沒有看見？」

真理愛的聲音驀地傳進耳裡，我點了點頭。

「嗯，肇先生恐怕是即興演出。伊吹先生的反應有點怪。」

「但是導演沒喊卡還繼續拍——」

「肇先生的即興演出太精彩了，所以應該會保留吧。」

「也對。」

真理愛附和，而我也點頭給予回應。

剛才的即興演出堪稱藝術。

主要班底當中演技最差的是伊吹先生，肇先生卻能一面幫忙掩飾，一面不著痕跡地替戲裡添增笑點。簡直是表演巨匠。

「那、那個，小末……？是、是我不小心做錯什麼事……讓你變得不想理我了嗎……？」

「可知同學，小晴打從以前只要太過專注就會變成這樣。雖然最近都沒看過。」

「志田同學，能不能請妳別若無其事地用『打從以前』這種字眼抬舉自己？」

「我沒有那種意思。畢竟現在跟妳吵架也沒意義。我同樣處在遭小晴無視的立場耶？」

「……的確。可是他聽得見桃坂學妹的聲音，這又要怎麼解釋？」

「感覺小晴對於這次參演就是那麼認真。他的腦袋裡裝不進演技以外的事情，甚至也沒看在眼裡吧？」

「咦，可以理解。畢竟我也是小說家。志田同學，我想妳倒是沒辦法理解這種概念。」

「可知同學？妳先叫人別自我抬舉，自己卻照做不誤嗎？」

「抱歉，我確實多嘴了。不過……」

「不過？」

「說來有點不甘心。我可以理解到小末看不見身邊的部分。但是想更進一步……要跟他共享煩惱及喜悅就辦不到了。」

「是啊。可知同學，光就這一點，我和妳絕對敵不過小桃學妹。」

「……所以說，妳該不會想跟我聯手吧？」

「我們都已經向小晴告白了。與其互扯後腿，我倒覺得替自己爭取分數比較有建設性喔？」

「同感。」

黑羽跟白草似乎在後面聊得正熱絡，不過對話內容沒有傳進我的耳裡。

場景氣派。照明灼亮。

專業人士齊聚，表演舉手投足都被人盯著的緊張感。

正因為湊齊這樣的壓力與人才，小雛才會在短時間內成為超一流。

我不可能效法那個天才少女。

但是一直輸不合我的性子。

以前的我起碼能搆到頂尖的邊才對。

趕快想起來。

而且要超越當時的自己。

小雛還在持續成長。

這點事情都辦不到的話，根本無法與之相比。

好不容易獲得了機會。

為了盡可能讓自己進步，我要吸收現場的演技。

*

「感謝您今天邀請我們。」

「下週拍戲，期待你的表現喔，小丸。」

「我會努力回應您的期待。」

時間已經過了晚上九點。

我們向導演問候完畢，準備離開拍戲現場。

「末晴，我跟玲菜有事情要留下來，你們先走。」

明顯有鬼的舉動讓我瞇細眼睛。

「哲彥……你這次又在打什麼壞主意？」

「你之後就會曉得。」

看來哲彥依舊不肯鬆口。

我們索性放棄追究，只留下哲彥與玲菜就離開現場。

在前往最近的車站途中，陸說道：

「啊，大家要不要去吃個拉麵？附近有我推薦的店喔！」

今天是週六。雖然老爸回到家了，但他一開始便交代我自己先吃。

與其一邊聽老爸嘮叨一邊吃飯，當然是跟群青同盟的大家一起吃比較開心。所以陸的提議相當吸引我。

不過——

「小桃，妳接下來有空嗎？」

「嗯，沒問題啊？」

「要不要來我家？」

周圍頓時鼓譟起來。

反應最大的是碧。她變得滿臉通紅。

真理愛深深地點頭，一臉得意地說：

「妳突然扯到哪裡去了啊！」

「——這表示末晴哥哥要向公公介紹人家嘍。」

我原本已經開始認真，但卻實在無法忽略真理愛的發言。

「畢竟明天是週日⋯⋯夜也深了⋯⋯人家以為末晴哥哥已經下定決心要以結婚為前提跟我交往。」

「並沒有並沒有！」

「對啊對啊！惡毒的母狸貓要自重！」

碧莫名與我一鼻孔出氣。

「之後再來教訓小碧好了⋯⋯末晴哥哥，你是想帶著觀摩後的熱情跟人家練習對戲嗎？」

真理愛態度切換的快有時會讓我吃驚。

我知道她剛才是在開玩笑，不過從瞬間改變的眼神，可以感受到她生來就有演戲天賦。

「既然曉得，拜託從一開始就那樣回話。雖然只有一兩個小時，我還是想盡量多練習。」

「那要不要到人家的住處練習？家裡有足夠的空間，也有買好的食物。」

我老爸在家，不想被他看見練習的模樣。而且老爸八成會念東念西……

「好像也對。可以的話就太好了。」

「哪裡哪裡，沒問題的。」

「小桃學妹，讓我問一句好嗎？」

黑羽加入話題。

「有什麼事嗎？」

「今天，繪里小姐在嗎？」

「我想姊姊應該在家裡放鬆啊？」

「……妳想，是嗎？」

「感覺很可疑呢。」

「表示她有可能外出嘍？」

黑羽和白草用眼神對話。

「我姊姊也是不折不扣的成年女性嘛。就算出去逛街或喝酒，也沒什麼奇怪的吧？」

「哎，話是那麼說沒錯……」

「桃坂學妹，可不可以讓我也去打擾呢？難得有機會，我想看你們倆練習。」

照這個套路看來，黑羽也會在真理愛態度曖昧地閃躲時參一腳⋯⋯搞不好連碧還有陸都會加

進來鬧得一團糟⋯⋯原本就不多的練習時間就會變得更短⋯⋯

我雖然這麼想，真理愛的反應卻跟預料中不同。

「請便。誰想要來都歡迎。」

「唔！」

黑羽和白草都感到很驚訝。

「小碧和陸學弟當然也可以來喔。人那麼多的話，先買好的食物難免不夠，看是要在路上添購，還是乾脆叫外送的披薩吧？」

「是的。」

「可以嗎！桃坂學姊，聽說妳住超高層公寓對不對？」

「唔喔～我之前就有點憧憬，會想去看看耶～！」

「頂多比其他地方方便，景觀還不錯而已。」

「能隨口說出這種話就很猛了！」

「要炫耀住處，人家也比不過白草學姊。」

「我、我也可以去嗎⋯⋯？」

碧戰戰兢兢地發問。

「人家為什麼要單單排擠妳呢？」

「誰教我每次對妳的口氣都不好……」

「介意那種事好奇怪喔。即使聽妳無理取鬧，人家也只覺得像被可愛的狗狗吠了幾聲，因此不用放在心上啊。」

「可是妳那種說法聽了就讓人火大！」

擅長玩弄權術的真理愛與直腸子的碧容易讓人覺得合不來，但稍微保持距離觀察的話，真理愛看起來還滿疼愛碧的耶。

或許因為真理愛是么女，疼愛晚輩的方式顯得笨拙，不過她講話的模樣似乎相當開心。

碧屬於被捉弄的那一邊，應該會覺得排斥。然而她若是真的反感的話，理應連話都不會跟對方講。

她們兩個吵歸吵，關係應該不算壞。

「不好意思，陸。換成平時我也想吃拉麵，但今天我想趁著觀摩還有印象時先演練一下。」

「不用在意啦。我隨時可以帶學長去。」

陸使勁對我豎起拇指。

嗯，他這種乾脆的調調果然讓人無法討厭。

「不過哲彥那傢伙還是老樣子，天曉得他在搞什麼……」

「會不會跟伯伯有關係呢？」

「伯伯？」

聽白草提到「伯伯」，該不會只有我想歪吧？

話說我會想到白草在外面認乾爹伴遊的畫面……那跟黑色長髮的清純形象落差太大……再說個性強悍又排斥那種事的白草絕不會走偏才對……或許正是因為這樣，妄想起來才更帶勁──

『怎麼這樣……！伯伯……你竟然要我做這種色色的事……！不檢點……！唔，但是我竟然拒絕不了……！』

「…………可以耶。」

「……嗯，感覺不錯。」

「我滿會想像的嘛。一百分。」

「小晴，你是不是在胡思亂想？」

被黑羽投以白眼，我這才回過神來。

「呃，我可沒有在想什麼虧心事喔？」

「我也沒有提到任何一句話有關虧心事的啊？」

051

「⋯⋯⋯⋯⋯」

「⋯⋯⋯⋯⋯」

「⋯⋯對不起。」

「老實是好事，所以大姊姊原諒你。」

我被摸頭了。

白草咳了一聲。

「我說的伯伯是指阿部肇先生。我爸爸從以前跟他就是好朋友。」

「啊～差點忘了！」

我原本就是透過那層關係，才會在童星時期去總一郎先生家跟白草見面。

「再說甲斐同學跟充學長好像從以前就有所聯繫⋯⋯會不會是因為那層關係，他也想跟伯伯

好好問候呢？」

阿部學長跟肇先生是父子嘛⋯⋯

正統派帥哥的阿部學長，跟五官深邃還帥得有點痞子味的肇先生類型差太多，乍看之下不會

覺得他們是父子。記得肇先生的太太原本在銀座當媽媽桑，或許阿部學長比較像母親。

「那傢伙大概想搞什麼鬼吧。」

說來說去，我自認跟他交情還算親密，可是那傢伙絕對不會說出真心話。

但我覺得快到非問清楚不可的時候了。

＊

阿部肇拍完戲準備踏上歸途時，發現有一名少年與一名少女正在等他。

「晚安，阿部肇先生。我是——」

肇看見少年的臉，沒把話聽到最後就說：

「我認得你，甲斐哲彥。因為我有看群青頻道啊。」

「那真是榮幸。大明星阿部先生居然認識我。」

「好了，不用跟我客套那些。」

肇輕輕揮手。

「除了群青頻道，我也聽總一郎和充提過你。你的本事好像厲害得不像高中生呢。」

哲彥笑了笑。

當中並無迎合之意。有的是幾乎要吞沒對方的野心與復仇情感。

「能獲得肯定真令人感激。」

「會在這種地方找我講話，應該有什麼理由嘍？附近有座公園。到那裡的長椅坐下來說吧。」

那女孩也不喜歡一直站著吧？

「感謝您的體恤。」

「不不不，我已經是大叔了，所以單純討厭久站而已。別在意別在意。」

玲菜露出微笑。

肇一邊對她的笑容感到幾分眼熟，一邊帶著大家來到公園的長椅。

「所以呢，有什麼事？」

「首先我要介紹一個人。」

哲彥打了電話，公園外面走來另一名中年男子。

「初次見面，阿部肇先生。我叫甲斐清彥，是哲彥的舅舅。」

「這位是令堂的哥哥吧？妮娜女士應該只生了瞬老弟一個孩子。」

「幸好您了解狀況。」

清彥恭敬地低頭行禮。

雖然感受到從事夜生活相關工作的氣息，但他的態度很紳士，語氣也沉穩。

肇認為他是可以談話的對象。

「呼嗯，我明白這位是你舅舅了，不過跟我有什麼關係呢？」

哲彥翻開了筆記本。

「肇先生，您原本是從赫迪經紀公司出道……獨立創業後，如今仍與赫迪經紀公司互持股份，還握有近三％的股權對吧？」

「……唔！」

「不過，那個臭老闆跟阿波羅藝能經紀公司聯手，用形同倒戈的方式奪權之後，聽說您跟他變得勢如水火，我有說錯嗎？」

肇在腦袋裡將所有情報逐漸串到一起。

搭配從總一郎那裡聽聞的內情，自然就推敲出解答了。

「原來如此，你是為了舅舅——」

「那您就錯了。」

哲彥斷然否認。

「這一切都是由我起的頭……『舅舅是我的助手』。」

「難道你獨力就……？」

「至今以來，我一點一點地累積實際的成績。讓末晴復出，成立群青頻道，拉攏可知與真理愛入夥……我自認逐步展現做大事的手腕。但只靠我這樣的小伙子，難免缺乏信用吧？」

肇看了哲彥的眼色，背脊隨之發冷。

那不是尋常高中生能顯露的眼神。

「青梅竹馬絕對不會輸的戀愛喜劇」

怒火與憤慨……經過長時間熟成，變成了執著，搭以天生的才能醞釀出超乎常人的氣質。

能在牛鬼蛇神橫行的演藝界出人頭地的人就有這種氣質。

「為什麼你會像這樣……」

「肇先生，靠著『Child King』打通關係後，我跟日本聯通數位電視也有來往，還請舅舅一起去交涉，取得了對方同意協助的書面承諾。妮娜奶奶身為頭號股東，當然也已經有所表示……請看這個。」

肇打開哲彥遞來的紙張。

於是從上頭所寫的文字，他便明白一切。

「不簡單……你已經安排得這麼齊全了啊……」

「接著只剩您了。請問意下如何？也可以先找總一郎先生商量喔？畢竟總一郎先生在滿早的階段就顧意站到我這邊了。」

「……我十分明白這是有勝算的。不過，還不足以打動我。」

哲彥板起面孔。

「光從剛才的對話，我自認已經了解你有多麼優秀。不過社會是很嚴格的喔？別看瞬老弟那樣，他在阿波蘿藝能經紀公司培育了眾多人才，當下也拉拔出雛菊那種巨星，並加以栽培。瞬老弟在業界受到的肯定，恐怕超乎你所想像。最起碼他得到的評價應該遙勝於你。」

「您說得是。」

「何況你判斷我跟瞬老弟勢如水火，不過那是容易讓外界誤解的謠言，嚴格來講與事實略有出入。」

「有什麼出入呢？」

「我和妮娜女士、瞬老弟雙方都認識，只是我對妮娜女士更加感恩，所以希望尊重她而已。

瞬老弟跟我關係並不壞。」

「⋯⋯⋯⋯」

「妮娜女士在經紀公司改朝換代之際，並沒有找我商量，也沒有將事情鬧大。既然她會寫委託書給你，大概是多少懷有不滿吧。但這就表示她覺得藉由這個機會交棒給新生代也無妨。我有說錯嗎？」

「這⋯⋯」

「假如妮娜女士直接打電話過來，我倒是會立刻站在你這邊。不過從性格上來想應該不會這麼做吧。讓兒子與孫子相爭，再把公司交給更有實力的那方——她是偏好這種做法的人。」

「厲害。在演藝界生存了幾十年的人果然不好惹。」

話是這麼說，哲彥仍然露出自信的笑容。

這孩子的境界果然並非常人——肇不得不這麼認為。

「即使你相當優秀，而且目前占有優勢，局勢依然說變就變。只要風向一變，原本站在你這邊的人或許會立刻變卦。很抱歉，關於你談到的想法，在我聽起來只像高中生的天方夜譚。」

「應該吧。」

哲彥不予否定，還戲謔似的聳肩。

他先是像這樣展現餘裕，再把目光轉向一旁。

「不好意思，話說我忘了介紹另一個人。她是淺黃玲菜。我的學妹。」

玲菜點頭行禮。

相較於有氣勢及精明感的哲彥、清彥兩人，感覺她是個平凡的少女。看到她的畏縮與害臊，肇的心境變得像是在面對少女粉絲。

哲彥用尖銳的語氣問道：

「您對淺黃這個姓氏有印象嗎……？肇先生，您似乎跟玲菜的母親一起參加過幾次酒會，還彼此交談過。」

「淺黃……淺黃……」

並不算多見的姓氏。

所以肇也覺得有些掛念。

玲菜嘀咕了一句。

「我媽媽的本名是淺黃美奈。藝名則是淺黃南。」

「啊，小南！」

沒錯，這個名叫玲菜的少女，與當過一陣子偶像的淺黃南神似。

名叫淺黃南的少女臉孔端正，但據說她來自鄉下，土氣之處並沒有洗盡。體型與其說是苗條更像是消瘦。

或許她缺乏身為偶像的豔麗，卻是個十分體貼溫柔的少女，那股鄉村氣息與清純感會讓人想起「學校裡私底下最受歡迎的女生」，過去隸屬於阿波羅藝能經紀公司。

眼前這個叫淺黃玲菜的少女，給人的印象則與她正好相反。雖然玲菜現在很安靜，從馬尾與尖尖的犬牙卻能感受到活力，而且洗鍊的身材似乎可以當寫真偶像。

因此肇之前才會沒有發現──聽對方一說，越看越覺得她們臉孔相像。

「能跟肇先生講話，媽媽一直覺得很自豪。我到現在仍然記憶深刻，每當看見您上電視，媽媽就會炫耀一番，感覺連自己都跟著驕傲起來了。所以今天能見到您，可以說是我的榮幸，真的很開心。」

「啊……我懂了……原來是這麼回事……」

只存在於演藝界而未外傳的流言。

赫迪經紀公司的繼承人赫迪‧瞬，與自己經手的偶像淺黃南驚傳外遇。

那應該是在近二十年前一度出現，然後轉眼間便消失的流言。

然而此刻在肇的眼前，出現了赫迪‧瞬「與前妻所生的兒子還有他的舅舅」。

甚至連「外遇對象的女兒」都牽涉在內──

肇感覺到來自身體深處的顫抖。

「我構思了有效的一招，不會因為風向改變就輕易挫敗。為了讓社會認同我採取的行動有正當性，這是我提出的方案。」

哲彥將「有效的一招」侃侃道來。

肇只是默默地聽哲彥說明。

於是在聽完的時候，肇冒出了一個念頭。

（之前聽充將他評為「手腕高明的有趣學弟」，沒想到竟如此厲害──）

小丸在演戲方面有特殊才能，但這個少年也懷有另一種非凡的才能。

一旦定下目標就會構思達成的途徑，就算踐踏常識也會一路前進，並將其實現的才能。

他大概不適合當演員，但應該適合從事經營。

群青同盟採用了高中社團的形式，卻能博取如此的知名度，令人不得不認為是拜他所賜。

「肇先生，所以我想找您談關於今後的具體作為。」

不知道這個少年會爬得多高。假如他直接跟小丸聯手，遲早會有足以改革演藝界的力量吧。

總覺得既痛快，又有點好笑。

「有什麼地方讓您覺得可笑嗎？」

連些許笑意都不放過的哲彥問道。

肇調整了心態。

「不，沒什麼。說來聽聽吧。」

年輕的新芽正在茁壯。守候其成長也不壞。

總一郎的心境肯定也一樣吧……？

肇想像了好友的心境，用不著多問，他也覺得自己已經有了正確答案。

第二章 決斷

*

聽得見菜刀有節奏地切東西的聲音。

鼻子聞到讓人有些懷念的味噌香。

（奇怪，這是什麼地方……？）

睡在自己房間不可能會聽見菜刀聲。何況老爸根本不煮味噌湯。

「黑羽學姊！妳為什麼會拿著薑汁汽水！」

「醬油就是要配可樂，味噌要配薑汁汽水，這樣才對味吧？」

「……志田同學，拜託，妳能不能煮自己的分就好？」

「還有放那些材料時，麻煩在我們看不見的地方動手。因為會對食慾造成負面影響。」

「妳們都好過分！」

聽不清內容，但是遠方傳來了說話聲。

我的背脊莫名發冷，微微睜開眼睛，就看見挑高的天花板與亮麗燈具。

（啊，對喔……）

昨天我跟真理愛練習演技，大家都聊得興高采烈，時間晚了以後，我們決定在她家過夜。

撐起上半身，蓋在胸前的毛毯便滑了下來。

「嗯……？」

在我旁邊扭來扭去的是繪里小姐。

問題是——她只穿著內衣。

「…………」

不愧是成熟女性。黑色款式，至於是什麼就不說破了。

在我向神感謝走運的瞬間，有道聲音傳進耳裡。

「是不是該去叫小末起床了？」

「嗯。畢竟小晴昨天不太順利，還煩惱到很晚。」

「白飯還沒煮好，我覺得晚點再去也可以。」

「也對。」

心臟狂跳。

我深吸了一口氣。

（要冷靜。目前的狀況，對我來說相當不妙……）

桌上滿是啤酒空罐。

對了，繪里小姐陪著我們練習。當然她是一邊喝酒一邊陪我們練——練完以後，大家開始閒聊，繪里小姐的空罐也逐步增加——最後變成怎樣我就不記得了。

……來整理狀況吧。

這裡是真理愛的家。客廳、餐廳、廚房空間寬敞，黑羽、白草、真理愛三個人似乎都在廚房。幸好我只聽得到聲音，有沙發擋著讓彼此看不見。

腳邊看得見睡著的陸跟碧。尤其碧就在我腳附近，亂動的話恐怕會吵醒她。要是她發現目前的狀況，可以想見事情會變得非常麻煩，我要謹慎行事。

……好，我鎮定下來了。

那就多瞄幾眼繪里小姐已經睜開了眼睛。

「你看見了吧？」

「……盯～」

這時我發現繪里小姐穿內衣的模樣，直到事跡敗露吧——

繪里小姐是真理愛的姊姊，長相自然十分俏麗。然而她具備真理愛所欠缺的性感與奔放，有別於蘿莉姊姊姊屬性的黑羽，自然散發大人的魅力。

似乎是出於大人的餘裕，她明明內衣被看見卻沒有生氣。反而露出像是樂得戲弄我的笑容。

「……我不知道妳指的是什麼耶？」

我稍作思索，然後正色回話。

沒錯……這是一場意外。

醒來就發現繪里小姐只穿著內衣。絕不是我鑽到她床上。難道我有做壞事嗎？應該沒有吧。

既然如此，我大可保持光明磊落——就是這麼回事。

「你確認過狀況以後，還把目光放到我的胸部吧？」

「——對不起。」

不行，我辯不贏繪里小姐。應該及早道歉的。

我一秒就認輸了。

「啊哈哈，你又不用道歉。畢竟我想起來啦，是我主動鑽到你旁邊的。」

「對、對嘛。我原本就覺得自己不可能主動這麼做。」

這下至少讓我鬆了一口氣。

「喝醉了使我忍不住想從別人身上尋求溫暖啊～再說，昨天還被你那麼熱情地求愛。」

「……嗯？」

求愛……？

「你想嘛，就是『我從小就一直喜歡妳了』還有『我一直沒辦法忘記妳……』那些。」

「啊，是的，我說過那些話⋯⋯不過那是在練習演技。」

我在劇中的角色，是突然出現在NODOKA小姐面前的高中生。

以前是NODOKA小姐的鄰居，還說過「長大後要跟大姊姊結婚」這種話，而且過了好幾年仍忘不掉愛慕之意。於是等十八歲成年後，我就此出現在NODOKA小姐面前。

所以基於「向年長者求愛」的角色特質，我們請繪里小姐當練習對象。與其找黑羽或白草，還是面對年長女性比較容易浮現形象。

「該說我的心也動搖了，還是說年紀小的對象其實也不錯呢⋯⋯」

繪里小姐臉紅扭著身子。

不愧是真理愛的姊姊，天生就有女演員氣質。

「呃，可是我昨天被妳挑了一大堆毛病耶。」

我冷靜地吐槽。

繪里小姐說過的話重新出現在我腦中。

『末晴小弟，你自以為那樣算求愛？』

『要表現得更可愛一點。』

『唔嗯～專情感是有，可是還缺一點能打動人的什麼耶。』

……昨天晚上，我像這樣被喊卡過好幾次。

肯定是她一直就近看著真理愛表演，眼光刁得不像個外行人吧。

因此難免會發現繪里小姐的舉動是在捉弄人。

「咦～有嗎～？」

「請不要蠱惑純情高中生的心。」

「就是說啊～末晴小弟，你好純情～即使被黑羽跟白草告白，你也沒有腳踏兩條船呢～」

「以做人的道理而言，那是當然的……」

繪里小姐笑了笑，然後伸手摸我的頭髮，還把額頭緩緩地湊過來。

「──但是你最後會選真理愛吧？」

她的眼裡並沒有笑意。

不不不，這樣好恐怖！殺氣跑出來啦，繪里小姐！

妳到底有多寵真理愛啊！

第一次被美女貼得這麼近，心裡卻一點也不高興！

（這下子……只好祭出最後的手段……！）

我伸展身體，用腳尖戳了戳碧的頭。

「好痛！」

碧一邊搔頭，一邊盤腿坐起來。

她的每個舉動依舊粗魯又像男人。

不過碧跟繪里小姐借的睡衣尺寸偏小，熱愛此道的人看著就會覺得煽情。

「誰踹我的頭……啊！」

碧睜大眼睛。

在她的視線前方，是用額頭互碰的我跟繪里小姐。

「呼嗯～末晴小弟，你不肯回答問題，就用這種手段啊～大姊姊好失望～」

「因為我覺得現在輕率回答不能算是誠懇。」

我不知道誠懇這個詞彙涵蓋的範圍有多廣。

但我已經告訴黑羽和白草，自己會深思熟慮再做出結論。因此我現在不可以被繪里小姐的美

色牽著鼻子走，隨便給出承諾。

「你們在親熱個什麼勁啊！」

碧站起身來，陸則一邊嘀咕「啥～？」一邊醒來。

碧的音量很大，似乎連廚房那邊都察覺我們睡醒了。

「怎樣怎樣？」

「發生什麼事了嗎？」

「呃～我只是在教導末晴小弟何謂大人的魅力～」

繪里小姐把我的頭壓到自己胸前。

當然了，她身上只穿著內衣。無須多說，棒透了。

（這代表──她在賄賂我。）

我精確地理解繪里小姐的大膽舉動有什麼含意。

要是我對真理愛提到繪里小姐剛才威脅我，自立自強的真理愛應該會生氣。

正因如此。

繪里小姐給我這種福利，肯定是對真理愛的封口費。

（唔，繪里小姐真是會動壞腦筋的女人……）

感激不盡！我當然會保密的，請放心！

「欸，末晴！你少在那裡色瞇瞇的！」

「哎呀呀，該不會連小碧都愛上末晴了吧？」

我被碧踹了。

不是啦，這樣還要我不起色心，未免強人所難。

「咦！」

碧發出錯愕的聲音。

我說啊，冷不防聽到那種話會嚇到是可以理解，好歹別慌嘛。繪里小姐就是要妳那種反應。

「這樣的話，會不會跟黑羽演變成姊妹內鬥呢……好熱血喔！還是可以看見妳跟白草之間的學姊妹關係瓦解，彼此激烈爭鬥呢……那樣也超令人興奮的耶！」

「——姊姊。」

冷淡的聲音。是來自真理愛的。

「妳昨天的醉意還沒有消退嗎？就算已經解酒也無所謂就是了。」

……她完全生氣了。

繪里小姐應該也發現自己做得太過火了。

她連忙放開我並揮了揮雙手。

「真理愛，我開玩笑的！妳懂吧？」

「當然懂啊，姊姊。」

「真理愛……」

「——可是我不會原諒妳。」

繪里小姐被真理愛用毛毯包得像蓑衣蟲，然後拖出房間。

接著從廚房傳來聲音。

「哎，這次就交給小桃學妹好了。要緊的是飯菜由我來做——」

「志田同學，我說過了！放下妳手中的薑汁汽水！」

白草似乎身處危急局面。

我拍了拍臉頰讓自己清醒，然後走向廚房幫忙。

*

春意盎然的週日。

天氣溫暖得讓人想去公園放鬆——可以的話就好了，但是拍戲的日子近在下週。

由於有真理愛這個最佳的練習搭檔陪伴，我延續昨晚的進度繼續對戲。

我又拿起看過好幾次的劇本，重新閱讀充實印象。

我的角色是愛上NODOKA小姐的男高中生。

戲裡的NODOKA小姐於倒數第二集決定要離職逐夢。有個高中生突然出現在NODOKA小姐面前——那就是我。

以往我是當過NODOKA小姐鄰居的小弟弟，而且從當時就專情地把她視為「嚮往的大姊姊」愛慕至今。

『──長大以後，我要跟大姊姊結婚！』

『好好好，等你變得有擔當嘍。』

小時候說好的，在現實中幾乎不可能實現的約定。

我卻牢記在心裡。

於是十八歲後，成年的我出現在ＮＯＤＯＫＡ小姐的面前。

某方面來說，我是「方便的小男生」。

我會聲援ＮＯＤＯＫＡ小姐逐夢，還說會永遠等她。所以對夾在感情與夢想之間而苦惱的Ｎ

ＯＤＯＫＡ小姐來說，我跟逼她做出最後選擇的主角是情敵。

附帶一提，真理愛是在最後一集登場。她演的是對我傾心的女同學，在戲裡敵視ＮＯＤＯＫ

Ａ小姐並且針鋒相對。

ＮＯＤＯＫＡ小姐之所以會推薦我們參演，期待的應該不只是演技，與其讓高中畢業的人演

高中生，由在學的高中生演起來會更加貼切吧。

「『我從小就一直喜歡妳了。』」

將昨晚嬉鬧的殘局收拾乾淨的真理愛家客廳。

搬開桌子，在挪出空間的客廳中央，我朝白草說著台詞。

形象最接近NODOKA小姐的是繪里小姐，不過她去打工了，因此由白草遞補。

「『我一直沒辦法忘記妳……』」

我滿懷心意告白著。

雖然是台詞，仍要表現出自己是認真的。

按下腦中的開關，燃起心火。

「『我一直都想著妳……』」

帶著熱情，意識到長年以來的心意。

用交雜焦急、亢奮與不安的眼神含情脈脈地仰望對方。

「『拜託妳。請跟我交往。為此……我什麼都願意做。』」

於是白草臉紅地用雙手捂住胸口。

「我也一直沒辦法忘記你，小末……我願意接受你的告白。」

「卡卡卡！」

黑羽以驚人的速度打斷我們。

「等一下，可知同學！看劇本！」

「………………」

「………………」

白草瞥了右手拿著的劇本一眼，然後甩到旁邊。

「台詞我都記得，沒問題。」

「妳根本就不記得！」

「別小看小說家好嗎？這叫做即興演出。」

「剛才妳還叫他小末耶！」

「那是幻聽。對妳而言無法接受的現實擺在眼前，腦部才會不由得出錯。」

「故意把現實與戲搞混的是妳吧，可知同學！」

「感覺有個女人好吵……小末，更重要的是天氣不錯，接下來我們要不要去第一次約會？」

「別把話題強硬接在一起！」

她們倆大呼小叫地吵個不停，看不出平息的跡象。然而我要是制止也只會造成僵局。

這時候……再期待一次新戰力看看吧。

「陸，麻煩你制止她們！」

「既然是學長拜託的……我明白了！」

陸挽起襯衫的衣袖，還露出粗壯的上臂二頭肌展開突擊。

「兩位學姊，請妳們配合練習——」

「——礙事！」

「——閃一邊去！」

「咕啊！」

「陸！」

糟糕，才一招就被逼退了！

既然如此，才好換另一個新戰力上場！

「碧！」

如此呼喚的我望向旁邊，就發現碧抱著頭。

「嗚嗚，白草學姊的形象……」

啊～畢竟妳相當尊敬小白的嘛。

今天白草似乎因為哲彥與玲菜不在，比平時還來得積極……

剛才她說「你的告白，我願意接受」也讓我覺得要是只有我們兩個就慘了。即使有黑羽過來

搗亂氣氛，我仍然有種心被揪住的感覺。即使知道那是在回應演技，我的心跳依舊止不住。

「照順序！照順序輪流！接著換我！」

「人家已經開始嫌麻煩了，所以就那樣吧。白草學姊，請妳讓一讓。」

真理愛開始感到無奈。

雖然白草剛才的告白讓人心動，想好好練習的我還是對真理愛的意見表示贊同。

就這樣，NODOKA小姐的角色換成黑羽來演。

真理愛說道：

「我們回歸初衷，從第十一話的四十頁開頭重新演起怎麼樣？」

「也好。」

我翻了劇本的頁數，簡單瀏覽一下台詞。

不過邊看邊演會妨礙到表演。

因此我立刻捲起劇本塞進牛仔褲後面的口袋。

「黑羽學姊，沒問題嗎？」

「嗯，我明白。」

黑羽做起深呼吸。可以看出她每次呼吸，便逐漸融入角色。

NODOKA小姐飾演的角色是搖擺於夢想與感情之間的女強人。

個子矮，外表又像蘿莉的黑羽難免會與角色形象偏離，但我不會有意見。

問題在於散發的氣息。像我跟這次演的角色「專情追求年長女性的可愛男高中生」也不是同

一型。不過我可以融入角色，藉此讓自己看起來像那種人。

「那麼……開始！」

真理愛給出信號讓表演開始。

……黑羽的演技果然提升了。

我沒看過一副酷樣的黑羽，所以覺得非常新鮮。

黑羽在現實中冷冷地生氣時，由於彼此交情已久，還是會流於情緒化。

不過她現在拿出演技，因此就有跟人初次見面的戒心。

「啊……我想也是……妳果然不記得我呢……』」

對待陌生人的態度，讓我表現得像是受到刺激。

重要的是強調落寞感，還有增添可愛之處。

「『沒辦法呢……都已經是十年前的約定了……而且我當時也沒有對妳用敬語……』」

「『十年前……？』」

「『我十八歲了。我變成大人了……大姊姊。』」

黑羽以察覺到什麼的模樣睜目。

「『那種稱呼方式……你該不會是……』」

儘管我感到害臊與緊張，還是擠出勇氣告訴她……

「『等我長大後就結婚的約定，妳還記得嗎？我記得。因為我從小就一直喜歡妳了。』」

我低下頭把手向前伸。

「『——請跟我結婚。』」

「唉唷，小晴……真拿你沒辦法。」

黑羽害羞地搔了搔鼻尖，然後牽起我的手。

白草以驚人的氣勢開口吐槽。

「等一下等一下！志田同學，妳這是在做什麼！」

黑羽偏著頭——露出嫣然的笑容。

「請妳不要模仿人家好嗎，黑羽學姊！」

「每次看桃坂學妹擺那種反應，我都會強調就是了，那根本什麼都不能敷衍！」

黑羽露出游刃有餘的笑容。

「兩位，嫉妒是不好看的喔？」

「這女的一臉得意地說什麼啊？」

「她剛開始還認真演戲，更讓人家覺得陰險呢。」

黑羽不服氣地噘起嘴巴。

「小桃學妹，剛才可知同學做類似的事時妳明明沒有吐槽，為什麼輪到我時就要來打斷？」

「白草學姊窩囊啊，而且演技也差，所以人家感受不到威脅，可是換成妳演的話，人家害怕

你們會直接去挑戒指了。」

「若無其事地說我窩囊？」

「哎，那無所謂就是了。」

「有所謂！桃坂學妹，我要向志田同學說教一小時左右，練這場戲先別把我們倆算進去！」

「人家明白了。末晴哥哥，我們兩個就努力練習吧。」

聽上去有些雀躍的這種講法，讓白草聽得眼睛發亮。

「小碧，幫我監督他們兩個有沒有好好練習！」

「知道了！」

碧舉手敬禮。

真理愛將目光落在地板上，然後咂舌。

「嘖。」

「嘖什麼嘖！既然是女星就要有氣質一點啊！」

「哎呀呀，白草學姊？人家一向很有氣質的喔？可是妳卻做出派人監督的舉動……人家只是

受了點刺激而已。」

「妳根本沒有氣質可言吧，黑心母狸貓！」

「小碧，妳對學姊口出惡言，人家是不會坐視不管的喔。我們來談談吧？」

「喔，行啊！我們就來好好談一次！」

「我、我想要認真練習耶……」

我在一旁唸唸有詞，女性成員們卻吵得火熱而沒聽見。

「學長，你總是很辛苦耶。」

陸深刻感慨地低語，使我大受感動。

「你這傢伙真夠意思的……」

從外表看來，陸在群青同盟成員中最容易被當成不良少年。

然而這傢伙卻是最有常識的——我不得不重新體認這一點。

「……呃，所以現在只剩你能陪我練習了。」

「好啊！那就由我來演NODOKA小姐的角色！」

極度讓人高興不起來的角色分配，讓我的拚勁一路下滑。

＊

一個星期轉瞬即逝。

隔週六，到了拍戲的日子。

這天拍的是倒數第二集。

最後只會出現一點點我的戲份，真理愛不會出場。

「唔喔～我居然可以上電視……！」

目前，群青同盟所有人正從車站前往拍戲現場。

陸之所以情緒高昂，是因為除了我跟真理愛以外的成員也被找去演路人。

據說哲彥跟導演聊開，對方就提議：「對了，群青同盟全體成員都在戲裡演路人吧。話題性

應該會提升吧。」

於是我就逗她一句：

她似乎真的很緊張，仔細看便會發現手在發抖。

冒出黑眼圈的碧搔了搔臉。

「我緊張得只睡了三個小時……」

哲彥答應了。只有玲菜表示自己是幕後人員所以在一旁觀摩，不過其餘成員都會參加。

「少囉嗦，末晴！我跟你又不一樣，以往根本沒拍過戲啊！再說稍微做一下明星夢又不會遭

「還真有女明星的架勢耶，碧。妳覺得自己會被星探看上嗎？」

天譴！」

所賜。

「哎，我第一次演路人時也想過同樣的事，倒是不能說別人啦。」

說來已經是很久以前了，前輩要拍連續劇，我就去觀摩順便演路人。

記得自己只有上鏡短短一秒左右，卻妄想成了大明星該怎麼辦。

當然，我當時演的路人沒有被導演看上。我會成名，是拜在《Child Star》徵選會爭取到主角

「原來你也這麼想過啊？」

「對呀，雖然差不多是七歲時的事。」

即使知道演個路人不可能成為明星，還是會忍不住妄想嘛……

「所以，是我五歲的時候嗎……完全沒想過你會有那種念頭呢……」

碧難得表現得乖巧，因此我告訴她：

「哎，總之放輕鬆就好。」

「總覺得你一副高姿態耶。」

「我好歹比妳年長，以演員來說也是前輩啊？」

「真氣人。」

碧不滿地嘟嘴。

話雖如此，由於我準備要正式上鏡，她沒有出手打我。

平時也這麼安分的話多可愛啊——我不禁這麼想。

「喂，末晴。」

哲彥一邊走，一邊朝我招手。

我偏過頭並朝他湊靠過去。

「怎樣？」

「練習的成果如何？」

哲彥會這麼問，是因為他完全沒參加群青同盟這週的聚會。

他總是說有事要忙就先回去了。

反正基於拍戲的工作性質，這次群青同盟並不用一起做些什麼。即使其他成員會演路人，需要努力演出的頂多只有我跟真理愛。

但是缺了平時都在運籌帷幄的哲彥就顯得不自然了。

「哎，我自認會盡全力。不如說你最近在搞什麼？」

「唔～該透露多少呢～」

「從頭到尾全盤托出啦。」

雖然我也習慣哲彥在暗地裡活躍，可是事情的規模逐漸擴大，還是希望有時間做心理準備。

「現在是五月對吧，末晴？」

「是啊，所以？」

「以一般的社團來講，三年級在暑假前後會參加大賽，比完賽就會退隱。」

「是那樣沒錯。」

仔細想想，只剩下三個月左右。

剛覺得升上三年級沒過多久，退隱的時刻已近在眼前。

時間過得太快，令人恐懼。

大概是因為日常生活愉快，我才這麼覺得吧。

「難得有這種機會，最後我也想參加類似比賽的活動，搞件大事。」

「有什麼適合的活動嗎？」

「目前還沒對外公開，但是日本聯通數位電視有個企畫，說是要主辦電影短片的比賽。」

「居然是未公開情報啊。」

哲彥說得若無其事，不過天曉得他是從哪裡弄來的情報。

「哎，之前我們拍攝《Child King》的新結局有受過日本聯通數位電視關照，哲彥大概就是靠那層關係取得情報的吧……沒想到這傢伙還跟對方有維持聯繫，社交能力真是驚人……

「只要加上規定的標籤在WeTube公開影片就好，很好參加，拿到冠軍還能上電視播出，雖然好像是深夜時段。」

真不愧是由電視台集資經營的日本聯通數位電視。可能會上電視播出就讓人格外有拚勁。

「不過，參賽的方式是在ＷｅＴｕｂｅ公開啊。像那種比賽──我還以為把電影院包下來一整天才是一般的做法耶？」

「對啊，得到日聯通推薦的話也會在電影院上映。當然僅限一間戲廳就是了。」

「難道我們也⋯⋯」

「當然已經拿到推薦啦。考量到知名度，這也是理所當然的吧。」

這傢伙還是老樣子，手腳異常迅速⋯⋯

「這樣要用什麼標準來決定冠軍？播放次數嗎？」

倘若如此，群青頻道有訂閱者，對我們壓倒性有利。

「不，要靠評審委員評選。據說也會參考網路上的意見，但是比播放次數就會變成在比知名度啦。再說打廣告也是一種方法。」

「啊～原來如此。」

也需要顧慮那部分嘛。

「聽起來像正派的比賽，我也覺得是適合讓我們迎接畢業的企畫，不過──」

「──不過怎樣？你想說什麼？」

「你在盤算什麼？」

「誰曉得呢。」

哲彥隨口說完就離開我身旁了。

他只能透露到這裡吧。

堪稱畢業公演的企畫。

想到這裡會湧現落寞的情緒——也同時覺得恐怖。

「我所認識的哲彥」準備在最後搞些什麼呢？

那絕對不單只是電影短片或比賽，我能確定的就只有這點。

＊

拍攝順利進行。

以集數來說是第十一集。演出者也都駕輕就熟，已經有了默契。

大家會先去演路人，但我凝視著主演者的那邊。

說來抱歉，但我並沒有替大家打圓場的餘裕。我非得踏進已經成形的氛圍，展現自己的角色，並且融入環境才行。

所以我一面盯著攝影現場，一面在腦中反覆模擬。

「丸先生，換你上場了！」

「……好的。」

我從導演身旁的鋼管椅起身。

登場人物只有我與NODOKA小姐的簡單場景。

為感情與夢想苦惱的NODOKA小姐下班後走出公司。

儘管四周已經變暗，依舊等著NODOKA小姐的我上前搭話，場景由此開始。

攝影開始前的片刻寂靜。

被期待與不安包圍，像是要刺穿我肌膚般的緊張感讓我欲罷不能。

「呼～」

我大口吐氣，切換腦中的開關。

「第二十五幕！第七十三鏡！……開始！」

隨著導演發號施令，鏡頭對上身穿套裝的NODOKA小姐，她從變暗的大樓玄關走出來。

「那個……」

「抱歉……小弟，你是誰？」

穿著制服的我略顯遲疑，向NODOKA小姐搭了話。

不愧是NODOKA小姐的演技。能讓人自然感受到她既優雅又精明，是個有戒心而又不為

所動的堅強女性。

『啊……我想也是……妳果然不記得我呢……』

我希望盡可能營造與NODOKA小姐之間的落差。這樣更能展現角色的特質，也更上相。

比起練習時我更加強調角色的動搖。抬眼仰望的模樣或許稍微顯得諂媚，但我要強調身為年幼者的可愛。

『沒辦法呢……都已經是十年前的約定了……而且我當時也沒有對妳用敬語……』

『十年前……？』

『我十八歲了。我已經是大人了……大姊姊。』

『那種稱呼方式……你該不會是……』

『等我長大後就結婚的約定，妳還記得嗎？我記得。因為我從小就一直喜歡妳了。』

我低下頭把手向前伸。

『——請跟我結婚。』

「卡！」

導演出聲結束這一幕。

我覺得還可以。或許還有進步空間，但是沒有明顯的敗筆，跟NODOKA小姐初次對戲算是有抓到彼此的波長。

「⋯⋯再拍一次好嗎？」

NODOKA小姐什麼感想也沒說，直接向導演提議。

「我明白了。」

導演似乎也覺得有必要重拍，爽快答應了。

於是照樣重演後──我有一樣的感覺。

（應該不壞。）

我這麼認為。

然而──

「⋯⋯⋯⋯」

冷靜的NODOKA小姐卻只是環抱雙臂思索。

這段空檔相當可怕。

NODOKA小姐深吸一口氣，然後面對面望著我，斬釘截鐵地說：

「末晴小弟，我從你身上感受不到命運。」

「⋯⋯⋯⋯」

雖然她有顧慮到用詞，但這跟明確表示「你演得不行」是同個意思。

我不由得咬緊牙關。

「只看演技的話，你遠遠高出伊吹。」

「欸，NODOKA小姐！或許是那樣沒錯，可是我也有自己的立場啊！」

伊吹先生吐槽了。

褐色偏長的髮型很適合這位正統派帥哥，臉色卻變了樣。

以一名演員來想，剛才那句話就像遭人全盤否定，會這麼想也是難免的吧。

NODOKA小姐悍然用杏眼瞪向伊吹先生。

「立場？偶像起家的你第一次擔任主演，難道還以為能跟從小演技就受到認可的丸小弟互相較勁嗎？」

「啊，沒有，呃⋯⋯對不起。」

NODOKA小姐字字犀利耶。

她是個聰明又帥氣的女性。

對任何人都不留情。但能將工作做好。

正因如此，我將剛才那句「感受不到命運」深深地聽進心裡。

「請給我更具體一點的指教。比如妳會從伊吹先生身上感受到命運嗎？」

我希望能儘量多掌握一點提示。

伊吹先生板起臉孔。他應該是覺得自己又被貶低了。

但是我也顧不得那麼多。之後被抱怨的話，我會向他道歉。

「……是啊。我從伊吹身上可以感受到命運。」

「咦？」

這句話似乎讓伊吹先生很意外，他開心地抬起臉。

他明明是跟我毫無緣分的人氣偶像，只看這一幕卻會覺得他好像忠犬，感覺真是不可思議。

「伊吹就算演得差，也有表現出對我的愛。」

「嘆！」

伊吹先生聽得嚇噴了。

「伊吹從開始錄影後就迷上我了。所以才感受到命運。」

「等一下！我有兩個地方想吐槽，首先希望妳可以不要那麼露骨說我演得差，還有——」

「嘆！」

伊吹先生又嚇噴了。

啊，從反應來看應該是事實吧。

該怎麼說呢，只能請他節哀。

「我在做夢……這才不是現實……」

伊吹先生抱膝逃避。

不知道為什麼，我對他也很有共鳴。

原本以為男偶像都是一些不討喜的帥哥，或許他們只是長得好看，內在跟一般人差不多。

NODOKA小姐嘆口氣，讓我把視線轉回去。

「丸小弟，你的演技變得徒具表面了。照目前這樣也可以算你及格。不過坦白講我覺得還不夠。希望你表現出在校慶展露的命運感。」

「意思是我的演技比起當時下滑了？」

「我沒有那麼說。以細節來說甚至比當時要好。不過⋯⋯說難聽點，就是你的演技會讓人感到膩味。」

「唔！」

上次被這麼尖銳指正是什麼時候的事啊。

我想起來了，原本就是這樣的。

當童星時，即使劇組會顧慮我是小朋友，演不好時仍會嚴厲告誡。

這裡是將僅限一次的人生奉獻給表演，而且身懷才能，把努力視為理所當然，甚至也掌握住好運的人在搏鬥的「莊重」場合。我的母親夢想多年仍未能企及的地方。

要脾氣很簡單。要逃避也很容易。

『——被人說重話時，就要當成是給自己的機會。』

讓我以童星身分大紅大紫的前赫迪經紀公司老闆——妮娜奶奶常說這句話。

妮娜奶奶錘鍊出懷有這種精神的演員，以一代的時間創立了藝能經紀公司。

如今由瞬老闆接班，那大概已經變得像「陳腐的教誨」了，但是她的教誨現在仍流動於我的血液當中。

所以我硬是忍住，等對方接著說下去。

「也許因為我是演話劇出身才更敏感吧。表演的小技倆越多，越容易在意。該怎麼說呢，那會讓表演流於套路。」

「……我在童星時期也有所屬的劇團，因此很能理解。」

「差點忘了呢。那就好說了。戀愛這檔事跟技術是不一樣的吧？有超越邏輯的部分存在，對不對？伊吹身上便有不屬於技能的東西。」

「……是的。」

「一出場就要抓住觀眾的心，對你確實相當不利。而且還要跟伊吹累積了十集以上的情感較勁才行。這是非常不好演的角色。」

「……我明白。」

「但是你做不到的話就傷腦筋了。忽然冒出來求婚，跟可疑男子只有一線之隔喔。要讓故事

顯得浪漫，起碼必須有魅力才行。」

「⋯⋯我能理解。」

「那就演出來。我認為你辦得到。讓我更加心動。打動我。迷惑我。」

「⋯⋯⋯⋯好的，對不起。」

NODOKA小姐把手湊到下巴思索。

「導演，再拍一次可以嗎？不行的話，這一幕能不能調整到明天再拍？」

「那倒是可以⋯⋯末晴小弟，你呢？」

「照NODOKA小姐的提議沒問題。」

「那我們最後再試一次。」

導演提高音量。

「第二十五幕！第七十三鏡！⋯⋯開始！」

我的場景就此開始。

　　然而──

單以結論來說，我沒能讓NODOKA小姐滿意。

「很遺憾。你要在明天前改善。」

NODOKA小姐用冷冷語氣道出的話語扎在我心裡。

太令人不甘心了，我的淚腺將近失守，但我硬是握拳忍了下來。

「……是，我明白了。我一定會拿出讓妳認同的演技。」

「不錯。我喜歡這種能感受到執著的話。」

下一次拍戲是在明天。

練習了一個星期卻沒用，還要在明天前改善，確實是道難題。

但與時間無關。我只能拚了。

這種水準沒辦法讓NODOKA小姐認可，就不可能敵得過小雛。

非得設法掌握才行。

提示落在哪裡，我並沒有頭緒。

就算這樣，我仍得掙扎。

※

096

攝影結束了。

明天還要拍最後一集，儘早回去休息比較好。

（但是，小晴他⋯⋯）

黑羽發出嘆息。

原本的預定是大家一起回去。末晴卻說要留下來練習。而且他指定真理愛當練習的搭檔，還要其他成員先回家。

黑羽默默地走在路上時，白草來到她身旁。

大家目睹末晴苦戰的模樣，因此沒人反對，除了他們倆以外的群青同盟成員正在回家路上。

「志田同學，妳沒有反對讓小末與桃坂學妹獨處呢。」

「畢竟我們早就著了小桃學妹的道，怎樣也沒辦法阻止。」

「著了她的道？」

黑羽在胸前做出彈額頭的動作。

她並沒有要彈誰的額頭。那是為了表達自己目前想像的畫面。

「能不能請妳說得好懂一點？」

「小雛小姐參加集宿之後，感覺骨牌就被推倒了。」

「小雛小姐會來，是因為她想跟小晴決勝負。我想那是不會錯的。」

「哎……也對。」

「然後小晴接觸到像她那樣位於演藝界最前線的人，思緒便會傾向演藝界吧？」

「那也怪不得他啊。」

「只要考量到演藝界的事，就會碰上出路的問題。畢竟我們已經高三了。」

「所以桃坂學妹才會趁機邀小末演連續劇——原來如此，宛若推骨牌呢。」

安排周到。

然而串在一起就會懂。

就是每件事單獨看起來都別具意義，才讓人覺得惡劣。

而且更為難的是——

末晴復出演藝界之路明顯已經鋪好了。

「問題在於，我們介入不了這個話題……」

黑羽嘆了口氣。

「畢竟出路是小晴自己要決定的。」

「……說來不甘心，但是我有相同的苦衷。關於演藝方面，我也沒辦法跟小末站在同一線。」

無論如何都會演變成桃坂學妹一枝獨秀。

越是牽扯到演藝的話題，末晴越會跟真理愛獨處。

畢竟在群青同盟當中，稱得上藝人的終究只有他們倆。

「可知同學，妳大可照妳喜歡的去做啊？我覺得先不要搗亂會比較好，但現在去攪局或許也是個辦法喔？」

「志田同學？妳這是要叫我自掘墳墓吧？」

「我不懂妳在說什麼耶～」

黑羽吐了吐舌，還把目光轉到無關的方向。

白草的黑色長髮因憤怒而搖曳。

「妳這個女人真是……！現在去跟糾纏小末的話，反而會被當成內心惡毒的人，就算是我也懂這點道理！居然隨口引誘我去自找麻煩……妳這個女人還是一樣黑心！」

「啊，妳說我黑心！妳說我黑心！那個字眼，我可不會聽漏！」

「之前我有聽小碧提過，沒想到妳會當場重複兩遍……看來『黑心』這個字眼真的是妳的地雷呢。」

「啊，妳又說了！」

「——我突然想起有點事要辦，先閃嘍。」

哲彥突然停下腳步轉過身。

連手機響起的徵兆都沒有。可是他卻打算原路折返。

「阿哲學長，你要忙的是『我也跟去會比較好』的事嗎？」

玲菜語氣慎重地說道。

「不，這次跟那無關啦。」

「不然你要去做什麼？」

「唔～怎麼說呢……算是直覺吧……」

哲彥搔了搔後腦杓。

「局面有利到這種地步，我覺得『真理愛好像也會大意』。」

「大意是什麼意思？」

面對陸的問題，哲彥沒有回答。

他只是揮了揮手就背向眾人邁步而去。

哲彥拐個彎就不見人影。

碧聳了聳肩。

「我之前就在想，甲斐學長有好多莫名其妙的舉動耶。完全搞不懂他在想什麼。」

「我也不懂喔。所以妳不用介意。」

白草加以附和，並且斬斷碧的疑慮。

黑羽露出苦澀的臉色。

「有些時候我倒不是不能理解哲彥同學的想法……可是他藏得太多了……」

「不愧是志田同學，黑心就會懂他的思維。」

「第三次！我不會再容忍妳了！」

「黑羽姊，我平時就說啦，妳差不多該承認自己黑心了。」

「欸，妳放手啦，碧！」

生氣的黑羽被碧從背後架住。

「──阿哲學長並不是好人唷。」

玲菜嘀咕了一句。

蘊含於其中的感情太過複雜──

令在場的所有人沉默。

「不過，他也不是壞人。至少對我來說不是。」

「玲菜……」

黑羽輕輕地搭了玲菜的肩膀，玲菜便露出苦笑。

「假如阿哲學長走到會被稱為壞人的方向，我會盡全力阻止他。當然了，要是他給大家添麻

煩，我也會設法解決。因此……能不能請各位再多陪阿哲學長一陣子？他本質是個孤獨的人……

不過大家應該是他第一次可以用夥伴相稱的人……所以……」

每個人都曉得。群青同盟裡跟哲彥最親近的是玲菜。

所以她講出的話相當有分量。

「妳放心，玲菜。」

黑羽說道。

「哲彥同學的性格確實讓我覺得很棘手，不過包含那一點在內，我自認和他是朋友。」

「那個男人不動歪腦筋還比較噁心。」

「就是啊～哎，真的不妙的時候，把他整個人綁起來就好啦。」

「嗚哇，不敢領教耶，間島，你那種想法太扯了。」

「我跟碧有同感。」

「唔，志田學姊，對不起！」

陸把腰彎下九十度低頭賠罪。

黑羽放鬆肩膀看向玲菜。

「萬一哲彥同學想往危險的方向走，小晴會全力阻止啊。說來說去，那兩個人還是合得來。

經常跟小晴吵架的妳也懂吧？」

「⋯⋯⋯⋯⋯也對。」

原本一臉想不開的玲菜微微地笑了。

「雖然丸學長笨笨的，又常性騷擾，還是個動不動就擺學長架子的軟腳蝦⋯⋯也對。他在那方面可以信任。」

那就好——黑羽嘀咕後，一行人又朝車站走去。

＊

「不好意思，小桃。」

我在拍戲那棟大樓附近的公園向真理愛道歉。

原本想找一間練習室，時間卻不多，金錢上也沒有餘裕。待在拍戲現場附近還比較能回想起氛圍，因此我選了這裡。

「別介意。末晴哥哥無法發揮全力的話，『人家的規畫也會亂掉』。」

「規畫？」

「啊，沒事。沒什麼。」

話一說完真理愛就隨口換了話題。

103

「不過只有人家留下，這樣好嗎？」

「誰教上週請大家陪我練習，結果都不能專心。」

剛才大家也說要幫我的忙。

那真的很令人高興，我也覺得感激。

但交情好難免會玩鬧。容易一不小心就分心。

現在是一決勝負的時候。

所以我只把真理愛留下來，也包含了逼迫自己的用意。

「黑羽學姊和白草學姊都爽快地退讓了呢……」

「嗯？那兩個人都不懂演技，那是當然的吧？」

「末晴哥哥，她們都是優先為你考量呢。這樣固然值得感激，不過她們沒想過會對自己構成威脅嗎？不，還是說她們認為這點事不足以動搖本身的優勢呢……？」

真理愛自言自語似的喃喃有詞。

我只聽見開頭，就刻意不吐槽了。

「謝啦。明明妳還有自己的角色要顧。」

真理愛將會在明天的攝影正式上場。這原本並不是有空理我的狀況。

儘管如此，她卻願意留下來陪我練習，對此我只有感謝。

「不會，過去人家讓末晴哥哥幫了許多忙。這不過是些許的回報罷了。」

「幸好妳肯這麼說。」

我使勁低頭致謝。

「那麼，剛才演過的那幕，立刻重新來一遍好嗎？」

「好。那人家負責演ＮＯＤＯＫＡ小姐的角色。」

太陽早已經下山。

留下來的我們就這麼開始練習。

…………

…………

「怎麼樣？」

「……末晴哥哥，你換了一套進攻方式。不過，這恐怕跟ＮＯＤＯＫＡ小姐要求的『命運感』有差別。」

「唔──」

不知道第幾次的指正讓我聽得不禁咬牙。

我自己也知道真理愛說得沒錯。又換了個小技倆而已。並沒有達到別人期待的水準。

欠缺了最關鍵的什麼。

「——末晴哥哥，可以將角色對調一次演演看嗎？」

突然間，真理愛向我這麼提議。

「……妳說要對調角色，是什麼意思？」

「由人家用久別重逢的台詞來追求末晴哥哥。末晴哥哥，能不能請你用忘記的演技配合？」

原來是這個意思啊。表演性別對調的即興台詞不算難，而且這也許會讓我有新的發現。

就聽從她的提議吧。

「麻煩妳了。」

「那我們試試。」

真理愛閉上眼睛深呼吸。

接著當她睜開眼睛以後——有個戀愛的少女就站在那裡。

「『那個……』」

我感覺到全身起了雞皮疙瘩。

真理愛已經「讓角色上身」了。

短短一句「那個」就蘊藏說不盡的少女心。

迷惘、煩惱、煎熬，內心的愛意卻讓她無法不開口的情念流露而出。

「『抱歉……小妹，妳是誰？』」

「『啊……我想也是……果然，你不記得我呢……』」

我在模仿NODOKA小姐，因此用上冷靜的演技，可是內心卻受到震懾。

那遲疑的舉動，受到刺激而掩飾不盡的表情，都緊緊揪住我的胸口。

當然了，之前我想表達遲疑與遭受刺激，也有拿出自己的演技。

但是真理愛的演技與我有本質上的差異。

「『沒辦法呢……都已經是十年前的約定了……而且我當時也沒有對你用敬語……』」

「『十年前……？』」

「『我十八歲了。我已經是大人了……大哥哥。』」

「『那種稱呼方式……妳該不會是……』」

「『等我長大後就結婚的約定，你還記得嗎？我記得。因為我從小就一直喜歡你了。』」

真理愛低下頭把手向前伸。

「『——請跟我結婚。』」

不行了，我感到暈頭轉向。

這是在排戲。

然而真理愛的演技太逼真，讓我覺得自己被她認真求婚了。

被吞沒了。被精彩的演技吞沒。

明明我必須演得冷靜不可，心卻不停砰砰跳而無法埋首於角色。

（假如——）

假如我現在牽起真理愛的手，好像就可以跟她結婚……那樣的畫面自然而然地浮現在腦中。

那並不會讓我排斥，感覺簡直像「命運的一部分」。

「唔——」

我猛然回神。

——原來……這就是「命運感」啊。

NODOKA小姐對我要求的肯定就是這個。

讓我對你產生這種情緒——NODOKA小姐這麼說。

「……謝謝妳，小桃。」

我深深低頭，示意表演已經結束。

「小桃，妳演得真的很好。我好像稍微能理解NODOKA小姐說的『命運感』了。」

「……末晴哥哥，你真的懂嗎？」

令人意外的回應。

真理愛朝我靠近一步，並且用可愛的大眼睛直直望著我。

「你有從人家身上，感受到命運嗎？」

「……咦？」

「人家有可能成為你的『真命天女』嗎？」

「…………」

我眨了眨眼睛。

真理愛的行動太過唐突，我沒辦法立刻反應過來。

感覺像在對我告白，卻也像在練習演技。

我認真回答以後，應該不會被取笑吧？應該不會說其實是在捉弄我吧？如此的想像從腦海一

隅閃過。

不過我立刻打消那種念頭。

（……呃，就算對自己沒有自信，也不能用那種方式思考。）

被捉弄又有什麼關係呢？

我對真理愛有好感，真理愛也直截了當地喜歡我。

當然，雖然我不知道真理愛認真到什麼地步，但她對我確實懷有好感。

我必須坦然接納，而不是抱持擔心被捉弄的負面思考吧。

所以我告訴她：

「小桃——我有把妳放在心上。」

我一面壓抑害羞的情緒，一面坦承心意。

「…………呼嗯？」

「…………」

「…………」

「…………」

她會停頓一陣子，似乎是因為花了些時間才聽懂我說的話。

真理愛的臉頰變得紅通通。

「末、末末晴哥哥，你的意意意思是……」

「冷靜點，小桃。」

「現在不是冷靜的時候！」

「啊，總之抱歉。」

我被她氣沖沖地凶了。

「吼～！末晴哥哥，你為什麼要突然講那種話～！」

「呃……咦？是我不好嗎……？」

「沒錯！」

對一向從容的真理愛來說，惱羞成怒也是滿稀奇的。

「但我只是坦承心意啊。講這些話我也會害羞耶？不過因為妳說得相當認真，我才覺得自己不好好說出口不行……」

「…………」

「…………」

「唔唔～唔唔唔唔～！」

不知怎地，真理愛一邊嘟噥，一邊用貝雷帽遮住臉。

真理愛這樣的演技派居然會連耳朵都紅透，我還是第一次目睹這種景象。

「…………」

「啊。」

公園裡除了我們以外都沒有人，一片寂靜。

當然還是有車輛經過的聲音，但我之前都埋首於練習演技，因此那樣的落差讓我困惑。

我忽然想起來了。

距離明天的攝影沒有多少時間。

「抱、抱歉，談這個會把話題扯開，呃……小桃，多虧有妳，我覺得我大致感受到什麼是命運感了……問題變成我自己能不能呈現出來，為此要有改善的理由——」

「現在……就是機會吧。」

不過聲音已經恢復冷靜了。

依然用貝雷帽遮著臉的真理愛嘀咕。

「嗯？什麼機會？」

「這個嘛——」

真理愛挪開貝雷帽，然後仰望著我。

大眼睛偷襲般看過來，使得我的心跟剛才一樣不停砰砰跳。

「這個嘛——」

真理愛的可愛雙唇嬌豔地動了起來。

水漾的雙瞳。

並不是因為悲傷。由於思緒滿溢，自然而然就會結成水珠。

當中有讓人感受到命運的要素。

真理愛大吸一口氣，然後開口。

「——壞就壞在你拖拖拉拉地自尋煩惱吧？」

有聲音從完全不同的方向傳來。

雖然看不見人影，卻聽得出是誰。

「哲彥！」

哲彥慵懶地一邊轉了轉脖子，一邊接近我們。

「我說啊，你現在是被志田與可知告白，還保留答覆不知道要選誰吧？再加上你正在煩惱將來的出路要考大學還是進演藝界。像這樣煩惱東煩惱西的人，怎麼可能演得出『命運感』。所謂的『命運』，意思可以當成未來已經有了定數喔。」

「嘖——真理愛唖舌。」

不過她並沒有責怪哲彥，反而代替我發問。

「哲彥學長，你怎麼會來這裡？」

「身為群青同盟的領導者，我覺得該來陪陪你們。但是你們磨蹭得比想像中還要久，才想說主動給點建議會不會比較快。」

「原來是這樣啊。既然如此，請哲彥學長不用擔心。有人家在就沒問題了。」

「在我看來倒不像沒問題。」

真理愛的太陽穴冒出青筋。

「哦～是喔～意思是人家有不周之處嘍。希望哲彥學長務必要給予指教，好讓人家知道有哪裡做得不對喔？」

哲彥招了招手。

真理愛一邊皺眉，一邊走向前去。

大概是有話不想讓我聽見吧。

他們倆背對我談了起來。

「那我就說嘍……真理愛，『現在不是讓妳一決勝負的時候吧？』」

「唔！」

「即使偷跑也撈不到好處喔？我是想忠告妳一句。」

「……哲彥學長的眼光還真是精闢。」

「哎，畢竟『下個行程』是我在幹旋啊？還有考量到妳的性格，差不多能猜個大概。」

「凡事看得太盡，會受女性討厭的喔？」

「『我有所自覺』。」

我只聽得見嘀嘀咕咕的聲音。

這樣看來，真理愛跟哲彥私底下好像有什麼動作。我看不出端倪，然而他們似乎並不是出於交情良好而聯手。

忽然間，哲彥看向我。

關於我的悄悄話似乎談完了。

「然後呢，末晴。你打算怎麼辦？」

「什麼怎麼辦？」

「我是說你在感情與出路上都三心二意，所以才演不出『命運感』啦。」

「唔——」

戳中痛處。

我完全無法反駁。

「換我追女生的話，就算撒謊也會當場讓對方覺得『心裡只有妳』。」

「感謝你糟糕透頂的台詞，去死啦！」

我雖然開口吐槽，卻沒辦法一笑置之。

哲彥固然糟糕，可是他在追女生的時候，感覺就演得出「命運感」。

倘若如此，我現在的演技等於比哲彥還要不入流。

「我的意思不是叫你現在就把感情事做個了結。『畢竟現在基礎還沒打好』。」

「基礎⋯⋯?」

哲彥將我的疑問隨便帶過。

「但是前程差不多該拿定主意了。你要跟NODOKA小姐、肇先生這樣的大人物合演，至少在念高中的期間應該是沒有第二次機會啦。」

「我再多說一句，要是你今後的志向不在演藝界，就再也不會跟那種水準的人合演了。到死為止都別想。」

「⋯⋯哎，也對。」

沒有錯。正如哲彥所說。

這固然是天上掉下來的機會，但不能當成理所當然。

這次是我幸運。跟頂尖演員合演的好事從天而降。

不過照常理來想，就算投靠大經紀公司，這種機會仍然少之又少。

因為我是在學高中生⋯⋯又有過去的成績與群青同盟的話題性⋯⋯所以才找我──就是這樣而已，說不定真的沒有第二次了。

要以升學為目標──

還是以演藝界為目標──

已經沒有時間讓我猶豫了，哲彥是這麼說的。

這並不是將來才要做的決定。

時間限制是在「明天」前。

照哲彥的看法，只要我能拿定主意猶豫就會迎刃而解，還演得出角色需要的「命運感」。

而且我覺得哲彥給的建議——似乎切中要害。

看過真理愛的演技使我明白。

我有所不足。

假如真心喜歡對方好幾年，就得展現出更加迷戀的氣場才行。

蘊含在隻字片語間的執著有所不足。

潛藏於表面底下的熱情欠缺火候。

我在演「人魚公主」話劇時有辦到。

畢竟當時對前程的迷惘沒有像現在這麼深。

我只要看著眼前的真理愛就夠了。想著要拯救因為父母而心力交瘁的真理愛，反而能讓我摒

除雜念，發揮潛力。

但是現在不一樣。迷惘實在太多。

假如我沒辦法在明天前做出決斷，還把戲搞砸的話，狀況會變得如何？

進入演藝界的門檻應該會變高。要是我因此決定考大學逃避，心裡肯定會一直留有後悔。

最糟就是演變成那樣。

無論是為了進演藝界或升學，都要拿出讓自己不會後悔的演技與成果才對。

「呼～」

我緩緩地深呼吸。

沉澱心情後，我明確地把想法講清楚。

「你說得對，哲彥。明天前我會拿定主意。看是要考大學⋯⋯還是進演藝界。」

我下定決心開口，哲彥卻跟往常一樣擺著冷漠臉色。

「呼嗯～那就好啦。你明天會給我答覆吧？」

「對。」

「末晴哥哥⋯⋯」

真理愛不安的臉龐讓我好生煩惱。

我的選擇，該不會受了被真理愛吸引的影響吧。

升學或演藝界——這與我要選誰當對象，有著切也切不斷的關係。

黑羽和白草肯定會升學。不曉得真理愛挑什麼時機，但她應該要回演藝界。

如果我選擇升學，跟真理愛的距離就會變遠，而黑羽和白草依舊在身邊。

如果我踏入演藝界，跟黑羽和白草的距離就會變遠，跟真理愛的交集則會變多吧。

實際上，大學生與藝人的生活節奏大不相同。

我剛好不用攝影有空時，黑羽和白草卻要上課而配合不了，彼此漸行漸遠——

或者當我忙著準備考試時，真理愛好不容易休假卻無法碰面——

這樣的可能性將成為事實擋在面前。

見面時間變少，內心的距離應該就會隨比例變遠。

白草有可能以小說家的身分獨立，因此無論選哪種出路，或許她與我的交集依舊不變。

但我可以確定，黑羽和真理愛會因為我選了其中一邊而大受影響。

「練習就到這裡結束吧。」

我如此宣布。

「只要能在明天前決定出路⋯⋯大概就可以把戲演好。我有這種感覺。」

「呼嗯，既然你那麼說，不就沒事了？」

哲彥依舊一副無所謂的口氣。

「末晴哥哥，人家說過好幾次，但還是要再強調一遍。」

真理愛直直地仰望我。

「人家認為要隔好幾年⋯⋯不，要隔好幾十年，才會出現一個像你這樣能成為正牌大明星的人。人家的夢想則是成為不輸給末晴哥哥的演員，並且一起闖蕩演藝界。即使你現在多少會遇到苦戰，但就算投胎轉世一百次，也得不到像你那樣的才能。因此人家期待末晴哥哥能做出美滿的選擇。為此人家什麼都願意做。」

好強烈⋯⋯著實強烈的心意扎進我胸口。

做個假設。

假如我沒有與真理愛重逢，肯定不會煩惱要不要踏進演藝界吧。

既不會跟瞬老闆進行廣告比賽，也不會在大學校慶演話劇，更不會輸給小雛而點燃身為演員的靈魂，還像現在這樣跟頂尖演員共演。

黑羽知道我受過挫折，因此原本就對演藝界相關的問題採取靜觀的態度。要是我抱持隨便的心態進入演藝界，她鐵定會反對。

白草對我的演技有很高的評價，我卻覺得那是因為有回憶加分。坦白說能獲得讚美確實令人

121

高興，但我應該不會信任白草的評價而以演藝界為目標。

——換句話說。

我會猶豫要不要把人生拚在演員這條路，是因為真理愛。

「……謝謝妳願意把話說到這地步，小桃。」

來吧，這裡就是人生的分歧點。

但正因如此，我必須一個人做決定。

「那麼我們回家吧。」

事情告一段落，我跟真理愛還有哲彥前往車站，途中各自按路線做鳥獸散，回到家中。

我在回程的超商買了晚餐。

由於太專心練習，使我錯過吃晚餐的時間。

才晚上九點，老爸待在客廳。

「回來啦。」

「完全不行。所以明天要決勝負。我今天必須做好覺悟。」

「……這樣啊。戲拍得怎麼樣？」

我一面訝異老爸難得沒嘮叨，一面把超商便當拿去加熱。

當我大口吃起熱呼呼的豬排蓋飯時，老爸嘀咕道：

「你要走什麼樣的路都無妨。畢竟家裡起碼有為你的將來做好儲蓄。」

「老爸……？」

「演藝界並不是只有好事。生了心病或是早逝的人也很多。即使能成功，仍有不少人受錢財擺布，在人生中走上歧途。」

「我倒覺得上班族也是那樣耶？」

「確實沒錯。不過年輕時容易被光鮮亮麗的事物吸引。去除光鮮亮麗的要素以後，當中是否還有自己想做的事情，還有沒有留下喜悅……應該要考量到這些。」

「媽媽以前是怎麼想的？」

老爸哼了一聲笑道：

「仔細想想，或許我和有紗才是受那些光鮮亮麗的事物蠱惑。畢竟我跟她一次也沒有得到手。所以才會把心願託付給兒子，讓你發光發熱，心裡有一部分就會覺得自己也間接獲得了那些。」

「那就沒有說服力了嘛。」

「確實沒有。但我覺得這是你該先留意的啊？」

「⋯⋯哎，的確。我懂了。謝謝老爸。」

之後我洗完澡，很快就上了床。

我凝望熄滅的電燈。

──明天，人生將會分歧。

我被緊張與鎮定同時存在的奇妙感覺給包圍。

人生應該無時無刻都在分歧吧。

比如會分到哪個班級，跟誰成為朋友，考進哪一所學校。

但是在茫然間接連迎接那些，便一直沒有替人生做決定的感覺。

事後回想，可以曉得《Child Star》徵選大幅改變了我的人生。不過當時我只想著「要讓自己顯眼」、「要爭取到主角讓媽媽開心」並沒有意識到未來會隨之改變。

可是換成現在──我感受得到。

所以才會緊張。

鎮定則是因為我不可思議地順利做出決斷。

釋懷得十分乾脆。

這個選擇我不會後悔。

儘管做出了重大的決斷，我仍然輕易入睡。

於是在隔天早上，從窗簾縫隙照進來的陽光讓我神清氣爽地醒來。

＊

由於是最後一集，比先前更加賣力的工作成員在拍戲現場忙著到處跑。

昨天，始終沒讓ＮＯＤＯＫＡ小姐說ＯＫ的亮相場景是在夜晚。

為此我的場景調到晚上重拍。

我希望儘快捲土重來，卻不能把心思分在那上面。因為令人感激的是我在最後一集同樣有許多戲份。

目前的我正在一面等自己的戲，一面望著劇組拍攝的場景。

「『請問，能不能占用妳一點時間？』」

穿套裝的女性走出大樓後，就被清純的女高中生搭話。

不過女高中生的臉色嚴肅，絲毫沒有友善的氣息。

「『……妳是誰？』」

「『昨天我向妳告白的男高中生……我跟他是青梅竹馬，這樣自稱妳應該最好理解吧？』」

「『唔！』」

這是真理愛初次亮相的一幕，也是NODOKA小姐心生動搖的重要場面。

真理愛一邊掩飾嫉妒，一邊華麗地甩動頭髮告訴對方：

「『妳應該很忙，所以請容我開門見山發問。這麼說有欠禮貌……但是一名成年女性總不會聽了男高中生的告白而被打動吧？看妳在職場上似乎頗具能耐，想必也頗有男人緣吧？』」

「『妳說要開門見山，聽來卻像在兜圈子呢。能不能講得更明白點？』」

真理愛的眼神悍然變得憎惡。

「『那麼，從結論說起吧。昨天妳為什麼沒有立刻甩掉他？請不要抱著玩票心態，把年紀小的男生當備胎好嗎？』」

精彩的演技。

光靠細微的用字遣詞，就看得出真理愛飾演的少女成長於上流階層。

還有，從些許的遲疑與強烈的憤怒，瞬間便能理解她原本性格乖巧，卻因為愛得深刻才不禁變得扭曲。

短短幾句話表達的資訊量之多，情緒起伏，給觀眾的印象之深──

真理愛演過校慶的話劇之後，無疑已經脫胎換骨。

儘管在最後一集首次登場，完全融入現場氣氛亦屬高竿之處。真理愛在這方面本來就比較靈巧，相當值得學習。

『……至少，我並不是懷著玩票心態。』」

「『這表示妳相隔十年與小了自己八歲的男生重逢，還在一天之內迷上他了？』」

「『……應該不能那麼說。但我覺得他變成了有魅力的男生，這是事實。』」

「『成熟女性果真不一樣呢。玩弄起男性就是老練。』」

「『……妳錯了。』」

NODOKA小姐當然也不遜色。

只靠短暫皺起的眉頭，便表達出有多麼苦惱。

「『那個男生肯聲援我逐夢……他願意等我留學回來……所以──』」

「──卡！」

導演出聲讓表演停止。

原本緊張的氣氛轉而放鬆，真理愛與NODOKA小姐都露出笑容並低頭致意。

「『感謝指教。』」

從掌聲大小就知道工作成員是怎麼看待她們倆的演技了吧。

任誰來看都是一次過關。

「真理愛，妳演得很好。比以前更有亮點了呢。」

「哪裡哪裡，光是要讓自己不被NODOKA小姐的演技吞沒，人家就費盡心力了呢。」

「我看妳倒是滿有餘裕的耶？」

「啊，看得出來嗎？從校慶那次登台表演後，人家的狀況就很不錯。」

「推薦妳參演果然是值得的。」

胸口一陣刺痛。

昨天的我沒能讓NODOKA小姐如此讚賞。

不，我反而讓她失望了。

這句話套用在我身上，就表示目前的我不值得被推薦。

「呼～」

我吐氣閉上眼睛，按下腦中的開關。

表演時就會按下的「變身開關」。

昨天我自認也有按下開關。

但現在回想起來，就會覺得開關似乎沒有確實切換。

那是我心中有所迷惘所致。

要更加融入角色。別放雜念進去。演員在私生活的迷惘，跟觀眾毫無關係。

「嘶～……哈～……」

我反覆大口深呼吸，藉此加快腦部運作。

應該意識到我當下正在人生的分歧點。

狀況不佳。昨天的勢頭若繼續往壞的方向走，難保不會讓我一口氣跌到谷底。

但主角會怎麼做？倘若是英雄處在這樣的局面呢？

逆境反而能將故事演得精彩。苦盡甘來的伏筆就是要這樣鋪陳。

只是有一點不能忘記，這次我被要求飾演的並不是「主角」。

並不是要演得亮眼就好。

要避免營造出主角的氣場，並且融入角色，藉此創造出一個虛構的人。

（我是──）

我是在最後稍微亮相的配角。不過，身為一個人類，我同時也是自己人生中的主角兼英雄。

這番話聽似相反，而又能夠成立。

將壓力轉化成雀躍。

我要懷著童星時期那種「想演得引人注目！」、「大家都來看我！」的心態，就這麼沉浸在角色當中──

「末晴小弟，行了嗎？」

129

NODOKA小姐回頭向我問道。

我吞下口水，並且毅然點頭。

「——是的。」

NODOKA小姐露出微笑。

「哈哈哈，害我白擔心了。你這不是已經入戲了嗎？」

「什麼嘛，他被逼得越緊越能發揮實力，從小時候就一直沒變呢。」

肇先生感慨地唸唸有詞。

下一場戲接在了剛才的對話後面。

從我目睹真理愛在跟NODOKA小姐交談就趕過去的部分開始演起。

我看向真理愛，真理愛便使用充滿信賴的目光朝我點了點頭。

切換開關後才感覺得到。投注於我身上的視線變多了。

大概是全神灌注帶來的影響吧。

我變得可以用皮膚感受每一道視線。

還沒開演，眾人對我的關注度就提高了。八成是因為我散發的緊張感也有傳染給工作人員。

逼到極限的壓力刺激腦部，近似快感的酥麻感竄過全身。

就是這個。

讓我欲罷不能的就是這種快感。

快感會化為力量，讓身心跟著燃燒。

我從小雛身上感受到耀眼奪目的光彩。

或許只有幾分之一，現在的我說不定也有那種光彩。

但並不是只管釋出力量就好。

因為我演的不是主角。

所以力量要保留在體內。

憑感覺就能知道。

沒錯——這就是小雛抵達的境界。

「那麼，要開拍了！」

助理導演的聲音迴盪在大樓前的拍攝現場。

就定位的我閉上眼睛。

這是新的啟程。

昨晚做出的決斷，要在此處展現成果。

「第二幕！第五鏡！……開始！」

接著，我緩緩睜開眼睛。

第三章　桃坂真理愛的手段

✖ ❤ ♣

＊

——連續劇拍完，過了一個多月。

攝影幾乎都是一次過關。

哲彥指出的「壞就壞在你拖拖拉拉地自尋煩惱吧？」似乎說中了，星期天的攝影順利得讓日前那段苦戰變得像是假的一樣。

結果，我的本性果然很笨拙。若要營造「命運感」，我在有雜念的狀態就沒辦法完全專心。

不過失敗當然也沒有白費。

因為感到危機，我拚命效法、感受NODOKA小姐與肇先生的演員架勢。正如真理愛所說，在最前線的現場經驗對我而言是必要的。即使期間短暫，我覺得自己仍大幅成長了。

時間到了六月中旬，連續劇播出我參演的場景。

倒數第二集，我在劇情末尾突然登場，只向NODOKA小姐告白就結束的場景。

132

不過就算那樣，由於我睽違許久上電視，群青同盟所有人聚在白草家客廳，一起盯著電視。

順帶一提，腦袋機靈的哲彥也在，因此群青頻道正在轉播這一幕（掌鏡：玲菜）。

「啊，小末來了！」

白草發出狀似興奮的聲音。

「『那個……』」

畫面另一端的我怯生生地開口。

「……………」

我全身起了雞皮疙瘩，心裡感到坐立難安。

畢竟這有夠令人害臊的！

我在賣什麼乖啊！看自己裝出一副好青年的模樣，很難受耶！

以往我看自己演出的畫面時，倒不會覺得排斥。或許有許多羞恥之情，是我在長大後才能夠體會到的。

「『啊……我想也是……果然，妳不記得我呢……』」

「怎樣怎樣，小晴～難得看你有可愛的反應～」

黑羽把肩膀湊過來朝我細語。

「小黑！妳是明知道才在消遣我的吧！我真的覺得很難為情，拜託別這樣！」

我抓了一塊沙發上放著的靠墊蓋到頭上。

「怎麼了，末晴～？你原本是國民級的大明星吧？別躲躲藏藏的嘛？」

「碧，妳夠了……！我真的要殺人嘍……！」

碧居然抓著靠墊硬扯，想要讓掌鏡的玲菜拍我的臉……！

「丸學長，這時候要拿出男子氣概啊！」

「陸！連你都跟著起鬨……！」

被群青同盟自豪的兩個力量型新人夾攻，我束手無策。

靠墊輕易被他們搶走，我被迫坐到電視前。

「沒辦法呢……都已經是十年前的約定了……而且我當時也沒有對妳用敬語……』」

「十年前……？』」

「我十八歲了。我已經是大人了……大姊姊。』」

「那種稱呼方式……你該不會是……』」

「等我長大後就結婚的約定，妳還記得嗎？我記得。因為我從小就一直喜歡妳了。』」

畫面中的我微微臉紅，並且耿直地低頭把手向前伸。

「——請跟我結婚。』」

「呀啊～！」

白草尖叫了。

喂，現在快要晚上十點了——我本來想吐槽，卻想起這裡是白草的家，因此就算她要尖叫也沒得抱怨。何況她家是豪宅，應該也不用介意鄰居。

「剛才那一幕必須永久保存呢。以防萬一，起碼要準備十顆硬碟備份。」

「可知學姊，鼻血鼻血。」

陸迅速遞出面紙。

依然是個外表叛逆舉止貼心的傢伙。遞面紙的速度比能幹的女僕紫苑還要更快，坦白講算他

厲害。

「這樣看來……似乎會一發不可收拾呢……」

連續劇片尾播到一半，真理愛感觸萬千地低語。

「小桃，那是什麼意思？」

「呃，該怎麼說好呢……」

「麻煩妳有話說清楚。」

「由於是在群青頻道的直播中，人家要慎選用詞——」

「呼～」吐了口氣以後，真理愛說道：

「人家有看過拍戲現場，卻發現從螢幕觀賞更具破壞力……這下輕鬆超越了人家在開拍前的

預測……尤其對上班族的大姊姊來說，恐怕正合胃口吧……？」

「既然妳是在稱讚，那我倒覺得高興。」

「不，人家並不是在談論那個層次的事……雖然合乎預期，不過這下就有點難收拾了……」

「啊～小桃學妹，我懂妳的意思。小晴好像聽不懂，但是我大致可以料想到情況了。」

黑羽點了幾次頭。

於是真理愛便跟她一搭一唱地對話。

「不愧是黑羽學姊。那麼早上要不要人家幫忙安排車子接送呢？」

「那就承蒙妳的好意嘍？可以讓我跟碧搭便車的話，那就太令人高興了。」

「哎，反正隨扈多一點才好，人家明白了。找個地方把陸學弟也接上車比較妥當……」

「會不會需要兩輛呢？」

「妳們在討論什麼？」

我一提出問題，黑羽就像趕人似的發出噓聲並揮了揮手。

「小晴，你好像不了解狀況有多嚴重，去旁邊跟碧玩就好。」

「什麼叫有多嚴重……參演的戲能受大姊姊歡迎固然令人欣慰，可是也不至於讓我變得需要

專車接送吧？」

「……………」

「……………」

「⋯⋯⋯⋯」

「小黑還有小桃，妳們說點什麼啊。」

怎麼回事？感覺像是只有我蒙在鼓裡。

想也知道嘛。

就算我演得多少好了些，也只是在連續劇末尾露了一面。

那樣就會造成話題？好幾年前退隱的前童星？

蠢斃了。妄想也要有個限度。

「碧、小晴和間島學弟，你們玩UNO好了。感覺我們這邊需要討論一下。」

像是在吧檯上把酒杯推過來般，黑羽把UNO甩給我們。

反射神經優秀的碧穩穩地接住了。

「咦？是可以啦，不過黑羽姊，妳們要談什麼⋯⋯？」

「夜已經深了，我不想花太多時間。總之妳玩就是了。」

「⋯⋯知道了啦。」

「哲彥同學？你也有責任，所以要來跟我們一起討論喔。」

「我懂啦，志田。」

「那麼，我、小桃學妹還有哲彥同學留在這裡。鏡頭改拍UNO那邊。」

玲菜用敬禮表示收到。

我搞不懂這是什麼狀況，然而黑羽眼睛發亮時，我很清楚不要違抗她會比較好。

因此我落得乖乖跟碧還有陸三個人玩UNO的下場。

「——請跟我結婚。」

「真好……」

「『——請跟我結婚。』」

「小末，你演得真好……」

另外，在玩UNO的我們背後，白草正在一再重播錄下來的連續劇。

「白白！請妳醒一醒！這都是幻覺！只是將影像加工，再加上配樂糊弄人而已！平時的丸同學可是兼具無窮性慾與獸性的性慾怪獸喔！」

「妳別在直播時用那些會出事的字眼好嗎！被人誤會的話，我就活不下去了！」

紫苑屬於不適合在直播出現的危險人物，因此我借助碧與陸的力量，把她帶到總一郎先生身邊封口。然後我們便繼續玩起UNO。

「小末，你演得太棒了……」

就這樣，夜漸漸變深。

隔天我才明白黑羽他們開的會有什麼意義。

*

隔天早上，我跟久違地在平日回家的老爸一起吃早餐。

只是彼此基本上都不說話。

我跟老爸關係不算好，頂多只會「嗯」一聲把盤子遞出去，只聽得見電視節目的聲音。

我在自己烤好的吐司上擺了火腿然後張嘴咬下，公認外貌亮麗的女主播就說道：

「本日趨勢！昨天的熱門搜尋詞是……『小丸』！」

「噗！」

我忍不住嚇噴了。

咦，這該不會……是我吧？

「小丸相隔七年於昨天播映的連續劇《永遠的季節》復出演戲而造成話題！因此在社群網站上的搜尋熱度急速上升！播完後的搜尋次數更是節節成長，登上了昨天的熱門搜尋詞榜首！」

女主播秀出字幕，並且指向「小丸」這個搜尋詞從晚上十點後的趨勢圖。

「各位覺得怎麼樣呢？有追這齣劇嗎？」

女主播向參與評論的來賓拋出話題。

來賓之一的中年女藝人熱情地談起感想。

「我看了喔！真是不得了！我還在自己房裡叫著……『這都是什麼！這都是什麼啊！』」

「相關搜尋詞也很有意思。」

頂著大學教授頭銜的壯年男子也加入話題。

「『末晴小弟』、『參演的丸末晴』這些還算合情合理，看到『開大車』、『養育成功』、『師奶殺手』這些詞也入榜，可以曉得年長的女觀眾正為了他瘋狂。」

「噗！」

我又聽得嚇噴了，只好拿濕抹布擦桌子。

女主播使勁握拳。

「果然是這樣嗎！我懂！我在小丸活躍的時候正好讀高中，那是我連續劇看最多的時期，因此小丸讓我留下了非常深的回憶，應該說腦海裡銘記著他是個既可愛又有趣的男生，所以私下也會看群青頻道……不過昨天的戲有點直衝腦門的感覺。」

「我懂！就是說啊！看了就覺得這傢伙真懂得怎麼撒嬌！好會撩年長女性的心喔！現在重看以後，會覺得他在文化祭被甩時也可愛得讓人受不了！」

「沒錯！而且還有回憶加分啊！我看得好想找人一起聊！還忍不住久違聯絡了高中時常一起討論《Child Star》的朋友！」

女主播與女藝人談得興高采烈。

該怎麼說呢……高興歸高興……果然還是會覺得難為情……像我這樣的配角，成為外界的熱門話題不會有問題嗎……？

當我扶著額頭煩惱時，老爸就嘀咕了一句：

「可別得意忘形喔。」

老爸的視線沒有對著我。他用報紙遮住表情。

莫非──如此心想的我探了探口風。

「老爸，你該不會是在嫉妒我吧？」

「……少、少說蠢話。怎麼可能有那種事。」

聲音有些顫抖，可見嫉妒的成分並非為零。

不過我並沒有像以前那樣感到反抗。

畢竟也不是無法理解。

老爸與媽媽都曾憧憬靠連續劇或電影成為明星。

他們沒能如願，我卻像這樣演了連續劇，還蔚為話題。

所以老爸當然會吃味，也會為我操煩，認為非得開口警惕才可以。

況且，之前翹家那次已經讓我深刻體會到，老爸會規勸我是因為他到現在仍然謹守媽媽交代

過的話。

因此我能坦率地聽進心裡。

「這種話題會有炒作或者時機的成分在裡面吧？單純是觀眾覺得稀奇，加上我運氣稍微好一

點而已啦。」

「……知道就好。」

感覺老爸的嘮叨也比以前少了。

父子關係算不上好轉，但肯定有良性改變。

忽然間，手機響了。

「小桃，怎麼了嗎？」

「人家搭車來到玄關前面了，末晴哥哥準備好了嗎？」

「啊，抱歉，我還在吃早餐。」

「那人家進去打擾一下嘍。」

說完話的真理愛掛斷電話，走進客廳向老爸打招呼。

桃坂真理愛前來迎接末晴哥哥嘍。

「好久不見，公公。為了保護未來的丈夫，桃坂真理愛前來迎接末晴哥哥嘍。」

「欸，妳一開口就這麼誇張的嗎！」

「就是啊就是啊！臭母狸貓閉嘴！」

碧一邊幫腔一邊闖了進來。

跟著進門的黑羽則是簡單向老爸行禮致意。

「不好意思，一大早就鬧哄哄的。」

「我自認還算理解狀況，妳們別在意。」

我本來還在納悶，黑羽和碧為什麼會這麼剛好趕來，不過回神一想就發現這也是理所當然。

她們住隔壁，很容易注意到有車停在我們家門前。

而且昨天黑羽、真理愛和哲彥才商量過要派車接送，自然就知道車上的人是真理愛。所以黑羽和碧就跑來我家了吧。

我從這時開始感覺到。

今天……或許會相當折騰。

＊

載著我們的車抵達校門後，眼前是一如往常的景象。

雖然人好像有點多，倒也沒看見攝影師之類的人。

搭車代步，到校時間就比往常早。我會覺得人多應該是因此所致。

我是這麼認為的。

「……哎，想也知道。」

真理愛她們提防過頭了。

畢竟昨天我只是瞬違地在連續劇露了一下臉耶？

每季都有數不清的連續劇。比我紅的明星多得是，媒體才沒有那麼閒。

當我無奈地聳肩時，坐在旁邊的真理愛忽然朝我的後腦杓伸手。

「末晴哥哥，趴下來！」

「唔！」

現場仍舊安靜，汽車穿過校門。

「忽然壓著我是要做什麼啦，小桃？」

「再保持這樣一下。」

車直接開到教職員停車場，真理愛才總算鬆手。

「什麼情況？」

我撐起上半身發問，坐在副駕駛席的黑羽就說了……

「小晴，你不覺得在四周打探的人特別多嗎？」

「是那樣嗎？」

「年齡層與服裝也不對勁。你覺得沒有穿商務套裝的二、三十歲男女，為什麼一大早會出現在高中前面？」

「…………」

聽她一說，我發現那些人確實沒有穿套裝。

這表示——

「咦……我的戲迷？」

真理愛補充說道：

「人家猜測也有WeTuber之類的混在裡面。畢竟他們拍到東西可以發布到自己的頻道，也可以賣給媒體。」

「賣得了嗎？」

「精確的數字說不準，但是趁今天在社群網站投稿末晴哥哥上學的模樣，保證可以賺到不少播放數喔？」

「不會啦不會啦。」

我如此笑道，黑羽和真理愛卻文風不動完全沒有笑容。

「小晴，你聽我說——」

「黑羽學姊，讓人家來說明。」

真理愛制止黑羽，並正色說道：

「末晴哥哥，昨晚你名符其實地復出了。你不是在ＷｅＴｕｂｅ上經營的自媒體，而是已經在電視上展現出不輸以往的光彩。因此請你要有所自覺，周遭將會出現與你成為人氣童星時一樣的現象。」

「會、會嗎……？」

「會。」

黑羽做了補充。

「小晴，你有莫名自卑的部分，雖然完全沒有自戀情結是好事……但我覺得還是要有一定程度的自覺比較好喔。」

「自覺什麼？」

黑羽扶著額頭回答：

「現實。」

＊

「丸同學～！聽說你大受年長女性歡迎耶～！」

「而且人氣從昨晚就一路狂升！身為沒異性緣的男人，看了還真是羨慕～！」

「會痛啦！」

一通過校舍出入口，我立刻被正在等我的鄉戶跟宇賀纏住了。

他們應該昨晚就講好了吧。

真理愛隨即做出指示。

「事情果然發展成這樣……小碧，陸學弟，麻煩你們！」

「收到！」

「請交給我吧！」

喔喔，以往被糾纏時大多靠黑羽或白草用威嚇的方式把人嚇跑，不過讓力量型幫手保護也很

體格壯碩的兩人衝過來將鄉戶跟宇賀拉開。

可靠耶！

「丸學長！護衛的工作包在我身上！」

「哎，我也受了白草學姊拜託，只好保護你嘍。」

要讓碧保護會有點抗拒，但我很快就發現她比陸更靠得住。

「丸學長～請幫我簽名～！」

「下週的戲已經拍好了吧！可以的話，請告訴我內容～！」

「NODOKA小姐是個什麼樣的人？好想聽學長分享喔～」

「拍戲還是會緊張嗎？啊，不過學長是天才，完全沒問題的吧？」

無論同學或學妹，女生們正朝著我湧來。

我演的《永遠的季節》在女性間本身就有高人氣，而且容易對連續劇感興趣的也是女性。

大概也因此──這群戲迷可以說是前所未有的踴躍。

話雖如此，身為男性的我又不能用蠻力逼退她們，凶她們也不太好。

這時候碧就顯得很可靠了。

「對不起！這樣很危險！」

如此說道的她闖進那些女生當中。

男性隨隨便便不可能這麼做。陸再怎麼有力氣，也難保不會構成性騷擾。

黑羽跟真理愛個子和力氣都小。白草並非幫不上忙，但她是小說家，對粗活算不上擅長。

然而碧有著一百七十公分的高個子，也有能在國三打進全國網球大賽的力氣……擔任這次的隨扈正合適。

因此我落得了一整天都要以碧為主力，還要盡可能聚集群青同盟的成員圍在身邊保護的處境。

「喂喂喂，場面真不得了耶，姓丸的！」

「呵……我們來幫你了……」

「小熊！那波！」

全校應該都曉得我身邊的狀況不得了吧。

午休時間，孔武有力的棒球社主將小熊，還有留長髮的網球社主將那波來幫忙了。

另外，小熊到現在仍在暗地組織黑羽的粉絲團「不要同盟」，那波好像也還是會不時召開白草粉絲團「絕滅會」的聚會。

「你們……」

「我懂你的心情啦。」

「……呵。」

小熊與那波張開雙臂，組成人牆擋住湧來的女生並且說道：

「妳們誤會了！跟年長或年幼沒有關係，這傢伙對女性不感興趣！」

「……麻煩大家體諒他。」

「信不信我宰了你們！」

原來那些傳聞還在嗎！

雖然是自己種下的因，聽了還是很想死耶！

「好了好了，大家讓一讓～」

「鬧過頭要接受生活輔導喔！散開！」

接著現身的是辣妹學生會長飯山鈴——瑪琳，還有連哭泣的小孩看到都會安靜下來的嚴厲副會長——惠須川橙花。

「晴仔，哲仔，你們能不能來一下學生會室～？」

瑪琳勾了勾彩繪過的手指甲。

哲彥挑起眉毛。

對哲彥來說瑪琳似乎是天敵，他明明那麼花心，唯獨在瑪琳面前總是言詞辛辣。

「妳有什麼事？」

「身為學生會長，我想在這場騷動平息前先找你們商量～」

「只有來自學生會的意見嗎？」

「不愧是哲仔，真敏銳。我還整理了老師們的要求喔。」

事情鬧得這麼大，這也在所難免，但是「老師們的要求」……光聽就覺得很恐怖。

哲彥搔了搔頭。

「哎，沒辦法。要是又有人找我交代也很麻煩。我們都去學生會室就行了吧？」

「當然。」

於是群青同盟的成員決定帶著午餐前往學生會室。

150

即使到了學生會室，隔著霧面玻璃仍然可以曉得走廊上擠滿了人。

開始有學生繞到窗外探頭，橙花便拉上窗簾。

「好啦，你們邊吃邊聽我說。」

在瑪琳招呼下，我們圍著學生會室的大桌就座。

總算歇了口氣以後，大家各自吃起麵包或飯糰。

瑪琳開口說道：

「我們學校屬於普通的升學取向高中，所以老師們好像也慌得不知道該怎麼應對～」

「難道是要小晴停學在家思過？」

黑羽的發言聽得出來很緊張。

啊哈哈——瑪琳笑了笑。

「沒啦沒有啦～畢竟晴仔根本沒做錯事啊。從老師的立場來看，經營群青頻道好像還比演

連續劇危險多了～」

「這麼說也對。」

真理愛把手湊到下巴。

演連續劇的確屬於「大人也有參與的正當工作」，群青頻道會被視為「只有小孩在胡鬧的直

播活動」也不奇怪。社團活動能勉強成立，靠的是哲彥勢利的交涉手腕，以及真理愛的影響力，

但客觀來看就會覺得演連續劇健全多了。

「哲仔事前就告知過晴仔跟真理仔要演戲的事啦～演戲這件事本身並沒有被視為問題喔。」

「聽妳的口氣，似乎是演戲之外的部分有問題？」

白草的吐槽讓瑪琳笑了笑。

「以這次的情況來說，晴仔他們沒有問題啊。但這對校內造成的影響實在太大了。」

「…………」

「坦白跟你們說吧，感覺完全超出社團活動的規模了。雖然以往也是超乎規模，但是學校已經被逼到不得不棄保了。」

「具體來講，學校要我們怎麼做？」

「――可以的話，就是停止更新群青頻道。」

學生會室一片寂靜。

走廊與窗外那些學生的聲音，聽起來格外遙遠。

「不可能。」

哲彥率先出聲。

「對呀～我也向老師說過你們應該不會接受那樣的條件。畢竟你們沒有任何過錯嘛。」

「但是，妳會先提停止更新的條件嚇唬人，看來是期待我們做出某種讓步吧？」

「叮咚～！畢竟你們想想看？」

瑪琳回過頭，然後看向拉上窗簾的窗戶。

「這是晴仔只在連續劇出現一兩分鐘就發生的狀況喔？」

「……………」

「下星期出演時間會更長吧？跟劇情也會產生牽連吧？連真理仔都會參演吧？反應會這麼轟動，想必他曠違許久演戲也是一層因素。但你們不覺得到下星期會鬧得更大嗎？」

「嘖。」

哲彥咂舌。

「瑪琳，照妳的看法，讓步到什麼程度才算實際？」

「唔～大概是……『晴仔跟真理仔退出群青同盟吧』？」

「唔！」

所有人的臉色都變了。

瑪琳看起來像在胡鬧，狡猾程度足以跟哲彥比拚。

既然她提出要我跟真理愛退出，便不能忽視這項條件。

哲彥瞪向瑪琳。

「點名他們兩個，意思是要『將藝人剔除』嗎？」

「對。以往還能打馬虎眼，但出演連續劇的話，表示他們算是『正牌的職業人士』了吧？你們知道棒球對於職業及業餘的規定嗎？職業及業餘之間是不能交流的喔～？」

「哎，確實有條界線存在。」

「對吧～？」

「不過——我們還是不可能照辦。」

哲彥站起身，還把吃到一半的麵包扔進垃圾桶。

「瑪琳，誰在主導那個議題？」

「教務主任。他揚言應該要立刻把你們廢社。」

「呼嗯～是那傢伙啊。」

「雖然校長袒護說要尊重學生的獨立自主性，但斟酌過後好像還是要請他們兩個退出才能平息問題喔～？」

「OK。」

彷彿該談的都談完了，哲彥把手伸向學生會室的拉門。

用力拉開以後，走廊的學生群情鼎沸。

但也只有片刻而已。

哲彥的殺氣讓現場立刻安靜下來。因此拉門粗魯關上的聲音顯得格外響亮。

「哎，這種事也只能交給哲彥去辦。」

我如此開著玩笑。

因為瑪琳的震撼發言與哲彥的憤怒還留在室內，氣氛變得緊張不已。

「對呀。哲彥學長應該有辦法解決要我們退出的條件。」

真理愛也對哲彥的談判能力寄予信賴。

她從水壺裡把熱焙茶倒進蓋子，然後吹涼一飲而盡。

「正經事談完啦。晴仔，這個先交給你。」

瑪琳湊了過來，還把鑰匙擺在我面前。

「嗯？」

「你再看看那個紙箱。」

「謝了。」

這麼說來，瑪琳在這方面的眼光之遠與周到程度，給我的印象就像女版哲彥。

「青同盟的立場惡化吧？我取得顧問老師的許可了，所以你用來靈活保護自己吧。」

「噹噹～演藝研究社的社辦鑰匙～如果發生騷動就躲進去。再繼續引發問題的話，會讓群

瑪琳指向擺在櫥櫃上的紙箱，我便抬頭望去。

瑪琳於是伸手勾住我的肩膀。

「……啥？」

「……咦？」

「……嗯？」

瑪琳趁機伸出右手將手機高高舉起，還用勾肩的左手比出Ｖ字手勢。

我也因為瑪琳的胸部頂著肩膀，不由得愣住了。

黑羽、白草、真理愛都瞪圓眼睛。

「來，比個耶☆」

——啪嚓啪嚓啪嚓啪嚓啪嚓啪嚓。

拍照聲飛快地連續響起。

辛苦嘍——瑪琳如此低語就放開我了。

「好耶☆這樣就能賺追隨數啦～」

「……喂。」

她確實講過正經事談完了，但是忽然就來這一套啊。

「小鈴，妳剛才那樣有點說不過去吧？」

黑羽代我說出想說的話。

「黑仔～誰教這件事對學生會來說，完全是被連累的啊，要是沒有額外拿個補貼，妳不覺得划不來嗎～？」

「唔……倒不是無法理解妳的心情……」

「反正晴仔今天早就被偷拍很多次了，再多一張照也沒差多少～」

「就算那樣還是要取得他的許可再拍吧，飯山會長？」

這種時候就要靠白草銳利的話語。

「假如我說接下來想幫妳跟晴仔合照呢？」

「……沒辦法嘍。」

「小白！」

「末晴。」

未免太好收買了吧！

當我們鬧到一半時，跟瑪琳交棒的橙花來到我身旁。

她的臉色顯得十分急迫。

我歪頭感到不解。

「怎麼了嗎，橙花？」

157

「連續劇，雖然你演的部分很短，但是非常棒喔。」

「真的嗎？太棒了，我好高興！謝啦！」

這種直率的讚美是最讓我高興的。

「感覺你變得有點遙遠。」

「看起來而已，我什麼也沒變啦。」

「唔，也對。然後我有件事想拜託你。」

「嗯，什麼事？」

橙花依舊臉色嚴肅……但是她紅著臉，從包包裡拿出簽名板跟筆。

「——請幫我簽名。」

我不禁猛眨眼睛。

「可以是可以，不過居然連被形容成風紀委員的妳都會濫用職權……」

橙花說的話太令人意外，使得我這麼低語，她的臉就像煮熟的章魚一樣變得紅通通。

「唔——算了！既然你那麼說，簽名的事就算了！」

「抱歉抱歉！我沒有要惹妳生氣的意思啦！」

「哎呀～末晴，這是你的錯。」

「這次我跟志田有同感。」

「咦咦！」

被兩名新人責怪使我慌了起來。

「丸學長，副會長是在這種狀況拜託你的耶？我想她鼓起了相當大的勇氣喔。」

「對啊對啊。」

被他們倆這麼說，我也不由得不反省。

「是我的錯，橙花。我立刻幫妳簽……不對，謝謝妳對我的支持。請務必讓我幫妳簽名。」

「……一開始這麼說就好了嘛。」

橙花似乎有所不滿，但我應該沒做錯，她忸忸怩怩地把簽名板與紙遞過來。

當我誠心誠意地簽名時，換成陸靠近我。

「學長，然後我想順便提一件事……」

「嗯？」

「連你也要啊！」

「可不可以也幫我簽？我跟媽媽和表妹，總共三份。」

這傢伙從包包裡拿了三張簽名板出來，可見他一直在等待機會。

「啊，間島！這樣很卑鄙耶！末晴，你不要這麼小氣，也幫我簽啦！簽名旁邊要寫『給志田碧』喔！啊，還要附上日期！」

「碧！居然連妳都要嗎！」

「該怎麼說～一想到是你的簽名就覺得無所謂了，可是我昨天接到中學的學妹聯絡。所以我想回應她的期待，應該說，我也有一點想要炫耀的心理啦。」

「妳用這種方式討簽名，真夠糟的！」

話雖如此，他們仍是可愛的學弟妹。

我幫陸跟碧都簽了名。

＊

那天，所有人放學回家時都累壞了。

我們分別搭上真理愛安排的兩輛接送車踏上歸途。

「以後每天都會這樣嗎……」

碧這麼唸唸有詞。

車裡目前坐著我、黑羽、真理愛、碧跟司機。猜拳猜輸的碧坐副駕駛席。

哲彥還有事要辦就獨自行動了。這傢伙的行動依舊只會讓人有不好的預感。

「哎，碧。這種潮流大家膩了以後很快就會退燒啦。」

我這麼告訴她。

流行就是這樣。被牽著鼻子走的話會沒完沒了。

儘管我是這麼想……

「我想贊同小晴，不過就如小鈴中午所說，下週不知道會變得怎麼樣，令人害怕呢。」

「畢竟人家也會登場，下週播的才是重頭戲。」

就是說啊。

因為戲拍完了，我們內心輕鬆了下來，可是卻因前途未卜而感到恐怖。

「目前，哲彥學長似乎正在協調……」

「嗯？」

話題突然跳到別的事情，使我切換思緒仔細聽真理愛說的話。

「最後一集播完的隔天中午，有個情報節目希望我們能參與現場演出，製作單位正在打探群

青同盟的意願。」

「那種節目一般不是會在連續劇播出前先上嗎？」

「因為話題性比預期高，所以製作單位急著籌備，這是原因之一。另一個原因則是『永遠

的季節』在日聯通播完後會免費上架一個星期，發行商的判斷是希望讓節目把這項資訊散播得更

廣。」

「很像網路時代會用的手段。」

「據說製作單位想邀請的來賓是未晴哥哥跟人家兩個人，未晴哥哥上節目也沒問題嗎？」

「行啊。」

黑羽開口問道：

「欸，小桃學妹。我能不能問一件事？」

「請說。」

「所以這次你們受邀當來賓是照妳的計畫在走嚕？」

「⋯⋯唔？」

我聞言不禁偏頭。

「小黑，那不太可能吧。小桃剛才說過這次是因為連續劇獲得迴響才邀我們當來賓的啊？」

「不然我反問你，像這種節目邀請來賓是立刻就能敲定的嗎？或許觀眾的迴響有推波助瀾的效果，不過節目本身應該更早開始籌備吧？」

「我想會視情況而定啦，但是妳說的也對⋯⋯」

「由於迴響熱烈便緊急製播！與其這麼想，感覺不管迴響如何，事前先和來賓交涉是否願意上節目比較合理。況且就是因為迴響熱烈，才抓準最後一集剛播完的時機，還挑了觀眾以主婦居多的午間情報節目嚕？」

163

「最近哲彥同學比較常先回家不也跟那有關嗎？」

真理愛把食指湊到下巴，發出「唔～」的嘟囔聲，然後偏頭嫣然一笑。

「我說過，小桃學妹！妳那樣什麼都不能敷衍！」

真理愛嘆了口氣。

「如同人家以前談到的，我認為末晴哥哥應該以演員的身分活下去。人家相信他具有那樣的才能，因此一直都認為末晴哥哥只要演連續劇就會像今天這樣轟動。所以為了讓他在演藝界活動更方便，人家事先拜託過哲彥學長，請他幫忙交涉上節目演出的事宜。如此而已。」

「妳想用那種方式，讓小晴往演藝界靠攏嗎？」

我眨了眨眼睛。

「從一開始人家就確定會上節目了，而交涉結果是只要末晴哥哥本人沒答應就不用參加。」

「原來是這樣。」

「希望末晴哥哥在演藝界活躍，也希望他變得更有名氣，這是人家的私心。然而畢竟不能強加在他身上。」

「謝啦。」

我對真理愛尊重我的意願這點表示感謝。

「還有，人家補充一點。」

如此聲明的真理愛說道：

「哲彥學長會先回家，並不是為了交涉當節目來賓導致的喔。」

「是嗎？」

「當然他也有幫忙交涉，但是在先回家的理由中頂多只占百分之十吧？」

「剩下百分之九十是？」

「人家不清楚。在群青同盟裡，大概只有玲菜同學有可能知道。」

「這樣啊。」

不清楚哲彥的目的。

這次演連續劇讓我受到的關注飛躍性的增長，順利的話連真理愛的知名度也會跟著提升。

哲彥還幫忙斡旋讓我們上午間情報節目，代表他希望我跟真理愛變得更有名。

但在那之後呢？

我跟真理愛變得有名，對哲彥有什麼好處？

能想到的就是他之前談過要製作「電影短片」當成群青同盟的最後一項企畫，還希望能更受到矚目。

只不過──

（哲彥會是單純想出名的那種貨色嗎……？）

165

我感到懷疑，然而最重要的是哲彥什麼都不跟我們說，因此只能把疑問留在心裡。

*

忙亂的一週過去，到了播出《永遠的季節》最後一集的日子。

原本這次大家也預定會聚在一起，並在群青頻道開直播，但我們發表致歉文表示要中止。哲彥目前仍在跟老師們交涉，為避免驚動校方才會停止更新。只能說是逼不得已。

「喔，開始啦。」

這裡是志田家的客廳。

志田家的大家長……銀子伯母一邊用手肘撐著餐桌，一邊喝起罐裝啤酒。

我與「Colorful Sisters」亦即志田四姊妹守在電視前的沙發，並且盯著連續劇片頭。

「當年那個小弟弟，居然會被坊間封為『師奶殺手』啊……」

「請妳別消遣我了，銀子伯母。」

為什麼我身邊的年長女性都喜歡消遣我呢？

尤其銀子伯母總會邀我到家裡吃飯，有時候就像乾媽一樣讓我抬不起頭。話雖如此，我們也不是真正的家人，所以沒辦法強烈反抗，只能任由消遣。

「啊，不過我能理解耶。末晴哥之所以會被觀眾說成那樣的原因。畢竟末晴哥上週告白的時候，看起來非常可愛啊！」

蒼依用力熱情地說著。

我有種難以言喻的複雜情緒。

「咦，我說錯什麼了嗎……？」

「呃，沒有啦，蒼依，我知道妳是在誇獎我。不過被妳用可愛形容，心情實在很複雜……」

蒼依才是我心中排第一的「ＴＨＥ・可愛女生」。

升上中學二年級以後，她更顯得楚楚可憐，光看那特徵明顯的雙馬尾搖曳生姿的樣子就能讓人感到幸福，是個含蓄善良的女孩。

被那樣的女生形容可愛……唔嗯～果然心裡還是會覺得不舒坦。

「晴哥，你那是怎麼演的？」

坐在右側的朱音拽了拽我的袖子。

「我跟蒼依一樣，也覺得你在戲裡很可愛。可是晴哥就是晴哥啊，客觀地從身高及年齡之類的數據加以判斷，正常來說會覺得帥氣才對。然而我卻覺得戲裡的晴哥可愛，還感到揪心。以邏輯而言不合理。」

朱音隔著眼鏡凝望著我。

167

每週都會見面就不容易感受到，但仔細看就會覺得她比起去年應該更有女人味。

朱音跟蒼依是雙胞胎姊妹，臉孔十分相像，不過朱音的眼睛稍有銳氣，給人的印象及性格都和蒼依相去甚遠。

蒼依從未這麼認真地端詳我。頂多只會含蓄地偷瞄幾眼。

然而朱音就有些肆無忌憚。志田四姊妹全都是公認的美少女，朱音卻對自己的姿色毫不在乎，只顧盯著我看。

（像這種部分，就讓人有點擔心耶……）

有的男人會因而錯意。朱音的同學要是被她用這麼熱情的眼神盯著，很容易就會淪陷吧？

……以大哥的立場來說果然還是會擔心。

「怎麼了嗎，晴哥？」

「啊，沒事，沒什麼。」

朱音的視線實在太過率直，使我不禁陷入沉思。

我帶回原本的話題。

「朱音，妳在問演技吧？我不確定能不能好好解釋，但是妳提到的那種現象感覺並沒有那麼稀奇。」

「咦……？」

大概是我的答覆令人意外，朱音愣住了。

朱音總愛用邏輯思考，因此我冒出電腦當機的印象。

「我還是想不通。什麼意思？」

我決定打個比方。

「妳想嘛，小黑個子矮又長得一副娃娃臉，卻是碧的姊姊吧？」

「啊……」

朱音似乎聽出了我的言外之意。

「因為我們都看習慣了，所以會覺得理所當然，但是她們默默站在一起的話，即使有人把碧當成姊姊也不奇怪。但只要一看她們講話，每個人都會曉得小黑才是姊姊。」

「嗯。」

「就算不是親人，看到年紀小的女生牽著更小的男生，擺出『姊姊』的風範，妳不覺得那就有種『年長感』嗎？」

「有喔有喔！像是看小朋友幫忙跑腿買東西的節目！明明那麼小，卻會護著自己的弟弟，很了不起耶～」

原本在旁邊啃煎餅的碧加入話題。

「同樣的，我這次演的是『憧憬鄰居大姊姊的角色』。所以沒有營造出『年幼感』可不行，

妳看了會覺得可愛多過帥氣，應該就代表我有融入角色當中。」

「……原來如此，我懂了。表演的世界，好深奧。」

看來朱音似乎理解了。

銀子伯母斜舉啤酒罐豪飲，然後大呼一聲用手背擦了擦嘴唇。

「要是你偶爾也能對我露出那種閃亮的眼神就好嘍～」

「拜託，銀子伯母，就說別消遣我了。」

銀子伯母喝酒喝得很快。第三罐即將喝完。

按以往的情況來想，她應該已經有點醉了。差不多該提高警覺了。

正當我打算防備的時候。

「啊，末晴，不過我們家的女兒除了黑羽以外，都會對你擺出那種眼神嘛。」

「噗！」

對方忽然出招。看來是我應對得太晚。

銀子伯母盤腿讓應該有遺傳給碧的大塊頭坐起身，還伸手拿來第四罐啤酒。

「她們眼裡都閃亮亮的，對你的好意早就滿出來嘍～」

「媽、媽媽！」

碧滿臉通紅地起身。

銀子伯母用準備拉開拉環的手指指向碧。

「怎樣怎樣，碧～？妳害羞啦～？」

可以看出碧氣得理智斷線了。

「酒鬼！我要帶妳上床睡覺！」

「麻煩妳嘍，碧～」

「…………」

「…………」

現場只留下了尷尬的氣氛。

碧揹起銀子伯母走向寢室。

他地方，跟黑羽差多了。

不愧是黑羽，完全不為所動。還能一如往常地隨手在茶裡加醋。

該說是身為長女的風範嗎？連生氣都不敢的蒼依滿臉通紅地僵著不動，至於朱音轉頭看向其

傷腦筋。這對可愛的雙胞胎讀中學二年級，都是正值多愁善感年紀的女生。

正常來想，即使進入叛逆期地開口消遣，會忍無可忍地湧出害羞或憤怒情緒是很能體諒的。倒不如說我自己在這個時期，跟父母的關係就相當惡劣。因此面對父母粗神經地開口消遣，會忍無可忍地湧出害羞或憤怒情緒是很能體諒的。

所幸她們倆沒有散發出叛逆期的氣息，卻也不是遭受母親消遣還能一笑置之的類型。這時候

我有必要幫忙打圓場吧。

看得出她們倆纖瘦白皙的頸子都變得通紅了。

我低聲朝著把臉轉開的兩個人搭話。

「朱音，蒼依。」

「唔！」

「噫！」

被叫到名字使她們倆的肩膀抖了一下。

即使性格不同，這種部分還是很相像。可以感受到她們是雙胞胎。

銀子伯母消遣人太沒有顧忌，好像讓她們很介意。害羞的兩人非常可愛，我可以一直看都不

會膩，但是讓她們緊張個不停也很可憐。

開個玩笑設法緩和氣氛好了——當我如此心想時，黑羽便開口：

「小晴，你將來的出路要怎麼辦？」

電視從片頭曲進了廣告。

黑羽抓準那一絲空檔，臉朝著畫面向我問道。

「耶？」

突然被這麼問，我一瞬間無法反應過來，不由得反問一聲。

「將來的⋯⋯出路？」

「對。你已經決定好了吧？」

黑羽仍望著電視。

口氣輕鬆，臉色也沒有改變。

然而話題的沉重度與依舊尖銳的切入點，都足以讓我的心跳飆升。

「⋯⋯為什麼妳會曉得？」

「嗯？沒為什麼。看過你上星期的演技，我找哲彥同學試探後就覺得他一副知情的樣子。」

「很恐怖耶！妳看透多少事了啊！」

「別小看青梅竹馬，我能說的只有這些。」

黑羽側眼朝我瞥了過來。

「然後你不肯告訴我嗎？」

「我不問你就不肯說啊？會不會太見外了？」

「並不是那樣，哲彥那傢伙之前對我的演技給了建議，那時候我答應要告訴他，所以⋯⋯」

「⋯⋯也對。」

正當我準備開口，應該已經把銀子伯母扔上床的碧急忙趕回來。

「喔，正好開演了嘛！幸好有趕上～」

我對黑羽說道：

「等連續劇演完，我再慢慢跟妳談。當然也希望妳的妹妹們也能聽我說。」

「……嗯。」

儘管黑羽略顯不悅，光聽這一聲就知道她同意了。

我也沒資格說黑羽呢。

交情夠久，從一點細微的跡象就能了解對方心境。

「『——請跟我結婚。』」

電視正播到上週的最後一幕。

我希望認識童星時期的我，也知道我後來因絕望而黯然度日的這四個人能看一看現在的我，

便決定默不作聲。

＊

連續劇《永遠的季節》最後一集播出後隔天。

時鐘的針指向正上方，來到中午十二點。

站在攝影棚鏡頭旁的製作人默默指示開拍。

主持人得知電視畫面從廣告切入棚內，在鏡頭對準他的同時開朗地低頭問候：「午安！」

「好的，今天同樣為您帶來午間情報節目《歪斗歪斗》！由各位熟悉的久平主持節目！」

攝影棚內頓時歡聲四起，掌聲籠罩現場。

鏡頭從觀眾席切換至各界名嘴身上。四位名嘴依序做了自我介紹，接下來是今天的新聞。

「今天還請到了特別來賓！昨天在連續劇《永遠的季節》參演的丸末晴先生以及桃坂真理愛小姐！」

隨著久平先生的介紹，我跟真理愛從後台踏進燈光耀眼的攝影棚。

儘管群青頻道也直播過好幾次，設備規模與觀眾人數跟這裡果然還是天差地遠。

更重要的是，意識到「自己目前在電視上被全國觀眾看著」就會讓心跳急遽加速。

我一邊對那樣的光彩感到卻步，一邊依照劇本走向久平先生。

「桃坂小姐去年曾上節目宣傳連續劇，不過丸先生是首次蒞臨本節目！以出席情報節目的時間來算，也已經相隔七年了！」

「「哦哦～」」

來自觀眾席的聲音讓壓力更上一層。

175

我感受到額頭在流汗。

「感覺怎麼樣，丸先生？久遠地──」

久平先生說到這裡先把話打住，然後扭了扭頭。

「……呃，感覺不太對。怎麼叫都不太順口。接下來能不能讓我像以前一樣稱呼你們『小丸』和『真理愛』呢？」

某方面來說主持人也是演員──我不得不這麼想。

看起來像臨場發揮，但這段閒談也確實寫在劇本上。

我在無意間把手放在胸前。

掌心於是感受到心跳。

「啊，好的。沒問題喔。」

「我也不要緊。」

「那麼……小丸！首先請問你，久遠地上現場節目，感覺如何？」

「雖然我拍連續劇也會緊張，上現場節目果然是另一個層次呢……各位平時都在這樣的場合談話真的很厲害。」

「你的談吐變得很成熟耶！」

「我也已經讀高中三年級了！請不要消遣我啦！」

觀眾席傳出笑聲。

這段對話當然也是照劇本演出。節目腳本家是希望一面逗樂子，一面讓觀眾知道我現在多大了吧。

由我談到自己讀高中三年級，藉此方便觀眾磨合我過去的形象。初讀劇本時，令人不禁佩服腳本家連這部分都有顧及。

「那麼真理愛會緊張嗎？」

「群青頻道也開了不少直播，因此我滿樂在其中的喔。」

「哦哦～真是可靠！你們在童星時期隸屬同一間經紀公司，也有合演過連續劇，一起上情報節目倒是頭一次！況且《永遠的季節》如今話題正熱，我們也準備了許多問題！請你們先到那邊就座！」

我跟真理愛簡單致意後，就移動到來賓的特別席。

大型簡報板在我們就座的這一小段空檔搬到現場。簡報板上面有許多地方用紙條貼住，從折角處一一撕掉就會看見底下寫了什麼，是節目常用的道具。

「在揭開問題表前，我們整理了昨天連續劇播出後的迴響，因此⋯⋯請先看這段影片！」

電視畫面從攝影棚切換，開始影片播放。

參演者這邊也能看見在播什麼，因此我看得見影片。

不過並沒有事先得知影片的內容，我便默默盯著畫面。

「上週，相隔約七年在戲裡亮相以後，搜尋熱度隨之飆升的『小丸』！昨晚於萬眾矚目下播

出讓情場掀起新風暴的最後一集！」

簡介詞隨特效出現後，畫面切到昨晚劇中的名場面集錦。

我從NODOKA小姐背後抱住她並表達愛意。

攝影棚裡傳出「呀啊～」的尖叫聲。

「『也許我依舊軟弱，但我會成為配得上妳的男人。我會成為胸襟寬廣的男人，以免阻礙妳

的夢想。』」

「『假如這是一場夢，我不想醒來……因為我知道……能把妳摟在懷裡，這樣的奇蹟並不長

久……』」

重新一看，我發現自己相當做作耶……

呃，雖然劇本那麼寫，不過理想中的小鮮肉難道就是這種感覺嗎？

啊～但反過來想，或許就能接受。

比方說理想中的小女生會跟洋娃娃一樣，或者形象清純卻喜歡撒嬌，又或是身為辣妹卻對御

宅族溫柔，很多時候看在女性眼裡也會斷言「不可能」才對。

「『──我不想放手……因為我一直夢想著，跟大姊姊姊進展到這一步……』」

「『成熟的女性果真不一樣呢。玩弄起男性就是老練。』」

哦，這次換真理愛演的場景了。

「『永遠的承諾根本不存在。心會隨季節轉變，承諾會被淡忘。承諾重要的是不停更新。明明放棄了那一點……你卻……』」

「『為什麼你不肯看著我……？我明明比那個人還要鍾情於你……！』」

不錯不錯，真理愛成為一名好演員了呢。

以前她的可愛比什麼都醒目，現在也懂得放感情進去了。多虧如此，真理愛能演的不只是有如洋娃娃的角色，像這次飾演情敵也能營造出色的存在感。

採訪員向兩名已經出社會的女性問道：

「請問妳們有看昨晚播的《永遠的季節》嗎？」

影片是在車站前找昨晚看過連續劇首播的人詢問感想。

名場面集錦播完，換成了採訪片段。

「看了！小丸長大了耶！個性內向卻節節進攻，好誇張喔！要是遇到年紀小的男生那樣，會抵擋不住呢！」

「吃醋的真理愛也很可愛！語氣是千金小姐卻醋味濃烈，演得就像午間連續劇讓人感到一陣酥麻！」

令人感激的是，每個受訪者都對我們讚不絕口。

當然電視台應該有篩選過感想，不過被誇獎沒道理感到排斥。

因此播完採訪片段後，我的心情變得飄飄然。

穿插廣告過後，鏡頭帶回到攝影棚。

在掌聲包圍下，主持人的聲音傳開。

「——好的！《永遠的季節》就像這樣掀起巨大迴響，在觀眾盛讚之下完結了！現在有問題要請教於劇中飾演要角，還久違地上了節目的丸末晴先生與桃坂真理愛小姐兩位來賓！」

噹噹！

音效響起，久平先生翻開大型簡報版的最上層。

「這裡有十個問題想請小丸與真理愛回答！這些是透過節目的官網募集問題，再由工作人員嚴格挑選出來的！」

啊，是喔～

劇本裡寫到的問題是九個，不知道他們什麼時候改的。

哎，連續劇昨天播完，在收到觀眾迴響的過程中多加了一題……這點變更也不奇怪吧。

關於九個問題都已經準備好答案了，因此這不要緊。

雖然只有一題，非得靠臨場反應回答就相當有壓力。原本我希望製作單位事前能知會一聲，

但在節目現場又無法表露不滿。

（⋯⋯沒辦法了。）

既然節目已經開始，我也無可奈何，設法撐過去吧。

我靜靜地深呼吸，並且做好覺悟。

「那麼⋯⋯第一題！」

久平先生撕下寫著①的紙條。

上面寫了——『請問兩位喜歡年長的對象？還是年幼的對象？』。

「哎呀，一開頭就問得這麼直接。」

「尤其小丸在社群網站被封為『師奶殺手』造成話題啊。大家對這點感到很好奇。」

名嘴們開始鼓譟。

年長還是年幼的對象嗎⋯⋯

讀劇本時，我心裡先浮現的是黑羽、白草、真理愛的臉。

只看年紀的話，就是同學、同學、學妹。

然而我立刻察覺了。

年長的對象也相當有魅力。

比如之前的繪里小姐就很厲害。雖然我不能細說是什麼部分，但她太棒了。我深受感動。

181

得出結論的我有了答案，於是露出公關用笑容說道：

「年長與年幼的迷人女性都很多，因此我對年齡不會特別講究。」

「那麼，你有想過年長到幾歲算OK嗎？」

「沒有特地訂標準耶。以這次的連續劇來說，NODOKA小姐就是非常有魅力的女性。坦白講有一點驚險。」

哇哈哈——笑聲在攝影棚傳開。

很好很好，跟童星時期一樣將場面擺平了。能一面像這樣巧妙迴避較難回答的問題，一面博得笑聲，我的表現應該算及格吧。

「那真理愛是怎麼想的呢？」

「——我選年長的對象。」

顯得性急的回答。由於實在答得太快，甚至讓久平先生都慌了。

真理愛彷彿表示自己已經回答完畢，正在等現場的反應。

雖然接話的時機不符預期，久平先生仍是主持這個節目長達五年的專業人士。

他立刻穩住陣腳做了總結。

「啊……真理愛符合本身可愛的形象，喜歡年長的人呢～」

「是的。」

不知道怎麼回事，真理愛表現得格外沉著，卻又有股魄力……

我感到背脊發涼，但由於是在鏡頭前，就決定保持笑容。

*

「接著是第五題……提到小丸與真理愛就會想到群青頻道。所以現在要問這一題！『對兩位

來說，群青頻道是什麼樣的存在呢？』」

地點在穗積野高中。

時間過了十二點半，第四堂課上完，已經進入午休時間。

今天的頭號話題是末晴與真理愛上電視節目。

學校裡四處可見邊吃午餐邊閒聊的人。

群青頻道的官方網站宣布末晴與真理愛取得學校的許可，從十二點就會在午間情報節目「歪

斗歪斗」現場演出的消息。因此儘管趕不上開播時間，第四堂課一上完，大家就跟朋友聚在一起

用手機收看節目。

手機螢幕另一端，穿便服的末晴正說著……

『這個嘛……對我來說，那是可以跟夥伴們瞎鬧的地方……帶領我們的人叫甲斐哲彥，我算

是中了他的計才逐漸開始在群青頻道活動，但我試著回想至今以來的高中回憶，發現全都跟群青頻道有關呢。』

『我沒有參加過社團，因此覺得從中獲得了寶貴的經驗。彷彿一口氣就取回了過去憧憬的青春……對我來說，群青頻道已經無可取代。』

中庭——

被暖和的陽光吸引而在長椅吃午餐的兩個三年級女學生正看著節目。

她們把手機擺在手機架上看節目並吃著三明治。

「像這樣看節目，就會實際感受到丸同學和桃坂學妹真的是藝人耶。」

「對呀。桃坂學妹第一次上學時超轟動的，不過大家說來說去也習慣了。」

「雖然現在在學校看見桃坂學妹，還是會因為她可愛得不得了而嚇到。」

「丸同學讀一年級的時候，一點也不起眼呢。」

「就是說啊。二年級校慶之前，我根本不曉得他的存在。」

「我看了連續劇，感覺他在不同場面給人的印象完全不同耶。戲裡頭演得很可愛，在群青頻道會耍寶，而現在看起來有點成熟。」

「雖然長得不帥，見識過落差以後卻會留下印象。」

「他在群青頻道展現的是不是私底下的性格呢？」

「有專業形象感覺好詐喔。妳想想看，有的人明明不帥，可是歌唱得好就會覺得看起來很帥。」

「啊～超有同感～」

到處都有這樣的對話。

造成了這麼大的話題，關係更近的群青同盟成員自然沒有不看節目的道理。

『第六個問題──』

演藝研究社用來當社辦的第三會議室。

黑羽、白草、碧、陸四人目前聚在這裡。

並沒有誰提議要聚會。四個人都自然就走到了這裡。

在場的成員沒有像外頭那樣喧鬧。他們認識平時的末晴跟真理愛，感覺能靜下來守候節目的動向。

「那隻母狸貓好會隱藏本性……到了這種地步會覺得佩服耶……」

碧一邊看著自己的手機畫面，一邊感慨地低語。

在不遠處同樣看著手機的陸也驚呼：

「明明是現場直播，丸學長也表現得好沉著。雖然最近常常忘記，看到學長這一面就會想起他其實是個厲害的人。」

185

黑羽沒有加入他們倆的對話，而是向白草說道：

「我倒是有不好的預感。」

「哎呀，這麼巧？我也是喔，志田同學。」

「小桃學妹那種笑容，就是準備搞鬼時才有的吧？」

「再怎麼微笑都顯得皮笑肉不笑。她正盤算著什麼……我有這種感覺。」

視線始終投向手機。對話也像在閒聊。

從她們身上卻釋出螫人般的殺氣。

黑羽與白草那副模樣，讓一年級的成員嚇壞了。

「噫……志田學姊與可知學姊看出什麼了啊……？」

「老天保佑老天保佑……黑羽姊變成那樣的時候真的很恐怖……今天別找她講話了……」

『接著換下一題！第七個問題是——』

無關乎穗積野高中的喧嚷，節目繼續進行。

播出時間還長得很。

*

另一方面，穗積野高中第一會議室——

『第七個問題是——』「在群青頻道讓兩位覺得最辛苦的攝影是哪一次？」』

桌子排成圓形的會議室內，黑板前方垂下來的投影幕正在播放午間情報節目《歪斗歪斗》。

以校長、教務主任、年級主任為首的老師們正坐在椅子上觀看那一幕。

『碰到整人型企畫時真希望他們放過我！大部分都是那個叫甲斐哲彥的爛傢伙安排的，我有好幾次都想要宰了他！』

末晴的發言讓攝影棚情緒鼎沸。

老師們卻沒有笑。沉重的氣氛籠罩會議室。

負責主持的教務主任將目光轉到站在會議室中央的少年身上。

「居然會在電視上被提到名字，你真是個名人啊。」

「哎，雖然比不上他們倆，但是我滿常在群青頻道露臉，影片的觀眾恐怕認得我。」

冷冰冰的態度讓教務主任露出苦瓜臉。

哲彥卻絲毫不為所動。他只是杵在會議室中央。

電視畫面中的末晴談道：

「啊，我想辛苦有許多層面，不過拍攝「樂園SOS」那次就滿辛苦的。當時可知同學的練習量大得傷到腳，我卻只能看著她練習，不禁想著要是自己能代替她上場就好。」

187

「果然在那時候就該將社團廢除了。」

教務主任如此斷言。

聲音裡夾雜著露骨的敵意。

「即使說要顧及學生的獨立自主性，沒有顧問陪同就跑去旅行……還弄得受傷……幸好家長沒有將事情鬧大，有閃失的話真不知道學校要承受多大的指責。」

這時真理愛是聽見了教務主任的發言而開口：

『近年來，聽說校方對於在社團活動受傷之類的狀況反應過度，有許多學生就變得不敢挑戰。但是白草學姊說過，她將當時的挑戰當成寶貴的經驗。對於肯守候我們從事活動的學校不勝感激。』

教務主任一臉苦澀。

哲彥並沒有看漏。

「太好啦，教務主任。這可是全國播送的節目喔？透過真理愛的發言，我們學校會被視為有先見之明的學校吧？」

「……事情並沒有那麼單純。肯定也會有人指責。」

「凡事都會有人指責。教務主任總不會將一個人的指責放大成一百倍來解讀吧……」

「當然。」

「您能夠理解便是萬幸。」

哲彥的口氣固然恭敬，卻沒有掩飾自己是在挖苦。

教務主任皺起眉頭，並且用中指調整眼鏡的位置。

「唔哇，丸與桃坂都在社群網站上了熱門搜尋。」

有個在滑手機的老師唸唸有詞。

那句話造成的效應也蔓延到其他老師身上。

「真是龐大的影響力……」

「換成平時會接納藝人入學的高中也罷，對於我們這種平凡的升學取向學校實在是……」

「體制與規定都來不及備妥啊……」

「目前帶來的影響仍然以正面居多，萬一發生問題時就難說了……」

哲彥靜靜聽著老師們的發言。

不過唯有目光一直朝著投影幕上的電視節目。

哲彥在等。．等待那一刻的到來。

＊

節目現場進展順利，終於來到了最後一題。

「好的，來到第十個問題了！」

久平先生起勁地宣布。

攝影棚裡氣氛熱烈，讓他的台風更加俐落。

與狀況極佳的久平先生相反，我的臉色變得蒼白。

（不知道的問題還沒有出現……）

我拿到的劇本裡只寫了九題。

什麼時候會出現呢……下一題嗎……想著想著就來到了最後一題。

由於是久違參加現場節目，我心裡緊張著，也累得快。況且知道劇本裡有未知的環節，操心會加速疲勞。

（要靠臨場反應好好應對……）

我想立刻鑽進被窩，然而就某方面來說，重頭戲現在才開始。必須打起精神克服最後一關。

噗通噗通——可以曉得心臟正怦怦跳著。

我嚥下口水，守候主持人的行動。

「最後一題是——」

久平先生朝簡報版上的紙條伸手然後一口氣撕掉。

「『所以小丸的真命天女到底是誰？』請回答！」

「——噗！」

我聽得嚇噴了，還癱倒在地上。

喂——！

什麼問題不問，我唯一不曉得內容的題目居然要問這個喔！

——全國現場直播中。

我明白這有多沉重！十分明白！

不過應該說正因如此……這個問題實在超出我的極限……我感到渾身乏力，不得不**癱倒在地**

「欸欸欸！等一下！慢著慢著！」

我伸手表示請現場所有人放我一馬，攝影師反而湊了過來。

「能不能請你等一下再拍！我說真的！」

我扶著椅子勉強用蹲姿起身，卻因為疲倦與冷不防出現的狀況而暈頭轉向。

主持節目的久平先生愉快地張開雙手。

「整人大成功！其實這題是瞞著小丸準備的！順帶一提，想出這主意的就是群青同盟總召，

甲斐哲彥同學！」

「那傢伙夠了喔喔喔喔！這是要在全國播出的耶！」

之前我才說過想宰了他，未免太快就前後呼應了吧！

諧星名嘴們笑得合不攏嘴。

「小丸，你給的反應太精彩了！糟糕，應該先準備熱呼呼的關東煮給你！」

「有我也不會吃喔！」

「真可惜。那關東煮的事先擱一邊……真命天女是誰，說來聽聽吧。」

「唔——」

期待的目光從四面八方落在我身上。

不只是名嘴，連觀眾也注意著我的舉手投足。

局面！我得扭轉這個局面！

「等等！不不不不！對、對了！」

這種時候能做到的——

就是逃避。

「大家是不是覺得有點累了？先把話題告一段落——麻煩進廣告！」

我硬是把話題拋給工作人員，製作人就跟助理導演說了悄悄話。

助理導演連忙用麥克筆在素描簿上草草寫字。

素描簿翻過來以後，上面寫著：

「節目準備了充分的時間給你，加油。」

「拜託喔喔喔喔！這不是『加油』就能帶過的耶！」

當我苦苦掙扎時，新的簡報板搬來現場。

他們肯定只對我隱瞞題目，一連串的流程應該都照著劇本在演出。

久平先生眼明手快地解說。

「呃～在這裡向沒看群青頻道的觀眾做個說明，去年九月，小丸在首發的影片裡向他的青梅

竹馬志田黑羽於文化祭公開告白，然後被**轟轟烈烈**地甩了。」

「我說真的，不要附圖說明這些啦！」

圖上寫著我、黑羽、白草、真理愛的名字，從我劃向黑羽的箭頭附了愛心符號，還打了叉叉。

「後來經過一番明爭暗鬥，演變成志田黑羽同學、小說家可知白草同學，還有我們請來上節目的桃坂真理愛小姐在群青頻道互相爭奪小丸的局面。女人間肅殺的戰鬥已經成了群青頻道的看頭之一。」

名嘴之一的中年女烹飪專家開口。

「啊，這麼說來，之前我看群青頻道的時候，有一則留言很不錯。『時下最夯的修羅場，就在這裡』。我也覺得正是如此。」

「啊～啊～我不想聽！我沒有自搜的習慣，拜託不要跟我提那些～！」

「這是全國都會播送的現場節目喔，千真萬確耶……？」

「呃～小丸似乎無法發表意見，桃坂小姐覺得怎麼樣呢？」

「啊～這個嘛～」

真理愛語帶含糊地看向我。

「啊，末晴哥哥把耳朵捂住了，因此能不能請大家稍等一下？在這段期間，請一號攝影機先

做準備。二號與三號攝影機也就位了嗎？」

攝影師們在觀眾看不見的地方豎起大拇指。

（咦……？小桃跟攝影師串通好了……？）

看到她不可思議的舉動，我自然地放開耳朵。

「咳。」

真理愛刻意地咳了一聲。

「久平先生，你問的是我對第十題有什麼想法對嗎？」

「是啊。」

「關於這一點——」

真理愛短暫地對我賊笑，接著就從正面望向鏡頭。

簡直像隔著鏡頭在回望觀眾。

經過耐人尋味的舉動後，真理愛說道。

還帶著我所看過最為得意的表情。

「——我……愛著末晴哥哥！」

一號鏡頭，特寫！

二號鏡頭，特寫！

三號鏡頭，特寫！

她顯得心情絕佳，一副得逞的表情。

真理愛得意的表情就這樣從三個方向切換並加以特寫。

「噗！」

在我聽得嚇噴的同時，哀號般的尖叫聲迴盪於攝影棚內。

「呀啊啊啊啊啊啊！」

「不會吧啊啊啊！」

「真理愛在現場節目告白了耶！」

攝影棚一陣瘋狂。

與觀眾們的猛烈反應呈對比，主持人久平先生與名嘴們都目瞪口呆。

「這、這是……呃，沒想到，居然會當場告白……」

話說到這裡，久平先生就說不出話了。

名嘴們也愕然地開口。

「妳是個不得了的女孩呢，真理愛……」

「不知道該說有膽識還是前所未見……我的年紀比真理愛大一倍，卻不敢這麼做……同樣身為女性，會忍不住尊敬她呢……」

工作人員雖然沒有發出聲音，動搖的模樣卻更加明顯。當中還有人慌忙跑了起來。這句告白肯定是真理愛的臨場發揮吧。

觀眾們的喧鬧聲停不下來，攝影棚一片混亂。

這時候有個跑掉的工作人員去跟製作人講了悄悄話，然後助理導演又用麥克筆在素描簿撇上大字。

上頭寫著「節目繼續！」。

看來這是目睹觀眾懷著善意接納才做出的判斷。隨著現場逐漸冷靜，可以看出許多人都對真理愛的勇氣抱持敬意。

至於在現場節目中被告白的我——

丟臉的是我感受不到現實，不由得愣住了。

「來，末晴哥哥，我扶你。」

我依舊跪在地板上，真理愛就把手伸了過來。

「好、好啊……謝謝……」

197

「哪裡哪裡。」

由於有新的動作，攝影棚迅速變得鴉雀無聲。

工作人員與觀眾都嚥下口水，看真理愛是不是又要做些什麼。

真理愛確認我坐回特別席以後，又刻意地咳了一聲。

「首先請容我重新聲明，這是我毫不虛假的心意。我對末晴哥哥懷有的是將他視為一名男性的愛意。這當然不是玩笑話，請讓我重申，我做的可以說是一生僅限一次的告白。」

真理愛顯得完全不緊張，還聲音響亮地說道：

「而且這是由我擅自做出的行為，因此請千萬不要做出會對志田黑羽學姊、可知白草學姊造成困擾的舉動。另外也請絕對不要逼問末晴哥哥的心意。我只是擅自公開了自己的心意，並沒有要求答覆。」

「小桃……」

原來妳也跟黑羽和白草一樣，願意等我下定決心嗎？

在這麼盛大的場合告白要有相當的覺悟，真理愛卻始終尊重我的想法。

對此我感到胸口發熱。

「末晴哥哥。」

如此說道的真理愛並把身體轉向我。

「因為你跟我從童星時期就情同兄妹……所以無論我怎麼示好，你都不會認真當一回事對嗎？」

「呃，這個——」

我明白她的好意。

但是在文化祭的舞台上被黑羽轟轟烈烈地甩掉，再加上我本來就缺乏受女性青睞的自信，使得我一直都無法正視真理愛的心意。與其自作多情，以沒有被喜歡的前提行動還比較不會丟臉，我便將自己的心保護起來。

「……對不起。我不知道該怎麼應對才好。」

「不過，末晴哥哥也總算明白了吧？明白人家有多麼認真。」

真理愛轉向攝影棚的觀眾。

「在現場節目中告白……可不能當成玩笑了事，無論是末晴哥哥……還有目前觀賞節目的各位，都明白這一點吧？」

「……當然了。」

我敢斷言的就只有這一點。

身為被告白的一方，我有義務承受真理愛的勇氣。即使只是表示理解，也非得在當下就跟她說清楚。

199

「這次告白，我並沒有要求限期答覆。為了修成正果，要等幾年我都願意。我會等你。所以

希望你認真地接納、思考我的心意——我要的只有這樣。」

真理愛掌握了現場的氛圍。

主持人、名嘴、觀眾、工作人員，全都愣愣地注視著真理愛。

在那樣的氛圍當中，真理愛颯爽地從座位起身然後上前。她接著提起裙角優雅地行禮，朝著

鏡頭另一端露出嫣然如花的微笑。

「——所以嘍，還請各位觀眾支持我的戀情♡」

200

『——我……愛著末晴哥哥！』

*

第四章　舞台就緒

真理愛的這句話，一轉眼就傳遍穗積野高中。

「她、她出手了……！真理愛……居然出手了……！」

「快報！快報！真理愛在現場節目告白了喔喔喔！」

「聯絡喬治學長！『大哥哥公會』要緊急集合！」

「喂！姓丸的下次來學校是明天嗎！在學校裡說不定會被老師制止！我們要到校門前堵人，把他痛揍一頓！」

「慢著！那樣相當於無視真理愛『希望大家支持』的心願！」

「唔……！這還有天理嗎……！明明姓丸的必須接受拷問……！」

「我有一計……真理愛派的人，都去支持志田同學或可知同學如何……？假如姓丸的跟她們

201

倆其中之一配成對，趁真理愛傷心時接近她的可能性就會變高……」

「混帳！我只希望真理愛幸福！姓丸的令人不爽，但只要真理愛能幸福，我……我……我是

打算支持他們的……！」

各方的想法交錯，學校變成混沌之地。

當然了，在群青同盟主力成員暗中集結的第三會議室也一樣。

「小桃學妹，這招還真是大膽呢……」

黑羽散發出最駭人的氣息。

籠罩室內的壓倒性黑色氣場，已經讓陸像剛出生的小鹿一樣雙腿發抖。

「志、志田！想想辦法！妳們是姊妹吧！」

「不行不行！到了這種地步只能等黑羽姊姊睡著，不然就只有爸爸媽媽能攔住她！」

有個人物卻毫不顧忌地向那樣的黑羽搭話。

那人正是白草。

「……志田同學，妳預料過她會做到這種地步？」

仍在釋出殺氣的黑羽靜靜地搖了頭。

「老實說，我完全沒想到……原本覺得她似乎會有大動作……畢竟這可是向全國現場直播的

節目耶？太離譜了……」

「即使從家庭環境與演藝界的經歷來看，桃坂學妹顯然不是普通的人物……」

「我對她的評價也非常高……可是這下超乎預期了……」

黑羽抿起下嘴唇。

「或許桃坂學妹就是被逼得這麼急……志田同學，視情況而言，桃坂學妹這次的行動也可以當成妳的加強版。」

白草一邊望著她那副模樣，一邊唸唸有詞：

「唔！」

黑羽露出苦澀的表情。

「志田同學，妳靠著在聖誕派對上公開告白得到學校裡的支持，桃坂學妹卻從全國拉攏更多擁護者。當然對於志在女演員的她來說，這個舉動或許會對工作造成負面影響。但是──」

「正因如此效果更加強大，大家知道她的切身之痛就更會支持。再怎麼說，小晴也從這次行動知道了她的心意有多深才對。」

「也對……」

「儘管我知道桃坂學妹是在慎選告白的時機……到了這種地步倒是令人佩服。」

「我有同感。假如小桃學妹不是情敵，我或許會想支持她。」

「也對……」

兩人冷靜下來後，社辦便悄然無聲。

外界的聲音隨之傳來。分不出源頭的腳步聲聲與怒號此起彼落。

第三會議室位在體育館的邊陲地帶。光是聲音能傳到這裡，就知道學校裡有多麼恐慌。

白草以苦惱的模樣用手掌托起下巴。

「但這要怎麼收場呢？上星期小末在戲裡演出，就已經讓學校召開教職員會議了⋯⋯這次的盛況是來自連續劇的迴響，加上桃坂學妹在現場節目告白，單純來想也會有加倍的效應。」

間隔片刻，一直在思索的黑羽開口：

「有個部分讓我感到掛心。」

「什麼部分？」

「節目最後的問題，主持人說過是哲彥同學瞞著小晴出的點子吧？」

「⋯⋯他有提到。這代表──」

黑羽點了點頭。

「一連串的狀況──從小雛來參加集宿、客串演出連續劇、這次的現場節目，乃至告白──

我覺得可以視為全都由小桃學妹與哲彥同學聯手安排。」

「這⋯⋯並非不可能呢。仔細想想，事情進展得過於順利。」

「沒錯。帶小雛來參加集宿、參演連續劇的委託，還有現場節目都是透過小桃學妹介紹的。

這一點令人掛心。」

「的確，小末在那段期間的行動與反應並不難預測……雖然這樣實在繞了一大圈又花時間，構想的規模宏大得讓人有些難以置信……」

「為了超越我的告白，小桃學妹是不是先拿定了『要在電視轉播的現場節目中告白』的主意呢？先定下我絕對辦不到的目標，再逆推出予以實現的方法……那樣就說得通了吧。」

「原來如此，有道理。」

碧與陸一邊聽著對話，一邊低聲說道……

「關於我姊姊的洞察力太恐怖這檔事。」

「唉，在我看來，學長姊們全都超人過頭了……感覺一輩子也贏不了他們……」

「也是啦，連甲斐學長都差不多……」

在意識邊緣聽到碧講了什麼的黑羽又談回正題。

「然後關於這場騷動怎麼收拾，既然哲彥同學一路上都有參與，我想他肯定也安排好收尾了。畢竟對於學校召開教職員會議這點，我只有不好的預感。」

「收尾啊。由那男的來安排收尾，我根本不焦急。」

「但是玲菜學妹說過，希望我們能顧著他。」

白草雙手抱胸。

「那兩人之間的關係令人感到不可思議呢。雖然他們好像是同一間中學的學長與學妹，卻又

明顯不只是那樣……不過完全嗅不到戀愛的氣息呢……志田同學，妳有沒有什麼頭緒？」

「……猜是有猜過，但我沒有確切的證據所以恕難奉告。」

「也罷。那有沒有人知道淺黃學妹在哪裡？關於今後的行動，我覺得先跟她說一聲會比較好。」

群青同盟的成員當中，末晴、真理愛正在上節目。

哲彥被叫去教職員會議。

黑羽、白草、碧、陸則是自然聚集在第三會議室。

只有玲菜不知道在哪裡。

*

玲菜待在舉行教職員會議的第一會議室外頭走廊上。

她若無其事地靠著牆壁。

這樣就能聽見外洩的交談聲。

「甲斐同學！你早就知道會發生這種狀況嗎！」

看到真理愛告白的老師們目前都大感驚愕。

原本就被視為問題的話題規模進一步擴大，會議室裡陷入近似恐慌的狀態。

題的點子在內，是我向節目製作人提議的。」

「是啊。真理愛從很久以前就在籌備，因此我幫了她一點小忙。包含這次對末晴隱瞞最後一

「你不覺得這樣違背常識嗎！」

「違背常識……？我不懂老師的意思。」

「居然在電視的現場節目告白！高中生之間不純的異性交往很容易造成問題！然而從教師的

立場又不方便隨便插嘴，明明都默許了……」

哲彥嗤之以鼻。

「不純？哪裡不純了？這是在電視現場轉播的告白喔？當著幾百萬人眼前……也許有超過

一千萬人都看到她告白了，這能叫不純嗎？反而是光明磊落才對吧？我聽真理愛談到她的覺悟

時，可是感到很佩服喔？老師們當中有任何一位能像她在這麼多人面前告白嗎？假如這叫不純，

世上才沒有所謂的純愛吧？」

哲彥的反駁使現場一陣沉默。

另一名老師質疑道：

「你說聽她談到覺悟，那是什麼時候的事？剛才還說是從很久以前就在籌備的。」

「當時在放春假，因此大概三個月之前吧」。真理愛是一項一項逐步累積，才會跟末晴上現

場節目共演……然後才促成這次的告白。她的智略、計畫性、膽識、實行力已經超越了單純的學力……坦白講，有她這種水準是不會來念我們學校的。不如就當成本校的驕傲，頒發一張獎狀給她如何？」

會議室再度一片安靜。

從外洩的聲音，玲菜聽得出老師們都無話可說。

（阿哲學長還是老樣子，都是直接豁出去……）

她剛才從門縫偷看，就發現哲彥被老師們圍著，還被要求一個人站在會議室中間。

可以用批鬥來形容這個情境。

哲彥卻一步也沒有退讓。他反而尋隙反擊，把大人們玩弄於股掌間。

（雖然丸學長與桃仔也相當離譜，但是在我看來，阿哲學長才是最誇張的人……）

玲菜不由得心想，平凡的自己花上一輩子也不可能抵達那種境界。

誰能做到呢？

從毫無關係的狀態親近丸末晴這名過去曾經走紅的童星，還讓他復出。

又有誰能做到呢？

以復出的明星為中心聚集人才，竟然能夠將頻道經營到連學校都容不下其知名度與影響力。

哲彥的計畫進入最後階段。

一切——都是為了「復仇」。

而且——也是為了「青梅竹馬」。

光是跟他一起去找阿部肇，玲菜就能看出那一點。

畢竟哲彥雖然沒有明講「我跟妳是同父異母的兄妹」，從情況證據來看也已經等於講了。

電影短片的劇本……向赫迪經紀公司的股東商請資助……還讓自己一起到場……

計畫開始有了具體動作，已經來到藏不住的地步。

「先不論告白本身的對錯，媒體將會找上門啊！你打算怎麼辦！」

「那些記者總不至於踏進學校裡吧？無視他們不就好了嗎？」

「應該會有學生無法專注於學業。那樣的話，可以想見在校生的家人也會有怨言。校友也會發牢騷吧」。包含惡作劇在內，鐵定會有許多電話打來學校。應對那些得花多少勞力啊……」

「這裡是私立高中吧？何不將末晴與真理愛的行動當成宣傳學校的一環呢？那樣即使要加聘人員，換來的好處仍然無從估計吧？」

「在理事會敲定的宣傳成果應該可以樂觀以對。然而這次的事情已經失控了。群青頻道是一劑效力過當的猛藥。」

對玲菜來說，老師們的擔憂再合理不過。

依照常理確實會那麼思考。

脫離常識的是群青同盟。

哲彥卻能時而安撫、時而利誘，將那些意見逐一駁回。

「你太胡來了唷，哥哥……」

玲菜不得不仰望天花板。

事情早就超過一介高中生經手的規模了。

玲菜對哲彥的能力寄予全面信賴，唯獨無法忽視的就是他那犯險的行事作風。

（雖說我只要阿哲學長過得幸福就夠了……）

玲菜一再這麼表示——從國中時期算起，她直接向哲彥提及的次數更是不計其數。

然而，哲彥每次都用一句「說什麼鬼話」頂回來。

（我希望阿哲學長能多把眼光放在眼前的幸福……他卻總是看著將來……到現在仍鞭策著自己。）

玲菜從國中時就看著哲彥。

可是，再也沒有比現在更幸福的時期了。

過去哲彥一直是孤獨的，如今卻有了夥伴。

即使他做出再誇張的事情，仍然有一群人願意追隨。

以前沒地方發揮才能，哲彥只能追求女生排憂解煩，現在他卻熱衷於擬定新企畫，甚至連拈

花惹草都忘了。

「雖然你真的很呆，而且動不動就會性騷擾，還愛使用暴力，膽子又小，跟阿哲學長是完全

不同的問題人物──」

玲菜拿出手機，切換到電視節目，然後凝視著畫面。

「可是能跟阿哲學長相比的人，肯定就只有你，大大⋯⋯」

＊

第一會議室的糾紛無法收拾。

這也在所難免。

無論哲彥反駁得再多，群青頻道本身的影響力也不會消失，既然有影響力，只要走錯一步就

有可能為學校帶來極大問題。

於如此局面下，有個年輕的女老師趕到會議室。

「不好意思，在開會時闖進來打擾⋯⋯！受桃坂同學剛才告白的影響，來自媒體的採訪電話

「告訴他們，日後校方將會另行答覆。」

「我當然也那麼回答了，但是打來的電話太多，實在應接不暇……」

教務主任雙眼發亮。

「看吧！立刻就出了這種事！跟我擔憂的一樣！」

懾於教務主任的氣勢，老師們開始竊竊私語。

「哪個老師下午有空接電話？真累人，明明還要備課……」

「沒有範本要怎麼應對？被對方挑語病的話也負不起責任……」

「話說由誰制定範本？怎麼制定也是個問題。」

「能不能聯絡有演藝科的學校——」

哲彥耳裡充斥著老師們的對話，視線則始終朝著投影幕上的節目。

還沒完。

「現場節目會發生的狀況還沒有結束」。

『小丸，你的反應真是棒極了！要不要跟我組成搞笑搭擋？我們可以稱霸天下！』

諧星名嘴的一句話，讓電視畫面中的末晴變了臉色。

原本明明已經害臊與混亂到極點，他的眼裡卻恢復冷靜了。

213

哲彥敏銳地察覺到那點。

『這個嘛……感謝你的美意……不過對不起，請容我婉拒。』

『怎麼突然正經起來了！』

笑容從喇叭擴散出來。

哲彥向竊竊私語的老師們說道：

「──請肅靜。」

哲彥突如其來地講了一句不像他會說的話，不免讓老師們停止交談。

「其實在這次現場節目下定決心的人，不是只有真理愛而已喔。」

有個老師「耶？」了一聲。

「老師的工作也包含了指導學生的出路吧？末晴那傢伙之前一直在煩惱，但總算拿定主意了。他會在全國播送的現場節目宣布，這似乎是他破釜沉舟的覺悟，還請老師們聽他說。」

會議室的所有人將注意力移回節目畫面。

末晴在畫面上是這麼說的：

「其實，我也有一件私事想要在這次的節目分享──」

末晴大口深呼吸以後，才緩緩宣布：

『我從高中畢業後，並不會考大學，而是希望回來當演員。目前還沒有決定要進哪一間經紀公司，但我打算從頭開始奮鬥。不嫌棄的話，還請大家給予支持。』

＊

「真的假的？」

陸在穗積野高中第三會議室放聲大喊。

然而驚慌的只有陸，黑羽、白草、碧都淡然地聽在耳裡。

「志田同學，妳事先就知道了吧？」

「可知同學，妳才是呢。」

「我跟小末是要共度將來的關係……怎麼可能不知道呢？」

黑羽斜眼看了白草。

「嗯～誰教妳那麼沒用，我以為妳不可能察覺的……」

「志田同學，我跟妳不同，是個會成長的女人。真可憐，看來妳依舊沒有識人的眼光呢。」

215

「話雖如此，小晴盡可能隱瞞這件事，所以不會主動向別人提起……實際上，從小桃學妹的

反應也看得出她不知情……」

真理愛微笑著，但隔著畫面也看得出無法完全掩飾的動搖。

她很有可能對末晴的發言和行動都不知情。

忽然間，黑羽想到了某一條可能讓情報外洩的途徑。

「……碧，是妳說出去的吧？」

「唔！」

心思畢露的反應，讓黑羽瞇細眼睛。

黑羽追上想悄悄離開房間的碧，還踮起腳摀住她的耳朵。

「痛痛痛！黑羽姊！拜託放我一馬！」

「這種事情要幫當事人隱瞞才合乎禮儀吧？」

雖然碧傾斜身體，但是雙方的身高原本就差了二十公分以上。

碧只好蹲下來，這才總算從疼痛中解放。

「黑羽姊！妳本來就長得小小隻的，這樣我很難受耶！」

黑羽的額頭冒出青筋，捏住耳朵的手使勁一扭。

「妳說誰長得小小隻？」

「痛痛痛！妳這暴力姊！壞脾氣！黑心！」

「呼嗯～碧……原來妳想被教訓啊……呼嗯～……」

「住手，志田同學。」

碧趁著白草搭話的空檔逃脫。

她接著溜到白草後頭。

「是我問碧的。何況小末會在現場節目談到自己的出路，在他開口之前根本想像不到，不過到現場看了他在連續劇最後一集的表現，大家也都察覺到他會選擇成為演員了吧？」

「是那樣沒錯，但我原本以為只有妳不會察覺。」

「妳這女人還是一樣沒禮貌！……唉，假如沒聽見爸爸與叔叔閒聊，或許就不會發現了。」

「嗯～可知同學，能不能請妳講清楚自己說了什麼？」

「志田同學，重要的是妳怎麼從小末口中問出來的？」

白草看節目進了廣告，於是無視黑羽的要求反問回去。

「我只是用平常的語氣質疑他隻字不提會不會太見外？就這樣而已。」

碧朝著一臉不服氣的白草唸唸有詞：

「我們家姊姊能夠任意運用謎樣的壓力，因此恐怕有一半是靠威脅。」

「原來如此，我很能理解。」

「為什麼這樣妳就能理解啊！」

陸側眼看著黑羽和白草大呼小叫，並且低語了一句：

「明明感覺好不容易才加入群青同盟，學長姊就已經在聊畢業的事了……」

黑羽聽見他的低語。

「真要說的話，正常都是在暑假就要用功準備考試了嘛。」

「那麼學姊們也會在暑假前退隱嗎？」

黑羽和白草看了彼此的臉。

「唔嗯～會那樣嗎？」

「既然甲斐同學牽涉其中，或許就沒辦法套用常理來設想。」

「小晴說他不會升學，也許會待得更久得更晚。」

「那我要不要也留下來呢？畢竟我要報考的學校，在模擬考的合格評比是A。」

「我想讀的學校，好像可以申請到推薦入學的名額喔。既然這樣，說不定會比可知同學更高

枕無憂。」

「什……！」

白草一瞬間失了分寸，但是又細心地梳了梳黑色秀髮。

「哼哼，不用跟我較勁喔，志田同學？即使不靠推薦，妳要報考偏差值更高的大學也一定會

「謝謝妳的賞識，可知同學。但是我會自己決定出路，所以不用擔心。重要的是妳想考的學校，似乎爭取不到推薦名額呢。這下我獲得有用的情報嘍。」

「志田同學……妳這個女人依舊讓人鬆懈不得呢……」

末晴與真理愛已經上完節目，碧把手機擱在桌上。

「這麼說來，甲斐學長那邊不知道怎麼樣了？雖然說三年級退隱也是問題啦，首先也要老師們答應讓我們繼續活動才行。」

「這——」

黑羽的視線游移了。

「嗯，沒錯。不曉得哲彥同學會怎麼收尾……畢竟外界已經鬧得沸沸揚揚了……」

「社群網站上超轟動的喔。有八成是桃坂學姊的告白話題。」

陸立刻搜尋並加以附和。

白草發出嘆息。

「萬一小末與桃坂學妹被迫退隱的話，群青同盟就不可能保住了。」

「哲彥同學理應最明白那一點。問題在於為了避免被迫妥協，他會打出什麼底牌呢？」

「我有點想像不出來呢……雖然視哲彥同學的目的，打出的底牌也會有所不同……比起從正

面進攻難以讓老師們接受，不如說為了讓群青同盟能繼續活動，需要某種殺手鐧……？」

黑羽偏過頭。

「比如說，請我爸爸介入？」

「以舉例而言說得通，不過那樣的話，妳沒聽到消息就怪了……唔嗯～感覺事有蹊蹺……

不好意思，可知同學，今天可不可以讓我們到妳家打擾？」

「咦？可以是可以啦，要做什麼？」

「總要向哲彥同學確認，他打算拿群青頻道怎麼辦。老師們說了什麼意見，哲彥同學又是怎麼將意見統整的，這些情報都要和我們共享。小晴什麼時候從社團退隱最好也要先問清楚，畢竟小桃學妹有可能在小晴畢業的同時就不讀高中了吧？正因為事情鬧得這麼大，我認為趁今天談妥比較好。」

「也對。在學校談太過張揚……既然如此。」

白草點了點頭。

陸鼓起上臂二頭肌。

「我知道了。我會發訊息要大家放學後到可知學姊家集合。順便確認什麼時候能夠到齊。」

「謝謝你，間島學弟。」

陸操作手機時，碧托著臉靠在桌上。

「我花了半年拚命用功才考進這間高中，結果能跟白草學姊一起參加社團活動的時間，仔細想想還不到半年耶。」

「小碧……」

「唉，說來也是理所當然，不過聊到這種話題，我會覺得有點寂寞。」

時間已來到六月下旬。

以一般的社團活動來講，高三生都會在暑假左右退隱。

一年級與三年級頂多一起活動四個月左右。

剩下的日子不到兩個月。

「是啊，能夠像這樣多鬧一會兒也不壞……我也這麼認為。」

白草的聲音靜靜地在室內擴散。

沒有人出聲表示贊同。

用不著說也曉得。所有人都明白這陣沉默代表的含意。

*

——同一時刻，第一會議室。

老師們正在過目一張紙。

哲彥剛才發下去的紙。

「老師們擔心的應該是我們會不會惹出問題吧？只要能得到不會出問題的保證，末晴與真理愛的存在都會提高這間學校的名聲。那絕不是壞事。」

紙上寫著「電影短片比賽」連同報名注意事項、活動概要，以日聯通為首的大企業名稱都一併列於其中。

「我企劃要參加電影短片的比賽，來當成群青同盟的畢業活動。這是有一流企業在背後資助的正派活動。老師們若能當作是話劇社或管樂社參加全國大賽就好。這項企畫本身沒有問題吧？」

哲彥的質疑讓老師們目光交會。

「的確，即使一樣是上傳影片到WeTube，參加比賽就要以規則為本……」

「前提是你們只從事這項活動。」

教務主任說道：

「假如以這場比賽為由，你們變得更頻繁發布影片的話，不就沒解決任何問題嗎？」

「主任，我接下來才要說明，請再多聽一會兒。」

哲彥用懇切的語氣威嚇，使得教務主任皺起眉頭。

「首先，為了專心拍攝用於參加比賽的電影短片——群青頻道接下來將會停止發片。」

「唔！」

震驚的情緒如漣漪般在會議室傳開。

間隔片刻，會議室便鼓譟起來。

「這是當然的。為了拍攝電影短片，演員需要練習，而且製作與準備道具都相當費事。為此我們根本沒空發片。」

哲彥說得頭頭是道，一路被他擾亂的老師們卻沒辦法坦然接受，會議室仍有不安的氣息。

「你們真的不會發片？」

「到時候希望至少讓我們發個參賽的宣傳影片。關於宣傳影片的內容，我只會上傳經過老師檢閱的成品……這樣就沒有任何問題了吧？」

「哎……的確……」

那樣與直播有所差異，可以抹消不確定因素。

「我從學生會長那裡聽過，要讓演藝研究社存續，有個候補條件是要求末晴與真理愛退出社團。」

「我個人倒是經常強調最好把你也列入條件。」

面對教務主任攻擊性的眼神，哲彥反而笑了。

「很榮幸能被主任視為與那兩人並列的重要人物。」

「唔……」

「那麼，請問老師們覺得如何？今後群青頻道將會傾全力製作電影短片，做為迎接社團畢業的活動。發片也僅限於宣傳電影造勢。只要這屆高三生畢業後，肯定不會像現在這麼有影響力。

那麼一來……請各位老師想想看。末晴已經公開表示畢業後將從事演藝活動。真理愛恐怕也會踏上女演員的人生。從他們的知名度與實力來看，有可能成為代表日本的大明星。」

老師們不由得竊竊私語。

哲彥繼續說道：

「這表示──我們學校可能被視為曾孕育出丸末晴與桃坂真理愛這樣的明星，而且只留下高度配合學生活動的開明風評。利用這些資訊在車站設立招牌或在電視上打廣告，就會有更強的宣傳效果。所以希望老師們可以增派接電話的人手，設法撐過這段時期就好。只要我發表群青同盟將專心拍攝電影短片的消息，風波應該就會逐漸退燒。怎麼樣？我認為這不算壞事耶？」

「你說的是『可能』，對吧？」

教務主任切入要點。

「是的。畢竟沒有人能確定他們會不會成為明星。」

「那意思是將來他們要是爆出**醜聞**，學校的風評也有可能受損嘍？」

「沒錯。」

哲彥說得很乾脆。

「真要那麼假設的話，穗積野高中的所有畢業生都通用啊？就算考上傑出的大學，也無法保證將來會成為學者或者進一流企業，更無法保證不會犯罪。所以我剛剛才希望各位聽末晴在電視上說的話，陪學生商量出路是老師的工作吧？看到學生那麼認真逐夢，難道老師信不過他嗎？」

「………」

教務主任用中指調整眼鏡的位置。

「電影短片的內容是？」

「近期會提出腳本。我之前就委託了可知負責執筆。劇情內容將由她撰寫。」

「喔喔！」

「有文學界的可知操刀，想必老師們肯定也會對內容感到滿意。」

即使如此，教務主任仍面不改色。

「內容等日後再確認吧。製作班底只有學校裡的人嗎？」

「是的。部分器材會向外面廠商租借，還請許可。」

「具體的製作班底有哪些人？」

225

「導演確定由我擔當。攝影師是淺黃玲菜。主角是丸末晴，女主角是桃坂真理愛。其餘角色及準備事務由群青同盟全體分擔。不過無奈的是演藝研究社在招募新社員方面受到限制，因此唯獨在拍攝路人或大型道具等需要人手的情況，或許需要校內的支援。」

「校內的支援？那部分也詳細說清楚。」

「諸如之前沒能加入演藝研究社，但是態度配合、為人方面也可以信任的高一生，還有真理愛的粉絲團成員等等。這是我們以社團名義向個人提出的委託，不打算造成其他社團的麻煩。」

「………」

「………」

「………」

會議室被寂靜所籠罩。

教務主任身旁身型圓潤的老人——校長開口了。

「教務主任，我倒覺得甲斐同學準備的內容，似乎足以讓我們滿意。」

教務主任雙臂抱胸一語不發。

接著他在幾秒後抬起頭。

「到畢業活動為止的部分我明白了。儘管需要嚴格監督，依照剛才說的內容應該無妨。」

「謝謝主任。」

「不過，我仍然有擔憂。」

「……請問是什麼部分？」

「甲斐，你似乎滿喜歡『整人』的把戲啊。」

哲彥不以為意地移開視線。

「這點顯然從你過去的行為或今天的現場節目都看得出來。考量到那一點，群青同盟所謂的

畢業活動，本身會不會就是個『整人』的把戲？」

「主任是懷疑我們不會參加比賽嗎？」

「目前，我最懷疑的是高三生有可能不會退隱。你刻意聲明這是『畢業活動』等到群青同盟

又靠比賽提高知名度，是不是就會聲稱受到粉絲的熱烈要求而改口表示沒辦法退隱？要是那樣的

話，今天談的這些倒成了緩兵之計。」

「的確……」

「甲斐同學有可能那麼做……」

哲彥冷眼望向說起悄悄話的老師們。

光是那樣，老師們就打起哆嗦並急忙噤聲。

「──我有料到各位老師會有這種擔憂。」

哲彥從襯衫胸前的口袋拿出一張對摺的紙。

他走到校長與教務主任面前遞出那張紙。

教務主任一面提防哲彥，一面輕輕將紙打開。

「什麼！」

「怎麼樣？或許世上沒有百分之百的保證，不過教務主任擔心我變卦，『有這個就可以保證

絕對不會那樣對吧』？」

「這是——」

校長的聲音在顫抖。

老師們的視線集中到那張紙上。

理解到那一點的校長將紙攤開好讓所有人看見。

「——退學申請書。」

「「「咦！」」」

退學申請書已經填寫完畢，監護者姓名的部分有甲斐清彥的簽名及蓋章。

老師們大受動搖，哲彥緩緩地朝他們說道：

「電影短片公開之前，我還想保留在校生的身分，因此日期是押在將來——也就是比賽當天。怎麼樣？這樣可以保證我會從群青同盟退隱吧？」

現場一陣躁動。

然而哲彥只靠一個眼神，每個人就都頓時閉上了嘴。

「為了有所收獲就非得有所捨棄是當然的吧？我自認準備了能讓老師們信服的材料。但假如哪位老師並沒有打算憑道理辯駁，只覺得信不過就要阻撓我的話，能不能先準備好辭職申請書再來呢？——不然無法跟我的覺悟相比。」

哲彥只是站在會議室中央。

光是這樣就震懾了老師們。

這個學生的才華與其他學生相比有其獨到之處，老師們對此也有自覺。

然而更重要的是——

——覺悟的層次不同。

這個事實清清楚楚擺在眼前，到了讓人心存畏懼的境界。

就連之前大力反對的教務主任都說不出話來。

勝負已分。

鐘聲響起。

午休時間結束的通知。

「所幸老師們好像都能理解。那麼我還有下午的課要上，失陪了。」

哲彥說完這些話便離開現場。

誰也沒能阻止那恣意妄為的行動。

＊

即使群情激動的現場節目結束了，那一天仍未結束。

群青同盟的全體成員在下午五點鐘於白草家集合。

成員們坐在客廳的沙發上放鬆，女僕打扮的紫苑將紅茶逐一端給他們。

奉茶告一段落以後，黑羽率先發難。

「所以哲彥同學。你跟老師們談了什麼條件讓事情有個著落？」

哲彥是這麼說的。

231

——群青同盟會製作電影短片當成畢業活動並參加比賽。

——為了專心拍電影短片，群青頻道將停止更新。

——可以發片宣傳電影短片，但是要經過老師查驗。

末晴「唔～」咕噥著。

「哎，算是妥當的條件，老實說光是我跟小桃不用強迫退隱就謝天謝地了……」

「你有什麼意見嗎？」

「不是啦，應該說這樣不合你的作風，感覺莫名地安分。」

「聽不懂你這話是什麼意思。」

「用電影短片為我們的活動集大成是可以理解……但我總覺得不像你的作風。」

「你不把想法用言語表達得確切一點的話，沒人聽得懂啦。」

「我懂小晴的意思耶。」

黑羽拿起眼前的紅茶就口，淺嚐一口立刻把茶杯擺回盤子上。

「哲彥同學一向都是準備好多種目的採取行動對吧？可是這次看起來卻只有一個目的，拍電影以社團活動而言又很正當，感覺非常不對勁。」

「只拆一件事情不像這男人的作風。我從滿久以前受託寫腳本時就有感覺到了。」

白草拿起紅茶就口並滿意地點頭。

於是理應喝了相同的茶的黑羽露出苦瓜臉，白草聳了聳肩。

「那你們的意思是不跟我一起拍電影嗎？」

看到哲彥著急了，逼得末晴回答。

「我沒有那麼說嗎？我的意思是你如果隱瞞了什麼就講清楚啦。」

玲菜瞥眼觀察哲彥的臉色。

哲彥若無其事地加以忽視。

「沒有那種事啦。末晴，重要的是你願意在這部電影拍完後從群青同盟退隱嗎？」

在場所有人都發現他硬是改了話題，但因為新話題也有必要討論，也就沒人插嘴。

「你問那個要做什麼？」

「既然你畢業後要進演藝界，知名度高比較好吧。現在你不必用功應考了，我在想你是不是

想留在群青同盟到畢業為止。」

「啊～」

末晴雙臂抱胸。

「我不升學就必須求職，應該說得找經紀公司才行。雖然不知道到時候會怎樣，我或許也會

233

趁在學期間多少做些活動。」

「沒有公司來邀你嗎？」

「實際上肇先生開的那間公司有來找我。因為今天我在現場節目中公開宣布了，說不定其他公司也會來找我。」

「絕對會很搶手喔。末晴哥哥，你有沒有準備好接洽的窗口？」

「呃，還沒有。小桃，我不像妳有在社群網站上活動，正想著要不要找總一郎先生商量。」

「妥善的應對方式。真理愛，那妳打算怎麼辦？」

哲彥把目光轉向真理愛。

真理愛呼了口氣將紅茶吹涼。

「末晴哥哥畢業的同時，人家就會申請退學。之後人家打算跟末晴哥哥進同一間事務所。」

「小桃，妳好不容易讀了高中，也交了朋友。就待到畢業怎麼樣？」

「那點人家也有考慮過。」

真理愛側眼看向玲菜。

「但朋友隨時可以聯絡，而且人家離開最前線一久，直覺變得遲鈍以後會被末晴哥哥拋下。

更重要的是——」

真理愛用紅茶潤了潤喉，然後望向末晴的雙眼。

「人家喜歡末晴哥哥，所以不想跟他分開。」

「唔……！」

末晴變得臉紅，黑羽和白草背後湧出嫉妒之火。

現場氣氛急速惡化，真理愛卻毫不在意地把茶杯擱到盤子上。

「高三生退隱以後，人家還是會當社長喔。然後人家會在學期結束前整頓好交棒的體制。怎麼樣呢？」

「我暫且沒有意見。」

「『暫且』是嗎……」

黑羽對這幾個字有些介意，卻沒有加以深究。

陸舉起手。

「啊，對了！阿哲學長！今天的現場節目播送後，感覺媒體記者也有可能來跟我們接觸，有什麼要注意的地方嗎？」

「被問到電影的事情就說『敬請期待』，其他問題一律回答『恕難奉告』。」

「收到！」

陸敬個禮。

接著舉手的是碧。

「電影是白草學姊寫的腳本對不對！我想看！」

「甲斐同學，差不多可以發表了吧？照理說之前就已經完稿了耶？」

哲彥點了點頭。

「也好。回家後我會把原稿寄給所有人。趕在明天應該太勉強，麻煩你們在後天前先讀過一遍。之後就立刻開會決定工作分配。」

「即使說要決定工作分配，你大致上有主意了吧？」

末晴把手交疊在腦後杵並靠著沙發。

「差不多。」

「那麼，今天就把原稿跟你預想的工作分配一起寄給我們。那樣會比較容易想像。」

「知道了，我現在把東西趕出來。可知，跟妳借一下那邊的桌子嘍？」

「請便。」

哲彥從包包裡拿出筆記型電腦，然後移動到不遠處的餐桌。

黑羽「呼～」發出嘆息。

「也對。累積的問題可以問上一小時左右呢。」

「既然事情談得告一段落了──我倒有事情想問小桃學妹呢？」

黑羽和白草「呵呵呵」露出了詭異的笑容。

真理愛卻不為所動，還和氣地微笑。

「好啊，沒問題。反正人家已經站到跟兩位學姊『對等』的立場……不對，現在有全國觀眾當後盾，人家的立場已經變得**壓倒性有利**，可憐的兩位學姊要聊多久人家都願意奉陪。」

「啊，是嗎。突然就擺出從容的態度啊～先插那種旗會輸喔。」

「我難得贊成志田同學的意見。以為靠支持者多就能贏可真是難看。」

「噫……！」

陸嚇得全身瑟瑟發抖。

狀似在逃避現實的末晴跟她們保持距離，碧就用手肘頂他。

「末晴，現在事情鬧大了，從明天起要怎麼辦？你從電視台直接過來大概不清楚狀況，但我們連要從學校溜出來都很費勁耶？」

「哎～總會有辦法吧。」

「有時候我會覺得你真是樂觀……」

「像這種八卦，大家都忘得很快，所以放在心上就輸啦。」

「這算你的經驗談嗎？」

237

「沒那麼了不起啦，畢竟我也擅長把事情忘記！」

「欸，那真的沒什麼好自豪的。」

哲彥從不遠處側眼望著同盟成員們交談的景象。

接著他一面在筆記型電腦打字，一面思索。

（終於啊。）

終於——

——舞台已經就緒。

不自覺地浮現笑容。

（接著只要衝刺到完成而已。）

人才、知名度、影響力……所有需要的材料，此刻總算來到手中。

衝刺到最後，等著的會是成功還是破滅——

長年盼望的了斷已經唾手可得。

終章

＊

——把故事倒帶一小段。

這是連續劇《永遠的季節》最後一集播完時發生的事。

我在志田家與志田四姊妹一起坐在沙發上觀劇，片尾曲播完後，她們四個即使進了廣告也還是默不吭聲。

因此我打趣地說道：

「喂喂喂，給點反應啊？我的演技那麼糟嗎？」

「……相反喔，小晴。因為你演得太好，她們才會動不了。」

黑羽規勸似的緩緩告訴我。

「看完電影後，如果是很棒的電影就會愣在原地吧？跟那一樣。」

「哎，那樣我是很高興啦……」

話雖如此，現在已經進廣告，我希望她們差不多該回神了。

平時笑口常開的碧、蒼依、朱音——都帶著格外嚴肅的臉一動也不動。

「小晴，我們談回連續劇開始前的話題。」

「啊，出路的事情對吧。」

「看了這樣的表現，任誰都曉得呢。你會走演員這條路吧？」

我自認做了重大的決斷，卻被隨口說出來。

我尷尬地搔了搔後腦杓。

「小黑，考高中時讓妳幫了許多忙，從沖繩旅行時算起，每次念書都請妳教我，儘管我覺得這樣不好意思——」

「那沒關係。小晴，我教你讀書又不是為了求回報。」

「小黑……」

「我只是不希望你逃避學業，還做出因為沒有想讀的大學才當演員這種消極的決斷。想要當演員，也有想去讀的大學，既然你是在煩惱要選哪一邊的狀況挑了演員的話，沒有比這更讓我欣慰的事。」

我的青梅竹馬真是太棒了。

不僅理解我，還總是給予幫助讓我的人生變得更好。

那份溫柔讓我不由得心跳加速。

「哎，但是看過今天的連續劇，你只能選演員了吧？」

「妳看了會那麼想嗎？」

「有這種演技，要是你說不當演員還要讀大學的話，我也許會叫你多考慮一下。」

蒼依默默地點頭如搗蒜。

朱音加入對話。

「晴哥已經完全進入職業的境界。在今天的連續劇裡，即使在職業演員當中也演得格外出色。我認為選擇其他領域是才能的損失。」

「哎～我也贊成朱音的意見。」

碧粗聲粗氣地說道：

「你真的是那個業界的人，連我都明顯看得出來。原本對你是演員曾經感到很不協調的我都這麼覺得了，許多觀眾也會這麼認為吧？」

「希望是這樣啦。」

「沒問題的喔，末晴哥。」

蒼依臉上依舊露出天使般的微笑。

「末晴哥這麼厲害，當演員不可能不順利。何況萬一受挫了，來我們家玩就好啊。為了療癒

241

末晴哥，我會加油的！」

蒼依用力握拳。

嗯，好可愛！這個女生果然是天使！

不過她為了療癒我，會加油做些什麼呢……我想應該不是什麼奇怪的事，但恐怖的是發言太

純真讓我有妄想的餘地……哎，不管是什麼樣的行動，肯定光靠她的賢慧就能療癒我吧。

「大學過十年以後還是可以讀啊。沒什麼問題。」

「謝啦。」

蒼依的溫柔讓我覺得心靈彷彿受了洗滌。

這時我忽然想起了。

這麼說來，瞬老闆也講過一樣的話。

『當然只要志田小妹多展現幾種才華，金額還可以加倍……不，乘三倍都有可能。那樣的話

別說三年，妳想一直在演藝界走跳也行。當然嘍，妳想花三年賺到一億就收山同樣可以。假如有

這筆儲蓄，之後要讀大學一樣能讀啊。』

這番說詞固然令人不爽，但是那個人談了他心目中的現實，邏輯並沒有錯。

天使般的蒼依，講話居然會有跟守財奴般的瞬老闆一致的時候，世上真不可思議。

「不過，感覺好寂寞喔……未晴哥要變成遙遠的存在了……」

一陣沉默降臨。

朱音拽了拽我的襯衫。

「晴哥，你還會來玩吧？你願意跟我玩吧？」

平時有些機械感的朱音淚汪汪地揪著我。

我緩緩摸了摸朱音的頭。

「那還用說。外食次數或許會因為拍戲變多，正餐都那樣吃的話營養會失調的嘛。」

「……那到時候我做飯給你吃。」

「真的嗎？」

「嗯，我會先鍛鍊廚藝。」

朱音跟黑羽不一樣，味覺並沒有失靈。雖然廚藝也不壞，卻會因為格外在乎細節而稱不上拿手。

對他人興趣薄弱的朱音肯為了我努力。

那份心意讓我很高興。

「我好高興。謝啦。」

我又摸摸她的頭髮，朱音就以開心的模樣用臉頰蹭了過來。

「末晴，你決定好經紀公司那些了嗎？」

碧如此問道。

「還沒。不過肇先生有來邀我。」

「你說的肇先生是指阿部肇吧？隨口就提起那個名字，嚇到我了！」

「這部戲殺青的時候，他有來找我說話。肇先生是那間公司的老闆。」

「你原本待的公司呢？」

「畢竟我拿紅酒潑過瞬老闆嘛。」

「啊～」

「後來因為參加大學校慶表演的關係，和他直接交談過後，多少能理解他的想法，卻發現彼此性格果然合不來。妮娜奶奶復出的話也就罷了，我不覺得自己能跟那個人共事。」

「那你會到處去應徵嗎？」

「嗯～關於那一點，明天我會在午間的情報節目現場演出吧？」

「好像是。」

「我到時候要在節目上發表自己高中畢業後會走演員這條路。」

碧眨了眨眼睛。

「真的假的～虧你有這招耶～那和自我推銷差不多嗎？」

「哎，也有那層含意，主要還是想盡到我自己做事的道理，包括既然一旦下了決心，就要自斷退路避免產生迷惘的意義。」

「啊～這樣短期內好像會鬧得比上星期還誇張耶～」

碧以無奈的態度用手拍了一下額頭。

「這樣的話，小晴，我們終於要分開了呢。」

黑羽低語了一句。

「小黑……」

「別說讀小學，我們從幼稚園還有更早以前就一～直在一起……感覺這一刻總算來了。」

我也感到寂寞。

我去的地方總是有黑羽。

傻呼呼的我常受到黑羽的幫助。

正因如此，我有種宛如失去半邊身體的恐懼。

「青梅竹馬，說起來只是層薄弱的關係呢。」

「……沒那種事啦。畢竟我們有許多的回憶，往後再繼續製造回憶就好了吧？」

「但是在不同的環境開始生活以後，一旦各自忙起來，大概轉眼之間就會變得只顧得了眼前

245

的事喔。儘管偶爾應該也會想起那些往事，最終還是會被現實吞沒的吧。」

黑羽所說的狀況讓我覺得十分難過。

不過那肯定是不容忽視的現實。

「小晴，你選擇了演藝界，我們跟你的距離必然會因此而變遠。相對地，你跟小桃學妹的距離會變近。可知同學大概算夾在中間吧？你想想看，《永遠的季節》是為了夢想與感情而煩惱的故事吧？小晴，不曉得你會用什麼方式去折衷。」

「……小黑。」

黑羽伸出手臂，並且握住我放在腿上的手。

「——可以的話，希望你能在畢業前讓我聽見告白的答覆。」

在妹妹們也在的場合，黑羽公然告訴我。

碧、蒼依、朱音當然都曉得黑羽向我告白的事。

但是黑羽也有她身為姊姊的立場，不喜歡在妹妹面前談感情事。

然而她還是說出口了，可見覺悟有多深。

「假如在畢業前聽不到回答，我跟你修成正果的可能性大概是微乎其微吧。」

害她講出這種話的後悔之意遺留在我心中。

這其實是讓黑羽等待的我，非得主動提出來的話題。

我一邊感到煎熬，一邊告訴她：

「我會盡快做出決定，我向妳承諾。」

「也不用急就是了⋯⋯」

「因為我也覺得現在的狀況說不上好。」

尷尬的氣氛流過。

碧不悅地把臉轉開，蒼依臉色黯淡，朱音則帶著有些苦澀的表情。

凡事都沒有永遠。

快樂的日子也已經接近完結。

　　　　＊

——那麼，阿部充在這一連串的騷動中採取了什麼行動呢？

末晴等人先是到連續劇《永遠的季節》的拍戲現場觀摩。觀摩結束以後，所有人一起去真理

247

愛家裡，末晴在練習演技，同時留在現場附近的哲彥與玲菜則是與阿部肇交涉。

隔週的週六只有末晴一個人拍戲。這天末晴沒能把戲演好，隔天的週日拍最後一集便順利成功，後來距離電視播出前空了約一個月左右的時間。

隨後連續劇的第十一集——最後一幕有末晴登場的那一集播出，再隔一週則是播出最後一集。

播完隔天末晴與真理愛就上了午間情報節目。

以下是群青同盟成員觀摩連續劇《永遠的季節》拍攝那天發生的事。

阿部充已經從父親口中得知群青同盟會來觀摩拍戲。因此他在家裡等著聽現場狀況。

迎接晚歸的父親到家以後，肇率先說出哲彥的名字。

「他——是叫甲斐小弟吧。我懂你之前說他是有趣的學弟是指什麼了。」

充原本以為父親會先提到末晴。

因為他的父親肇與末晴有在大河劇共演的經驗，今天群青同盟會去觀摩，也是因為末晴久違出演連續劇才會到場。

然而父親卻提到今天之前從沒見過面的哲彥，太令人意外了。

「爸，你跟甲斐學弟發生了什麼事嗎？」

「戲拍完以後，我跟他談了一下。」

「談了什麼？」

「你挺好奇的呢。」

「我對他的行動有興趣，所以做過許多調查。他找你談了什麼，我姑且可以料想得到，不過還是想對個答案。」

「我聽到的內容，在群青同盟的成員裡，恐怕除了淺黃玲菜之外沒人知情。」

「我想也是。」

「你怎麼曉得除了她以外沒人知情？」

「他們倆是同父異母的兄妹吧？甲斐學弟會復仇，也有幾分之一是為了淺黃學妹。儘管甲斐學弟不喜歡被人知道祕密，但因為她是親人，所以是唯一知道計畫的。沒錯吧？」

「……原來你知道得那麼多啊。」

肇嘆了口氣。

「那麼，你聽完可以為他保密吧？」

「當然。」

並非只基於好奇。自己跟他是同一陣線。絕對會保護他的名譽。

充懷著這樣的意念──向父親點頭。

「我明白了。」

於是父親談到的內容，對充來說沒有太大的意外。

249

「……果然，甲斐學弟對爸爸持有的股份感興趣。」

「不知道他為什麼沒有透過你來找我交涉？高中學長的父親——攀那層關係的話，距離雖遠倒也不至於毫無緣分。我這次會跟小丸共演是出於巧合。甲斐小弟沒有依靠緣分，而是忽然找我交涉，我不太明白當中的用意。」

「甲斐學弟就是那樣。」

充如此斷言。

「他會利用人，也會撒謊。但是他不會拜託別人。至少我沒有被他拜託過。換成丸學弟的話，或許我倒是有被拜託的經驗。」

根據充聽人轉述的事跡，哲彥只做過一次稱得上「認真拜託」的舉動。

那是在末晴受赫迪・瞬邀請到公司之際，哲彥曾拜託末晴帶他一起去。

「想要做些什麼的時候，他就會進行交涉。他對別人的期望並不多，也不信任。任何事情都想獨力解決。看著他那樣打拚，讓我變得想要見識他能走得多遠。看著看著，他就走到了手裡握有莫大影響力的這一步。所以我認同他這個人——而且也覺得他很有趣。」

「原來如此……所以他才會那麼做嗎？」

「爸指的是什麼？」

「他來到我面前的時候帶了舅舅與玲菜小妹。所以嘍，看了當然會認為主導交涉的是舅舅

吧？不過他是這麼說的：『這一切都是由我起的頭……舅舅是我的助手。』」

那句說詞引起了充的注意。

「爸，甲斐學弟該不會想從學校退學吧……」

「我對詳情沒那麼了解。不過應該十分有可能。」

「總一郎先生應該曉得吧？」

「嗯，畢竟那傢伙牽涉得較深。他或許曉得。」

跟父親交談完以後，充回到自己房間，並且試著發訊息給總一郎。

總一郎隨即打電話過來。

『充，你對阿白與群青同盟的成員提過那些想像嗎？』

「不，我沒有提過。基本上，我認為這些推測不值得對外人一提。」

『……那就好。』

「聽您這麼問，我可以當成自己猜中了嗎？」

『…………』

「我站在甲斐學弟這一邊。不會做出不利於他的事。正是因為不希望做出不利於他的事，我才希望了解當下是什麼樣的局面。他已經向學校傳達退學的想法了嗎？」

經過幾秒的沉默，總一郎深深地嘆息。

『我聽說文件還沒有交出去。』

「還沒有交出去，意思就是……」

『這次小丸演連續劇，照他的估計與期待，將能帶來足以匹敵以往全盛期的話題。那樣一來會造成什麼問題？』

「這個嘛……應該會影響到校方。之前都設法敷衍過去了，但是丸學弟帶來的話題若能匹敵全盛期，將會超出校方忍受的極限。」

『說得對。他打算在那一刻，將自己的退學申請書當成底牌打出去。照他的說法是反正書都不念了，最好拿來靈活利用。』

「很像甲斐學弟會有的發言……」

『對學生來說，退學申請書在某方面是最強的一張牌。

首先那自然能讓人體會到決心有多強。再加上像他這樣的問題人物，由他主動表示要與校方切斷關係，應該就能讓老師們安心。

「感謝您告訴我這些事。」

『再跟你做個確認，畢竟這牽涉到我與他之間的信賴關係──』

「是的，我不會對任何人提這件事。包括白草學妹。」

『那就好。』

電話切斷。

充忍不住笑了出來。

「是受了甲斐學弟影響嗎……我的說謊技術也變好了……」

明明演技被評為三流，在鏡頭外面卻意外管用。

跟總一郎的這段談話中，充只撒了一個謊——

『是的，我不會對任何人提這件事。』

如此而已。

他不會告訴白草也是實話。

他站在哲彥這一邊，不會做不利於哲彥的事也是實話。

所以，充當然不會對群青同盟的成員說這些。

但是「有一名重要的人物另在他處」。

「一名絕對不能知道這件事的頭號重要人物。」

總一郎肯定沒有將對方納入視野。

畢竟哲彥絕對不會談起自己跟她的關係。

自己之所以知道，是因為調查過哲彥與她有什麼交集。

另一個有可能知道的人是玲菜，但是觸及這個話題會讓哲彥勃然大怒。跟哲彥親近勝過任何人的玲菜為了避免觸怒他，肯定不會有所動作。

（背上汙名也無妨，這是我該做的事情。）

哲彥退學的消息必然沒有知會過她。

但是「要讓哲彥幸福，就必須讓她得知這件事」。

既然如此就非得做好萬全的準備。

＊

後來阿部慎重地開始行動。

首先在連續劇尚未播出的狀態，未晴就沒有成為轟動的話題。既然校方沒有視為問題，可見退學申請書應該還沒交出去。

哲彥是在等待把退學申請書這張牌打出去的時機。

先藏著不動，突然拿出來才會更具效果。

阿部不希望干擾到哲彥，就非得避免可疑的行動。萬一情報外洩就對不起哲彥了。

同時萬萬不能讓哲彥發現，情報已經洩露給「她」。

假如在準備就緒前穿幫，氣瘋的哲彥或許就會鬧脾氣，自己捨棄為了幸福應該要走的路。

因此阿部悄悄地訂定計畫並實行。

首先最需要的是「她」的聯絡方式。

阿部不知道「她」的聯絡方式。雖然去學校就可以見到「她」，但肯定會引人注目。那樣事情應該一下子就會傳到哲彥耳裡，導致阿部的企圖穿幫。

在學校認識的熟人中，白草必然知道對方的聯絡方式。

所以阿部假裝另外有事以便問出來。

因此阿部隔天聯絡了白草。

挑的話題是末晴演連續劇一事，這應該最符合白草的喜好。何況是睽違七年演戲——選在第十一集播出的那天附近，就可以製造攀談的契機，白草想必也會因為心情大好而容易聊開。

不過第十一集播出當天，群青頻道開了直播。

「丸學弟很厲害呢。只演了最後一分鐘，居然能造成這麼大的話題。」

「就是啊，充學長！小末真的很厲害！」

白草在直播時已經充分沉浸於末晴的演技，對末晴演戲的厲害之處卻好像還沒有談過癮。

足足聽了白草熱烈談論一個半小時以後，阿部才隨口提及：

255

「話說今天在社群網站上，有很多人投稿趁丸學弟到高中上課時拍的影片吧？」

「我沒有特別去看，不過好像是耶。回家時我也聽學生會長說她上傳的照片瞬間竄紅了。」

「其實在高中拍攝的那些影片裡，我的經紀公司有人從中注意到某個女生。他想跟那個女生取得聯繫。畢竟我是校友嘛。對方就讓我看了那個女生的模樣，想問說是否認識。我就發現那個人是妳朋友。所以可以的話，希望能跟妳問到她的聯絡方式。」

「是指志田同學嗎？」

「呃，不是喔。」

阿部表明那個經紀公司的人可以信任，而且單純是在工作方面有事想拜託，還額外強調萬一發生危險，自己會保護那個女生。

「哎，既然有充學長陪同的話──」

白草先說了這麼一句，就把聯絡方式告訴阿部了。

「不過我想她不適合這方面的工作。如果她拒絕了，請學長要叫經紀公司的人死心。」

「那當然。我保證不會給她添麻煩。」

這些準備逐步就緒後，連續劇播出最後一集。

隔天，阿部翹掉大學的課，在家裡觀看末晴與真理愛現場演出的午間情報節目。

『──我……愛著末晴哥哥！』

『我從高中畢業後，並不會考大學，而是希望回來當演員。目前還沒有決定要進哪一間經紀公司，但我打算從頭開始奮鬥。不嫌棄的話，還請大家給予支持。』

連續劇《永遠的季節》迴響之熱烈，光看社群網站就可以知道。

加上他們兩人在現場節目的表白，更加劇了轟動程度，肯定會發展成大事。

從學妹那裡也同時得到哲彥被叫去教職員會議的情報。

阿部有把握。

（甲斐學弟八成會在今天提出退學申請書。）

這樣的話，自己若要行動想必也得趁今天。

阿部寫了郵件發給從白草那裡問來的聯絡信箱。

他自認用詞盡可能誠懇，卻不知道對方是否會起疑──擔心歸擔心，回信很快就來了。

『阿部學長，你好。從白草同學口中久仰大名。我今天放學後有空，因此只要請你指定方便的地點及時間，我就可以赴約。』

得到寶貴的答覆，讓阿部指定了跟學校稍有距離的地方碰面。當然，讓就讀高中的她破費就

不好意思了，如此心想的阿部還表示會支付交通費。

幾個小時以後——

離學校有三站之遠的廣闊公園。

雖然已經下午五點，六月的白晝較長。周圍仍然明亮，太陽曬得柏油路發熱。

阿部坐在長椅等候，她便悄然現身。

「請問，你就是阿部學長吧……」

嬌小而有福態的體型。光看就覺得為人和善，與態度尖銳引人注目的白草相反，內斂得看不

出銳氣。

大概也是因為那樣，給人的印象較為薄弱。感覺甚至像是她在壓抑自己的氣息。

阿部起身打個招呼。

「妳好，我是阿部充。明明是突然聯絡，感謝妳願意過來。」

「你好，我是峰芽衣子。聽白草同學說過你是個像大哥哥的人……」

她大概屬於文靜的類型。

然而現在的她卻顯得有些焦急。

肯定是因為郵件裡提到了他的名字吧。

「學長，請問你在信裡說阿哲有重大的狀況，究竟是怎麼一回事……？」

——阿哲。

親暱的稱呼。

恐怕只有她會這麼稱呼哲彥。

藉由挖掘哲彥的過去，才發現這名堪稱最重要的人物。

那就是峰芽衣子——眼前的這個女生。

「阿哲出了什麼事嗎……？學長要我瞞著白草同學，究竟是什麼意思……？拜託請學長告訴我……！」

態度急迫，不惜自我奉獻。

從短短的對話中也能知道芽衣子有多麼擔心哲彥。

但是至今以來，從未聽白草提到這兩個人有過對話。

他們在某個時間點走上歧異的道路，至今未有交集。

——哲彥的行動原理是「復仇」與「青梅竹馬」。

復仇當然是針對他的父親赫迪·瞬。

至於另一方面。

哲彥藏得最深，最討厭被人觸及，與他心中軟肋密不可分的少女。

沒錯，她正是——

——哲彥的「青梅竹馬」。

261

後記

大家好，我是二丸。

青梅不輸終於來到第十一集，由我執筆的小說累積至二十冊了。能執筆這麼久都是拜各位讀者所賜。誠摯感謝。

那麼，這次哲彥的「青梅竹馬」總算在結尾出現了，她是從第一集就有幕後設定的人物。只不過第一集上市時就連第二集是否出版都不清楚，因此我曾經將幕後設定告訴編輯，但心裡覺得「希望出續集的話會用到啦」而已。

包含過去腰斬的作品，我在所有作品都安插了希望事後會用到的伏筆或設定，當成擺在故事裡的「地雷」，能續寫的話就可以回收使用。至今全數回收到的只有《女孩子～（以下略）》這部作品，但是青梅不輸似乎也能夠達成，真令人欣慰。

哲彥各方面的相關背景在第二集就幾乎完全定案了。為此在收錄動畫第一集之際，我用類似備忘錄的形式，向導演以及聲優轉達過「故事有這樣的幕後設定，劇情預定會這樣發展」。如今

終於來到備忘錄所寫的內容，令人感慨萬千。

還有將書名取為《青梅竹馬絕對不會輸的戀愛喜劇》有什麼含意，似乎也終於可以揭曉了，我也對此感到寬心。

這通常被誤解成「因為女主角都是青梅竹馬才取的書名」，但我打從一開始就沒有那種用意，還成了跟編輯說笑的內容。讀者會有那樣的認知，我想大概是受了廣告裡「登場女主角全是青梅竹馬！」這句台詞的影響。播出前驗收的時候，我曾表示「事實是那樣沒錯，就怕觀眾會誤解作品名稱的含意」，卻又不能將已經完成的廣告作廢，只好就這麼播放了。

結果，錯誤的認知傳得比想像中更廣，跟人見面被問到要說明又會洩露劇情，因此我只能苦笑，多虧如此在廣告播完以後，還落得在Youtube也沒辦法公開的下場……另外，我表達過「誤解已經造成也沒辦法，要公開還是可以喔」的意思，至今卻仍舊沒有在Youtube公開，反而變成了一段珍貴的廣告。書名含意與哲彥身上的謎團，我都會繼續執筆說明，因此大家若能陪伴到最後就太令人高興了。

最後，我要感謝持續聲援的各位讀者。黑川編輯、小野寺大人、繪製插圖的しぐれうい老師、將正篇劇情改編為漫畫的井冬老師，感謝你們。還有繪製四姊妹日常生活的葵季老師，感謝你將故事畫到完結。

263

此外，更要感謝對青梅不輸這部作品提供協助的各位。

二〇二三年　二月　二丸修一

下集預告

至今以來屢次出現可疑舉動的哲彥。

那一切的謎團終於揭曉。

「阿哲……」

「芽衣……」

阿哲與芽衣。隱藏起來的青梅竹馬關係。

位於關係盡頭的復仇。

兩人是在什麼時候走上歧路的？

拍攝電影短片做為畢業活動。

活動的內容儼然可以說是

集群青同盟之大成。

哲彥笑了笑。

「——來吧，

復仇要開始了。」

演員到齊了。

接下來只剩衝刺而已。

NEXT

SHUICHI NIMARU PRESENTS

VOLUME

哲彥一路累積下來的耕耘即將收成。

位於盡頭的會是

榮譽，還是絕望？

「我一直都在等這一天啊……！
革命，終於要實現了……！」

在哲彥野心的盡頭是什麼？群青同盟又會變得如何——

「欸，末晴——

你會站在我這一邊嗎？還是要與我為敵？

現在立刻回答我。」

群青同盟
最長的一天

青梅竹馬絕對
不會輸的戀愛喜劇

12
VOLUME:TWELVE

敬　請　期　待　！

三角的距離無限趨近零 1~8 待續

作者：岬鷺宮　　插畫：Hiten

我愛上的那個女孩體內住著兩個靈魂——
與雙重人格少女譜出的三角戀愛故事。

　　雙重人格即將結束，意味著「秋玻」與「春珂」其中一方會消失。我和快要喪失界限的兩人一起踏上旅程，前去找尋讓她變成這樣的原因。在旅程的終點，我們得知雙重人格的真相是——還有，我們找到的「答案」究竟是——三角關係戀愛故事堂堂完結。

各 NT$200~220/HK$67~73

我和班上第二可愛的女生成為朋友 1~2 待續

作者：たかた　插畫：日向あずり

第六屆カクヨム網路小說大賽特別賞第二集。
「朋友以上，戀人未滿」的真樹與海迎接聖誕節！

　　終於交到朋友的前原真樹想要好好告白，藉此和「班上第二可愛」的朝凪海成為男女朋友。然而接連到來的考試、聖誕派對的幕後工作，以及離婚的雙親──兩人雖然忙碌，還是迎來第一次的假日約會。低調男與第二女主角縮短距離的第二集！

各 NT$260~270/HK$87~90

國家圖書館出版品預行編目資料

青梅竹馬絕對不會輸的戀愛喜劇/二丸修一作；鄭
人彥譯. -- 初版. -- 臺北市：臺灣角川股份有限公司
, 2024.02-
　　冊；　公分
譯自：幼なじみが絶対に負けないラブコメ
ISBN 978-626-378-601-1(第11冊：平裝)

861.57　　　　　　　　　　　　　112021364

Kadokawa
Fantastic
Novels

青梅竹馬絕對不會輸的戀愛喜劇 11
（原著名：幼なじみが絶対に負けないラブコメ 11）

作　　者：二丸修一
插　　畫：しぐれうい
譯　　者：鄭人彥

發 行 人：台灣角川股份有限公司
總　　監：呂慧君
總 編 輯：蔡佩芬
主　　編：林秀儒
編　　輯：呂昊恩
設計指導：陳晞叡
美術設計：莊捷寧
印　　務：李明修（主任）、張加恩（主任）、張凱棋

發 行 所：台灣角川股份有限公司
地　　址：104台北市中山區松江路223號3樓
電　　話：(02) 2515-3000
傳　　真：(02) 2515-0033
網　　址：www.kadokawa.com.tw
劃撥帳戶：台灣角川股份有限公司
劃撥帳號：19487412
法律顧問：有澤法律事務所
製　　版：巨茂科技印刷有限公司
ISBN：978-626-378-601-1

2024年2月19日　初版第1刷發行

※版權所有，未經許可，不許轉載。
※本書如有破損、裝訂錯誤，請持購買憑證回原購買處或
　連同憑證寄回出版社更換。

OSANANAJIMI GA ZETTAI NI MAKENAI LOVE COMEDY Vol.11
©Shuichi Nimaru 2023
Edited by 電撃文庫
First published in Japan in 2023 by KADOKAWA CORPORATION, Tokyo.
Complex Chinese translation rights arranged with KADOKAWA CORPORATION, Tokyo.